D1825634

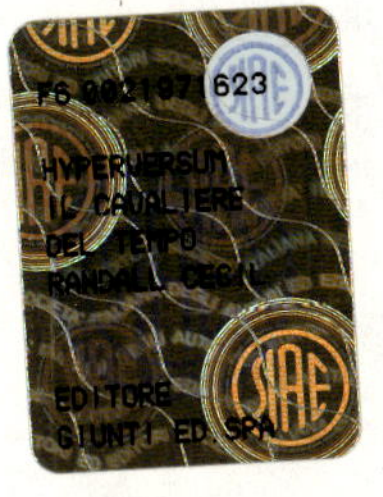
623
HYPERVERSUM
DEL TEMPO
EDITORE
GIUNTI ED SPA

Illustrazione di copertina: Franco Rivolli
Progetto grafico: Lorenzo Pacini

www.giunti.it

Via Bolognese 165 - 50139 Firenze - Italia
Via Dante 4 - 20121 Milano - Italia
Prima edizione: gennaio 2009

Ristampa	Anno
6 5 4 3 2 1 0	2013 2012 2011 2010 2009

Stampato presso Giunti Industrie Grafiche S.p.A. – Stabilimento di Prato

Cecilia Randall

HYPERVERSUM

IL CAVALIERE DEL TEMPO

romanzo

A mia madre.
Mi manchi tanto.

A mio padre. A Lorenzo.

Capitolo 1

Il cavaliere bianco era in mezzo al fuoco. Si guardava intorno, come spaesato, o forse cercava qualcuno tra il fumo, ruotando il volto nascosto dall'elmo di ferro. La scena intorno a lui era indistinguibile: il bagliore delle fiamme dipingeva tutto con un unico vivido colore e il fumo chiudeva la visuale in un bozzolo opprimente in perenne movimento.

Non si vedeva orizzonte in quel bozzolo, né ingresso né uscita: solo fuoco in ogni direzione e quel cavaliere così alto, con la spada sguainata e rossa di sangue, a piedi, fermo a cercare qualcuno con gli occhi, apparentemente senza emettere un solo richiamo.

Daniel Freeland sapeva che quel cavaliere stava cercando lui. Lo scorgeva bene nel fuoco come se lo vedesse attraverso un vetro limpido e stava di fronte a lui, nel mezzo di un incendio che non lo sfiorava. Daniel non sentiva il calore delle fiamme né l'odore del fumo o il rumore della materia che si consumava bruciando. Se anche il cavaliere avesse gridato il suo nome, il giovane sapeva che non sarebbe riuscito a cogliere la sua voce.

Era là, a pochi passi, e non poteva raggiungere quell'uomo armato, né poteva essere raggiunto. Il cavaliere bianco non lo vedeva e non lo sentiva, perché il vetro immateriale che proteggeva Daniel dall'incendio era anche una barriera che separava i due uomini da qualsiasi contatto.

Il cavaliere ripose la spada con un gesto stanco, come se fosse arrivato troppo tardi per salvare qualcuno. Si tolse l'elmo e l'espressione dei suoi occhi chiari sottolineò la sua amarezza e il suo dolore. Quando si abbassò il camaglio, i capelli scuri scesero sullo sterno fin quasi a sfiorare le ali aperte del falco d'argento ricamato sulla cotta, nel mezzo di una fascia verticale e azzurra.

Daniel condivise nel profondo lo stesso dolore, eppure non si mosse né accennò una sola parola. Sapeva che non sarebbe servito a nulla gridare, sbracciarsi, tentare di correre dal cavaliere bianco: ci aveva già provato tante volte e ognuna di quelle volte aveva visto il guerriero spostarsi con tutto lo sfondo, sempre più avanti, sempre alla stessa distanza, come un miraggio, apparentemente a portata di mano eppure irraggiungibile, sordo e cieco a ogni suo richiamo.

Affranto, Daniel lasciò che la scena venisse coperta dal fumo e sparisse nel buio insieme al cavaliere.

***

Aprì gli occhi di scatto, con un sussulto d'angoscia ormai diventato consueto come quel sogno, e per un po' rimase a fissare il soffitto della camera da letto, appena rischiarato dalla luce che filtrava tra le tende tirate. Riprese fiato lentamente, lasciando che il cuore si calmasse.

L'alba doveva essere sorta da poco, almeno a giudicare dalla tinta rosata sui bordi delle finestre e dal silenzio che regnava ancora sulla strada. Sul comodino bianco la sveglia digitale cambiò l'indicazione dei minuti. Con la coda dell'occhio, Daniel interpretò le cifre luminose riflesse nell'anta a specchio dell'armadio di fronte al letto: 05:21.

Daniel si girò a guardare Jodie, profondamente addormentata accanto a lui. I capelli castani erano sparsi sul cuscino e le coprivano in parte il viso spruzzato di lentiggini. La ragazza era tranquilla, rannicchiata sotto le lenzuola, e il suo respiro era lieve e dolce.

Daniel le sfiorò il viso, badando bene a non svegliarla. Era rientrata tardi dal turno in ospedale e aveva tutto il diritto di riposarsi, specie ora che aveva scoperto di essere incinta.

Quel pensiero dissolse l'ultimo residuo di angoscia lasciato dal sogno per riempire Daniel di commozione e di affetto. Il giovane sorrise, mettendosi su un gomito per guardare più comodamente la sua compagna addormentata nella fitta penombra.

Presto sarebbe diventato padre, faceva quasi fatica a crederci e il cuore gli batteva sempre forte a quell'idea.

Poi, come al solito, il giovane fu assalito da mille altri pensieri: il matrimonio tra meno di due mesi, i preparativi da fare, la casa da sistemare, il viaggio di nozze da prenotare in agenzia... Capì che non sarebbe più riuscito a dormire per quella notte, come tante altre notti, e si alzò cautamente, senza fare alcun rumore.

Scese le scale buie a piedi nudi, vestito per metà in maglietta e per l'altra metà in pigiama, dirigendosi a bere qualcosa in cucina. Non appena aprì il frigorifero per cercare la bottiglia del latte, sentì di essere fissato da due occhi imploranti. Skip, un labrador color miele di appena un anno, scodinzolava speranzoso alla luce proiettata dal frigo, aspettando che un sorso di latte venisse versato nella sua ciotola vuota.

«E tu come hai fatto a sentirmi?» disse Daniel, rivolto al cane. «E poi è mai possibile che tu abbia sempre fame? Rassegnati: non ce n'è per tutti e due, dovrai aspettare che vada a comprarne dell'altro al negozio». Scosse la bottiglia semivuota in modo eloquente, mostrando le poche dita di latte che coprivano il fondo.

Skip mugolò la sua risposta incomprensibile e spinse avanti col naso la ciotola, verso i piedi del padrone, scodinzolando entusiasta.

«D'accordo, ho capito» sospirò Daniel e versò il latte al cane. «Io mi farò un succo d'arancia».

Qualche minuto dopo, cane e padrone erano sulla soglia di casa, sotto la veranda di legno, a guardare il cielo che schiariva e annunciava un'altra calda mattina di maggio. Skip trotterellò immediatamente nel cortile, dedicandosi al consueto giro d'ispezione del prato e di tutti i cespugli.

Daniel rimase a guardarlo per qualche istante poi rientrò in casa, col bicchiere di succo d'arancia in mano. Skip era un bravo cane, forse un po' troppo vivace ma tutto sommato prudente: sapeva di non dover uscire dal perimetro della siepe che delimitava la casa e non si sarebbe messo nei guai, quindi Daniel lo lasciò alla sua passeggiata mattutina, andò a rifornirsi di fette biscottate, risalì le scale ed entrò nello studio.

Passando sul pianerottolo, gettò un'occhiata fugace alla porta socchiusa di una camera da letto, proprio di fronte a quella dove dormiva con Jodie. La stanza era silenziosa e ordinata, il letto era rifatto, il comodino occupato solo da una lampada. Tutto sembrava in attesa di un ospite che però non tornava da tanto, tanto tempo.

Daniel s'incupì leggermente, poi passò oltre.

Nello studio andò a sedersi alla scrivania del computer, ingombra di libri impilati. Accese la macchina e, mentre lo schermo lasciava scorrere le scritte dei consueti controlli di avvio dei programmi, si guardò intorno, indugiando tra gli scaffali pieni di volumi e la pianta ornamentale vicina alla finestra che dava sul cortile.

Tutto ciò che lo circondava gli ricordava l'amico fraterno che non c'era più, che non sarebbe mai tornato. La casa in cui viveva con Jodie da più di due anni gli era stata lasciata da Ian Maayrkas: era la casa dei suoi genitori e quella in cui lui stesso aveva vissuto da solo per molti anni prima di scomparire. Daniel vi si era trasferito qualche mese dopo, quando aveva deciso di convivere con Jodie, ma aveva cambiato solo parte dell'arredamento: lo studio, ad esempio, e la camera da letto di Ian erano rimasti come l'amico li aveva lasciati. Solo il computer sulla scrivania era quello di Daniel, anche se vi erano collegati due visori 3D e due paia di guanti in fibra ottica, di quelli in dotazione ai videogiochi dell'ultima generazione.

Daniel cercò di ignorarli: era davvero presto per mettersi a giocare col computer, anche se la tentazione era forte. Aspettò che i controlli sullo schermo terminassero e avviò piuttosto il programma di posta elettronica. Meglio dedicarsi a qualcosa di più utile, come ad esempio preparare la solita e-mail finta da stampare e portare alla prossima cena in famiglia a fine settimana, sperando di rabbonire un po' i suoi genitori.

Purtroppo, ultimamente lo stratagemma non serviva più granché: Daniel fingeva di ricevere e-mail da Ian, lontano e impegnato in chissà quale spedizione archeologica, e portava i messaggi stampati ai genitori, ma John e Sylvia Freeland quasi non li volevano più leggere. Erano entrambi contrariati, Sylvia addolorata e John furioso, per il costante silenzio del loro figlioccio Ian, che non si faceva più vedere e nemmeno sentire al telefono da tre anni, da quando aveva abbandonato la cattedra alla facoltà di Storia e una brillante carriera accademica iniziata giovanissimo per girare il mondo con spedizioni archeologiche impegnate in scavi nei posti più isolati del pianeta.

Almeno, questo era ciò che credevano.

Daniel si trovò a fissare lo schermo, con le mani inerti sulla tastiera. Cosa poteva scrivere questa volta nella finta e-mail? Quali altri dettagli avrebbe inventato di una missione archeologica che non esisteva affatto? E soprattutto: a cosa sarebbe servita tanta fatica?

A John e Sylvia non bastavano più e-mail o messaggi scritti. Avevano accolto in casa Ian minorenne e lo avevano cresciuto come un figlio, per poi non ricevere più da lui nemmeno una telefonata in tre anni e la cosa li aveva feriti profondamente.

«Che ingrato! Ha dimenticato tutto quello che abbiamo fatto per lui!» esclamava di solito il colonnello John Freeland, mentre la moglie Sylvia si asciugava gli occhi umidi.

Daniel ci stava male ogni volta, sempre con l'istinto di difendere Ian a tutti i costi, perché sapeva che l'amico non meritava rimproveri così duri. Per fortuna, suo fratello Martin e Jodie condividevano con lui lo stesso segreto sulla scomparsa di Ian e gli avevano impedito più di una volta di dire qualcosa di troppo, in un momento di rabbia. Sempre più spesso, Daniel meditava di iniziare a evitare l'argomento e di non nominare Ian affatto, per risparmiarsi problemi e malumori.

In ogni caso, non sarebbe stato facile dimostrare la verità assurda che stava dietro la sparizione di Ian Maayrkas.

Daniel fece un sorriso amaro mentre guardava lo schermo vuoto e il cursore che lampeggiava sempre in attesa di ricevere parole dalla tastiera.

Papà, mamma, non è come credete, si immaginava di annunciare. *Ian non vi ha dimenticato. Semplicemente non può telefonare o venire di persona, non può nemmeno scrivere un'e-mail. Ha fatto un salto indietro nel tempo di ottocento anni ed è rimasto a vivere nel 1215, dove ha una moglie e un figlio. Avete presente quel cavaliere bianco con lo stemma del falco che sogno così spesso? Ecco, sì, è proprio lui: Ian Maayrkas, alias Jean Marc de Ponthieu, il Falco d'argento.*

Daniel scosse la testa e si appoggiò con il mento alle mani intrecciate, i gomiti sul tavolo.

Una bella storia davvero: senza dubbio lo avrebbero preso per pazzo se solo avesse tentato di raccontarla. Eppure era vera e, per quanto incredibile potesse sembrare, la causa di tutto era proprio lì, davanti a lui, in quel computer acceso.

L'icona futuristica del videogioco *Hyperversum* gli occhieggiava dalla barra in basso nello schermo.

Un videogioco.

Un sistema software di realtà virtuale in grado di replicare tutte le ambientazioni del mondo e della storia e di proporre avventure di ogni genere in qualsiasi scenario, ecco cos'era *Hyperversum*. Con visori 3D e guanti in fibra ottica, come quelli posati sul tavolo, i giocatori erano in grado di inventare personaggi di fantasia e fingere di vivere nei mondi virtuali creati del computer. C'erano tanti giochi come quello sul mercato, ma *Hyperversum* era diventato il più famoso di tutti, arrivato ormai alla sua terza versione, sempre più sofisticato e potente. Un successo clamoroso nel mondo dell'intrattenimento virtuale, che aveva incassato miliardi di dollari in tutti i paesi del globo e ancora continuava a essere in cima alle classifiche di vendita.

Ma *Hyperversum* non aveva soltanto divertito milioni di giocatori di ogni lingua e nazione: aveva anche catapultato Ian, Daniel, Jodie, Martin e altri due amici nel medioevo vero durante una delle loro innumerevoli partite, ormai più di cinque anni prima. Senza alcuna spiegazione logica, senza alcun preavviso, quel giorno i sei giocatori si erano ritrovati prigionieri di un mondo ostile e reale, intrappolati per un periodo apparente di mesi nell'Europa del XIII secolo e, solo dopo aver rischiato più volte la vita, avevano ritrovato la strada di casa.

In quel lungo periodo, però, Ian aveva incontrato il suo destino nei panni di dama Isabeau de Montmayeur, splendida ragazza medievale, di cui si era innamorato. Il conte Guillaume de Ponthieu, tutore della ragazza, aveva reso Ian cavaliere e l'aveva spacciato per suo fratello minore, introducendolo addirittura alla corte di re Filippo Augusto di Francia. Ian aveva sposato Isabeau, ma poi era stato trascinato di nuovo nel mondo moderno contro la sua volontà, proprio quando la sua amata stava per dargli un figlio.

Erano trascorsi due anni e mezzo di tentativi inutili, prima che *Hyperversum* consentisse di nuovo a Daniel e a Ian il passaggio verso il medioevo: un giorno, ancora senza un motivo apparente, quella sorta di impossibile porta tra i secoli si era riaperta e aveva fatto sì che Ian potesse riabbracciare la sua sposa, questa volta, però, al prezzo di separarsi definitivamente da Daniel, fuggito nel mondo moderno un attimo prima di rimanere ucciso in un assedio che aveva messo a ferro e fuoco un intero castello.

Il ricordo di quel fuoco tormentava Daniel da allora, perché era l'ultima immagine rimastagli del mondo medievale. Una stanza completamente in fiamme, nel castello di Dunchester in Inghilterra, da cui era fuggito dileguandosi e dove probabilmente Ian lo aveva cercato invano, forse temendo il peggio.

Aveva capito che l'amico era riuscito a salvarsi tramite *Hyperversum* o aveva invece creduto che fosse morto?

Daniel non si dava pace all'idea di non aver potuto rassicurare Ian, di non avergli lasciato nemmeno un indizio per confermargli di essere al sicuro. Non aveva potuto rivederlo nemmeno un istante, non aveva potuto salutarlo o abbracciarlo un'ultima volta prima di lasciarlo alla vita che si era scelto, la vita di un conte e cavaliere medievale.

Ritornato nel mondo moderno, aveva tentato infinite volte di riaprire la partita, di costringere *Hyperversum* a concedergli l'accesso al medioevo, ma non aveva avuto fortuna. *Hyperversum* non funzionava mai se Daniel era da solo: si era aperto solo quando anche Ian era presente nella partita, ma adesso l'amico era irraggiungibile al di là dello spazio e del tempo e non avrebbe mai più potuto usare un computer per giocare.

Dal giorno della loro separazione erano trascorsi tre anni.

Prima o poi dovrò rassegnarmi, pensò Daniel per la milionesima volta, eppure qualcosa dentro di lui si rifiutava ostinatamente di rinunciare ai suoi tentativi quotidiani, alle sue partite dentro *Hyperversum*, a volte lunghe buona parte della notte.

Sbuffò e si strofinò con le mani la faccia e i capelli biondi e indisciplinati.

Aveva coinvolto tutti in questi tentativi: Jodie, Martin quando non doveva studiare per l'ammissione all'università o allenarsi per la partita di baseball... aveva persino ritentato di giocare in rete, attraverso internet, accettando in partita giocatori sconosciuti. Il suo personaggio di cavaliere, creato a sua immagine e somiglianza, aveva ormai un invidiabile punteggio esperienza ed era diventato famoso nella comunità virtuale di *Hyperversum*, così come i suoi scenari straordinariamente accurati, ma questo per Daniel contava poco.

La maledetta porta verso il medioevo rimaneva ostinatamente chiusa e tutti i suoi sforzi non servivano a nulla. Ore perse a giocare senza alcun risultato.

Sì, prima o poi doveva rassegnarsi davvero, pensava Daniel. Doveva convincersi che non bastava ambientare le partite in Francia, in Fiandra o in Inghilterra, nei luoghi e nelle date del medioevo in cui aveva potuto vivere; non bastava digitare sulla tastiera i nomi del castello di Châtel-Argent, dimora di Ian, o quello di Dunchester, casa del suo nemico, là dove la connessione col medioevo si era interrotta per l'ultima volta.

Ormai aveva visitato uno a uno tutti i luoghi che aveva conosciuto, li aveva ricostruiti per le sue partite pressoché identici a quelli reali, aiutandosi anche con i dati dell'ultimo scenario, preparato personalmente da Ian, ma poi non era arrivato più lontano. *Hyperversum* aveva funzionato sempre e solo come un normale videogioco e i paesaggi perfetti e artificiali non avevano conosciuto altra popolazione che quella 3D creata dal sistema.

Daniel aveva persino reintrodotto nelle sue partite il personaggio che Ian aveva creato a sua immagine e usato in ogni avventura; l'aveva chiamato con il suo nome medievale, dandogli anche il titolo di conte, lo stemma del Falco e tutti i dettagli che corrispondevano all'identità assunta dall'amico nella Francia del XIII secolo. Jean Marc de Ponthieu era stato ricreato in ogni particolare all'interno di *Hyperversum*, ma era solo un altro pupazzo digitale; Daniel lo portava con sé in ogni partita, ma il personaggio non aveva mai preso vita davvero, non era la seconda pelle di un giocatore reale: era solo una pedina non giocante agli ordini di Daniel e del computer.

Ian non si era più incarnato nel suo personaggio e il suo destino era rimasto un mistero perso nelle pieghe della Storia.

Chissà com'era stata la sua vita nel vero medioevo, si chiedeva Daniel con dolore. Dal punto di vista del ventunesimo secolo, tutti coloro che aveva avuto modo di incontrare nel passato erano già polvere da secoli e l'idea lo faceva impazzire. Non riusciva a pensare alla morte di Ian, che pure doveva aver avuto luogo secoli prima di quel momento.

Lo sguardo gli cadde d'istinto su un libro ingombrante e cucito a mano, seminascosto sotto la pila di tutti gli altri. Un libro che sembrava antico di secoli e che invece odorava di stampa nuova. Era lì da tre anni e Daniel non aveva mai osato prenderlo in mano, se non per togliere la polvere dalla copertina e rimetterlo al suo posto.

Sapeva che in quel libro avrebbe trovato tutte le risposte ai suoi interrogativi, perché era una copia fedele di un manoscritto miniato del XIII secolo, in cui era registrata l'intera storia del casato dei Ponthieu, di cui Ian faceva parte. Eppure Daniel non aveva mai avuto il coraggio di aprirlo e leggerlo.

Non so il latino, non capirei una sola parola, si giustificava tutte le volte, ma sapeva bene di essere frenato soprattutto dalla paura di scoprire qualcosa di spiacevole riguardo all'amico, di leggere la data della sua morte. Vigliaccamente, preferiva rimanere a macerarsi nell'ignoranza piuttosto che avere la certezza di una brutta notizia, per questo non aveva nemmeno voluto affidare il libro a qualcuno che potesse leggere il latino al posto suo e non aveva mai cercato notizie su altre fonti più accessibili a lui, come libri o enciclopedie in inglese.

Daniel corrugò la fronte e si mise tra i denti una fetta biscottata, tornando a concentrarsi sulla finta e-mail che voleva scrivere.

Ehilà Daniel, scrisse, immaginando il tono con cui Ian avrebbe iniziato un suo messaggio rivolto a lui.

Cari John e Sylvia, corresse subito dopo, sperando che un'e-mail più seria e indirizzata direttamente ai genitori potesse servire a tenerli calmi per qualche settimana, poi però si arenò miseramente in mezzo alle parole. Scrisse, cancellò, riscrisse e non seppe aggiungere una sola riga, fino a quando l'orologio sul video non gli fece capire che era ora di prepararsi per andare al lavoro.

Rassegnato e di pessimo umore, spense il computer e si alzò dalla sedia, chiedendosi cosa avrebbe raccontato stavolta ai suoi genitori quando "l'argomento Ian" sarebbe affiorato per l'ennesima volta durante la cena del fine settimana.

Accidenti a te, Ian, credevo davvero che sarebbe stato più facile coprirti, pensò con un sospiro.

***

La mattinata in laboratorio fu tragica per Daniel, che crollava dal sonno.

Non era stata una buona idea alzarsi alle cinque del mattino per mettersi a scrivere e-mail finte e totalmente inutili, continuava a ripetersi il giovane al suo centesimo sbadiglio. Per giunta quel pomeriggio lo attendeva una noiosissima riunione organizzativa che prometteva di protrarsi a lungo. Daniel aveva sperato di esserne esentato in quanto ricercatore più giovane del Laboratorio Nazionale di Fisica, ma non era stato fortunato. Il direttore aveva deciso di spiegare personalmente a tutti i collaboratori le sue nuove idee sulle procedure di analisi e sulla redazione dei rapporti statistici e nessuno si sarebbe schivato le sue noiose spiegazioni con tanto di lucidi proiettati alla lavagna luminosa.

Daniel sbadigliò e sospirò insieme, per l'ennesima volta, con in mano la tazza del caffè che solitamente accompagnava il suo pranzo comprato al chiosco degli hot-dog all'angolo della strada.

Fuori dalle finestre del grande palazzo di vetro splendeva un bel sole caldo, appena offuscato dal velo di smog sollevato dalle strade di Phoenix. La primavera aveva raggiunto temperature quasi estive e la totale mancanza di vento non aiutava certo a pulire il cielo.

Daniel guardò l'orologio: 14:26, giusto il tempo di dare un'occhiata alla posta personale prima di prepararsi per la riunione.

Si sedette alla scrivania e si collegò alla web-mail privata dal suo computer. Mentre la pagina si caricava nello schermo sbadigliò di nuovo.

«Abbiamo fatto le ore piccole anche stanotte, eh?» lo punzecchiò da lontano il collega Sal Ricardo, ricercatore come lui, solo di due anni più anziano all'interno del laboratorio. Stava andando alla sua scrivania per recuperare block-notes e penna per la riunione, aggiustandosi gli occhiali sul naso. «Guarda che se di notte continui a fare baldoria con la tua ragazza, collezionerai due gemelli invece di avere un figlio solo!»

Daniel gli rivolse una finta smorfia seccata. «Tu pensa alle tue, di ragazze, e non ti impicciare della mia».

Ricardo rise. «Ti converrebbe dormire, finché puoi. Tra sei, sette mesi la pacchia sarà finita! E allora, con un marmocchio che strilla in braccio, le notti in bianco saranno più lunghe e meno divertenti!»

Daniel rispose con un mugugno e terminò il suo caffè, ormai tiepido. Con gli occhi scorreva già l'elenco delle e-mail arrivate al suo indirizzo privato durante la mattinata. Non erano molte, solo quattro: la prima di Martin, che si annoiava durante le ore di informatica a scuola; la seconda di un ex-compagno di università che lo invitava al solito *happy hour* del venerdì sera; la terza un'e-mail pubblicitaria…

Daniel appoggiò sulla scrivania il bicchiere di cartone del suo caffè, quando gli occhi scesero sulla quarta e-mail.

La frase nell'oggetto era provocatoria, diceva:

"Pronto per una nuova avventura?"

L'indirizzo del mittente era sconosciuto ma incredibile:

faucondargent@hyperversum.com

Daniel rimase come congelato sulla sedia. Rilesse l'indirizzo almeno dieci volte, prima di ricordarsi di respirare.

Faucon d'argent. Falco d'argento.

L'e-mail aveva il dominio della comunità virtuale dei giocatori di *Hyperversum* e solo chi partecipava attivamente alle partite poteva registrare un indirizzo di quel genere.

Daniel spostò il mouse con la mano che tremava, per cliccare su quel messaggio e aprirlo nello schermo. Il cuore gli salì in gola, quando lesse il contenuto.

Monsieur,

vi aspetto stasera, ore 18:30 di Phoenix,
sul campo di battaglia a Pienne - Linguadoca.
15 ottobre, Anno Domini 1215.
Je compte sur vous[1]. (^__^)

Il Falco d'argento

Pienne. Linguadoca. E dove diavolo era Pienne, si domandò Daniel, con la testa completamente in subbuglio. E la Linguadoca? E quel messaggio per metà in linguaggio medievale e per l'altra metà in francese, con tanto di faccina sorridente... da dove arrivava?

Per Daniel esisteva un solo Falco d'argento all'interno di *Hyperversum*: Jean Marc de Ponthieu cioè Ian Maayrkas.

Non è possibile, pensò Daniel, ma sentì il tremito dentro aumentare man mano che considerava con più attenzione tutti i dettagli di quel messaggio inaspettato.

Il 1215 era l'anno in cui aveva lasciato Ian, l'anno in cui aveva ambientato tutte le partite tentate dopo la sua scomparsa. Il nome Linguadoca suggeriva un legame con la Francia, forse c'era davvero un posto, in Francia, con quel nome...

Ian lo saprebbe di sicuro, si rimproverò Daniel, maledicendo la sua ignoranza in geografia. *Ian probabilmente c'è stato, in Linguadoca*, aggiunse in silenzio, mentre i pensieri si inseguivano frenetici nella sua testa e rispolveravano ricordi confusi, in cui l'amico accennava qualcosa riguardo una cosiddetta *langue d'oc*.

Daniel stava quasi per cercare chiarimenti su internet, quando un lampo gli riportò il ricordo preciso.

[1] «Conto su di voi».

«Il sistema non fa differenza tra *langue d'oc* della Francia del Sud e *langue d'oil* della Francia del Nord» diceva Ian in quel ricordo e si riferiva alla semplificazione che *Hyperversum* faceva riguardo l'antico francese. Aveva pronunciato quelle parole all'inizio della partita fatale, che aveva catapultato tutti nel medioevo per la prima volta.

Daniel sentì i brividi fino alla punta dei capelli.

Francia. 1215. Il Falco d'argento. La partita di *Hyperversum*. Quel tono colloquiale nell'e-mail, il tono di chi si sta rivolgendo a un amico: ogni cosa in quel messaggio riportava a Ian Maayrkas.

Ma non è possibile! È illogico! Come può Ian mandarmi un'e-mail da dove si trova? si chiese Daniel, passandosi la mano nei capelli per scostarli dagli occhi chiari, fissi sullo schermo.

L'intero Hyperversum è illogico, ricordò però subito dopo. *Tutto può succedere in quello stramaledetto gioco. Se può portare la gente nel medioevo, magari può anche far arrivare un'e-mail da un altro secolo...*

Adesso l'ansia, la speranza e la curiosità erano quasi insopportabili. Daniel guardò l'orologio: 14:42, mancavano meno di quattro ore all'appuntamento con il misterioso Falco d'argento, ma al giovane sembrò che mancasse un'eternità.

Devo andare a casa a preparare la partita, fu il primo pensiero che gli balenò nella testa. *Cercherò sulle mappe dove si trovano Pienne e la Linguadoca, poi imposterò...*

«Ehi? Ma mi senti?»

Daniel sobbalzò alla voce vicinissima di Ricardo. Il collega era quasi chino sulla scrivania e lo stava fissando con aria preoccupata. In mano teneva block-notes e penna. «Arriveremo in ritardo per la riunione» aggiunse, indicando col pollice la porta alle sue spalle.

Daniel ripiombò nella realtà di colpo. Il laboratorio, la riunione: li aveva del tutto dimenticati e adesso si rendeva conto di non poter scappare a casa di punto in bianco, perché non aveva idea di che scusa inventare con il suo capo e gli altri colleghi.

Faticò a riordinare le idee e a calmare il cuore quel tanto

che bastava per rispondere a tono all'altro ricercatore. «Sì… certo… Scusami, ero soprappensiero».

Cercò di darsi un contegno, riuscendoci ben poco, e nel contempo si affrettò a chiudere la schermata della web-mail. La testa però non riusciva a staccarsi dal messaggio ricevuto dal Falco d'argento.

«Mi hai spaventato, avevi una faccia» indagò il collega, senza smettere di fissarlo. «Anche adesso sei bianco come un lenzuolo. Sei sicuro di star bene?»

«Sicurissimo. Muoviamoci» tagliò corto Daniel e s'incamminò per primo, quasi piantando in asso l'altro giovane.

Mentre varcava la soglia della sala riunioni guardò l'orologio: 14:46, adesso mancavano tre ore e quarantaquattro minuti al suo incontro con il Falco d'argento.

Fece un respiro profondo. Sarebbe stato un pomeriggio molto lungo.

Capitolo 2

Alle 17:30 in punto, Daniel letteralmente corse a casa, zigzagando nel traffico dell'ora di punta e imprecando contro tutti quelli che gli facevano perdere tempo prezioso, dagli automobilisti fermi al semaforo rosso, alla signora parcheggiata in doppia fila, fino alla pattuglia della polizia stradale impegnata a risolvere un lieve tamponamento senza conseguenze sulla freeway.

Con l'occhio sempre fisso all'orologio, il giovane cercò tutte le scorciatoie possibili, infranse almeno due limiti di velocità, ma parcheggiò l'auto nel vialetto di casa esattamente mezz'ora prima del fatidico appuntamento on-line.

Skip lo accolse come sempre nel cortile, scodinzolando allegramente, ma Daniel non era in vena di giocare con la palla quella sera.

«Ho da fare!» disse al cane, dribblandolo, e si infilò in casa.

Jodie era ancora al lavoro all'ospedale, sarebbe tornata per l'ora di cena. Daniel gettò sul divano la valigetta del lavoro, le chiavi di casa e della macchina e corse su per le scale, tallonato da Skip con la palla in bocca. Entrò nello studio e per prima cosa accese il computer poi, mentre la macchina avviava i consueti controlli, andò verso lo scaffale in fondo alla stanza. I ripiani erano occupati dalle centinaia di libri sul medioevo collezionati da Ian nel corso degli anni e degli studi. Daniel scelse un atlante storico e lo aprì, cercando la voce "Linguadoca"; il libro gli restituì una breve definizione:

LINGUADOCA, Francia meridionale, provincia che si affaccia sul Mar Mediterraneo. La città più importante (capitale) è Tolosa. La provincia deve il suo nome al termine "langue d'oc", che ne indicava la lingua peculiare, e fu il centro della cultura provenzale. Territorio Visigoto a partire dal V secolo e poi Franco a partire dal VI secolo, fu attaccata e invasa dall'esercito crociato (Crociata Albigese) nel 1208 per estirpare l'eresia catara. In seguito fu annessa ai domini dei re di Francia. (Voci correlate: OCCITANIA, insieme dei paesi di Langue d'Oc.)

Daniel si fermò su quella riga, ne sapeva abbastanza. Guardò la cartina riprodotta nella pagina a fianco e trovò senza fatica il nome "Pienne": la piccola cittadina era affiancata dal simbolo che indicava il luogo di una battaglia e accanto ad esso si leggeva l'anno "1215".

Daniel si voltò verso il computer e vide che la macchina, terminati tutti i controlli, attendeva impassibile un qualsiasi comando dell'utente.

Ok, so cosa fare, si disse il giovane, guardando l'orologio che ora segnava le 18:10. *Se in questo posto chiamato Pienne c'è stata una battaglia ricordata nei libri di storia, allora Hyperversum avrà sicuramente i dettagli nel database.*

Fece per andare a sedersi alla scrivania, ma quasi inciampò su Skip che, non ottenendo attenzioni dal padrone, si era messo coscienziosamente a masticargli i lacci delle scarpe da ginnastica, abbandonando la palla poco più in là sul pavimento.

«Non ho tempo, lo vuoi capire?» esclamò Daniel, dopo aver imprecato per la sorpresa. L'atlante storico gli era sfuggito di mano e il giovane lo recuperò appena in tempo, prima che il cane lo acchiappasse, convinto di avere un nuovo gioco su cui provare i denti giovani e affilati. Il movimento brusco divertì Skip, che abbaiò eccitato e fece una finta, aspettando che il padrone abbassasse la mano con la quale teneva l'atlante ben alto sopra la testa, a distanza di sicurezza.

Daniel capì che non si sarebbe sbarazzato del cane tanto in fretta, ora che si era messo in testa di giocare, quindi valutò la situazione e l'orologio e scelse l'unica via d'uscita. «Andiamo, Skip, si mangia!» annunciò, raggiungendo il pianerottolo sempre con l'atlante tenuto fuori portata, e scese le scale due gradini alla volta.

Batté ogni record di velocità nell'aprire la scatoletta di cibo per cani, versarne il contenuto nella ciotola sul pavimento e correre di nuovo al piano di sopra, lasciando Skip a sfamarsi avidamente, ormai del tutto dimentico della voglia di giocare.

Ma tu guarda che fatica mi tocca fare! protestò in silenzio nel controllare per l'ennesima volta l'orologio e finalmente poté sedersi al computer e avviare *Hyperversum*. Mentre il gioco faceva scorrere sullo schermo la consueta introduzione animata, piena di effetti scenografici, Daniel ricontrollò l'e-mail ricevuta nel primo pomeriggio, si annotò data e ora precisa e attese di poter aprire una nuova partita.

Era ancora in anticipo rispetto all'appuntamento. *Hyperversum* fece finalmente comparire i suoi menu; Daniel indossò il visore 3D e i guanti in fibra ottica e abbandonò la tastiera per passare ai comandi vocali.

18:20. Aveva ancora dieci minuti, sempre ammesso che gli orologi fossero in punto.

Dal menu Daniel scelse la voce "nuova partita" e aprì la finestra che ne consentiva la configurazione. Alla sua sinistra comparve l'immagine tridimensionale del suo personaggio: Sir Daniel Freeland, cavaliere sassone delle isole a nord della Scozia, con il suo invidiabile curriculum di missioni compiute, battaglie vinte e punti esperienza accumulati.

Il personaggio somigliava molto a Daniel, per quanto lo consentivano le combinazioni di elementi grafici presi dalle infinite librerie di *Hyperversum*: era di corporatura alta e agile, aveva gli stessi capelli corti e biondi, gli stessi occhi verdi, identici lineamenti ben proporzionati. Tra le note a margine della scheda personaggio spiccavano le frasi: "cavaliere alleato del Falco d'argento, vassallo di Jean Marc de Ponthieu, signore di Montmayeur, Francia. Ha ricevuto l'investitura da re Filippo Augusto sul campo di battaglia a Bouvines, 1214.".

Daniel ebbe una smorfia mentre pensava che quelle annotazioni non erano i soliti dettagli inventati per rendere più interessante un personaggio virtuale; erano invece tragicamente vere e il giovane ricordava ancora con orrore le battaglie sanguinose a cui aveva dovuto prendere parte durante la permanenza nel medioevo e gli uomini uccisi per salvarsi la vita.

Dimise quel pensiero, cercando di mettere a tacere il raccapriccio, e passò oltre. Scelse rapidamente una tenuta sommaria da battaglia per il suo personaggio, composta da panni scuri, corpetto di cuoio, tunica marrone e senza insegne distintive. Niente mantello, ma una buona spada in cintura e stivali solidi.

Non gli serve molto altro, pensò Daniel, poiché il suo vero scopo non era quello di andare ad affrontare una vera partita, ma solo quello di incontrare il Falco d'argento che gli aveva dato appuntamento dentro *Hyperversum*.

A quel pensiero il cuore accelerò.

Chissà da dove arriverà, questo fantomatico Falco d'argento, si chiese il giovane. *Da fuori o da dentro il gioco?*

Certo, era assurdo anche solo pensare che qualcuno potesse collegarsi a una partita da dentro il videogioco stesso, ma d'altra parte era ugualmente assurdo che *Hyperversum* avesse inghiottito qualcuno, inviandolo nel medioevo...

Sì, ma questa e-mail è davvero troppo assurda. Non può avermela inviata lui, si ripeté Daniel per la milionesima volta in quel pomeriggio.

Non aveva fatto altro per tutta la riunione, ascoltando sì e no un quarto delle parole del suo capo, cercando di convincersi a mantenere i piedi per terra e a non correre dietro a illusioni impossibili.

La speranza però era sempre lì, in un angolo della sua testa, e resisteva ostinata.

Daniel attivò il controllo che consentiva a un giocatore esterno di connettersi attraverso internet all'avventura in procinto di iniziare e allo stesso tempo si accertò che il personaggio non giocante di Jean Marc de Ponthieu fosse incluso nella partita.

Mentre una piccola icona in basso nello schermo indicava che il computer si era proiettato in internet per connettersi ai server della comunità di *Hyperversum*, Daniel terminò i suoi preparativi: impostò l'ora e il luogo secondo i dati presi dall'e-mail, poi caricò il database costruito in anni di avventure e diede ordine a *Hyperversum* di elaborare il resto dello scenario.

Sullo schermo e nel visore comparvero una clessidra e una scritta:

HYPERVERSUM

Configuring game.
Please wait...

Il computer rimase immobile per molti secondi, mentre la clessidra lasciava scorrere la sabbia finta verso il basso.

E sbrigati! protestò Daniel in silenzio, sollevando un po' il visore dagli occhi per controllare l'orologio da polso.

Erano le 18:30 spaccate. La clessidra scomparve e lasciò il posto a un conto alla rovescia luminoso, poi tutto si fece buio di nuovo e apparve la scritta:

Game ready.

«Start» ordinò Daniel.

Per l'ennesima volta nella sua vita osservò la sequenza animata, che introduceva il gioco: nello spazio nero punteggiato di stelle il pianeta Terra girava pigramente su se stesso. In alto apparve un contatore alfanumerico che scorreva rapido, alternando numeri a lettere.

La Terra si fermò in un punto preciso. Il contatore si arrestò allo stesso tempo sulla scritta:

1215 d.C.

L'introduzione simulò un volo in picchiata verso il pianeta azzurro e in una manciata di secondi la geografia divenne distinguibile oltre le nubi dell'atmosfera, prima l'Europa, poi la Francia. Rispetto alla solita introduzione la visuale deviò verso sud e si fermò su una regione delimitata a meridione dal Mar Mediterraneo e dai Pirenei.

Con un rapido comando, Daniel fece saltare al gioco l'introduzione storica relativa alla Francia del XIII secolo, ormai conosciuta a memoria, e passò all'introduzione dell'avventura vera propria. Una voce metallica femminile cominciò a spiegare:

Giocatori, vi trovate in Linguadoca. È il 15 ottobre 1215 e sta per concludersi la prima fase della crociata contro gli eretici catari, detti anche Albigesi[2], indetta da Papa Innocenzo III nel 1208, a seguito dell'assassinio del legato pontificio Pietro di Castelnau.

Il movimento eretico si è diffuso in ampie zone della Francia meridionale, ancora soggette a varie autonomie locali, fino a conquistare anche parte della nobiltà del luogo. I nobili occitani, difendendo il loro diritto ad amministrare le loro terre senza ingerenze di tipo religioso, hanno trovato a fasi alterne protettori potenti come re Pietro II di Aragona e il conte Raimondo VI di Tolosa.

Il Papato ha invece ricevuto scarso aiuto diplomatico o militare dal suo difensore naturale in quella zona, re Filippo II Augusto, impegnato nella sua lunga contesa contro re Giovanni I d'Inghilterra. A parte una breve spedizione del principe Luigi nell'aprile del 1215, i crociati non hanno avuto altro appoggio ufficiale dalla corona di Francia, se non l'iniziativa personale di alcuni feudatari maggiori. Il comando dell'esercito crociato, composto da guerrieri di diverse nazionalità, è stato quindi affidato al legato pontificio Arnaud Amaury e in seguito al nobile francese Simon de Montfort.

Dopo aver sgominato i nemici della fede in numerosi e cruenti episodi, come la conquista di Béziers nel 1209 e la battaglia di Muret nel 1213, l'esercito crociato ha infine sottomesso Tolosa, considerata la capitale dell'eresia. Simon de Monfort vi è entrato da padrone nel maggio 1215. Da allora mantiene il controllo delle terre conquistate con uno spietato pugno di ferro.

Alla fine del 1215 il Concilio Laterano IV chiuderà la prima fase della crociata, legittimando le conquiste di Montfort, ma nel frattempo focolai di ribellione o di resistenza si accendono ancora in alcune zone dell'Occitania. La città di Pienne è l'ultima in ordine di tempo a sfidare l'autorità di Montfort prima del Concilio. Dopo aver rifiutato di demolire le proprie mura e abbassare le torri dei palazzi, come ordi-

[2] Dal nome della città di Albi.

nato dal comandante crociato a tutte le città cadute sotto la sua signoria, la città si prepara a sostenere la rappresaglia dell'esercito nemico ormai arrivato sotto le sue difese.

Insieme ai crociati di Montfort, viaggia una delegazione neutrale di...

«Va bene, ho capito, basta così. Inizio partita» disse Daniel, troncando a metà la lunga spiegazione con un moto di impazienza.

Il gioco obbedì all'istante. La visuale si allargò rapida per avvicinare al giocatore una valle stretta tra montagne e colline, coperte di alberi fitti.

Ovunque il terreno scuro era variegato da ampie zone d'erba, con i colori spenti del tardo autunno. Il cielo era sbiadito, appena velato da nuvole trasparenti.

La valle sfociava davanti a un agglomerato urbano piuttosto esteso e cinto da mura di pietra. Un fiume placido scorreva accanto alla cinta muraria, proteggendone un fianco con una difesa naturale.

Quella dev'essere Pienne, si disse Daniel, guardando dall'alto la città fortificata, ma poi spostò la sua attenzione sui punti scuri, fitti come formiche, in movimento lento ma deciso verso il centro abitato in fondo alla valle. La visuale consentì presto di riconoscere uomini a piedi, a cavallo e a bordo di carri; animali da soma, da viaggio e da tiro e gli inconfondibili bagliori prodotti da centinaia e centinaia di lame esposte ai raggi del sole pallido.

Un esercito. Saranno i crociati, capì Daniel.

Il visore 3D si spense per qualche secondo e lasciò apparire la scritta:

Pienne
Contea di Lodève
Linguadoca

Il contatore del tempo cominciò a scorrere minuti e secondi, partendo dalla data:

15 ottobre 1215 - ore 15:45:55

Daniel si ritrovò su un prato, in mezzo alla valle, a guardare l'esercito crociato digitale che sfilava a pochi passi da lui, apparentemente senza notarlo.

Rimase subito colpito dalla sensazione di eterogeneità che davano quelle schiere di armati. Benché tutti gli uomini portassero il simbolo della croce sui vestiti, sugli scudi o sulle bandiere, sembravano aver fatto a gara per raffigurare quell'emblema nei modi più disparati: grande, piccolo, storto, dritto, chiaro, scuro, dipinto o scolpito sul metallo graffiato degli scudi, cucito con lembi di stoffe stinte e irregolari sui vestiti più umili, ricamato sulle livree più curate.

Tra i crociati vi erano cavalieri, fanti, lancieri, arcieri, balestrieri, semplici civili armati alla meglio, frati con il bastone o pesanti vessilli con la croce. Alcuni cantavano inni sacri durante la marcia, altri pregavano ad alta voce, altri ancora camminavano scalzi, indossando gli abiti dei penitenti sotto le cotte di maglia rabberciate o i corpetti di cuoio pesante. Guidavano cavalli, muli e asini, carri e carretti, per gruppi e in fila ma senza un vero ordine.

Solo in testa alla lunga schiera viaggiavano alcune squadre di guerrieri e cavalieri, vestiti con un minimo di uniformità, annunciati da bandiere e stendardi tenuti alti sopra le teste. In coda all'esercito venivano invece i numerosi convogli delle salmerie, con il loro contorno di artigiani, fabbri, armaioli e garzoni di ogni genere.

Hyperversum fa le cose in grande come al solito, pensò Daniel. *Stavolta però ha esagerato con i dettagli coreografici. Più che un esercito di crociati sembra un circo equestre.*

C'era una bella differenza con l'ordinato esercito francese di re Filippo Augusto, che aveva avuto modo di vedere in guerra anni prima.

Daniel spostò lo sguardo oltre il fondo della schiera. Stranamente, un gruppo di armati, dietro i carri degli equipaggiamenti e delle vettovaglie, si teneva a diverse centinaia di passi di distanza, come se seguisse semplicemente l'esercito senza farne parte. Era una squadra ordinata, i cui membri indossavano divise scure simili tra loro, sia che fossero tra i pochi cavalieri in testa al gruppo sia che fossero i soldati che li seguivano a piedi o a bordo di alcuni carri coperti. Un alfiere portava bandiere dai toni del blu e dell'azzurro, ma la mancanza totale di vento lasciava la stoffa floscia, appesa alle aste, e rendeva impossibile distinguere simboli o blasoni.

Daniel ricordò vagamente l'accenno a una "delegazione neutrale" fatta dall'introduzione e, col senno di poi, rimpianse di non aver ascoltato il resto della frase. Adesso doveva tenersi la curiosità su chi fossero quei soldati scuri.

«Sir Daniel Freeland, immagino» disse una voce improvvisa, cogliendolo esattamente alle spalle.

Daniel sobbalzò sulla sedia imbottita dello studio e fece girare il suo personaggio. Per un attimo, il brivido di adrenalina lungo la schiena gli fece trattenere il fiato.

Eccolo, il cavaliere bianco: alto, solido e armato di tutto punto. Era a piedi e portava l'elmo sul viso, la spada in cintura. Lo scudo e la cotta d'armi esibivano un superbo falco d'argento in palo azzurro. Le sue parole avevano il tono allegro di chi saluta un amico, finalmente incontrato dopo tanto tempo.

Ian! pensò Daniel in un lampo, a metà tra lo choc e la gioia.

Poi però, poco alla volta, la sua coscienza colse davvero l'aspetto digitale di quel cavaliere, la corporatura diversa e la voce troppo giovane, evidente anche attraverso l'elmo chiuso.

A un esame più attento, persino il blasone del falco si rivelava una pallida imitazione.

Daniel chiuse momentaneamente gli occhi e si morse le labbra, con la bocca asciutta e quell'usuale, terribile senso di amarezza in fondo allo stomaco, rimproverandosi di non essere capace di imparare dai propri errori.

Avrebbe dovuto saperlo, avrebbe dovuto dare ascolto al buonsenso e non a una speranza assurda.

Quante volte aveva creduto di riconoscere *quella figura* tra i personaggi creati da *Hyperversum*? Si era illuso così spesso e puntualmente era uscito dalle partite snervato, dopo un inutile vagare tra luoghi finti, così ben fatti da sembrare veri ma popolati da personaggi che non avevano anima, né storia, né passato e che soprattutto non avevano niente a che fare con chi lui voleva ritrovare. Quello era solo l'ennesimo buco nell'acqua.

«E tu chi sei?» domandò il giovane alla fine.

Il suo interlocutore mimò un pomposo inchino. «Un Falco d'argento, pronto a servire il mio signore, che altro?»

La rabbia provata da Daniel a una simile risposta fu pari solo alla sua delusione. «Tu non sei il Falco d'argento» replicò il giovane, trattenendosi a stento dal rispondere molto peggio. «Avanti, dimmi chi sei».

«Ehi, ma come siamo nervosi!» si difese il cavaliere bianco alzando le mani. «Rilassatevi, sir Freeland, la battaglia inizierà presto e noi potremo menare le mani con qualcuno che se lo merita!»

Daniel notò finalmente l'accento particolare del suo interlocutore. «Sei canadese» intuì.

«*Eh, bien, voilà!*» ammise l'altro giocatore, nel togliersi l'elmo. «*Vous êtes un vrai connaisseur.*[3]»

Apparve un volto troppo artificiale per somigliare a una persona vera e troppo adulto per intonarsi alla voce da ragazzo che gli usciva dalle labbra. Doveva essere un personaggio costruito senza la benché minima somiglianza con il giocatore che lo impersonava, capì Daniel. D'altra parte, la maggioranza dei giocatori di *Hyperversum* preferiva costruirsi uno o più alter-ego, detti anche avatar, che non avessero nulla a che fare con il proprio aspetto reale, con l'età o persino con il proprio sesso, per divertirsi di più durante le finte avventure nella Storia.

«E tu sei proprio degli stati Uniti del sud, vero?» riprese il finto cavaliere bianco, passando al tono di confidenza per continuare la conversazione. «Anche tu hai un accento inconfondibile».

«E tu sei canadese francofono» replicò Daniel. «Si sente da come parli il francese».

L'altro rise di nuovo. «Vogliamo finire le presentazioni, allora?»

[3] «Siete un vero intenditore».

«Voglio il tuo nome vero» ammonì Daniel.

Il personaggio finto spalancò gli occhi. «Perché? Non mi dirai che quello che usi tu è proprio il tuo nome».

«Invece sì».

«E magari anche l'aspetto...»

«Sì» troncò Daniel, ormai prossimo a perdere la pazienza. «Aspetto, età e tutto il resto dell'armamentario».

La frase era più vera di quanto il suo interlocutore potesse anche solo immaginare.

«Figo!» esclamò entusiasta il ragazzo che si nascondeva sotto il cavaliere digitale. «Allora è come conoscerti davvero di persona! La prossima volta userò anch'io un personaggio uguale a me».

«*Se ci sarà* una prossima volta. Devi ancora spiegarmi chi sei, come mi hai trovato e cosa vuoi da me».

Per quanto Daniel fosse brusco, l'altro giocatore non si lasciava scoraggiare, tanto era eccitato. «Tu ormai sei una leggenda nella comunità di *Hyperversum*, chi non vorrebbe fare almeno una partita con te? Nelle ambientazioni del medioevo sei il giocatore con più punti esperienza e tutti dicono che i tuoi scenari sono così belli da sembrare veri».

«Io, una leggenda?» Daniel fu colto alla sprovvista. Aveva davvero davanti... un suo fan?

«Nella comunità on-line ho conosciuto un sacco di gente che diceva meraviglie di te, perciò ho tenuto d'occhio tutte le tue partite e ho trovato il tuo indirizzo e-mail nella tua scheda di registrazione al portale» continuò il ragazzo, imperterrito. «Sai, ho una passione personale per il medioevo...»

«Non mi dire» l'interruppe Daniel, sarcastico. «Per caso hai studiato Storia all'università?»

L'altro sghignazzò, come a una battuta. «Ci mancherebbe! Ne ho avuto abbastanza della scuola superiore. No, sto cercando un lavoro per andarmene in un posto più caldo e divertente di Saint Gilles, altro che studiare Storia». Fece una pausa e aggiunse: «E comunque mi chiamo Ty Hamilton, molto piacere».

«Piacere mio» mentì Daniel. «E come ti è venuto in mente di contattarmi con il nome di Falco d'argento?»

Facendomi perdere tempo, fatica e speranze per niente? aggiunse col pensiero, sempre più irritato.

Il suo interlocutore digitale ammiccò con aria sorniona. «Be' immaginavo che ci fosse la fila per giocare con te e quindi ho cercato una scorciatoia. Ho visto che nelle partite ti porti sempre dietro il personaggio del Falco d'argento… a proposito dov'è?» S'interruppe per guardarsi intorno.

«A farsi un giro da qualche parte qui intorno» inventò Daniel per tagliare corto.

«Insomma, pensavo che usandone il nome ti avrei incuriosito e che avresti accettato di giocare con me subito. A quanto pare ho avuto successo» continuò il canadese. «Ci tengo però a dirti che non voglio interferire con il personaggio che hai creato tu. Il mio Falco è semplicemente un affiliato immaginario al clan del tuo Jean Marc de Ponthieu, per questo pensavo che potesse portare gli stessi colori sulla cotta e lo stesso simbolo, ma se vuoi gli cambio la divisa».

«Sì, è meglio. Grazie» rispose Daniel, secco.

«Ok, dammi un minuto». Ty Hamilton rimase in silenzio per qualche attimo, poi all'improvviso il suo personaggio mutò, trasformandosi. Adesso portava una divisa marrone senza stemmi e non aveva più nemmeno l'elmo sottobraccio.

«A proposito del Falco d'argento» riprese la voce del canadese. «Tu hai immaginato che sia il tuo signore giusto? Lo sapevi però che Jean Marc de Ponthieu è esistito sul serio nella Francia del XIII secolo? È un personaggio storico vero, ho cercato un po' di notizie in internet. Non che ci sia molto su di lui, però l'ho trovato nominato anche in un paio di libri».

Un'improvvisa paura assalì Daniel, che tutto poteva aspettarsi tranne di ricevere notizie di Ian in quel modo, attraverso le letture passatempo di un giocatore di ruolo. Di colpo temette di scoprire ciò che non voleva sapere e fu quasi afferrato dal panico.

«Certo che conosco il personaggio storico» si affrettò a dire, prima che il suo interlocutore potesse aggiungere qualcosa di troppo. «Ma non mi interessa per niente. Mi basta avere il mio, di personaggio. È più che sufficiente per i miei scopi».

«Peccato, perché quello vero era un tizio interessante. Un

gran cavaliere, dicono, per giunta furbo come una volpe». Ty Hamilton si stava accalorando come se parlasse di una rockstar. «Pensa che addirittura...»

Un clamore inaspettato salvò Daniel e sovrastò le ultime parole del canadese, rompendo il monotono sottofondo della partita.

«Adesso che c'è?» esclamò Daniel, già abbastanza teso per tutto il resto.

L'esercito di cui si era completamente dimenticato aveva subito un improvviso sbandamento in un punto collocato a metà tra le squadre di testa e i convogli degli approvvigionamenti. Dalle colline più basse a sud-ovest stavano scendendo gruppi armati a cavallo, veloci e forti di avere il sole alle spalle. Erano scortati da molti arcieri, che scoccavano senza tregua nugoli di frecce verso il nemico più a valle.

L'esercito crociato era stato chiaramente colto di sorpresa ed era piombato nel caos. Le squadre alla testa del corteo cercavano di invertire il senso di marcia e di affrettarsi verso il luogo dell'attacco, ma venivano intralciate dal movimento confuso delle salmerie, dai civili armati ma senza disciplina e dai religiosi che fuggivano per salvarsi dalle frecce del nemico. In pochi minuti appena, la spianata della valle divenne un'unica bolgia di polvere, grida, nitriti, sangue e lame snudate.

«I crociati subiscono un agguato davanti alle mura di Pienne, non hai ascoltato l'introduzione alla partita?» disse Ty Hamilton, attirando su di sé l'attenzione di Daniel. «Noi siamo qui per questo: per combattere agli ordini di Simon de Montfort contro i nemici della fede e recuperare l'oro che i ribelli custodiscono dentro le mura di Pienne. È lo scopo della partita, la nostra missione da compiere».

Daniel scosse la testa ormai stanco, spazientito e arrabbiato. «No, basta così. Chiudiamola qui, d'accordo? Non sono venuto per giocare».

Il ragazzo lo guardava senza capire i veri motivi della sua irritazione. «No? E per fare cosa, allora?» Il tono di voce sottolineò l'espressione stupita ma artificiale del personaggio.

Daniel distolse lo sguardo. «Lascia perdere» mugugnò, dandosi dell'imbecille per quella frase avventata.

Si passò la mano nei capelli e il suo personaggio digitale fece altrettanto all'interno del gioco. Si costrinse a un bel respiro e riprese con un tono forzatamente più calmo. In fin dei conti quel ragazzo non aveva nessuna colpa se lui si era illuso dietro un miraggio impossibile. «Senti, mi dispiace. Io credevo di incontrare qui un amico che non vedo da un po' e non mi aspettavo di trovare te. Ero venuto solo per lui e nient'altro. La partita non mi interessa».

Il canadese cominciava a essere davvero deluso. «Ma non possiamo giocare ugualmente?» propose. «Dai, il tuo scenario è grandioso come sempre. Facciamoci un giro qui dentro. C'è una battaglia fantastica: è un peccato non partecipare».

«Non c'è proprio niente di divertente nel partecipare a una battaglia» iniziò a dire Daniel, ma s'interruppe quando un altro movimento concitato entrò nel suo campo visivo, davanti a lui e non più dalla parte della battaglia in corso.

Il combattimento si era acceso anche dall'altro lato della valle. Nuove squadre di attaccanti scendevano rapide per stringere i crociati e impegnarli sui due fianchi contemporaneamente. Erano in netta inferiorità numerica, ma contavano sull'effetto sorpresa, molto efficace a quanto pareva dai risultati.

Il loro impeto aveva coinvolto persino il gruppo che seguiva dappresso l'esercito crociato pur mantenendone le distanze: anche tra quelle divise scure ci furono feriti e caduti, prima che i commilitoni potessero mettersi in assetto da battaglia.

I cavalieri furono i primi a staccarsi dal gruppo per organizzare la difesa. Tra loro Daniel ne notò uno su un destriero bianco, una figura potente con addosso una livrea anonima uguale a quella degli altri. Lo stemma sullo scudo non era visibile da quella posizione, ma il metallo mandava i bagliori perfetti della grafica 3D.

Il cavaliere passò come un turbine sul prato e fendette una squadra di nemici a piedi, digitali come lui. Alcuni si gettarono di lato per evitarlo, altri caddero speronati dal destriero, due furono abbattuti dalla sua spada e finirono a terra con grida di dolore.

Era una scena impressionante eppure finta, lontana. Un film concepito da *Hyperversum*.

Persino le grida dei feriti provenivano dall'infinita libreria di suoni in dotazione al videogioco.

Daniel seguì con lo sguardo l'intera traiettoria del cavaliere sul cavallo bianco, finché anche lo scintillio della sua spada insanguinata non scomparve di nuovo nella calca. Si voltò verso Ty Hamilton. «È tardi, me ne devo andare» gli disse, brusco.

«Ma dai! Proprio adesso che la cosa si fa interessante!» replicò il canadese con improvvisa eccitazione e il suo personaggio sguainò la spada allegramente. «Secondo te quanti punti valgono quelli là?»

Daniel seguì la direzione del suo sguardo e vide arrivare un'intera squadra di armati a piedi e a cavallo, con mazze e lance. Puntavano sui due giovani fermi impalati nel campo di battaglia e le loro intenzioni erano chiare e bellicose.

L'americano trattenne a stento un moto di stizza. A quanto pareva, *Hyperversum* aveva deciso di non lasciar oziare più a lungo i suoi giocatori, Daniel però aveva un'opinione diversa riguardo a come trascorrere i minuti successivi di quel collegamento alla partita.

Il suo improvvisato compagno di gioco balzò in avanti con un grido degno di un film d'azione, mulinando la sua spada. Abbatté un avversario con la consumata abilità del giocatore di ruolo, poi si girò a sfidare altri nemici a piedi.

Come avventuriero doveva avere parecchi punti esperienza, considerò Daniel nel guardarlo combattere in mezzo alla mischia. *Io però non ho voglia di aggiungerne altri alla somma dei miei, né tantomeno di rischiare di perdere il mio personaggio per poi doverlo ricostruire da capo e perderci ore*, pensò in aggiunta.

Alcuni soldati virtuali stavano sopraggiungendo veloci e potevano creare parecchi danni a un personaggio che in quel momento non aveva alcuna voglia di impegnarsi per difendersi. Non c'era tempo da perdere.

Daniel alzò la mano disarmata per invocare l'icona di fine partita. «Scusa se faccio il guastafeste. Io chiudo tutto» annunciò al canadese, sperando di farsi ascoltare, e comunque senza attendere risposta comandò: «Uscita di...»

Un urto violento gli svuotò i polmoni. Daniel barcollò con un grido strozzato, ruotò su se stesso a causa del contraccolpo ma non cadde. Si sentì trascinare via brutalmente e per alcuni istanti perse del tutto la cognizione dello spazio, di ciò che stava sopra o sotto. Non riuscì a gridare, annaspò invano in cerca di un qualsiasi punto d'appoggio che non trovò.

La stoffa dei suoi abiti si lacerò e Daniel rotolò bocconi sull'erba umida. Rialzò la testa in tempo per vedere l'armigero a cavallo proseguire oltre e voltarsi indietro con disappunto, mazza alla mano. Dalla bardatura chiodata del suo cavallo sventolava un brandello di stoffa scura.

Daniel si portò d'istinto la mano a una spalla per scoprirvi dolore e il calore del sangue. La sua tunica aveva uno squarcio ampio, che lasciava la pelle nuda, là dove i finimenti del cavallo nemico l'avevano sfregiata quando si erano impigliati nei vestiti non protetti dal corpetto di cuoio.

Il giovane impiegò ancora qualche attimo per riconoscere in bocca il sapore della terra e capire di avere erba vera sotto le mani, di avvertirne l'odore mischiato a quello del sangue e del ferro. Non era più nel gioco. Era passato di là.

Il tempo sembrò congelarsi, mentre ogni singolo dettaglio dell'ambiente tutto intorno arrivava a colpire i sensi come una valanga: i rumori, gli odori, il freddo, il movimento. L'inferno del campo di battaglia era ovunque, a trecentosessanta gradi.

Com'è possibile?! pensò Daniel d'istinto, con il cuore che pulsava contro le costole come se volesse uscirgli dal petto.

Poi non ci fu più tempo di pensare ad altro.

Una sagoma improvvisa si stagliò sull'americano, facendolo sobbalzare. Daniel rotolò di lato appena in tempo per evitare la spada del soldato che gli avrebbe staccato un braccio, se solo l'avesse raggiunto.

Il giovane reagì d'istinto: piantò un calcio nel ventre del suo aggressore, ancora chino su di lui, e lo gettò indietro. Scattò in piedi, aiutandosi anche con le mani per mettersi a distanza di sicurezza, poi si girò e cercò la spada in cintura.

Le dita trovarono solo il vuoto.

Nel passaggio da un lato all'altro *Hyperversum* non lasciava mai oggetti ai giocatori, solo i vestiti, ricordò Daniel di colpo e maledisse per la milionesima volta nella sua vita quel gioco assurdo, che sembrava godere nel metterlo in pericolo nei momenti più impensati.

Il suo nemico aveva fatto in tempo a rialzarsi in piedi e l'aveva già individuato. «Vieni qui, bastardo!» minacciò in francese e Daniel non sapeva nemmeno a che schieramento appartenesse, se fosse un crociato o un ribelle eretico. Nemico per sbaglio o sul serio. Sulla divisa sporca non si riconosceva alcun simbolo significativo.

«Ascolta. Aspetta un attimo... parliamone» tentò Daniel, ritrovando le parole in quella lingua che non usava da anni, e indietreggiò.

«Magari quando ti avrò ammazzato» lo zittì l'uomo e attaccò a spada tesa.

Daniel lo evitò con un balzo. Scansò allo stesso modo anche un secondo assalto, mentre il terzo gli lacerò i vestiti sul ventre, mancando la carne per un soffio.

Il soldato imprecò di rabbia e attaccò ancora, questa volta di punta. Daniel lo lasciò passare oltre scostandosi, poi però approfittò della sua vicinanza. Gli allungò una spinta e lo fece inciampare, poi gli si gettò sopra quando cadde faccia in avanti. «Lo vuoi capire che non voglio combattere?!» gli urlò furioso, mentre gli piantava le ginocchia nella schiena con tutta la forza che aveva.

Lo colpì fino a lasciarlo svenuto sul terreno, gli rubò la spada e si rimise in piedi in fretta per guardarsi intorno.

Un altro armigero era a poca distanza: un giovinastro con l'aria di non sapere bene come usare la spada, nonostante la cotta di maglia e l'elmo che indossava. Preso dalla foga della lotta, Daniel gli si gettò contro per primo con un grido furioso, mulinando la lama più per spaventare che per colpire sul serio. La recluta si lasciò intimorire: tentò una debole difesa parando la lama a poca distanza dal viso, ma poi, quando rischiò di rimanere ferita davvero, fece un passo indietro e se la diede a gambe levate.

Daniel rimase ansante a guardare lo stemma della Croce disegnato alla meglio sulla schiena del giovane in fuga.

Me la sono presa con un crociato, fu il suo primo pensiero razionale.

La battaglia infuriava ovunque, mescolando insieme colori, divise e bandiere e rendendole irriconoscibili per la polvere, il fango e il sangue. Gli uomini lottavano, cadevano, si calpestavano. I cavalli imperversavano, le frecce piovevano dall'alto e mietevano vittime indiscriminatamente. Ovunque risuonavano grida, clangori e nitriti ed era impossibile riconoscere un ordine logico nel mucchio. L'odore della terra si mescolava a quello forte dell'erba calpestata e del sangue che ne rendeva rossi i fili resi duri dal freddo.

In mezzo a quella bolgia, Daniel si chiese come facevano i combattenti a distinguere i nemici dai commilitoni, poi sospettò che in alcuni casi non ci riuscissero affatto. Era più probabile che, nel dubbio tra colpire o aspettare, la scelta cadesse sulla prima ipotesi. Meglio colpire per primi che accorgersi troppo tardi di avere davanti un nemico e non un alleato o uno sconosciuto che non c'entrava niente con la crociata.

Daniel esplorò fin dove poté con lo sguardo. «Hamilton!» chiamò urlando. «Ty Hamilton!»

Dal campo di battaglia non arrivò nemmeno una sillaba in risposta al suo richiamo.

Dov'è finito? si domandò Daniel con terrore, immaginandosi il peggio.

Un gruppo di soldati venne falcidiato da un cavaliere bianco e nero, armato di mazzafrusto. Il suo destriero galoppava tra i soldati a piedi, speronando e travolgendo chiunque; l'uomo calava fendenti precisi e mortali, raggiungendo i nemici al volto, alla nuca, al torso. Una pioggia di sangue accompagnava ogni colpo del suo maglio chiodato, insieme alle urla dei feriti e dei morenti, e persino il cavallo aveva il petto macchiato dagli schizzi rossi.

Daniel sentì il ghiaccio lungo la schiena quando vide il cavaliere aprirsi la strada, rincorrere e atterrare qualunque armato si trovasse sulla sua traiettoria.

E il prossimo su quella traiettoria era proprio lui.

Daniel si vide piombare il cavaliere addosso come un diavolo coperto di ferro e per un secondo il panico lo inchiodò sul posto, impedendogli di fuggire.

Il secondo successivo era già troppo tardi.

Il cavaliere alzò il mazzafrusto. Daniel avvertì l'ombra che il maglio chiodato gli proiettò sul viso prima di calare dall'alto.

Un cavaliere scuro speronò il primo e mandò a vuoto il suo attacco. Daniel balzò indietro con un urlo, evitando per un soffio sia il mazzafrusto sia i corpi potenti di entrambi i destrieri. Quella provvidenziale intromissione riscosse l'americano, che capì di potersi mettere in salvo. Non perse tempo a vedere l'esito dello scontro tra i due cavalieri, ma si mise a correre più forte che poteva per il campo di battaglia, col cuore in gola.

Si voltò solo quando udì un richiamo indistinto ma furioso alle sue spalle. Il cavaliere scuro aveva lasciato indietro quello bianco e nero e ora puntava sull'americano in fuga, brandendo un moncone di lancia, tenuta bassa, ad altezza uomo.

Daniel lanciò un grido di spavento e provò a correre più veloce, ma il destriero da battaglia guadagnava terreno inesorabilmente. In un lampo raggiunse la preda in fuga. Il cavaliere si abbassò di lato.

Un colpo violento alle gambe, un dolore lancinante e Daniel si sentì mancare il terreno sotto i piedi. Finì a terra sulla schiena, letteralmente sbalzato dall'urto, e impiegò qualche istante per riuscire a respirare di nuovo. Rialzò la testa, incapace di credere di avere ancore tutti i pezzi attaccati al resto del corpo. Il cavaliere era già a parecchia distanza da lui e si stava voltando indietro, mentre tirava le redini del suo cavallo. Avrebbe potuto trafiggere l'americano in pieno dorso e invece si era limitato a fargli lo sgambetto con la lancia, benché dolorosissimo, per buttarlo giù. Adesso aveva persino gettato via il moncone della sua arma.

Perché? riuscì a domandarsi Daniel, un secondo prima che una salva di frecce spazzasse l'aria per andare a mietere vittime in un gruppo di armati solo qualche decina di passi più avanti. Con incredulità, Daniel capì che, se non fosse stato atterrato, si sarebbe trovato con buona probabilità in mezzo a quegli uomini uccisi o feriti.

Il cavaliere scuro stava gridando qualcosa in francese tra il frastuono della battaglia. Indicava Daniel a un gruppo di soldati che indossavano la sua stessa divisa scura. Gli uomini corsero incontro all'americano, armi in pugno. Daniel si risollevò più in fretta che poté, ma poi non riuscì a fuggire perché i soldati sconosciuti l'avevano già raggiunto.

«Mi arrendo!» gridò per farsi sentire e lasciò cadere la spada, alzando le mani in modo eloquente, o almeno così sperava. Pregò ardentemente che il gesto bastasse a evitargli una sanguinosa fine a fil di spada.

I soldati si erano fermati a pochi passi, con le armi spianate, ma avevano contemporaneamente alzato gli occhi su qualcosa alle spalle del giovane.

Daniel sobbalzò, avvertendo la presenza, e si girò di scatto. Rabbrividì quando il destriero bianco e feroce gli nitrì quasi in faccia, allargando le froge frementi. Sulla sella si ergeva il cavaliere visto solo poco prima: alto, potente, spada in mano. L'elmo di ferro incuteva paura. Lo scudo, ora ben visibile, era bianco ed esibiva una fascia verticale azzurra, nella quale era disegnato un falco d'argento.

Il Falco d'argento.

A Daniel parve che il cuore si fermasse davvero. Aprì la bocca, gli mancarono le parole, cercò di respirare attraverso il groppo che gli stringeva la gola.

I soldati si fecero da parte di qualche passo, con deferenza.

Il cavaliere del Falco era immobile, irrigidito in una posa che tradiva il suo totale sbalordimento. Infine si passò lo scudo a tracolla, ripose la spada nel fodero e si tolse l'elmo con entrambe le mani per guardare l'americano faccia a faccia.

Dio mio… pensò Daniel e la stessa invocazione passò negli occhi azzurri dell'altro giovane che gli stava davanti.

«Daniel, sei… davvero tu?» domandò Ian Maayrkas in un soffio incredulo.

Capitolo 3

La visione si fece sfuocata e Daniel dovette sbattere le palpebre per liberarsi gli occhi dalle lacrime. «Finalmente...» mormorò.

Ian era bianco come un lenzuolo, ma anche i suoi occhi erano umidi per l'emozione.

«*Jean! Ne reste pas là! La canaille arrive!*[4]» urlò il cavaliere scuro da lontano e la sua voce concitata ruppe il momento di immobilità.

L'uomo stava ritornando al galoppo verso i due americani e altri suoi soldati lo seguivano correndo.

Ian e Daniel si voltarono contemporaneamente nella direzione indicata dal cavaliere, con la spada che aveva sostituito la lancia nella mano, e videro un gruppo nutrito di nemici armati fino ai denti sopraggiungere veloci nella loro direzione, dopo essere scesi dalle colline. Il sibilo stridulo delle frecce lacerò l'aria e costrinse i soldati a ripararsi dietro gli scudi. Il destriero di Ian nitrì, scalpitando, mentre il suo padrone veniva colto di sorpresa. Daniel si chinò d'istinto, con un'imprecazione di spavento. Una freccia lo mancò di un soffio, altre si conficcarono sugli scudi con un rumore secco e raccapricciante, ma non fecero vittime.

Fortunatamente non fecero vittime. Erano dardi di balestra, mortali ma radi: non provenivano perciò da un reparto organizzato di arcieri o balestrieri, ma da alcuni tiratori mischiati al gruppo dei nemici.

I soldati intorno a Daniel si rivolsero a Ian in cerca di ordini. Solo in quel momento Daniel capì davvero che anche l'amico

[4] «Jean! Non restare là! La marmaglia arriva!»

faceva parte della stessa squadra di armati, contraddistinti da una divisa scura, senza croci ma con tre gigli d'oro sulla spalla sinistra colorata di azzurro.

Ian si rimise l'elmo per avere le mani libere. «Andiamo!» esortò rivolto a Daniel e si sporse dalla sella verso l'amico. Daniel afferrò la sua mano tesa e l'altro lo tirò su, facendolo montare a cavallo dietro di sé.

Il cavaliere scuro, intanto, li aveva raggiunti. «Porta i nostri al sicuro! Io vi proteggerò le spalle» gridò in francese a Ian nel passargli accanto, diretto verso il nemico. «*Suivez-moi!*[5]» ordinò poi ai soldati e questi gli obbedirono prontamente, tenendosi ben coperti dietro gli scudi. Avrebbero raggiunto gli aggressori prima che i balestrieri riuscissero a ricaricare le armi.

Daniel fece in tempo a cogliere una sfumatura familiare nella voce del cavaliere ancora sconosciuto, nonostante l'elmo chiuso ne distorcesse il timbro, ma poi Ian spronò il destriero nella direzione opposta per allontanarsi in fretta dal luogo del pericolo insieme all'amico.

Galopparono per alcuni minuti in un silenzio che tradiva i pensieri in subbuglio di entrambi. Daniel si teneva stretto a Ian per reggersi in sella e ne sentiva l'odore di cuoio, di ferro… e di sangue. L'odore di un cavaliere appena entrato in battaglia.

Avrebbe voluto dire mille cose ma non riuscì a pronunciarne nessuna, senza sapere se il groppo che aveva in gola era dovuto all'emozione o ai sobbalzi del cavallo.

I due amici raggiunsero rapidamente il resto della squadra in divisa scura, in marcia verso di loro con i carri coperti al seguito. Gli arcieri, a piedi, a cavallo e a bordo dei mezzi, tentavano di proteggere il gruppo tenendo sotto mira tutte le direzioni e abbattendo i nemici che osavano entrare nel loro raggio di tiro. I fanti tenevano lance, spade e asce pronte nelle mani, per intervenire in caso di necessità. Tre cavalieri e l'alfiere circondavano il gruppo, pattugliando un ampio tratto circostante. Nel movimento della corsa le bandiere sventolavano e Daniel

[5] «Seguitemi!»

poté cogliere in mezzo alle stoffe blu anche bagliori di bianco e di azzurro e, finalmente, gli inconfondibili gigli d'oro del re di Francia.

«*Monsieur* Jean!» stava gridando un ragazzo seduto alla guida di un carro insieme a un soldato. Non doveva avere più di tredici o quattordici anni, a giudicare dall'aspetto un po' selvatico, ma la zazzera rossa era tagliata sotto le orecchie secondo l'usanza degli scudieri, o almeno secondo una buona imitazione, visto che i capelli sfuggivano qua e là indisciplinati.

Ian galoppò incontro al ragazzo, mentre il gruppo rallentava per accoglierlo e i cavalieri convergevano verso di lui.

«Siete ferito?» domandò il ragazzo, appena ebbe Ian a portata di voce. Era così pallido per l'ansia che persino le lentiggini intorno al naso sembravano sbiadite. Daniel, però, notò soprattutto l'accento aspro del suo francese.

«Sto bene, Beau, niente paura. Adesso togliamoci da qui» rispose Ian in fretta. «E tu sei troppo allo scoperto, ti avevo detto di metterti al riparo, in caso di pericolo. Ora rifugiati dentro il carro».

«Ma io posso...» tentò di obiettare lo scudiero.

«Dentro il carro!» gli ordinò Ian, già spazientito, e persino Daniel trasalì nel sentire l'amico alzare la voce con tanta autorità.

Il ragazzo balzò giù da cassetta per correre a obbedire e scomparve dietro il carro, senza dubbio per ripararvisi dentro, protetto dalle pareti di legno.

Daniel notò che su quelle superfici solide erano conficcate almeno due frecce e mentalmente diede ragione all'amico riguardo il fatto di tenere il ragazzo al sicuro.

Ian andò a prendere la guida del gruppo di armati. «Da questa parte!» ordinò con un gesto ampio del braccio e i soldati gli obbedirono prontamente, deviando la loro direzione per tener dietro al cavaliere. Compatti, puntarono dritti verso un punto in cui i nemici erano meno numerosi, perché ormai il grosso del gruppo aveva proseguito oltre nell'impeto dell'attacco. Dietro i gruppetti sfilacciati, si stagliava una collinetta priva di alberi, a parte alcuni abeti sulla sommità.

«Reggiti!» gridò Ian a Daniel e sguainò la spada.

Ma sei impazzito?! Avrebbe voluto esclamare Daniel, ma allo stesso tempo capiva che quel punto era ideale per poter rompere l'accerchiamento nemico e mettersi almeno le spalle al sicuro.

I tre cavalieri si affiancarono a Ian nell'assalto frontale e tutti insieme piombarono sulla sparuta squadra di nemici che ebbe la malaugurata sorte di trovarsi sulla loro strada. La sfondarono spada alla mano e proseguirono oltre lasciando caduti e feriti sul terreno. Gli arcieri di scorta ai carri falciarono altri uomini con tiri precisi, i commilitoni ingaggiarono i superstiti con le spade e le armi da mischia. Fu un combattimento breve perché i ribelli, vista la mala parata e l'inferiorità numerica, si diedero alla fuga, prima che i cavalieri francesi potessero tornare indietro e chiuderli in una tenaglia senza scampo.

Ian diede l'ordine di lasciar andare i fuggitivi. I francesi conquistarono la collinetta e non persero tempo prima di organizzarsi in modo da formare un efficace baluardo di difesa, raggruppando i carri perché con la loro mole fungessero da riparo per gli uomini e cercando allo stesso tempo di proteggere anche gli animali da tiro con gli scudi. A Daniel vennero in mente i film western, in cui la carovana di pionieri si difendeva sempre dall'attacco degli indiani nel bel mezzo della prateria. Fortunatamente, però, sembrava che in quel momento la battaglia fosse concentrata più avanti, là dove i nemici aggredivano il grosso dell'esercito crociato, ignorando il piccolo gruppo di francesi, forse perché non era più un bersaglio appetibile.

Ian fece scendere Daniel di sella. «Un'arma per il mio compagno!» chiese a gran voce, poi si voltò ansante verso l'amico e passò all'inglese. «Non posso fermarmi qui adesso. Devo aiutare Etienne a portare in salvo i nostri uomini».

«Etienne?» ripeté Daniel e spalancò gli occhi nel capire che Ian si riferiva al cavaliere scuro che gli aveva salvato la vita solo pochi minuti prima. «Quello era Sancerre?»

«Sì. Poi ti spiego». Ian fece per allontanarsi verso gli altri tre cavalieri che lo aspettavano, ma Daniel lo trattenne per la divisa. Il gesto gli provocò dolore alla spalla sfregiata.

«Sei ferito!» inorridì Ian, accorgendosi della sua smorfia involontaria.

«Solo un graffio. È successo quando sono finito di qua» cercò di tranquillizzarlo Daniel, mentre l'amico chiamava già qualcuno che potesse medicare la ferita. «Ian, nella partita non ero da solo» aggiunse in fretta, prima che i soldati gli arrivassero troppo vicino. Sperò che comunque non potessero capire il dialogo, visto che si svolgeva in una lingua per loro straniera.

Ian trasalì a quella notizia inaspettata. «Chi c'era con te? Martin? Jodie?» domandò con paura.

Daniel scosse la testa. «No, un altro giocatore, un canadese di diciotto o vent'anni, almeno credo. Ty Hamilton: non so che aspetto ha, usava un *avatar* per giocare».

Ian si voltò verso il campo di battaglia. «Santo cielo...» commentò a mezza voce, poi tornò a guardare l'amico. «Sei sicuro che anche lui sia passato di qua?»

«Non lo so». Daniel era ugualmente costernato. «Eravamo insieme quando è successo, ma l'ho perso di vista proprio in quel momento e poi sono stato trascinato via. Ho provato a chiamarlo, ma non mi ha risposto. Forse è ancora qui, forse no».

«Puoi accertartene?»

«Ci provo, ma devo trovare un luogo adatto per non farmi vedere».

Il clamore crescente del combattimento a poca distanza da loro fece capire ai due che non c'era altro tempo per le parole. L'esercito crociato si stava riavendo dalla sorpresa e ora squadre bene organizzate di arcieri e balestrieri avevano iniziato a bersagliare i punti in cui gli aggressori erano più numerosi. Gli ufficiali con la croce sulle livree guidavano squadre di soldati a piedi perché si preparassero a caricare con le lance e le spade non appena le frecce avessero fatto abbastanza danno al nemico.

Ai bordi della valle, tuttavia, il caos era ancora grande: i civili e i religiosi erano in fuga tra carri rovesciati e animali imbizzarriti, in mezzo alle due fazioni di militari.

I tre cavalieri francesi, riuniti in gruppo, aspettavano che il Falco d'argento li raggiungesse. Un soldato invece era arrivato da Daniel con vino e bende per medicare la ferita sanguinante.

«Devo andare» disse Ian e fece fare un giro su se stesso al

destriero che sbuffava nervoso, per calmarlo. «Fa' ciò che puoi. Io cercherò dove riesco sul campo di battaglia». Un colpo di sprone ed era già in corsa verso i compagni. «Non ti mettere in pericolo!» gridò, voltandosi indietro un'ultima volta. Si fermò brevemente a distribuire gli ordini, poi sparì nella mischia tallonato da due dei tre cavalieri.

Daniel lo seguì con gli occhi e avrebbe voluto trattenere l'amico appena ritrovato, per paura che potesse accadergli qualcosa. *Stupido che sono. Non può accadergli nulla*, dovette ricordarsi, mentre si imponeva la calma. *Siamo ancora nel 1215. Ian non può morire prima di aver concepito il suo secondo figlio.*

Quel pensiero, l'unica certezza che aveva da sempre riguardo all'amico, lo tranquillizzò un po', ma gli rimase ugualmente l'ansia di riavere Ian al suo fianco prima possibile.

«*Monsieur*» lo chiamò il soldato, mostrandogli l'occorrente con cui intendeva medicarlo. Daniel si rassegnò a lasciarlo fare, slacciò i vestiti per offrire alle cure la spalla nuda e si morse le labbra quando il vino entrò a contatto con lo sfregio aperto sulla pelle, bruciando come benzina.

Il cavaliere francese rimasto indietro sopraggiunse mettendosi momentaneamente l'elmo sottobraccio per salutare. «*Monsieur*, bentornato» disse a Daniel. «È un miracolo rivedervi qui».

Era un bretone sulla quarantina, asciutto e severo come un cane da caccia, e l'americano lo riconobbe, perché l'aveva visto in guerra già a Bouvines, anni prima. Era un vassallo di Ian, un barone accorso prontamente a servire il suo signore quando l'Inghilterra, l'Impero e la Fiandra avevano sferrato il loro attacco contro i Francesi, ma nonostante i giorni passati insieme nella campagna militare Daniel proprio non se ne ricordava il nome, in quel momento di agitazione. «Sono contento anch'io di rivedervi, monsieur» replicò perciò cautamente, ma allo stesso tempo notò che anche altri uomini lo stavano fissando con gli stessi occhi stupiti del cavaliere. Con uno sguardo rapido riconobbe altre facce note: erano soldati di Châtel-Argent e lo avevano incontrato prima come scudiero e poi come cavaliere del Falco d'argento.

Daniel fu colpito dal pensiero di avere tanti conoscenti nel medioevo e li salutò tutti, con un cenno del capo. Poi fu raggiunto dall'idea che prima o poi avrebbe dovuto spiegare in qualche modo plausibile a tutti quegli uomini la sua improvvisa ricomparsa, per giunta in pieno campo di battaglia.

«Vi credevamo morto nell'incendio di Dunchester» gli disse in quel momento il barone ancora senza nome, tanto per peggiorare il problema.

Daniel si chiese se anche Ian fosse rimasto convinto della sua morte a Dunchester fino a quando non l'aveva rivisto in carne e ossa. In ogni caso, una morte in battaglia e per di più durante un assedio e un incendio era sicuramente la spiegazione più facile per giustificare la sparizione nel nulla di un uomo ritornato nel futuro grazie a una mela virtuale.

E adesso come spiego a questa gente che sono resuscitato? si chiese Daniel preoccupatissimo.

Il giovane scudiero di Ian ricomparve in quel momento e gli risparmiò il dover dare una risposta su due piedi. Il ragazzo portava nelle mani una spada e un cinturone e si stava dirigendo proprio dall'americano, ma si vedeva che l'obbedire all'ordine di Ian di portare un'arma al nuovo arrivato era più che altro una scusa per poter uscire dal carro, dov'era stato costretto a nascondersi, e mescolarsi di nuovo ai soldati.

«Ecco la vostra arma, signore» disse il ragazzo a Daniel, con deferenza e curiosità insieme.

Il soldato intanto aveva terminato la sua opera di medicazione e lasciò Daniel libero di rivestirsi, mentre lui andava a riporre le bende e il vino su un altro carro.

«Porta molto rispetto a questo cavaliere, Beau» ammonì il barone dall'alto del suo destriero. «Era il tuo predecessore accanto al signor conte e per il suo eroismo ha meritato gli speroni sul campo di battaglia».

Il ragazzo sgranò gli occhi verdi su Daniel. «Siete voi... l'amico che *monsieur* Jean credeva di aver perso a Dunchester?!»

Di bene in meglio, si disse Daniel, ma poi capì che doveva concentrarsi sul problema più urgente: lo scomparso Ty Hamilton. Doveva assolutamente trovare un luogo appartato per controllare la finestra di *Hyperversum* e le statistiche di gioco.

Sempre ammesso che funzionino ancora, concluse con ansia aggiuntiva.

Si guardò intorno e individuò in particolare il carro chiuso da cui era arrivato il giovanissimo scudiero. «C'è l'armeria là dentro?» domandò al ragazzo, ignorando di proposito la domanda precedente.

«Sì, *monsieur*» gli rispose il ragazzo, come sperava. «Se vi serve qualcosa...»

«Chiedete ciò che vi occorre» aggiunse il barone. «Beau è al vostro servizio per aiutarvi, fino al ritorno di *monsieur* de Ponthieu». L'uomo si stava già infilando l'elmo, senza dubbio per andare a riprendere il comando dei soldati e controllare che tutto il gruppo rimanesse ben protetto da minacce esterne.

Daniel colse l'occasione al volo e riconsegnò al ragazzo spada e cinturone. «Grazie, ma faccio da solo» annunciò e raggiunse il carro a grandi passi, vi entrò e si chiuse lo sportello alle spalle, prima che lo scudiero potesse seguirlo.

L'ambiente era piccolo, semibuio e ingombro di sacchi, fagotti, aste di legno, e armi ammucchiate ordinatamente, ma era anche protetto da ogni sguardo indiscreto. Le pareti erano di legno solido e, poiché fuori era ancora pieno giorno, anche un'eventuale luce filtrante attraverso le fessure o le feritoie sarebbe passata del tutto inosservata.

Daniel si accucciò tra i sacchi e chiamò a bassa voce: «Help».

Con suo enorme sollievo, l'icona luminosa di *Hyperversum* apparve docile nell'aria appena sopra la sua mano aperta. Il giovane la sfiorò e istantaneamente i sensi gli si staccarono dal corpo, con la familiare sensazione che accompagnava sempre ogni uscita dal medioevo verso il mondo moderno, attraverso la porta aperta da *Hyperversum*.

Il giovane percepì chiaramente di essere di nuovo sulla sedia imbottita nello studio, con il visore 3D sugli occhi e i guanti alle mani. Il mondo medievale era di nuovo dietro lo schermo, lontano, intangibile, inodore. Solo la spalla continuava a far male, perché le ferite rimanevano sempre vere, da una parte o dall'altra del gioco.

Sfiorando la mela virtuale, Daniel fece comparire la finestra delle statistiche di gioco. Sorpreso, vide che c'era un solo giocatore in partita: Daniel Freeland.

Il personaggio di Jean Marc de Ponthieu era sempre disponibile come pedina non giocante, ma Ty Hamilton era scomparso. Daniel fece scorrere i diagrammi luminosi che registravano l'andamento del gioco e vide che l'altro giocatore era sparito dalla partita poco dopo l'inizio della battaglia e cioè più o meno quando lui si era ritrovato nel medioevo. Non c'era stato alcun *game over* per il suo personaggio, non erano registrati danni o punti ferita. Semplicemente il personaggio era uscito dal gioco nel più normale dei modi, senza traumi.

Sarà uscito volontariamente o è stato buttato fuori quando la porta verso il medioevo si è aperta? si chiese Daniel. Comunque fosse, si sentì enormemente sollevato. Grazie al cielo, Ty Hamilton non era intrappolato nel medioevo o, peggio ancora, non era stato ucciso sul campo di battaglia. Se n'era andato totalmente incolume e questo lasciava presagire il fatto che non fosse stato nemmeno sfiorato dalla battaglia vera.

Allora ho attraversato il passaggio soltanto io, dedusse Daniel, incredulo. *Ma perché?*

Eppure *Hyperversum* non aveva mai funzionato in quel modo. Non si era mai aperto senza Ian e d'altra parte, quando si era aperto, aveva inghiottito tutti i giocatori in partita. Perché si era aperto con Ty Hamilton e poi l'aveva lasciato di là? Nelle esperienze passate solo Daniel era riuscito a far funzionare l'uscita dal medioevo, quindi il ragazzo non poteva nemmeno essersene andato da solo. Doveva per forza essere stato escluso dal gioco stesso.

Hyperversum ha funzionato senza Ian... si ripeté Daniel e allo stesso tempo dovette smentirsi. Ian *era là* durante la partita: era dall'altra parte dello schermo ma era presente. Daniel l'aveva visto passare a cavallo appena pochi minuti prima che *Hyperversum* si aprisse verso il medioevo, anche se non si era reso conto che si trattava di lui.

È questa la chiave di tutto? si domandò Daniel con il cuore che accelerava. *Basta che io riesca ad avere Ian a poca distanza da me o nel mio campo visivo durante la partita?*

Allo stesso tempo, si chiese se anche Ty Hamilton avesse visto Ian, se avesse fatto in tempo ad assistere a qualcosa di compromettente prima di essere escluso dal gioco.

Oppure aveva soltanto visto sparire l'altro giocatore o l'intero scenario, come se il gioco fosse stato interrotto di proposito?

Penserà che sono un vero bastardo perché gli ho chiuso la partita in faccia, pensò Daniel, ma quello era proprio l'ultimo dei suoi pensieri. Aveva il petto gonfio di emozione, ora che la paura stava passando, sostituita da una nuova eccitazione.

«Annulla» sussurrò nel microfono del visore e la mela scomparve di colpo, insieme alle statistiche.

I sensi si riallinearono al corpo, Daniel si ritrovò di nuovo nella penombra del carro dell'armeria, avvolto dall'odore di ferro e di legno. Appena in tempo, perché da fuori arrivò in quell'istante la voce dello scudiero Beau. «*Monsieur?* Avete bisogno di aiuto?»

Daniel si chiese per quanto fosse rimasto nel carro, visto che il tempo scorreva in modo diverso da una parte e dall'altra di *Hyperversum*: un minuto nel mondo moderno poteva durare di più nel medioevo, se non si metteva in pausa il gioco. Si guardò intorno in cerca di una giustificazione plausibile da dare allo scudiero e la fortuna gli venne in aiuto poiché proprio in fondo al carro erano riposti molti archi legati insieme, ancora da incordare, e alcune faretre di frecce.

«Tutto ok, mi sono arrangiato» rispose Daniel ad alta voce, mentre si affrettava ad allungarsi a prendere un arco e una faretra, poi subito si pentì di aver risposto di getto in un modo che un francese del medioevo non poteva di sicuro capire.

Asino, stai attento a quello che dici, si rimproverò in silenzio, poi riaprì lo sportello del carro e scese, facendo finta di nulla.

Il ragazzo lo stava aspettando con aria interrogativa. «Avete detto, signore?»

Daniel gli porse la faretra, mentre incordava l'arco, con affettata naturalezza. «Ho trovato quello che cercavo» replicò, cercando di evitare altre parole fuori luogo. Fortunatamente tutti sapevano che era straniero e aveva una modesta familiarità con il francese perciò qualche stranezza linguistica poteva essere in qualche modo giustificata. «Ci ho solo messo più tempo...» Esitò, non sapendo come tradurre l'espressione "del previsto" con il suo francese arrugginito. «...di quello che mi serviva». concluse, in difficoltà.

«Potete esprimervi nella vostra lingua con me, se preferite» lo sorprese Beau, passando a un anglosassone perfetto. «Non ho problemi a comprendervi, sir».

Questa volta fu Daniel a guardarlo con tanto d'occhi. «Tu, parli la mia lingua?»

Il ragazzo gonfiò il petto, fiero. «Sono inglese, sir. Mi chiamo Beau Foxworth».

E tanti saluti alla mia giustificazione linguistica, pensò Daniel con un sospiro segreto. Fece per riprendere la faretra di frecce, ma lo scudiero l'aveva già posata in terra per cingergli la spada al fianco, con zelo.

«Tutti dicono che eravate... che siete un arciere eccezionale. Sono onorato di conoscervi» riprese lo scudiero, con eccitazione evidente. «*Monsieur* Jean mi ha raccontato tante volte la vostra vittoria al torneo di Béarne e io ero fiero che un arciere tanto formidabile fosse sassone».

«Ian, cioè, *Jean* ti ha raccontato di me?» domandò Daniel, sempre più stupito.

«Sì, signore, molte volte». Beau annuì vigorosamente, terminò il suo lavoro e fece un passo indietro per porgere a Daniel la faretra. «Mi ha detto che voi per lui siete un altro fratello. All'inizio era triste per la vostra scomparsa, ma non ha mai voluto piangere la vostra morte. Ha persino proibito di celebrare il funerale, perché nessuno aveva ritrovato con certezza il vostro cadavere. "I miracoli accadono", mi diceva sempre». Abbassò la voce come per confidare un segreto quando aggiunse: «A volte mi diceva anche cose un po' pagane, che non sarebbero tanto piaciute al nostro padre Marcel. Diceva: "preferisco immaginarmi il mio amico ancora vivo in un luogo lontano e diverso da questo", e io pensavo ad Avalon e al mondo dove vive ancora re Artù. Sembrava quasi che *monsieur* Jean sentisse che non eravate morto, mentre tutti credevano il contrario. Il Signore deve averlo illuminato nelle lunghe ore di preghiera, altro che favole pagane».

Daniel cercò di immaginarsi Ian in una chiesa medievale, a pregare per lui come un devoto cavaliere. Chissà perché, non fece fatica a figurarselo e l'idea lo riempì di riconoscenza.

Grazie al cielo, Ian aveva capito la verità sulla sua scomparsa improvvisa. I discorsi che faceva al suo scudiero non lasciavano dubbi: in qualche modo doveva aver scoperto la verità su quanto accaduto a Dunchester. Daniel si sentì ulteriormente alleggerito al pensiero che l'amico non avesse passato il lungo periodo della loro separazione a disperarsi per la sua morte.

Adesso siamo di nuovo insieme, pensò e guardò verso il campo di battaglia, di nuovo con l'urgenza di rivedere l'amico al più presto.

«Ma voi, sir, se posso chiederlo... come avete fatto a salvarvi dall'assedio di Dunchester?» lo distrasse Beau, con nuova curiosità.

Daniel lo guardò di sbieco. «Questo devo prima raccontarlo al tuo signore, non ti pare?» tagliò corto e il ragazzo si affrettò ad assentire, scusandosi.

Daniel tornò a rivolgersi verso il campo di battaglia, in silenzio.

Sì, decisamente aveva bisogno di avere Ian accanto a sé al più presto.

Capitolo 4

Il combattimento durò meno di un'ora prima che i crociati riuscissero a respingere i nemici di nuovo verso le colline. Gli aggressori non erano in quantità sufficiente per mettere in difficoltà l'esercito che si apprestava ad assediare Pienne, per cui era molto più probabile che avessero semplicemente intenzione di fare danni e di minare il morale degli assedianti, mostrando loro di non aver paura. Di certo, avevano fatto molte più vittime di quante ne avessero lasciate sul terreno e, nonostante fossero stati respinti, erano sicuramente riusciti a infliggere un duro colpo al nemico, prima che potesse sistemarsi per la notte davanti alle mura della città.

Il sole aveva compiuto buona parte del suo giro pomeridiano, lasciando un cielo ancora più pallido, e lo sciame disordinato dei crociati si era esteso a mezzaluna davanti alle mura di Pienne, fermandosi a distanza di sicurezza da qualsiasi arma da lancio gli assediati potessero avere dietro i merli di pietra.

Nella valle rimaneva un viavai mesto, di uomini, frati e preti intenti a raccogliere i feriti e a dare sepoltura cristiana ai caduti crociati. Gli eretici venivano invece ammucchiati da un lato, senza riguardo, forse per essere sepolti in una fossa comune oppure più rapidamente bruciati in un'unica pira. Così facendo si evitava che i loro corpi attirassero animali selvatici potenzialmente pericolosi per i vivi o ammorbassero l'aria e la terra con la loro decomposizione, creando difficoltà all'esercito assediante, deciso a tenere la posizione davanti alle mura anche per settimane, se necessario.

Ian riuscì a tornare verso il gruppo degli altri francesi, esausto, insieme a Sancerre, allo scudiero di quest'ultimo e ai superstiti dei suoi soldati, lasciando i crociati ai loro preparativi. Anche i francesi avevano subito perdite: due uomini mancavano all'appello e alcuni commilitoni erano ancora sul campo di battaglia per cercarne i corpi. Sancerre portava un ferito sul suo destriero, mentre uno tra i cavalieri era rimasto colpito e sanguinava abbondantemente da una coscia. Ian stesso sentiva i lividi su una spalla e sul torace, che avrebbero potuto essere ferite gravi se l'usbergo non avesse retto all'impatto, difendendo la carne.

Etienne de Sancerre era furioso. «Montfort mi sentirà!» continuava a protestare. «Abbiamo avuto due caduti e rischiato tutti la vita per colpa della sua inettitudine. I suoi dannatissimi esploratori non si sono accorti di un attacco a tradimento di tal genere!»

Ian lo ascoltava con un orecchio solo, troppo assorbito da mille sentimenti contrastanti per pensare al condottiero crociato Simon de Montfort e all'agguato dei ribelli. Certo era furente perché lui e i suoi compagni erano stati coinvolti in una sanguinosa imboscata, nonostante si trovassero sotto le bandiere neutrali del re di Francia, ma l'ira era nulla in confronto al dolore per i due caduti e all'emozione violenta della battaglia, alla quale non riusciva ancora ad abituarsi. Soprattutto era nulla in confronto allo choc di trovarsi davanti Daniel di colpo, nel bel mezzo del pericolo, in un luogo dove l'amico aveva rischiato di morire nel peggiore dei modi, se solo Sancerre non l'avesse individuato miracolosamente tra la mischia.

Se Etienne non fosse stato lì, se non l'avesse visto... continuava a ripetersi Ian e rabbrividiva tra sé e sé, sentendosi in colpa per non essere stato più vigile, per non aver saputo evitare o prevedere un'eventualità che pure in coscienza sapeva essere assolutamente imprevedibile. Aveva capito l'accaduto solo dopo, quando ormai era troppo tardi per intervenire.

Era scosso, ma poteva solo ringraziare il cielo perché un miracolo aveva evitato il peggio e perché lo stesso miracolo gli aveva restituito un amico che credeva di aver perso per sempre, diviso da lui da una barriera impenetrabile di ottocento anni di storia.

Provò quasi le vertigini a quell'idea, che non lo aveva abbandonato mai durante tutto il combattimento: Daniel era tornato. In qualche modo impossibile era riuscito a far funzionare

Hyperversum e aveva potuto varcare di nuovo la soglia del medioevo.

Era riuscito anche a tenersi lontano dal pericolo finché la battaglia non era finita? Questo Ian non poteva saperlo e si augurava che il gruppo di commilitoni con i quali aveva lasciato l'amico non avesse subito ulteriori attacchi o perdite. C'era Beau con loro e Ian era in ansia anche per il ragazzo, incolpandosi per non averlo lasciato a casa, a Châtel-Argent con sua madre Brianna.

Mio scudiero o no, non doveva seguirmi e al diavolo le usanze, anche se questa doveva essere solo una missione da osservatori neutrali! si disse, in silenzio arrabbiato. *Non mi farò più convincere a portarlo con me in un viaggio del genere.*

La mente gli corse a un altro ragazzo, più grande di Beau e di cui conosceva solo il nome. Ty Hamilton, l'aveva chiamato Daniel e Ian non era riuscito a trovarne traccia sul campo di battaglia, nonostante avesse cercato ovunque gli fosse stato possibile.

Ora nella valle giacevano decine di corpi insanguinati, macabro frutto della battaglia appena conclusa, se Ty Hamilton era tra loro, né Ian né Daniel sarebbero mai stati in grado di ritrovarlo o anche solo di riconoscerlo.

Cosa possiamo fare adesso? si domandava Ian, senza riuscire a darsi risposta.

«Ecco i nostri. Grazie al cielo non sembra che abbiano subito altri danni» disse in quel momento Sancerre.

Ian concentrò la sua attenzione davanti a sé e vide finalmente i carri francesi, asserragliati esattamente là dove li aveva lasciati l'ultima volta, sulla collina a formare una sorta di piccolo fortino. Tra gli altri armati vide un uomo biondo alzare il braccio in un gesto di saluto.

Daniel. Nel rivederlo Ian sentì la stessa, profonda emozione di quando l'aveva riconosciuto davanti al suo destriero solo all'inizio di quello stesso pomeriggio. Diede un leggero colpo di speroni e il destriero sudato accelerò il passo docilmente.

Adesso Ian non aveva altro pensiero in testa che l'idea di poter riabbracciare l'amico.

Daniel lo guardò arrivare con gioia e tensione insieme. L'unico suo desiderio era stringere al petto Ian dopo quella che per lui era stata una separazione di tre anni, ma allo stesso tempo il giovane temeva la presenza di Sancerre, poiché il cavaliere francese avrebbe sicuramente fatto domande sull'accaduto e non poteva essere messo da parte come uno scudiero adolescente.

Avanti, Ian, dimmi che hai escogitato un'idea plausibile per la mia resurrezione, si augurò Daniel in silenzio, senza staccare gli occhi dall'amico che si avvicinava. Lui ci aveva pensato per tutto il tempo della battaglia, ma non era riuscito ad arrivare molto lontano con le possibili giustificazioni. Ora sperava che Ian avesse avuto nel frattempo una delle sue trovate d'ingegno o sarebbero stati guai seri per tutti.

L'altro americano lo raggiunse in pochi minuti e balzò subito di sella per andargli incontro, lasciando elmo e scudo a un soldato vicino.

I due amici non ebbero bisogno di parole mentre si abbracciavano fraternamente.

Daniel fu il primo a superare il groppo che gli serrava la gola. «Falso allarme» confidò a Ian sottovoce. «Di qua ci sono solo io, l'altro giocatore è stato buttato fuori dal gioco».

Ian si staccò da lui per guardarlo negli occhi. «Ne sei sicuro?» domandò, con sollievo ancora cauto.

Daniel annuì. «Ho controllato le statistiche. In gioco ci sono solo io… e c'è anche il tuo personaggio».

«Funziona tutto?»

«Questa volta sì».

Ian rimase in silenzio ancora qualche istante, assimilando quelle notizie e tutte le possibili implicazioni, poi abbracciò di nuovo l'amico, ancora più forte, benché sempre cercando di evitargli dolore alla spalla ferita. Anche allora non disse niente, ma Daniel poté intuire le sue parole di ringraziamento a Dio e al mondo creato, come se l'altro le avesse pronunciate ad alta voce.

«Adesso dobbiamo giustificare il mio ritorno» gli ricordò Daniel sottovoce.

Ian annuì, conscio della difficoltà. «Cercherò di prendere tempo».

Alzò gli occhi per vedere il barone suo vassallo a pochi passi da lì. Chailly era sceso da cavallo per tenere a rispettosa distanza Beau, fintanto che il suo signore non avesse finito di salutare l'amico ritrovato dopo tanto tempo, e nel frattempo si era messo l'elmo sottobraccio.

Ian lasciò andare Daniel per riprendere il suo ruolo ufficiale. «*Monsieur* Thibault, tutto bene qui?»

«Sì, signore» replicò il barone. «Non abbiamo avuto altre perdite né attacchi. Siamo rimasti al sicuro».

«Com'è andata la battaglia?» domandò Beau, finalmente libero di correre in avanti per prendersi cura del suo signore.

«Dov'è l'altro fantasma?» domandò però in quel momento la voce stentorea di Sancerre. Il francese aveva affidato i feriti alle cure dei compagni ed era sceso dal destriero, liberando nel contempo i capelli lunghi, scuri e ricciuti dall'elmo e dal camaglio. «Come il suo signore ci fa penare per mesi, lasciandoci credere di essere morto, e poi ricompare senza alcun preavviso nel bel mezzo dei guai!»

«Porta via il mio destriero. Prenditi cura di lui è molto stanco» disse Ian a Beau.

Il ragazzo lo guardò con occhi pieni di delusione.

«Poi ti racconto, promesso» disse Ian subito, prevenendo ogni obiezione. «Più tardi avrai ogni dettaglio, purché giuri di tenere il segreto su ciò che ti chiederò di tacere».

«Sì, signore. Lo giuro» promise Beau con l'aria compita di un piccolo soldato. Era un po' meno deluso adesso e portò via il destriero bianco senza proteste.

«Daniel, tu ricordi il barone Thibault de Chailly, vero?» proseguì Ian, accennando al suo vassallo che gli era accanto, in attesa di ordini.

«Certamente» mentì Daniel con naturalezza. «Ci siamo salutati al mio arrivo».

Ian cercò di mostrarsi assolutamente tranquillo, ma in realtà aveva i sensi tesissimi perché sentiva Sancerre arrivare alle sue spalle. Si staccò di qualche passo da Daniel per intercettare subito l'altro cavaliere. «Non ti ho ancora ringraziato per aver salvato la vita a Daniel durante la battaglia» esordì. «Ti sarò debitore in eterno».

Sancerre alzò un sopracciglio con aria critica, mentre squadrava Daniel da capo a piedi. Era ancora adirato per l'agguato subito a tradimento e lo si vedeva dai suoi modi sbrigativi verso chiunque gli stesse intorno. «Ringraziamo allora tutti i santi del Paradiso, che oggi hanno dato a me gli occhi di falco. C'è voluto solo un miracolo per individuare in quella mischia uno dei nostri, per giunta a piedi e senza insegne!»

«Vi ringrazio anch'io per ciò che avete fatto, *monsieur*. Mi dispiace se vi siete preoccupato» intervenne Daniel, nel suo francese arrugginito. Lo disse con aria contrita, ma anche con sincera riconoscenza. «La prossima volta sarò più attento».

Poco ma sicuro, disse tra sé e sé.

«Comunque sia, vi ho visto pronto a menare le mani e questo vi fa onore» continuò Sancerre, un po' meno ruvido.

«Daniel è sempre stato un valoroso» intervenne Ian, mentre Thibault de Chailly annuiva.

«E ci ha sempre fatto penare, anche lui quanto te!» replicò Sancerre. «Non ho ancora capito se ha voluto imitarti, facendosi credere morto per tutti questi mesi, o se invece è stato solo un caso. Da dove sbuca per trovarsi qui nel bel mezzo dell'agguato? L'abbiamo lasciato morto a Dunchester e adesso è vivo a Pienne».

«Ecco, è una storia lunga...» disse Daniel, cercando di tergiversare ancora per un po'.

«Senza dubbio» sottolineò Ian, prontamente. «Forse è il caso di parlarne più tardi quando saremo comodi e tranquilli intorno a un fuoco».

«Signori, sarebbe bene far rimettere in marcia gli uomini» suggerì il barone di Chailly. «Possiamo cercare un luogo riparato e piantare le tende prima del tramonto».

«Purché sia un luogo più lontano possibile da Montfort e dai suoi!» sbottò Sancerre. «Ne ho avuto abbastanza di questo branco di fanatici senza disciplina».

«Ti prego, modera le parole» si preoccupò Ian. «Qualcuno potrebbe interpretare male le tue frasi».

Sancerre fece spallucce, di nuovo irritato, ma poi non aggiunse altro. Ne approfittò per sgranchire le spalle vigorose, affaticate dal peso dell'usbergo.

«*Monsieur* Thibault, date voi gli ordini necessari» disse Ian, rivolto al suo vassallo. L'uomo rispose con un breve inchino e si allontanò.

«Io ho sete» sospirò alla fine Ian, abbassandosi anche il camaglio dai capelli scuri. «Che dite, riusciremo ad avere un po' d'acqua?»

«Io mi farei portare del vino» disse Sancerre, facendo cenno al giovane che gli faceva da scudiero, che subito corse a obbedire. «E visto che il vino accompagna bene le confidenze, ci faremo raccontare dal nostro amico la sua storia».

«È meglio se ci rimettiamo in marcia anche noi, adesso» consigliò Ian, cogliendo nell'espressione di Daniel la sua stessa ansia per l'argomento lasciato in sospeso. «Non voglio trovarmi ancora in sella quando farà buio. Per allora intendo essere già pronto a cenare e a coricarmi».

Sancerre sbuffò. «Sei implacabile, oggi. E va bene, d'accordo, mettiamoci pure in marcia. Vorrà dire che parleremo durante il cammino o hai qualcosa da obiettare anche su questo?»

«Parleremo durante il cammino» si arrese Ian, capendo che l'altro cavaliere proprio non era intenzionato ad abbandonare la questione.

Non voleva rischiare di irritarlo del tutto e renderlo maldisposto verso ogni possibile spiegazione inventata riguardo al ritorno di Daniel. D'altra parte, però, in quel momento non aveva davvero la minima idea di cosa inventare per giustificare una ricomparsa tanto stupefacente. Aveva bisogno di tempo per riflettere e purtroppo il tempo era proprio ciò che gli mancava.

Scambiò un'occhiata con Daniel e colse al volo il suo messaggio agitato e silenzioso che voleva dire: "noi due dobbiamo parlare in privato".

Siamo in un bel guaio, pensò Ian, passandosi la mano sul viso.

***

Il piccolo gruppo dei francesi fu pronto a rimettersi in marcia in una decina di minuti, dopo che i feriti furono medicati e ricoverati con cura sui carri e dopo che tutti ebbero la possibilità di dissetarsi dalle borracce e dagli otri.

Prima di ripartire, Ian andò a scegliere personalmente un cavallo per Daniel tra i palafreni al seguito del convoglio e con quella scusa si tirò dietro l'amico, lontano da troppe orecchie indiscrete. «Che ne dici di questo?» disse ad alta voce, indicando un palafreno giovane, di un bel color grigio ferro, legato a un carro e ancora da sellare.

«Cosa raccontiamo a Sancerre?» replicò Daniel in tono più basso, guardandosi intorno per essere sicuro che nessuno potesse sentirlo.

«Intanto togliti dalla faccia quell'aria da cospiratore e cerca di sembrare tranquillo» ammonì Ian con un sorriso ostentato sulle labbra. «Poi dobbiamo decidere come hai fatto a fuggire inosservato da Dunchester e soprattutto dove sei stato fino a ora».

«Ho pensato a qualche scusa, ma non ho fatto grandi progressi» replicò Daniel, cercando a sua volta di sorridere, a beneficio di chi potesse vederlo da lontano. «Potrei dire che subito dopo aver appiccato l'incendio nella stanza degli argani sono riuscito a fuggire, ma solo dalla parte opposta rispetto a dove avevo lasciato Hector ferito. I nemici mi hanno inseguito fino alle mura, ma io me ne sono sbarazzato combattendo e poi sono scappato».

«Come sei uscito dal castello assediato?»

«Questo dimmelo tu. Come avete fatto tu e Martewall?»

«C'era una postierla nella seconda cinta di mura, rivolta verso il mare».

«Ok, allora diciamo che ho usato quella. Qualcuno pratico del castello può avermela indicata».

«E perché una volta fuori non sei venuto verso di noi?»

«Ero ferito e non ce l'ho fatta. Sono crollato nel bosco. Qualche anima pia mi ha curato mentre ero svenuto e quando mi sono ripreso abbastanza da rimettermi in piedi, tu ormai eri già partito». Daniel s'interruppe per riflettere. «Non sei rimasto molto a Dunchester, dopo l'assedio, vero? Se no la mia spiegazione va a farsi friggere».

Ian scosse la testa. «Io sono ripartito il giorno seguente. Etienne però è rimasto per un po' con i cosiddetti "mercenari" che ci accompagnavano. Il tempo necessario per prendere accordi con i baroni capeggiati da Robert Fitz-Walter».

«E Martewall?»

«Anche lui è rimasto al castello a continuare la sua guerra».

Daniel accarezzò il cavallo, fingendo di interessarsene, ma in realtà stava cercando di concentrarsi su tutti gli aspetti del problema. «Be', anche se loro erano al castello, non è detto che io volessi andare da loro. Sancerre era in incognito, quindi io non sapevo che fosse lì, e Martewall… ecco, lui proprio non avevo voglia di rivederlo, perciò invece che rifarmi vivo a Dunchester me ne sono tornato a casa mia, oltre la Scozia».

Ian fece un'espressione scettica. «Non regge, te ne rendi conto, vero? Tu sapevi che c'erano i Francesi con Martewall: avevamo deciso il piano insieme a William di Salisbury, quindi non avevi motivo di credere che i nuovi conquistatori di Dunchester fossero un pericolo per te».

Daniel allargò le braccia, con un gesto che innervosì il palafreno. «E che vuoi che ti dica?» esclamò, mentre il cavallo sbuffava. «Idee migliori non ne ho! Non ho avuto tempo di inventarmi una storia credibile, non immaginavo che sarei finito di qua così, di punto in bianco».

«Abbassa la voce, troveremo una soluzione. Dobbiamo solo pensarci».

«Non abbiamo tutto il pomeriggio per farlo».

«E se per giunta sprechiamo tempo a discutere non arriveremo da nessuna parte».

Daniel guardò altrove. «Che guaio» brontolò a mezza voce.

«Te ne sei tornato a casa e da là mi hai scritto per avvertirmi dell'accaduto» riprese Ian per costringerlo a tornare sul problema. «La lettera non è mai arrivata e quindi nessuno ha saputo niente fino a oggi».

«D'accordo e io cosa ci faccio qui, sul campo di battaglia? Il turista, per caso?»

Adesso era Ian sul punto di perdere la pazienza. «Non lo so! Aiutami, dannazione! Diciamo che… sì, che hai saputo che io ero qui e sei venuto apposta per incontrarmi».

«Ma se non so nemmeno cosa ci fai tu, qui, nel bel mezzo di una crociata!»

«Non eri venuto per combattere ma sei rimasto coinvolto nell'agguato tuo malgrado» continuò Ian, ostinato.

«Facendomi migliaia di miglia da casa mia fino a qui solo per farti un saluto? Non regge nemmeno questa storia e lo sai anche tu».

Ian respirò a fondo per tentare di calmare l'ansia che cresceva. «Ripartiamo da capo. Dobbiamo trovare un motivo per cui non volevi assolutamente rifarti vivo a Dunchester».

«Ho sedotto Leowynn Martewall e non volevo incrociare suo fratello» rispose Daniel, brusco.

Ian spalancò gli occhi. «Cosa hai fatto?»

«È una balla, ovvio!» replicò Daniel, con una faccia offesa. «Però è plausibile, no? Sono rimasto da solo parecchie volte con la ragazza, mentre aspettavo il tuo ritorno. Eravamo entrambi convinti di morire nelle mani di Giovanni Senza Terra, ci consolavamo a vicenda, poi da cosa nasce cosa... Potrebbe anche essere successo il fattaccio e io temevo che il fratello maggiore volesse staccarmi la testa. Non credo che nessuno avrà mai il fegato di andare a chiedere a Leowynn se questa storia è vera oppure no».

«Tu vuoi mettere davvero la testa sul ceppo del boia. Secondo te come dovrebbe prenderla Martewall?»

«E che c'entra lui? Se ne sta in Inghilterra, non penso che Sancerre gli telefonerà per avvertirlo».

«Daniel, Geoffrey Martewall adesso è un nostro alleato e non se ne sta sempre in Inghilterra. È stato chiamato a Parigi più di una volta dal principe Luigi in persona. Se una storia del genere trapela e arriva a lui, nasce un incidente diplomatico che nemmeno ti sogni, senza contare che tu perdi completamente l'onore di cavaliere».

Daniel lasciò cadere le spalle, stanco. «Allora, io ho finito le idee» sospirò.

«Aspetta, la tua idea è comunque buona» cercò di consolarlo Ian. «Non sei tornato a Dunchester perché avevi qualcosa da nascondere. Dobbiamo solo trovare cosa e perché».

«Non farmi fare la parte del ladro. Allora sì che la mia reputazione di cavaliere finisce alle ortiche».

«Ti pare che potrei fare di te un criminale? No, dev'essere

per forza un movente politico, perché qualsiasi altra cosa ti esporrebbe a critiche o ad accuse. In fondo sei un mio uomo, un emissario dei Ponthieu: cosa potevi voler nascondere?»

«Se non è qualcosa di disonesto? Non ne ho idea. Sei tu l'esperto di medioevo, tira fuori qualcosa che non mi faccia rischiare la testa. Io stavo per causare un incidente diplomatico solo perché volevo far finta di essere stato con una ragazza!»

Questa volta, Ian tacque a lungo.

Daniel lo vide mordersi un labbro. «Ti è venuta un'idea?» domandò speranzoso.

«Pensavo all'incidente diplomatico» buttò lì Ian, seguendo un'associazione di concetti dietro l'altra, ma poi tacque di nuovo.

Daniel era sempre più sulle spine. «Allora?»

«Allora?» ripeté un'altra voce, ma questa volta in francese. Ian e Daniel trasalirono in contemporanea, facendo persino scalpitare il cavallo grigio.

«Si può sapere quanto ci mettete a scegliere una cavalcatura?» domandò Sancerre, comparso a poca distanza, in sella al suo palafreno e con un'aria piuttosto innervosita sul volto abbronzato. «Dobbiamo fare solo un tragitto breve, non scavalcare i Pirenei!»

Daniel mandò giù il cuore che gli era balzato in gola e riuscì a riprendere un'aria sufficientemente innocente solo quando ricordò a se stesso che Sancerre non conosceva l'inglese e perciò non poteva aver capito il dialogo, nel caso fosse stato abbastanza vicino da coglierne alcune parole.

Ian aveva sfoderato con prontezza un bel sorriso, forse un po' troppo disinvolto. «Hai ragione, scusaci, ci siamo fermati a parlare. È che non ci vediamo da mesi…»

«Non voglio essere ancora in sella al tramonto e si parla durante il cammino, l'hai detto tu» gli ricordò Sancerre, secco.

Ian dovette incassare il colpo. «Arriviamo subito».

Non abbiamo ancora trovato una soluzione! protestò Daniel in silenzio, ma lo sguardo disperato che rivolse a Ian non servì a nulla.

«Dobbiamo andare» gli disse l'amico, accennando in modo eloquente a Sancerre, che si era già allontanato di qualche passo ma poi si era anche voltato indietro, per assicurarsi che la sua esortazione non fosse caduta nel vuoto.

«Ascolta» continuò Ian in fretta. «Tu sei stato e sei un emissario dei Ponthieu, a Dunchester e qui».

«E che vuol dire?» domandò Daniel, agitatissimo, ma Ian non gli poté rispondere perché, senza preavviso, era arrivato il suo scudiero Beau e che, malauguratamente, sapeva l'inglese.

«Penso io a sellare il cavallo» annunciò il ragazzo, passando subito dalle parole ai fatti. In braccio aveva una sella di cuoio e tutto il necessario per il palafreno, oltre a un mantello pesante che porse a Daniel perché si riparasse dal freddo del tardo pomeriggio.

Alle spalle del ragazzo Ian allargò le braccia, rispondendo rassegnato all'ansia dell'altro americano, poi gli fece cenno di accostarsi, come se volesse lasciare lo scudiero più libero di fare il suo dovere. Daniel rispose immediatamente al richiamo, girò intorno al cavallo e andò da Ian mentre si allacciava il mantello, ma in realtà sapeva anche lui che ormai non c'era più modo di parlare in privato.

«Tu tienimi dietro» gli disse Ian ed era chiaro che, all'insaputa di Beau, non si stava riferendo semplicemente alla strada da fare. «E ricordati di James Bond» aggiunse, sottolineando il nome.

Daniel spalancò gli occhi, ma non ottenne altra risposta che un cenno di rassicurazione col capo, in presenza di Beau a pochi passi da lì.

«Fidati» gli disse Ian. *E speriamo di fare la cosa giusta*, pensò in contemporanea.

Capitolo 5

«Voi due non me la raccontate giusta». La frase di Sancerre arrivò a bruciapelo dopo una manciata di minuti di strada, prima che l'argomento del ritorno di Daniel fosse sfiorato e che Ian potesse inventarsi un modo qualsiasi per sviare il discorso per qualche tempo ancora.

Il conte francese, Ian e Daniel si trovavano in sella in testa al convoglio, seguiti a rispettosa distanza dagli altri cavalieri, dall'alfiere con gli stendardi, dai soldati e dagli scudieri a piedi o a bordo dei carri.

Ian stava in mezzo ai due amici, tenendo il suo interesse ostentatamente rivolto a come procedeva il cammino del gruppo, agli eventuali problemi lungo la strada, a dove si era posizionato l'esercito crociato davanti a loro. In realtà la sua testa non aveva smesso un attimo di arrovellarsi sul problema di spiegare il ritorno di Daniel e sull'unica idea che gli era venuta in mente poco prima. Era anche un'idea giusta? Non lo sapeva con certezza, poiché non aveva potuto riflettere approfonditamente. Stava ancora montando e smontando la scacchiera dei fatti e delle possibili ipotesi, in lotta contro il tempo che non aveva, quando la frase di Sancerre interruppe di colpo le sue meditazioni con una vera doccia fredda.

Daniel aveva fatto un mezzo sobbalzo, preso alla sprovvista, e anche Ian s'irrigidì, col cuore che accelerava. «Non capisco cosa intendi» replicò a Sancerre, cercando invano di mantenere un tono naturale, ma conscio che il momento della resa dei conti era ormai prossimo.

Il francese lo indagò con occhi sospettosi. «Ci ho pensato su e tu sei troppo calmo» replicò. «Come mai non sei colpito da questa storia quanto mi aspettavo? Il tuo amico resuscita e tu sei meno sorpreso di me».

Fu un colpo basso, inaspettato. Ian cercò di riflettere ancora più rapidamente, anche perché sentì il silenzio pesante di Daniel accanto a sé. Si erano resi sospettabili rimanendo a confabulare da soli come due spie prima della partenza: a quello Ian non aveva pensato. Adesso doveva trovare anche una giustificazione per il suo comportamento.

Preso da un momento di panico ebbe la tentazione di chiudere l'argomento con una frase lapidaria di qualche genere, ma lo trattenne l'amicizia sincera che lo legava a Sancerre. Non voleva litigare con lui, né offenderlo. Allo stesso tempo capì che il suo silenzio ormai era durato troppo per non essere una conferma ai sospetti che Sancerre nutriva già. Doveva fare almeno un'ammissione o l'altro cavaliere si sarebbe sentito preso in giro, con conseguenze potenzialmente catastrofiche.

«La verità è che...» esordì, cercando di soppesare ogni singola sillaba prima di pronunciarla. «Io sapevo già tutto».

Sancerre lo fulminò con un'occhiataccia, Daniel avrebbe voluto fare altrettanto, ma si controllò con tutte le sue forze, per evitare passi falsi.

«Come?» domandò alla fine Sancerre, con un tono che non lasciava presagire nulla di buono.

Ian cercava di rispondere e allo stesso tempo di pensare a tutte le possibili mosse successive. Era come camminare su un filo sospeso nel vuoto, poiché un passo falso difficilmente avrebbe avuto rimedio. «Avevo ricevuto una sua lettera» continuò, ignorando Daniel per non farsi distrarre dalla sua ansia. «Il suo paese natale è molto lontano, lo sai, da laggiù fino a Châtel-Argent la missiva ha impiegato mesi».

«Non vorrai dirmi che ha impiegato *nove mesi*» obiettò Sancerre, a fronte sempre più corrugata.

Ian aveva la sensazione che il filo su cui camminava gli si stesse stringendo intorno al collo come un cappio. «No, non proprio» si corresse. «Ho ricevuto la lettera alla fine dell'estate».

Come si aspettava, il sanguigno Sancerre scattò.

«Quindi, mesi fa! E non hai detto niente a nessuno? A me, a tua moglie, agli altri, a tuo fratello!» Adesso il tono del francese era indignato.

Ian alzò subito una mano, in un gesto che voleva essere di scusa. «Perdonami, ti spiegherò. Ti assicuro che posso giustificare tutto».

Speriamo, si augurò prima di continuare: «Mio fratello Guillaume sa tutto e naturalmente conosce la verità anche Isabeau. Abbiamo mantenuto il segreto per questi mesi». Con la coda dell'occhio colse la faccia improvvisamente sbiancata di Daniel, ma fece finta di nulla.

L'accenno al conte Guillaume de Ponthieu aveva momentaneamente bloccato la collera di Sancerre in una sorta di stupore. «Segreto? E per quale motivo?»

Ian pregò ardentemente di aver avuto l'intuizione giusta, poiché adesso poteva solo metterla alla prova e vedere se funzionava. Si concesse un ultimo istante di riflessione prima di proseguire il suo discorso. «Etienne, devo fare affidamento sul tuo aiuto per evitare un incidente diplomatico» proseguì, con tono molto serio.

Sancerre fu completamente spiazzato dall'argomento. «Che cosa intendi?»

Ian scambiò un'occhiata con Daniel per assicurarsi che l'amico fosse pronto a reggergli il gioco e continuò: «Prima lasciami fare un passo indietro». Sancerre tacque, attento.

«Il giorno dell'assedio di Dunchester, Daniel approfittò dell'incendio per fuggire dal castello inosservato» spiegò Ian.

«In quel momento di confusione, mi sono messo al sicuro nel bosco. Nessuno mi sorvegliava più, quindi ho potuto uscire da una postierla nelle mura» intervenne Daniel al tacito invito dell'amico. Si era preparato la frase accuratamente e riuscì a dirla senza troppe incertezze.

«Ma fuori dal castello c'eravamo noi! Non potevate semplicemente venire dalla nostra parte?» obiettò Sancerre.

«Ricorda che eravamo senza insegne e in incognito, al castello non sapevano per certo chi eravamo» gli rispose Ian. «E soprattutto, Daniel non poteva essere sicuro che ci fossi io in persona insieme a Martewall».

Daniel colse l'imbeccata al volo. «Per quanto se ne sapeva dentro il castello, gli assedianti erano sir Martewall e mercenari al suo servizio». Il discorso in francese gli veniva più fluido man mano che mentiva. «Non volevo trovarmi di nuovo da solo nelle mani dell'inglese e perciò ho deciso di scappare quando ne ho avuta la possibilità».

Come previsto da Ian, la spiegazione non reggeva del tutto e infatti Sancerre obiettò ancora: «Andiamo, voi e pochi altri dovevate sospettare che quei cosiddetti mercenari eravamo noi. Sapevate qual era il piano di Jean e dell'inglese, di comune accordo con William di Salisbury. Il nostro principe Luigi aveva offerto i suoi uomini per la riconquista di Dunchester. Possibile che non vi abbia sfiorato il ricordo, prima di darvela a gambe levate?».

Ian riprese prontamente la parola al posto di Daniel. «Aspetta: quel giorno non eravamo soltanto noi quelli pronti ad assalire armi in pugno le mura del castello».

«Lo ricordo bene. C'era anche un esercito messo in piedi dai baroni ribelli, solo che loro arrivarono appena dopo di noi, a lavoro concluso. Li guidava sir Robert Fitz-Walter».

«Esattamente. Ed era a causa loro che Daniel non poteva rischiare di farsi trovare a Dunchester».

Sancerre fece una faccia ancora più scura. «Jean, non parlare per enigmi».

«Da chi credi che io abbia avuto tutte le informazioni sui piani di ribellione dei baroni? Quelle che mi hanno consentito di scoprire la complicità persino di Salisbury, il fratellastro del re, e di sfruttarla a nostro vantaggio per avere Dunchester e permettere al nostro principe Luigi di mirare alla corona d'Inghilterra? Geoffrey Martewall mi ha sempre accusato di avere spie tra i baroni, anche se non ha mai potuto provarlo».

Tacque, lasciando che Sancerre arrivasse da solo alla conclusione a cui voleva farlo arrivare. Il cavaliere francese, infatti, spostò immediatamente lo sguardo allibito su Daniel. «Voi, *monsieur*?!» esclamò.

«Sì» replicò Daniel laconico, rispondendo prontamente al cenno quasi impercettibile che Ian gli rivolse, di nascosto da Sancerre.

Ed ecco che divento James Bond, al servizio di Sua Maestà Filippo di Francia. Ma come ti vengono in mente certe idee? pensò nel contempo, rivolto a Ian.

Prega che questa menzogna funzioni, pensò invece Ian, come se avesse letto la domanda negli occhi dell'amico. «Nei mesi in cui io ero dato per morto» proseguì, dissimulando il cuore che pulsava forte, «Daniel non si era rassegnato, lo sai, non voleva credere che mi avessero ucciso e ha indagato a lungo in Francia, in Fiandra, ma anche in Inghilterra, complice il fatto che l'anglosassone è la sua lingua madre. Così facendo, si è introdotto in vari feudi e ha scoperto molte cose sulle trame dei baroni inglesi, prima di incrociarmi sulla strada per Saint Michel e finire con me nelle mani di Martewall».

«Se qualcuno tra gli inglesi in arrivo mi avesse riconosciuto, scoprendo che ero la spia di un conte francese, avrei rischiato la testa» lo sostituì Daniel.

«O comunque la notizia avrebbe reso la nostra posizione molto difficile all'interno del negoziato, avrebbe anche potuto mandare all'aria tutto» concluse Ian, per rincarare la dose. «Daniel ha fatto bene a non rischiare».

Fece una pausa ad effetto, a beneficio di Sancerre. «Come capirai, è bene che gli Inglesi non vengano a sapere questa storia, se possibile».

Il compagno continuava a fissarlo, ma con molta meno ostilità di prima. «Ma tu eri convinto che lui fosse morto, almeno all'inizio».

Ian sospirò, ma era sincero nel ricordare i mesi in cui aveva creduto di aver perso Daniel per sempre, di là da *Hyperversum*. Per un breve ma terribile lasso di tempo a Dunchester aveva persino temuto che fosse morto davvero. «Sì, all'inizio sì, l'ho creduto, anche se poi mi consolavo all'idea di non aver mai potuto riconoscere il suo cadavere tra gli altri. Continuavo a sperare in un miracolo, in fin dei conti anche io ero stato dato per morto».

Mentre lo diceva, si rese conto che in fondo quella era proprio la verità: aveva sperato in un miracolo e alla fine lo aveva ottenuto.

Si accorse di essersi interrotto e che Sancerre lo guardava ancora in attesa di altre spiegazioni. «Poi ho ricevuto la sua lettera» riprese, cercando di finire la storia.

«Sono stato ferito, durante la fuga e sono crollato poco lontano dal castello» lo aiutò Daniel, aggiungendo la parte che si era immaginato da solo. «Mi hanno curato in un capanno di cacciatori, ma sono riuscito a rimettermi in piedi solo dopo due giorni».

«Io nel frattempo ero ripartito e lui non sapeva che tu, Etienne, fossi al castello».

«Perciò ho deciso di tornare a casa e spiegare tutto per lettera. Non immaginavo che ci avrebbe messo tanto tempo ad arrivare».

Ian lanciò un'occhiataccia per interrompere quel duetto che iniziava a diventare poco plausibile: Daniel colse il suggerimento e gli lasciò il campo libero.

«Avrei voluto avvertire te e gli altri della bella notizia, ma se ricordi non ci siamo incontrati per mesi dopo il tuo matrimonio» continuò Ian, rivolto a Sancerre, e Daniel ebbe una forte emozione immaginandosi l'amica Donna, che finalmente aveva potuto coronare il sogno per cui era rimasta nel medioevo: sposare Etienne de Sancerre, l'uomo che amava.

«Stavo per mandarvi una lettera a mia volta, ma Guillaume me l'impedì perché decise di sfruttare ancora una volta l'esperienza di Daniel come spia in terra straniera, tanto più che in questa crociata sono presenti cavalieri francesi e inglesi. Per questo Daniel è qui e per lo stesso motivo nessuno ha saputo niente del suo ritorno fino a ora. Lo sai che Guillaume vuole tenere d'occhio questa guerra, è il motivo per cui Sua Maestà ci ha mandato in Linguadoca. Un occhio in più può esserci utile in questa faccenda».

«Mi spiace non essere riuscito ad avvertirvi dell'imboscata in tempo» aggiunse Daniel, simulando la faccia più contrita che riusciva a fare. «Ho cercato di raggiungervi, ma la battaglia è scoppiata prima che io potessi fare qualcosa».

Sancerre rimase in silenzio a lungo, mentre riportava lo sguardo sul cammino davanti a sé.

Ian lo sbirciava stando sulle spine, eppure non osava interrompere nemmeno con una parola le considerazioni silenziose del compagno. Le temeva, comunque, aspettando col cuore in gola un'obiezione impensabile o imprevista, a cui non avrebbe saputo come rispondere.

Al suo fianco, Daniel era ugualmente rigido e silenzioso.

Passarono minuti che sembrarono un'eternità, poi Sancerre scosse la testa. «Voi due, anzi voi tre contando *monsieur* Guillaume, fate paura, lasciatevelo dire» sbuffò, ma ormai la sua voce aveva perso ogni traccia di acrimonia. Si voltò verso Ian e il suo volto energico si rilassò finalmente in un'espressione stanca. «Ma non ne avete mai abbastanza di tessere intrighi politici?»

«Non sai quanto» sospirò Ian con sincerità, ma si sentì alleggerito di un peso enorme per essere stato creduto, anche se allo stesso tempo provò un profondo senso di colpa all'idea di aver dovuto di nuovo inventare menzogne e ingannare un amico per mantenere intatta la vita che si era costruito nel medioevo.

E non era ancora finita, doveva raccontare altre menzogne a Guillaume de Ponthieu, coinvolto per giunta a sua insaputa per giustificare alcuni elementi della storia.

Solo Isabeau avrebbe potuto sapere tutta la verità, poiché lei conosceva il segreto di suo marito e delle sue origini.

Ian respirò a fondo, cercando di mantenere i nervi saldi, ma faceva fatica a calmare il cuore. Non doveva commettere passi falsi proprio ora che era stato creduto. Mentalmente ripassò ogni parola di quel dialogo improvvisato, temendo di trovarvi una falla, un elemento non spiegato che poteva distruggere ogni cosa. Si rassicurò pensando che Sancerre non era uno stupido né un credulone: se aveva accettato la spiegazione, allora questa doveva essere valida.

La sorte gli aveva dato un altro miracolo, il secondo di quel giorno, non doveva sprecarlo. Non c'erano falle, non c'erano punti deboli. Andava tutto bene.

Sbirciò Daniel e lo vide sempre rigido, ma un po' più colorito. Si stava calmando anche lui, poco alla volta.

Ormai davanti ai francesi la linea ininterrotta dell'esercito crociato aumentava a vista d'occhio, segno che si stavano avvicinando a Pienne e alla zona che gli assedianti avevano scelto per piantare le tende.

L'esercito, infatti, si era fermato e il movimento che ferveva tra le sue fila indicava che gli uomini stavano organizzando i ripari per la notte, anche se a gruppi sparsi e senza il benché minimo piano logistico. I pali delle tende e dei padiglioni si innalzavano uno dopo l'altro a distanze casuali; i carri si fermavano in gruppi di due o tre e in mezzo venivano riuniti gli animali da soma e da tiro; qualcuno accendeva già i fuochi per cucinare, scaldare e fare luce; civili e religiosi riuniti a gruppi cantavano litanie e inni sacri.

Visto da lontano, l'insieme sembrava più l'accampamento di una sterminata tribù nomade piuttosto che i quartieri di un esercito in guerra.

Thibault de Chailly raggiunse al piccolo trotto i cavalieri che guidavano il gruppo. «*Messieurs*, se non volete accamparvi troppo vicino alle truppe di Montfort, forse quello è il luogo adatto» consigliò, puntando il dito alla destra del gruppo. «Laggiù c'è uno spiazzo libero da alberi per molti passi tutto intorno. In quel punto saremo in grado di sorvegliare tutte le direzioni senza troppa fatica, anche di notte, se la luna ci assiste».

Ian ringraziò mentalmente il suo vassallo per essere venuto a interrompere senza saperlo una conversazione spinosa. «Etienne, che ne dici?»

Sancerre aguzzò la vista nella direzione indicata e studiò la sezione di prato aperto, invaso solo dall'erba stinta dell'autunno. «Potrebbe andar bene. Non è nemmeno troppo lontano dal fiume e saremo a monte rispetto all'esercito. Ci avvantaggerà quando dovremo approvvigionarci d'acqua». Diede un rapido colpo di sprone e concluse: «Vado a vedere di persona. *Monsieur* de Chailly, seguitemi».

I due francesi si allontanarono a passo sostenuto, lasciando Ian e Daniel alla guida del resto degli uomini.

Rimasti soli, i due amici tacquero per un po', ciascuno smaltendo la tensione nel silenzio. Alle loro spalle, proveniva il cigolare dei carri e i discorsi radi degli uomini ormai stanchi e desiderosi di deporre le armi e di riposare per la notte.

La luce andava calando lentamente e sul fondo già scuro della valle cominciava a fare molto freddo.

Con un movimento apparentemente casuale, Daniel si accostò di più a Ian, fingendo intanto di stringersi il mantello addosso. «Bel lavoro, ammiraglio M.[6]» disse sottovoce, ancora agitato. «Non so come hai fatto a escogitare un'idea del genere, ma sei stato bravo. E adesso cosa raccontiamo al conte di Ponthieu, visto che l'abbiamo tirato in ballo?»

Ian rabbrividì, ma forse non per il freddo. «Una storia modificata, ci sto pensando. Guillaume sa alcune cose vere su di noi e ha tutto l'interesse a tenerle nascoste, se non vuole mettere in dubbio la mia identità e quindi mettere in gioco l'intero casato con uno scandalo. Ci farà da complice per sostenere la versione appena raccontata a Etienne, se gliela giustifico a prova di bomba, così come Etienne ci farà da complice quando dovrò raccontare qualcosa a Geoffrey Martewall».

Daniel guardò l'amico, impressionato da tanta prontezza d'ingegno. «Sei un diavolo».

Ian fece una mezza smorfia. «Non lo dire. Qui certe frasi vengono prese molto sul serio».

[6] L'ammiraglio M. è il capo del famoso agente 007

Capitolo 6

L'accampamento francese si sistemò poco distante dalla riva del fiume in meno di un'ora, con la rapida efficienza dei soldati di professione. Prima furono eretti i padiglioni dei cavalieri, intorno allo spiazzo in cui avrebbero acceso il fuoco principale per i pranzi e le cene, poi tutto intorno vennero disposte ad anello le tende riservate ai soldati e ai servitori. Al limite del campo ordinatissimo, un piccolo recinto fatto con pali e corde ospitò i cavalli, in modo che fossero sorvegliabili in qualsiasi momento pur essendo abbastanza lontani dalle tende da non disturbare gli uomini con l'odore dei loro escrementi.

Daniel aveva già assistito varie volte al lavoro dei soldati, quando si era trovato insieme a Ian nella campagna militare che re Filippo Augusto aveva intrapreso per difendesi dall'aggressione di Inghilterra, Fiandra e Impero nel 1214. Era diventato bravo, allora, a seguire la logistica di un campo militare e l'esperienza gli tornò utile, consentendogli di dare consigli e di aiutare nello svolgersi delle operazioni.

Lo scudiero di Ian gli si era attaccato alle costole ed era diventato una specie di prolungamento del suo braccio. Là dove Daniel non arrivava per via della spalla dolorante, ci pensava il ragazzo, con uno zelo ammirevole. «Faccio io, voi non vi affaticate, sir!» aveva ripetuto almeno dieci volte in quell'ora.

E così, mentre i francesi piantavano le tende, Daniel si era trovato ad avere tempo per osservare tutto ciò che gli accadeva intorno e in particolare l'eterogeneo e caotico esercito crociato che si stava accampando sotto la città.

Ian si era momentaneamente assentato insieme a Sancerre, purtroppo per un cupo motivo. I loro uomini avevano ritrovato e riportato i cadaveri dei due compagni caduti nell'agguato e fu necessario organizzare il rito funebre e la sepoltura. Dalle fila dell'esercito crociato venne chiamato un prete e quando Ian ritornò al campo dei francesi, con la faccia scura, dietro di lui nel prato erano rimaste due croci di legno.

Daniel attendeva l'amico sulla soglia della sua tenda da cavaliere, alta e rotonda, con il tetto a cupola adorno di nastri con i colori bianchi e azzurri del Falco d'argento. Il blasone era ben visibile sulla sommità del palo che reggeva l'intera struttura.

All'interno, sullo spartano tappeto di cuoio, era già stata stesa una branda e soprattutto erano stati posizionati uno sgabello, il baule degli effetti personali, un braciere di ferro chiuso ma acceso, perché generasse calore senza spargere scintille, e un secchio d'acqua per lavarsi. Sapone e teli di lino erano appoggiati lì accanto e lo scudiero Beau aspettava, soddisfatto di aver curato la preparazione della tenda in modo impeccabile.

Appena entrato, Ian cominciò a liberarsi dell'uniforme e dell'usbergo.

Beau gli andò incontro per aiutarlo, ma l'americano gli fece cenno di no. «Faccio da solo, grazie. Tu va' a riposarti un po' prima di cena».

«Non sono stanco» si affrettò a rispondere il ragazzo, ma si vedeva che era un espediente per non abbandonare la tenda e perdersi le future conversazioni.

Ian gli scoccò un'occhiataccia. «Ti sei già lavato e cambiato per la cena?»

Il ragazzino arrossì anche sulle orecchie. «No, *monsieur*, ma...»

Ian gli fece un cenno perentorio verso l'uscita della tenda e mozzò il debole tentativo di difesa. Lo scudiero uscì a testa bassa, senza protestare oltre.

«Chiudi, per favore» disse Ian a Daniel, quando rimasero soli, e accennò al lembo di tenda che fungeva da porta. «Cerchiamo un po' di privacy, se possibile».

Daniel obbedì. «Quel ragazzino ti sta dietro come un cucciolo. Ma chi è?»

«Te ne ho parlato a Dunchester, non ricordi? Il monello che avevo incrociato nel mio cammino verso il castello di Martewall».

«Ah, sì». Daniel adesso riuscì a identificare il ragazzo con il racconto dell'amico, anni prima. «Lo chiamavi Coda di volpe».

«Era il suo soprannome, adesso finalmente accetta di farsi chiamare col suo nome vero e francese» proseguì Ian, andando a posare tunica e camicia da un lato. «Lui e sua madre Brianna hanno aiutato me e Martewall a fuggire dall'Inghilterra, rischiando anche la vita. Da allora vivono a Châtel-Argent, lontano dalla guerra civile».

«E il ragazzo è diventato il tuo scudiero».

Ian sospirò. «L'usanza qui vuole che ne abbia uno, anche se non mi piace affatto avere un ragazzino che mi serve a tavola o mi prepara i vestiti. D'altra parte, pare che sia l'unico modo per costringerlo ad avere un po' di disciplina e, soprattutto, a studiare e imparare a leggere e scrivere. Gliel'ho imposto, se vuole essere il mio scudiero».

«Il professore è rimasto anche dentro la pelle del cavaliere, eh?» sogghignò Daniel e poi andò a sedersi sullo sgabello, mentre l'altro cominciava a lavarsi un pezzo alla volta, alla luce degli ultimi raggi di sole che raggiungevano la tenda da fuori. «Sei stato colpito» osservò, notando i lividi sulla spalla e sul torace. Allo stesso tempo vide altri segni sul corpo imponente dell'amico: cicatrici vecchie, alcune note come quelle sulla schiena lasciate dalla frusta dello sceriffo inglese Jerome Derangale nei primi giorni traumatici in cui era avvenuto il passaggio nel medioevo, altre sconosciute, benché più piccole e meno impressionanti.

Notando lo sguardo dell'amico, Ian si girò senza gesti bruschi ma in modo da nascondere la schiena. «Questa la devo a Etienne e ai suoi tornei» spiegò piuttosto e si indicò una linea rossa sul bicipite sinistro. «Mi ha coinvolto in una sfida *à plaisance*[7] contro i suoi parenti al torneo del suo matrimonio e questo è il risultato. Ho buttato giù ugualmente il mio avversario, ma il moncone della sua lancia mi ha ferito di striscio».

Daniel annuì alla spiegazione, ma in realtà stava pensando che Ian sembrava più scolpito di quanto l'avesse mai ricordato.

---

[7] di cortesia

La pelle era tesa su muscoli che non avevano più nulla di rilassato, su un corpo da guerriero, asciugato da un continuo esercizio fisico e soprattutto da una vita spartana.

«Quanto tempo è passato?» lo distrasse Ian.

Daniel vide che l'amico lo stava osservando come faceva lui, con occhi molto seri. «Tre anni» gli rispose dopo un breve silenzio.

«Tre anni» ripeté Ian, colpito. «Adesso capisco il modo in cui Donna ci guardava quando tornammo di qua la seconda volta. Sei cambiato in questo tempo».

«Dici che sono invecchiato? Tu invece sei ingrassato» cercò di scherzare Daniel. «Guarda che adesso ho più o meno la tua età, quindi non darmi del vecchio».

Ian si asciugò con un telo di lino, mentre rifletteva su quell'idea stupefacente. «È vero, siamo quasi coetanei adesso. La cosa mi fa impressione. Per me sono passati solo mesi da quando ci siamo incontrati per l'ultima volta, per te anni... Anche gli altri noteranno senz'altro il tuo cambiamento».

«Dici che sono cambiato troppo? Potrei insospettire qualcuno?» si preoccupò Daniel e anche a lui faceva un profondo effetto la consapevolezza che il tempo fosse trascorso per lui in modo diverso rispetto all'amico.

«No, non credo proprio. In fondo sono passati molti mesi dall'ultima volta che qualcuno ti ha visto qui. Un cambiamento è comunque plausibile» lo rassicurò Ian.

«Meglio» si rilassò Daniel e mosse un po' la spalla dolorante, sentendosi stringere dalle bende sotto gli abiti medievali.

«Vuoi che ti faccia portare un secchio d'acqua per lavarti?» gli domandò Ian.

«Non ce n'è bisogno. Conto di tornare a casa a farmi una doccia».

Ian sospirò. «Una doccia. Non sai quanto mi manca, al posto delle vasche e dei catini. Dovrò farmene costruire una a Châtel-Argent prima o poi». Andò al baule per prendere vestiti puliti.

Nel silenzio che seguì, l'atmosfera si fece piano piano familiare: due fratelli si ritrovavano dopo una lunga separazione e anche senza parole riuscirono a sintonizzarsi l'uno sulle emozioni dell'altro. Non ce n'era stato il tempo, prima, con tutto quello che era accaduto e con troppa gente intorno a loro.

La luce calò piano d'intensità, mentre il braciere diffondeva calore e odore di resina e cenere. Ian accese una lampada per illuminare la tenda.

«Come stai?» domandò finalmente Daniel.

Ian andò a sedersi sulla branda, di fronte a lui, scostandosi i capelli neri dal viso con la mano. «Bene» rispose, quieto e sincero. «Nonostante sia una vita difficile, mi sento bene».

«Pentito della scelta?»

«No, mai, nemmeno nei momenti più duri. E ce ne sono stati, credimi. Mi mancano tante cose, ma ringrazio Dio ogni giorno comunque, per avermi dato la possibilità di essere qui».

Daniel annuì, alleggerito. Alcune volte in quei tre anni aveva temuto che Ian avesse avuto dei rimpianti, che si fosse trovato intrappolato in un mondo che non era adatto a lui quanto invece aveva creduto all'inizio. Nelle notti peggiori, lo aveva immaginato condannato a una specie di ergastolo senza sbarre. Era bello scoprire di essersi sbagliato del tutto.

«Isabeau?» domandò ancora.

Nel sorriso di Ian trasparì un amore infinito. «Sta bene anche lei ed è finalmente serena. Marc cresce, non ha nemmeno un anno ed è già un piccolo terremoto. Mi assomiglia molto, lo dicono tutti».

«Non nel carattere, a quanto dici».

Ian rise. «No, in quello pare di no. Per il resto è una mia copia in miniatura». La sua voce diventò commossa, quando aggiunse: «Anche Michel mi somiglierà molto, benché meno di Marc. Ricordo il suo ritratto sul libro che ti ho lasciato. Ormai aspetto la sua nascita per avere la certezza di aver fatto il mio dovere in questo mondo medievale, almeno quello che avevo letto nel manoscritto».

«Non intendi fare altri sette o otto figli? Non si usa così da queste parti?» insinuò Daniel.

«Per carità! Se anche Michel avrà il carattere di Marc, chi potrebbe tenere a bada una decina di scalmanati di quel genere?»

Daniel annuì di nuovo, ridendo. «Com'è essere padre?» chiese alla fine.

Ian intuì al volo il motivo di quella domanda. «Come sta Jodie?» indagò, invece di rispondere.

Questa volta fu Daniel ad avere un lampo di felicità nello sguardo. «Aspettiamo un figlio per la fine dell'anno».

«Quanto manca?»

Daniel si ricordò che Ian non poteva sapere che giorno fosse nel ventunesimo secolo. «Sei mesi».

«Ma allora dobbiamo festeggiare!» s'illuminò l'amico. «Quando vi siete sposati?»

«Per ora conviviamo e i miei ancora brontolano, ma adesso metteremo "la testa a posto", l'abbiamo promesso a tutti».

L'accenno a John e Sylvia Freeland rese Ian molto cupo. «Come stanno i tuoi? E Martin?» domandò piano.

«Stanno tutti bene. Martin studia per l'ammissione all'università e ne sta cercando una che abbia una buona squadra di baseball». Daniel dovette fare una pausa, prima di ammettere. «Papà e mamma sono furibondi con te».

Ian abbassò la testa. «Immagino». Restò in silenzio a lungo.

La sua tristezza fece male a Daniel. «Ce l'hanno con te soprattutto perché sei la causa del mio matrimonio ritardato» scherzò, cercando di rallegrare l'amico. «Sto ancora aspettando che tu mi faccia da testimone, specie di assenteista. Adesso però io e Jodie stiamo organizzando la cerimonia, mancano meno di due mesi e tu non hai più scuse per non partecipare».

Tacquero entrambi, mentre l'idea si depositava poco a poco tra i loro pensieri. La partita era aperta e il personaggio di Jean Marc de Ponthieu era ancora in gioco: sarebbe bastato sfiorare la mela virtuale perché anche Ian potesse ritornare nel mondo moderno?

Fu proprio quest'ultimo a esprimere la domanda ad alta voce. «Tu credi che io potrei di nuovo...?» Lasciò la frase in sospeso, carica di significato.

«Non lo so con certezza, ma immagino di sì» disse Daniel. «Se *Hyperversum* è ripartito, non vedo perché non dovrebbe funzionare con tutti e due, come le volte scorse».

Si guardarono senza parole ancora un po', poi fu Daniel a prendere la decisione e alzò la mano davanti a sé, nel gesto con cui di solito invocava l'icona.

«Aspetta!» lo fermò Ian in quell'istante. Si era voltato verso la porta della tenda, con allarme, e anche Daniel udì toni inusuali, fuori, nell'accampamento. «Che succede?» domandò, abbassando la voce d'istinto.

Ian si alzò in piedi. «Non lo so, ma è meglio controllare».

Fuori il tramonto era ormai sceso e tra le tende del campo francese brillavano fuochi, torce e falò per fare luce e per preparare la cena. All'orizzonte, le mura di Pienne erano nere nella foschia della sera di tardo autunno, punteggiate da fiaccole là dove sorgevano le postazioni delle sentinelle. Ai piedi della città, l'accampamento crociato sedeva cupo come un animale da preda, emanando un confuso e ovattato rumore di voci, crepitii, nitriti, cigolii e salmi cantati ad alta voce.

Il limite del campo francese era annunciato dagli stendardi dei casati nobili, quello blu e bianco di Sancerre e quello bianco e azzurro di Ian, entrambi sovrastati dalla bandiera con i gigli d'oro di re Filippo Augusto.

Proprio sotto quelle bandiere erano fermi due uomini a cavallo, intenti a parlare con le sentinelle del primo turno di guardia: uno scudiero e il suo cavaliere, a giudicare almeno dal contegno e dall'abbigliamento di entrambi. Sembravano arrivati dal campo crociato e lo scudiero, un ragazzo magro di una ventina d'anni, stava parlando con le sentinelle, con l'aria di chi pretende di essere obbedito immediatamente. A poca distanza da lui, il cavaliere, sui quarant'anni, vestito di scuro e senza livrea ma con una croce sugli abiti, scrutava con occhi grifagni in mezzo alle tende.

Ian si accigliò. «E lui cosa ci viene a fare qui?» si domandò a mezza voce, riconoscendo l'uomo nonostante l'oscurità crescente.

«Chi è?» domandò Daniel, ma in quell'istante il cavaliere fece avanzare perentoriamente il suo palafreno, spazientito dal protrarsi del colloquio tra lo scudiero e le sentinelle. «Sto cercando *monsieur* Etienne de Sancerre!» esclamò ad alta voce, rivolto a tutto il campo, e dal tono si capì che la sua non era una visita di cortesia.

I francesi si guardarono l'un l'altro, mormorando bassi tra loro. Gli sguardi spesso fuggivano in direzione di una tenda blu posta a una ventina di passi da quella in cui Ian e Daniel si trovavano. Anche Beau Coda di volpe aveva fatto capolino tra un gruppo di soldati per vedere cosa stava accadendo.

Al secondo richiamo spazientito, Sancerre comparve sulla soglia del suo padiglione. Fece una faccia seccata quando vide chi lo stava chiamando tanto sgarbatamente, poi rientrò nella tenda per prendere una tunica pesante da mettere sopra la camicia pulita indossata al posto dell'usbergo. Stava ancora allacciando l'indumento quando ricomparve e Ian gli andò incontro, tallonato da Daniel.

«Cosa vuole Gant da te?» domandò l'americano al compagno francese.

«Vorrà chiedermi spiegazioni per oggi pomeriggio, quel corvo del malaugurio» brontolò Sancerre. «L'ho quasi buttato giù da cavallo speronandolo, quando ha tentato di ammazzare il nostro amico con il suo mazzafrusto».

Ian seguì con gli occhi il cenno dell'altro cavaliere e guardò Daniel. «Era Gant quello che se l'è presa con te?» esclamò con ansia e incredulità. Da lontano, nel bel mezzo della battaglia non aveva potuto vedere bene l'accaduto né chi vi era coinvolto. Solo dopo aver visto Daniel correre tallonato da Sancerre si era reso conto che c'era stata una situazione di pericolo per l'amico.

Daniel ricordò il cavaliere bianco e nero che l'aveva preso di mira in mezzo alla mischia, ma non seppe cosa rispondere: non sapeva nemmeno chi fosse questo Gant di cui parlavano gli altri due, anche se sforzandosi ricordò che il suo aggressore portava la croce sul blasone. Si strinse nelle spalle con aria impacciata.

«Dannazione» mormorò Ian, riportando lo sguardo sul cavaliere crociato che ripeteva il suo richiamo, sempre più spazientito.

«Te l'avevo detto che c'è voluto un miracolo per individuare uno dei nostri in mezzo al campo, senza insegne distintive. Gant è stato meno bravo di me e se l'è presa col bersaglio sbagliato» disse Sancerre. «Ma non ti preoccupare, me la sbrigo io con il corvo crociato. Vedrai che lo metto a tacere». Si allontanò a grandi passi decisi, verso il cavaliere che lo chiamava, ignorando Ian che si raccomandava: «Niente frasi avventate!».

Ian lasciò ricadere la mano tesa verso l'amico francese, sapendo che era molto meglio non lasciare da solo il focoso Sancerre nella conversazione, in procinto di iniziare già sotto pessimi auspici. «Tu resta qui, non voglio che ti vedano abbastanza bene da riconoscerti in futuro» disse a Daniel, cupo. «Quelli sono davvero fanatici e preferisco non rischiare».

L'amico lo fermò prima che si allontanasse. «Ma chi è quel tizio?» domandò allarmato.

Ian lanciò un'occhiata torva verso il cavaliere davanti al quale stava andando a fermarsi Etienne de Sancerre. «Adolphe de Gant, un barone metà francese e metà inglese. È un luogotenente di Simon de Montfort. Un vicecomandante dell'esercito crociato».

Mise una mano sulla spalla di Daniel a mo' di saluto e di rassicurazione insieme. «Ci pensiamo noi, tu stanne fuori». Poi andò dietro a Sancerre.

Daniel tornò verso la tenda di Ian e rimase sulla soglia, a guardare. *Che fortuna*, pensò sconsolato. *Ci saranno state decine di cavalieri sul campo, oggi, e a me capita proprio un vicecomandante crociato…*

***

Ian percorse in pochi istanti la distanza che lo separava da Sancerre e dal barone Adolphe de Gant, sotto gli occhi attenti di tutti gli uomini del campo. Il luogotenente crociato non era nemmeno sceso di sella e squadrava dall'alto Sancerre con alterigia. Il cavaliere francese, da parte sua, gli si era piantato davanti con le mani sui fianchi e non mostrava la benché minima soggezione.

Ian li raggiunse, osservando nel frattempo il crociato.

Il corvo, lo chiamava Sancerre con disprezzo, perché Gant, quando non portava la sua livrea da battaglia bianca e con una croce bianca in campo nero, indossava sempre gli abiti scuri dei penitenti, senza decorazioni a parte l'onnipresente croce. A ben vedere, anche il volto dell'uomo aveva qualcosa che ricordava un corvo, forse il naso importante o gli occhi neri e spiacevolmente indagatori.

Sancerre era un uomo istintivo, poteva prendere qualcuno in antipatia per motivi molto più emozionali che ragionati, ma anche Ian nutriva una decisa avversione per Adolphe de Gant, perché nelle poche settimane in cui aveva avuto modo di conoscerlo non l'aveva visto nemmeno una volta risparmiare un uomo sul campo di battaglia, armato, ferito o disarmato che fosse il suo bersaglio.

Mentre compiva gli ultimi passi, Ian ricordò gli ammonimenti con cui Guillaume de Ponthieu l'aveva lasciato partire in quella che doveva essere solo una missione da osservatori neutrali della guerra in Linguadoca, per conto di re Filippo Augusto.

«Parla poco, osserva molto. Non ti mettere in contrasto con i crociati, qualsiasi cosa accada» aveva detto Ponthieu, cupo. «Ma riporta a me ogni dettaglio che vedrai. Se qualcosa non va, sarà il re a decidere cosa fare».

Il tono era quello di chi è disposto a tenere una linea apparentemente defilata ma intransigente contro i crociati e Ian sapeva che in ballo c'era la futura strategia politica dei Francesi rispetto all'esercito che stava conquistando la Linguadoca e l'Occitania su ordine del Papa, per estirpare l'eresia catara dilagante nel meridione della Francia. Una guerra di cristiani contro cristiani.

Filippo Augusto fino a quel momento era stato cauto nel prendere posizione, sia perché non voleva muovere guerra a un suo vassallo potente come Raimondo di Tolosa sia perché era stato impegnato a nord a fronteggiare gli attacchi di Impero e Inghilterra fino a metà del 1214. Dall'inizio dell'anno 1215, inoltre, seguiva con particolare interesse la rivolta dei baroni inglesi contro Giovanni Senza Terra, appoggiandola in segreto.

Papa Innocenzo III aveva invece sempre insistito perché il re francese si rivolgesse a sud e mettesse a disposizione uomini e mezzi per la crociata che durava ormai da molti anni.

Affatto desideroso di sprecare uomini e denaro, per giunta in una causa religiosa interna alla cristianità, Filippo Augusto aveva tergiversato finché gli era stato possibile e aveva autorizzato una breve spedizione di suo figlio Luigi solo ad aprile di quell'anno, quando ormai i giochi nel meridione sembravano fatti e i rischi tutto sommato contenuti.

Ad agosto però, la guerra civile in Inghilterra aveva conosciuto una seconda fase, ancora più cruenta della prima, dopo che il Papa aveva disconosciuto la Magna Charta Libertatum e scomunicato i baroni ribelli all'autorità di Giovanni Senza Terra. Adesso Filippo Augusto intravedeva la possibilità di mettere le mani sulla corona d'Inghilterra e quindi aveva di nuovo perso ogni interesse a impegnare uomini e mezzi nella pacificazione del meridione. Così, per prendere tempo e allo stesso tempo mostrare al Papa che non si disinteressava del tutto del problema, aveva inviato osservatori di fiducia sul campo perché gli portassero tutti gli elementi per decidere se e come appoggiare Montfort e il suo esercito conquistatore.

Ian era appunto uno di quegli osservatori e il conte Guillaume de Ponthieu aveva approvato senza riserve quella sua missione, perchè mirava a trovare motivi per negare l'aiuto ai crociati, sia per compiacere il suo re sia per la profonda avversione che lui stesso nutriva verso quella crociata, a cui pure aveva partecipato in prima persona nel 1209.

Aveva raccontato cose a Ian, di quei mesi, che avevano fatto rabbrividire l'americano, cose che avevano fatto ritirare il conte dall'impresa con disgusto. Da allora il casato dei Ponthieu non aveva più partecipato a una guerra che avesse la religione come movente.

Con quei pensieri in testa, Ian andò a fermarsi accanto a Etienne de Sancerre. «*Monsieur* de Gant, i miei saluti. Cosa vi porta da queste parti?»

Il crociato spostò su di lui lo sguardo ostile eppure cercò di rispondere in modo altrettanto diplomatico. «I miei saluti anche a voi, *monsieur* de Ponthieu. Annunciavo al vostro compagno d'armi che vengo a chiedere spiegazioni per un fatto grave accaduto oggi sul campo di battaglia».

«Se non ci sono stati morti o feriti, sono sicuro che troveremo una soluzione e una spiegazione per tutto» replicò Ian, precedendo la risposta di Sancerre.

«Non è morto nessuno, per fortuna, ma ci siamo andati vicini» commentò quest'ultimo, caustico.

Il crociato riportò la sua attenzione su di lui. «*Monsieur*, mi avete impedito di uccidere un eretico, sono qui a chiedervi una giustificazione».

«Uno più uno meno che differenza fa per voi? Non ne avete trovati altri sul campo da uccidere, al posto di quello che vi è sfuggito? Eppure mi pareva ce ne fossero fin troppi, specie provenienti dalle nostre spalle, senza che nessuno dei vostri esploratori ci avesse avvertito in anticipo».

«Siamo in guerra e un vero cavaliere è sempre pronto a combattere, anche se non viene avvisato in anticipo, specie se è un cavaliere di Dio».

«Signori, vi prego» intervenne Ian, vedendo che la conversazione stava pericolosamente virando su toni sempre più ostili. «Etienne, il barone di Gant ha il diritto di avere una spiegazione per quanto accaduto oggi. E voi, *monsieur* de Gant: ricordate che noi non siamo in guerra, Sua Maestà re Filippo II ci manda a osservare il vostro operato per valutare la possibilità di un suo intervento in vostro favore e la nostra fede è salda e senza ombre».

L'intervento blandì e scontentò entrambi i cavalieri in uguale misura e Ian vide di non essere affatto riuscito a placare l'ostilità dell'uno contro l'altro.

«Poiché siamo tra buoni cristiani, mi chiedo allora perché *monsieur* de Sancerre abbia difeso con tanta foga un nemico della fede, impedendomi di fare il mio dovere» riprese infatti Gant. «Ha consentito a un cane eretico di fuggire e me l'ha fatto perdere di vista».

«La verità, Gant, è che voi avete sbagliato bersaglio» disse Sancerre. «Ve la stavate prendendo con uno dei nostri, colpendo indiscriminatamente nel mucchio. Io ho impedito che ammazzaste un innocente».

«Quell'uomo non aveva i vostri colori, ne sono certo».

«Ma era uno dei nostri e anch'io ne sono certo».

«*Monsieur* de Gant, il conte di Sancerre ha ragione» intervenne Ian. «L'uomo a cui ha risparmiato la morte è uno dei nostri. Era in incognito per questo non portava i nostri colori».

«Allora mi spiegherete perché l'ho visto brandire la spada contro chi portava la Croce sulla divisa» replicò Gant, secco.

Ci mancava solo questa si disse Ian, arrabbiato con Daniel pur sapendo che non aveva certamente colpa per quanto era successo.

«Nel campo di battaglia la confusione è grande, lo sapete bene anche voi» disse. «Un uomo ha il diritto di salvarsi la vita e il nostro compagno ha dovuto difendersi da chi l'ha attaccato senza motivo, cadendo nel vostro stesso errore. Non mi risulta, comunque, che abbia ucciso qualcuno tra i crociati».

Vero che non l'hai fatto, Daniel? pensò in aggiunta, augurandosi per sé e per l'amico che le cose fossero andate esattamente come stava dicendo.

«Questo può confermarcelo solo quell'uomo» disse Adolphe de Gant. «Mi pare di capire che voi sapete dove si trova e che lo conoscete bene».

Ian si trattenne dal voltarsi d'istinto verso la sua tenda per assicurarsi che Daniel fosse lontano da lì il più possibile. «So chi è» rispose, calmo. «E si trova al mio servizio. È un cavaliere del mio casato e questo lo pone al di fuori di ogni possibile sospetto».

Gant fece fare qualche passo al cavallo, che cominciava a innervosirsi per la forzata immobilità. «Non indossava i vostri colori, ma non era nemmeno abbigliato da cavaliere» accusò.

«Signore, era in missione per conto di mio fratello e mio, oltre le linee nemiche, per questo non doveva essere riconosciuto» rispose Ian, più duro. «Non vorrete mettere in dubbio la mia parola?»

Gant tirò con forza le briglie del cavallo per costringerlo a stare fermo. «Posso almeno sapere il suo nome? Da quel poco che ricordo, non sembrava francese, almeno a giudicare dal colore di capelli».

«Viene dal nord, non è un eretico e non è un pagano, vi basti sapere questo, Gant» tagliò corto Sancerre, spazientito. «Tutto il resto non vi riguarda».

«Ne va della segretezza della sua missione» corresse Ian per non buttare olio sul fuoco, ma allo stesso tempo ben deciso a non dare il nome di Daniel al crociato. «Non posso rivelarvi la sua identità, finché dovrà indagare per me tra i vostri nemici».

«Una spia, dunque» concluse Gant e nei suoi occhi neri

crebbe il sospetto insieme alla sorpresa. «E su cosa starebbe indagando, di grazia?»

«Mi dispiace, non posso dirvelo» rispose Ian, con decisione.

L'espressione di Gant divenne ancora più dura. «Signore, come vice comandante crociato posso pretendere ogni informazione che sia utile a mantenere l'ordine in questa regione. Ricordate che noi siamo qui per volere di Sua Santità il Papa e la nostra missione è al servizio della Vera Croce».

«Quando avrò informazioni utili al mantenimento della pace, le riceverete direttamente da me, potete starne certo» replicò Ian, senza lasciarsi intimorire. «Al momento non ce ne sono e quindi né io né il mio uomo abbiamo qualcosa da riferirvi».

Tra i tre cavalieri rimase un silenzio pesante per un po', mentre ciascuno valutava la propria posizione di forza all'interno del dialogo. Sancerre, notò Ian, aveva sollevato il mento con un'aria di sfida, preannuncio di battaglia; Gant stava calcolando con tutta evidenza fino a dove poteva spingersi con le sue pretese.

Ian lo vide esitare. «Posso considerare chiuso l'incidente?» domandò, approfittando del momento. «Dopo una giornata di sangue come questa, dovremmo abbandonare le ostilità almeno tra di noi buoni cristiani e pregare piuttosto per i nostri caduti e le nostre anime».

L'argomento religioso, sfoderato ad arte, ebbe in parte il suo effetto. Lo scudiero di Gant, che aveva seguito il dialogo con aria arcigna fino a quel momento, abbassò leggermente la testa.

Gant invece non sembrò altrettanto colpito, ma ebbe comunque qualche esitazione in più a insistere. «*Monsieur* de Sancerre mi deve delle scuse» replicò alla fine, torvo.

«Ve le faccio io personalmente al posto suo» replicò Ian con prontezza, prevenendo la risposta secca e di certo non amichevole del compagno francese. «*Monsieur* de Sancerre ha agito per me, per proteggere un mio uomo, perciò sono io e non lui a dovervi delle scuse e ve le porgo con la massima sincerità».

Il crociato dovette adattarsi alla risposta, benché con un'aria per nulla soddisfatta. «Accetto le vostre scuse, signore» sentenziò come se stesse ingoiando qualcosa a viva forza.

«Andate in pace, allora, e abbiate una buona notte» lo salutò Ian con un breve inchino formale.

Gant non replicò, aveva alzato gli occhi a scrutare il campo francese alle spalle dei suoi interlocutori, come se fosse improvvisamente infastidito dagli occhi puntati verso il confronto in corso.

Anche Ian era conscio degli sguardi di tutti sulla schiena e sapeva che l'intera scena era stata seguita attimo per attimo dall'intero campo. Le sentinelle di guardia dovevano anche aver udito il dialogo, che presto si sarebbe diffuso di bocca in bocca tra le tende.

L'importante era che Gant non avesse perso la faccia davanti a tutti o ne sarebbe nato un motivo di rancore indelebile. Ian si rassicurò pensando che l'aver porto pubblicamente le sue scuse al crociato metteva l'uomo in condizioni di andarsene comunque a testa alta. Per un attimo si chiese anche se Daniel fosse ancora là ad assistere e se Gant l'avesse notato, ma si costrinse a non voltarsi indietro.

Non ci furono altre parole. Gant diede bruscamente di sprone e si allontanò veloce, tallonato dallo scudiero, svanendo nel buio ormai fitto.

Ian fece un respiro profondo, sentendosi sollevato.

«Il corvo non meritava le tue scuse, era lui dalla parte del torto» brontolò Sancerre al suo fianco. «Adesso dovrei scusarmi io con te, perché ti sei trovato in questa situazione a causa mia».

Ian gli mise una mano sulla spalla. «Abbiamo evitato che un banale incidente degenerasse in qualcosa di peggio ed è questo che conta. Ci sono già abbastanza esaltati qui intorno, pronti a risolvere le cose con la forza. Se con qualche parola possiamo evitare contrasti inutili, meglio così».

«Dipende sempre da chi le pronuncia, le parole» disse Sancerre con una smorfia. «Se fosse stato per me, Gant riceveva ben altro che le scuse».

«Lo so bene ed è per questo che sono venuto a ficcare il naso nel dialogo» scherzò Ian, ma non più di tanto. «Ho impedito che si scatenasse un'altra guerra prima che si raffreddasse la cena».

Sancerre era tanto onesto da ammettere la verità dietro quella battuta. «Io non sono tagliato per fare il diplomatico. Grazie al cielo ci sei tu a tenermi d'occhio».

«Sì, ma che fatica dover sempre pensare a come rimediare le cose» sospirò Ian, stanco, e non si riferiva solo al dialogo spinoso appena avuto con Adolphe de Gant. «Andiamo a mangiare» concluse poi. «Ne ho avuto a sufficienza, per oggi».

***

Daniel vide i due ritornare verso le tende, fianco a fianco, entrambi con un'aria cupa. Da lontano aveva assistito alla scena, benché non potendone udire il dialogo, e aveva intuito i momenti di tensione.

Il cavaliere che chiamavano Adolphe de Gant non gli aveva fatto davvero una buona impressione, con quegli abiti scuri e i modi nervosi. Non era riuscito a vederlo bene in faccia, poiché la distanza che li separava era troppa e la luce ormai scarsissima, ma si era convinto comunque che fosse un uomo con cui trattare usando cautela.

Il ricordo del suo mazzafrusto che mieteva vittime e spargeva sangue ovunque sul campo di battaglia non faceva che rendere più sinistro il personaggio.

Un fanatico, l'aveva definito Ian e Daniel non aveva motivo di dubitare del giudizio dell'amico. Fu contento di essersi tenuto in disparte e nell'ombra sempre più fitta, specie quando aveva visto il crociato scrutare chiaramente nella sua direzione, prima di allontanarsi.

«Com'è andata?» domandò il giovane a Ian, accogliendolo sulla soglia della tenda dopo che l'amico si era separato da Sancerre.

«Ho messo a posto le cose» replicò l'altro, stancamente, e lo superò per entrare. «Temo però che adesso tutti sappiano che sei il mio James Bond».

Daniel gettò uno sguardo allarmato nel campo e vide che in molti tra i francesi stavano guardando verso di lui, mentre parlavano tra loro. «Devo preoccuparmi, ammiraglio M.?» cercò di scherzare, ma non era affatto tranquillo.

«Non hai ucciso un crociato per sbaglio durante il combattimento, vero?» indagò Ian, prima di rispondere.

«Certo che no!» si affrettò ad assicurare Daniel. «Mi sono difeso da un paio di tizi che mi hanno aggredito e non sapevo nemmeno da che parte stavano, almeno finché non ho visto la croce sulla schiena di quello che è scappato. Però non ho ferito nessuno, al massimo il primo dei due se l'è cavata con qualche livido».

Ian gli fece cenno di chiudere l'entrata mentre andava a finire di riporre ciò che aveva lasciato sparso poco prima, mentre si lavava e cambiava. «Allora direi proprio che non avremo problemi. Al massimo correranno nuove dicerie su quanto siano temibili i Ponthieu, che hanno spie dappertutto. Ci ho fatto il callo, ormai, dopo Dunchester».

Daniel lasciò cadere il lembo di tenda e tornò con l'amico al riparo da sguardi indiscreti. «Ora che facciamo?»

Ian si fermò a guardare intorno a sé, riflettendo. «Vorrei rimandarti a casa il prima possibile, al sicuro, ma non so come farti sparire adesso finché c'è troppa gente in giro per il campo. Non puoi svanire come per magia da una tenda chiusa».

Daniel scosse la testa. «Non ti vedo da tre anni, non me ne vado così. Resterò con te finché potrò».

«Sei sicuro di potertene andare dopo? *Hyperversum* ti obbedirà?» domandò Ian, preoccupato. «La volta scorsa aveva improvvisamente smesso di funzionare e ti aveva intrappolato qui».

«La volta scorsa mamma aveva spento il computer, pensando che io fossi uscito di casa con *Hyperversum* acceso. Questa volta non accadrà. Non c'è nessuno in casa e se Jodie dovesse rientrare dal lavoro senza trovarmi, capirebbe dalla partita accesa cos'è successo e saprebbe cosa fare e cosa *non* fare».

Ian tacque pensieroso.

«Andiamo, rilassati. Qui al campo non c'è pericolo per me ora. Posso rimanere ancora un po' senza rischiare niente» insisté Daniel.

«E la tua spalla?»

«È un graffio, non fa troppo male e non sanguina più. A casa la medicherò con calma».

«Va bene». Ian si lasciò finalmente convincere. «Allora andiamo a cena, se ne hai voglia».

«Ho una fame da lupo» sorrise Daniel.

Ian gli porse un mantello pesante. «Copriti, perché mangiare all'aperto fa freddo, di questi tempi, anche se siamo davanti a un falò acceso. Poi appena ci ritireremo per la notte, tu potrai tornare a casa senza dare nell'occhio, basterà che il campo dorma. L'alibi della spia ci aiuterà, anzi renderà più suggestiva la tua scomparsa nel bel mezzo della notte, in barba alle sentinelle».

«D'accordo». Daniel iniziò ad allacciarsi il mantello. «Mi spieghi intanto cosa ci fai, tu, in una crociata? Sei l'ultima persona che avrei mai creduto di vedere in un'impresa simile».

Ian fece un respiro stanco. «Non volevo rimanere coinvolto di nuovo nella rivolta dei baroni in Inghilterra e perciò mi sono offerto come osservatore neutrale qui nel sud».

«In Inghilterra combattono ancora?»

«Sono nel bel mezzo della guerra civile. Giovanni Senza Terra ha rinnegato ad agosto la *Magna Charta Libertatum* concessa a giugno e i baroni hanno ripreso le armi. Re Filippo e il principe Luigi sono sul piede di guerra, perché vogliono mettere le mani sulla corona inglese, quindi stanno organizzando navi, uomini e armi. Io però non volevo essere di nuovo spedito laggiù a fare l'ambasciatore militare o, peggio ancora, il condottiero».

«Sei sempre il Falco del Re, eh?»

«Già, e il modo in cui ho risolto l'assedio di Dunchester e trasformato William di Salisbury in un alleato segreto dei Francesi ha amplificato la mia fama agli occhi del re e dei suoi confidenti. Perciò, purtroppo, sono sempre tra i primi della lista quando si deve scegliere qualcuno da mandare in missioni diplomatiche spinose. Venendo qui speravo almeno di non dover combattere, in fondo la nostra è una missione da osservatori neutrali».

«E Sancerre fa il diplomatico neutrale?» osservò Daniel, non senza ironia.

«Lui e il suo casato danno l'appoggio logistico. I loro vassalli hanno feudi confinanti con la Linguadoca, quindi potevano spostare uomini e mezzi fin qui più facilmente. In questo campo, a parte alcuni soldati provenienti da Châtel-Argent e a Thibault de Chailly, tutti gli altri sono uomini dei Sancerre. Tecnicamente, è Etienne il capo della nostra spedizione».

«E questi eretici, i Catari o Albigesi, che vogliono? Sono così pericolosi?»

Ian fece un gesto vago. «Vuoi la versione dettagliata o quella veloce?»

Daniel fece una mezza smorfia. «Niente lezioni di Storia, per favore».

«Allora, per semplificare diciamo che i catari sostengono che l'anima è creata da Dio, ma il mondo materiale è opera del diavolo. Quindi la Chiesa, che sostiene l'incarnazione di Cristo ed è attaccata ai beni materiali, diffonde corruzione e opinioni diaboliche».

«Complimenti!» Daniel fischiò di sorpresa. «E questi, con una teoria del genere, pensavano anche di scampare ai roghi dell'Inquisizione?»

«Aspetta, non ragionare da moderno» ammonì Ian. «I primi inquisitori verranno creati solo tra una decina d'anni e comunque l'Inquisizione medievale è un'altra cosa rispetto a quella spagnola nata nel Quattrocento».

Daniel alzò le mani in segno di resa davanti all'esperto.

«Comunque sia, i catari si sono attirati addosso una guerra e molti feudatari vi si sono trovati in mezzo per difendere la loro autonomia dai poteri superiori, la Chiesa ad esempio» concluse Ian. «In questa crociata, oltre ai motivi religiosi ci sono in ballo anche enormi interessi politici. Quando un esercito attacca un feudo, anche se con il benestare del Papa, si innesca una reazione a catena di aiuti militari reciproci, che coinvolge tutta la scala feudale, dai vassalli ai principi. In questo caso, sono stati coinvolti re Pietro di Aragona, il conte Raimondo di Tolosa e Filippo Augusto e ciascuno di loro ha buoni motivi per combattere».

«Che ne pensa il conte di Ponthieu di tutto questo?» domandò ancora Daniel.

«Si fida di me e vorrebbe che gli portassi abbastanza prove negative sull'operato dei crociati da indurre re Filippo a continuare a rimanere estraneo alla guerra».

Daniel si stupì. «Parteggia per i cosiddetti "nemici della fede"? Non ci credo».

Ian scosse la testa. «Non è più questione di fede per lui. Guillaume ha partecipato alle prime fasi di questa crociata, anni fa, quando aveva meno di trent'anni. Ci credeva, allora, e ha combattuto al fianco del legato papale Arnaud Amaury e dei suoi crociati».

«Gant compreso?»

«Sì, Gant compreso».

«È accaduto qualcosa» intuì Daniel dal silenzio che seguì.

Ian annuì, tetro. «I crociati sono arrivati a Béziers» rispose e Daniel ricordò di aver udito quel nome dalla voce di *Hyperversum*, prima di iniziare la partita.

«Nel 1209 conquistarono la città, poi però si trovarono di fronte il problema di distinguere gli eretici dai cristiani ligi alla dottrina canonica» riprese Ian. «Solo una parte della popolazione aveva aderito all'eresia, ma gli eretici non si riconoscevano certo dall'aspetto esteriore, perciò gli ufficiali chiesero ai loro capi come dovessero fare per dividere i colpevoli dagli innocenti e comminare le pene di conseguenza. Alcuni dicono che fu Arnaud Amaury a rispondere, in ogni caso la sentenza fu: "uccideteli tutti, Dio riconoscerà i suoi". E così fu fatto».

Daniel sentì un brivido lungo la schiena fin dentro lo stomaco. «Davvero li hanno... ammazzati tutti?»

«Tutti. Uomini, donne e bambini. Guillaume ha assistito impotente e il giorno dopo ha abbandonato la crociata con i suoi uomini».

Daniel era sconvolto. Ripensò ad Adolphe de Gant e la definizione di "fanatico" assunse un colore sanguigno intorno alla sua figura già sinistra. Guardò Ian negli occhi, mentre un pensiero orribile lo sfiorava. «Tu hai mai assistito...?» osò domandare, ma poi lasciò la frase a metà.

«A scene del genere? No, grazie al cielo» disse Ian. «E spero che non mi capiti mai. I crociati adesso sono molto meno convinti di allora, sono infiacchiti da anni di battaglie continue e portano meno rovina quando entrano in una città conquistata. Comunque noi siamo qui da poco e non abbiamo ancora avuto la sfortuna di assistere alla presa di una città. Ho visto abbastanza, però, da desiderare che questa follia finisca il prima possibile. È terribile non poter intervenire quando vedi con i tuoi occhi certi eccessi. I ribelli non sono da meno dei crociati, anzi sono forse più fanatici ancora e si comportano con uguale efferatezza. Per alcuni è una lotta per la fede, ma per tutti è la difesa della patria contro gli spietati conquistatori. La guerra finita a Bouvines era meno crudele di questa».

Daniel meditò a lungo. «Tu sai già come finirà anche stavolta, vero?» domandò alla fine.

«Sì. Persa ogni speranza sull'Inghilterra, tra qualche anno i Francesi interverranno nella crociata, più che altro per conquistare il meridione definitivamente. Sarà una guerra atroce che né Filippo Augusto né Luigi VIII riusciranno a chiudere. Ci penserà la vedova di Luigi, Bianca di Castiglia, Reggente di Francia, e poi, una volta per tutte, re Luigi IX. A quel punto la civiltà occitana sarà quasi completamente annientata e l'eresia catara sconfitta dall'ortodossia cattolica».

Nella tenda rimase silenzio per un po', mentre ciascuno seguiva i propri pensieri.

«Ti saresti mai immaginato che la partita a un videogame finiva così?» disse alla fine Daniel.

Ian ricambiò il suo sorriso tirato. «Neanche nelle mie fantasie più assurde».

In quel momento, da fuori la tenda arrivò una voce cauta. «*Monsieur* Jean? Siete pronto per la cena?»

«È Beau. Fine della privacy» disse Ian.

Capitolo 7

La notte scese cupa e fredda. Dopo la cena a base di selvaggina e pane, consumata intorno ai falò tra chiacchiere serie o licenziose, canti e sfide a semplici giochi d'azzardo, il campo francese dormiva profondamente, sorvegliato dalle sentinelle che si davano il cambio lungo il perimetro, quando non si scaldavano per qualche minuto accanto al fuoco.

Una luna slavata illuminava le mura nere di Pienne, il campo crociato ai suoi piedi e i profili delle tende francesi. Non c'era vento e il silenzio era rotto solo dal grido di qualche raro uccello notturno o degli animali da preda, attirati dall'odore di sangue che emanava ancora dalla terra del campo di battaglia. Nuvole nere arrivavano di tanto in tanto ad abbassare la visibilità e poi sparivano di nuovo.

Ian controllò ogni angolo, là dove riusciva ad arrivare il suo sguardo, poi rientrò nella tenda illuminata fiocamente dalla lampada a olio. «Dormono tutti. Via libera» disse a bassa voce.

«Dove hai spedito il tuo scudiero?» domandò Daniel in cambio, accennando alla seconda branda vuota e stesa accanto alla prima sul tappeto di cuoio.

«Stanotte dorme da Chailly, ti ha ceduto il posto. Sei il mio ex-scudiero, no?» Ian richiuse la tenda accuratamente. «Sei pronto?»

Daniel annuì. La luce della lampada sarebbe stata sufficiente a mascherare quella di un'icona luminosa e non avrebbe insospettito nessuno da lontano, attraverso le fessure della tenda.

Il giovane alzò la mano davanti a sé. «Help» chiamò.

La mela virtuale comparve a mezz'aria sotto gli occhi affascinati di Ian e vi si rifletté con una luce verde.

Daniel la sfiorò e Ian lo vide barcollare leggermente. «Sono a casa» annunciò il giovane, quando lo guardò di nuovo. «Sono tornato dall'altra parte».

Ian notò che il suo aspetto non era mutato, benché l'amico teoricamente non avrebbe più dovuto trovarsi all'interno della tenda. Non osò comunque avvicinarsi a lui e toccarlo per paura di sentire il vuoto sotto le dita, come se avesse davanti un fantasma. Bastò un ordine di Daniel e sotto la mela comparve la finestra luminosa con diagrammi e valori in movimento che riassumeva le statistiche del gioco. C'erano due personaggi in partita, visualizzati però in modo diverso: il personaggio di Daniel aveva il nome in lettere luminose; accanto, in una seconda partizione della finestra, si leggeva, fioco, un altro nome.

«Seleziona personaggio non giocante: Jean Marc de Ponthieu» ordinò Daniel e il nome che prima era fioco s'illuminò all'istante.

La finestra luminosa cambiò, ridusse in un angolo tutto ciò che riguardava il personaggio Daniel Freeland per lasciare l'intero spazio dedicato a Jean Marc de Ponthieu e a una serie di diagrammi statici. Sotto al nome luminoso apparvero, tra le altre, alcune scritte:

Modifica scheda caratteristiche
Cambia status
Elimina dalla partita

Daniel puntò il dito verso la scritta "Cambia status" e, sfiorandola appena, la illuminò.

«Cambia in personaggio giocante» ordinò quando apparve un nuovo menu. «Associa a giocatore: Ian Maayrkas».

Al suono della sua voce, cifre e diagrammi nella finestra cambiarono. Tutto ciò che prima era statico prendeva movimento e cominciava a mutare, seguendo lo scorrere del tempo.

Daniel chiuse il menu con pochi, rapidi gesti, poi spostò la mano e porse la mela luminosa a Ian, senza nemmeno sfiorarla. «È tutto pronto. Ora tocca a te».

La mela galleggiava silenziosa sopra le sue dita aperte, bella e innaturale, invito e minaccia insieme.

Ian la fissò, inquieto. Aveva meditato tutta la sera sull'ipotesi di tentare un momentaneo ritorno nel ventunesimo secolo, si era quasi convinto, cedendo al desiderio di rivedere ancora una volta chi si era lasciato alle spalle, ma ora che aveva la possibilità di farlo davvero scopriva di non riuscire a decidersi. Rimase a guardare l'icona senza avvicinarsi di un passo, quasi fosse un animale pericoloso.

«Che c'è?» domandò Daniel, stupito.

Ian tacque ancora qualche secondo. «E se rimango intrappolato di là?»

«Come sarebbe?» Daniel spalancò gli occhi. «Andiamo, devi ancora mettere al mondo un figlio con Isabeau: lo sai che tornerai di qua».

Ian dovette ammettere che il ragionamento era sensato, eppure il panico era irrazionale e non lo lasciava decidere. «Potrebbero sempre passare anni» obiettò.

«Non accadrà».

Ian esitò, combattuto ancora tra emozione e paura. Alzò la mano, ma poi non l'allungò fino all'icona.

«Coraggio, cavaliere» esortò Daniel, sottovoce. La luce fosforescente della mela virtuale gli illuminava il viso. «Non vuoi oltrepassare di nuovo la porta del tempo?»

Ian prese fiato, fece un passo avanti. Le sue dita arrivarono a contatto con la mela.

Una forte vertigine lo fece barcollare e il giovane si mantenne in piedi a stento, mentre cercava di recuperare il senso dell'orizzonte. Si accorse di aver chiuso gli occhi d'istinto e li riaprì subito: la tenda era ancora lì, tutto intorno, ma l'odore era cambiato e così anche la temperatura. Non c'era più l'odore caldo di cuoio, legno e terra, ma si avvertiva un sentore fresco di plastica, metallo e superfici laccate.

Ian percepì qualcosa sulla faccia e si toccò: sotto i guanti incontrò il visore 3D. Subito dopo prese coscienza di un abbaiare frenetico a pochi passi da lui.

«Funziona!» esclamò Daniel, fuori dal suo campo visivo. «Non ti muovere! Lasciami prima salvare la partita».

Ian s'immobilizzò e attese, finché l'amico non completò tutta la procedura e ordinò: «Chiudi partita».

Ian si tolse il visore dagli occhi per trovarsi in una stanza moderna, uno studio, il suo studio di casa, a Phoenix, solo leggermente cambiato rispetto a come se lo ricordava: con la scrivania di legno e acciaio, gli scaffali traboccanti di libri, le gigantografie in bianco e nero nelle cornici a vista e le tende di tela grezza. Fuori dalle finestre arrivava morbida la luce di un tramonto di primavera.

Ian si guardò addosso per scoprire di essere in piedi, vicino alla scrivania del computer, in jeans e maglietta. Un labrador color miele gli abbaiava contro spaventatissimo, indeciso se farsi avanti o darsela a gambe levate.

«Skip, piantala! Va tutto bene!» Daniel corse dal cane per cingerlo con le braccia e tranquillizzarlo. Rideva, raggiante. «Quello è Ian, il padrone di casa! Trattalo bene, se non vuoi che ci sfratti tutti quanti».

«È... il tuo cane?» domandò Ian, riuscendo finalmente a pronunciare parola.

«Sì, ha appena un anno e ci fa dannare» rispose Daniel. «Non sta mai fermo, a parte quando è spaventato a morte come adesso».

Ian si tolse i guanti in fibra ottica, poi compì un giro su se stesso, guardando l'intera stanza, per coglierne davvero ogni dettaglio. «La mia vecchia casa...» mormorò piano.

«La rivuoi indietro?» scherzò Daniel. «Guarda che me lo devi dire in anticipo, perché devo trovare una nuova sistemazione per me e la mia futura moglie. Non posso portarla a dormire sotto i ponti adesso che è incinta».

Ian non gli rispose, troppo assorbito dai ricordi che quella stanza gli aveva fatto cadere addosso. Si riscosse solo quando sentì qualcosa di freddo e bagnato sul dorso di una mano. Skip il labrador si era fatto coraggio ed era venuto ad annusarlo da vicino. Quando Ian lo guardò dall'alto, il cane gli rivolse un'occhiata ancora sospettosa, ma poi si decise ad assaggiargli le dita e, dopo averlo mordicchiato scrupolosamente, iniziò a scodinzolare con cautela.

Ian si accucciò alla sua altezza per accarezzarlo e grattargli dietro le orecchie. «Ciao, bello. Non ti aspettavi di veder comparire uno sconosciuto dal niente, eh?»

Le coccole convinsero subito il cane ad abbandonare anche l'ultimo residuo di sospetto. Skip mugolò e tentò di leccare Ian in faccia.

«Ehi, siamo già amici?» esclamò Ian, nel difendersi dall'assalto.

«Adesso non te ne liberi più» gli disse Daniel. «Skip, lascia stare la sua maglietta! Non ci puoi fare il tiro alla fune!»

Ian dovette rialzarsi in piedi per sfuggire al cane che, presa confidenza, aveva deciso di giocare e ora cercava di tirare con sé il gigante sconosciuto per l'orlo della maglia. «Questi sono gli stessi vestiti che avevo l'ultima volta che ho giocato» osservò. «Dove li avrà conservati *Hyperversum* per tutto questo tempo?»

Daniel allargò le braccia. «E chi può saperlo?»

L'amico si osservò gli abiti e scostò la maglietta per tirare i jeans, all'altezza della cintura, approfittando del fatto che Skip adesso ne stava morsicando l'orlo in fondo. «Mi vanno larghi» osservò.

«Si vede che *Hyperversum* ha sbagliato la taglia» scherzò Daniel.

«Tu invece sei invecchiato davvero» lo rimbeccò Ian.

Daniel rise e tornò a sedere sulla sedia imbottita davanti al computer. «È passata una mezz'ora appena da quando ho iniziato a giocare» constatò, guardando il monitor. Sullo schermo, oltre all'orologio, campeggiavano il logo futuristico del gioco e un breve menu di tre voci:

carica partita

nuova partita

esci da HYPERVERSUM

«Perfetto». Daniel osservò il menu e subito scelse di caricare la partita appena salvata e chiusa. Il gioco ripartì in pochi secondi. Sullo schermo apparve l'immagine 3D di una tenda medievale, rischiarata da una lampada a olio: la tenda del Falco d'argento appena lasciata in Linguadoca.

Daniel rimase a fissare il monitor affascinato, poi l'euforia ebbe il sopravvento. «Ma ti rendi conto? Funziona di nuovo! Adesso possiamo andare e venire come vogliamo».

Ian si liberò momentaneamente di Skip per andare a guardare il computer da vicino e la scena raffigurata nel video. «È incredibile» mormorò, mentre si appoggiava con entrambe le mani al pianale della scrivania. «Anzi, è impossibile».

«Eppure è tutto vero» disse Daniel, accomodandosi meglio alla scrivania. «Adesso dobbiamo solo capire qual è il trucco».

«Fermo!» esclamò Ian, d'istinto, non appena vide l'amico fare il gesto di posare le mani sulla tastiera.

L'altro sobbalzò e si voltò, colto di sorpresa da tanta angoscia. «Che c'è? Che ti prende?»

«Non... non toccare niente, ecco» replicò Ian, ricomponendosi. «La partita adesso funziona, non modificare nulla, ti prego».

Daniel capì al volo e spostò immediatamente le mani dalla tastiera. Le mise sulle ginocchia, tanto per tranquillizzare ancora di più l'amico. «Non farei mai qualcosa che possa imprigionarti di nuovo da questa parte» disse, piano. «Fidati di me».

Ian annuì in silenzio e respirò a fondo. «Scusami».

«Non ce n'è bisogno».

Si sorrisero, ristabilendo l'intesa senza la necessità di altre parole.

«Che dici, facciamo un altro salvataggio?» riprese Daniel. «Visto che la partita funziona, io ne farei una copia di sicurezza. Meglio dare una mano ai miracoli, quando capitano».

Ian si sforzò di scacciare tutte le sue paure, sapendo che la proposta era sensata e soprattutto prudente. «Hai ragione, meglio non correre rischi» rispose e tuttavia trattenne il fiato finché l'amico non ebbe completato tutte le operazioni sullo schermo. Daniel, da parte sua, compì ogni gesto con la cautela di chi sta disinnescando una bomba.

Hyperversum obbedì a tutti i comandi senza alcun problema: aprì le finestre e i menu per i salvataggi in rapida successione, man mano che Daniel impartiva gli ordini con la tastiera e il mouse, e poi le richiuse tutte. Nello schermo tornò l'immagine della tenda semibuia e della lampada accesa.

«Visto? Tutto ok» sorrise Daniel soddisfatto e Ian dissimulò un sospiro di sollievo.

Daniel gli rivolse un'occhiata in tralice. «Le altre volte non eri così ansioso» osservò.

In quel momento Skip abbaiò e corse festoso verso le scale che portavano al piano di sotto. Mentre il cane scendeva rumorosamente, si sentì la porta di ingresso aprirsi e poi alcuni passi sul pavimento.

«Sono a casa!» annunciò una voce allegra e femminile.

Daniel balzò in piedi. «È Jodie! Vedrai che sorpresa, quando scoprirà cos'è successo!» Andò sulle scale, dietro al cane.

Ian lo vide scomparire e lo sentì scendere i gradini, salutando con gioia.

Andò a sua volta verso la porta e comparve sul pianerottolo. Al piano di sotto vide Daniel mentre abbracciava Jodie, rivolgendole frasi concitate per spiegarle l'accaduto. La ragazza non aveva ancora capito cosa le stava dicendo il compagno quando alzò gli occhi verso il pianerottolo e vide. Lasciò cadere la borsetta a terra per portarsi tutte e due le mani alla bocca.

«Ciao, Jodie» sorrise Ian, commosso.

Lei gli corse incontro lungo i gradini. Si abbracciarono a metà delle scale.

«Ian! Oh, Ian, non ci posso credere!» esclamò Jodie, in lacrime per la gioia.

«Ti trovo bene, futura signora Freeland» le disse Ian, guardandola in viso con occhi ugualmente lucidi. «E futura mamma, a quanto mi hanno detto».

Daniel raggiunse i due sulle scale e li superò per tornare nello studio. «Andate a mettervi comodi sul divano, una serata come questa va festeggiata» consigliò. «Io vado a mettere in pausa la partita e poi recupero qualcosa da bere».

***

Passarono ore nel salotto, seduti vicini e di fronte, sulle poltrone e sul divano, a raccontarsi i lunghi giorni di lontananza reciproca.

Daniel telefonò a Martin, di nascosto dai genitori, e inventò una scusa per far arrivare il fratello minore a casa sua. Il nuovo incontro fu festoso e commosso come il precedente.

«Il cavaliere del tempo è tornato!» esclamò Martin come prima cosa, appena varcata la porta, e abbracciò Ian come un secondo fratello.

Ian fu colpito nel trovare il ragazzo ormai diciottenne e adulto. Era diventato alto come Daniel e aveva le spalle larghe di chi fa sport quasi per professione. Somigliava un po' meno al fratello, adesso, forse perché portava i capelli biondi cortissimi per praticità.

Jodie ordinò una pizza per la sua cena e ne offrì un pezzo a Ian, che non ne mangiava da mesi. Daniel condivise con l'amico un gradito caffè e con le tazze calde in mano si raccontarono delle rispettive vite familiari e gli aneddoti relativi ad amici comuni, mentre il cane Skip passava da uno all'altro a farsi fare qualche carezza.

Ian era frastornato da tanta eccitazione, gioia e domande messe tutte insieme o forse era semplicemente lui a essere troppo emozionato: gli sembrava che qualsiasi sensazione in quel salotto moderno fosse più intensa e forte. Persino il rumore improvviso del frigorifero in cucina lo fece sobbalzare come se fosse stato uno sparo.

Gli amici intanto lo subissavano di domande riguardo Isabeau, suo figlio Marc, il conte di Ponthieu e soprattutto riguardo Donna, l'amica comune che come Ian aveva scelto di restare nel medioevo per amore. Ian descrisse dettagliatamente il sontuoso banchetto delle nozze della ragazza con Etienne de Sancerre e dei sette giorni di festeggiamenti, torneo compreso, che erano seguiti come da tradizione. Raccontò del conte Henri de Grandpré che non aveva ancora deciso di sposarsi e del conte Henri de Bar che invece aveva un figlio maschio, chiamato Laurent, biondo e uguale a lui già da neonato. Anche Guillaume de Ponthieu era diventato padre: la sua seconda moglie Alinor gli aveva appena dato una figlia, battezzata Elodie.

«Allora sei zio!» esclamò Martin, ridendo a quella notizia.

«E tra poco lo diventerà per la seconda volta» aggiunse Daniel, prendendo la mano di Jodie nella sua.

«Avete già pensato al nome?» domandò Ian e Jodie annuì. «Gabriel se sarà maschio, Alexandra se sarà femmina».

I racconti ripresero e Daniel aggiornò Ian su tutto ciò che era accaduto in famiglia, tra gli amici, in città, nel paese, aiutato da Martin e Jodie che facevano a gara per intervenire ad aggiungere dettagli divertenti, stupefacenti oppure semplicemente curiosi.

Guardando i tre amici seduti l'uno accanto all'altro nel salotto di quella che era stata la sua casa, Ian prese coscienza del tempo trascorso mentre lui si trovava nel medioevo. Tre anni: a pensarci sembravano un'eternità.

Daniel e Jodie erano ormai una famiglia, stavano per diventare genitori, e se non erano cambiati molto fisicamente avevano invece sul viso una maturità nuova, che li rendeva compiuti l'uno nell'altra. Martin stava diventando un uomo, parlava di ragazze e di futuri impegni universitari o sportivi con una voce adulta impossibile da riconoscere in quella che Ian ricordava.

Ian li osservava uno dopo l'altro, affascinato ed emozionato insieme, sapendo che quella era la sua seconda famiglia, ritrovata al di là del tempo quando ormai non ci sperava più. Per la seconda volta in vita sua, la sorte gli aveva concesso di annullare un addio apparentemente senza ritorno, di riabbracciare chi amava al di là del tempo e dello spazio. Ian sapeva di dover essere grato per quel dono e allora perché non riusciva a goderne appieno? Perché non riusciva a rilassarsi?

Sembrava che ci fosse sempre qualcosa ad attirare parte della sua attenzione in una direzione diversa: il rumore di un'auto di passaggio, il rimbombo cupo di un aereo sopra la città, un suono meccanico proveniente dalla casa vicina. Quello strano spaesamento avvertito all'inizio della serata continuava ancora e Ian cominciò a non considerarlo più un semplice effetto dell'emozione, benché non riuscisse a spiegarselo razionalmente.

Solo quando Daniel si alzò e risalì le scale verso lo studio, Ian poté focalizzare il vero problema. Nei rari momenti di silenzio totale, dal piano di sopra arrivava fino a lui, sommesso, quasi impercettibile, il ronzio del computer acceso. Si infilava inesorabile nei suoi pensieri e gli ricordava che *Hyperversum* era sempre là, ad attenderlo per riportarlo a casa o farsi beffe di lui.

Da quel momento Ian si rese conto di rispondere agli altri con l'orecchio costantemente teso a captare quel rumore meccanico per assicurarsi del suo andamento regolare. Capì di temere che ogni suono inusuale fosse l'avvisaglia di un malfunzionamento o di un problema imprevisto.

Quando Daniel tornò da lui e gli mise una mano sulla spalla da dietro, Ian sobbalzò come se fosse stato punto.

«Devi farmi un favore» disse l'amico e si sedette accanto a lui per porgergli un oggetto.

Ian riconobbe il suo vecchio telefono cellulare.

«Te la senti di fare una telefonata ai miei?» domandò Daniel, sorridendo quasi supplichevole. «Se telefoni tramite internet, non potranno capire da dove chiami e non ti vedranno sul videotelefono».

Ian prese il cellulare nelle mani, con emozione, come se dovesse adattarsi a maneggiare di nuovo quella cosa tanto moderna. Col pensiero però era già corso a John e Sylvia Freeland, sapendo che era suo dovere chiamarli e allo stesso tempo chiedendosi cosa dire ai due coniugi che l'avevano accolto in casa come un figlio per poi vederlo sparire nel nulla come il peggiore degli ingrati. Provò paura e senso di colpa, ma la voglia di risentire la voce dei suoi secondi genitori gli diede la forza di affrontare anche le accuse e i rimproveri più duri.

«Puoi fare finta di essere in un luogo qualsiasi del mondo» gli suggerì Daniel, interpretando erroneamente la sua esitazione. «Visto che è tardi, puoi anche fingere un fuso orario diverso».

«Tanto ormai, menzogna più, menzogna meno...» si rammaricò Ian ad alta voce, ma poi rassicurò l'amico con un sorriso e si alzò in piedi. «Lasciami raccogliere le idee un minuto». Col telefono in mano uscì dalla stanza.

***

Ci volle quasi un'ora.

La conversazione tra i tre rimasti nel salotto languì poco a poco, sostituita da silenzi sempre più tesi.

Daniel scambiò un'occhiata con Jodie, conscio della difficoltà del momento che Ian stava sicuramente affrontando. «Forse gli ho chiesto troppo».

«Ian saprà cosa fare e cosa dire» lo rassicurò Jodie, comprensiva. «Lui lo sa sempre».

Daniel annuì, ma rimase in apprensione per tutti i minuti seguenti, sempre aspettando che Ian tornasse.

Alla fine, cedendo alla preoccupazione, si alzò per cercare l'amico. Fece il giro di alcune stanze e, attraverso la finestra aperta, scorse Ian in piedi sotto la veranda. Non era più al telefono, guardava il prato davanti a sé, la strada e le rare automobili di passaggio, alla luce dei lampioni accesi.

Quietamente, Daniel raggiunse l'amico e si fermò accanto a lui. «Tutto bene?»

Ian gli fece cenno di sì, muto.

«Com'è andata?»

«Tuo padre mi ha chiuso il telefono in faccia. Al secondo tentativo mi ha risposto tua madre e alla fine sono riuscito a parlare con entrambi». Ian sospirò e s'interruppe.

«Ti hanno strapazzato molto?»

«Non più di quanto meritassi, dal loro punto di vista». Ian sorrise debolmente. «Ma credo che siano stati contenti di sentirmi. Almeno spero».

«Ti hanno fatto giurare col sangue che ti rifarai vivo di persona?»

«Ho promesso solennemente che ritornerò prima della festa del Ringraziamento».

Daniel fece alcuni calcoli mentali: mancavano ancora mesi prima di quella data. «Te la sei presa comoda, eh?»

«Così i tuoi avranno modo di preparare per bene la lavata di testa che mi daranno. Manterrò la promessa, comunque, se *Hyperversum* me lo consentirà».

«Sarà un bel Ringraziamento, quest'anno, finalmente» sorrise Daniel, con commozione.

Ian condivise la sua gioia, in silenzio.

La luce del lampione tremolò per un istante. Ian alzò gli occhi di scatto ad osservarla, ma la luce non vacillò più.

«È rotto da giorni». Daniel strinse la spalla dell'amico con la mano, in un gesto fraterno di rassicurazione. «Calmati, non succede niente. Stavolta nessun *black-out* ci chiuderà la partita».

Ian si accorse di aver trattenuto il fiato e si rilassò a stento. «Si nota così tanto?» domandò.

«Che sei sulle spine? Certamente. Per tutta la sera non hai fatto altro che tenere le orecchie tese come un animale braccato».

«Mi dispiace, scusami. È più forte di me». Ian gettò indietro i capelli con la mano. «Devo tornare a casa».

«Tecnicamente sei già a casa tua» lo provocò Daniel, ma poi si arrese subito allo sguardo dell'amico, con un sorriso. «Lo so, lo so, sto scherzando. Dai, andiamo a capire come funziona l'enigma numero uno della nostra vita. Giuro che non gli consentirò di farci altri scherzi».

***

Si riunirono nello studio tutti e quattro, cinque contando Skip, fermandosi davanti al computer acceso come se fosse la gabbia di un leone. Daniel aveva raccontato i dettagli di quanto accaduto quel pomeriggio e le ipotesi sul funzionamento di *Hyperversum* fioccavano.

«Serve Ian, su questo non c'è dubbio» riassunse Daniel, seduto sulla sedia imbottita con le mani appoggiate ai due lati della tastiera. «Senza di lui le partite non hanno mai funzionato».

«Sì, ma possibile che basti solo vederlo nello schermo?» obiettò Martin.

«Be', di fatto se lo vedi è come se fosse presente di là dallo schermo, quindi in partita».

«Però tu hai fatto centinaia di partite sempre ambientate negli stessi luoghi: possibile che Ian non fosse mai da quelle parti quando giocavi?» intervenne Jodie.

«Io non l'ho mai visto in nessuna partita. Anche quando credevo di averlo riconosciuto in un personaggio 3D poi mi accorgevo che non era lui ma una figura che gli somigliava soltanto» replicò Daniel. «A pensarci bene, io continuavo a impostare partite soprattutto nei luoghi e nelle date in cui il gioco si era interrotto l'ultima volta o le volte precedenti».

«Non sono più tornato a Dunchester e nemmeno al monastero di Saint Michel in questi mesi» disse Ian. «Ho viaggiato molto, a corte a Parigi e nei feudi dei miei compagni d'arme. Poi sono partito per la Linguadoca».

«Quindi anche quando ambientavo le partite a Châtel-Argent non è detto che tu fossi là».

«È possibile».

«Ma questo Ty Hamilton come faceva a sapere dove ambientare la partita?» chiese Martin. «Ha scelto lui ora e luogo, sarà stata una coincidenza il fatto che Ian fosse là?»

«Non credo». Daniel scosse la testa. «Quel tizio aveva iniziato a raccontarmi che si interessava del Falco d'argento, che aveva fatto ricerche su di lui».

Ian sgranò gli occhi. «Ricerche su di me?»

«Sei un personaggio storico, non lo sai, signor conte?» gli disse Daniel, a metà tra l'ironia e il disappunto. «A quanto pare, ti si può trovare sui libri di storia e su internet. Il nostro canadese sconosciuto voleva agganciarmi sfruttando il personaggio di Jean Marc de Ponthieu che mi portavo sempre dietro, quindi si era documentato un po' su di te e sembrava entusiasta. Deve aver trovato il tuo nome nelle cronache della crociata o in quelle dell'assedio di Pienne e ha deciso di ambientare la partita da quelle parti».

Ian rimase colpito e tacque per un po'. «Quel ragazzo si è documentato su di me...»

Gli amici capirono subito a cosa stava pensando: Ty Hamilton conosceva probabilmente il futuro di Ian, cose che Ian stesso non avrebbe mai saputo finché non si fosse trovato ad affrontarle. Gli sguardi caddero d'istinto sul grosso libro cucito a mano e posato sulla scrivania accanto al computer, sotto altri libri. La copia del codice miniato che riportava la storia dei Ponthieu.

«Non credo che Hamilton abbia potuto consultare *quel*

libro» disse Daniel. «È troppo costoso e specifico per stare nelle librerie o nelle biblioteche, a meno che non siano quelle di una facoltà di Storia».

Ian ne convenne. «Libri come quello vengono stampati in poche decine di esemplari in tutto. Però è probabile che su internet si trovino informazioni meno complete, probabilmente estrapolate da quel testo».

«Informazioni anche meno corrette. Su internet si trova tutto e il contrario di tutto» sottolineò Daniel. «Non è detto che quel ragazzo conosca davvero la storia della tua vita».

L'idea faceva comunque un profondo effetto a Ian e lo metteva a disagio. Il giovane si sentiva depredato della sua intimità, al pensiero che uno sconosciuto potesse in qualsiasi momento cercare nella rete e leggere dettagli della sua vita, passati o futuri. «Conoscerà anche la data della mia morte?» si domandò a mezza voce.

«Non dire mai più una cosa del genere!» scattò Daniel e anche Jodie e Martin ebbero un coro di proteste.

«Andiamo, anche voi vi siete chiesti la stessa cosa» li calmò Ian. «Nascita e morte sono tra le prime informazioni nelle biografie di qualsiasi personaggio del passato. È molto probabile che quel ragazzo le abbia trovate durante le sue ricerche e nel caso del personaggio storico chiamato Jean Marc de Ponthieu la data di nascita è quella del vero Jean, ma la data di morte è la mia, perché io l'ho sostituito nella Storia».

Ian tacque e provò come sempre un senso di vertigini, meditando su quella sua vita strana, attorcigliata intorno ai fili del tempo. Era nato in un secolo successivo a quello in cui avrebbe probabilmente avuto luogo la sua morte; il Medioevo era il suo presente, gli anni Duemila erano il passato lasciato alle spalle; in quanto al suo futuro… era in parte gia noto persino a lui, poiché conosceva già la data di nascita di un figlio non ancora concepito.

Come Ian, anche Martin e Jodie tacevano impressionati, Daniel invece tornò a guardare lo schermo. «Cambiamo argomento» tagliò corto, risentito. «Cerchiamo di capire come funziona questo dannato aggeggio». Prese il mouse e tolse la pausa alla partita: nello schermo la fiammella della lampada accesa ricominciò a vivere, l'orologio dell'avventura ripartì e fece scorrere i secondi che si trasformarono poi in minuti.

«Si va?» domandò Daniel a Ian.

«Come volete procedere?» domandò Jodie e mise le mani sulle spalle di Daniel. Il giovane sentì che stringeva la presa nervosamente.

«Intanto torniamo di là tutti e due, poi ci separiamo e io torno qui. Provo a chiudere e a riaprire la partita e vediamo che succede» disse Daniel, ma ipotizzava e cercò lo sguardo di Ian per conferma.

«Credo che sia la soluzione migliore» convenne l'amico.

«Volete andare per tentativi?» intervenne Martin.

«Non abbiamo scelta, visto che non c'è niente di ragionevole in questa faccenda» gli rispose il fratello maggiore. «La cosa migliore è non cambiare niente e proseguire il gioco così com'è».

«Vuoi continuare per sempre questa partita?»

«In eterno, se necessario, visto che funziona».

«E se qualcosa si blocca?»

«Ho la copia di *backup* della partita, la terrò sempre aggiornata in modo da non perdere dati».

I due fratelli guardarono Jodie e Ian, in attesa dei loro commenti.

«Mi sembra sensato» disse Ian. «Mi dispiace, ma non ho altri suggerimenti da dare. Non so proprio cosa aspettarmi da adesso in poi».

«Io sì: faremo i pendolari tra il ventunesimo e il tredicesimo secolo» sentenziò Daniel, con convinzione troppo ostentata per essere sincera.

Jodie sorrise, tesa, e non disse niente.

«Posso venire anch'io? Posso recuperare visore e guanti per giocare» domandò invece Martin, più convinto. «Mi piacerebbe rifare un giro tra i cavalieri».

«Meglio di no, è pericoloso» disse Daniel, ma si morse la lingua per aver rivelato troppo, quando sentì Jodie esclamare: «Quanto pericoloso?!»

Daniel si ricordò anche di non aver ancora detto alla compagna di essersi ferito, benché di striscio. «Pericoloso per la partita» si corresse al volo. «Con un giocatore in più non so cosa può succedere adesso. Meglio prima provare senza troppi cambiamenti».

«Martin, adesso non potresti venire comunque» intervenne Ian per mitigare la delusione del ragazzo. «Sei troppo cambiato. L'ultima volta che ti hanno visto nel medioevo avevi tredici anni e dall'altra parte non sono passati nemmeno due anni da allora. Adesso sei diciottenne, hai una fisionomia completamente diversa».

«Vuoi dire che non potrò venire a trovarti per qualche anno ancora?» domandò Martin con disappunto.

«Io aspetterò qualche anno, tu puoi venire anche domani» lo sorprese Ian e si guardò intorno per chiarire la cosa a tutti quanti. «Basterà spostare data e ora della partita in avanti, quando la farete ripartire. L'abbiamo già fatto una volta in passato. In questo modo le nostre età anagrafiche torneranno allineate».

«Non ti lascio da solo per tre anni» protestò Daniel subito.

«Due anni e tre mesi, per l'esattezza, se consideri che sono trascorsi più o meno nove mesi da quando Dunchester è stata conquistata. E poi saranno anni solo per me, per te solo pochi minuti».

«E io non ti lascio da solo ugualmente. So io quanto sono stati eterni questi anni e non voglio farli passare anche a te. Risparmiati il fiato perché non cambierò idea».

Ian era commosso da tanta premura. «Allora procediamo per gradi. Sposterai la data avanti di sei, sette mesi alla volta, così ci vedremo due volte l'anno finché le nostre età non torneranno allineate. Nel frattempo potrai fare alcuni tentativi in poco tempo e, se tutto andrà bene, alla fine Martin potrà provare a venire con te. Da quel punto in poi terremo i calendari costantemente allineati. È ragionevole cosi?»

Daniel ci meditò su, ma poi dovette annuire. «Mi pare ragionevole». Gettò un'occhiata storta all'amico e aggiunse: «Di' la verità, non vuoi che io sia quasi tuo coetaneo perché ti piace fare il fratello maggiore».

Ian cercò di sorridergli. «Cerca di capirmi. La mia vita è già abbastanza strana e complicata così com'è, senza dover pensare che i miei cari cambiano età in modo diverso da me».

Daniel si arrese a quell'argomentazione. «D'accordo. Hai ragione».

Ci fu silenzio per un po'.

«Allora, andiamo?» riprese Daniel.

«Andiamo» decise Ian e si girò verso Jodie e Martin. «Noi ci salutiamo qui».

I due amici erano emozionati e nervosi. Sapevano che qualcosa poteva non funzionare al prossimo avvio della partita, che quello poteva essere un altro addio. Lo sapevano tutti, nonostante le parole spavalde e le finte certezze ostentate ad arte. Si abbracciarono senza bisogno di parole.

«Riguardati» sussurrò soltanto Jodie sulla spalla di Ian.

«Anche tu» le rispose il giovane, poi andò a indossare visore e guanti.

«Noi invece ci salutiamo di là» disse Daniel, asciutto, mentre imitava l'amico per prepararsi al gioco.

Capitolo 8

Si ritrovarono nella tenda semibuia, trattenendo il fiato per l'emozione. *Hyperversum* aveva impiegato solo pochi minuti prima di aprirsi, docile, verso il medioevo. «Funziona davvero» sussurrò Daniel.

Ian non gli rispose, sentendosi alleggerito, andò a sfiorare la lampada ancora accesa e guardò il livello dell'olio, come si era abituato a fare per determinare il tempo trascorso. Capì che doveva essere passata appena mezz'ora dalla partenza, dovuta probabilmente ai pochi minuti in cui il gioco non era stato messo in pausa.

Per qualche arcano motivo le due linee temporali non procedevano parallelamente da un lato e dall'altro di *Hyperversum*, questo Ian lo sapeva bene e capì anche che avrebbero dovuto essere più cauti per evitare che il tempo medievale trascorresse fuori dal loro controllo. A parte questo, però, tutto aveva funzionato alla perfezione.

Il giovane sentì che il cuore finalmente si calmava e i pensieri si quietavano. Era andato tutto bene. Era di nuovo a casa.

Daniel invece si stava guardando intorno come se cercasse qualcosa. «Ci staranno guardando?» domandò sottovoce.

«Jodie e Martin?» Anche Ian girò d'istinto lo sguardo negli angoli della tenda. «Non credo. Mi hai detto che Martin ti aveva visto nel monitor solo per qualche minuto durante l'incendio di Dunchester».

«Be' comunque cerchiamo di non farci sentire. Se Jodie scopre che di qua siete in guerra, mi uccide».

Si sorrisero con complicità, poi però tornarono a concentrarsi sulla prova che ancora dovevano tentare.

«Ci salutiamo anche noi?» disse Ian.

«No. Tanto torno tra poco» rispose Daniel, secco, e chiamò

la mela fosforescente per l'uscita dal gioco. Tuttavia esitò, prima di toccarla, e guardò Ian con una paura negli occhi, che non poteva più essere dissimulata.

«Vai» lo esortò l'amico. «Io ti aspetto qui».

Daniel toccò la mela, vacillò leggermente. «Chiudi partita» ordinò piano e scomparve.

Ian sbatté le palpebre, colpito da quel prodigio, nonostante avesse cercato di prepararsi. Avanzò cauto verso il punto un cui l'amico era stato fino a un istante prima, quasi a volersi accertare che lo spazio fosse veramente vuoto. Alla fine dovette convincersi: la tenda era deserta, c'era soltanto lui.

Compì alcuni passi in tondo, aspettando in quel luogo che all'improvviso gli parve tremendamente vuoto: il silenzio era denso, privo di quei rumori meccanici, costante sottofondo della notte moderna di una grande città.

Attese ancora. Il tempo sembrava eterno.

Nervosamente, Ian andò a sbirciare fuori, attraverso uno spiraglio della tenda, e vide la ronda delle sentinelle passare lenta oltre il fuoco dei falò, mentre il resto del campo era immerso nella quiete più totale.

In quel silenzio assoluto, lo assalì il timore che Daniel potesse non tornare più, che il miracolo che gli aveva consentito di ritornare nel medioevo si fosse interrotto.

Avremmo dovuto salutarci finché potevamo farlo, pensò Ian con rammarico, sempre più pungente man mano che passavano i minuti.

Un'ombra improvvisa si parò davanti allo spiraglio della tenda. «*Monsieur* Jean!» chiamò a voce bassa, ma con concitazione.

Ian sobbalzò violentemente, riconoscendo Beau. Ebbe paura che il ragazzo potesse vedere qualcosa di inconsueto nella tenda o anche solo notare la mancanza di Daniel e perciò non gli lasciò varcare la soglia. Uscì invece dalla tenda e si tenne l'ingresso accuratamente chiuso dietro le spalle. «Che cosa ci fai, tu, qui? Dovresti essere a dormire!» accusò per primo, cercando di dissimulare il cuore che gli era balzato in gola, e il tono fu più aspro di quanto volesse.

Beau fece quasi un balzo indietro. «I-io... dovevo fare...

ecco, avevo una necessità» tentò di spiegare, ma subito dopo tornò con foga all'argomento che gli stava a cuore. «Ho visto degli uomini muoversi nel buio fuori dal campo!»

Ian alzò gli occhi oltre il limite delle tende, là dove le sentinelle vigilavano tranquille. «Che stai dicendo?»

«Il ragazzo gli indicò un punto lontano tra il fiume e il campo crociato. «Laggiù. Da qui non si vedono, sono vicini al fiume. Credevo fossero crociati ma si muovono troppo furtivi, come ladri!»

Ian aguzzò la vista, ma per quanto si sforzasse non riuscì a scorgere il fiume. Era nascosto dai cespugli e faceva troppo buio perché la luna si era rifugiata dietro uno spesso strato di nuvole. Persino il campo crociato era quasi indistinguibile, benché come l'accampamento francese si fosse sistemato ad alcune centinaia di passi dal fiume, tenendolo alla propria destra.

«E tu come hai fatto a vederli, se da qui non si scorgono?» indagò Ian, corrugando ancora di più la fronte. «Per fare quello che dovevi fare era necessario allontanarsi così tanto? Sei andato a curiosare al campo crociato, di' la verità, e mi sembrava di avertelo proibito».

Beau tacque in modo più che eloquente. Ian però a quel punto aveva tutti i sensi tesi a captare un'eventuale minaccia proveniente da fuori il campo. L'esperienza dell'agguato di quel pomeriggio era ancora forte e così il ricordo dei due uomini morti nella battaglia.

«Hai avvertito *monsieur* de Chailly?» domandò il giovane al ragazzo.

«No, signore. Dormiva quando mi sono allontanato e non si è accorto che uscivo».

La piccola volpe non ha perso il pelo né il vizio, pensò Ian, ma poi continuò: «Va' a chiamarlo e portalo qui. Evitate di provocare allarmi, voglio prima capire che cosa sta succedendo».

Il ragazzo filò via come una vera volpe nelle tenebre.

Ian rientrò nella tenda in completo allarme. Il tempo passava e Daniel non ritornava. Adesso fuori dal campo poteva esserci una potenziale minaccia.

Non ci attaccheranno in piena notte, si augurò il giovane e allo stesso tempo fu contento che Daniel non fosse di nuovo lì a rischiare, nel caso si mettesse male. Andò verso la cassapanca di legno che occupava il fondo della tenda, tra le brande. Spostò la lampada su uno sgabello, aprì la cassapanca e prese un corpetto di cuoio. Poi recuperò anche la spada e tornò sui suoi passi, verso il centro della tenda, per iniziare ad armarsi.

«Non lo fare mai più!»

Ian si trovò davanti Daniel, ricomparso dal niente in una frazione di secondo. Fece un balzo indietro con un'esclamazione di spavento e corpetto e spada quasi gli sfuggirono dalle mani.

«Non lo fare mai più!» ripeté Daniel ed era pallido e col volto tirato. «Dove sei stato?! Non ti vedevo e non riuscivo a tornare!»

Ian dovette riprendere fiato, prima di poter rispondere. «Beau è arrivato all'improvviso... ho avuto paura che scoprisse qualcosa! L'ho tenuto fuori dalla tenda...»

Daniel si ravviò i capelli con una mano. «Che spavento» brontolò, nell'imporsi la calma. «Dev'esserci uno scarto di qualche minuto tra quando fermo il gioco e quando lo faccio ripartire: ecco perché non sono riuscito a tornare nel momento esatto in cui sono partito. E quando ho rivisto questo posto sullo schermo, tu non c'eri più. Ho dovuto aspettare di vederti rientrare. Comunque sia, funziona. Se ti vedo nello schermo riesco a tornare di qua, se non ti vedo, no. Devi essere nel gioco, punto e basta. Ma... mi ascolti?»

Daniel interruppe il suo discorso fatto tutto d'un fiato, quando si accorse che Ian stava iniziando ad armarsi. «Che sta succedendo?» domandò, allarmandosi.

«Possibili guai fuori dal campo. Vado a vedere. Tu è meglio che adesso te ne torni a casa» rispose Ian. «Non voglio che rischi ancora di farti ammazzare».

Daniel andò ad aiutarlo ad allacciarsi il corpetto di cuoio. Era ancora pratico di quelle cose, dopo mesi passati nel medioevo a recitare la parte dello scudiero. «Sono guai così grossi?»

«Non lo so, ma preferisco non rischiare».

«Non me ne vado da qui finché non sono sicuro che è tutto a posto» si oppose Daniel. «Non voglio andare a casa con l'ansia di sapere se stai bene oppure no».

«Non posso morire adesso, lo sai anche tu».

«Preferirei comunque che mandassi qualcun altro a fare quello che vuoi fare, qualsiasi cosa sia».

«Vai a casa, hai una famiglia a cui pensare. Non fare il ragazzino».

«Ti aspetto qui al campo, non mi metto nei guai, promesso».

La conversazione venne interrotta dall'arrivo di Beau, accompagnato dal barone di Chailly, che stava ancora finendo di allacciarsi la tunica sopra la camicia.

«Il ragazzo mi ha spiegato» disse quest'ultimo, dopo aver salutato ed essersi ricomposto ordinando i capelli scuri dietro le orecchie. «Cosa volete fare, signore?»

«Scoprire cosa succede e possibilmente evitare di impugnare di nuovo le armi» replicò Ian. «Chiamate i nostri soldati e fateli preparare per il combattimento a piedi. Usciremo dal campo senza fare rumore e cercheremo di scovare quegli uomini. Se sono malfattori li cattureremo, se sono nemici scopriremo cos'hanno in mente».

«Non volete avvertire anche *monsieur* de Sancerre?»

«Certo, ma non voglio che al campo si crei abbastanza allarme da essere notato dai crociati o da quegli sconosciuti. Chiedete a Etienne di mantenere la massima discrezione e di tenere la guardia alta in mia assenza. Che mi aspetti qui, finché non ritorno o mando notizie».

«Sì, signore». Chailly fece un breve inchino e uscì di nuovo.

Ian intanto aveva finito di allacciarsi la spada in cintura e si voltò verso Daniel. Questi colse il suo sguardo risoluto e alzò immediatamente le mani in un gesto di difesa. «Io resto qui, signor conte. Faccio il bravo. Se si mette male, so cosa devo fare».

Non avendo altro tempo per discutere in presenza di Beau, Ian dovette annuire, anche se tranquillizzato solo a metà. «Dovrei lasciare qui anche te» disse poi, rivolto a Beau.

«Ma senza di me ci metterete più tempo a ritrovare il luogo preciso, così al buio» osservò il ragazzo con un lampo soddisfatto negli occhi.

«Già» ammise Ian di malavoglia. «Preparati, allora. Almeno non venire del tutto indifeso».

Beau corse alla cassapanca a prendere il necessario per armarsi. In pochi minuti fu pronto e così Ian, che si era allacciato una mantella scura con il cappuccio sugli abiti e la corazza di cuoio. Anche Beau aveva una protezione di cuoio, con un lungo pugnale infilato in cintura, e si era alzato un cappuccio sul capo.

Fuori dalla tenda si era già radunata una mezza dozzina di armati vestiti di scuro. Non portavano elmi o protezioni di metallo che potessero provocare riflessi nel buio o tintinnii e clangori, avevano però spade, asce e mazze appese alle cinture. Tre di loro portavano anche le balestre.

Le sentinelle e gli altri soldati francesi si stavano accorgendo le une dopo gli altri del movimento improvviso e guardavano verso la tenda di Ian sempre più insistentemente. Alcuni uomini mormoravano bassi tra loro, altri svegliavano i compagni perché venissero a vedere.

Thibault de Chailly arrivò per ultimo, reggendo una fiaccola. Come tutti gli altri partecipanti alla missione si era nascosto il capo sotto un cappuccio scuro. «Ho svegliato *monsieur* de Sancerre» annunciò. «Non era felice di dover rimanere qui a presidiare il campo, ma si è rassegnato per compiacervi. Si raccomanda almeno di essere prudente».

«Immaginavo che non sarebbe stato soddisfatto. Dovrò chiedergli scusa al mio ritorno» sospirò Ian e fece cenno agli uomini di seguirlo.

«Siate prudenti» si raccomandò Daniel, ricevendo la fiaccola dalle mani di Chailly, e rimase a guardare mentre l'amico e i suoi uomini si allontanavano nel buio.

«Perché non possiamo mai stare tranquilli?» brontolò tra sé e sé a mezza voce, ma poi si accorse di un soldato poco più che ragazzo rimasto a pochi passi da lui, a guardare come se non sapesse che fare. Poco prima non l'aveva notato. «E tu non restare lì impalato! Segui il tuo signore o torna a fare la ronda!» lo apostrofò, irritato dal suo sguardo attonito sotto il cappuccio. Ne aveva già avuti fin troppi di sguardi simili puntati addosso quella sera, da quando si era sparsa la notizia del sedicente agente segreto, e anche adesso i soldati del campo stavano di nuovo fissando tutti lui dopo aver perso di vista Ian e quelli che lo avevano seguito nel buio.

Il ragazzo trasalì forse rendendosi conto di aver accorciato troppo le distanze, s'inchinò goffamente e sparì di corsa verso il limitare del campo.

«E prenditi dietro almeno un'arma, sentinella imbecille!» lo rimproverò Daniel da lontano, poi spense la fiaccola nella polvere e si rassegnò a tornare nella tenda per sedersi e aspettare.

***

Attraverso gli strappi nelle nubi, la luce della luna rischiarava appena le punte dei fili d'erba, ma nel buio totale, lontano dai fuochi del campo, era sufficiente per individuare le buche e gli ostacoli sul cammino e anche per orientarsi nella piana tra Pienne e il fiume. Un buio simile era semplicemente impossibile da immaginare in epoca moderna, pensava Ian, ma in quel momento poteva solo ringraziare la totale assenza di fonti luminose perché consentiva a lui e ai suoi uomini di procedere inosservati verso la loro meta.

Chissà se anche gli sconosciuti visti da Beau avevano pensato di essere altrettanto invisibili, si domandò subito dopo, con uno spiacevole senso di allarme crescente. Ma poi cercò di tranquillizzarsi: in pochi dovevano avere l'esperienza di Beau su come muoversi furtivamente e individuare obiettivi nell'oscurità. Di certo il ragazzo che gli procedeva accanto mostrava di sapersi orientare con sicurezza anche alla luce di una luna così pallida.

Grazie a lui anche Ian procedeva spedito, conscio che gli altri suoi uomini lo seguivano a breve distanza, sparpagliati a ventaglio nell'erba fredda, ma abbastanza vicini da non perdersi di vista. Non avevano ancora sguainato le spade, per evitare pericolosi riflessi nel buio, ma tenevano la mano sull'elsa, pronta ad agire.

Il fiume scorreva a poca distanza, provenendo dalle colline per sparire oltre la città, verso il mare. Era largo ma placido e il movimento delle sue acque rivelava che in quel punto non doveva essere nemmeno troppo profondo. Il campo crociato, punteggiato di fiaccole e fuochi, era tranquillo e senza voci, ormai a poca distanza.

«Da quella parte» sussurrò Beau d'un tratto, tirando la manica di Ian, e indicò con il dito la direzione del fiume.

Ian aguzzò la vista e individuò sagome scure vicino alla riva. Si muovevano furtive in mezzo alle canne e ai cespugli e si notavano solo quando i loro profili spiccavano in contrasto con l'argento nero del fiume.

Ian alzò il braccio per ordinare ai suoi uomini di fermarsi e acquattarsi nell'erba. Lui stesso si accucciò e rimase a osservare con Beau.

Le ombre misteriose stavano lavorando intorno a qualcosa: oggetti di medie dimensioni che venivano ammucchiati in qualche punto nascosto dalla vegetazione. Erano sacchetti, notò Ian dalla forma, e potevano essere trasportati con una mano sola ma dovevano avere un certo peso, a giudicare almeno dalla lieve fatica che quegli uomini facevano nel trasportarli.

«Credete che stiano preparando un agguato contro di noi?» chiese Beau a voce così bassa che Ian stentò a udirlo.

Il giovane scosse la testa. «Avevi ragione tu: sembrano ladri. Non credo che siano qui per attaccarci, sembra piuttosto che stiano portando via quella roba».

«Saranno venuti a spogliare i cadaveri o a cercare bottino sul campo di battaglia» azzardò Beau, ma Ian non credeva nemmeno a quella ipotesi. I razziatori erano un fenomeno ripugnante, fin troppo diffuso durante le guerre, e le crociate non facevano certo eccezione, ma quegli uomini portavano troppo carico. Non potevano aver riempito sacchi interi con gli oggetti raccolti da un campo di battaglia, tanto più che i ribelli uccisi erano stati sicuramente spogliati dai crociati stessi quando si erano sbarazzati dei cadaveri.

«Vengono da Pienne» notò Ian alla fine, indicando alcune sagome che sembravano sorgere dal fiume dalla parte della città, in un punto in cui i cespugli si diradavano abbastanza da lasciar scorgere la riva.

Beau avanzò ancora un po' a gattoni, per guardare meglio, ma Ian lo trattenne per la cintura.

Le ombre uscivano davvero dall'acqua del fiume, salivano sulla riva, posavano un fagotto o due e ritornavano in acqua.

Altre figure nere ammucchiavano ciò che i compagni avevano deposto. C'era una sagoma ben dritta piantata nella terra tra le canne del fiume ed era sicuramente una spada a cui era stata legata una corda che si abbassava verso l'acqua e probabilmente vi scompariva dentro. La corda si tendeva ogni volta che un'ombra risaliva dall'acqua con il suo carico, segno che veniva usata come guida per agevolare la strada.

Specie i tragitti da compiere sott'acqua, intuì Ian, cominciando a capire.

«Stanno portando via qualcosa dalla città per non farlo prendere ai crociati!» disse Beau e Ian questa volta fu d'accordo con lui.

Doveva esserci un'uscita nascosta nelle mura, vicino al fiume o sul fiume stesso, un passaggio che qualcuno stava usando per fuggire di nascosto portando con sé qualcosa di prezioso, prima che gli assedianti riuscissero a entrare in città. Grazie al fiume quegli uomini potevano superare inosservati il campo crociato per raggiungere un approdo più sicuro con il loro carico.

Se devono nuotare, non possono avere addosso un equipaggiamento completo da battaglia, pensò Ian e calcolò anche che quelle sagome scure non erano più dei suoi uomini, contando anche lui stesso. «Possiamo prenderli» sussurrò poi e si voltò indietro a cercare Chailly. Il barone lo stava osservando da lontano e colse immediatamente la richiesta implicita in quello sguardo. Tenendosi basso nell'erba raggiunse il suo signore e gli si fermò accanto.

«Cerchiamo di catturarli. Vivi» gli disse Ian, dopo averlo informato delle sue deduzioni.

Chailly andò a distribuire gli ordini agli uomini.

I soldati francesi si misero in moto, silenziosi e sincronizzati come un branco di lupi nel buio. Si allargarono a mezzaluna, armi alla mano, tenute basse nell'erba. Un passo alla volta, arrivarono inosservati fin quasi al fiume.

Le sagome nere continuavano a lavorare senza sosta, ormai avevano accumulato un discreto quantitativo di sacchetti e li stavano legando insieme, con tutta probabilità per trasportarli meglio. Avevano portato altri oggetti con sé e li stavano apparentemente montando. Sembravano gerle e gli uomini sconosciuti stavano caricando il loro bottino in quelle già completate.

Ian vide lampeggiare anche una lama di spada nella mano di un uomo che ora stava controllando con lo sguardo i dintorni.

Resta dietro di me! ordinò il giovane a Beau con un gesto perentorio, in silenzio.

Il ragazzo strinse forte il suo pugnale e si acquattò nell'erba.

Ian diede il segnale ai suoi uomini con la mano.

I balestrieri agirono per primi: si sollevarono in ginocchio e mirarono da distanza ravvicinata. Un sibilo secco fu seguito da tre distinte esclamazioni di dolore: tre uomini si accasciarono feriti sulla riva del fiume, prima che i loro compagni potessero rendersi conto dell'attacco.

A quel punto, i francesi uscirono allo scoperto e balzarono sugli sconosciuti. Li sorpresero ancora impegnati con il loro bottino o immersi a metà nell'acqua del fiume, ma nessuno di quegli uomini mostrò di volersi arrendere, anzi riuscirono a raccogliere sassi e bastoni per difendersi. Alcuni di loro impugnarono spade lasciate in mezzo alle canne e balzarono in avanti. Il confronto diventò subito feroce.

Ian balzò sul primo uomo con la spada e ingaggiò battaglia. Il suo avversario sembrava un'ombra nera, appena resa distinguibile dalla luna sullo sfondo del fiume, agile ma ben piantata sulle gambe. L'uomo aveva le vesti bagnate appiccicate addosso e non portava alcuna difesa, ma soprattutto era stato colto alla sprovvista dall'attacco di un avversario tanto più alto di lui.

Ian approfittò della sua sorpresa e lo incalzò subito, deciso a non farlo riavere. Calò un colpo dall'alto, leggermente in diagonale, mirando alla testa del nemico. Questi dovette pararlo con la spada tenuta stretta con entrambe le mani, ma così facendo fu costretto a lasciare scoperto in parte il torace e Ian ebbe modo di colpirlo con una spallata. Lo sbilanciò e ne approfittò per ferirlo al costato con la lama, pur badando bene a non affondare troppo il colpo. L'avversario si piegò con un'imprecazione in quell'idioma esotico che era la lingua occitanica. Tentò un affondo reso maldestro dal dolore, ma Ian gli impegnò la spada e gliela strappò via, poi gli puntò la propria lama alla gola. «Fermatevi! Siete in arresto, in nome del re di Francia!» urlò agli altri e lo ripeté anche in occitanico, con le poche parole che aveva imparato apposta prima di partire per la crociata.

Gli occitani non gli diedero ascolto, ma si batterono come leoni anche a mani nude, pur di non arrendersi. Persino l'uomo che Ian teneva sotto minaccia cercò di avventarglisi contro, riuscendo a sgusciare sotto la sua spada.

Ian dovette arretrare per non ucciderlo, evitò le mani tese in avanti del suo nemico e poi si scostò di lato per ferirlo di striscio ancora, questa volta alla coscia. Appena l'uomo barcollò, Ian lo abbatté con un pugno in piena faccia. «Maledizione, vi ho detto di fermarvi!» urlò di nuovo, con rabbia, ma nel contempo notò due diverse fonti di allarme intorno a lui. Al campo crociato risuonavano grida e nitriti e si muovevano fiaccole, segno che la battaglia dei francesi era stata percepita dalle sentinelle: presto sarebbero senza dubbio arrivati cavalieri e soldati armati fino ai denti, ad accertarsi della situazione. Lungo il fiume invece, alcune sagome nere stavano fuggendo, sparpagliandosi in direzioni diverse.

«Non lasciateli scappare!» ordinò Ian ai suoi uomini, indicando loro quelle ombre in fuga. «Chailly, tenete a bada i crociati quando arriveranno!» disse poi al suo vassallo, prima di correre a sua volta dietro i fuggitivi. «E tu resta qui!» urlò a Beau, passandogli accanto.

«Signore, è pericoloso!» protestò il barone, per trattenerlo, ma Ian non gli badò e lasciò indietro Beau a grandi falcate.

In pochi istanti fu di nuovo in mezzo al prato buio, spada pronta in mano, a cercare un'ombra che sembrava dileguata nella notte.

Dove sono finiti? si domandò frustrato, poi però colse un luccichio lontano tra gli alberi. S'immobilizzò, attese, ma il luccichio non si ripeté più.

Non possono essere arrivati tanto lontano così in fretta, si disse Ian. *Hanno dei complici in attesa nel bosco.*

E quei complici, poiché non provenivano dal fiume, con tutta probabilità erano armati. Quanti erano? Ian non poteva saperlo, ma capì che non poteva rischiare di continuare da solo verso un nemico ignoto. Meglio tornare indietro e richiamare gli uomini. Insieme avrebbero avuto più probabilità di riuscire a difendersi nell'eventualità di un attacco.

Da lontano Ian udì anche alcune grida e il rumore di una colluttazione, ma non dalla parte del fiume. I suoi soldati dovevano aver raggiunto qualche fuggitivo, ma dietro le sue spalle il clamore era ancora più forte e concitato, segno che anche i crociati dovevano aver raggiunto il luogo del tafferuglio.

Ian imprecò, udendo chiaramente il grido di un uomo ferito a morte, insieme al clangore delle lame. Si voltò indietro per tornare di corsa là dove aveva lasciato i suoi uomini impegnati a combattere, ma in quel preciso istante un'ombra si mosse nell'erba a poca distanza da lui.

Ian scattò istantaneamente e balzò addosso a quella sagoma acquattata, strappandole un grido strozzato. «Fermo dove sei!» intimò, premendo la lama sotto l'orecchio della sua preda, agguantata per i vestiti.

«Non c'entro niente, lo giuro! Lo giuro!» strillò lo sconosciuto, in un francese chiaramente straniero, ma Ian s'immobilizzò soprattutto perché si trovò sotto le mani un ragazzo che forse aveva appena vent'anni, con gli occhi dilatati dal terrore, evidenti anche alla scarsa luce della luna. Aveva i vestiti asciutti, ma era anche disarmato, almeno in apparenza.

«Chi sei?» gli domandò Ian, stringendolo con violenza per incutere maggior timore.

«Lasciatemi andare… non ho fatto niente!» implorò il ragazzo, alzando le mani.

Ian sentì che tremava. Alle proprie spalle invece udiva ancora le grida, i nitriti e il rumore di armi. Un altro uomo urlò in agonia.

In un secondo Ian valutò le due scelte che aveva davanti: trascinare con sé quel ragazzo spaventato verso i crociati e metterlo insieme agli altri ribelli oppure…

«Vattene via» disse alla fine e spinse indietro la sua preda bruscamente, facendola quasi cadere. «Sparisci, prima che ti vedano».

Il ragazzo scappò come una lepre, senza voltarsi indietro.

Ian si guardò intorno, dopo che lo vide scomparire, e indietreggiò un passo alla volta verso il luogo in cui aveva lasciato i compagni. Si era già allontanato troppo dal fiume ed era sicuro ormai che in mezzo agli alberi ci fossero altri ribelli. Probabilmente alcuni di loro erano anche nascosti nelle ombre lì intorno, in attesa che i fuggitivi di Pienne li raggiungessero per consegnare loro il bottino portato via dalla città. Il breve bagliore scorto solo poco prima era senza dubbio un segnale che ancora non aveva avuto risposta.

Ian tese le orecchie per captare rumori nelle tenebre, specie lo scatto metallico di una balestra che si armava, ma la battaglia che continuava alle sue spalle gli imponeva di ritornare subito dai compagni lasciati indietro.

Pregando di non ricevere una freccia in pieno dorso, Ian si girò e corse verso il fiume, spada in mano. Sulla riva si vedevano ora molte sagome, più di quante ne aveva lasciate, e alcune erano a cavallo. Uno squarcio più ampio nelle nubi lasciava piovere una luce gelida sul fiume e le spade sguainate mandavano brevissimi bagliori prima di calare dall'alto su uomini a piedi, che inesorabilmente cadevano urlando.

«Fermatevi!» urlò Ian, accorrendo pur senza smettere di guardarsi ogni tanto le spalle, ma trasalì e si voltò di scatto quando colse con la coda dell'occhio un altro bagliore nel buio, diverso dal precedente ma ugualmente rapido, là dove era scomparso il ragazzo.

Cos'è stato? Ian si bloccò, con i nervi tesi, ma il bagliore non si ripeté più. Su udì invece il rombo cupo di un tuono in lontananza.

Col fiato mozzo per la tensione, Ian riprese allora la corsa verso il fiume. La battaglia era quasi finita e adesso le voci concitate arrivavano chiare fino a lui. Ian ne riconobbe una in particolare e serrò i denti, aspettandosi il peggio. «*Monsieur* de Gant!» chiamò, quando avanzò nel buio abbastanza per farsi sentire in mezzo alla mischia.

Un armato a cavallo gli comparve accanto, con la spada alzata. Ian corse in parallelo con lui per un breve tratto e ne deviò la lama un istante prima che raggiungesse un uomo ormai ferito e disarmato. «BASTA!» urlò, esasperato, mentre il ferito si accasciava dietro di lui.

In molti si voltarono, identificando finalmente il Falco nel buio. Beau corse dal suo signore in un lampo. Alcuni cavalieri tirarono le redini dei loro cavalli, arrestando la loro corsa; i soldati a piedi abbassarono le armi.

Il tafferuglio però si era esaurito soprattutto perché gli uomini provenienti da Pienne erano stati uccisi quasi tutti. Ne restavano due, entrambi feriti. Cinque cadaveri giacevano a terra o tra le acque del fiume. L'odore del sangue era forte e si mescolava a quello della terra umida e della vegetazione. Dal buio, in lontananza, arrivavano di quando in quando voci, nitriti e rumori, segno che i crociati erano ancora intenti a rastrellare i dintorni.

Ian imprecò ancora più sonoramente per quella strage insensata. «Perché?!» domandò in un ringhio a Thibault de Chailly, non appena lo ebbe accanto a sé. Eppure il giovane sapeva che il barone non aveva colpa del sangue versato e nemmeno i suoi uomini.

«Perdonatemi, non sono riuscito a fermarli» rispose Chailly con onta e rammarico, entrambi sinceri.

Benché furioso, Ian gli mise una mano sulla spalla prima di compiere ancora qualche passo verso gli armati a cavallo, tallonato da Beau.

I crociati erano una dozzina, armati fino ai denti. Anche alla scarsissima luce di quella notte si riconoscevano i colori di Gant sulle divise e la tinta scura delle spade bagnate di sangue.

Adolphe de Gant arrivò davanti a Ian.

«*Monsieur* de Ponthieu. Di nuovo voi» salutò, arrestando il cavallo. «State bene?»

«Perchè avete ucciso questi uomini?! Non ce n'era motivo!» accusò Ian.

«Vi stavano attaccando. Abbiamo udito la battaglia da lontano e credevamo che foste in pericolo» replicò il crociato, con una punta di sorpresa nella voce.

Ian dovette accettare quella risposta, anzi, capì che probabilmente avrebbe dovuto ringraziare i crociati per il loro intervento, considerando il fatto che altri ribelli erano sicuramente nascosti a poca distanza da lì. Con la loro sola presenza, Gant e i suoi erano un deterrente notevole per proteggere i francesi da un ulteriore attacco, nel caso i nemici nascosti avessero sperato di recuperare ciò che i compagni avevano portato dal fiume.

«Non c'era bisogno di ucciderli tutti» protestò comunque Ian, guardandosi intorno nel massacro compiuto. Sentiva un sapore amaro in bocca, come sempre quando il risultato di uno scontro lasciava cadaveri sul terreno. A questo si aggiungeva la consapevolezza di essere stato la causa indiretta di quelle morti: se solo non avesse deciso di controllare la segnalazione di Beau, probabilmente quegli uomini sarebbero riusciti a fuggire con il loro bottino, salvandosi.

Eppure dovevo controllare. Non potevo rischiare che qualcuno ci attaccasse di sorpresa, cercò di difendersi, ma la verità di quel ragionamento non lo aiutò a stare meglio.

Ian fece un respiro profondo. «Tu stai bene?» domandò a Beau, che non gli si staccava dal fianco.

«Sì, signore. Sto benissimo» replicò il ragazzino e Ian notò che sembrava meno turbato di lui per il sangue versato.

«Avete sventato un altro piano del nemico» continuò infatti il ragazzo, con ammirazione.

«Sì, ma a quale prezzo» mugugnò Ian.

Gant nel frattempo era smontato da cavallo, lasciandone le briglie a un suo soldato. A differenza degli uomini che lo accompagnavano non portava la sua livrea, segno che, come Ian, era stato chiamato in fretta e furia senza aver tempo di armarsi completamente da battaglia. «Non sono morti proprio tutti» riprese. «A quanto pare, avete comunque fatto prigionieri» disse, accennando agli occitani sorvegliati dai soldati.

Ian guardò i due prigionieri, costretti a sedere a terra sotto la minaccia delle armi: uomini adulti e temprati dalla fatica. Erano vestiti semplicemente, senza dubbio per essere più liberi di muoversi nelle acque del fiume, ed erano scalzi. Ora la temperatura fredda della notte li faceva rabbrividire, ma Ian capì che, se solo non fossero stati catturati, quegli uomini erano pronti a marciare a piedi nudi con un carico pesante sulle spalle, pur di portare in salvo il loro bottino. Il più giovane dei due era l'uomo che Ian aveva affrontato per primo e adesso lo stava fissando insistentemente, stringendosi le ferite con le mani.

«Come li avere scoperti?» domandò Gant, distraendo l'americano dalle sue considerazioni.

«Uno dei miei uomini li ha avvistati» rispose Ian asciutto, ignorando l'aria orgogliosa di Beau nel sentirsi descrivere in quel modo.

«Un'altra delle vostre spie?» indagò Gant, con una spiacevole luce di sospetto negli occhi da corvo.

«Uno dei miei uomini» ripeté Ian, sottolineando le parole una a una. «Che cosa trasportavano i ribelli?» continuò poi, rivolto a Chailly.

Il barone gli portò un sacchetto aperto. «Guardate voi stesso» rispose ed estrasse dal sacco una manciata di oggetti luccicanti.

Ian ne prese uno per rigirarselo tra le dita. Era una moneta d'oro piuttosto pesante e, grazie alla luna, vi si scorgevano in rilievo uno stemma a righe verticali e una scritta in latino: PETRUS II REX ARAGONAE[8].

«È oro aragonese» disse Ian.

«L'oro del traditore» sentenziò Gant. «Paga l'eresia e la ribellione contro la Chiesa».

Ian sapeva che il re d'Aragona, nonostante fosse un cattolico convinto, aveva difeso i feudatari del meridione, suoi vassalli, contro le angherie e le usurpazioni di Montfort, prima di venire ucciso dai crociati nella battaglia di Muret e sapeva che il suo aiuto non era stato solo militare ma anche e soprattutto economico. Quei sacchetti d'oro stavano senza dubbio per essere messi in salvo dalla razzia crociata, poiché non avrebbero potuto servire a molto per scongiurare l'assedio, ma potevano rivelarsi utili alla causa dei meridionali pagando armati e mezzi in un'altra battaglia.

«Questi cani sono usciti dalle mura per portare al sicuro il loro immondo bottino» continuò Gant, guardando verso

[8] Pietro II Re d'Aragona

Pienne. «Già che sono ancora vivi, dovranno confessarci da dove sono usciti e dove stavano andando».

La parola "confessarci" non piacque a Ian, specie per il tono con cui fu pronunciata, e l'odore del sangue che aleggiava intorno non fece che accentuare i suoi timori. «Posso dirvi io da dove arrivano: dal fiume e quindi non sarà difficile scoprire dove si trova il passaggio nelle mura da cui sono usciti. Non ci servirà a molto, comunque. A Pienne ormai avranno scoperto che la fuga è fallita. Non avete visto i segnali poco fa? Coloro che aspettavano l'oro hanno avvertito la città e a quest'ora si saranno messi in salvo. In quanto al passaggio, quando lo scoveremo con la luce del sole non troveremo altro che un cumulo di macerie a sbarrare la via, potete starne certo».

«Allora vorrà dire che impiccheremo questi cani eretici come monito per tutti gli altri» sentenziò Gant, aspro. «Quando verrà la luce, domani, i loro compagni avranno di che meditare riguardo la sorte che li attende, vedendo i cadaveri di tutti costoro appesi sotto le mura».

Ian ripose la spada con un gesto secco, per farsi avanti verso il crociato. «*Monsieur* de Gant, siamo cavalieri e non carnefici. Non intendo condannare a morte due uomini solo perché li ho avuti davanti per una manciata di istanti su un campo di battaglia».

«Costoro negano gli insegnamenti della Chiesa e impugnano le armi contro la Croce» sottolineò Gant con maggiore durezza. «Tanto basta a condannarli alla morte e alle fiamme dell'Inferno, anche se non avessero mai impugnato le armi contro di noi».

«E io dico che né io né voi abbiamo il diritto di disporre delle loro vite senza un processo. Intendo presentarli a giudizio perché la loro sorte sia decisa. Fino ad allora, resteranno prigionieri sotto la mia custodia».

Ian aveva appena terminato la frase, quando sentì Chailly schiarirsi la gola in modo apparentemente casuale. Capì al volo di aver chiesto una proroga che valeva ben poco, perché nemmeno un processo avrebbe salvato quegli uomini accusati di eresia e ribellione, eppure decise di non arretrare.

Al diavolo! pensò. *Non farò giustiziare sommariamente*

due uomini solo perché hanno un credo diverso dal mio o perché si sono difesi quando io li ho attaccati!

«Voi volete portarvi le serpi in casa» replicò in quel momento Gant. «Portando costoro al vostro campo e tenendoli in vita, consentirete all'eresia di diffondersi. Non sapete quanto si spanda veloce il veleno del Nemico? Anche i vostri uomini ne rimarranno corrotti».

Ian notò il nervosismo serpeggiare tra alcuni soldati, a quelle parole infervorate, e mentalmente maledisse la credulità medievale. Eppure aveva scelto con cura gli uomini a Châtel-Argent, evitando i soldati più giovani per portare con sé solo veterani disincantati, meno propensi a farsi influenzare da superstizioni e fanatismi di sorta.

Amaramente cominciò a pentirsi di non avere il modo di lasciar andare quei due uomini come il ragazzo di poco prima.

Con la coda dell'occhio, sbirciò Chailly e vide che il barone gli faceva cenno di lasciare perdere la questione anche se, come suo solito non disse niente. Ian sapeva che Chailly non avrebbe mai manifestato il suo dissenso davanti a occhi estranei, limitandosi a silenzi e occhiate più che eloquenti. Ian però giocò sul fatto che al buio le occhiate valevano ben poco e ignorò la contrarierà evidente del suo vassallo.

«È per questo che li affiderò a voi che siete spiritualmente più preparati contro le insidie dell'eresia» continuò a sorpresa, rivolto a Gant. «Vi chiedo di lasciarmi alcuni dei vostri uomini per sorvegliare i prigionieri fino a domattina, quando li presenterò al giudizio del comandante Montfort».

Gant venne preso totalmente alla sprovvista dalla richiesta. «I... miei uomini?»

«Ritengo che siano adatti a tale compito, non lo credete anche voi?»

«Certamente, ma...»

«In cambio io vi consegnerò l'oro confiscato appena adesso perché lo portiate al comandante Montfort. Servirà a sostenere la causa contro i ribelli».

Gant si voltò a considerare il cumulo dei sacchi sulla riva. Doveva essere un quantitativo notevole, abbastanza per pagare le armi crociate per molte settimane.

«Allora, posso contare sui vostri uomini per addossarsi questa responsabilità?» domandò Ian. «Riguardo l'oro, lascerete a me soltanto la parte che spetta ai miei per la cattura, secondo l'usanza. Immagino che nessuno avrà da ridire per questo».

«Un settimo di quanto confiscato vi spetta per i vostri uomini» ammise Gant. «Ma potreste pretendere molto di più per voi stesso, poiché siete stato voi a individuare e fermare i malfattori».

«Date ciò che spetta ai miei uomini per il loro lavoro, non pretendo altro».

Il comandante crociato meditò qualche istante e poi annuì. «Vi lascerò tre soldati fino al processo di domani e porterò l'oro a *monsieur* de Montfort con i vostri omaggi».

«Vi ringrazio profondamente» replicò Ian con un cenno della testa.

Gant si voltò a dare gli ordini ai suoi, Ian invece si voltò verso Chailly che attendeva con una domanda evidente negli occhi.

«Che intendete fare?» chiese infatti il barone, appena fu in disparte con il suo signore. «Perché portare a un processo quei due occitani? Sapete anche voi che non hanno speranza di scampare alla forca o alla scure. Non se a presiedere il processo saranno Montfort, Gant o il legato papale».

Ian fece un gesto vago. «Intanto ho guadagnato tempo per riflettere. E comunque credo che sia una buona cosa mostrare agli abitanti di Pienne che noi non siamo giustizieri senza legge. Un processo farà capire loro che non giudichiamo con avventatezza».

Chailly non si lasciò incantare dalla scusa travestita da ragionamento politico. «Sono ribelli e nemici della Chiesa. Se mostrate pietà verso di loro, vi renderete sospettabile di complicità nei loro confronti».

Ian sospirò. «Lo so».

«Non possiamo permettere critiche sulla nostra missione per conto del re».

«*Monsieur* Thibault, lo so! Ho detto che sto prendendo tempo per riflettere, d'accordo?»

Il barone fece un lieve inchino per significare obbedienza e non aggiunse altro.

Ian si voltò a guardare i suoi soldati che legavano i prigionieri per condurli al campo. Sapeva di essere in una situazione difficile perché non poteva permettersi di sollevare dubbi sull'ortodossia della propria fede, mentre difendere i diritti di quei prigionieri in un mondo che non riconosceva diritti agli sconfitti poteva essere interpretato come favoreggiamento verso il nemico. Peggio ancora se si trattava di un nemico della Chiesa.

«Siete troppo buono, signor conte, chi vi conosce lo sa bene» disse Chailly. «Chiunque di noi sa che il sangue vi ripugna, anche quello dei criminali e dei nemici. State attento però a non cercarvi problemi per troppa bontà».

Ian sentì che anche Beau lo fissava preoccupato. «Lasciamo passare la notte» decise alla fine, stanco. «Vedremo cosa capiterà domani».

Capitolo 9

Daniel vide tornare il gruppo al campo molto più numeroso di quando era partito. C'erano anche tre uomini a cavallo e portavano divise bianche e nere con le croci. Le sentinelle erano andate incontro al drappello con le fiaccole e a quella luce Daniel vide fin troppo bene che Ian gli faceva cenno di non farsi notare. Il giovane si ritirò in un luogo meno esposto, dietro la soglia della tenda sormontata dal blasone del Falco d'argento, e rimase a osservare da là.

Sancerre invece si alzò dal suo posto accanto al falò, a una decina di passi di distanza da Daniel, là dove aveva trascorso tutto il tempo da quando Ian era partito con i suoi uomini. «Finalmente!» esclamò. «Così qualcuno ci racconterà cosa sta succedendo».

Il rumore della breve battaglia sul fiume era arrivata anche al campo francese e tutti gli uomini si erano preparati al peggio impugnando le armi, anche se poi avevano atteso di ricevere notizie dai compagni andati avanti, come Ian aveva chiesto.

Sancerre si era trattenuto a stento dall'andare a vedere di persona. Aveva quasi deciso di rompere la promessa fatta all'amico e seguirlo in ogni caso, specie quando il clamore del combattimento si era fatto ben distinguibile nonostante la distanza, ma non aveva poi fatto in tempo a mettere in atto la sua intenzione, poiché la battaglia era cessata nel totale silenzio in pochi minuti e i francesi avevano capito che erano intervenuti i crociati, più vicini di loro al luogo della battaglia.

Daniel rimase a guardare mentre Ian e Sancerre si fermavano a parlare. Vide il francese farsi serio e sbirciare i prigionieri che i soldati crociati scortavano con le armi in pugno e le facce scure.

Alla fine, Sancerre chiamò il suo scudiero e impartì alcune

istruzioni. I soldati francesi fecero strada ai crociati e li condussero verso l'altro lato del campo, là dove con tutta probabilità avrebbero avuto un posto in cui sorvegliare i prigionieri.

Daniel li guardò passare dall'interno della tenda e vide che i due uomini legati erano feriti e scalzi. Non superavano la quarantina d'anni e avevano espressioni cupe ma composte sui volti dai tratti decisamente mediterranei. Uno dei due fu forse attirato dalla figura immobile appena dietro la soglia della tenda, perché alzò gli occhi verso Daniel e lo guardò in faccia attentamente. L'americano si ritrasse nell'ombra e lasciò che il gruppo si allontanasse prima di affacciarsi di nuovo. Questa volta, poiché i crociati erano già passati oltre, si azzardò anche a uscire dalla tenda.

Sancerre stava ancora parlando con Ian e Chailly e continuò per un bel pezzo, poi però allargò le braccia con rassegnazione e tornò verso la propria tenda, lasciando Ian a congedare il barone e gli altri suoi soldati.

«Si può sapere che hai combinato?» domandò Daniel a Ian, quando questi gli andò finalmente incontro, seguito a ruota da Beau. «Il tuo amico Sancerre non aveva affatto una faccia soddisfatta».

«Ho messo lui e me in una situazione non facile da gestire» sospirò Ian e in breve raccontò a Daniel quanto era successo.

«E adesso che farai?» domandò quest'ultimo, quando il racconto terminò. «A quanto ho capito, domani non cambierà molto per quei poveracci».

Ian gli lanciò un'occhiata di ammonimento e Daniel si corresse subito, ricordandosi di Beau: «Per quei prigionieri, volevo dire».

Il ragazzo stava ascoltando attentamente ogni parola di quel dialogo, guardando ora l'uno ora l'altro interlocutore. «Non volete che gli eretici vengano condannati per i loro crimini?» domandò, perplesso.

«Quegli uomini sono soldati, non criminali» replicò Ian gravemente. «Sono nostri avversari, ma non basta così poco per condannarli a morte».

«Ma sono eretici, no?»

«E chi lo dice? Sappiamo che sono occitani, ma in molte

città della Linguadoca buoni cristiani, catari, ebrei e a volte persino musulmani vivono mescolati insieme e insieme combattono per difendere le loro case. Come possiamo decidere senza fare indagini se questi uomini sono davvero eretici oppure no? Tu li sai distinguere dall'aspetto?»

Beau scosse la testa, poi si soffermò a meditare. «Ma se aiutano gli eretici, allora sono loro complici».

«E come complici possono meritare una punizione, ma sicuramente minore rispetto a chi commette il crimine. O credi che sia giusto punire tutti i criminali allo stesso modo? Un ladro come un assassino?»

«Oh, no di certo, signore» si affrettò a rispondere il ragazzo. «Rubare e uccidere sono cose molto diverse!»

«È fin troppo facile pensare di poter essere giudici» concluse Ian. «Quando c'è di mezzo la vita, il giudizio dovrebbe essere dato solo dopo attente riflessioni».

Nessun giudizio dovrebbe mai mettere in gioco la vita di un uomo, pensò in aggiunta, ma sapeva di non poter fare una simile affermazione in pieno medioevo, in un mondo in cui, purtroppo, la pena capitale era fin troppo comune.

Daniel non disse niente, ma Ian vide che nei suoi occhi stava passando lo stesso pensiero cupo.

Beau invece guardava il suo signore con un'espressione ammirata. «Direte questo, domani, ai comandanti crociati durante il processo?»

«Ci proverò» rispose Ian, ma sapeva già che ogni sua parola sarebbe servita a ben poco. Anche se fossero stati portati davanti a una corte, i prigionieri occitani non avrebbero avuto scampo, vista la tensione che aleggiava tra i crociati, esasperati da anni di combattimenti continui.

Ormai troppo sangue era stato versato da entrambe le parti perché una delle due potesse avere clemenza nei confronti dell'altra. Prigionieri crociati nelle mani dei ribelli avrebbero sicuramente fatto la stessa fine, sul patibolo o sul ceppo del boia, solo per il semplice fatto di portare una croce sulle divise.

Eppure, Ian non riusciva a piegarsi a quella logica spietata. *Come faccio a evitare l'assassinio di quei due uomini?* pensò per l'ennesima volta, sentendosi impotente.

«È ora di andare a dormire davvero. Va' a prendere nuove braci per la mia tenda. A quest'ora il braciere si sarà fatto freddo» disse infine a Beau, più che altro per allontanare il ragazzo da lì e terminare quella conversazione penosa. Aveva bisogno di riflettere liberamente e non poteva farlo finché lo scudiero fosse rimasto lì a fargli domande.

Beau non oppose resistenza all'ordine, forse perché anche lui cominciava a sentire il freddo e la stanchezza. Entrò nella tenda a prendere il paiolo di ferro con il quale avrebbe rifornito il braciere e poi s'incamminò verso i falò dei soldati.

«Io so che tu vorresti salvare il collo a quei tizi» disse Daniel, quando il ragazzo fu abbastanza lontano da non poter più udire le sue parole. «Ma come pensi di riuscirci?»

«Non ne ho idea» sospirò Ian, amaro. «Se provo a guadagnare altro tempo con la scusa di far interrogare i prigionieri, è più che probabile che li sottopongano a tortura pur di farli parlare».

Daniel rabbrividì. «La Convenzione di Ginevra sui diritti dei prigionieri qui non va di moda, eh?»

«Diciamo che siamo un po' in anticipo sui tempi» replicò Ian con tetro sarcasmo. «E dubito che quegli uomini saranno mai disposti a rivelare alcunché con le buone maniere, quindi...»

Daniel sbirciò verso il luogo in cui i prigionieri erano stati condotti. «Bel pasticcio».

Da dove si trovava poteva intravedere le uniformi dei crociati, nello spazio tra un carro coperto e alcune tende. I soldati avevano trovato un posto sul lato dell'accampamento rivolto verso i prati aperti, relativamente protetto dai carri, e vi avevano fatto sedere i due prigionieri, legati insieme perché non potessero fuggire. Un soldato francese stava portando via i cavalli dei crociati per metterli insieme a tutti gli altri, là dove avrebbero potuto ricevere acqua e brucare erba senza sporcare il campo. Un ultimo soldato stava invece ammucchiando il necessario per accendere un falò col quale le guardie si sarebbero scaldate durante le lunghe ore della notte.

Anche Ian si era voltato a guardare la stessa scena, in silenzio cupo. «La verità è che quei due occitani dovrebbero scomparire per farmi un favore. Altrimenti io non so proprio che fare con loro» sbottò.

Dopo quella frase, i due amici si guardarono con la stessa, improvvisa idea in testa.

«Magari quelli non potranno proprio scomparire nel nulla, ma un loro fantomatico complice sì…» buttò lì Daniel.

«Senza rischiare di persona, però» sottolineò Ian.

«Basta studiare bene l'uscita di scena».

«E non farsi scoprire da nessuno».

«Certamente. Farete una pessima figura come sorveglianti, ma questo non lo posso evitare».

«Ci sono i crociati a sorvegliare i prigionieri, la figuraccia sarà soprattutto loro».

I due meditarono ancora un po'.

«Sicuro di non avere rimorsi nell'aiutare due nemici a fuggire?» domandò Daniel.

«Non sono miei nemici. Quegli uomini non mi hanno fatto niente e io non voglio avere altri due morti sulla coscienza, se posso evitarlo» replicò Ian.

«I morti di stasera non sono sulla tua coscienza, ma su quella di Gant e dei suoi» obiettò Daniel, ma Ian non rispose alla sua frase. «Sono scalzi, feriti e disarmati» continuò invece, parlando dei prigionieri. «Fuggiranno il più lontano possibile e, se sono furbi, non torneranno mai più da queste parti».

«Che dirai a Sancerre?»

«Davanti a lui reciterò la parte dell'innocente, anzi sarò indignato per la fuga dei due prigionieri». Ian si lasciò sfuggire un gesto amaro. «Che altro posso fare, se non inventarmi un'altra menzogna? Non posso raccontargli le mie intenzioni, perché non mi capirebbe. Ha una logica medievale diversa dalla mia e io lo capisco. Dal punto di vista politico e strategico il mio è un gesto assurdo».

«Questo lo capisco anch'io senza bisogno di essere medievale» rispose Daniel. «Tu sei davvero convinto di quello che vuoi fare? È un rischio, un altro segreto da difendere e tu ne hai già tanti. Anche la corda più robusta prima o poi si spezza, se la tiri troppo».

Ian lo guardò negli occhi. «Dimmi tu qual è la scelta migliore: lasciamo quegli uomini nelle mani del boia? Perché ci finiranno, te l'assicuro, e nessun avvocato li difenderà».

Daniel meditò solo qualche attimo. «D'accordo» concluse poi. «Allora dammi una mano a studiare il piano d'azione».

Ian gli mise un braccio sulle spalle, alleggerito dalla prospettiva di poter evitare una duplice esecuzione. «Grazie per questo aiuto, *James*».

***

Dovettero attendere che il campo si fosse di nuovo quietato per mettersi all'opera. Quando tutti i soldati a parte le sentinelle furono a dormire, Ian uscì dalla tenda, stretto nel mantello pesante, e si diresse con passi decisi verso il luogo in cui i crociati stavano sorvegliando i prigionieri. Daniel si era già allontanato da qualche minuto, portandosi dietro un arco leggero, alcune frecce e un piccolo pugnale prestatigli dall'amico.

Il cielo aveva iniziato a brontolare con maggiore insistenza, promettendo pioggia, e la luna si era nascosta di nuovo dietro le nubi.

I crociati erano vicini al falò e lo tenevano ben vivo sia per stare più caldi, sia per illuminare la zona il più possibile. Due erano in piedi, armi in pugno, e controllavano i dintorni e i prigionieri spostando lo sguardo in ogni direzione. Il terzo invece riposava, per poter poi dare il cambio a uno dei compagni non appena fosse stato il suo turno. Era seduto col dorso appoggiato contro la ruota del carro lì accanto e si teneva ben avvolto nel suo mantello pesante. Sotto il cappuccio aveva gli occhi chiusi.

Gli occitani invece erano seduti a terra, schiena contro schiena, con le mani legate dietro. Non era stato loro concesso di fasciarsi le ferite e perciò avevano gli abiti ampiamente macchiati di sangue, ma gli sguardi vigili indicavano che almeno non erano troppo sofferenti o debilitati.

Avevano ancora forza da vendere per poter fuggire, dedusse Ian, sentendosi quegli sguardi puntati addosso non appena fu abbastanza vicino ai crociati per essere riconosciuto sia dalle guardie sia dai prigionieri.

Il giovane arrivò con apparente casualità, come se stesse passando da quella parte mentre era impegnato a ispezionare il campo. «Tutto bene qui?» domandò nell'avvicinarsi e quasi non rallentò il passo, fingendo di voler continuare oltre.

«Tutto bene, a parte il freddo, signore». I crociati salutarono rigidamente ma in modo militare e la loro risposta diede a Ian il pretesto per fermarsi.

«Avete bisogno di altra legna? Posso farvi portare anche vino o coperte, se necessario, la notte è effettivamente molto fredda» rispose il giovane, simulando preoccupazione per il benessere di quei soldati. In realtà teneva ben tesi tutti i sensi per individuare il punto da cui Daniel avrebbe agito.

«Altra legna sarebbe la benvenuta, *monsieur*» rispose un soldato e Ian gli annuì, rassicurandolo poi che avrebbe provveduto al più presto, ma allo stesso tempo aveva già scorto un movimento lieve tra i carri, alle spalle dei due crociati rivolti verso di lui per parlargli. Il terzo crociato dormiva e non poteva vedere ciò che accadeva nelle ombre poco più in là.

Ian appoggiò la mano all'elsa della spada con apparente casualità. «Se vi serve altro…» continuò, preparandosi a qualsiasi evenienza. A fatica dissimulò il battito del cuore che accelerava.

Negli stessi minuti in cui Ian intratteneva i crociati in conversazione, Daniel aveva potuto individuare un punto utile da cui agire.

Aveva compiuto un giro ampio, per arrivare allo stesso luogo dalla parte opposta rispetto all'amico, tenendo l'arco leggero nascosto sotto la mantella e il pugnale infilato in cintura. Aveva il cappuccio tirato sulla testa per nascondere il viso.

Nessuno aveva fatto caso a lui nell'accampamento buio e addormentato e ora il giovane aveva davanti a sé il piccolo spiazzo tra carri e tende in cui i prigionieri erano tenuti sotto controllo. Da dove si trovava, accucciato dietro le ruote di un altro carro, aveva visto Ian sopraggiungere come stabilito e ora poteva vedere la faccia dell'amico e le schiene dei due crociati che si erano voltati per salutarlo. La terza guardia dormiva, ignara di tutto.

Daniel si sistemò con un ginocchio ben saldo a terra, posò l'arco e le frecce lì accanto e si sfilò il pugnale dalla cintura.

Ian parlava con i crociati, ma Daniel sapeva di dover fare in fretta perché l'amico non avrebbe potuto tenere quei due impegnati molto a lungo. Bilanciò il pugnale nella mano: era un'arma leggera e anonima, scelta appositamente. Non avrebbe mai potuto essere efficace contro uomini protetti dalle cotte di maglia metallica, ma era più che sufficiente per tagliare una corda.

Daniel osservò i due prigionieri per scegliere il più adatto. Il primo era seduto in modo da fronteggiare i soldati e quasi gli dava le spalle, il secondo invece era per tre quarti rivolto verso di lui, con le gambe piegate in modo da sedere meno scomodamente possibile. L'uomo non guardava più verso i suoi carcerieri o Ian e aveva riabbassato la testa a fissare l'erba davanti ai suoi piedi.

Daniel vide che era lo stesso uomo con cui aveva scambiato uno sguardo solo poco prima, quando l'aveva visto passare scortato dai soldati.

Raccomandandosi il triplo della cautela, il giovane si protese sul ginocchio puntato a terra. Il suo doveva essere un tiro preciso, altrimenti tutto andava a monte. Prese la mira e lanciò, come se dovesse semplicemente centrare una ciotola con un sasso.

Il pugnale compì un breve arco silenzioso e ricadde in grembo al prigioniero. Quest'ultimo trasalì, alzò la testa di scatto, ma Daniel fu abbastanza veloce da nascondersi ai suoi occhi dietro il carro.

Attraverso uno spiraglio tra le ruote vide che l'occitano l'aveva individuato, pur senza riuscire a vederlo in faccia, ma il prigioniero comunque non indugiò a guardare per capire chi fosse il suo salvatore. Con una mossa rapida, inclinò i fianchi in modo da lasciar cadere a terra il pugnale e subito lo coprì col proprio corpo, come sedendovisi sopra. In realtà, notò Daniel, riuscì a spostarsi abbastanza da poter afferrare la piccola arma con le mani legate dietro la schiena. Il suo compagno, legato insieme a lui, lo agevolò nel movimento quando la situazione gli venne spiegata in un sussurro di poche parole.

Daniel guardò i crociati e Ian, ma nessuno di loro sembrava aver notato ciò che avveniva a poca distanza da loro.

Con qualche minuto di lavoro le corde furono tagliate. Daniel se ne accorse perché le vide cadere dai polsi dei due prigionieri. Era il momento di passare alla seconda parte del piano.

Sempre scivolando nel buio, il giovane prese le distanze e andò a cercare un luogo adatto per tirare con l'arco. Il bersaglio era ben visibile, perché il fuoco del falò illuminava proprio quella zona.

I prigionieri erano ancora seduti e immobili, benché legati solo per finta. Stavano valutando una possibile via di scampo e Daniel sapeva di doverli assolutamente spingere a fare ciò che aveva concordato con Ian, per evitare che la loro fuga si trasformasse in un tafferuglio incontrollato, con conseguenze potenzialmente catastrofiche per tutti.

Incoccò la prima freccia e si sporse abbastanza da essere individuato dal prigioniero rivolto nella sua direzione. L'uomo s'irrigidì di colpo, ma poi comprese al volo il cenno che Daniel gli fece indicando di voler prendere di mira i soldati. Il prigioniero chiamò l'altro sottovoce. Il secondo uomo torse il collo per guardare verso Daniel e scambiò alcune parole sussurrate con il compagno.

Daniel invece intercettò l'occhiata che Ian gli rivolse e si preparò a scoccare. Il movimento gli fece male alla spalla sfregiata, ma non tanto da impedirgli di tenere l'arco pronto in posizione.

I prigionieri si sollevarono sui talloni, approfittando del fatto che i guardiani erano distratti dalla conversazione in corso. In un attimo balzarono addosso al soldato addormentato e lo spinsero contro il bordo del carro, facendolo svenire con un pugno in pieno viso. Quello che non aveva il pugnale, rubò la spada alla guardia appena abbattuta.

Gli altri due crociati si resero finalmente conto del tentativo di fuga e anche Ian simulò tutta la sua sorpresa, ma mentre tutti e tre tentavano di sguainare le spade e i ribelli si davano alla fuga, Daniel scoccò la sua prima freccia con mira precisa, mancando di proposito un soldato di un paio di spanne.

Con esclamazioni di rabbia e spavento i due crociati e Ian si gettarono al coperto dietro i carri e le tende.

Daniel li tenne sotto tiro per qualche istante e terminò le

frecce, con l'unico scopo di far guadagnare distanza ai due prigionieri già in corsa verso il limitare del campo, ma poi dovette pensare anche lui a come disimpegnarsi, poiché il clamore stava diffondendo l'allarme e stava svegliando tutti.

Daniel si ritirò nel buio tra le tende, poi corse verso il carro chiuso dell'armeria. Là dentro avrebbe abbandonato l'arco e trovato rifugio per scomparire senza essere visto, come aveva concordato con Ian.

Devo sbrigarmi! pensò concitatamente.

Individuò il carro: pochi passi ancora e l'avrebbe raggiunto. Nello stesso istante una tenda davanti a lui si aprì e il giovane si gettò per puro miracolo dietro alcune casse prima che l'occupante di quella tenda uscisse con la spada in mano e lo vedesse.

«Che cosa succede?!» gridò l'uomo, un soldato francese, rivolgendosi là dove sentiva arrivare il clamore dei crociati che davano l'allarme, e il suo grido attirò altri compagni, che a loro volta svegliarono altri ancora.

Daniel snocciolò tutte le imprecazioni che conosceva in una sequenza silenziosa, mentre intorno a lui l'accampamento si animava sempre più. La strada verso il carro dell'armeria era sbarrata da soldati allarmati: doveva cambiare nascondiglio poiché proprio non poteva permettersi di farsi sorprendere come un ladro acquattato nel buio, con un arco in mano. Si guardò intorno, ma non vide altri carri raggiungibili in cui andare a nascondersi.

Non posso restare qui! capì con uguale chiarezza.

I soldati, usciti dalle tende al richiamo del primo compagno, si stavano spostando velocemente verso il punto da cui sentivano provenire le grida di allarme. Daniel ne approfittò per togliere la corda dall'arco, sporgersi dal suo nascondiglio e lanciare l'arma sotto il carro dell'armeria, là dove sperava che Ian riuscisse a recuperarlo senza insospettire nessuno. Era un arco di fattura francese e a differenza del pugnale avrebbe potuto essere riconoscibile, se sospettato di essere l'arma dell'agguato. Daniel purtroppo non poteva farlo sparire con sé attraverso *Hyperversum*; non poteva nemmeno romperlo facilmente a mani nude e avrebbe perso tempo prezioso nel farlo.

Non ho scelta, pensò il giovane, calcolando la traeittoria restando basso, rasente al terreno.

L'arco sfiorò l'erba nel suo tragitto e andò a cadere proprio tra le ruote del carro. Passò dietro due soldati in corsa con le armi in pugno, ma quegli uomini erano troppo impegnati a cercare di capire cosa stesse accadendo davanti a loro per accorgersi del lieve fruscio.

Daniel si rimise a correre a zig zag tra le tende che si animavano una dopo l'altra. *Se mi faccio beccare, Ian mi fa staccare la testa!* continuava a ripetersi, spaventato e arrabbiato con se stesso per non essere riuscito a compiere il piano esattamente come era stato progettato.

Il buio lo coprì fino al limitare del campo, poiché le sentinelle fortunatamente erano tutte rivolte verso il punto da cui udivano le grida d'allarme. Con un ultimo scatto Daniel guadagnò il prato buio e si tuffò tra alcuni cespugli. Aveva completamente perso di vista i crociati, i soldati e i prigionieri, ma non aveva il tempo di stare a capire dove fossero tutti quanti. Doveva sparire subito, prima che i soldati del campo cominciassero a battere i dintorni palmo a palmo.

Si accucciò e alzò la mano per chiamare l'icona che l'avrebbe portato via. *Forse qualcuno vedrà la luce, ma chi se ne frega. Quando verranno a controllare, io sarò sparito*, si disse.

Fu agguantato all'improvviso da un'ombra sbucata dall'erba alta a due passi da lui.

Solo con tutta la sua prontezza di riflessi Daniel riuscì a non lasciarsi sfuggire un'esclamazione di spavento e di dolore. Tentò di difendersi da quell'aggressione improvvisa, ma venne schiacciato a terra prima di potersi girare in modo efficace per lottare. Qualcuno gli puntò la lama fredda di un pugnale sotto il mento e sussurrò una minaccia: «Niente mosse false, se vuoi vivere!»

Daniel s'immobilizzò all'istante, per non farsi tagliare la gola. Con il cuore che martellava nel petto cercò di visualizzare il suo aggressore nel buio e si rese conto che era il più giovane tra gli occitani fuggiaschi. L'uomo gli puntava alla gola lo stesso pugnale che Daniel gli aveva lanciato solo pochi minuti prima.

Il fuggiasco lo fissò in faccia, ora che poteva vederlo da vicino sotto il cappuccio, e spalancò gli occhi, ma poi non si concesse altre esitazioni. «Perché il tuo padrone ci vuole vivi?» domandò duro, nel suo francese dall'accento esotico.

Daniel tentò di allontanarlo da sé, ma l'occitano gli premette ancora di più il pugnale sotto il mento e strinse la presa. «Bada: non ho tempo né per lottare né per le menzogne! Ti ho visto poco fa nella tenda del Falco d'argento, quindi so che sei un suo uomo. Lui stesso è venuto a distrarre le guardie mentre tu agivi. Che cosa spera di ottenere da noi per i suoi amici crociati?»

«...i crociati non sono amici suoi» rispose Daniel con altrettanta fermezza, anche se aveva la gola strozzata dalla morsa del suo aggressore. «Lui e i suoi uomini sono neutrali».

«È neutrale, dici. E lo dimostra arrestandoci!»

«Adesso vi sta lasciando andare. Non avrebbe mai voluto la strage di questa notte e non vuole essere responsabile della vostra morte perché non può garantirvi un processo equo».

«È un'assurdità!»

«Eppure tu sei libero grazie a lui».

L'occitano non replicò, ma scrutò la sua preda negli occhi attraverso il buio fitto. Daniel sostenne il suo sguardo senza incertezze.

Li fecero trasalire rumori in avvicinamento: il cielo brontolava e i soldati francesi avevano iniziato a battere tutta la zona.

L'occitano alzò la testa di scatto per guardare al di sopra dell'erba e dei cespugli. Daniel tentò di fare altrettanto, ma non riuscì a spostare lo sguardo abbastanza da controllare la situazione. Le voci dei francesi, però, si avvicinavano in fretta.

Il secondo prigioniero comparve dal buio per raggiungere il compagno. Annunciò qualcosa nella sua lingua sconosciuta, a voce bassa e concitata, ma Daniel capì ugualmente che non c'era più tempo per indugiare.

Il suo aggressore tornò a rivolgersi a lui. «Di' al tuo padrone che lo terremo d'occhio. Qualsiasi cosa abbia in mente, sappia che avrà i nostri sguardi puntati addosso e anche le nostre spade».

Un attimo dopo si era dileguato nell'oscurità.

Daniel dovette massaggiarsi il collo mentre riprendeva fiato e impiegò qualche istante prima di rendersi conto di non essere stato ferito dalla lama che gli era stata puntata contro la pelle. Solo la spalla gli faceva male, segno che gli sfregi si erano riaperti sotto le bende, a causa dell'urto violento. Subito dopo però, il giovane dovette preoccuparsi del clamore che sentiva avvicinarsi. Se non si sbrigava a sparire, sarebbe stato avvistato e, con tutta probabilità, catturato al posto dei due fuggitivi.

Lo angosciavano a morte le ultime parole minacciose del prigioniero occitano appena sparito, ma Daniel non poteva perdere tempo a pensarci su in quel momento.

Altro che James Bond! Ho combinato un disastro, si accusò mentre chiamava l'icona di *Hyperversum*.

Le voci che salivano di tono gli dissero che la luce era stata avvistata.

Daniel toccò la mela. Sapeva che quando i soldati sarebbero arrivati, avrebbero trovato solo il nulla.

***

Daniel poté rimaterializzarsi nel medioevo solo dopo molti minuti, quando riuscì a individuare Ian all'interno della sua tenda, dopo aver del tutto ignorato Jodie e Martin che l'avevano visto comparire e sparire trafelato nello studio della casa a Phoenix.

«Dov'eri finito?!» lo apostrofò Ian, con ansia e rabbia insieme. «Non posso rimanermene chiuso qui dentro ancora a lungo o tutti si chiederanno cosa sto facendo invece di andare a cercare i prigionieri come tutti gli altri! Ho detto che venivo a chiamarti, ma non posso metterci una vita! Beau sarà qui a momenti con i nostri cavalli!»

«C'è stato un problema» annunciò Daniel, ancora con il respiro accelerato per l'avventura rocambolesca appena vissuta, e raccontò tutto d'un fiato quanto accaduto con gli occitani. «Adesso quei due sanno che sei stato tu a farli fuggire» concluse, disperato.

Ian taceva, col volto tirato. «Armati» disse alla fine. «Devi venire fuori con me a cercare i fuggitivi. Dobbiamo andare avanti col nostro piano e far vedere a tutti che tu eri qui a dormire mentre i prigionieri scappavano».

«Hai sentito cosa ho detto?» insisté Daniel, pur sussurrando per paura che qualcuno potesse udirlo fuori dalla tenda. «Quelli sanno che hai architettato tu tutto quanto!»

Ian gli gettò una spada. «Non importa, non possono provarlo e non credo che torneranno mai indietro per costituirsi pur di denunciarmi al cospetto di Montfort. Se anche lo facessero, sarebbe la loro parola contro la mia e il boia li attenderebbe comunque in quanto eretici e ribelli».

«Hanno detto che ti terranno d'occhio».

«Che lo facciano. Non ho secondi fini nei loro confronti, quindi non ho niente da nascondere».

«Ma...»

«Daniel, la nostra recita è tutto ciò che abbiamo adesso per salvarci dai sospetti. Evitiamo di attirarci addosso critiche o domande pericolose e agiamo come se fossimo all'oscuro di tutto. Il piano reggerà anche con questo imprevisto».

Daniel dovette allacciarsi la spada in cintura, mentre l'amico lo esortava a sbrigarsi con un gesto brusco. Non provava nemmeno la metà della sicurezza che Ian ostentava e come al solito lo invidiò per la sua determinazione e prontezza di spirito in qualsiasi frangente.

L'altro americano compì un passo o due nella tenda, ancora meditando.

«Adesso tu vai a riprendere l'arco sotto l'armeria, prendi anche una faretra di frecce e fingi di esserti procurato tutto come equipaggiamento» decise. «Poi ci uniremo agli altri per inseguire i fuggitivi. Io troverò il modo di farti tornare al campo dopo un po' e tu potrai sparire da brava spia in missione segreta».

«D'accordo» disse Daniel e fece un respiro profondo per tentare di calmarsi. Con la mano si massaggiò la spalla indolenzita, ma non ne ricavò un gran conforto.

Da fuori si udì Beau chiamare Ian e annunciare di aver sellato e portato fin lì i cavalli.

«Dobbiamo andare» disse Ian. «Nervi saldi e recitiamo bene la nostra parte».

Daniel lo fermò un attimo prima di uscire dalla tenda. «Mi dispiace per quello che è successo» sussurrò.

«Se quei due non si fanno prendere adesso, va tutto bene» lo rassicurò Ian, anche se era davvero molto pallido. «Forse siamo riusciti a evitare a due uomini un'esecuzione sommaria, quindi ne valeva la pena».

Daniel si augurò con tutto il cuore che fosse proprio così. «Se ci va bene questa volta, non correremo mai più rischi del genere: promettilo. Non ne voglio più sapere, di angosce simili».

Ian annuì. «Sono d'accordo. Promesso».

Uscirono proprio nel momento esatto in cui un lampo squarciava le nubi, seguito da un tuono assordante. L'aria si era fatta più fredda, umida e pesante; il vento spazzò il campo con una folata rabbiosa.

I cavalli scalpitarono, innervositi. Beau li controllò tirando con forza le briglie, ma poi sollevò lo sguardo verso le nuvole. «Piove. Non li cattureremo mai più» annunciò con delusione, ma anche con assoluta competenza.

Ian porse la fronte alle gocce di pioggia che cominciarono a ticchettare insistenti sull'erba, sulle tende, sulla pelle e sui vestiti. *Grazie*, pensò, offrendo il suo sollievo al cielo.

Daniel gli mise la mano sulla spalla e strinse forte.

Capitolo 10

Ian si svegliò la mattina successiva con il cuore più leggero, benché quella notte avesse dormito solo qualche ora con tutto il trambusto che c'era stato.

La fuga dei due prigionieri aveva messo sottosopra l'intero accampamento francese, tenendo impegnati gli uomini nelle ricerche per alcune ore, finché la pioggia battente e il freddo non avevano costretto tutti a desistere.

Degli occitani non si era più trovata traccia e Ian era tornato alla sua tenda fradicio e gelato fino al midollo, ma sollevato per la buona riuscita del suo piano e per aver scampato il pericolo di essere scoperto complice della fuga dei due.

Il piano era arrivato alla sua conclusione senza ulteriori intoppi. Daniel aveva recitato la sua parte, fingendo di essere stato buttato giù dal letto dall'allarme improvviso, e si era dato da fare in modo ammirevole, come il più accanito dei cacciatori, benché senza ottenere alcun risultato utile nella ricerca dei fuggitivi. Poi, ubbidendo a un ordine preciso di Ian, si era congedato per tornare alla sua fantomatica missione segreta al di là delle linee nemiche e trovare sperabilmente qualche traccia dei fuggitivi.

Ian invece si era preso una lavata di testa da Sancerre, ma l'aveva messa in conto. Il cavaliere francese non rimproverava l'amico per essersi lasciato sfuggire i prigionieri, poiché era lampante che i due avevano complici temerari e risoluti in agguato nella notte, capaci di prendere di sorpresa chiunque per poi svanire come fantasmi. Anzi era un vero miracolo se nessuno, specialmente Ian, era rimasto ferito o ucciso.

Sancerre era comunque furente all'idea di dover spiegare l'accaduto ai comandanti crociati, di doversi giustificare per un incidente che non sarebbe stato affar suo, se solo Ian avesse lasciato i prigionieri ai crociati. «Ti avevo avvertito o no, che non era una buona idea?» aveva esclamato, trattenendo Ian sotto la pioggia gelida, quando ormai tutte le speranze di rimediare al danno erano svanite. «Non ti dovevi immischiare! Avevi già fatto bella figura recuperando l'oro, potevi lasciare quei due maledetti a Gant e levarci di dosso questa responsabilità!»

Ian aveva chinato la testa con finto rammarico. «Lo so, hai ragione: avrei dovuto darti ascolto. Mi dispiace per quello che è successo e ancora di più per non essere stato capace di evitarlo».

L'altro cadetto aveva brontolato ancora per un po' riguardo il fatto di essere "dannatissimi diplomatici con troppi scrupoli per la testa", ma poi si era stancato di rimanere al freddo per continuare la sua ramanzina. «Ti perdono solo perché in ogni caso hai fatto un dispetto al corvo» aveva concluso, burbero. «Mi ripaga almeno un po' delle seccature che mi darà questa storia domani». Con gli occhi aveva seguito il movimento dei tre crociati che dopo aver inutilmente partecipato alle ricerche, erano stati congedati per ritornare al loro campo a portare la brutta notizia.

Ian l'aveva lasciato sfogare a suo piacere, ma aveva dissimulato un sorriso al pensiero che l'amico tenesse di più a scontentare Adolphe de Gant, piuttosto che a evitare battibecchi con i crociati.

Dopo una notte così travagliata, l'alba era arrivata prestissimo, ma Ian si sentiva ugualmente soddisfatto. Era riuscito nel suo colpo di mano, aveva salvato due uomini e la sua abilità nel mettere insieme alibi plausibili aveva dato di nuovo i suoi frutti.

Più importante di qualsiasi altra cosa, però, *Hyperversum* funzionava di nuovo. Daniel non era più al di là di una barriera impossibile formata da ottocento anni di storia.

Ian inspirò a fondo, mentre si ripeteva per la millesima volta quell'idea.

Daniel era tornato a casa nel suo mondo moderno, ma questa volta non si trattava più di una separazione dolorosa o definitiva. Lui e Ian si erano dati appuntamento a sette mesi da quel giorno a Châtel-Argent, quando Ian riteneva con assoluta certezza di non essere più impegnato nella sua missione di osservatore neutrale della crociata. Per allora Ian avrebbe avuto il tempo di argomentare il ritorno di Daniel a Guillaume de Ponthieu, raccontare la verità a Isabeau e attendere l'amico in un luogo sicuro, lontano da campi di battaglia in cui poteva rischiare la vita.

Sette mesi. Erano tanti, ma sembravano del tutto sopportabili con la speranza nel cuore di poter rivedere chi gli era caro come un fratello.

Mentre si vestiva nella sua tenda, Ian si chiese come sarebbero state la sua vita e quella di Daniel da quel momento in poi, divise con tutta probabilità tra due mondi così diversi.

Era un'ipotesi a cui non aveva mai pensato. E poi, fino a quando sarebbe durato il miracolo? Non poteva saperlo.

Ian uscì dalla tenda pensando a quell'enigma, mentre ancora si allacciava il mantello sulle spalle. La prima persona che incrociò fu Beau, in arrivo di corsa dall'altro lato del campo e in evidente ritardo per fare il suo dovere di scudiero aiutando il suo signore a vestirsi.

«Vi siete già alzato?» domandò infatti il ragazzo nel tentativo di dissimulare la sua mancanza, ma l'aria colpevole che aveva sulla faccia era fin troppo eloquente.

«Dici che è troppo presto? Eppure i soldati stanno già mangiando la loro colazione» osservò Ian e accennò agli uomini riuniti intorno ai falò per scaldarsi nella mattina fredda di tardo autunno, ciascuno con la ciotola in mano in cui stava consumando il cibo.

Da lontano arrivava un suono confuso di molte voci salmodianti, segno che al campo crociato intonavano le litanie che seguivano la messa.

Beau assunse una faccia contrita.

«Andiamo a mangiare anche noi» gli disse Ian per tranquillizzarlo. Quella mattina aveva ottimi motivi per essere soddisfatto e poteva perdonare anche più del solito le mancanze del suo scudiero.

«Sir Daniel non c'è, vero?» domandò il ragazzo, guardandosi intorno alla ricerca del cavaliere straniero che aveva tanto studiato la sera precedente.

«È tornato alla sua missione, lo sai» rispose Ian in tono solenne, ma nascose un sorriso all'idea che Daniel fosse svanito nel nulla e tornato a casa, oltre una distanza impossibile da misurare, senza nemmeno uscire dalla tenda del Falco d'argento.

Beau era impressionato. «Sir Daniel è davvero coraggioso a infiltrarsi tra i nemici da solo per investigare. Credete che un giorno potrò farlo anch'io e diventare un vostro uomo di fiducia come lui?»

Ian vide che il ragazzo ricordava ancora con orgoglio la definizione con cui si era sentito descrivere la notte precedente. «Prima dovrai imparare la prudenza e la disciplina» gli rammentò, con un'occhiataccia. «Per ora non mi sembra che tu sia un campione in nessuna delle due materie».

«Imparerò, lo giuro» esclamò il ragazzo, convinto. «Potrete sempre fidarvi di me, signore, lo vedrete!»

Ian gli mise una mano sulla spalla, mentre camminavano.

Vicino al falò sul quale i soldati stavano abbrustolendo un po' di pane e di lardo, i due furono raggiunti da Sancerre, con l'aria torva, stretto in un mantello scuro. Il cavaliere fece cenno a Ian.

«Prendi un po' di cibo per noi due, ti raggiungo subito» disse quest'ultimo a Beau e, mentre il ragazzo obbediva, si fermò accanto a Sancerre.

«Altro lavoro per te, uomo diplomatico» lo apostrofò il francese, come prima cosa.

«Che ho fatto, stavolta?» domandò Ian, preoccupandosi.

«Niente. È piuttosto qualcosa che vorrai fare».

«Non capisco, spiegati».

Sancerre accennò con la mano verso il campo crociato alle sue spalle. «Innanzitutto, le tre guardie che Gant ti aveva lasciato rischiano la frusta perché si sono lasciati scappare i prigionieri. Il mio scudiero mi ha portato la notizia poco fa, di ritorno dalla messa al campo crociato».

Fece una pausa, con l'intenzione manifesta di attendere la reazione dell'amico, che infatti arrivò dopo soli pochi istanti sbalorditi.

«Ma è un'assurdità!» esclamò Ian, con un senso di raccapriccio nello stomaco. In un lampo gli ricaddero addosso i ricordi sanguinosi di quando lui stesso aveva subito quel supplizio terribile e un senso di freddo gli percorse le vene. Quando aveva deciso di far fuggire gli occitani, non aveva pensato a cosa potevano rischiare le guardie crociate, specie con un comandante come Adolphe de Gant. «Lo impedirò a qualsiasi costo» riprese, indignato. «Quegli uomini sono stati solo sfortunati, non meritano alcuna punizione per questo. Se Gant vorrà rivalersi su di loro, allora dovrà farlo anche con me, perché anch'io ero presente quando i prigionieri sono fuggiti. Voglio proprio vedere se oserà insistere con la sua pretesa e comminare la frusta anche a un conte di Francia».

Gant non avrebbe mai potuto dare un simile ordine, Ian lo sapeva bene, poiché i crociati non potevano avere autorità su nessuno dei francesi della delegazione neutrale, men che meno su un nobile conte. Avrebbero rischiato loro stessi di finire sotto processo per aver osato anche solo mancare di rispetto a un vassallo di re Filippo Augusto, ma Ian provò comunque un brivido involontario mentre pronunciava le ultime parole della sua sfuriata.

Sancerre non si mostrò affatto sorpreso della sua reazione. «Immaginavo che avresti risposto così. Diventi fin troppo sensibile quando si nomina la frusta».

Ian gli rivolse uno sguardo offeso, ma Sancerre alzò una mano quasi in segno di scusa e riprese subito: «Ti conviene farti vedere al campo crociato, prima che gli ufficiali si mettano all'opera per impartire la punizione a quei tre disgraziati».

Ian annuì arrabbiato, in parte per tutta quella faccenda e in parte per il commento indelicato dell'amico. «Vado subito» mugugnò e spostò lo sguardo verso il falò per individuare Beau e chiamarlo.

«C'è dell'altro» continuò però Sancerre. «Già che vai verso Pienne, apri occhi, orecchie e informati. Sembra che i genieri crociati stiano preparando le armi da assedio».

Ian rimase con la mano a metà del gesto con cui stava richiamando il suo scudiero. «Montfort non ha nemmeno intenzione di parlamentare?»

«Oh, lo farà vedrai, ma a condizioni che gli abitanti di Pienne non vorranno accettare. Chiederà loro di consegnare tutti gli eretici e chiunque altro sia di fede meno che trasparente. A Pienne rifiuteranno di obbedire e sarà guerra senza quartiere. L'abbiamo già visto, no?»

«Finora mai con una città intera». Ian gettò un'occhiata cupa verso le mura della città che emergevano lentamente dalla bruma del mattino. Vi erano molti vessilli inalberati orgogliosamente tra i merli di pietra e lievi luccichii tradivano la presenza di elmi, corazze e armi pronte alla battaglia. «Qui la resistenza sarà molto agguerrita e ho paura che la reazione per questo sarà più sanguinaria».

«Lo credo anch'io» convenne Sancerre. «Tanto più che la ribellione di Pienne impedisce a Montfort e ai suoi di controllare definitivamente questa parte della regione. I ribelli difenderanno la città con le unghie e coi denti e Montfort la vorrà prendere a qualsiasi prezzo. Come monito agli assediati ha già fatto impiccare i cadaveri dei morti di ieri, ben visibili sotto le mura, visto che non ha potuto impiccare i superstiti».

Ian sentì un moto di raccapriccio. «Non voglio assistere a una seconda Béziers» sentenziò.

«Purtroppo non possiamo fare altro che guardare» gli rammentò l'altro cavaliere.

«Tu dici? Possiamo sempre minacciare di convincere Sua Maestà re Filippo a negare i suoi aiuti militari e soprattutto economici. Vedremo se non riusciremo a farli ragionare».

«Non abbiamo tanta autorità a corte».

«Loro però non possono saperlo con certezza. Da quanto ci risulta, i crociati sono a corto di oro e denaro per finanziare la loro guerra: saranno sensibili a questo, se non li fa ragionare il buon senso».

Sancerre allargò le mani. «Sei tu il diplomatico, ti lascio il gioco, basta che mi dici cosa devo fare».

«Qualsiasi cosa pur di evitare stragi inutili» replicò Ian, a denti stretti.

Guardò verso le mura di Pienne, con la fronte aggrottata. Man mano che la foschia si sollevava, il campo crociato sotto le mura rivelava sempre più movimento tra le tende e i carri.

Ian sentì come se un peso sempre maggiore gli opprimesse le spalle.

Adesso la prospettiva dei prossimi mesi diventava molto più cupa.

***

Daniel arrivò in ufficio ancora più stanco della mattina precedente, ma molto più soddisfatto e a cuor leggero.

La giornata fuori dalle vetrate era grigia di umidità e di smog, ma il giovane non vi badava, troppo felice per quanto accaduto durante la sera e la notte, anche se l'eccitazione l'aveva fatto dormire solo qualche ora. Soprattutto, era felice per quello che lo aspettava appena finita la giornata di lavoro.

L'indomani avrebbe giocato di nuovo, complice il fatto che era sabato e quindi avrebbe avuto a disposizione l'intero weekend per scomparire nel medioevo e tornare da Ian, all'appuntamento deciso, dopo aver spostato avanti la data di sette mesi e impostato il luogo a Châtel-Argent.

Aveva già preparato tutto con la complicità di Jodie e di Martin. I due si sarebbero dati il cambio per rimanere a casa a sorvegliare il computer e accertarsi che niente andasse storto mentre Daniel era via.

Hyperversum era acceso dalla sera prima. Daniel non aveva osato spegnere il computer per timore che la partita salvata non funzionasse più dopo l'arresto e il riavvio della macchina. Aveva deciso di procedere per gradi e modificare pochi parametri alla volta. Secondo la sua teoria, la partita avrebbe funzionato ugualmente anche se il computer veniva spento, ma non intendeva sperimentare le sue ipotesi allo sbaraglio. Meglio fare un piccolo passo alla volta. Per lo stesso motivo non aveva osato disconnettere la sua sessione di gioco dalla comunità in rete. Avrebbe avuto tempo, per provarci, più avanti, quando sarebbe stato sicuro che tutto il resto non dava problemi.

Gli rimaneva solo un ultimo dubbio da chiarire e ancora non aveva avuto risposta: che cosa aveva potuto vedere Ty Hamilton prima di essere escluso dal gioco?

Per accertarsene, Daniel aveva scritto un'e-mail al canadese per scusarsi del gioco interrotto in modo così brutale, fingendo di esserne stato lui la causa, ma non aveva ricevuto altra risposta che un silenzio risentito. Eppure il ragazzo aveva sicuramente letto l'e-mail perché il sistema di conferma automatica aveva inmformato Daniel che il suo messaggio era stato aperto sul computer del destinatario.

Sarà offeso a morte con me, si disse Daniel, ma egoisticamente quello era l'ultimo dei suoi pensieri. Poteva sopportare senza troppi rimpianti l'idea di essere considerato un bastardo da un ragazzo arrabbiato, se in cambio poteva riavere un varco aperto verso il medioevo e Ian.

Seduto alla scrivania, Daniel sorseggiò il suo caffé mattutino prima di iniziare il lavoro, mentre ricontrollava la posta elettronica e la web-mail per l'ennesima volta, in cerca di una risposta che non arrivava.

Era ancora presto, quasi tutti i colleghi dovevano ancora arrivare in ufficio e perciò Daniel si prese il tempo per rilassarsi un po' contro lo schienale della sedia imbottita e raccogliere le forze per il resto della giornata mentre ripensava a quanto accaduto.

Era andato tutto miracolosamente bene. Quasi non riusciva a crederci. Lui e Ian erano riusciti a districarsi tra spiegazioni impossibili, agguati, combattimenti e fughe rocambolesche, uscendone del tutto indenni e la cosa dava un certo senso di esaltazione, quasi di invulnerabilità. Adesso, dopo aver domato *Hyperversum*, le loro vite avevano potenzialità incredibili, tutte da esplorare.

Possiamo davvero fare i pendolari nel tempo, si disse Daniel, incredulo, pensando al fatto che alla prossima partita, quando per lui sarebbe passato poco più di un giorno, per Ian invece sarebbero trascorsi sette mesi.

Il computer acceso emise un *ping* elettronico, per segnalare l'arrivo di nuova posta: Daniel postò lo sguardo di nuovo sul monitor, ma si trattava solo della prima e-mail di lavoro di quella giornata. Da Ty Hamilton ancora nessuna risposta.

Mentre tornava a meditare sul canadese, Daniel si chiese cosa potesse sapere quel ragazzo di Ian, cosa potesse aver scoperto sulla sua vita. Daniel non aveva mai pensato di fare ricerche in internet e si meravigliò di non essere mai stato sfiorato dall'idea.

Forse il fatto di avere già l'intera storia del casato rilegata sulla scrivania gli aveva tolto ogni motivo per pensare a dove trovare altre notizie. In fin dei conti, niente poteva essere più attendibile di quel libro scritto direttamente dagli storici al servizio del casato. Ian stesso aveva redatto una parte del testo, quando ancora il conte di Ponthieu sfruttava i suoi talenti come segretario.

Daniel non aveva mai voluto aprire il libro, ma Ty Hamilton cosa aveva potuto scoprire con le sue ricerche qua e là? Di sicuro sapeva qualcosa sulla crociata Albigese e sulla città di Pienne o non avrebbe proposto di ambientare la partita in quel luogo e in quella data.

Anche *Hyperversum* doveva sapere qualcosa, considerò Daniel. Nel database del gioco dovevano esserci molte più informazioni di quanto Daniel avesse ascoltato all'inizio della partita.

L'idea si fece in qualche modo intrigante.

Daniel esitò, combattuto tra la curiosità e il timore di incappare in qualche notizia indesiderata. Lo sedusse la certezza che Ian non poteva in alcun modo rischiare la vita in quella crociata, poiché il suo futuro era noto almeno per altri due anni: se avesse cercato notizie nel periodo che andava dall'arrivo a Pienne al momento in cui avrebbero dovuto rivedersi a Châtel-Argent, non avrebbe corso rischi di leggere per sbaglio qualcosa che non voleva sapere.

Si stava ancora domandando se fosse la cosa giusta da fare, mentre apriva il motore di ricerca. La curiosità era troppa e così il desiderio di scoprire cosa avesse potuto sapere il canadese che l'aveva invitato a giocare. C'era ancora qualche minuto prima dell'inizio dell'orario di lavoro.

Daniel digitò poche parole nell'apposito campo sullo schermo: "Pienne 1215 Ponthieu". Esitò ancora un istante, ma poi confermò cliccando il bottone.

Il motore di ricerca impiegò solo pochi secondi per restituire un elenco di risultati.

Ce n'erano più di quanti Daniel immaginasse e il giovane li scorse velocemente con gli occhi e un'improvvisa agitazione nel cuore. L'istinto gli diceva di chiudere immediatamente la schermata e non leggere niente, gli occhi però non riuscivano a staccarsi da quell'elenco.

Alla fine Daniel individuò il risultato che gli sembrava migliore degli altri. Proveniva direttamente dal sito ufficiale della città moderna di Pienne e prometteva di essere attendibile. La curiosità a questo punto era più forte del buonsenso. Daniel cliccò sul link apposito e visualizzò il nuovo sito sullo schermo.

Gli apparve una pagina web colorata e adorna dello stemma della città. Il sito era in francese e in inglese, Daniel scelse quest'ultima lingua e si mise a leggere la pagina fitta di testo e di immagini che gli riempì lo schermo.

Le immagini erano scansioni di miniature medievali in cui si vedevano cavalieri stilizzati e sovrapposti in una maldestra prospettiva lanciarsi contro le mura di una città dalle proporzioni improbabili, dentro la quale altri armati si difendevano con le armi in pugno.

Scorrendo la pagina verso il basso le miniature cambiavano leggermente soggetto: se nelle prime si vedevano armati contrapporsi in vari modi ai due lati delle mura, la penultima lasciava vedere le fiamme levarsi alte dall'interno della città ancora abitata. Le figurine umane dentro la città alzavano le mani al cielo in una richiesta di aiuto stilizzata ma non per questo meno agghiacciante.

Daniel sentì un brivido profondo eppure non riuscì a staccare gli occhi da quelle miniature. L'ultima in fondo alla pagina raffigurava cumuli di cadaveri nudi dentro e fuori le mura. I crociati in armi assistevano alla scena da un lato, dall'altro donne e bambini si disperavano per i morti.

Santo cielo… pensò Daniel e con gli occhi corse a leggere il testo.

La pagina si intitolava: *"L'assedio e la conquista di Pienne – ottobre 1215"*. Seguiva una cronaca dettagliata dei diciassette giorni di combattimenti, iniziati con l'agguato che Daniel aveva potuto vedere in prima persona e seguiti da giorni e giorni di scontri, di attacchi con le macchine da guerra, di tentativi di forzare il blocco dall'una e dall'altra parte della barricata.

I paragrafi in fondo alla pagina lasciarono a Daniel un gran freddo dentro.

Dopo diciassette giorni di assedio, i crociati riuscirono infine ad aprire una breccia nel lato sud delle mura e irruppero nella città poco prima del mezzogiorno. La città fu data alle fiamme e devastata dalle razzie. I crociati misero insieme un favoloso bottino in oro e suppellettili, che fu diviso equamente tra i condottieri, dopo aver reso alla Chiesa la parte di sua spettanza.
Gli eretici furono uccisi e ammucchiati in pire che poi vennero date alle fiamme, ma nessuno seppe dire se davvero tutti i condannati fossero ribelli ed eretici e non piuttosto cittadini innocenti e cristiani. Molti furono bruciati vivi, in roghi collettivi. Nella mattanza che seguì la conquista, morirono quasi tremiladuecento uomini. Solo le donne e i bambini rifugiati dentro una chiesa si salvarono, grazie all'accanita opposizione dei Francesi, capitanati dai due cadetti di Sancerre e di Ponthieu, che impedirono ai conquistatori di entrare nell'edificio o di darlo alle fiamme.
L'ingerenza dei capitani francesi provocò le ire dei comandanti crociati e il rimpatrio immediato della delegazione francese dalla Linguadoca.

Daniel rimase a fissare le ultime righe, pentendosi amaramente di aver letto. *Oh, Ian*, pensò con una morsa al petto. *Che cosa hai dovuto vedere in quella crociata?*

***

L'assedio era finito. Sullo sfondo del cielo freddo d'inverno si levavano ancora alte le colonne di fumo provenienti dalla città appena devastata. Gli incendi non erano ancora stati domati e il rumore delle fiamme si mescolava alle grida e ai pianti dei superstiti e ai lamenti del feriti.

Le mura erano state devastate, in alcuni tratti divelte fino alle fondamenta, e le brecce erano ricoperte di cadaveri.

Ovunque i crociati erano in movimento: sfondavano le porte rimaste ancora in piedi, perquisivano case, trascinavano prigionieri e feriti, riunendoli in gruppi spaventati sotto la minaccia delle armi. In molti trasportavano oggetti: denaro, merci, gioielli, masserizie, abiti, arredi.

Nella piazza principale del paese, il cumulo del bottino di guerra era già molto alto. Accanto ad esso però si ammucchiava legna per bruciare i cadaveri: tanta legna, perché il fuoco avrebbe dovuto lavorare a lungo.

Ian guardava la pira in aumento, esausto, disperato, impotente. Alle sue spalle sorgeva la chiesa della città, lambita ma non danneggiata dai combattimenti o dalle macchine d'assedio. Solo il campanile era stato centrato dai proiettili delle catapulte e aveva perso la sua punta. La campana era crollata al suolo con le macerie, spaccandosi, e il suo gemito lugubre era stato il grido di agonia dell'intera Pienne.

Ian aveva la divisa e l'usbergo entrambi sporchi di sangue, ma non era sangue suo, né sangue versato da lui. La sua spada era ancora pulita. Il giovane aveva addosso solo il sangue degli innocenti che aveva aiutato a sottrarsi alla furia dei crociati: donne e bambini rifugiatisi dentro la chiesa, ora presidiata dai francesi per ordine suo e di Sancerre che gli aveva tenuto fianco. Quella chiesa era ancora uno dei pochi edifici risparmiati dal saccheggio e dalla devastazione e i crociati non osavano avvicinarsi, dopo essere stati allontanati più volte in malo modo dai francesi che presidiavano il luogo.

Gli uomini di Sancerre e di Châtel-Argent erano stati ammirevoli: avevano obbedito ai loro capi senza alcuna esitazione, benché davanti si trovassero le divise con la croce, che teoricamente avrebbero dovuto essere loro alleate. Non avevano ferito alcun crociato, ma c'era mancato poco e il pericolo non era ancora svanito.

La tensione era alta intorno alla chiesa, perché tutti sapevano che all'interno dell'edificio vi erano ancora molti ribelli occitani e poco importava che fossero solo donne e bambini: quelli che erano stati sorpresi lontano dalla chiesa avevano subito la stessa sorte degli uomini adulti. A volte anche una sorte peggiore.

I conquistatori passavano sempre più spesso vicino alla chiesa, ora che non c'era quasi più nient'altro da assaltare, e apostrofavano con parole dure i francesi che li tenevano a distanza. Non si lasciavano mai scoraggiare del tutto, prendevano baldanza e arrivavano sempre un po' più avanti rispetto al tentativo precedente. Sembrava una replica su scala ridotta dell'assedio che si era appena consumato intorno alla città.

Ian sentiva la minaccia farsi più pressante a ogni minuto. Mentalmente ringraziò il cielo di essere riuscito a lasciare Beau fuori dalla città, lontano dal pericolo e dall'orrore, insieme ai carri degli equipaggiamenti, sotto il controllo vigile di Chailly.

«Ecco in arrivo i capi di questo branco di lupi» annunciò Sancerre, tetro. «Adesso o si sistema tutto o finisce molto male».

Il cadetto francese era accanto a Ian, come lui sporco di polvere e di sangue che non aveva versato in prima persona. Aveva la spada sguainata pronta nella mano e con essa indicò al compagno un gruppo a cavallo in avvicinamento, dietro la soldataglia che in quel momento rivolgeva parole insolenti contro i francesi di guardia alla chiesa.

Ian individuò in quel gruppo a cavallo alcuni ufficiali crociati tra i più alti in grado. Insieme ai portabandiera spiccava la divisa rossa e argento del fratello di Montfort, Guy, ma vi erano anche i colori bianchi e neri di Gant e il vessillo del legato papale Pietro di Benevento che aveva preso nell'esercito il posto di Arnaud Amaury. Gli alti ufficiali controllavano la situazione, impartivano ordini. I loro sottoposti andavano e venivano da loro per portare e chiedere informazioni.

Sembravano del tutto tranquilli in mezzo a tanto massacro, notò Ian con disgusto, anzi sulla faccia di Guy de Montfort si vedeva un sorriso decisamente soddisfatto.

L'assembramento intorno alla chiesa venne notato. Fu Gant a staccarsi dal gruppo per dirigersi verso l'edificio assediato, lasciando gli altri ufficiali a distribuire ordini intorno a loro.

«Miei signori» esordì il cavaliere crociato, fermando il cavallo a poca distanza da Ian e da Sancerre, dopo essersi fatto largo tra i presenti, «Che cosa fate qui? Questo non è il vostro posto».

«Difendiamo la casa del Signore» replicò Ian, duro. «A quanto pare gli uomini del vostro esercito hanno dimenticato il rispetto che devono a un luogo sacro».

«Si vede che sono troppo impegnati nelle razzie per badare a certi dettagli» rincarò Sancerre.

Gant alzò gli occhi verso l'edificio alle spalle dei francesi e ne considerò con aria critica il campanile danneggiato. «Questo posto non è più sacro da un pezzo. L'intera città ha dimenticato la retta via e questa chiesa non è più simbolo di niente. Lasciatela a noi, insieme a tutto ciò che c'è dentro».

«Ci sono donne e bambini, *dentro*» sottolineò Ian.

«Ci sono donne ribelli e piccoli futuri ribelli» replicò Gant. «Hanno avuto la possibilità di arrendersi e salvarsi in questi diciassette giorni di assedio. L'hanno rifiutata, perciò ora raccoglieranno i frutti della loro decisione. La colpa non è nostra».

Ian era cinereo. «Non direte sul serio».

«Il comandante Monfort ha ordinato così».

«E voi obbedite senza nemmeno mettervi una mano sulla coscienza? Lo sapete che donne e bambini non combattono in guerra!»

Gant tirò le redini del suo destriero, cominciando a spazientirsi. «Non è questione di coscienza, ma di tattica. L'esempio duro impartisce le lezioni migliori. I ribelli hanno già resistito troppo a lungo e continuano a farci perdere tempo e vite umane inutilmente. Ogni tanto una città deve essere rasa al suolo, così anche i più ostinati perdono baldanza e non rialzano la testa o si arrendono più in fretta. Questo ci aiuta a risparmiare soldati e stragi nelle battaglie future».

Benché spietato, il ragionamento aveva una sua terribile logica, ma Ian non era disposto a cedere. «Non vi lascio mettere le mani sugli innocenti rifugiati in questa chiesa. Non mi interessa se il vostro esempio sarà meno efficace».

«In questa città non ci sono innocenti».

«E chi lo dice? Voi li sapete distinguere a prima vista?»

«Jean» ammonì Sancerre a mezza voce.

«Mi basta la parola del legato papale. Lui parla in nome di Sua Santità» replicò Gant, secco.

Ian capì di essere arrivato al limite di un campo minato, oltre il quale non poteva procedere. Non poteva mettere in discussione la parola del legato pontificio o le conseguenze sarebbero state catastrofiche. Guardò d'istinto verso il gruppo con le bandiere, rimasto indietro. Sapeva che Guy de Montfort e il legato papale stavano studiando ogni mossa davanti alla chiesa, benché fossero impegnati con i loro sottufficiali e troppo lontani per udire i discorsi.

«Allora, in nome della carità cristiana, chiederò un atto di pietà per le anime disgraziate in questa chiesa» replicò Ian, cercando una via d'uscita. «In fondo, nel momento del pericolo costoro hanno cercato rifugio davanti al Crocifisso. È come se avessero ammesso di potersi salvare solo grazie a Lui».

Gant meditò sulla frase. «È una teoria interessante. Lo chiederemo direttamente a loro: chi abiurerà l'eresia per abbracciare di nuovo la vera fede, sarà salvo, chi non lo farà finirà sul rogo insieme agli altri».

«Quali altri?» Ian spalancò gli occhi.

«Tutti gli altri. Abbiamo accumulato legna a sufficienza, non vedete? Per tutti gli eretici, vivi e morti».

«Non vorrete fare un rogo collettivo!»

«Uno non basterà, ce ne vorranno molti. Ci vorrà tempo perché la città è grande, ma faremo le cose poco alla volta». Gant alzò gli occhi verso una direzione precisa, oltre la piazza.

Ian fece altrettanto e solo dopo quella frase capì il vero significato delle colonne di fumo denso che non avevano mai smesso di salire verso il cielo. Alcune anzi si erano fatte più spesse e nere.

Anche Sancerre era diventato bianco in faccia come la cera. «State scherzando» disse a mezza voce, ma si sentì che lui per primo non metteva in dubbio le parole del crociato.

Ian scattò dopo qualche istante di silenzio. «Siete pazzi!»

Gant si risentì. «Moderate le parole, signore».

«Voi volete bruciare centinaia di persone e dite a me di moderare le parole?!»

«Un rogo di tal genere è fuori da ogni pratica di guerra» aggiunse Sancerre.

«Non vi lascio portare avanti una simile atrocità. Non in mia presenza! Non avete alcun diritto di mandare al rogo un'intera città» continuò Ian.

«E voi non avete alcun diritto d'interferire, Ponthieu» replicò Gant, più duro. «Siete solo un osservatore, non fate parte del nostro esercito e non potete nemmeno giudicarlo. Non tirate troppo la corda o dovrò ricordarvi che non avete giurisdizione nemmeno su quella chiesa alle vostre spalle, con tutti quelli che vi sono rifugiati dentro».

Ian strinse la spada nella mano. «Non osate avvicinarvi a questa chiesa, vi avverto, o ve la vedrete personalmente con me».

Gant fece avanzare il suo cavallo tra gli uomini che rumoreggiavano sempre più e agitavano le armi, ancora ebbri di sangue e violenza. I soldati di Châtel-Argent fecero quadrato intorno a Ian, gli altri francesi si prepararono al peggio.

Sancerre si pose in prima persona in mezzo alle due parti. «Tenete a bada la marmaglia, Gant, o qui finisce in un bagno di sangue» minacciò, senza la minima esitazione.

«Non sono stato io a provocare» protestò il crociato.

«Nemmeno io, ma sono pronto a finire la questione personalmente».

Ian ebbe la lucidità di cercare di nuovo la calma, prima di far degenerare la situazione. «Farò un esposto al comandante Montfort. Subito» affermò. «Portare la croce sulle divise non vi autorizza a diventare carnefici di un'intera città. I roghi indiscriminati devono essere spenti subito. Prima di procedere a qualsiasi condanna pretendo di sapere quanti sono i colpevoli di eresia in questo posto. La città ha quasi quattromila abitanti!»

«Ho già sentito questi discorsi a Béziers. Era vostro fratello a farli, se non ricordo male» osservò Gant, velenoso.

Sancerre s'inquietò, mentre Ian rispondeva con durezza: «Lasciate fuori mio fratello da questa faccenda».

«Perché? Lui stesso aveva preso la croce, a differenza di voi; era uno dei nostri prima di rinnegare il suo voto e abbandonare pavidamente la causa. L'avevo detto io al comandante Montfort che si trattava di un'inclinazione di famiglia. Io non vi avrei accettato come osservatore cosiddetto neutrale».

«Solo perché come mio fratello non approvo massacri indiscriminati!»

«O perché avete un'indulgenza sospetta nei confronti degli eretici. L'esempio dei ribelli che voi avete voluto risparmiare a tutti i costi oltre due settimane fa è più che significativo».

Ian sbiancò di rabbia, ma in segreto si sentì pericolosamente punto sul vivo. «Ritirate ciò che avete detto».

Un urlo lancinante fece volgere e sobbalzare tutti, tanto la tensione era alta. Era un urlo di donna e proveniva dal fianco della chiesa, là dove vi era un'uscita laterale. I soldati dell'una e dell'altra parte si agitarono, colti di sorpresa. Ci fu un movimento concitato, un rapido tafferuglio, urla, imprecazioni: apparvero alcuni uomini con la croce cucita sugli abiti. Trascinavano con loro una donna scarmigliata e vestita con abiti umili, che si divincolava invano dalla loro presa.

«Che cosa succede?!» domandarono da più parti, ma fu Gant a farsi avanti per primo a chiedere spiegazioni.

«È uscita spontaneamente dalla chiesa» fu la risposta di uno degli armati. Sogghignava. «Quindi possiamo arrestarla».

La donna gridava con rabbia, accusando con gli insulti peggiori gli uomini che la trascinavano via. Non sembrava avere paura, aveva una furia quasi animale negli occhi, seminascosti da una massa di capelli scuri.

Ian e Sancerre si trovarono di fianco lo scudiero di quest'ultimo, corso ad accertarsi di quanto fosse accaduto, per poi poterlo riferire. «Si è gettata fuori dalla porta» spiegò il giovane, «perché il marito è stato ucciso dai crociati e lei ha assistito prima di essere trascinata in chiesa da una parente. Non vuole sentire ragioni. I crociati l'hanno presa prima di noi».

«Portatela via» stava ordinando Adolphe de Gant ai suoi uomini. «Mettetela insieme agli altri».

«No!» esclamò Ian d'istinto, ma si trovò afferrato per il braccio da Sancerre.

«No» gli ripeté l'amico a mezza voce, ma la sua parola non aveva lo stesso significato. Voleva far capire al compagno che non doveva intervenire in alcun modo.

«Assassini diabolici, pagherete per tutti i vostri peccati!» urlava la donna. «Non serviranno le vostre croci a farvi perdonare per quello che fate! Brucerete tutti all'inferno!» Sputò a terra in direzione di Gant, con spregio.

«Fate tacere questa strega e portatela al rogo!» ordinò il cavaliere con disprezzo.

La donna venne zittita con un manrovescio violento. Non

cadde solo perché i soldati l'afferrarono per i capelli e la tennero in piedi per spingerla avanti, lontana dalla chiesa.

«Basta!» ingiunse Ian, furioso, ma Gant gli puntò contro il dito. «Statene fuori, Ponthieu! Questa eretica non è più sul suolo sacro della chiesa. Non potete pretendere niente per lei».

«Non puoi aiutarla» disse Sancerre, all'orecchio di Ian.

«Vuoi lasciarla morire?!» protestò l'americano, ma lo sguardo duro negli occhi dell'amico non ebbe nemmeno un'incertezza.

«Per salvarne una, rischiamo di perderli tutti. Vuoi dare al corvo un pretesto per venire a prendere anche gli altri dentro la chiesa?»

Ian si morse le labbra a sangue, sapendo di essere con le spalle al muro.

In quel momento la donna riuscì a sfuggire alle mani dei suoi aguzzini. Non tentò di scappare, ma si gettò contro Gant e il suo cavallo, come se volesse cavar loro gli occhi con le sue stesse unghie. Aveva il volto sporco di sangue là dov'era stata colpita, ma gli occhi saettavano di una furia ormai disperata. Il cavallo di Gant ebbe un scalpito spaventato dall'aggressione improvvisa. Il cavaliere imprecò di rabbia, poi la sua reazione non si fece attendere. Sguainò la spada e con un gesto violento mozzò la testa alla donna.

Inorridito, Ian guardò la testa rotolare fin quasi a lui nella polvere.

«Hai finito di urlare, strega!» sbottò Gant. Alzò lo sguardo direttamente su Ian e aggiunse, non senza sarcasmo: «Ecco, vedete come bisogna fare con gli eretici? Adesso almeno questa ribelle non potrà più fuggire da nessuna parte. Avrà il suo equo processo nell'aldilà e allora potrà tentare di giustificare i suoi peccati e di farsi perdonare. Sempre ammesso che possa prima riattaccare la bocca al resto del corpo».

Smise di sorridere e anzi lanciò un'esclamazione di sorpresa quando si sentì agguantare per la livrea e quasi trascinare di peso giù di sella.

Ian lo trattenne con violenza, costringendolo a rimanere quasi piegato in due di lato, faccia a faccia con lui, ma sentiva l'istinto feroce di stringergli le mani intorno al collo invece che sui vestiti. «Vorrei staccartela io la bocca dal resto del corpo, bastardo!» ringhiò. «Prega di non avere mai niente da farti perdonare alla corte di Francia, perché troverai me sulla tua strada e io non ti darò tregua! Giuro su Dio...»

«Jean, basta così». Sancerre s'intromise tra Gant e Ian per separarli, nel vociare allarmato di tutti gli uomini. Costrinse Ian a mollare la presa e lo spinse indietro. «Lascia i giuramenti sacrileghi a chi ha meno timore del peccato. Sei sconvolto e l'ira ti fa dire cose fuori luogo. È il momento di andare a pregare per le nostre anime».

«Lasciami andare» protestò Ian, ma l'altro cavaliere lo fece indietreggiare con più decisione, cingendogli il petto con un braccio.

Da parte sua, Gant era riuscito a rimettersi in posizione eretta sulla sella del suo destriero innervosito e ora fissava Ian con un'espressione stravolta sul volto paonazzo. «Come osi minacciarmi?!» esclamò.

«Andate in pace, Gant, finiamola qui» l'interruppe Sancerre. «Il mio compagno era un uomo di chiesa, prima di tornare alla vita da cavaliere, non è abituato a vedere le vostre stragi. Lasciatelo stare e chiudiamo questa giornata di violenza».

«Questo affronto va lavato col sangue!» insisté Gant e sembrò quasi voler passare dalle parole ai fatti, ma Sancerre gli puntò subito contro la spada. «Vi siete insultati a vicenda quindi siete pari e io non intendo sprecare tempo per assistere alle vostre beghe personali; non mentre sono in missione per Sua Maestà re Filippo. Regolerete i vostri conti in un altro posto, quando la guerra sarà finita, oppure vi rimetterò in riga tutti e due personalmente, qui e adesso».

I soldati francesi serrarono i ranghi intorno a Sancerre, lo scudiero prima di tutti gli altri, e tra di loro vi erano anche due cavalieri. La loro reazione immediata intimorì i semplici soldati dell'esercito crociato e anche Gant esitò, specie nel sentir pronunciare il nome di Filippo Augusto.

Le due parti si squadrarono in cagnesco per alcuni istanti, ma poi Gant tirò le redini violentemente per far voltare il cavallo. «Non finisce qui» minacciò. «Informerò il comandante Montfort e il legato papale e dirò loro che non ritengo la fede di *monsieur* de Ponthieu sufficiente per ergersi a giudice di un'impresa iniziata per volere di Dio».

«Prova a ripeterlo, maledetto assassino!» reagì Ian, ma Sancerre lo trattenne di nuovo con il braccio libero.

Gant diede di sprone e non si voltò più indietro.

Solo quando si fu allontanato, Sancerre lasciò andare Ian, anche se lo spinse con la forza verso gli altri francesi. «Ti vuoi calmare? Non erano questi i patti: tu dovevi tener d'occhio me e non viceversa. Sei o non sei il diplomatico, tra noi due?»

Ian dovette respirare a fondo prima di poter anche solo pensare a una risposta, ma nel frattempo si lasciò condurre via senza opporre troppa resistenza.

Sancerre si voltò verso i crociati che ancora cingevano d'assedio la chiesa. «E voi sgomberate il campo!» tuonò. «Via tutti! E portate via il corpo di quella donna!»

I soldati mugugnarono, ma poi nessuno osò ribattere davanti all'espressione feroce del cadetto francese e alla sua spada brandita con minaccia verso di loro, a maggior ragione ora che il loro ufficiale si era allontanato abbandonando la contesa davanti ai francesi più che risoluti.

Poco alla volta si ritirarono, andando a cercare sfogo e razzia da un'altra parte.

A terra rimase una lunga scia di sangue là dove il cadavere della donna uccisa era stato trascinato via.

Sancerre si accertò che nessuno tentasse colpi di testa e tornasse indietro, prima di raggiungere Ian, sotto gli sguardi nervosi dei suoi uomini e di quelli di Châtel-Argent.

Ian guardò l'amico arrivare e parlò per primo.

«Ho perso il controllo» ammise e si passò le mani sul viso, come se potesse cancellare così facendo le immagini di quei corpi ammucchiati senza pietà ovunque, il fumo che saliva in colonne verso il cielo freddo, la testa di quella povera donna nella polvere. L'orrore lo stava sopraffacendo, adesso che la tensione e la rabbia cominciavano ad allentarsi, dandogli una nausea così violenta da fargli sentire l'istinto di vomitare. Resistette a stento quando la brezza portò fino a lui l'odore acre di carne e materia bruciata. Recuperò la spada lasciata cadere per agguantare Gant, la ripulì e la ringuainò lentamente.

«Ti sei fatto un nemico, oggi» considerò Sancerre, crucciato, vedendo che l'amico non parlava più. «E mi hai messo in una posizione molto scomoda. Adesso toccherà a me andare a parlare con gli ufficiali crociati e non garantisco di saper ottenere gli stessi risultati. Lo sai come sono fatto, la diplomazia non è il mio forte».

«Mi dispiace. Ho messo in forse la nostra missione, non me lo perdonerò mai» replicò Ian a testa bassa. «Mio fratello non sarà affatto contento».

«Nemmeno il mio, ma rifarei comunque quello che abbiamo fatto, compreso arrivare quasi a rompere il becco al corvo» disse l'altro cavaliere. «Ci sono donne e bambini che forse vivranno ancora grazie a noi. Questo mi basta per non temere né il giudizio dei nostri fratelli né quello divino, quando sarà la mia ora».

«Se riusciremo a convincere Montfort e i suoi a risparmiare i rifugiati nella chiesa» osservò Ian amaramente. «Non è ancora detto».

Sancerre sbirciò di malavoglia verso il gruppo a cavallo riunito sotto gli stendardi e le bandiere. Gant stava indubbiamente informando il legato papale e Guy de Montfort di quanto era accaduto, con dovizia di particolari, possibilmente negativi.

«Meglio che vada a fare la mia parte o il corvo racconterà solo la sua versione dei fatti» brontolò e ripose nel fodero la spada ripulita per farsi portare il suo destriero. «Quasi mi dispiace che tu non gli abbia torto il collo, sarebbe stato più facile sostenere la discussione con lui fuori dai piedi».

Ian non replicò.

«Pazienza, andrò a battagliare a parole con i crociati» sbuffò Sancerre stizzito. «Tu resta qui e non fare altri danni» aggiunse, ma il ruolo del solone non gli si addiceva e il rimprovero perse buona parte della sua durezza.

Ian annuì in silenzio e lasciò partire l'amico, scortato dallo scudiero, senza osare fargli nemmeno una raccomandazione.

Andò a sedersi sui gradini della chiesa, completamente spossato, lasciando i gomiti sulle ginocchia, e da lontano rimase a guardare il colloquio concitato che avveniva sotto le bandiere dell'esercito conquistatore.

Si sentiva sconfitto come mai gli era capitato in vita sua. Per una volta la razionalità e la diplomazia sui cui faceva affidamento l'avevano abbandonato, sommerse dallo sdegno e dall'orrore. Adesso avrebbe dovuto dire a Guillaume de Ponthieu di non essere stato all'altezza del compito assegnatogli. Peggio ancora: non era riuscito a salvare la vita di quella donna resa folle dal massacro perpetrato nelle mura della città e nemmeno ad assicurare la salvezza a chi aveva cercato asilo in una chiesa che lui avrebbe voluto difendere.

Etienne riuscirà a convincere Montfort e i suoi ufficiali a risparmiare i rifugiati, nonostante la contesa tra me e Gant, si augurò il giovane, ma non si sentì confortato più di tanto, sapendo di non poter intervenire ad aiutare l'amico in una discussione che si preannunciava davvero spiacevole.

Alzò la testa quando vide un cavaliere in rosso e argento aggiungersi al gruppo che discuteva sotto le bandiere. Un cavaliere imponente, con un sontuoso elmo piumato e il destriero coperto da una gualdrappa ricamata. L'uomo era scortato da almeno tre scudieri e da un gruppo scelto di soldati, come si addiceva al comandante in capo dell'esercito crociato.

Ecco Montfort.

Ian intrecciò le mani una nell'altra e vi appoggiò sopra la bocca. Si morse le dita, mentre continuava a osservare il dialogo, troppo lontano per poterne udire le parole. I gesti di Gant erano però fin troppo eloquenti, anche a distanza, e purtroppo più di una volta provocavano cenni di assenso da parte del capo crociato.

Ian non se ne stupì: Gant e il suo comandante erano fatti della stessa pasta e condividevano le stesse idee sanguinarie. Non vi era dubbio che per Sancerre la discussione sarebbe stata molto difficile.

Ian imprecò in silenzio, soprattutto contro se stesso, perché capì che la sua missione in Linguadoca era davvero compromessa senza possibilità di appello. Pregò almeno che i civili rifugiati nella chiesa fossero graziati, nonostante il risentimento che i crociati potevano nutrire verso di lui.

Si sorprese a pensare di aver incontrato altre volte Simon de Montfort, in passato. In quelle occasioni il comandante crociato gli era persino sembrato una persona gradevole, nonostante la fama sinistra che si portava sulle spalle.

Adesso, dopo aver visto la strage di Pienne, Ian sentì di odiarlo con tutto il cuore, insieme a Gant e tutti quegli ufficiali che sterminavano con tanta facilità le vite umane.

Capitolo 11

Eccolo, Châtel-Argent. Apparve a Daniel come una costruzione di zucchero sulla lieve collina circondata dai boschi, sullo sfondo di un magnifico cielo azzurro e digitale. Nella simulazione di *Hyperversum* il cielo di maggio era pulito sopra il castello, non c'erano nuvole né vento e, benché Daniel non potesse avvertirla, anche la temperatura sembrava mite. Il castello era comunque ricostruito accuratamente con le sue torri rotonde, il ponte levatoio solido, stretto e lungo e la triplice cinta di solide mura svettanti sul fossato e sui frutteti circostanti.

Il giovane si guardò intorno attraverso il visore, aggiustandosi nervosamente sulla sedia imbottita. La scena era di piena campagna, con prati e boschi a perdita d'occhio tutto intorno a lui e al castello. L'orologio digitale della partita gli aveva segnalato che nel medioevo erano le 8:30 del mattino del 15 maggio 1216. A Phoenix, invece erano le 16:00 di un normalissimo sabato pomeriggio di primavera.

Di Ian, nessuna traccia.

Daniel non osò spostare il suo personaggio virtuale da dove si trovava, sul limitare del bosco che correva lungo un lato della strada battuta. Dall'altro lato iniziavano i pascoli, poi i campi coltivati e infine i frutteti di Châtel-Argent, man mano che si proseguiva salendo il declivio verso il castello.

Châtel-Argent era in fondo alla strada alla sinistra di Daniel, lontano, ad almeno mezzo miglio di distanza. Verso destra, invece, la strada proseguiva per la pianura aperta, verso chissà quali altre destinazioni.

A un certo punto di quella strada doveva esserci il bivio per il monastero di Saint Michel, pensò Daniel e si ricordò anche di quando aveva percorso quella strada per la prima volta, in senso inverso, provenendo proprio dal monastero. Erano i suoi primi giorni nel medioevo, era spaventato e inesperto. Allora non immaginava né avrebbe mai potuto immaginare come sarebbe stata la sua vita da quel momento in poi. Non avrebbe mai creduto di diventare cavaliere e di riuscire a imparare a destreggiarsi tra spade, combattimenti e avventure di ogni genere.

Con quel pensiero in testa, attese, sempre senza spostarsi.

Lungo la strada e nei campi di tanto in tanto passava gente. C'era traffico per essere una strada medievale, il che voleva dire che in marcia vi erano alcuni contadini con buoi e muli, boscaioli con i loro carretti o le gerle per la legna e cacciatori con gli archi e le tagliole. Al massimo un decina di persone in un paio di miglia: sagome che si spostavano a piedi o alla velocità della trazione animale, così lente da sembrare ferme per un occhio moderno.

Mentre rimaneva all'ombra degli alberi, Daniel fu oltrepassato anche da un carro di mercanti diretto verso il castello con il suo carico di sacchi e casse, accuratamente impilati e trattenuti da corde perché non potessero rotolare via e rovinarsi.

Chissà cosa trasportavano quei mercanti, se stoffe, manufatti o materiali di altro genere, si chiese Daniel nel vederli passare. Fece un cenno di saluto, ma nessuno gli rispose. Forse lo ignorarono di proposito, forse non lo notarono proprio.

Ian ancora non si vedeva.

Con nervosismo crescente, Daniel si chiese se per caso non avesse sbagliato il luogo dell'appuntamento. Eppure, era sicuro di aver impostato data e ora corrette: se l'erano ripetute più volte, lui e Ian, prima di separarsi, quindi era certo di aver capito bene.

Forse Ian ha avuto un contrattempo, si disse Daniel. Anche quella era un'eventualità prevista, per questo i due amici si erano dati non uno ma più appuntamenti diversi, nel caso che uno di questi saltasse. Tuttavia, adesso la natura del possibile contrattempo preoccupava Daniel. Cosa poteva essere successo? Ian non era al castello? Era stato trattenuto in un altro luogo? Era impossibilitato a muoversi? Malato? Ferito? Prigioniero?

Daniel si rese conto di essere in procinto di degenerare con ipotesi sempre peggiori e cercò di imporsi la calma. Non poté comunque evitare di arrivare al pensiero che lo spaventava di più: la possibilità che *Hyperversum* avesse di nuovo smesso di funzionare.

Basta, è solo un contrattempo, niente di più, si rimproverò con stizza. *Se questo incontro salta, posso sempre riprovare con l'appuntamento successivo.*

Eppure, scrutò verso il castello con maggiore attenzione e ansia, in attesa di riconoscere una figura che si ostinava a non comparire.

E andiamo, Ian, fatti vedere! Non ti azzardare a tirarmi il bidone! pensò, sempre più innervosito.

Le cuffie del visore gli restituivano i rumori del bosco e dell'ambiente: lo stormire lieve delle foglie, il muggito di un bue nei campi, un fruscio deciso tra i cespugli. Daniel si girò a guardare la vegetazione alle sue spalle, ma non vide traccia di uomini o animali o perlomeno non di animali abbastanza grossi da farsi notare a prima vista in mezzo all'intrico del bosco.

Forse una lepre o una volpe, pensò Daniel, ma la cosa gli importava ben poco finché quel mondo verdeggiante continuava a rimanere dietro il visore di un gioco 3D.

Tornò a guardare la strada. Questa volta scorse una sagoma in più dalla parte del castello. Era minuscola per la distanza, ma si avvicinava in fretta. Ben presto divennero riconoscibili il cavallo e il cavaliere, lanciati al galoppo.

Daniel si sentì allargare il cuore. *Finalmente!* pensò, eccitato, ma non si spostò da dov'era, perché non voleva che qualcuno da lontano lo vedesse materializzarsi dal niente.

Il cavaliere adesso era ben distinguibile. Aveva rallentato il passo appena finiti i campi e procedeva al trotto, guardandosi intorno.

Daniel trattenne il fiato d'istinto, aspettando che si compisse il miracolo.

Pochi istanti ancora.

La stanza, il mondo moderno intorno a lui si dissolse, lasciandolo nel bel mezzo della vegetazione che fino ad allora aveva solo osservato attraverso il visore. Il medioevo si fece vivo e tangibile e mille volte più realistico di quanto la grafica 3D avrebbe mai potuto simulare.

La temperatura era davvero mite come Daniel si era immaginato e il bosco emanava un magnifico profumo di foglie fresche e di muschio. I raggi del sole che piovevano attraverso le fronde scaldavano la pelle anche sotto i vestiti.

Il giovane respirò l'aria a pieni polmoni, sorridendo con riconoscenza al mondo intero. Il cavaliere era già passato oltre senza vederlo. Daniel uscì dalla vegetazione fin sulla strada, si portò due dita alle labbra e fischiò più forte che poté.

Il cavaliere si voltò indietro, attirato dal quel suono squillante. Vide la figura ferma sul bordo della strada e tirò immediatamente le redini del suo cavallo. Lo fece voltare e lo spronò al trotto per tornare da dove era venuto.

Daniel l'osservò avvicinarsi con un misto di gioia e timore. Nel medioevo erano passati sette mesi: cos'era cambiato in quel lasso di tempo? Cos'avrebbe trovato in quel cavaliere, reduce da una crociata tanto sanguinosa come quella descritta sul sito ufficiale della città di Pienne?

«Salute a voi, signor conte!» annunciò tuttavia ad alta voce, alzando il braccio verso la figura in arrivo. «Me lo date un passaggio fino in città?»

Ian arrestò il cavallo e balzò giù di sella in una manciata di istanti. Raggiunse Daniel e l'abbracciò forte. «Bentornato» disse e l'emozione era evidente nella sua voce. «Ho aspettato con ansia questo giorno».

«Ti avevo promesso che sarei tornato, no?» replicò Daniel, ma anche lui provava un enorme sollievo perché tutto era andato bene e *Hyperversum* gli aveva consentito di mantenere davvero la sua parola.

Si staccò dall'amico per guardarlo in faccia. Grazie al cielo, Ian non era cambiato, pensò, ritrovando il sorriso di sempre in un volto solo più abbronzato di quanto l'avesse visto la volta scorsa. Ian aveva cambiato abiti, naturalmente, e ora indossava una tunica corta e primaverile sopra le brache scure: una tenuta aristocratica e ricamata, con gli stivali alti, adatta per andare a cavallo. Aveva la spada in cintura, un mantello leggero sulle spalle e un gioiello d'oro appeso al collo, visibile attraverso lo scollo della camicia, ma abiti a parte era lo stesso di sempre.

Ian stava evidentemente facendo le stesse considerazioni, mentre osservava l'amico vestito con gli abiti scuri di un comune pellegrino, perché disse: «Non sei cambiato affatto».

Aveva forse qualcosa di diverso nel tono, notò Daniel, ma non seppe decifrarlo in quel momento e comunque era troppo felice per badarvi. «Con me il tempo è stato più clemente» scherzò, sapendo che l'amico avrebbe capito il sottinteso.

Come stai? avrebbe anche voluto aggiungere, ma ebbe timore di fare quella domanda, dopo aver letto ciò che aveva trovato riguardo alla crociata Albigese. Decise di aspettare che fosse Ian a intavolare l'argomento.

«Da dove arrivi?» domandò invece l'altro, guardandosi intorno.

Daniel accennò al bosco con il pollice. «Da là. Sono stato fermo per un po' in mezzo alle piante, finché non ti ho visto passare. Sei in ritardo».

Ian fece una mezza espressione offesa. «Se pensi che sia facile sincronizzarsi solo con l'aiuto di una meridiana...»

Daniel alzò le mani in un gesto di scusa, ridendo.

«Andiamo verso casa» esortò Ian, ritornando subito al sorriso, e andò a prendere le briglie del cavallo per condurre l'animale accanto a sé.

«Allora non mi dai un passaggio?» gli fece notare Daniel, mentre s'incamminavano a piedi lungo la strada.

«Andiamo, scansafatiche, ci vorranno dieci minuti sì e no» lo rimbrottò Ian. «Godiamoci la giornata e chiacchieriamo in privato, finché possiamo. Al castello sarà meno facile, perché tutti vorranno festeggiare il tuo ritorno. A proposito: ecco la tua spada. Un vero cavaliere non va mai in giro senza, nemmeno se viaggia a piedi».

Daniel si allacciò il cinturone che Ian gli aveva porto, estraendolo da un fagotto che teneva sulla sella del cavallo. «Hai pensato a tutto. C'è anche il mio bagaglio lì dentro?»

«Esattamente. L'ho preparato in segreto e ho avuto cura che nessuno lo notasse mentre uscivo. La prossima volta ci organizzeremo meglio».

«E che hai raccontato in giro per giustificare questa mia nuova apparizione?»

«Io? Niente. Ci penserai tu. Inventati ciò che vuoi. Sono passati sette mesi da quando tutti hanno saputo che sei ancora vivo, puoi essere stato ovunque».

Daniel spalancò gli occhi. «Vuoi dire che non hai preparato il mio ritorno in alcun modo?»

«Non ce n'è bisogno. Da un pezzo sanno tutti che sei un mio agente segreto in giro per il mondo, perciò nessuno farà troppe domande. Inoltre in pochi avranno l'ardire di chiederti qualcosa di persona: sei un mio ospite, quindi un uomo di rango, mica tutti possono chiederti spiegazioni sul tuo operato».

«E Isabeau? A lei dovrò pur spiegare qualcosa».

«Niente che non sappia già, te l'assicuro».

«Come?»

Ian si voltò a sorridere all'amico. «Non te l'ho detto, scusami. Isabeau sa tutto. Tutta la verità su di noi».

Daniel si fermò di botto in mezzo alla strada. «Scherzi?»

«No. Affatto. Certo, fa eccezione la faccenda del salto avanti e indietro nel tempo; quella era davvero troppo fantascientifica perché una ragazza medievale potesse concepirla».

«E Isabeau come... come ha...?» Daniel era così sbalordito da non sapere nemmeno mettere insieme la domanda.

«Come ha fatto a capire e ad accettare tutto il resto? Non lo so davvero. Devo tutta la mia riconoscenza a Donna, perché è stata lei a spiegare le cose a Isabeau, durante la mia assenza dopo l'agguato di Saint Michel e l'ha rassicurata. Tutto il resto lo devo a Isabeau stessa e all'amore che mi porta, che le ha fatto accettare questo mistero senza credere che si tratti di stregoneria».

Daniel era impressionato. «Hai sposato una gran donna» disse alla fine.

«Sì». Ian annuì, ma poi alzò gli occhi verso la strada. «Incamminiamoci, adesso. Arriva gente».

Daniel diede un'occhiata dietro le spalle per vedere un giovane lungo la strada, da solo, a piedi. Forse un cacciatore, visto che non portava animali da soma o da tiro con sé. Più lontano ancora, dietro il ragazzo, stava arrivando un carro: non mercanti ma contadini, considerando il fatto che la vettura era trainata da buoi e carica di fieno.

Ian e Daniel ripresero il cammino fianco a fianco.

«Rivedrò anche Ponthieu?» domandò Daniel, con una punta di nervosismo nella voce.

Ian gli fece cenno di no. «Non è qui ma a casa sua, al castello di Auxi. Con sua moglie Alinor e la figlia Elodie. Non ci vediamo spesso, sai com'è, per via della distanza. Sono circa cinquanta miglia da qui ad Auxi, ma ci vogliono almeno due giorni di cammino, se usi un carro o un cavallo, a meno che tu non ti faccia tutto il tragitto al galoppo».

Faceva uno strano effetto pensare a quanto potessero essere dilatate le distanze in quel mondo antico, specie dal punto di vista di chi con un aereo sapeva di poter impiegare meno di un giorno ad arrivare dall'altra parte del mondo. Daniel però si concentrò soprattutto su un altro dettaglio. «A lui cosa hai raccontato di me?»

«Quello che abbiamo raccontato a Sancerre, con alcune varianti nel finale». Ian tacque e Daniel capì che si era trattato di un colloquio spinoso, a maggior ragione perché doveva aver avuto luogo dopo il ritorno di Ian dalla Linguadoca.

«Il conte ti ha reso la vita difficile?» osò domandare Daniel.

«Non a causa tua. D'altra parte, non ne aveva motivo. Gli ho giustificato la tua assenza di mesi dopo Dunchester, dicendogli che eri tornato nel nostro fantomatico e irraggiungibile paese natale oltre le Colonne d'Ercole: un segreto che lui conosce da tempo, anche se non può certo immaginarsi che quel paese non esiste ancora nel medioevo. Gli ho detto che non potevo rischiare che qualcuno scoprisse che non sei sassone, gettando allo stesso tempo sospetti su di me. Guillaume non era felice di essere stato usato come complice della nostra menzogna, ma ha convenuto che non avrei potuto inventare un alibi diverso».

«Ma lui ha creduto alla nostra storia?»

«Sì, anche se mi ha fatto sudare sette camicie con tutte le sue domande. A questo proposito, ricordati che tu sei tornato a casa via mare subito dopo l'assedio di Dunchester e che hai impiegato mesi prima di trovare un nuovo imbarco per tornare qui. Sei sceso sulla costa sud-occidentale della Francia e hai saputo che io ero in Linguadoca, perciò mi hai raggiunto a sud invece di dirigerti verso nord e Châtel-Argent».

«D'accordo». Daniel si ripeté mentalmente ogni frase per imprimersela nella memoria. «Sei stato bravissimo anche stavolta».

«Non lo so, lo spero» disse Ian in tono cupo. «Comunque quel giorno Guillaume era arrabbiato con me per ben altre cose e forse non ha dedicato tutta la sua attenzione alla tua storia. Buon per me. Non si è accorto quanto fossi nervoso nel raccontargliela».

Ci fu di nuovo silenzio e Daniel capì che l'argomento più dolente non poteva più essere evitato. «Com'è andata la crociata?» domandò piano, facendosi molto serio.

Come si aspettava, Ian s'incupì e persino gli occhi azzurri assunsero un'ombra più scura, mentre guardavano avanti lungo la strada. «Poteva andare meglio». Nella voce si notò di più quell'indecifrabile, nuovo tono.

«È finita male?» anche Daniel spostò lo sguardo avanti, sentendosi a disagio nel guardare l'amico.

«Non è finita affatto. Diciamo però che è arrivata a un momentaneo punto fermo dopo la caduta di Pienne e il Concilio Laterano. Di sicuro la crociata è arrivata a un punto fermo per me: me ne sono andato dalla Linguadoca a novembre, in pessimi rapporti con i crociati. Guillaume ha faticato a perdonarmi per questo screzio con Montfort e i suoi».

«Hai fatto del tuo meglio e hai salvato vite umane, non hai niente di cui rimproverarti» commentò Daniel di getto, per poi accorgersi di aver rivelato troppo. «Ho letto la cronaca dell'assedio di Pienne su internet» dovette ammettere sotto lo sguardo allarmato dell'amico. «Scusami, so che non avrei dovuto».

Ian non disse niente, guardò di nuovo avanti per un bel pezzo e poi sospirò: «E così sai tutto. Meglio, mi risparmi la pena di dover ricordare quell'orrore».

«Non oso nemmeno immaginare come sia stato e non lo voglio sapere, a meno che tu non voglia sfogarti» disse Daniel, sbirciando preoccupato l'amico. «Raccontami di Montfort, piuttosto» continuò, visto che Ian non intendeva raccogliere la sua offerta di conforto.

L'altro riassunse tutto in poche frasi laconiche. «Ho rotto

ogni rapporto con Gant e di conseguenza con Montfort. Ho perso la calma e la diplomazia. Come risultato ho ottenuto solo di far rimpatriare la nostra delegazione dalla Linguadoca ed Etienne è stato richiamato con me. Almeno le donne e i bambini che avevamo protetto dal massacro sono stati risparmiati, ma hanno dovuto abbandonare la città scalzi e nudi, in pieno inverno, tra lo scherno di tutti. Non so dove abbiano trovato rifugio, ma mi auguro che qualche anima buona dei dintorni li abbia accolti».

Fece una pausa cupa, poi riprese: «Comunque sia, Guillaume era furioso, perché si aspettava che lo aiutassi a mettere in cattiva luce Montfort e invece sono riuscito soltanto a lasciarlo libero di agire senza più nessun controllo. Non che la cosa avrebbe fatto molta differenza, comunque: a novembre Papa Innocenzo ha convocato il Concilio Laterano e i cardinali hanno fatto di tutto per appoggiare Montfort e le sue pretese sulla Linguadoca. Adesso Simon è conte di Tolosa e signore di buona parte della regione. Ha preso il posto del conte Raimondo, spodestato e mandato in esilio».

«Ha ottenuto un gran risultato, allora» commentò Daniel.

«Già. Camminando su una bella pira di cadaveri. Ma la sua sicurezza non durerà molto: nel meridione la situazione sta già ricominciando a degenerare».

Proseguirono fianco a fianco lungo la strada, ciascuno meditando i propri pensieri.

I pascoli avevano lasciato il posto ai campi e ai frutteti ed erano sempre più frequenti i contadini, uomini e donne, che salutavano Ian togliendosi berretti e cappelli o alzando la mano, quando lo vedevano passare lungo la strada in leggera salita.

Le mura di Châtel-Argent emergevano ormai altissime al di sopra degli alberi da frutto, con i loro merli tagliati nella pietra grigia e le sentinelle ben piazzate ai posti di guardia. Le divise bianche e azzurre spiccavano nella luce del mattino insieme ai bagliori strappati agli elmi, alle armi e agli usberghi dal sole caldo. Entro le mura svettava il torrione poligonale, ornato dagli stendardi col Falco d'argento.

«È magnifico come sempre» disse Daniel, piegando il capo

all'indietro per guardare la sommità delle mura, mentre imboccava il ponte levatoio abbassato.

Ian finalmente si rianimò con un sorriso sincero. «Ho fatto fare alcune migliorie, adesso abbiamo un nuovo pozzo e un mulino più efficiente». Salutò le guardie sotto il barbacane e accompagnò Daniel nella piccola corte, là dove ferveva la vita del borgo costruito al sicuro tra la prima e la seconda cinta di mura, con le sue botteghe, case e officine.

Qui, i saluti a Ian si fecero dieci volte più frequenti. La gente del borgo lasciava prontamente strada al padrone del feudo, ma senza espressioni timorose, notò Daniel. Rispettavano il signore, ma non sembravano poi troppo stupiti di vederlo passeggiare a piedi in mezzo a loro, in un normale giorno come tutti gli altri. Questo gli fece capire che Ian aveva un contatto quotidiano con la popolazione di quel borgo.

«Ho fatto anche ristrutturare le strade» stava intanto continuando Ian con un certo orgoglio, nello spiegare all'amico i lavori intrapresi per migliorare il castello. «Questo ci ha consentito di evitare ristagni d'acqua durante le piogge primaverili».

«Sei diventato un esperto» si meravigliò Daniel.

«Devo, se voglio far funzionare le cose» rispose Ian. «Non hai idea di che lavoro complesso sia amministrare un feudo. E dire che il mio non è nemmeno esteso come quello di Guillaume o degli altri feudatari maggiori. Per fortuna ho avuto buoni consiglieri: Guillaume prima di tutti, poi Isabeau e anche Chailly».

Il barone bretone sembrò aver udito il suo nome, perché apparve sulla strada dalla direzione dell'alta corte, in cui sorgevano le scuderie, i magazzini, le caserme dei soldati e gli altri edifici di tipo amministrativo e militare. Arrivava a cavallo, con passo tranquillo, e puntò subito su Ian, non appena lo scorse tra la gente.

Questi però non sembrava affatto felice di vederlo in quel momento. Daniel se ne accorse, ma non poté fare domande perché il barone, ormai a portata di voce, salutò lui per primo. «*Monsieur*, benvenuto a Châtel-Argent. Non vi aspettavamo, ma è una gradita sorpresa rivedervi».

«Grazie, sono contento anch'io di rivedervi, *monsieur* de Chailly» rispose Daniel col suo francese approssimato e poi sbirciò Ian, studiandone l'espressione crucciata.

«*Monsieur* Thibault, siete la voce della mia coscienza. È impossibile sfuggirvi» brontolò Ian, cupo, e anche lui passò al francese.

Il barone non si scompose. «Se così fosse, non sareste riuscito a sfuggirmi questa mattina, quando vi ho cercato dopo la messa».

Ian non replicò, ma guardò altrove per qualche istante.

«Signore, il boia attende sempre di sapere cosa deve fare con il condannato» riprese Chailly. «Dovete dirmi quali sono i vostri ordini».

Daniel si voltò verso Ian con gli occhi spalancati, sperando di aver capito male, ma l'amico non ricambiò il suo sguardo e si girò di nuovo a scrutare Chailly come se volesse trapassarlo. Tuttavia, ancora non disse niente.

«Il processo è stato celebrato secondo tutte le regole e la condanna è stata emessa secondo la legge» sottolineò il barone.

Ian si lasciò sfuggire un gesto esasperato, come se quell'argomento gli fosse stato ricordato già più volte prima di allora. «Va bene, allora eseguitela come impone la legge» quasi ringhiò. «Impartite al condannato venti frustate e quando sarà capace di reggersi in piedi buttatelo fuori dalle mie terre. Non lo voglio più rivedere. Se lo ritroverò una seconda volta nel mio feudo, lo farò impiccare: diteglielo».

Parlava veloce adesso, in un francese da madrelingua, tanto veloce che Daniel fece quasi fatica a seguire il suo discorso. Tuttavia lo comprese e provò un brivido profondo.

«Sarà fatto, signore». Chailly salutò chinando il capo e poi tornò al trotto nella direzione da cui era venuto.

Daniel non riuscì a dire niente dopo che il barone si fu allontanato.

«Non guardarmi in quel modo» ammonì Ian, minaccioso.

Daniel non replicò, ma riconobbe finalmente lo strano tono nella voce dell'altro: c'era un lieve accento francese nelle sue parole, anche quando parlava inglese. La cosa lo impressionò, perché gli fece capire che sotto la superficie qualcosa era cambiato davvero nell'amico.

Quanto cambiato? Daniel ebbe quasi paura di scoprirlo.

«So cosa stai pensando» riprese Ian e la rabbia era evidente nel suo tono. «Proprio io condanno alla frusta un altro uomo. Ma non ho scelta. Essere un feudatario significa anche questo. Quell'infame ha tentato violenza a una ragazza di quindici anni, ha picchiato il suo fratellino intervenuto per difenderla. Ci sono testimoni, ci sono prove inconfutabili, io devo far applicare la legge che tutti conoscono. Quella famiglia e tutto il villaggio si aspettano protezione e giustizia da me e io non posso sottrarmi al mio compito o non sarei degno del rispetto della mia gente».

Tacque, quasi sfidando l'amico a ribattere alle sue frasi, ma si vedeva che lui per primo era furioso per ciò che aveva dovuto fare e dire.

«Non oserei mai giudicarti» gli rispose Daniel piano. «Soltanto tu puoi sapere quanto sia difficile la vita qui. Io non ho alcun diritto di criticare le tue decisioni».

Ian lo guardò ancora per qualche istante, ma poi tirò a sé il cavallo per fargli riprendere il cammino. «Andiamo» disse, tetro. «Ho sete. Andiamo a farci dare qualcosa da bere».

Daniel lo seguì senza fare commenti, proseguendo verso l'alta corte e il castello. I due amici non parlarono più fino al portone nella seconda cinta di mura, ma nel passare attraverso la piccola piazza del borgo Daniel scorse una piattaforma di legno e riconobbe in essa la struttura del patibolo. L'aveva già vista in passato, sapeva della sua presenza nella piazza, come nella maggior parte delle città del medioevo, e le volte precedenti non vi aveva fatto caso per più di qualche istante. Adesso invece sentì qualcosa stringersi violentemente dentro, tra il cuore e lo stomaco, mentre nella testa gli si affacciava una domanda terribile. Non osò chiedere e, d'altra parte, forse non avrebbe sopportato la risposta.

«Se lo vuoi sapere, finora non ho mai dovuto arrivare a tanto. Grazie al cielo» lo sorprese Ian nei suoi pensieri e Daniel arrossì di vergogna, rendendosi conto che la sua espressione era stata fin troppo trasparente.

Abbassò la testa. «Scusami».

«E di che? Era un dubbio più che legittimo, sarebbe venuto a chiunque». Ian teneva lo sguardo avanti a sé. Adesso non si sentiva più rabbia nella sua voce, solo tanta amarezza.

«Non pensarci ora. Non è detto che un'eventualità del genere debba mai capitare. Puoi lasciare quell'aggeggio a fare le ragnatele per il resto della tua vita» cercò di rincuorarlo Daniel, pur rendendosi conto che il suo era un tentativo patetico.

Ian infatti finse soltanto di credergli. «Lo spero» replicò semplicemente e varcò per primo il portone dell'alta corte, tirandosi dietro il cavallo.

Daniel si voltò indietro un'ultima volta, inosservato, senza poterne fare a meno. Guardò il patibolo e la gente del villaggio che passava tranquillamente lì accanto ignorando la struttura come tutto il resto dell'arredo urbano. Notò anche una figura snella tra le altre: il ragazzo intravisto poco prima lungo la strada per il castello. Questa volta poté osservarlo meglio e vide che non aveva armi con sé né tagliole o strumenti. Non era un cacciatore, quindi, ma gli abiti anonimi e scuri non lasciavano intuire alcuna professione riconoscibile.

Che ci fa in giro, allora? si domandò Daniel, appena prima di essere colpito da un sospetto. *Ci ha seguiti dalla strada fin qui?*

In quel momento però il ragazzo si fermò a curiosare in una bottega, apparentemente senza interessarsi d'altro.

Daniel lo osservò parlare con il bottegaio, accorso prontamente per magnificare le lodi della sua merce. Il ragazzo sorrideva tranquillo sotto un berretto da cui sfuggiva una zazzera bionda.

Ian chiamò Daniel dall'alta corte. «Che stai facendo? Vieni o no?»

Che assurdità, pensò Daniel, liquidando i suoi sospetti e si affrettò per oltrepassare le guardie oltre il cancello dell'alta corte e raggiungere Ian. Tuttavia gli era rimasto un pensiero, suggerito dal sospetto di poco prima.

«Hai più avuto grane con gli occitani?» domandò all'amico, appena gli fu abbastanza vicino da rivolgergli una domanda sussurrata, da cospiratore.

«No» lo rassicurò Ian. «Mai più visti, anche se non dubito

che mi abbiano tenuto d'occhio per tutto il tempo in cui sono rimasto in Linguadoca. Mi è capitato più di una volta di sentirmi osservato e non credo che si trattasse solo di suggestione».

Daniel sbirciò istintivamente alle sue spalle, ma non vi trovò più traccia del ragazzo di poco prima, anche perché l'alta corte poteva essere attraversata solo presentandosi alle guardie per ottenere il loro beneplacito. «Sei sicuro che non ti spiino anche qui?» azzardò.

Ian scrollò le spalle, convinto. «A che pro? Ormai io sono fuori dalla crociata e loro hanno problemi ben più grossi a cui pensare. Montfort, ad esempio».

Più tranquillizzato, Daniel accompagnò l'amico attraverso l'ultimo cancello e si trovò con lui nel cortile del torrione. Qui un servo zelante accorse a prendere le briglie del cavallo.

«Eccoci arrivati» disse Ian, concedendosi un nuovo sorriso, benché stanco. «Abbiamo un ospite, oggi» aggiunse poi, rivolto al servo. «Che qualcuno informi Hugues di far preparare pranzo e cena adeguati. Noi andiamo a riposarci nel giardino».

Il servo annuì, poi salutò con deferenza e si allontanò, conducendo con sé il cavallo.

«Quanto ti fermi?» domandò Ian a Daniel.

«Se resto un paio di giorni, direi di non avere problemi con i tempi per il ritorno» rispose Daniel.

«Perfetto». Il sorriso di Ian si fece più spontaneo. «Vieni con me, adesso. Ti faccio conoscere qualcuno».

Compirono un giro intorno al torrione per arrivare al giardino nascosto dietro di esso, riparato dalla mole dell'edificio ma esposto al sole del mattino. Il giardino era ornato di vialetti, di siepi e di alberi ormai carichi di frutti quasi maturi. Vi fiorivano le rose, bianche e rosse, e si udivano alcune voci femminili.

«Sono di ritorno!» annunciò Ian ad alta voce, per farsi notare mentre sopraggiungeva.

Le tre donne si girarono verso di lui quasi contemporaneamente. La più anziana sembrava una governante o una nutrice, a giudicare almeno dal velo chiaro che le copriva interamente i capelli e la gola, sopra gli abiti sobri, ma Daniel riconobbe subito tra le altre due dama Isabeau de Montmayeur, la signora del castello e moglie di Ian. Era in piedi in mezzo al prato appena tagliato e sembrava un angelo vestito di azzurro e di ricami. I riccioli biondi le scendevano fino alla cintura, trattenuti da una piccola treccia dietro la nuca, e il volto era sempre quello di una madonna di porcellana.

«*Monsieur* Daniel, che sorpresa!» esclamò la ragazza, spalancando gli occhi nocciola, quando si voltò verso il richiamo del marito.

«*Madame*, siete persino più bella di quanto ricordassi» rispose Daniel e la sua non era una frase di cortesia. Non vedeva Isabeau de Montmayeur da anni, ma la grazia della giovane dama era sempre quella di un'opera d'arte. Daniel stava per aggiungere ancora qualcosa, quando vide un bambino spuntare da dietro la gonna azzurra della ragazza.

Trattenne il fiato. Il piccolo doveva avere poco più di un anno e si teneva stretto all'abito di Isabeau con la manina per reggersi in piedi. Scrutava i nuovi arrivati con occhi grandi e azzurri, identici a quelli di Ian.

Anche tutto il resto era identico a Ian, non poté fare a meno di pensare Daniel, sbalordito per l'emozione.

Il bambino spostò la sua attenzione da Daniel a Ian e s'illuminò con un sorriso. «Pa'!» esclamò in un gorgheggio e si staccò subito da Isabeau per sgambettare verso l'altro genitore.

«Non correre» ammonì Ian, ma non fece quasi in tempo a finire la frase che il piccolo inciampò sui suoi stessi piedi e cadde in avanti nell'erba.

Daniel si protese d'istinto verso il bambino, con paura, ma si fermò non sapendo se poteva intervenire al posto di Ian o di sua moglie. Contemporaneamente si aspettò un'esplosione di pianto da parte del bambino, ma rimase sorpresissimo nel vederlo con gli occhi asciutti. Invece di piangere, il piccolo si tirò su a sedere, con le labbra atteggiate a un'espressione di disappunto. Si guardò le mani sporche di polvere ma poi, goffo e caparbio, si rimise in piedi da solo. Era di nuovo tutto un sorriso quando raggiunse Ian, accucciatosi per accoglierlo, e gli si buttò tra le braccia. «Pa'!» ripeté con una risata soddisfatta.

Ian si risollevò con il bambino in braccio. «Questo è Marc» lo presentò orgogliosamente a Daniel.

«Ha un cuore di leone» disse quest'ultimo. «Avrei giurato che si sarebbe messo a piangere, quando l'ho visto a terra».

«È coraggioso come suo padre» rispose Isabeau, passando all'inglese mentre si avvicinava.

«Più di suo padre. Io avrei pianto, se avessi fatto una caduta del genere» scherzò Ian.

Visti uno accanto all'altro, con i volti vicini, padre e figlio si somigliavano in modo ancora più stupefacente. Daniel allungò la mano ad accarezzare i capelli corvini del bambino. «È davvero uguale a te. Da grande diventerà la tua copia» disse a Ian.

«Io lo spero, così Châtel-Argent avrà un secondo Falco, valoroso quanto il primo» rispose Isabeau. Guardò Daniel con occhi più seri quando domandò: «A cosa dobbiamo la vostra visita, *monsieur*? Siete venuto a chiamare mio marito per un viaggio?»

Daniel vide nel fondo del suo sguardo una paura non detta e la comprese perfettamente.

Isabeau *sapeva*, conosceva la verità riguardo *Hyperversum* e aveva tutte le ragioni per temerlo, poiché già una volta le aveva portato via Ian per molti mesi, facendole persino credere di non poterlo rivedere mai più.

Daniel si sentì in dovere di tranquillizzarla. «No, *madame*, non vi preoccupate per questo. Sono venuto solo per una visita di qualche giorno, niente di più. Vostro marito non verrà con me da nessuna parte».

La ragazza si rilassò in modo evidente e nei suoi occhi passò un ringraziamento silenzioso.

«Lascia che ti presenti anche dama Brianna Foxworth, la madre di Beau, nonché dama di compagnia di Isabeau» annunciò Ian all'amico, accennando alla terza donna, che nel frattempo si era alzata in piedi.

«La vostra fama vi precede, sir Freeland» sorrise la giovane. «*Monsieur* Jean parlava già di voi quando l'ho conosciuto e mio figlio non fa che nominarvi dopo avervi incontrato».

Daniel ravvisò subito gli stessi lineamenti del giovane Beau in quella fiera bellezza dai capelli rossi, sensuale anche nei castigatissimi abiti medievali. «Spero almeno che sia un fama positiva» replicò, con mezzo sorriso imbarazzato.

«Beau si è messo in testa di diventare un mio agente di fiducia come te» spiegò Ian.

Dovrà avere un computer, allora, pensò Daniel, condividendo quel pensiero silenzioso con l'amico.

Il piccolo Marc intanto aveva trovato un giocattolo con cui passare il tempo mentre gli adulti parlavano. Si era impadronito del gioiello che suo padre portava al collo, appeso a una catenella d'oro, e se lo rigirava tra le manine, assaggiandolo di tanto in tanto con scrupolo. Daniel notò che non si trattava di un ciondolo, ma di un anello da uomo con un sigillo tondo, piuttosto voluminoso. «Cos'è?» domandò, incuriosito.

Ian tolse delicatamente l'anello dalle mani di Marc per mostrarlo all'amico, pur senza sfilarlo dalla catena. «Il mio anello nobiliare» rispose, mettendo in luce l'incisione che raffigurava in negativo lo stemma del Falco d'argento. «Per i sigilli sui documenti. Dovrei portarlo al dito, ma mi dà fastidio e perciò ho risolto in questo modo. Guillaume ha storto un po' il naso per questa soluzione poco ortodossa, ma poi si è rassegnato».

Daniel si rigirò l'anello tra le dita. «Te l'ha dato lui?» domandò, prima di riconsegnare il gioiello a Marc, che borbottava già per riaverlo indietro.

«Sono suo fratello, ma lui oltre a essere il capofamiglia è anche il mio signore. Con questo anello mi ha consegnato la giurisdizione sulle terre dei Montmayeur e ha sancito il mio posto nel casato» disse Ian e nel suo tono si sentì il valore profondo che il giovane attribuiva a quel sigillo. Lo sdrammatizzò sorridendo a Marc. «E un giorno l'anello sarà di questo piccolo brigante. È il mio erede e pare che lo sappia già perché non fa che cercare il suo futuro anello ogni volta che può».

«Be', di sicuro è un bell'oggetto con cui giocare, vero?» disse Daniel a Marc e il bimbo gli rivolse un sorrisone fiero, cinguettando qualcosa di incomprensibile.

«Sir Daniel, bentornato!» Beau comparve nel giardino, proprio mentre arrivava anche un servo con una brocca di acqua e vino e due coppe per bere.

Il ragazzo andò a fermarsi direttamente accanto a Daniel, con gli occhi luccicanti di curiosità. «Bentornato» ripeté. «Venite da una delle vostre missioni?»

«In un certo senso…». Daniel abbozzò un sorriso.

«Cos'è quella?» domandò invece Ian, scorgendo una pergamena piegata nella mano del suo scudiero.

Beau gliela porse. «È appena arrivata. Me l'ha data *monsieur* de Chailly per voi. Ha brontolato qualcosa sul fatto di non voler essere sempre lui la vostra coscienza, ma sinceramente non ho capito bene cosa volesse dire».

«Starà pensando che oggi è meglio girarmi alla larga, per come l'ho trattato poco fa. Mi farò perdonare» sospirò Ian e passò Marc a Isabeau per prendere la pergamena. «È di Guillaume» osservò, nel riconoscere il sigillo a righe diagonali in ceralacca, impresso senza dubbio da un anello simile a quello che anche lui portava al collo.

Daniel si fece attento, specie quando vide lo sguardo di Ian rabbuiarsi notevolmente sulle brevi righe scritte nella pergamena appena aperta. «Brutte notizie?» domandò.

«La crociata ricomincia» riassunse Ian, mentre ancora rileggeva la lettera. «Il conte Raimondo di Tolosa e suo figlio omonimo si stanno spostando da Marsiglia con i loro armati. È dalla fine del Concilio Laterano che tentano di rivendicare i loro domini conquistati dai crociati e non hanno fatto fatica a mettere insieme un esercito di vassalli e alleati in Provenza e in Aragona. Adesso pare che si muovano apertamente contro Montfort. Re Filippo aspetta i suoi feudatari a corte entro quindici giorni».

«Ci vai anche tu?»

«Guillaume mi vuole con sé e poi sono chiamato in causa perché sono stato osservatore della crociata in Linguadoca».

«Te ne vai di nuovo?» domandò Isabeau, triste.

Ian le sfiorò la guancia con un bacio. «Te la senti di venire con me? Marc ormai è abbastanza grande per rimanere con la balia per un po'».

La ragazza si bilanciò il peso del bambino in braccio, indecisa. «Lasciamici pensare».

Ian prese Daniel in disparte con la scusa di bere qualcosa, dopo aver mandato Beau a far leggere il contenuto della lettera a Chailly. «Ti va di venire a corte?» chiese, nel porgere all'amico la coppa riempita dal servo che ne porse una identica anche a lui. «Sarebbe un'occasione per rivedere Donna. Sono sicuro che Etienne la porterà con sé».

«Volentieri, ma preferirei evitare un viaggio scomodo a cavallo».

«Hai il teletrasporto, puoi fare ciò che vuoi». Ian approfittava del fatto che il servo non conoscesse l'inglese e che tutti gli altri fossero troppo lontani per sentire. «Basta organizzarsi bene con tempi e luoghi».

«D'accordo». Daniel ci meditò su per qualche istante e continuò: «Ci saranno tutti?»

«Immagino di sì. Tutti quelli che non sono impegnati per la guerra inglese con il principe Luigi. Ci saranno senza dubbio anche Montfort e Gant: erano a corte, in queste settimane, per rendere omaggio al re e farsi riconoscere la signoria sui nuovi territori».

«Ecco, quelli faccio volentieri a meno di incontrarli».

«Io invece sono quasi contento di rivederli perché chiederanno senza dubbio un aiuto militare contro i ribelli. Se il mio parere può avere valore a corte, renderò a quei due la vita più difficile possibile, te l'assicuro».

L'ombra scura era ritornata nello sguardo di Ian, insieme a un'espressione dura che Daniel non gli aveva mai visto.

Quest'ultimo cercò di sorridere per scacciare il disagio che gli incuteva quel nuovo volto. «Quand'è così, facciamoci questa gita a corte».

Capitolo 12

La Tour Neuve, fatta erigere da Filippo Augusto nel 1202 all'entrata ovest della città di Parigi, sarebbe stata ampliata nel corso dei secoli fino a diventare il famosissimo palazzo del Louvre. Ian non poteva fare a meno di ripeterselo con stupore ogni volta che rivedeva quella costruzione imponente, così come passava sempre con riverenza davanti al cantiere della cattedrale di Nôtre-Dame, ancora in piena attività benché l'altare maggiore della chiesa fosse stato consacrato già nel 1182.

La corte di Francia era ancora in gran parte itinerante com'era sempre stata nei secoli precedenti, ma Filippo Augusto prediligeva sempre più spesso fermarsi a Parigi, in cui aveva fatto rinforzare le mura e organizzato istituzioni importanti come l'università. Molte strade erano state rifatte, vecchi edifici abbattuti per lasciare spazio a nuove costruzioni più importanti e funzionali. Il mercato era stato spostato nella zona delle moderne Halles, risanandone gli edifici e ampliandone l'estensione. La città si allargava rapidamente, aumentava a vista d'occhio il numero dei suoi abitanti e si avviava a diventare la grande capitale della futura Francia.

Ian e Daniel vi erano arrivati il giorno precedente, dopo un lungo viaggio a cavallo per Ian e un balzo di pochi minuti attraverso *Hyperversum* per Daniel, fattosi trovare dall'amico con le solite precauzioni lungo la strada a sera tarda, quando ormai il convoglio proveniente da Châtel-Argent si era fermato per la notte a una locanda a poche miglia dalla città.

Il gruppo aveva varcato la porta più a nord di Parigi la mattina successiva, oltrepassando senza difficoltà il posto di guardia vicino al quale si accalcavano invece i viaggiatori comuni, in attesa con vari gradi di pazienza che le guardie registrassero l'ingresso in città e chiedessero loro il dazio per le merci trasportate.

Un nobile conte del lignaggio di Ian non aveva invece alcun bisogno di attendere come tutti gli altri e perciò era stato lasciato passare insieme al suo seguito, mentre un attendente rimaneva a sbrigare le formalità.

Il traffico cittadino aveva subito inghiottito il gruppo a cavallo, aprendosi a fatica per lasciare strada ai nobili viaggiatori. Ian, Daniel e Isabeau che cavalcava al loro fianco si trovarono perciò a doversi destreggiare tra passanti, carretti, uomini e donne con gerle, fagotti, sacchi e carriole, cani, muli, ragazzini vocianti e serissimi professori universitari con il loro codazzo di studenti.

Come in qualsiasi altra città medievale, grande o minuscola che fosse, era arduo riuscire a identificare un preciso piano urbanistico, almeno nelle zone più periferiche. Le case erano spesso addossate le une alle altre e costruite con pietra, legno, paglia e malta. Le strade sconnesse e prive di pavimentazione erano coperte dalla polvere che il caldo staccava dal terreno battuto, uomini e mezzi andavano e venivano in entrambe le direzioni evitandosi a vicenda più che seguendo un preciso senso di marcia.

Daniel fu colpito dall'imponente cantiere della cattedrale di Nôtre-Dame, ben visibile anche a distanza, al di sopra delle case. Laggiù il movimento era ancora più frenetico che nelle strade: sulle impalcature andavano e venivano uomini agili come gatti su scale e passerelle che sembravano reggersi per puro miracolo. Tutto intorno, fin sulle rive della Senna, risuonava il lavoro ritmico degli scalpellini sui decori delle porte e delle colonne e quello più duro dei cavapietre, intenti a sbozzare i blocchi che poi venivano trasportati spesso a braccia fino ai piani più alti insieme ai secchi con la malta. I martelli dei fabbri piegavano metalli e riparavano utensili, gli argani gemevano e cigolavano nel sollevare carichi immani verso le piattaforme più alte.

Passando lungo il fiume, Daniel osservò il cantiere con un'ammirazione anche superiore a quella di Ian, poiché era la prima volta che vedeva la futura Nôtre-Dame.

«Grandiosa, vero?» commentò Ian al suo fianco e anche Isabeau aveva sollevato il velo del cappello sotto il quale si proteggeva dal sole, per guardare meglio quella meraviglia dell'ingegno umano.

«Ci pensi che la stanno facendo praticamente a mano e che sarà ancora in piedi tra ottocento anni?» disse Daniel a bassa voce, sporgendosi verso Ian per non farsi sentire da nessun altro all'infuori di lui.

«Già, ma ci sono altri edifici qui che sfideranno il tempo per diventare famosi in tutto il mondo». Ian alzò la mano per indicare il solido castello di re Filippo, più avanti lungo la riva della Senna.

«Sì, il futuro Louvre» annuì Daniel. «Lo visiterò volentieri, non ci sono mai stato. Credi che mi faranno vedere anche Monna Lisa?» aggiunse, per poi ridere all'occhiataccia che Ian gli rivolse. «E andiamo, signor Professore-di-Storia! Persino io so che la Gioconda non esiste ancora nel milleduecento. Non avrai pensato che dicessi sul serio?»

«Non si sa mai, con voi scienziati» ribatté l'altro con ironia. «Avete sempre la testa dietro a cose astratte».

Il cammino continuò attraverso strade piene di botteghe e taverne, in cui mercanti declamavano a gran voce i pregi delle loro merci e gli osti invitavano chiunque a entrare per gustare il vino o qualche prelibatezza, esotica almeno agli occhi di Daniel, come le pernici arrosto o le zuppe col miele, zafferano o altre spezie.

Il via-vai dei cittadini si aprì in due prontamente per lasciar strada a un messo del re in arrivo dalla corte. Lo accompagnava Thibault de Chailly, andato avanti un'ora prima degli altri per annunciare l'arrivo del suo signore.

Il messo, vestito con la livrea azzurra decorata di gigli d'oro, accolse Ian con grande deferenza e annunciò che tutto era stato predisposto per alloggiare il conte e il suo seguito.

Meno di un'ora più tardi, l'intero gruppo proveniente da Châtel-Argent poteva smontare da cavallo nel grande cortile antistante quello che sarebbe diventato famoso nei secoli come l'edificio della Conciergerie, il luogo dove Filippo Augusto preferiva alloggiare e tenere la sua corte, sull'isola nel mezzo della Senna e della città, dall'altro lato del fiume rispetto alla pur maestosa Tour Neuve.

I servi e i soldati furono subito indirizzati verso i padiglioni in cui avrebbero potuto preparare gli alloggi per tutti e le stalle dove avrebbero ricoverato i cavalli. Ian, Daniel, Isabeau e Chailly vennero invece invitati a mangiare ai grandi tavoli preparati all'aperto, sotto gli alberi e i tendoni eretti ad arte per riparare dal sole di fine maggio gli ospiti arrivati da ogni parte del regno.

Con Ian rimase anche Beau, che come scudiero aveva il dovere di servire a tavola il signore, la sua dama e i cavalieri che erano con lui. Il ragazzo era eccitatissimo, poiché era la prima volta che Ian lo portava con sé a corte, e schizzò via appena messo piede giù di sella per andare a mescolarsi agli altri scudieri e ai servi che portavano sulla tavola i vassoi col cibo.

«Non è valido: tu non hai dovuto fare lo scudiero e servire nessuno prima di diventare cavaliere» disse Daniel all'orecchio di Ian, ma anche lui era emozionato all'idea di ritrovarsi alla corte del re di Francia, di nuovo dopo tanti anni.

Isabeau invece appariva del tutto a suo agio e scese di sella con agilità ma grata di poter finalmente sostare all'ombra e in un posto più quieto rispetto alle affollate strade cittadine.

Il cortile era tranquillo, benché animato da numerose presenze, gran parte delle quali altolocate e riconoscibili dalla ricercatezza dei vestiti. Erano gli appartenenti alle varie delegazioni di feudatari arrivate nei giorni precedenti e stavano vicino, o seduti, ai tavoli per mangiare o conversare in piccoli gruppi. La maggior parte dei presenti era formata da uomini, nobili e cavalieri, ma vi erano anche alcune dame e fu proprio una di queste ad andare incontro ai nuovi arrivati, appena li scorse. «Finalmente!» esclamò con gioia e tese le braccia verso Daniel, prima di tutti gli altri.

Il giovane riconobbe Donna Barrat, l'amica che come Ian aveva scelto di rimanere nel medioevo per amore.

«Quanto tempo!» continuò lei commossa e abbracciò forte l'amico per molti istanti, prima di staccarsi da lui per guardarlo in faccia, pur sempre tenendogli le mani tra le sue. «Ti trovo bene».

«Anch'io ti trovo bene» rispose Daniel ed era emozionato quanto lei nel vederla dopo anni di separazione.

Donna era cambiata molto da come se la ricordava, ma in meglio: aveva il volto colorito e sereno, i capelli lunghi raccolti in una ricca treccia fulva adorna di fili d'oro. Portava gli abiti sobri ma preziosi di una contessa.

«Moglie, sei in pubblico». Etienne de Sancerre si avvicinò, schiarendosi la gola con fare ammonitore.

Donna gli sorrise, senza lasciare le mani di Daniel. «Oh, via, Etienne! Lo sai che Daniel, come Jean, è quasi un fratello per me» disse, passando al francese con una naturalezza invidiabile.

«Sì, ma di fatto *non è* tuo fratello» osservò Sancerre e rivolse un'occhiata di rimprovero a Daniel, che ritenne più prudente sorridergli e ritirare subito le sue mani da quelle di Donna. «*Monsieur* de Sancerre, vi rivedo con piacere» salutò, ostentando totale serenità.

«Anch'io, specie perché il vostro arrivo è meno travagliato del precedente» ricambiò il francese, ma nel contempo cinse le spalle della moglie con un braccio, tanto per ribadire la sua presenza e il suo ruolo accanto a lei.

«Non badargli, fa il geloso ma è feroce solo a parole» sussurrò Donna a Daniel, in inglese e con un sorriso civettuolo.

«Guarda che capisco ugualmente quando stai sparlando di me, anche se usi la tua lingua sconosciuta» avvertì Sancerre.

Lei rise e Daniel fu felice di vederla così serena accanto all'uomo per cui aveva rinunciato alla sua precedente vita e al mondo moderno in cui era nata. Etienne de Sancerre non immaginava nemmeno lontanamente il segreto della moglie e il profondo cambiamento che lei aveva affrontato per amore suo. Era bello vedere che anche Donna, come Ian, non era pentita di quella sua scelta tanto drastica.

Ian salutò con affetto la coppia di amici, felice di rivederli entrambi dopo mesi di lontananza. «Tutto bene?» domandò a Sancerre, dopo i convenevoli.

L'altro cavaliere scrollò le spalle. «Mio fratello non mi ha strapazzato più di quanto deve aver fatto il tuo per la faccenda di Pienne».

«Allora ti ha strigliato a sufficienza» replicò Ian. «Guillaume era infuriato con me».

«Solo perché lui ha vecchi rancori con i crociati. Altrimenti avrebbe trovato ben poco da ridire su ciò che è successo» rispose Sancerre, prima di fare una pausa e aggiungere: «Il corvo e il suo comandante sono qui da giorni e già sul piede di guerra. Non vedono l'ora di ripartire a far guerra verso la Provenza e sperano di portarsi dietro i nostri rinforzi».

Ian spostò lo sguardo torvo tra i presenti in cerca di Simon de Monfort e del suo luogotenente, ma non ne vide traccia.

«Hanno mangiato nei loro alloggi» lo informò Sancerre, notando la sua ricerca silenziosa. «Lo sai che i crociati evitano per voto queste occasioni mondane e licenziose».

«Montfort non mi sembrava tanto spartano nel cibo e nel bere, almeno per quanto l'ho conosciuto io» rispose Ian, storcendo il naso.

«Infatti immagino che saranno piuttosto a discutere in privato di come affrontare la questione davanti al re» convenne Sancerre.

«Non avranno nemmeno un mulo da noi, se potrò impedirlo» disse Ian, cupo, ma nel frattempo era grato di non dover avere davanti i crociati subito, prima ancora di potersi riposare dopo il viaggio. Prima voleva riordinare le idee e discuterne con Ponthieu e gli altri amici.

«Condivido i tuoi sentimenti» disse Sancerre. «Ma non tutti sono dalla nostra parte. Io sono arrivato ieri e ho già avuto modo di sentire voci e opinioni diverse».

«Ne riparleremo» chiuse Ian, per tornare a sorridere alle dame che seguivano in silenzio la conversazione. «Adesso vorrei bere e mangiare qualcosa dopo il viaggio, siete d'accordo?»

«Volentieri» approvò Isabeau, che aveva già avuto modo di salutare gli amici dopo il marito, e si tolse il cappello col velo per avviarsi verso la tavola insieme a Donna con la quale aveva da tempo una grande confidenza.

Daniel invece si trovò avvicinato da un cavaliere, alzatosi da tavola apposta per salutare. L'americano stentò a riconoscere Henri de Grandpré, tanto era cambiato nei due anni di differenza che il calendario del medioevo segnava da quando l'aveva visto per l'ultima volta. Il giovane conte doveva aver compiuto vent'anni e si era fatto ormai uomo, da adolescente che era. Il volto tra i capelli castani era più serio e maturo, le spalle più robuste. Non era cresciuto molto in statura ed era un po' più basso di Daniel, ma aveva un portamento così aristocratico da ispirare rispetto.

Grandpré salutò tutti e chinò cortesemente la testa verso Daniel. «Ci siete mancato» disse subito dopo.

«Mi è mancata la vostra compagnia» rispose Daniel, sincero. «È bello rivedervi».

Ian intanto si era guardato rapidamente intorno, come cercando qualcuno. «Henri?» domandò infatti a Grandpré e Daniel capì che si stava riferendo al conte Henri de Bar, l'unico che ancora mancava all'appello.

«Sta parlando con vostro fratello da qualche parte» rispose il giovane conte, spostando lo sguardo lungo il giardino. «Con *tuo* fratello» si corresse quasi subito, con un mezzo sorriso imbarazzato rivolto a Ian, ma anche a Sancerre. «Scusatemi, mi devo ancora abituare del tutto a questa nuova confidenza inaugurata da Etienne».

«Tra fratelli d'arme, niente convenevoli» disse Ian con il tono di chi sta citando la frase di un altro e pose la mano sulla spalla del giovane compagno, in un gesto cameratesco. Sancerre intanto annuiva, convinto.

«Giuro che non mi sbaglierò più» rispose Grandpré, ma si vedeva che nutriva ancora un lieve imbarazzo all'idea di rivolgersi tanto direttamente a cavalieri più vecchi ed esperti di lui, per i quali provava rispetto. Tornò a rivolgersi a Daniel. «Voi avete fatto buon viaggio, *monsieur*?»

«È stato un viaggio comodo» replicò l'americano, stando sul vago, ma nel contempo non poté fare a meno di notare che a lui veniva comunque riservata la forma di cortesia. Anche l'espansivo Sancerre gli dava del voi quando gli parlava e non arrivava mai alla stessa confidenza che invece dimostrava a Ian.

Certo, era logico se si pensava al fatto che Ian aveva trascorso e continuava a trascorrere molto più tempo con quei cavalieri medievali di quanto Daniel avesse mai fatto, ma la cosa insinuò comunque una punta di disagio nei pensieri di quest'ultimo. Guardando Ian in mezzo agli altri due cavalieri, con la mano appoggiata sulla spalla di Grandpré, mentre scambiava con gli amici le domande di rito sulle rispettive famiglie, a Daniel venne spontaneo chiedersi se adesso l'amico avesse con i medievali la stessa familiarità che aveva con lui. Se si stava avvicinando a loro man mano che si allontanava dal mondo moderno. Si chiese anche se Ian avesse già oltrepassato quel confine verso il medioevo che lui non avrebbe mai potuto superare.

«Andiamo a cercare Guillaume?» gli propose Ian in quel momento, mentre Sancerre e Grandpré continuavano la loro conversazione in francese.

«Beviamo qualcosa prima» disse Daniel, con un certo nervosismo. Incontrare il conte di Ponthieu gli aveva sempre messo una certa agitazione addosso e la cosa era peggiorata col passare del tempo.

«Non ha buttato me dentro una segreta, non lo farà nemmeno con te. Ho già sistemato tutto con lui» gli disse Ian, intuendo i suoi pensieri.

«Beviamo qualcosa ugualmente» insisté Daniel, mentre cercava di ignorare l'accento straniero dell'amico, più evidente quando passava da una lingua all'altra in pochi secondi.

Riuscirono in entrambi gli intenti in pochi minuti poiché avevano appena iniziato a bere dalle loro coppe di vino quando furono raggiunti da Guillaume de Ponthieu in persona, accompagnato dal biondissimo Henri de Bar.

«Sei in ritardo» disse il conte a Ian, alla fine di tutti i convenevoli, ripetuti ancora una volta. «Ti aspettavo per ieri».

Aveva sempre quello sguardo penetrante che Daniel ricordava bene e il portamento fiero e solenne capace di incutere così tanta soggezione, Ian però sembrava del tutto a suo agio accanto a lui, nonostante il lieve rimprovero. «I cavalli si sono affaticati più di quanto pensassi. Ho dovuto fare una fermata in più» si giustificò con tranquillità e il conte comunque sembrò non avere altro da aggiungere, lasciando Ian libero di salutare De Bar, più algido che mai nella sua composta cortesia, dietro la quale però nascondeva un'amicizia sincera.

Daniel si trovò ad essere l'oggetto principale dello sguardo di Ponthieu e quegli occhi scuri lo misero come sempre in ansia. Anzi, lo agitarono più del solito: forse perché più che mai in quel momento il giovane aveva qualcosa da nascondere al nobile feudatario. Tutti i viaggi avanti e indietro nel tempo con *Hyperversum*, ad esempio.

«*Monsieur* Daniel, siete un viaggiatore infaticabile. Vi ritroviamo di regione in regione in pochi mesi» gli disse il conte con un sorriso amabile e il suo solito inglese musicale, quasi intuendo i suoi pensieri.

«Temo di averci preso gusto, ormai, e mi costa molto separarmi da Jean» replicò Daniel, cercando di ostentare tutta la naturalezza che possedeva e pronunciando il nome dell'amico alla francese per cautela. «Ci legano molte traversie, voi lo sapete: faccio fatica a non considerarmi più il suo scudiero».

Il conte annuì, ora serio. «Vi devo molto per ciò che avete fatto per mio fratello e non avevo ancora avuto modo di ringraziarvi. Non avete mai perso le speranze di ritrovarlo vivo quando io ero ormai concentrato solo sulla ricerca dei suoi assassini».

Il suo tono colpì Daniel perché si sentiva l'eco di un affetto sincero verso Ian. Ponthieu lo chiamava "fratello" con naturalezza.

«Non dovete ringraziarmi. Anche per me Jean è un fratello come lo è per voi» disse il giovane, sapendo che il conte avrebbe capito il sottinteso. «Sono disposto a fare anche l'impossibile per aiutarlo».

Ponthieu ritornò al sorriso. «Avete fatto davvero cose incredibili» riprese. «Le vostre scoperte, oltre a riportami chi credevo morto, ci hanno permesso di raggiungere un grande risultato».

«In Inghilterra, dite?» intuì Daniel.

Ian gli aveva predetto che il principe Luigi stava per entrare trionfalmente a Londra, accolto dall'intera città e da gran parte dei notabili dell'isola, come ad esempio Alessandro II di Scozia. Tanto favore era dovuto all'alleanza con i baroni inglesi, iniziata a Dunchester e alla costruzione della quale Daniel aveva avuto modo di partecipare attivamente.

Ponthieu ebbe un'espressione fiera. «I nostri cavalieri sono già a Londra dalla fine dell'anno scorso. Il nostro principe viene invocato come un salvatore e i baroni inglesi non vedono l'ora di dargli la corona» fece una pausa e aggiunse: «Dobbiamo molto di tutto questo alle informazioni che siete riuscito a raccogliere in Inghilterra mentre cercavate Jean. A questo proposito, dovreste rimproverarlo per aver tentato di assumersi la gloria di tutto. All'inizio non mi aveva detto di essersi avvalso delle vostre scoperte per portare Salisbury allo scoperto. Voleva farsi grande ai miei occhi, ostentando un suo lampo di genio».

Perché non si immaginava certo di dover giustificare una mia resurrezione in futuro, pensò Daniel con un certo brivido al pensiero che quell'osservazione apparentemente innocua potesse inaugurare una serie di domande puntuali e potenzialmente pericolosissime.

Il conte era troppo astuto perché si potesse prendere alla leggera una sua domanda, anche la più casuale, e l'aggiungersi di Grandpré insieme a Sancerre non aiutava certo la situazione, anche se la conversazione si era svolta fino ad allora in inglese. Daniel non era affatto sicuro di sapersi destreggiare sotto gli sguardi di ben quattro feudatari, il più giovane dei quali aveva uno spirito d'osservazione forse addirittura superiore a quello del conte di Ponthieu.

Per fortuna, Ian venne in suo soccorso, subito, riprendendo il discorso lasciato in sospeso dal conte. «Un peccato di vanità, devo ammetterlo» disse con un'espressione di finta contrizione. «Ma allo stesso tempo non volevo che Geoffrey Martewall venisse in qualche modo a sapere tutta la faccenda mentre Daniel era ancora prigioniero a Dunchester. Le notizie volano nei modi più impensati e io temevo per la sicurezza di chi amo come un altro fratello, se solo le sue ricerche segrete fossero arrivate a conoscenza degli Inglesi mentre lui era ancora nelle loro mani. Ho preferito addossarmi il merito in quel momento e poi, con tutto quello che è successo dopo, non c'è più stata occasione di parlarne».

Ponthieu dovette accettare la risposta, anche se non fu felice di sentir ipotizzare una possibile fuga di notizie da un suo castello o addirittura da una conversazione privata fatta in sua presenza. «La prudenza non è mai troppa» ammise comunque.

Isabeau e Donna tornarono con due piccoli vassoi, nei quali avevano sistemato bocconi di cibo, e li offrirono a Ian e Daniel, che non avevano ancora potuto approfittare del pranzo da quando erano arrivati. L'arrivo delle dame diede occasione a tutti di mettersi comodi all'ombra e di abbandonare i discorsi più seri per rilassarsi con le frivolezze.

Daniel ne fu grato, specie perché questo allontanava da lui qualsiasi pericolo di dover dare altri chiarimenti o raccontare fatti con il costante assillo di non contraddire quanto Ian aveva detto in sua assenza. Si sentiva un po' vigliacco a lasciare tutte le spiegazioni sempre sulle spalle dell'amico, ma il sollievo nel vedere accantonare la questione era troppo per non crogiolarvisi o tentare di cambiare le cose.

Donna gli si accostò mentre mangiava e gli disse, sottovoce: «Più tardi mi racconterai un po' di pettegolezzi moderni. Avremo tempo: tu non parteciperai all'udienza del re, vero?»

«Immagino di no» convenne Daniel. «Ian mi ha detto che sono richiesti solo i feudatari».

«E allora ci accompagnerai al mercato della città» decise Donna e scambiò un'occhiata d'intesa con Isabeau: a quanto pareva le due giovani si erano messe d'accordo in precedenza. «Abbiamo intenzione di fare qualche spesa e, visto che i nostri mariti saranno impegnati, approfitteremo della tua presenza per farci da cavalier servente».

«Sicure che i vostri mariti non abbiano niente da ridire?» si preoccupò Daniel, sbirciando gli altri uomini, occupati però in chiacchiere diverse.

Donna gli scoccò un'occhiata maliziosa. «Non avrai paura delle reazioni di Ian».

«Certamente no» dovette rispondere Daniel, il che valeva ammettere che temeva piuttosto il geloso Sancerre.

Donna rise perché intuì il suo pensiero senza fatica, ma sorvolò generosamente sulla questione, sviando il discorso. «Allora se temi che ti trascineremo di bancarella in bancarella a curiosare tra tutte le mercanzie esposte, puoi stare tranquillo. Questa è una faccenda da ragazze. Tu accompagnaci solo per un po', facciamo due chiacchiere e poi ti lasceremo libero di andare dove vuoi».

***

I rappresentanti degli ultimi feudi raggiunsero la corte nel primissimo pomeriggio e questo fece sì che l'udienza del re venisse convocata senza ulteriori indugi, viste le gravi notizie che continuavano ad arrivare dal meridione.

Daniel lasciò Ian insieme agli altri feudatari, a prepararsi per l'imminente discussione politica. Avevano tutti le facce molto più serie e Daniel non invidiò per nulla quella parte della vita di Ian, stretta tra oneri di corte, doveri burocratici e strategie politiche. Di sicuro, pensava il giovane, era più facile fare il professore, c'erano meno beghe a cui pensare.

Accompagnò Isabeau e Donna fino al mercato cittadino, come promesso, e durante il tragitto a piedi ebbe modo di chiacchierare in special modo con l'amica americana che non vedeva da tanto tempo. Fu felice di sapere che si trovava bene con Sancerre e che il loro matrimonio poggiava sempre più su un'intesa solida e appassionata, sia perché Sancerre era orgoglioso di fare il prode cavaliere con la moglie sia perché Donna era perfettamente in grado di rimettere in riga il marito quando la sua mentalità da maschio medievale tentava di prendere il sopravvento.

«Ogni tanto però lo accontento e faccio anch'io la mogliettina angelica come Isabeau» confidò Donna a Daniel sottovoce, approfittando di una momentanea distrazione dell'altra ragazza. «Però sospetto che Etienne mi preferisca nella mia versione più energica».

Daniel si lasciò sfuggire un sorriso. «Conoscendolo, lo credo anch'io. Magari la moglie angelica gli fa comodo quando è troppo stanco per discutere».

Donna rise divertita.

Arrivati al mercato, Daniel lasciò Isabeau e Donna a quella che sarebbe stata una spedizione di *shopping*, se solo si fosse svolta in una città moderna, e fu libero di avventurarsi per le strade di Parigi, in attesa di ritrovarsi all'appuntamento un paio d'ore più tardi, per rientrare a corte.

«Bada a non perderti» gli aveva raccomandato Donna allegramente. «E presta attenzione al suono delle campane o non saprai quando è ora di tornare indietro!»

In effetti, fare il turista per una città sconosciuta senza l'ausilio di un orologio preoccupava Daniel più della mancanza di una mappa. Il giovane si fidava abbastanza del suo senso dell'orientamento da non temere di perdere la via del ritorno, ma con la confusione che regnava dappertutto e le mille cose da osservare pressoché ovunque non era certo di riuscire a mantenere l'orecchio costantemente teso verso il campanile, col rischio perciò di fare troppo tardi: Donna e Isabeau dovevano per forza aspettare lui per rientrare o altrimenti avrebbero rischiato di far sapere a tutti che se ne erano andate a zonzo da sole. Non era una cosa che si addiceva a due nobildonne, mogli di cavalieri, e Daniel era più che certo che a Sancerre non sarebbe piaciuta.

In alternativa al suono delle campane, c'era sempre la posizione del sole per dedurre l'ora, ma con le sue scarse competenze da uomo moderno Daniel sapeva che non sarebbe mai riuscito a misurare il trascorrere del tempo in quel modo. Meglio dunque sforzarsi a prestare orecchio al campanile.

Ma come fa questa gente a organizzarsi la giornata senza un orologio? si domandò Daniel per l'ennesima volta da quando aveva avuto modo di vivere l'esperienza del medioevo e si ripromise di fare la stessa domanda a Ian alla prima occasione.

Parigi catturò ben presto tutta la sua attenzione con le sue strade variopinte, strette più per l'affollarsi delle bancarelle e delle botteghe che per le reali misure della carreggiata. Non c'era punto in cui non si affacciasse un uscio, una finestra con le ante orizzontali a ribalta sui cui erano posate merci di ogni genere, o una tettoia alla quale erano appesi oggetti o cibi. Era praticamente impossibile avere una visione a lunga distanza del panorama, tanto le vie si incrociavano tra loro con case, tetti aggettanti, torri e campanili. In alcuni punti era persino difficile scorgere più di qualche pezzo di cielo.

Daniel camminava con calma, scansando i passanti ben più indaffarati di lui e allo stesso tempo evitando il canaletto umido e fangoso che divideva le strade in due per far defluire l'acqua piovana ma anche gli scarichi delle botteghe e dei laboratori artigiani. Visitò le strade in cui i mercanti e i rivenditori si raggruppavano per specialità; i tessitori, i fabbri, i pellettieri, i vasai, i fornai, spesso fermandosi ad ammirare le insegne di legno o ferro battuto, piccole opere d'arte artigiana, che ne annunciavano le botteghe.

Ogni tanto le case lasciavano spazio a un orto, un giardino o persino a piccoli recinti per pecore, capre o galline. Una piccola piazza poteva aprirsi all'improvviso dietro l'angolo di un incrocio e di solito aveva nel suo centro una fontana o una croce. I palazzi di pietra dei cittadini più ricchi e influenti spezzavano le linee modeste dei tetti di legno e di paglia, spesso con torri alte alcuni piani.

Il vociare e il rumore era costante, in ogni direzione: donne sedute sulle soglie delle case cucivano o preparavano cibi e verdure mentre chiacchieravano con le vicine; i bambini giocavano nei vicoli rincorrendosi vociando; i mercanti richiamavano l'attenzione dei passanti sulle loro merci; un predicatore invitava i suoi pochi ascoltatori sfaccendati a rinunciare alle vanità del mondo in attesa di poter entrare nel regno dei cieli; un menestrello si guadagnava qualche soldo intonando un canto allegro vicino a una taverna. Cani, gatti, muli, cavalli e uccelli completavano il coro.

Gli osti erano anche più agguerriti dei mercanti e Daniel si vide offrire di tutto nel giro di un'ora, dal vino all'arrosto, dalla cervogia ai bocconcini di aringa, sempre con la speranza di attirare un cliente in più nella taverna di turno dove, in alcuni casi, avrebbe potuto anche giocare a dadi, trovare donne compiacenti o approfittare della vasca per farsi un bagno.

Daniel rifiutò ogni invito, a volte sorridendo per le proposte più genuine a volte offendendosi per quelle più volgari, e proseguì il suo cammino senza meta fino a quando il suono della campana gli fece capire che ormai era ora di tornare indietro.

Sollevato per non aver perso il segnale orario in tutta quella confusione, Daniel arrivò alla fine della via che stava percorrendo e si fermò per decidere da che parte svoltare per ritornare verso il mercato. Riconobbe la strada percorsa quella stessa mattina a cavallo verso la corte e decise di intraprenderla a piedi, per osservarla meglio.

Anche in quel tragitto subì almeno cinque proposte da mercanti e tavernieri e le ignorò tutte, intento piuttosto a ritrovare la direzione giusta, poi però qualcuno lo afferrò per la spalla con tale forza da farlo girare in parte su se stesso. Gli fece male, poiché sotto i vestiti aveva ancora gli sfregi subiti nell'agguato di Pienne.

«Ah, sei qui, tu, farabutto! Ti ho dato da bere e da mangiare e adesso mi devi pagare il conto!» esclamò l'oste tarchiato e rubizzo, che aveva abbandonato apposta la soglia del suo locale proprio lì davanti per andare ad affrontare il giovane quasi in mezzo alla strada, tra il via-vai dei passanti.

Daniel sobbalzò, ma era troppo arrugginito come cavaliere per pensare di ricorrere subito alla spada portata al fianco. Si liberò però della presa, con un «Ehi!» offeso, anche se poi non ebbe occasione di continuare con qualche frase di protesta.

L'oste infatti si era interrotto di colpo, non appena l'aveva visto in faccia, e si era tirato indietro con le mani alzate in un gesto d'imbarazzo. «Scusate, signore, vi avevo scambiato per un altro!» si affrettò a dire, specie quando notò la spada da cavaliere appesa al cinturone del suo interlocutore. «Vi somigliava, sapete, per via della statura e dei capelli. Perdonatemi se vi ho importunato!»

«Fa niente» brontolò Daniel, poco disposto a fare polemica sulle maniere rudi dell'oste, visto che l'uomo si era già scusato.

«Posso offrirvi del buon vino, se volete, per rimediare al mio errore» continuò l'uomo, passando immediatamente a un sorriso navigato. «Non vi farò pagare, ve l'assicuro, almeno non la prima coppa. È il miglior vino di Parigi, degno di un vescovo o di un re».

«Grazie, ma non ho tempo per fermarmi. Vi auguro una buona giornata» tagliò corto Daniel e proseguì per la sua strada, senza più badare all'oste inchinatosi per salutarlo e massaggiandosi la spalla ancora indolenzita. Aveva fatto nemmeno tre passi che sentì la sua voce ricominciare di nuovo a richiamare i possibili clienti, magnificando le specialità della sua taverna.

Daniel scosse la testa, un po' contrariato per il contrattempo che più che altro gli aveva fatto fare un balzo di sorpresa, ma mentre rimuginava ancora sull'oste e sui suoi modi non poté fare a meno di notare che erano veramente pochi gli uomini lì intorno alti e biondi come lui. Inoltre portavano quasi tutti i capelli lunghi almeno fin sotto le orecchie.

In effetti, qui in mezzo mi si può notare più degli altri, considerò il giovane, abbandonato ormai il pensiero dell'oste per concentrarsi su quella curiosità.

Il suo sguardo stava ancora vagando di passante in passante, alla ricerca di teste bionde, quando notò due uomini a cavallo parecchi passi davanti a lui. Erano armati e portavano le divise con la croce, benché non avessero le espressioni ostili di chi è in missione di guerra. Stavano semplicemente facendo un giro tra la folla, ma Daniel riconobbe sulle loro divise i colori di Adolphe de Gant e la sensazione spiacevole che provò gli fece decidere di cambiare strada all'istante.

Non aveva niente da temere dai soldati di Gant, ma Daniel preferì non incontrarli comunque, per prudenza, visti i rapporti burrascosi tra il luogotenente crociato e Ian. Si girò perciò sui tacchi per tornare verso una stradina laterale appena oltrepassata e prendere una via alternativa verso il mercato.

Fu così che lo vide.

Il ragazzo snello, vestito di scuro come lui e con il berretto calcato sulle orecchie, forse proprio per dissimulare i capelli biondi e corti. Era a una ventina di passi di distanza, in mezzo alla gente, e lo stava guardando dritto in faccia con occhi azzurri e sbarrati come se non si aspettasse di essere scoperto.

Daniel capì al volo che lo sconosciuto lo stava osservando di nascosto, forse da un po', e che era stato colto alla sprovvista dal suo girarsi indietro senza preavviso, ma si fermò di botto soprattutto perché riconobbe in quello sconosciuto lo stesso ragazzo visto a Châtel-Argent.

In quell'istante Daniel ebbe la certezza di essere stato

seguito o spiato per tutto il tempo. «Ehi, tu!» esclamò d'istinto, facendo voltare anche parecchi passanti verso di lui.

Il ragazzo sobbalzò e se la diede a gambe levate per il vicolo, come un criminale colto sul fatto.

Imprecando, Daniel gli corse dietro, senza più pensare ai crociati o al suo appuntamento al mercato. Scostò bruscamente uomini e donne sul suo cammino, sollevando proteste indignate, scavalcò ostacoli e buche nella strada, ma tenne dietro alla sua preda che fuggiva come una lepre zigzagando tra bancarelle, persone e vicoli.

I pensieri di Daniel correvano più veloci delle sue gambe. Chi era quel ragazzo? Chi lo mandava? Perché lo stava spiando? E soprattutto: cosa aveva scoperto di lui?

Era a Châtel-Argent, quindi poteva essere là solo per tener d'occhio Ian, poiché nessuno nel medioevo poteva immaginarsi dove e quando Daniel sarebbe arrivato. Mentre spiava Ian, lo sconosciuto aveva senz'altro avuto modo di osservare anche tutti coloro che gli stavano intorno, ma fino a che punto? Aveva potuto vedere Daniel comparire dal niente?

Che cosa faccio, se ha scoperto tutto? si domandò Daniel in affanno. Scartò subito l'ipotesi terribile che gli venne in mente per prima, ma razionalmente sapeva che non poteva permettersi di lasciar andare un testimone della "stregoneria" con cui lui andava e veniva dal medioevo. Se lo catturava e capiva che sapeva troppo, doveva poi anche renderlo innocuo in qualche modo. Doveva metterlo a tacere: ne andava della sicurezza di Ian, della sua vita costruita su un delicato gioco di inganni.

Come faccio? si ripeté il giovane più e più volte e allo stesso tempo pregava che non fosse necessario alcun gesto drastico, che la spia non avesse assistito agli effetti di *Hyperversum* e fosse sulle sue tracce solo perché non poteva seguire Ian quando si trovava al sicuro all'interno della corte. Aveva dovuto desistere anche a Châtel-Argent, quando Ian aveva oltrepassato l'ingresso del cuore più sorvegliato del castello.

Però li aveva senz'altro aspettati fuori, lo dimostrava il fatto che anche adesso fosse lì alle sue calcagna.

Abbiamo sempre preso tutte le precauzioni, non può avermi visto apparire e scomparire! cercò di tranquillizzarsi Daniel, ma non ci riuscì affatto. Erano stati spiati e lui non se n'era accorto fino a quel momento in cui si era girato per puro caso: poteva essere stato altrettanto sprovveduto anche quando credeva di aver pensato a tutto.

«Fermati, dannazione!» protestò, urlando all'indirizzo del fuggitivo che continuava a mantenere il suo vantaggio su di lui, ma il ragazzo non si voltò indietro nemmeno una volta. Buttò invece a terra un uomo con la sua gerla di frutta e verdura trovato sulla sua traiettoria e Daniel fu costretto a rallentare e abbassare gli occhi a terra, per evitare di mettere il piede su uno di quei vegetali rotolanti in tutte le direzioni e fare così un brutta caduta.

Saltò d'un balzo l'uomo a terra che sacramentava furioso e arrivò alla fine della via. Lì dovette fermarsi con un'imprecazione di rabbia.

Era arrivato in una piazza più ampia delle altre, piena di gente indaffarata, di animali da tiro e da soma e di convogli. Sullo sfondo si vedevano la Tour Neuve e il palazzo del re. Una strada tra tutte puntava diretta nella direzione dei palazzi del potere, provenendo dalla cinta muraria, e in quel momento era percorsa da un gruppo di armati a cavallo diretti verso la corte. La gente si apriva facendo loro largo e si assiepava in due ali confuse, turbando e ostacolando il traffico. Del ragazzo non c'era più traccia.

Daniel avrebbe urlato di frustrazione, se solo il contegno nervoso della gente non avesse attirato la sua attenzione quasi subito, mettendolo in allarme.

Gli armati a cavallo non erano bene accetti, capì il giovane e vide che tutti osservavano in cagnesco il gruppo, pur non osando nemmeno levare una voce contro di esso.

Con tutti i campanelli d'allarme vibranti nella sua testa, Daniel appuntò la sua attenzione verso quegli sconosciuti e i commenti che sentiva mormorare a bassa voce dalla gente ostile o impaurita.

I capi del gruppo sembravano uomini aristocratici ed erano ben armati ed equipaggiati; procedevano fieri all'ombra di uno stendardo in rosso e oro, indistinguibile per via dell'assenza di vento. Tra di loro vi erano almeno tre cavalieri, di diverso rango.

Uno di questi, quello che procedeva a sinistra del più importante, si guardava intorno quasi soddisfatto della reazione degli abitanti di Parigi. Aveva meno di quarant'anni e l'aria esperta di un combattente veterano; portava al fianco una spada temibile e un piccolo pugnale all'apparenza anonimo.

Nel vagare tra i presenti, il suo sguardo incrociò quello di Daniel. L'uomo ebbe un istante di sorpresa, ma poi sorrise, astuto, soddisfatto.

Daniel ebbe la sensazione che qualcuno l'avesse colpito con un pugno in pieno stomaco, perché riconobbe a sua volta l'uomo e quegli occhi neri che l'avevano fissato da vicino mentre gli veniva puntato un pugnale, *quel pugnale* alla gola.

Un'intera rete di finte coincidenze si compose nella testa, nel momento stesso in cui sentì le parole "occitani" e "ambasciatori dalla Linguadoca" risuonare in decine di sussurri intorno a lui: il ragazzo che lo spiava, gli occitani, l'udienza di re Filippo e una promessa minacciosa: *"Di' al tuo padrone che lo terremo d'occhio"…*

A pronunciarla era stato lo stesso uomo che adesso gli sorrideva ironico, mentre cavalcava al fianco degli ambasciatori provenienti dalla Linguadoca.

Il cavaliere occitano alzò una mano in un lieve cenno di saluto. *Ci si rivede*, disse a Daniel il suo sorriso beffardo, poi l'uomo riportò la sua attenzione verso la strada che lo conduceva da re Filippo, da Gant e da Ian.

Capitolo 13

Ian era nervoso mentre aspettava l'inizio dell'udienza di re Filippo: muoveva qualche passo ogni tanto e nemmeno la presenza di Ponthieu accanto a lui riusciva a metterlo tranquillo. L'idea di rivedere Gant lo riempiva di agitazione, rabbia e voglia di rivalsa, il giovane sapeva però di non doversi esporre con parole o gesti avventati davanti a tutta la corte.

In passato sarebbe stato più sicuro di se stesso; l'esperienza di Pienne, però, gli aveva insegnato che poteva essere vulnerabile all'ira più di quanto pensasse. L'aveva traumatizzato, in un certo senso, facendogli scoprire una debolezza in più e proprio là dove credeva di non averne.

«Calmati, andrà tutto bene» gli disse Ponthieu al suo fianco. «Hai affrontato discussioni peggiori di questa».

Ian lasciò vagare lo sguardo per il colonnato quadrangolare sotto cui si trovava, all'interno del palazzo reale, tra i gruppetti di due, tre feudatari, intenti come lui a raccogliere le idee per discutere dell'argomento crociata davanti a Filippo Augusto.

Tra tutti indugiò a osservare le due figure che gli ispiravano tanto risentimento: Adolphe de Gant stava parlando fitto con il suo signore Montfort, entrambi con l'aria cupa e la Croce cucita ben visibile sugli abiti aristocratici, scuri e severi.

«Non sono mai partito tanto prevenuto come oggi» disse Ian alla fine, distogliendo gli occhi per riportarli sull'uomo che chiamava fratello. «Eppure voglio esserti d'aiuto e non d'intralcio, ma non so se riuscirò a mantenere la calma del tutto. A Pienne non sono stato degno di me, non voglio che si ripeta».

«Non si ripeterà, perché adesso sei già preparato» lo tranquillizzò Ponthieu, convinto. «Io ho sbagliato a lasciarti andare alla crociata, così come ho sbagliato a rimproverarti quando sei tornato. Avevo già vissuto quell'esperienza prima di te, avevo reagito quasi allo stesso modo davanti alle stesse stragi: avrei dovuto sapere che non eri adatto per quella missione, nonostante le tue doti di diplomazia. Mi sono lasciato allettare dallo spirito d'osservazione del Falco e non ho pensato alla sua mancanza di esperienza».

«Alla mia debolezza, dovresti dire» si rimproverò Ian. «Etienne ha avuto molta più saldezza di me nel frangente peggiore, nonostante il suo carattere impulsivo».

«*Monsieur* de Sancerre è un guerriero da molto più tempo di te, nonostante siate quasi coetanei» gli rammentò il conte. «Tu non sei nato cavaliere ma uomo di lettere e io tendo a dimenticarmene. Addestrarsi alla guerra fin da bambini è diverso dallo scriverne sulle pergamene, al riparo di una biblioteca».

È diverso anche dal sentirne parlare in TV o nei libri di storia, si disse Ian in silenzio, ma ricavò comunque poco conforto dall'idea. In modo molto presuntuoso si era illuso che un uomo moderno come lui, cresciuto con le immagini televisive di Olocausto, attentati, genocidi e Guerre Mondiali, fosse comunque equipaggiato per vivere da spettatore neutrale una crociata.

Che ingenuo, pensò ancora, notando che nemmeno la battaglia di Bouvines o l'assedio di Dunchester erano stati sufficienti a temprarlo.

«Hai saputo comunque fare cose degne del miglior cavaliere» lo consolò Ponthieu con un mezzo sorriso. «Adesso non ti crucciare e libera i pensieri per affrontare al meglio questa udienza. Ho bisogno del tuo occhio acuto e del tuo sostegno, specie ora che il principe Luigi è lontano e prossimo alla vittoria».

«Credi che gli altri feudatari possano considerare già chiusa la guerra in Inghilterra per rivolgersi piuttosto verso sud?»

«Sì, specie i feudatari che confinano con le regioni meridionali. Sono in molti ad aver messo gli occhi su quelle terre e quasi tutti vogliono anche mettervi le mani sopra. Ora che il principe sembra avere la strada spianata oltremanica, insisteranno perché il re rivolga la sua attenzione anche contro gli occitani».

«Ma è un'assurdità! La corona inglese è ben lontana dall'essere conquistata e l'alleanza precaria dei baroni può cambiare da un momento all'altro» protestò Ian.

A ottobre di quest'anno, si disse anche in silenzio, ricordando ciò che dicevano i libri di storia, *quando re Giovanni morirà e gli Inglesi si affretteranno a incoronare il piccolo Enrico III al posto di Luigi di Francia.*

Da quel punto di vista, la Storia era già decisa e Ian sapeva che niente avrebbe potuto assicurare al principe Luigi la corona d'Inghilterra, ma voleva comunque fare di tutto per mettere i bastoni tra le ruote ai crociati. Sfruttare l'argomento inglese come deterrente per un'eventuale spedizione a sud poteva essere una soluzione valida.

«Re Filippo non può mandare l'esercito a sud, con il rischio di far mancare a suo figlio i rinforzi di cui potrebbe aver bisogno» concluse, deciso.

«Sono d'accordo e questo ci aiuterà a negare l'appoggio a Montfort» rispose il conte. «Dobbiamo però convincere gli altri feudatari, o almeno la maggioranza, altrimenti le nostre sono solo chiacchiere vuote. Un rischio futuro non è convincente quanto la certezza immediata di poter invadere terre fertili e allargare i propri feudi, specie se questo avviene con il benestare del Papa».

«Il re però continua a non essere favorevole alla crociata».

«Ma deve avere motivazioni valide per continuare a opporsi alle sollecitazioni del Papa, lo sai anche tu. Ora che il fronte in Inghilterra sembra meno preoccupante, diventa sempre più difficile trovare scuse per rimandare gli aiuti militari, tanto più che Montfort è diventato signore di Tolosa dopo il Concilio Laterano».

«E vassallo del nostro re, visto che gli ha reso omaggio» aggiunse Henri de Bar, arrivando ad aggiungersi ai due Ponthieu con passo calmo. «Adesso può pretendere che il suo signore lo aiuti a difendere i suoi nuovi possedimenti».

«È vero» brontolò Ian e rimpianse di non ricordare niente di dettagliato sull'andamento della crociata Albigese dai suoi studi all'Università.

Gli avrebbe fatto comodo sapere se Filippo Augusto avrebbe deciso di mandare gli aiuti a Montfort o se invece sarebbe rimasto sordo alle sue richieste; informazioni del genere gli avrebbero fatto capire se valeva la pena combattere a parole contro i crociati e rischiare di inimicarseli ancora di più oppure lasciar perdere e assistere inerte al corso della Storia. Purtroppo, tutto quello che ricordava sulla questione aveva a che fare solo con anni successivi al 1216.

«Perdonatemi, non volevo interrompere la vostra conversazione» continuò De Bar, notando il silenzio pensoso tra i due fratelli.

«Non dovete scusarvi, al contrario, la vostra presenza ci aiuterà a riflettere» rispose Ponthieu. «Anche voi non siete propenso alla crociata, lo so bene, quindi siamo perfettamente della stessa opinione».

Nel cortile circondato dal colonnato erano intanto comparsi alcuni servi per portare da bere ai feudatari in attesa.

Re Filippo si faceva ancora attendere e il caldo era grande, perciò alcuni paggi si muovevano silenziosi di gruppo in gruppo, portando coppe e brocche d'acqua.

«Non ho mai approvato questa guerra» continuò De Bar. «Mia moglie Lucrecia è aragonese e i miei cognati hanno combattuto insieme a re Pietro e ai Tolosani nella battaglia di Las Navas[9], quando i cristiani riuscirono a cacciare i mori. Trovo ingiusto che adesso le terre di chi ha lottato tanto per la cristianità siano messe a ferro e fuoco da altri cristiani».

«È un altro motivo per cui anche re Filippo è tanto restio a partecipare alla guerra» osservò Ian, ma nel contempo notò il silenzio di Ponthieu. Il conte era stato crociato volontario anni prima, lo sapeva bene, e si chiese cosa dovesse pensare adesso a quel discorso che in parte lo riguardava direttamente.

«È un'assurdità, in effetti» disse Ponthieu con un sospiro amaro. «Specie considerando che ci sono andati di mezzo tanti innocenti. Ma è difficile fermare una frana quando ha cominciato a cadere e i motivi per combattere, almeno all'inizio, sembravano giusti».

[9] Nel 1212, re Pietro d'Aragona, detto "Il Cattolico", combatté e sconfisse in modo schiacciante gli islamici Almohadi a Las Navas di Tolosa, prima di correre a difendere i suoi vassalli nella Francia meridionale, attaccati da Montfort e dai suoi crociati. Perse poi la vita nella battaglia di Muret, il 12 settembre 1213.

Ian e De Bar non aggiunsero altro, lasciando che quel discorso spinoso affondasse nel silenzio.

«Possiamo contare sull'appoggio della principessa Bianca, se dovesse partecipare all'udienza» considerò piuttosto Henri de Bar. «Nemmeno lei è propensa ad aiutare i crociati, anche se per motivi diversi. Naturalmente vuole appoggiare il più possibile suo marito e la sua spedizione in Inghilterra. Ha finanziato lei stessa molti soldati e molte navi per attraversare la Manica».

«Ha anche condannato l'operato di Montfort e dei suoi» ricordò Ian con soddisfazione, accettando intanto una coppa piena d'acqua fresca dal paggio solerte che gliela porse. «È ammirevole per aver criticato con tanta fermezza i crociati persino davanti al messo papale. A quell'udienza c'ero anch'io e la ricordo bene: si è dimostrata una gran donna».

«Non sono molti a pensarla come te» gli ricordò Ponthieu. «La principessa non gode di molto favore tra i feudatari. In molti la chiamano ancora "la straniera" e non approvano i suoi giudizi tagliati con l'accetta».

«Solo perché ha bacchettato due o tre feudatari che pretendevano di fare i crociati per la Vera Fede e intanto avevano più amanti di un harem islamico?» commentò Ian con una smorfia.

Ponthieu sorrise, mentre il servo porgeva anche a lui e a De Bar le coppe per bere prima di mettersi in disparte. «Loro hanno detto piuttosto che la principessa ha interferito nelle questioni politiche e militari con argomenti da femmina».

«E chi l'ha detto che una donna non può intervenire nelle questioni politiche o militari?» replicò Ian. «Probabilmente sarebbe anche più brava di noi, se solo gliene dessimo la possibilità».

«Le donne a discutere di guerra?» obiettò De Bar, scettico.

«Non sottovalutare le donne quando si parla di strategia» gli rispose Ian.

«Be', ne sanno una più del diavolo, si dice, no?» scherzò l'amico. «Il nostro Grandpré avrebbe di che raccontare, visto che di recente, oltre alle nove sorelle, deve tenere a bada anche una promessa sposa piuttosto vivace».

«Certo la cosa è diversa se si parla di dover combattere fisicamente» proseguì Ian, ignorando il commento. «Resto del tutto contrario all'idea che una donna possa impugnare un'arma».

L'ultima frase gli venne spontanea perché Ian rabbrividì al solo pensiero che una ragazza dovesse vedere spettacoli atroci come quelli a cui aveva assistito lui al fronte e in crociata.

D'altra parte però, gli rammentò una voce spiacevole nella sua testa, le donne assistevano ugualmente a quelle atrocità con la differenza, rispetto agli uomini, di trovarvisi in mezzo completamente indifese.

Davanti agli occhi gli ritornò la morte terribile della donna decapitata a Pienne.

«Ho un fratello dalle ampie vedute» lo distrasse Ponthieu, con un tono divertito nella voce. «O devo dedurre che tua moglie ha dimostrato di essere più brava di te nelle battaglie all'interno della famiglia?»

Anche De Bar sorrise in silenzio.

«Di sicuro Isabeau è molto più brava di me nel gestire l'esercito di famigli, servitori e lavoratori che abbiamo a Châtel-Argent» ammise Ian, con devota ammirazione nei confronti della moglie, che sapeva districarsi meglio di lui in mezzo alle mille cose legate alla gestione di un castello. «In quanto al suo valore in altri frangenti ben più pericolosi, ne hai avuta anche tu la prova più di una volta».

«Su questo non c'è dubbio» convenne Ponthieu e De Bar approvò.

«A parte questo discorso, credo che la principessa Bianca sia davvero una donna di notevoli capacità» riprese Ian, tornando serio. «Sbagliano quelli che la considerano solo un bel viso e quelli che la vorrebbero una serva muta di suo marito. Parla bene, con cognizione di causa e senza alcun timore davanti a feudatari più anziani di lei. È un futura regina e sta già dimostrando di averne il polso necessario».

Sì, sarà una grande regina, pensò in aggiunta, sapendo per certo dalla Storia che Bianca di Castiglia sarebbe diventata santa poco dopo la sua morte, dopo un lunghissimo regno. Sapeva inoltre che sarebbe stata reggente di Francia per molti anni dopo la morte prematura di Luigi VIII e in attesa che il figlio Luigi IX, proclamato poi santo a sua volta, diventasse abbastanza adulto per poter prendere la corona. Sarebbe stata lei ad arrivare alla successiva tregua, anche se momentanea, nella crociata in corso, dopo anni di atrocità.

Non era però solo il suggerimento della Storia a far propendere Ian verso la futura regina di Francia, era anche un sentimento sincero, sviluppato nelle poche occasioni in cui aveva avuto modo di vedere la giovane donna durante le udienze ufficiali, minuta e graziosa eppure tanto forte nell'animo come nelle parole. Bianca di Castiglia aveva sempre avuto uno sguardo autorevole negli occhi, un'espressione fiera che aveva suscitato in lui simpatia e rispetto, pur non avendo mai avuto occasione di parlare con la giovane di persona.

«Sei un ammiratore della nostra principessa» considerò Ponthieu. «A sentirti parlare convinceresti chiunque: perché non fai il giro anche tra gli altri feudatari?»

«Smettetela di prendervi gioco di me, tutti e due. Sto parlando seriamente» sbuffò Ian.

«Anche io. Se tu riuscissi davvero a convincere tutti gli altri, l'udienza sarebbe molto più facile per noi».

Ian non poté brontolare oltre, perché in quel momento venne data la notizia che il re era pronto a ricevere i suoi feudatari in udienza. Il cortile si animò all'istante, mentre tutti si dirigevano verso l'ingresso alla sala reale, posto sotto il porticato.

Ian lasciò che andassero avanti per non dover incrociare Gant e Montfort, che naturalmente erano i primi desiderosi di entrare a parlare con Filippo Augusto. *Adesso vediamo chi la spunta*, pensò torvo.

***

Fu un'udienza lunga. Davanti al re e alla sua corte vennero esposte con dovizia di particolari, le notizie sempre più gravi che arrivavano dal sud della Francia.

La popolazione di Beaucaire, sul confine tra il marchesato di Provenza e i nuovi domini di Montfort, si era ribellata al controllo del nuovo signore e aveva chiamato in aiuto Raimondo VII di Tolosa, il figlio dello sconfitto Raimondo VI, precedente signore di quelle terre. La città aveva aperto spontaneamente le porte all'arrivo del giovane conte con i suoi armati, mentre il governatore della città, Lambert de Limoux, fedele vassallo di Montfort, aveva dovuto asserragliarsi nel castello con tutti i suoi uomini, rimanendovi assediato. Da là aveva potuto mandare messaggi con le richieste di aiuto al suo signore a Parigi e al fratello di quest'ultimo, Guy de Montfort, di stanza nella città di Tolosa.

La situazione era critica: Limoux non poteva resistere a lungo, tagliato fuori dai rinforzi e dagli approvvigionamenti, perciò era necessario portargli aiuto, soprattutto militare, per rompere l'assedio che lo stringeva.

L'esempio di Beaucaire, inoltre, stava spargendo la scintilla della rivolta in tutta la regione. Un'ipotesi che fece rumoreggiare più di un feudatario, con preoccupazione.

«Per questo io vi chiedo l'appoggio del vostro esercito, sire» concluse Monfort, davanti all'assemblea riunita di tutti i feudatari. «I ribelli hanno ripreso le armi contro di me e quindi anche contro di voi, io vi chiedo di aiutarmi a spezzare la loro insolenza una volta per tutte».

Aveva una voce autorevole, in sintonia con la mole robusta da guerriero. Gli occhi scuri lampeggiavano d'autorità mentre guardavano prima il re e poi tutti gli altri feudatari.

La richiesta suscitò mormorii in tutta la sala, molti dei quali di assenso.

Ian guardò Filippo Augusto, seduto sullo scranno d'onore, con il gomito appoggiato a uno dei braccioli e l'aria pensosa. Il re portava una semplice corona formata da un cerchietto d'oro e si appoggiava sul drappo azzurro ricamato di gigli, simbolo della sua regalità, ma per il resto non indossava monili o gioielli e vestiva con abiti sobri del tutto simili a quelli dei suoi feudatari. Al suo fianco stavano due consiglieri dalle facce serie e sagge; alle sue spalle una parete di legno intarsiato lasciava intravedere ogni tanto un lieve movimento attraverso i trafori, segno che l'udienza veniva ascoltata anche da altre orecchie in incognito.

Accanto a Montfort, oltre a Gant, vi era un uomo piccolo e calvo. Portava una tonaca, segno del suo stato di religioso, ed era stato presentato alla corte come l'abate di Rabastens, nelle nuove terre di Montfort.

«Sire, non potete più tollerare che gli eretici continuino a spadroneggiare nelle vostre terre» aggiunse il religioso con voce enfatica, da predicatore. «Date ascolto alle preghiere che il nostro Santo Padre vi rivolge da così tanto tempo e permettete ai vostri devoti feudatari di prendere la Croce».

«Non ho mai impedito a nessuno di partecipare a una missione santa in difesa della Croce» replicò Filippo Augusto con un'espressione d'acciaio negli occhi grigi. «Non quando il regno è stato libero dalla minaccia dell'invasione da parte dei nostri nemici. Come sapete, però, negli ultimi anni questa condizione non si è verificata molto spesso. Ho dovuto combattere Impero e Inghilterra con tutte le forze di cui disponevo. Se non l'avessi fatto, a quest'ora sareste dovuto andare a Londra a fare le vostre richieste».

«Ora però la minaccia di Londra è stata sventata una volta per tutte, nessuno più vi può minacciare» continuò il religioso. «Siete l'Augusto, avete trionfato su tutti i vostri nemici, date ascolto alla vostra coscienza di buon cristiano!»

«Non sono certo che il Santo Padre mi consideri un buon cristiano, dal momento che mi ha scomunicato già una volta[10]» disse il re, secco. «Anche ora devo capire da che parte sta Roma, se con me o contro di me. Mi chiede aiuto per la questione occitana e nel contempo minaccia di scomunicare mio figlio. Non vi pare un controsenso?»

L'intero uditorio sobbalzò, colto di sorpresa. Anche Ian spalancò gli occhi, perché non ricordava quel fatto dai suoi studi di Storia.

«Il principe scomunicato?» brontolò Sancerre a poca di-

[10] Nel 1200, quando Filippo, dopo aver ripudiato la prima moglie Ingeborga, sposò Agnese di Merano contro la volontà di Papa Innocenzo. La scomunica venne revocata solo nel 1201 quando Agnese morì di parto e Filippo acconsentì a riprendere la moglie ripudiata, anche se poi la rinchiuse in un castello.

stanza da lui, da De Bar e da Grandpré. «Maledizione alla scomunica: la tolgono e la mettono tanto per tenere le briglie a chi combatte e fargli fare ciò che vogliono!»

Ian serrò i pugni: la minaccia della scomunica era grave perché tecnicamente toglieva allo scomunicato qualsiasi autorità sui suoi sottoposti. Un re o un principe perdevano ogni diritto di esercitare il loro potere sui sudditi e questo dava la possibilità a qualunque vassallo di rifiutarsi di obbedire, di defezionare persino, sentendosi del tutto dalla parte legittima. In una situazione come quella inglese, in cui i baroni omaggiavano Luigi di Francia solo per convenienza momentanea, una scomunica poteva risultare esplosiva.

Re Filippo si sarebbe piegato al ricatto? Certo il Papa aveva un'arma in più per convincerlo ad appoggiare i crociati.

Intanto, l'abate di Rabastens aveva sfoderato una finta espressione innocente. «Chiedete troppo da un umile servo della Chiesa come me, sire. Non posso certo osare di dare un giudizio sull'operato del nostro Santo Padre. Posso solo essere più che certo che saprà capire i motivi che spingono vostro figlio all'azione, se questi sono in linea con le priorità della Chiesa, che si adopera solo per la difesa della fede».

Lo sguardo del re ebbe un lampo di rabbia, controllato però ammirevolmente, e anche Ian s'indignò. La stessa reazione passò anche sui volti di Ponthieu e degli amici.

Non c'era nulla nella spedizione del principe Luigi oltremanica che potesse avere a che fare con la religione: era una pura spedizione politica per conquistare un trono, perciò non poteva essere considerata prioritaria rispetto alla difesa della fede dietro la quale si giustificava la guerra nel meridione. Il discorso del religioso significava più o meno che se la Francia si ostinava a mandare uomini a nord invece che a sud, avrebbe ricevuto una nuova scomunica, a partire probabilmente dall'erede al trono.

«Mio figlio, come me, ha già difeso la Vera Fede più di una volta e la sua devozione non si discute» replicò il re con voce fiera e la sua risposta provocò un coro di assensi tra i feudatari, primi tra tutti quelli più legati al casato reale.

«Niente di ciò che il principe sta facendo merita la scomunica» riassunse per tutti il conte Robert de Dreux, cugino del re e suocero di Guillaume de Ponthieu. «La sua pretesa al trono d'Inghilterra è legittima per legami dinastici e avallata dagli stessi baroni inglesi. La minaccia di Roma è solo un modo per influenzare dall'alto la politica del nostro re».

«Che cosa dite, signor conte?!» si scandalizzò l'abate, quasi facendo un passo indietro in modo teatrale.

«Calmatevi, cugino» disse Filippo Augusto, severo. «Vi assicuro che le argomentazioni meno che legittime non influenzeranno la mia decisione in alcun modo».

Tornò a guadare il religioso accanto a Montfort mentre pronunciava l'ultima frase e fu chiaro che intendeva rendere noto a tutti che non si sarebbe piegato ad alcun ricatto, nemmeno se proveniva da Roma.

Ian ne fu sollevato.

Filippo Augusto aveva sfidato la scomunica per molto meno del trono inglese e a questo punto era evidente che l'esperienza gli aveva lasciato una certa rabbia dentro. Questa volta a maggior ragione non voleva abbandonare il suo obiettivo a causa di ingerenze esterne.

Ponthieu si fece avanti nella discussione. «Sire, se permettete» esordì. «Il principe vostro figlio e i suoi cavalieri stanno combattendo per portare la pace e la legalità là dove infuria una guerra civile. Non possono essere distolti dalla loro missione né devono mancare loro gli aiuti necessari o rischieremo di compromettere tutto ciò che hanno fatto fino ad ora» continuò, dopo che il re gli ebbe dato il suo assenso per parlare. «Ciò che accade a sud deve attendere il miglior esito della guerra in Inghilterra».

«La rivolta sta prendendo piede adesso. Non abbiamo tempo di attendere» s'intromise Montfort, con durezza.

«Avete un intero esercito a presidiare tutta la regione, avete paura di non riuscire a tenere a bada una piccola città di confine?» replicò Ponthieu, sfidandolo con lo sguardo.

«Gli Occitani sono gente ostinata, anche voi dovreste saperlo. Non si piegano nemmeno se i nemici sono superiori a loro di due volte. Dobbiamo schiacciarli con una superiorità numerica ancora più grande».

«Allora assoldate altri uomini. Il bottino di guerra non vi manca. Vi servirà per pagare altre spade».

«È il dovere di ogni buon cristiano difendere le terre appena conquistate e strappate all'eresia» si fece avanti Gant. «Volete rischiare che l'intera regione torni terreno fertile per le dottrine diaboliche?»

Il commento suscitò più di una voce da parte degli altri feudatari. Erano in molti ad appoggiare la richiesta di Montfort, alla luce del nuovo argomento.

«Chissà perché i campioni della fede sono quasi tutti feudatari confinanti con il meridione» commentò Grandpré a mezza voce. «Evidentemente il sole del sud fa germogliare la passione religiosa».

De Bar annuì con un mezzo sorriso sardonico, mentre restava in silenzio accanto a Sancerre e a Ian.

Quest'ultimo era già stanco di sentir nominare la fede in ogni frase e si decise a prendere la parola, approfittando di una pausa del discorso e dell'assenso silenzioso di Ponthieu. «Signori, io credo che sia ora di togliere l'ipocrisia da questa discussione. Qui non si parla solo di fede: nella maggior parte dei casi l'interesse di chi vuole partecipare alla spedizione verso sud è solo e unicamente rivolto a quanto può guadagnare dalla crociata, in termini di denaro, terre e ricchezze».

La frase così diretta, pronunciata al cospetto del re e di tutta la corte, spiazzò molti di quelli che avevano appena preso le parti di Montfort.

«E d'altra parte» continuò Ian, senza dar modo agli altri di riaversi «anche la guerra in Inghilterra è una questione di interesse per quelli che vi partecipano, esattamente negli stessi termini».

Guardò il re, sostenendone con fermezza lo sguardo attento. «Si tratta di capire, io credo, quale dei due interessi sia il maggiore per l'intero paese, al di là delle questioni che riguardano i singoli feudatari. La rivolta in Linguadoca è un problema, può vanificare anni di guerra e ridare al conte Raimondo i territori persi l'anno scorso. Può però minacciare il vostro regno, sire? Io non credo».

Ponthieu intervenne prontamente ad assecondare il discorso. «Il conte Raimondo è ancora un vassallo della corona di Francia. Ha giurato fedeltà ai Gigli d'Oro: ci penserà due volte prima di inimicarseli, se non gliene diamo motivo, e inoltre non ha forza militare sufficiente per costituire una minaccia per Parigi, specie ora che il trono d'Aragona è in mano a un bambino[11]» aggiunse, prima di lasciar continuare Ian.

«Molto diverso sarebbe invece se il nostro principe dovesse fallire la sua missione» disse il giovane. «Cosa accadrebbe se Giovanni Senza Terra mantenesse il suo trono? Abbiamo avuto decenni di guerra con gli Inglesi, con morti, stragi e devastazioni nelle nostre terre. Abbiamo l'opportunità di mettere fine a tutto questo una volta per tutte. Io dico che non possiamo sprecare l'occasione. Il principe Luigi ha bisogno di tutto il nostro sostegno».

«Voi dite così perché le vostre terre si affacciano sulla Manica e temete le ritorsioni degli Inglesi» accusò Montfort.

«La mia famiglia non ha mai chiesto aiuto al re per difendere ciò che è suo» ribatté Ponthieu, secco.

«Non vi siete mai trovati a dover affrontare una rivolta».

«Forse perché non ne abbiamo dato motivo ai nostri sudditi. Nelle nostre terre non ci sono mai stati roghi collettivi».

«Signori, basta così» ammonì Filippo Augusto. «Stiamo parlando di un argomento che deve riguardare tutti, le vostre accuse reciproche lasciatele fuori».

Ponthieu e Montfort tacquero. Ne approfittò Gant per prendere la parola. «Trovo ingiusto che i combattenti che da anni portano la Croce vengano accusati di guerreggiare solo per opportunismo e scopi personali. Stiamo difendendo la cristianità dall'avanzare dell'eresia e per ordine del Papa in persona».

In molti annuirono, l'abate di Rabastens prima di tutti.

Gant lanciò un'occhiata velenosa a Ian, mentre aggiungeva: «Ancor meno dovrebbe accusarci chi ha tra i suoi stessi parenti qualcuno che un tempo aveva abbracciato la Croce. A meno che non parli per esperienza personale o di famiglia».

[11] Giacomo I, figlio di Pietro II e successore al trono di Aragona, all'epoca aveva otto anni.

«Badate a non spingervi troppo oltre, signore» ammonì Ponthieu risentito.

«Io non ho mai accusato tutti i crociati. Lungi da me l'idea di poter giudicare chi combatte per vera vocazione cristiana» lo sostituì Ian, tagliente, rivolto a Gant. «E allo stesso tempo la mia famiglia può sfidare a testa alta ogni sospetto. Non mi sembra un grande sfoggio di opportunismo rifiutare di prendere parte alla spartizione del bottino dopo una vittoria come quella di Béziers, come fece mio fratello a suo tempo. In quanto a me, ho dato tutto ciò che mi spettava ai veri campioni della fede e voi dovreste saperlo bene, *monsieur* de Gant, poiché il vostro esercito ha avuto viveri per molto tempo sotto Pienne, con il tesoro che vi ho consegnato».

Gant strinse i pugni con collera, ma non poté aggiungere altro perché il re stava già ammonendo di nuovo: «Signori, vi ho detto di lasciar fuori le questioni personali: non fatemelo ripetere per la terza volta».

«Se mi è permesso di intervenire, io credo che le considerazioni dei signori di Ponthieu siano molto sensate» disse Henri de Bar con la consueta, gelida calma. «È una questione di sicurezza di confini, al momento. La rivolta di Beaucaire non è pericolosa quanto un possibile rovesciamento di fronte in Inghilterra. Solo due anni fa gli Inglesi avevano feudi estesi a nord della Loira. La Fiandra era loro alleata e così la contea di Boulogne. Non possiamo permetterci di averli di nuovo così vicini a Parigi».

«Sono d'accordo anch'io» aggiunse Henri de Grandpré. «E spero che nessuno osi accusare me di avere interessi di qualche genere a nord come a sud, poiché le mie terre non hanno confini che possano essere minacciati dagli Inglesi o dagli Occitani».

«Le mie terre invece confinano a sud con i feudi tolosani appena riappacificati» intervenne un altro feudatario, con altrettanta decisione. «E ritengo che la questione non sia affatto da sottovalutare. La rivolta minaccia di riportare la guerra lungo i nostri confini meridionali e potrebbe allargarsi insieme all'eresia. Rischiamo di trovarci invasi, se non spegniamo subito e con decisione ogni scintilla di ribellione».

«È una possibilità» intervenne Guillaume de Sancerre, ignorando l'occhiata indignata del fratello minore Etienne, fermo al suo fianco. «Eppure, nei territori che io ho al confine con il sud non ho avuto problemi, né vi ho trovato preoccupante la diffusione dell'eresia».

«Forse non avete cercato con abbastanza cura» gli rammentò Montfort, spalleggiato da molti altri feudatari del meridione. «Finora non ho trovato città in Linguadoca o in Occitania in generale in cui non vi fosse la macchia della falsa fede e ho avuto più di una prova di quanto il contagio si estenda in fretta, come una febbre maligna».

La discussione riaccese i commenti di tutti i feudatari, uno dopo l'altro, con concitazione sempre maggiore.

«Qui non ne usciamo più» brontolò Ian, sottovoce, scambiando quel commento con Ponthieu e gli amici accanto a lui, ma la scena fu invece interrotta dall'arrivo di una figura vestita di chiaro, lieve e silenziosa come una farfalla.

Tutti s'inchinarono con rispetto all'apparire di Bianca di Castiglia, moglie di Luigi, e persino il re la salutò con un cenno del capo, invitandola poi ad accostarsi al trono.

La giovane era bella e minuta, con il volto olivastro contornato da trecce nere. Portava un velo sul capo, trattenuto da una coroncina d'oro. L'abito chiaro era largo e senza cintura perché la principessa attendeva un altro figlio, che sarebbe nato in autunno.

Ian notò che dietro la parete di legno intagliato alle spalle del re non vi era più alcun movimento e capì che la principessa aveva assistito all'intera udienza da là, con attenzione.

Bianca di Castiglia guardò i presenti uno a uno e si soffermò a fissare direttamente Montfort, Gant e il religioso che li spalleggiava.

«Signora, non vi aspettavamo, ma siete la benvenuta» esordì il re, con tutta calma e nessuna sorpresa, segno che era consapevole della spettatrice in più, tenutasi in disparte fino ad allora. «Sedetevi» aggiunse, facendo cenno ai servi perché portassero prontamente uno scranno. «Non affaticatevi nelle vostre condizioni».

«Vorrei partecipare all'udienza, sire. Se me lo permettete,

parlerò in nome di mio marito assente» replicò la giovane e al suo discorso seguì un silenzio teso.

Non erano in molti ad apprezzare l'intervento di una donna in un'udienza ufficiale, notò Ian, nemmeno se si trattava della moglie del futuro re. Allo stesso tempo, però, evocando il nome del marito, Bianca di Castiglia si autoconferiva un'autorità superiore a quella sua personale.

Filippo Augusto non obiettò, segno che accettava in pieno l'opinione della nuora in vece del figlio lontano. «Dite pure, *madame*» replicò, tanto per sottolineare il concetto.

La principessa si accomodò sullo scranno sistemato dai servi alla sinistra del re e si rivolse a tutti. «La campagna militare in Inghilterra è difficile, ma sta dando i suoi buoni frutti. Buona parte dei baroni inglesi appoggia mio marito, aspettando di poter finalmente sconfiggere definitivamente l'odiato tiranno, ma il Senza Terra può contare ancora su molti mercenari e l'esito della contesa è tutt'altro che deciso. Mio marito è pronto a partire per raggiungere i suoi cavalieri in Inghilterra, ma il fronte a lui favorevole potrebbe rovesciarsi al primo cambio di vento».

Ian corse istintivamente col pensiero a Geoffrey Martewall, chiedendosi cosa stesse facendo in quel momento l'inglese, alleato del principe di Francia.

«Io credo» continuò la principessa, «che un re abbia ricevuto da Dio molti doveri, primo tra tutti quello di proteggere il suo gregge come il Buon Pastore dei Vangeli. E quando le minacce sono molte, il Buon Pastore dovrebbe essere libero di difendere il suo gregge prima dalla minaccia più grave per poi occuparsi di tutte le altre, in ordine di pericolosità».

«Voi avete senz'altro ragione, Altezza Reale, per questo la Chiesa sollecita con tanta urgenza la soppressione dell'eresia» disse l'abate di Rabastens. «Cosa può esserci di più grave della perdita di tante anime dietro una falsa fede?»

«La perdita di un numero cento volte superiore di vite cristiane in una guerra fratricida e inutile» replicò Bianca ed ebbe un lampo durissimo nello sguardo per essere stata interrotta. «Forse parlerò da donna poco esperta di questioni di fede» proseguì, prevenendo l'obiezione evidente nello sguardo del religioso. «Ma credo che un eretico possa essere convertito alla Vera Fede anche tra un mese o un anno, se rimane in vita. Difficilmente qualcuno potrà invece resuscitare i nostri caduti in guerra, non vi pare? O gli abitanti di città e villaggi rasi al suolo dalle scorrerie dei mercenari nella guerra civile».

Bella osservazione, sorrise Ian in silenzio e si compiacque della smorfia di disappunto che vide passare sui volti dei crociati. Si ricompose però quando notò l'occhiata indagatrice di Filippo Augusto.

«Altezza reale...» tentò di ribattere l'abate, ma venne interrotto bruscamente dalla porta che si aprì senza preavviso.

Un servo entrò nella grande sala, l'attraversò tutta per inchinarsi al cospetto del re.

Filippo Augusto inarcò un sopracciglio, perché il contegno dell'uomo tradiva una certa agitazione, e fece un cenno d'invito con la mano per consentirgli di avvicinarsi a lui.

Il servo lo raggiunse per comunicargli qualcosa a voce bassissima, poi gli consegnò una pergamena chiusa da un sigillo in ceralacca e da un nastro bicolore, rosso e oro.

«Che succede?» bisbigliò Sancerre al fratello, mentre Filippo Augusto leggeva le righe contenute nel foglio, con la fronte corrugata.

Anche Ian era attento, non sapendo che aspettarsi.

«Va bene» decise alla fine il re. «Fateli entrare». Porse la pergamena ai suoi consiglieri, mentre il servo usciva con la stessa fretta con cui era entrato.

Tra i feudatari si levò un mormorio cauto: il re parlava alla principessa Bianca a voce bassa e i due consiglieri discutevano tra loro di qualcosa che sembrava averli messi in agitazione, trovato tra le righe di quella pergamena.

Ian scambiò un'occhiata interrogativa con Ponthieu, ma non ottenne nessuna risposta poiché il conte era perplesso quanto lui.

Il servo tornò poco dopo, spalancando la porta della sala delle udienze davanti a tre cavalieri vestiti aristocraticamente e con spade e speroni lucenti. Il primo dei tre portava un drappo rosso e oro, con il blasone di una croce vuota e artisticamente elaborata, piegato sull'avambraccio a mo' di stendardo.

«Il barone Benôit de Lavaur, ambasciatore del conte Raimondo di Tolosa; il cavaliere Antoine de Fanjeux; il cavaliere Almeric de Roquemar» annunciò il servo, tra lo sbalordimento degli astanti.

«Occitani!» esclamò Grandpré a mezza voce, tra i mille commenti che s'intrecciarono nella sala.

«Raimondo deve avere qualche carta da giocare oltre l'attacco diretto» commentò Ponthieu, piegandosi leggermente verso Ian.

Questi era rimasto del tutto sorpreso dalla novità, come tutti gli altri, e annuì in silenzio, cercando nel contempo di capire quali potessero essere le implicazioni di quella visita improvvisa. I suoi pensieri però erano distratti da qualcosa che non mise a fuoco subito. Fu solo quando si accorse che l'ultimo dei tre degli occitani lo stava guardando direttamente che si rese conto di tutto.

L'uomo aveva cercato lui tra tutti i feudatari presenti, con la sicurezza di trovarlo, anzi con il compiacimento di vederlo là. Ian s'irrigidì di colpo, quando capì di aver già incontrato in precedenza il cavaliere che rispondeva al nome di Roquemar: avevano incrociato le lame in un breve combattimento a Pienne e poi lui l'aveva aiutato a fuggire dai crociati. L'uomo portava addirittura in cintura il pugnale che Ian aveva dato a Daniel perché lo usasse per scatenare la fuga. Mai Ian si sarebbe aspettato che quel prigioniero scalzo fosse un cavaliere di Raimondo VI. *Che cosa ci fa qui, adesso?* si domandò, sulle spine. Spostò lo sguardo su Gant e vide che anche il luogotenente crociato stava fissando i nuovi arrivati, ma con un'espressione molto simile al disgusto. Notò anche che li fissava tutte e tre allo stesso modo: forse non aveva guardato abbastanza bene i prigionieri a Pienne da poterne riconoscere uno, specie se agghindato da cavaliere; forse, invece, stava semplicemente tardando a capire.

«Che hai?» domandò Ponthieu a Ian, notando la sua improvvisa tensione.

«Poi ti spiego» disse il giovane per tranquillizzarlo, sapendo però che tutto gli avrebbe detto tranne confessargli di aver aiutato personalmente due ribelli a fuggire. Sentì freddo, anzi, all'idea di cosa poteva accadere se quella faccenda fosse trapelata in qualche modo.

Intanto l'ambasciatore Lavaur aveva fatto un impeccabile inchino davanti a Filippo Augusto e alla principessa Bianca, imitato subito dopo anche dai suoi due compagni. «Maestà, Altezza Reale: il mio signore Raimondo VI, conte di Tolosa e marchese di Provenza, vi porge i suoi saluti e i suoi omaggi» annunciò con voce sicura.

«Con quale coraggio quel vile si proclama signore di una contea che non è più sua?!» tuonò Montfort, immediatamente. «Il Concilio Laterano ha deciso e io ora sono il signore di quelle terre!»

L'ambasciatore non si smosse e ignorò del tutto Montfort, per rivolgersi solo al re. «Il mio signore invoca la vostra giustizia, Maestà, poiché voi siete il suo sire e feudatario ed egli non ha dimenticato i legami di lealtà e di fedeltà che vi deve».

«Se n'è ricordato piuttosto tardi, mi pare» replicò Filippo Augusto, con un misto di severità e ironia. «Non sembrava tanto disposto ad ascoltare il suo "sire feudatario" quando anni fa lo ammonivo di non lasciarsi trascinare in una guerra contro Roma».

«Vi assicuro, sire, che il conte Raimondo ha impugnato le armi con grande sofferenza e solo per difendere le sue terre da un'ingiusta invasione. Non voleva in alcun modo mancarvi di rispetto, ma solo difendere i suoi sudditi che vivevano in pace e in armonia».

«E in eresia» aggiunse Gant, sprezzante, attirandosi le occhiate offese degli occitani.

«Andiamo avanti» sollecitò Filippo Augusto. «Ho già sentito questi discorsi altre volte e non ho né tempo né voglia di ascoltarli di nuovo adesso».

L'ambasciatore riportò lo sguardo su di lui. «Maestà, veniamo a sottoporvi il caso della città di Beaucaire, ingiustamente tolta al mio signore. Il conte Raimondo vi prega di aiutarlo a riavere ciò che gli spetta di diritto, liberando la città dagli invasori che l'hanno occupata».

Fu come appiccare un incendio nella sala delle udienze, tanto la richiesta suscitò scalpore e attizzò i commenti di tutti i feudatari presenti. Persino Montfort era così allibito da impiegare qualche istante prima di riaversi dalla sorpresa.

«Ingiustamente!» esclamò indignato. «Una simile accusa dimostra una volta per tutte la vostra eresia! Il Papa stesso ha decretato che quelle terre diventassero mie. Contestando me, voi contestate il Santo Padre e la capacità di giudizio dell'intero Concilio».

L'ambasciatore non si lasciò scalfire dall'accusa. «Mi dispiace dovervi contraddire, *monsieur* de Montfort, ma nella sentenza del Concilio Laterano non si fa alcuna menzione di Beaucaire. Quindi la città non può essere considerata inclusa nei vostri nuovi domini».

«Sta all'interno dei miei confini!»

«Ciò nonostante non è contemplata dalla sentenza, ne consegue che non può essere vostra. La vostra occupazione è illegittima».

Filippo Augusto si voltò verso i suoi consiglieri. «Abbiamo gli scritti della sentenza del Concilio?» domandò, torvo.

«Ci siamo permessi di portarvene una copia, che avrete tutto il tempo di confrontare con quella in vostro possesso» rispose l'ambasciatore Lavaur, prima dei consiglieri, e fece cenno ad Almeric de Roquemar perché portasse avanti un corposo rotolo di pergamena tenuto nelle mani fino ad allora.

«*Monsieur* de Ponthieu, vi dispiace?» intervenne Bianca di Castiglia.

Ian fu sorpreso nel sentire che, tra tutti gli altri, la principessa stava chiedendo proprio a lui di prendere la pergamena dalle mani degli occitani per consegnargliela.

Il giovane obbedì, onorato dalla scelta della principessa ma allo stesso tempo messo sul chi vive dall'idea di avere un approccio diretto con gli occitani. Incrociò gli occhi di Roquemar, mentre gli prendeva il documento dalle mani, ed ebbe l'impressione che ci fossero molte parole non dette dietro l'espressione dell'altro uomo, ma non riuscì a decifrarle o forse era semplicemente troppo agitato per comprenderle.

Allo stesso tempo, anche la principessa gli rivolse un lungo sguardo diretto quando ricevette la pergamena da lui, poi però, a un invito silenzioso del re, aprì il rotolo e cominciò a leggerne in silenzio le righe fitte, scritte in latino. Non essendo stato congedato, Ian rimase lì accanto, in attesa.

«Credo che l'ambasciatore abbia ragione, sire: Beaucaire non è menzionata in questo documento» concluse Bianca, porgendo la pergamena a Filippo Augusto, che non l'aprì ma rimase a tamburellarvi sopra con le dita.

«Questo apre una questione tutta nuova, non è vero?» disse infine il re, rivolgendo un'occhiata ai consiglieri e ai feudatari più legati alla corona, Robert de Dreux e Guillaume de Ponthieu prima di tutti. Aveva un tono in apparenza seccato, ma Ian che gli era più vicino degli altri notò subito quanto il re fosse segretamente soddisfatto, perché l'inaspettato cavillo legale gli dava la possibilità di prendere tempo ancora e di rimandare l'invio ufficiale di truppe o rinforzi verso sud.

Ponthieu infatti colse l'imbeccata al volo. «Maestà, io credo che dovremmo fare ricerche approfondite su questo fatto. Non è una cosa da prendere alla leggera: ne va dell'assetto di un'intera regione, la cui stabilità è stata sancita proprio da quel documento. Se voi per primo date a vedere di volerlo interpretare come più vi piace, ne nascerà un precedente che consentirà anche a molti altri di fare altrettanto».

«Non vi pare vero di potermi legare le mani!» accusò Montfort. «Voi e vostro fratello non avete fatto altro che osteggiarmi fin dall'inizio dell'udienza!»

«Io mi limito a suggerire ciò che mi sembra più sensato» replicò freddamente Ponthieu, ma Ian notò che gli sguardi degli occitani si erano fatti attenti sul conte e su lui stesso.

Filippo Augusto intanto non si pronunciava, prendendosi tempo per meditare.

«Per quello che può valere, mio signore, anche il mio consiglio è quello di indagare a fondo» intervenne la principessa Bianca, approfittando del silenzio.

«Chiedere direttamente a Roma, se necessario» azzardò Ian, in aggiunta, e la principessa lo appoggiò. «È un'altra buona idea».

«Ci vorranno giorni!» protestò Montfort.

«Il nostro re dovrebbe forse esporsi per una causa di dubbia legittimità?» lo redarguì il conte di Dreux.

Il comandante crociato serrò i pugni. «Io non posso aspettare. Con o senza aiuti, partirò per riportare Beaucaire all'ordine».

I cavalieri di Raimondo VI lo stavano fissando con odio evidente nello sguardo. «Allora sarete accolto come il peggiore degli invasori, poiché venite senza alcun diritto» minacciò l'ambasciatore Lavaur.

«Io non posso impedire a *monsieur* de Montfort di partire così come non posso appoggiarlo ufficialmente» decise Filippo Augusto e il suo sguardo partì dagli occitani per estendersi a tutti. «Non posso fermare un esercito che marcia per volere del Papa, né ardisco farlo. Allo stesso tempo, non posso consentire a nessuno dei miei feudatari di prendere la Croce e andare verso sud, finché la questione legale della città di Beaucaire non sarà chiarita, a meno che un estendersi del conflitto non vada a toccare terre legittimamente attribuite ad altri feudatari».

Consegnò la pergamena ai consiglieri e concluse: «Vi farò sapere la mia decisione quando i miei giuristi avranno deliberato».

Ponzio Pilato al confronto era un dilettante, pensò Ian, osservando il re disimpegnarsi con tanta perizia da una decisione che non voleva prendere a nessun costo.

Gli occitani sembravano comunque soddisfatti, poiché l'ambasciatore rispose: «La vostra neutralità per ora ci basta, sire. Ci dà la speranza di ottenere giustizia da voi».

Si erano assicurati di non avere addosso i feudatari francesi, capì Ian, quindi potevano per il momento considerare di affrontare il solo Montfort e il suo esercito stanco di crociati.

L'udienza si sciolse spontaneamente, poiché non c'era altro da dire. Il re abbandonò la sala con la principessa, da una porta interna che conduceva nella parte privata del palazzo; i feudatari, pochi alla volta, si diressero verso l'uscita principale, confabulando tra loro. Montfort si allontanò a grandi passi furiosi, seguito dai suoi accoliti.

«Neanche un mulo gli abbiamo dato. Sei stato profetico» sogghignò Sancerre all'indirizzo di Ian.

«Ringraziamo la dimenticanza dei giuristi papali» replicò

questi. «Hanno fatto un errore clamoroso in quella sentenza, se ciò che sostengono gli occitani è vero».

Ponthieu gli batté con la mano sulla spalla e aveva un sorriso compiaciuto sulle labbra. «Abbiamo comunque di che essere soddisfatti. Il re sarà contento di aver potuto prendere tempo e noi abbiamo fatto un buon lavoro. La prossima volta finiremo l'opera e intanto Montfort se ne deve andare senza niente in mano. Non sarà presente a perorare la sua causa, quando saremo pronti a discuterne, e il fronte di chi lo appoggia sarà molto meno saldo, specie se nel frattempo l'esercito crociato avrà ricevuto pane per i suoi denti dal conte Raimondo».

«Diciamo allora che per il momento è finito tutto bene» disse Ian, ma nel contempo sbirciò con la coda dell'occhio gli occitani che si dirigevano verso il cortile tra gli sguardi sospettosi di tutti.

Non aveva dubbi che il cavaliere Almeric de Roquemar lo avrebbe aspettato là fuori e non era affatto sicuro che quell'incontro sarebbe finito altrettanto bene quanto l'udienza del re.

Capitolo 14

Nel cortile, invece, Ian trovò un confronto già in atto. Simon de Montfort aveva atteso al varco gli occitani, insieme a Gant, e i toni si erano già accesi. Il confronto avveniva nel centro esatto dello spiazzo circondato dal colonnato, alla piena luce del tardo pomeriggio. Tutto intorno, i feudatari osservavano la scena attentamente, ma senza intervenire in favore né degli uni né degli altri. L'abate di Rabastens si teneva a debita distanza, senza osare frapporsi tra i cavalieri.

Alla scena erano presenti anche alcune dame e Ian vide che tra loro vi era Isabeau. Si accigliò d'istinto per quello spettacolo portato avanti senza alcun ritegno al cospetto delle donne e raggiunse la moglie a passi decisi, con l'istinto di proteggerla anche se non vi era alcun pericolo per lei.

Isabeau si voltò, quando lo sentì arrivare, e gli si mosse incontro. «Che succede?» gli domandò, seria ma non spaventata, accennando agli uomini fermi su posizioni ostili nel mezzo del cortile.

Ian le spiegò in due parole l'accaduto, ma le cinse anche le spalle con un braccio, sentendosi meglio. Il contatto fisico con la moglie lo fece sentire più tranquillo, come se la tenesse sotto la sua ala protettrice.

«Devono stare molto attenti. Io non mi azzarderei ad arrivare alle armi nel cortile del palazzo reale» considerò Isabeau, riportando lo sguardo sullo scontro per ora solo verbale.

Ian fu d'accordo con lei, tanto più che tra le colonne del porticato vide apparire silenziosamente molte divise azzurre, segno che il contrasto era arrivato a conoscenza del re e che lui in persona o qualcuno dei suoi consiglieri aveva mandato le guardie reali a tenere d'occhio la situazione.

Intanto Montfort aveva puntato il dito contro Lavaur, che da parte sua non si mostrava per nulla intimorito.

«Non crediate di potermi vincere, né a parole, né con le armi» minacciò il comandante crociato e la sua voce arrivò distintamente fino a Ian. «Dite a Raimondo e a suo figlio che verrò ad affrontarli molto presto, ma questa volta non consentirò loro di scappare come conigli. Mi prenderò le loro teste e le appenderò alle mura di Beaucaire come monito per tutti».

«Venite pure, con tutto il vostro esercito. Ci troverete pronti ad affrontarvi e la popolazione della città lo sarà insieme a noi» replicò l'ambasciatore, duro. Era più giovane e minuto di Montfort, eppure affrontava il capo crociato senza nessun timore, con un'espressione d'acciaio sul volto affilato. «La gente occitana non vi vuole, Montfort. Per ognuno di noi che ucciderete, ve ne troverete contro altri venti».

«E io vi ucciderò tutti, per quanti siete. Uomini, donne e bambini» fu la promessa terribile.

«E brucerete all'inferno per questo, infame assassino» sentenziò Lavaur.

Come prevedibile, l'insulto fu un invito alle armi.

Montfort mise mano alla spada all'istante e Gant sguainò la sua, mentre esclamava: «Come osate?!»

Ian, come la maggior parte degli altri cavalieri, si preparò a intervenire, e mise Isabeau al sicuro dietro di sé.

Gli occitani però erano uno in più rispetto ai crociati e il più veloce di tutti fu Roquemar, che spinse la lama direttamente sotto la gola di Gant, immobilizzandolo.

«Non darmi il pretesto per sgozzarti insieme al tuo comandante» minacciò. «Sogno di farlo da mesi, da quando voi crociati avete ucciso i miei compagni e poi devastato Pienne. Non so se riuscirei ancora a dominarmi, nemmeno se siamo alla corte del re di Francia».

Gant dovette abbassare la spada, ma contemporaneamente spalancò gli occhi, come se fosse stato raggiunto da una rivelazione. «Tu sei uno di quei vigliacchi di Pienne» disse infatti, intuendo finalmente l'identità del suo interlocutore.

«Bada a ciò che dici, verme» lo zittì l'occitano, con un lampo nello sguardo.

«Basta così, Almeric» consigliò però l'ambasciatore Lavaur, mettendo la mano sul braccio del suo compagno.

«Signori, posate le armi e sospendete questa contesa» ordinò in quell'istante un ufficiale reale, sopraggiunto con una decina di uomini dalle divise azzurre, armati fino ai denti. «Separatevi e non causate altro conflitto. Siete nella casa del re».

«Chiediamo scusa a Sua Maestà per questo deplorevole spettacolo. Non si ripeterà più» disse l'ambasciatore, mentre Roquemar riponeva la spada, pur senza staccare gli occhi irati da quelli di Gant.

Il cavaliere crociato si fece indietro di qualche passo e dovette riporre anche la sua spada con stizza, in silenzio, sotto gli sguardi attenti dei soldati pronti a intervenire.

Montfort invece minacciò, rivolto agli occitani: «Ci rivedremo a Beaucaire». Poi si girò sui tacchi e abbandonò il cortile.

Gant lo seguì e così fece lo spaventatissimo abate di Rabastens. Ian vide il cavaliere crociato voltarsi indietro un'ultima volta prima di varcare l'uscita del colonnato: Gant guardò Roquemar, ma poi spostò lo sguardo furente anche sul cadetto Ponthieu.

L'ufficiale del re si rivolse ai delegati della Linguadoca. «Signori, vi prego di rimanere qui e attendere le disposizioni dei miei uomini. Vi scorteremo in un luogo sicuro in cui potrete alloggiare per tutto il tempo della vostra permanenza, poiché il re non desidera che si creino disordini in città e fuori da queste mura non siamo in grado di garantire la vostra incolumità, specie dopo quanto è successo».

«Dite al re che gli siamo grati per tanta premura» rispose l'ambasciatore con un inchino formale, imitato dai suoi due compagni.

L'ufficiale reale si allontanò, lasciando i suoi soldati a presidiare la scena, più per formalità che per vero bisogno, e la tensione che sembrava aver congelato il cortile tutto intorno finalmente si dissolse.

Ian si rilassò, allontanando la mano dalla spada. Alcuni cavalieri e feudatari abbandonarono il luogo alla spicciolata, altri rimasero a parlare tra loro con voci basse e nervose, mentre gli occitani aspettavano quieti come era stato loro chiesto, sopportando a testa alta gli sguardi di tutti. In un angolo, Ponthieu commentava l'accaduto con il suocero De Dreux, il giovane conte di Grandpré e Henri de Bar. Le dame si erano riunite ai familiari, alcune spaventate da quanto accaduto. Donna arrivò nel cortile in quel momento e si mosse subito per raggiungere il marito Etienne e il cognato Guillaume de Sancerre.

«Dov'è Daniel?» chiese Ian a Isabeau, notando di colpo l'assenza dell'amico. «Non era con voi al mercato?»

La fanciulla si lasciò sfuggire un'espressione imbarazzata. «Ecco...» esordì, ma poi sorrise. «Eccolo» si corresse.

Daniel era comparso nel cortile quasi di corsa. Era trafelato, notò Ian, e si guardava intorno alla chiara ricerca dell'amico. Lo individuò dopo un istante, respirò per riprendere fiato e si mosse per andargli incontro, ma dopo due passi si bloccò, irrigidendosi.

Ian dovette girarsi per seguire la direzione del suo sguardo allarmato e provò un brivido segreto nell'accorgersi che l'occitano Almeric de Roquemar aveva lasciato momentaneamente i due compagni per incamminarsi proprio verso di lui.

Cercando tutto il sangue freddo di cui disponeva, Ian si preparò al confronto, anche se sentì il cuore accelerare. Con la coda dell'occhio si accorse che Ponthieu e gli amici avevano interrotto la loro conversazione e lo stavano osservando, attirati dalla novità.

Roquemar si fermò a debita distanza da Ian, con un inchino formale rivolto prima a Isabeau che lo guardava con occhi interrogativi e sospettosi. «*Madame*, rendo omaggio a tanta bellezza e vi chiedo perdono se vengo a disturbare il vostro pomeriggio» le disse, con un sorriso, dopo essersi presentato. «Ma desideravo molto incontrare il Falco d'argento, che immagino sia vostro marito» aggiunse, sottolineando a parole il fare protettivo con cui Ian stava accanto alla fanciulla.

«Sono felice di presentarvelo, cavaliere» rispose Isabeau, cauta, alzando la mano verso il marito.

Ian osservò finalmente da vicino l'uomo che aveva avuto modo di affrontare al buio, nei prati di Pienne. Era un po' più vecchio di lui, più basso e con una corporatura più nervosa. I lineamenti spigolosi non erano sgradevoli, ma avevano un che di feroce anche nel sorriso: l'espressione dura del guerriero di lunga data.

«In realtà, noi due ci siamo già conosciuti a Pienne. Sono sicuro che *monsieur* de Roquemar si ricorda bene quell'occasione» disse Ian, prevenendo qualsiasi frase del suo interlocutore.

L'altro cavaliere sembrò soddisfatto nel sentir intavolare l'argomento senza tanti preamboli e portò la mano alla cintura, apparentemente con un gesto casuale, ma sfiorando il pugnale di Daniel con il pollice. «Forse però questi dettagli possono annoiare una bella dama come vostra moglie» rispose in tono d'intesa.

Ian non distolse gli occhi dai suoi. «Potete stare tranquillo. Non ho segreti per mia moglie».

«Ma forse per qualcun altro sì» disse l'occitano, guardando intorno a sé i feudatari che osservavano la scena, troppo lontani per udire le parole di quella conversazione. «Potremo rievocare il passato più tranquillamente un giorno in cui saremo senza tanti spettatori. Io, voi, vostra moglie, se vorrà assistere, e anche...?»

S'interruppe con una chiara domanda nel tono, quando si voltò a guardare Daniel, appena arrivato al fianco di Ian, con tutta l'aria di chi vuole dare man forte in caso di bisogno.

«Sir Daniel Freeland, cavaliere del mio casato» lo presentò Ian, rispondendo alla domanda lasciata in sospeso da Roquemar.

«E uomo della massima fiducia, immagino» commentò l'occitano, salutando Daniel con un cenno del capo, prima di riprendere: «In occasione del nostro primo, travagliato incontro, mi ha detto alcune cose su di voi, che ho stentato a credere».

«E adesso vi siete convinto?» domandò Ian. «So che avete mantenuto la promessa: i vostri uomini vi hanno raccontato cose interessanti su di me, dopo avermi spiato per giorni in Linguadoca?»

Daniel s'irrigidì.

«Il vostro esonero dalla crociata non ha avuto bisogno di spie, ha fatto clamore abbastanza da solo» osservò Roquemar con un sorrisetto ironico. «E comunque, devo ammettere che ciò che mi è stato riferito dai miei uomini sulla fine dell'assedio di

Pienne mi ha dato di che riflettere. Siete un soggetto enigmatico. Forse avete davvero un animo più cristiano degli altri, forse invece siete solo mille volte più scaltro e perseguite in segreto scopi che non sono ancora riuscito a immaginare».

«Altri mi hanno fatto la stessa accusa prima di voi» replicò Ian e ripensò a Geoffrey Martewall. «E presto o tardi tutti si sono dovuti ricredere».

«Vedremo». Roquemar fece un nuovo inchino per salutare. «La nostra conversazione ha già attirato troppi sguardi curiosi: è bene che finisca qui».

«Mi dispiace avervi fatto fare un viaggio a vuoto» lo sorprese però Ian, prima di lasciarlo andare. «Se pensavate di usare il segreto del nostro passato incontro per indurmi ad appoggiare la vostra causa davanti al re, sarete rimasto deluso nello scoprire che non ce n'era alcun bisogno».

L'occitano incassò il colpo ammirevolmente. «Mi avevano detto che il Falco viene da una famiglia di volpi. A quanto pare non è solo una voce di popolo».

Fece ancora un inchino, più profondo del primo. «Vi saluto, miei signori, e per quanto possiamo essere su fronti probabilmente nemici, vi ringrazio per avermi dato la possibilità di vivere ancora. *Madame*: di nuovo i miei omaggi».

Isabeau lasciò che l'uomo si allontanasse, prima di rivolgersi a Ian. «Non avevo intuito subito chi fosse: l'ho capito quando ti ho sentito nominare Pienne».

«Quello ti sta facendo ancora spiare» intervenne Daniel per la prima volta, abbassando ulteriormente il tono di voce. «Oggi uno sconosciuto mi pedinava per le strade di Parigi. L'ho scoperto e inseguito, ma mi è scappato ed è sparito proprio nella direzione da cui venivano gli occitani con i loro uomini. Avevo visto lo stesso tizio anche a Châtel-Argent, giorni fa».

«Ne sei sicuro?» domandò Ian, con la fronte corrugata. Davanti a lui nel cortile i tre occitani stavano parlando tra loro, probabilmente commentando la conversazione avuta da Roquemar fino a poco prima.

«Sicurissimo» confermò Daniel. «Era un ragazzo biondo, sui vent'anni, vestito di scuro. A Châtel-Argent era sulla strada in mezzo ai campi e poi anche in città».

Ian ricordò al volo il ragazzo occitano che aveva lasciato scappare a Pienne, durante il breve combattimento sul fiume quando Gant e i suoi avevano massacrato i compagni di Roquemar. Non aveva potuto vederlo bene a causa del buio, ma la descrizione grossomodo corrispondeva, quindi era molto più che probabile che Daniel avesse ragione. Il ragazzo scappato ai crociati era tornato, forse proprio per ordine dello stesso Roquemar, per tener d'occhio chi l'aveva lasciato andare.

Maledizione, pensò Ian, perché non si aspettava certo che gli occitani fossero così ostinati da sorvegliarlo anche lontano dalla crociata, ma preferì non rivelare agli altri quell'ennesimo segreto della sua vita. L'aveva creduto un dettaglio ininfluente e non si era preoccupato di aggiungerlo alla sua narrazione dei fatti; adesso doveva ricredersi, ma si tenne quella considerazione per sé. Daniel e Isabeau erano già abbastanza preoccupati senza sapere anche quello.

Daniel era davvero molto teso quando aggiunse: «Quel tizio potrebbe aver scoperto qualcosa riguardo *Hyperversum*».

Isabeau alzò gli occhi sul marito con allarme ancora più evidente.

«No, non credo» rispose Ian, dopo aver riflettuto. «Roquemar ne avrebbe fatto cenno. Non è una scoperta che può lasciare indifferenti e mi avrebbe messo completamente nelle sue mani».

Daniel cerco di rassicurarsi, ma non poté dire altro perché in quel momento sopraggiunsero Ponthieu, i due Sancerre, De Bar, Grandpré e Donna, tutti con la stessa domanda negli occhi.

Sancerre precedette gli altri a parole. «Che voleva quello?»

Ian inspirò a fondo, nel silenzio preoccupato di Daniel e Isabeau. «Farsi beffe di me» rispose, torvo. «È uno dei due prigionieri fuggiti a Pienne sotto il mio naso».

Sancerre si voltò a guardare Roquemar a bocca aperta. «Bastardo insolente! Come osa?»

«Adesso capisco la tua reazione durante l'udienza» disse invece Ponthieu. «L'avevi riconosciuto».

«A modo suo mi ha anche ringraziato» continuò Ian. «Se non l'avessi preso in consegna pretendendo un processo per lui, sarebbe morto di sicuro, quindi tra un'ironia e l'altra è venuto a dirmi quanto ha apprezzato ciò che ho involontariamente fatto per lui. Gli ho dato l'occasione per mettersi in salvo».

Il conte si voltò a guardare gli occitani e stava senza dubbio riflettendo sulle implicazioni politiche di quella novità. «Ci saranno chiacchiere su di te, perché non possiamo certo rifiutare una spiegazione quando ce la chiederanno. È stato un incontro troppo diretto, davanti agli occhi di tutti» commentò. «Non credo però che la cosa ci danneggi in alcun modo. Dovrai solo rassegnarti a sentir sparlare alle tue spalle per qualche tempo».

«Io te l'avevo detto: avresti fatto meglio a lasciare quel dannato nelle grinfie del corvo» brontolò Sancerre. «Ti saresti risparmiato molte seccature».

Alla luce di quanto Daniel gli aveva appena rivelato, Ian cominciò a chiedersi se Sancerre non avesse davvero ragione. «Andiamo via» esortò, già infastidito da tutti gli sguardi che sentiva su di sé, e prese Isabeau sotto braccio incamminandosi per primo.

«E tu raccontami perché non eri con Isabeau e Donna al mercato» brontolò sottovoce mentre camminava, rivolgendosi a Daniel con la voglia di sfogare parte del malumore su qualcuno. «Ho capito, sai, che sono tornate a palazzo da sole. Se Etienne lo viene a sapere, sono altri guai per tutti».

Daniel non disse niente e anche Isabeau abbassò la testa con una certa aria colpevole.

***

Il gruppo si sciolse poco a poco, era ormai ora di cena e tutti andarono a prepararsi per il banchetto che avrebbe seguito l'udienza del re. Daniel, invece, ne approfittò per prendere congedo e simulare la sua partenza.

«Non rimanete qualche giorno almeno?» si stupì Ponthieu, quando gli fu annunciata la notizia in privato. Insieme a Daniel e a Ian si era fermato sotto gli alberi del cortile principale, dopo aver salutato gli altri feudatari. «Siete appena arrivato, potreste dormire a corte qualche giorno insieme a noi».

«Preferisco ripartire domani all'alba e raggiungere la costa prima possibile. Se resto a dormire a palazzo dovrò attendere che domattina riaprano i portoni prima di andarmene. Se invece dormo alla locanda fuori città, sarò libero di partire al sorgere del sole» spiegò Daniel, di comune accordo con Ian. «Mi piacerebbe rimanere qualche giorno in più, ma non posso. Il tempo che mi ero concesso per girovagare per la Francia ormai è scaduto ed è ora che ritorni a casa. Mi rivedrete alla fine dell'anno, almeno spero».

«Credevo fosse più difficile andare e venire dal vostro paese lontano» osservò il conte. «Almeno così mi sembrava di aver capito le prime volte che Jean mi ha accennato l'argomento».

«Ultimamente ho avuto fortuna nel trovare gli imbarchi» rispose Daniel, scambiando un'occhiata con Ian. «Spero di essere altrettanto fortunato in futuro».

Ponthieu stava per ribattere ancora qualcosa, quando venne raggiunto dal suocero, il conte di Dreux, che lo chiamava per un colloquio privato con il re.

«Perdonatemi, devo proprio salutarvi» disse Ponthieu. «Visto che siete proprio deciso a partire, vi auguro buon viaggio. E non fateci penare troppo prima di avere vostre notizie, riprenderemo le nostre chiacchiere sull'argomento quando ce ne sarà l'occasione».

Magari anche no, pensò Daniel con un brivido dentro mentre rispondeva. «Mi farò vivo presto, ve l'assicuro. Nel frattempo vi auguro ogni bene».

***

«Oggi ho avuto paura in almeno tre occasioni».

La frase arrivò durante il viaggio verso la locanda fuori città. Era ormai il tramonto e la strada che usciva dalle mura per attraversare i campi e i boschi era quasi deserta. La temperatura si era fatta più fresca e il vento lieve staccava qualche foglia dagli alberi circostanti, trasportandola dolcemente davanti agli zoccoli dei cavalli.

Ian si voltò a guardare Daniel, che aveva appena parlato.

«Ho avuto paura quando ho scoperto quel ragazzo che mi pedinava, quando ho visto l'occitano venirti incontro e anche quando Ponthieu mi ha chiesto del nostro paese di origine» proseguì questi a bassa voce. «Sono rimasto sul chi vive per tutta la giornata e adesso sono esausto. Non so proprio come fai tu a vivere così».

«Be' le mie giornate non sono sempre così tese, per fortuna» replicò Ian. «L'argomento delle mie origini era archiviato da un pezzo tra me e Guillaume e nemmeno mi capita di ritrovarmi fuggitivi occitani davanti agli occhi a ogni passo. Di solito, le giornate nel medioevo sono abbastanza monotone e tranquille, te l'assicuro».

«A parte le guerre, le imboscate e le udienze del re?» obiettò Daniel, storcendo il naso in modo eloquente.

Ian ebbe un mezzo sorriso. «Sì, a parte quelle. Diciamo così, allora: la vita del Falco d'argento è più movimentata, quella di Jean Marc de Ponthieu è più rilassante».

«Peccato che tu sia l'uno e l'altro».

«Però così non mi annoio troppo».

Proseguirono in silenzio per un po', fianco a fianco.

«E comunque anche a me pesa questa vita fatta di tanti segreti» riprese Ian. «Sempre con il timore che qualcosa vada storto, che qualcosa trapeli… A volte mi sento solo, chiuso in una gabbia di menzogne. Se non ci fosse Isabeau, sarebbe probabilmente insopportabile. Almeno lei sa tutta la verità, con lei posso confidarmi senza segreti».

«Se non ci fosse Isabeau, tu non saresti qui» gli rammentò Daniel.

Il sorriso di Ian si fece più spontaneo. «È vero».

«Mi ripeti una promessa? Quella che mi hai fatto a Pienne ieri l'altro» pretese Daniel.

«Per me era qualche mese fa».

«Non importa, prometti di nuovo: non andare mai più a cercarti altri guai, altri segreti. Guarda che pasticcio è successo per la fuga di quei due occitani».

Ian annuì in silenzio. Ora non sorrideva più. «Hai ragione. Mi sono andato a cercare altri guai con le mie stesse mani».

«Quindi prometti: mai più».

«Mai più» sospirò Ian. «Però, visto che me la sono cavata solo con qualche pettegolezzo alle mie spalle, sono contento di avere due morti in meno sulla coscienza».

Daniel non commentò oltre e rimase a guardare la strada davanti a sé.

Proseguirono insieme, finché non furono sicuri che davanti o dietro di loro non ci fosse nessuno, poi fecero deviare i cavalli abbandonando la strada per il bosco.

Zigzagarono per un po' tra i cespugli odorosi di verde e di umidità e si assicurarono che nessuno fosse nei dintorni, infine scesero di sella entrambi.

Daniel consegnò a Ian le briglie del cavallo e la sua spada. «Bene» esordì. «Io me ne vado. Sicuro di aver pensato a tutto?»

«Non ti preoccupare».

Daniel si preparò a chiamare l'icona che gli avrebbe consentito il ritorno a casa, ma si sentiva a disagio a lasciare Ian da solo.

Erano successi troppi imprevisti quel giorno e gli avevano lasciato dentro un senso di precarietà e di pericolo. In testa aveva sempre il pensiero degli occitani e delle loro dannatissime spie. Poteva essercene una anche lì, nonostante sembrasse impossibile.

Ian sbirciò il volto serio dell'amico. «Con tutto quello che è successo, non ne abbiamo più parlato, ma dobbiamo anche pensare a come rendere *Hyperversum* più sicuro» gli disse, sorprendendolo.

Daniel si ravviò i capelli con la mano, dissimulando il nervosismo. «Quello non è un problema. Ho preso le mie precauzioni e in casa c'è sempre qualcuno che sa cosa fare se la partita dovesse interrompersi. Quando ritorno di là, inoltre, faccio sempre due copie di salvataggio di tutti i dati, così sono sicuro di non perdere nulla. Il passaggio è garantito».

«D'accordo» rispose Ian, ma aveva gli occhi molto seri. «Sai che mi dispiacerebbe non vederti più, ma sarebbe molto peggio se tu rimanessi intrappolato qui per qualche motivo imprevedibile».

«Non accadrà» insisté Daniel, ostentando sicurezza. «Stai tranquillo e pensa a risolvere i tuoi problemi. A *Hyperversum* ci penso io».

«Va bene» lo assecondò Ian, ma Daniel sospettò che l'amico avesse ceduto solo perché si era accorto che l'argomento lo innervosiva all'istante.

«Torniamo a casa, adesso. Tutti e due» decise Ian e sembrava stanco. «Ci rivediamo al prossimo appuntamento».

«Tra una settimana» cercò di sorridere Daniel.

«Tra sei mesi» gli ricordò l'amico.

Capitolo 15

L'orologio segnava le 20:12 quando Daniel si sfilò il visore e i guanti, rimanendo a rilassarsi sulla sedia imbottita per qualche minuto. *Hyperversum* era un videogioco davvero faticoso, pensava mentre si massaggiava le braccia e la spalla ancora indolenzita, ma poi indugiò a fissare lo schermo su cui campeggiavano il logo digitale e la schermata del "chiudi partita".

Gli ultimi avvenimenti nel medioevo lo stavano facendo riflettere, specie quando pensava alla spia che l'aveva tenuto d'occhio per così tanto tempo inosservata.

Ian probabilmente aveva ragione: gli occitani non sospettavano alcunché riguardo *Hyperversum*, ma Daniel sapeva fin troppo bene che si era trattato solo di fortuna.

Le precauzioni prese fino ad allora erano state insufficienti, lui e Ian avevano rischiato tantissimo per pura ingenuità e la cosa non si doveva più ripetere.

Abbiamo sottovalutato il problema o abbassato la guardia, si disse Daniel. *Non deve più accadere*.

Riguardo al funzionamento del gioco, invece, Daniel era certo che Ian avesse torto con le sue ipotesi.

Non c'era motivo per cui *Hyperversum* smettesse di funzionare del tutto mentre si trovavano entrambi di là e Daniel non voleva nemmeno pensare all'eventualità. Aveva già vissuto quell'esperienza due volte e non intendeva ripeterla, perciò aveva preso tutte le precauzioni necessarie e in questo caso non vi erano dubbi.

Era tutto sotto controllo.

Lo distrasse un rumore di piedi e di zampe sulle scale. Skip fu il primo a entrare nello studio e abbaiò felice, correndo a posare il naso bagnato sul petto del suo padrone. Jodie entrò subito dopo. «Ah, sei tornato» sorrise con un sollievo che non riuscì a dissimulare del tutto. «Com'è andata?»

Daniel si drizzò sulla sedia per ricambiare il bacio che la compagna gli posò sulle labbra chinandosi. «Tutto ok» le rispose, restio a farla preoccupare subito con i dettagli più spiacevoli di quel viaggio nel medioevo. «Ho fatto una gita alla corte di re Filippo. Poi ti racconto. Qui tutto a posto?»

«Tutto bene. Il computer non ha avuto nemmeno un singhiozzo».

Bene. Visto? Tutto sotto controllo, si disse Daniel, soddisfatto.

Jodie gli diede un altro bacio e si staccò da lui. «Vado a preparare la cena, così parliamo con calma a tavola».

Daniel la tenne con sé per qualche istante ancora. «Ti sono mancato?» le domandò, con la voglia di sentirselo dire.

«Lo sai che mi manchi tutte le volte che non ci sei» lo assecondò lei, esagerando volutamente il tono sdolcinato, poi gli diede un altro bacio e si liberò della sua mano intorno ai fianchi. «Tieni a bada il mostro per un po'».

Mentre la ragazza se ne andava, Daniel guardò Skip, già intento a masticare l'orlo dei suoi jeans in attesa di poter giocare. «Mostro, eh?» gli disse. «Che hai combinato mentre io non c'ero?»

Il labrador mugolò tutto contento e si rovesciò a pancia all'aria sotto la scrivania. Così facendo, ribaltò il cestino della carta posizionato tra le gambe del tavolo, sparpagliando fogli appallottolati e nylon stracciati per una buona porzione di pavimento.

«Comincio a capire» sospirò Daniel. «Prima o poi Jodie ti strapperà il pelo, se non la smetti di fare danni».

Si chinò a raccogliere la carta straccia per rimetterla al suo posto, ma non ci fu verso di sottrarre il cestino al cane, che aveva già iniziato a rosicchiarne i bordi. Daniel provò a tirare, ma Skip oppose allegra resistenza, anzi si eccitò ancora di più, pensando a un nuovo gioco.

«Ok, senti: tieniti il tuo cestino e fanne ciò che vuoi» si arrese Daniel, dopo aver lottato invano per qualche minuto sotto la scrivania. «Io adesso ho da fare cose più importanti che perdere tempo con te».

Tutto infervorato, Skip cacciò la testa direttamente dentro il cestino finalmente in sua totale balia, alla caccia degli ultimi trofei rimasti sul fondo. Subito dopo Daniel sentì l'inconfondibile rumore di carta sminuzzata da denti canini.

Ci metterò tre anni a raccogliere tutto, pensò sconsolato, mentre si accomodava di nuovo sulla sedia, avvicinandola alla scrivania nonostante avesse il cane sdraiato in mezzo ai piedi.

Riportò la sua attenzione su *Hyperversum* e mise le mani sulla tastiera. Riaprì la partita e cercò le impostazioni per cambiarne la data e il luogo secondo il nuovo appuntamento concordato con Ian; calcolò sei mesi dalla data in cui si erano lasciati e cominciò a digitarne negli appositi campi prima il giorno, poi il mese, poi l'anno.

Nel frattempo si chiese cosa sarebbe successo nel medioevo in quel lasso di tempo: Montfort avrebbe riconquistato Beaucaire? Che ne sarebbe stato degli occitani e di Roquemar in particolare? Avrebbero lasciato Ian in pace?

Spero di sì, dovranno pur pensare al loro assedio e all'esercito crociato, si augurò Daniel in silenzio.

Certo, la tentazione di andare a cercare su internet le notizie era molto forte, ma il giovane decise di resistervi. Non voleva sapere cose spiacevoli che l'avrebbero fatto star male per tutta la settimana, fino alla partita successiva. Meglio farsi raccontare tutto da Ian al suo ritorno.

Già, però... l'archivio storico di *Hyperversum* era proprio lì, a portata di mano... esattamente mentre lui cambiava il calendario della partita.

Lottando contro se stesso, ma incapace di resistere, Daniel andò a digitare nel campo apposito la parola "Beaucaire", poi cliccò sull'icona "maggiori informazioni", in modo da avere un'anteprima della situazione storica aggiornata al novembre 1216.

Dopo solo alcuni istanti, *Hyperversum* iniziò a restituire il risultato della sua elaborazione. Daniel si infilò il visore con le cuffie per sentire anche l'audio.

Il suo personaggio virtuale si ritrovò a galleggiare nello spazio sopra una zona precisa della Francia del sud, mentre la voce femminile e artificiale spiegava:

La guerra in Linguadoca riprese a fine maggio 1216, con la rivolta della città di Beaucaire. L'esercito di Raimondo VII di Tolosa, figlio di Raimondo VI si scontrò una prima volta con i crociati di Guy de Montfort, fratello del comandante Simon, a Bellegarde, il 3 giugno, a meno di venti miglia da Beaucaire.
Il 4 giugno Simon de Montfort arrivò sul luogo e attaccò Beaucaire, nel cui castello i ribelli tenevano ancora in assedio il governatore Lambert de Limoux con la sua guarnigione.
Per tre volte i crociati tentarono senza successo di conquistare la città, ma ad agosto 1216, Montfort ricevette la notizia che Lambert de Limoux era ormai a corto di viveri e impossibilitato a mantenere il controllo del castello.
Montfort dovette arrendersi: rinunciò a Beaucaire al prezzo di salvare Limoux e la sua guarnigione, negoziando una tregua. La città rimase in mano a Raimondo VII.
La sconfitta di Montfort fu pesante e già dalla fine del 1216 l'Occitania fu scossa da rivolte, repressioni e saccheggi. Montfort fu costretto a riprendere con la forza molte città ribellatesi al suo dominio, tra le quali la stessa Tolosa, Montgaillard, Pierrepertuse, Roquemar...

Roquemar è una città? si domandò Daniel, colpito dall'idea. Ormai preso dalla curiosità di sapere, fermò la narrazione storica e digitò nella ricerca delle informazioni: "Roquemar".

Il mondo virtuale si spostò sotto il personaggio virtuale che ancora galleggiava nell'aria e mise a fuoco una regione della Francia più a nord-ovest rispetto alla Linguadoca.

La voce femminile riprese a parlare.

Nell'autunno 1216 l'Occitania fu teatro di molti tentativi di rivolte, affogati nel sangue dalle truppe di Montfort.
I possedimenti diretti del conte Raimondo VI di Tolosa, poi conquistati dai crociati con migliaia di vittime e decine di esecuzioni, furono particolarmente colpiti dalle repressioni. Simon de Montfort mantenne a stento e solo con il pugno di ferro i suoi territori facendo demolire intere città dopo la conquista, come ad esempio Roquemar, le cui torri e palazzi furono del tutto rasi al suolo per la seconda volta in pochi anni, tra le urla e le lacrime degli abitanti superstiti...

Be' non c'è da stupirsi allora se Almeric de Roquemar ce l'ha tanto con Montfort e i suoi, si disse Daniel, pensando a ciò che Ian gli aveva raccontato del confronto diretto tra gli occitani e i crociati nel cortile del re. *Se quel tizio viene dalla città di cui porta il nome, deve aver visto un bel po' di morti e di stragi a causa della crociata. Probabilmente avrà anche perso tutto ciò che possedeva.*

Un ronzio vibrante a poca distanza, sul pianale, lo distrasse dall'ascolto.

Daniel si tolse momentaneamente il visore per individuare il cellulare acceso, con il display illuminato. Lo prese in mano e guardò il nome apparso con l'inizio della chiamata. Era Ricardo, il collega del laboratorio.

«Ehilà, che succede di sabato sera?» domandò Daniel nel rispondere.

«Ti ricordi, vero, che lunedì mattina subito il boss vuole la nostra relazione sugli ultimi esperimenti?» disse il collega con il tono di chi si aspetta già una risposta negativa. «Non ho ancora ricevuto la tua parte».

Daniel imprecò mentalmente. «Certo che mi ricordo, stavo giusto per mandartela» mentì. «Sono davanti al computer per rileggere le ultime correzioni».

Mentre lo diceva si affrettò ad aprire il programma di scrittura e cercare tra i documenti la relazione lasciata più o meno a metà il venerdì sera. Fece una smorfia silenziosa, quando si rese conto che avrebbe dovuto lavorare almeno qualche ora per mettere in ordine quella massa di frasi buttate giù in fretta. «Dammi ancora un po' di tempo e te la invio».

«Quando?» domandò Ricardo, perentorio.

«Domani mattina» dovette ammettere Daniel, sentendosi scoperto.

Il collega sospirò, rassegnato. «D'accordo, ma non farmi aspettare tutto il giorno. Lo sai che dopo ci devo lavorare sopra anch'io».

«Entro domattina alle dieci, promesso» si arrese Daniel, figurandosi già una triste cena davanti allo schermo acceso per finire il lavoro in tempo.

«Ma si può sapere dove hai la testa, da un po' di tempo a

questa parte?» continuò Ricardo, preoccupato. «Sembri costantemente in un altro posto. Sei sicuro di star bene?»

«Alle dieci ti mando tutto» tagliò corto Daniel. «Nessun problema, non ti preoccupare».

Salutò e chiuse la conversazione di malumore, rimproverandosi.

Persino Ricardo aveva notato che in lui c'era qualcosa di strano e questo fece sentire Daniel ancora più esposto. Decisamente doveva fare più attenzione, a casa come nel medioevo, per non rendersi sospettabile da chiunque, specie da chi poteva avere occhi più acuti di Sal Ricardo.

Sullo schermo, scorse con gli occhi le trenta e più pagine di relazione da completare, cercando di riprendere le fila del discorso, ma si rese conto che la testa vagava costantemente da un pensiero all'altro.

Calma. Una cosa alla volta, si disse e tornò a *Hyperversum* per finire le impostazioni della partita, prima di chiudere definitivamente tutto in attesa del successivo fine settimana.

Rimise il visore e si ritrovò davanti agli occhi all'improvviso la scena di un bosco ai limiti di una cittadina mai vista, appena rischiarata da un'alba grigia. La città sembrava in rovina, tanto i suoi edifici erano danneggiati da chissà quale calamità. Persino le mura erano solo un recinto di pietre franate, non più alto di qualche piede, che racchiudeva un cupo agglomerato di case di legno.

Che sta succedendo? si allarmò Daniel. Impiegò qualche istante a capire che il videogioco, non ricevendo altro input da lui, aveva iniziato in automatico una partita, proiettando il suo personaggio in un luogo del tutto sconosciuto.

Ma dove?

Daniel corse subito ad attivare la finestra della data e del luogo.

In una partita normale avrebbe dovuto leggere *"15 novembre 1216, Châtel-Argent, feudo di Montmayeur, Francia"*, ma si ritrovò invece davanti le indicazioni: *"15 novembre 1216, Roquemar, Occitania, Francia"*.

La partita era stata salvata dal sistema con i parametri impostati temporaneamente per ascoltare la situazione storica ed era cominciata mentre lui parlava al telefono.

Ma stiamo scherzando! protestò Daniel col pensiero e si affrettò a mettere in pausa la partita per cambiare il luogo dell'azione.

Ridigitò "Châtel-Argent" e confermò la scelta. Tutto si bloccò all'improvviso.

Per un istante Daniel rimase paralizzato sulla sedia imbottita. Attese, col cuore che cominciava ad accelerare, ma nulla accadde: nel visore ogni cosa era raggelata in un'immagine statica mentre vicino ai parametri di gioco era apparsa l'icona di una clessidra. Il computer stava elaborando qualcosa e non rispondeva più.

Infine, dopo un paio di minuti eterni, apparve una scritta:

Il modem ha una velocità
di trasmissione inferiore
rispetto a quella standard.
Mantenere connessione?
Sì /No

Daniel si strappò il visore, cercò freneticamente nello schermo e scoprì nell'angolo in basso l'icona del modem, lampeggiante di rosso.

«Che sta succedendo?!» esclamò d'istinto. Si chinò a guardare sotto la scrivania e trovò Skip ancora intento a fare a pezzi tutti i fogli di carta estratti dal cestino: si era sdraiato sui cavi del computer e la spina dell'alimentazione del modem *wireless* traballava pericolosamente dalla presa di corrente.

«SPARISCI SUBITO DA LÌ!» urlò Daniel e Skip ne fu così spaventato da zampettare in tutte le direzioni pur di rialzarsi in piedi e scappare. Calciò via il cestino insieme a una miriade di frammenti di carta e infine riuscì a mettersi a distanza di sicurezza, guaendo.

Daniel si gettò sotto la scrivania per assicurare la spina alla presa della corrente prima che si staccasse davvero, poi riemerse a guardare sul pianale e, mentre lo faceva, passò in rassegna tutte le peggiori ipotesi che gli vennero in mente. Con certezza sentì che avrebbe potuto ammazzare Skip, se il suo intervento aveva spento il modem, interrotto la connessione col server, danneggiato la partita in corso e chiuso per sempre la porta verso il medioevo.

L'icona del modem invece era di nuovo di un bel verde rassicurante. La scritta era sparita, il gioco finì le sue elaborazioni e riprese da solo a funzionare tranquillamente, come se nulla fosse accaduto. *Hyperversum* si avviò senza indugi verso l'introduzione storica.

Daniel formulò in un solo pensiero tutte le preghiere di ringraziamento che conosceva, quando vide comparire sullo schermo la sagoma familiare di Châtel-Argent, sullo sfondo di un cielo chiaro di tardo autunno.

Non è successo niente, dovette ripetersi almeno dieci volte, prima di calmare il respiro affannato. Fece tutti i controlli che il gioco e i sistemi di sicurezza gli permettevano e non trovò nulla di anomalo. Era tutto a posto come se nulla fosse accaduto. Quando Daniel si rilassò contro lo schienale della sedia, si accorse della presenza di Jodie nella stanza, a poca distanza da lui. La ragazza aveva un guanto da forno stretto nella mano; dietro le sue gambe si nascondeva Skip, a distanza di sicurezza dal padrone seduto alla scrivania.

«Tutto bene? Ho sentito urlare da giù» chiese Jodie.

«Tieni quel cane lontano da me per un po'» brontolò Daniel, indicando Skip con un dito accusatore. «Mi ha tolto dieci anni di vita con la sua bravata. Per fortuna è tutto a posto».

«Un altro dei tuoi guai, eh?» Jodie si chinò sul labrador, che si stese quasi a tappeto, con aria colpevole.

Tutto sommato, era così patetico da far passare la voglia di sgridarlo ancora e Jodie rinunciò. «Guarda che macello qui dentro» sospirò e poi s'incamminò di nuovo verso le scale. «La cena è pronta tra dieci minuti». Scese al piano di sotto, chiamando Skip con sé.

Daniel rimase ad affrontare *Hyperversum* da solo, in silenzio.

Invecchierò davvero prima del tempo, se non trovo il modo di mettere in sicurezza questo dannato gioco, pensò, scrutando lo schermo, e per prima cosa dovette ammettere che tenere l'avventura sul server on-line era davvero troppo pericoloso. Il rischio appena corso gli aveva ricordato che poteva davvero capitare qualcosa alla connessione, poteva avvenire un guasto nel server o chissà cos'altro.

Meglio avere ogni cosa sotto controllo per quanto possibile, il che voleva dire almeno tenere tutto nel proprio computer, chiuso al sicuro nella sua casa.

Un'operazione alla volta, Daniel chiuse la partita e trasferì tutti i dati nella memoria locale del computer, dove aveva già una copia di sicurezza. Salvò un duplicato anche su un'unità di memoria esterna, tanto per essere assolutamente certo, poi staccò definitivamente il gioco da internet per continuare a giocare isolato dal resto del mondo, come aveva fatto anche quando aveva riportato Ian nel medioevo dopo la prima avventura. Infine, riavviò il gioco.

La partita era sempre lì, tranquilla, senza alcuna anomalia.

Daniel si rilassò solo dopo aver controllato i dati uno a uno. *Tutto a posto. Un problema in meno*, sospirò in silenzio e allo stesso tempo si disse che Ian non doveva mai venire a sapere quella breve disavventura, o non gli avrebbe mai più permesso di andarlo a trovare per paura che gli accadesse qualcosa durante la sua permanenza nel medioevo.

Ritrovata finalmente la calma, Daniel si decise a rientrare definitivamente nei suoi panni di uomo moderno. Adesso doveva solo preparare quella dannata relazione per l'indomani e raccogliere qualche centinaio di brandelli di carta sparsi su tutto il pavimento.

***

Al suo ritorno a Parigi, prima del coprifuoco, Ian trovò il banchetto ancora in corso nel grande cortile del palazzo reale. Le torce illuminavano con suggestivi guizzi di luce le tavolate imbandite al riparo degli alberi e delle tettoie di stoffa, i musici suonavano melodie eleganti e quiete, i servi avevano finito di servire il cibo per lasciare spazio solo al vino, e non era un caso se le dame avevano già abbandonato la serata, visto che qualche cavaliere iniziava a superare il limite della sobrietà.

Dopo aver affidato i cavalli agli stallieri, Ian varcò l'ingresso del cortile, deciso ad andare a salutare gli amici per ritirarsi finalmente in camera con Isabeau, dopo una giornata tanto travagliata.

Immaginò di trovare Ponthieu a discutere di politica come suo solito, De Bar ad ascoltare i discorsi in silenzio e Sancerre a trascinare Grandpré in chiacchiere molto più amene, ma fu sorpreso di vedere Beau in attesa proprio sul limitare della zona illuminata dalle torce. Il ragazzino si era quasi addormentato seduto sotto un albero e rialzò la testa solo quando Ian gli mise una mano sulla spalla per riscuoterlo.

«Faresti bene ad andare a letto, non ho più bisogno di te per stasera» gli disse il giovane, nel vedere la faccia stanca del suo scudiero.

«Mi hanno detto di riferirvi un messaggio, quando sareste ritornato» lo sorprese però Beau, stropicciandosi gli occhi.

«Chi?» domandò Ian.

«Un ufficiale del re. Vi aspetta nel cortile interno, a qualsiasi ora, da solo».

Ian alzò gli occhi verso la sagoma scura del palazzo reale dietro il banchetto. Per qualche segreto motivo, in quel momento gli sembrò minacciosa, forse perché sapeva di avere troppe cose da nascondere. «Chi altri lo sa?»

«Nessuno, *monsieur*, nemmeno vostro fratello. L'ufficiale mi ha avvicinato mentre ero solo e mi ha detto di riferire solo a voi».

«Sta bene». Ian cercò di mostrarsi più tranquillo di quanto si sentisse in realtà. «Adesso tu va' a letto, hai già fatto il tuo dovere. E non parlare a nessuno di questa cosa, finché non torno».

«Sì, signore». Beau s'inchinò per salutare, grato di poter finalmente andare a dormire.

Senza entrare nella zona di luce delle fiaccole, Ian aggirò inosservato il banchetto per dirigersi verso il cortile interno dell'edificio. Era agitato, mentre attraversava silenzioso il colonnato, e la sua tensione aumentò quando vide un uomo con la divisa azzurra e i gigli d'oro sul petto, fermo nella luce che la luna proiettava ormai dall'alto di un cielo nero come la seta.

L'ufficiale individuò subito Ian e gli fece un cenno di saluto, impeccabile e militare. «*Monsieur* de Ponthieu, grazie di essere venuto» disse, ma Ian notò soprattutto la sua mano posata sull'elsa della spada, in posizione apparentemente rilassata. «Se volete seguirmi...»

«Sono a vostra disposizione» replicò Ian, sapendo di non poter rispondere altrimenti a un ufficiale del re.

L'uomo lo condusse attraverso il cortile, un corridoio e una porta, dall'altra parte del colonnato, fino in un altro cortile adiacente, più piccolo ma più elegante e curato. Era un cortile per le dame, notò Ian, accorgendosi delle panchine di pietra e dei rosai rampicanti. Ovunque aleggiava un buon profumo di fiori notturni. Una fontanella chioccolava all'incrocio di alcuni vialetti e, anche alla scarsa luce delle fiaccole accese lungo i vialetti, Ian poté scorgere il guizzare dei pesci nella vasca.

Subito dopo, vide la figura di donna velata, seduta sotto il pergolato di rose, in compagnia di altre due donne a capo scoperto.

Ian trasalì quando la riconobbe, e si fermò all'istante a debita distanza.

L'ufficiale che camminava davanti a lui, proseguì per andare dalla dama e inchinarsi. «Altezza reale, ecco *monsieur* de Ponthieu».

Bianca di Castiglia annuì in silenzio, poi congedò le dame di compagnia con un cenno della mano. Le due donne si ritirarono dietro il pergolato, non tanto da perdere di vista la loro signora e il suo ospite, ma abbastanza da non poter udire la conversazione in procinto di iniziare. L'ufficiale, invece, rimase accanto a lei, sempre con la mano sulla spada.

Ian capì che la principessa aveva preso tutte le precauzioni necessarie per non esporsi a chiacchiere malevoli, nel caso che quell'incontro privato venisse a conoscenza di qualcuno. «Altezza reale» salutò, inchinandosi profondamente.

«Non avevamo ancora avuto occasione di parlare insieme, noi due, signor conte» esordì la principessa. «Ho sentito molte cose su di voi, comunque. Mio marito e mio suocero vi stimano e si fidano entrambi di voi».

«Sono onorato della fiducia che Sua Maestà e Sua Altezza il

principe ripongono in me: spero di non tradirla mai» rispose Ian, rialzando la testa.

«Ho sentito anche, come tutti, che la vostra esperienza in Linguadoca non è finita nel migliore dei modi».

Ian si sentì punto sul vivo e tuttavia subì il commento senza protestare. «In quel caso, credo di aver deluso le aspettative e me ne dispiace sinceramente» disse soltanto, a sua difesa.

«Rimpiangete ciò che avete fatto?» domandò la principessa.

«No». La risposta di Ian venne senza indecisioni. «Rimpiango solo di non aver potuto dare asilo in quella chiesa a più gente. Al confronto, la mia carriera di diplomatico vale ben poco».

Bianca di Castiglia lo stava osservando attentamente da sotto il velo. «Raccontatemi di quel giorno» disse d'un tratto.

Ian sentì aumentare il disagio. Per niente al mondo avrebbe voluto rievocare il ricordo della strage di Pienne, che ancora lo svegliava di notte alle volte, ma allo stesso tempo capiva di non potersi opporre a una richiesta diretta della futura regina di Francia.

Una parola dopo l'altra, si costrinse a raccontare la fine dell'assedio, l'ingresso dell'esercito in città, la devastazione, i roghi. Rimase più neutrale possibile nel suo resoconto, per prudenza e per evitare qualsiasi accusa che potesse essere interpretata come una calunnia gratuita o il frutto di un odio personale verso Gant o Montfort. Non voleva sbilanciarsi in un colloquio così ufficiale, non voleva esporsi.

Forse però non fu abbastanza bravo a nascondere l'orrore provato quel giorno. S'interruppe, quando sentì che diventava troppo per poter essere dissimulato; fece una pausa e concluse più in fretta che poté, trovando una liberazione nel silenzio che seguì.

La principessa tacque anche lei per un po', riflettendo. Infine si alzò in piedi per raggiungere il giovane, come per valutarlo meglio da vicino. Era fragile e minuta e Ian in confronto sembrava un gigante. Lei si fermò ad alcuni passi di distanza e così fece l'ufficiale armato che la scortava dappresso.

«È strano trovare un animo tanto sensibile in un uomo apparentemente così forte» considerò la principessa. «Eppure, siete anche un veterano di guerra».

Ian capì di non essere riuscito a nascondersi dietro le parole bene come avrebbe voluto. «Mi dispiace, se ho deluso le vostre aspettative, mia signora».

«Al contrario» lo sorprese lei. «Siete ancora meglio di quanto mi aspettassi. Un rude guerriero sarebbe meno affidabile e più restio ad ascoltare una donna. Voi invece potreste davvero essere di più ampie vedute rispetto agli altri uomini, come sostiene vostro fratello scherzando».

La frase colpì Ian, perché gli fece capire di essere stato udito durante la sua conversazione con Ponthieu e De Bar, quel pomeriggio prima dell'udienza. In un attimo ricordò i servi silenziosi che passavano di gruppo in gruppo a portare da bere e intuì che quegli uomini erano gli occhi e le orecchie segrete del palazzo: forse solo della principessa, forse addirittura del re in persona.

Non c'è privacy nello stagno degli squali, pensò il giovane.

«Siete offeso per le mie parole?» domandò Bianca, vedendolo tacere.

«No, mia signora. Sbalordito e ammirato» rispose Ian. «Non immaginavo che foste così informata».

«Dunque ho sorpreso anche l'acuto Falco del Re, ne sono compiaciuta» sorrise la principessa.

Fece qualche passo nel cortile, tornando subito seria, e Ian l'accompagnò, badando bene però a restare sempre a distanza e qualche passo dietro di lei. L'ufficiale reale seguiva entrambi, silenzioso.

«Voi sapete senz'altro che non sono molto gradita a corte» riprese la giovane all'improvviso. Aveva un tono più duro. «I feudatari mi chiamano ancora "la straniera", dopo tutto questo tempo».

«Non tutti la pensano così» si sentì in dovere di precisare Ian. «Altri vi stimano per la vostra forza d'animo e vi amano come moglie del futuro re».

«Un re che potrebbe anche non tornare dall'Inghilterra» disse Bianca e Ian fu colpito dalla paura che sentì per la prima volta serpeggiare nella sua voce.

La principessa si voltò a guardarlo in faccia. «La verità è che

Luigi sta affrontando una guerra molto dura e come tutte le guerre anche questa ha i suoi rischi. Io temo per la sua vita, ora che parte per quel fronte lontano, e ancora di più temo per i miei figli, se loro padre dovesse morire laggiù». Con la mano andò a sfiorarsi il ventre pronunciato, nascosto dalla stoffa preziosa dell'abito chiaro.

«Non dovete dire cose simili, mia signora. Il principe non morirà in guerra» disse Ian di getto. Si rese conto che, al suo posto, qualsiasi altro cavaliere di Francia avrebbe aggiunto con enfasi "il principe tornerà vincitore", ma non se la sentì di mentire fino a quel punto, sapendo già in anticipo che Luigi VIII avrebbe dovuto ritirarsi dall'Inghilterra dopo il voltafaccia dei baroni inglesi, che sarebbe iniziato alla fine di quello stesso anno.

«Vedete? Nemmeno voi siete convinto del tutto di quello che dite» disse Bianca, con un sorriso amaro sotto il velo. «Siete un uomo restio alla guerra, per questo vedete i rischi in ugual misura rispetto alle prospettive di gloria. Gli altri battaglieri feudatari danno già tutto per scontato: la vittoria sicura, il principe invulnerabile».

«Non lo abbandoneranno, ve l'assicuro. Il principe avrà il sostegno di tutti, militare e finanziario, per continuare la sua guerra. Non resterà solo e senza rinforzi. I feudatari amano troppo Luigi il Leone, per non accorrere al suo richiamo, quando necessario».

«Forse, ma io voglio fare di tutto per non avere una corte ostile ai miei figli, se dovesse accadere l'irreparabile» insisté la principessa. «Re Filippo è anziano, non gode più di tanta salute e io non posso affidarmi solo alla sua protezione, devo costruirmi una rete di alleati fedeli su cui contare, ora e in futuro. Qualcuno che possa indagare a corte per me».

La giovane lasciò che Ian assimilasse le sue parole una a una prima di concludere: «Voi potreste essere il primo».

Ian era colpito. «Voi mi onorate» rispose, quando ritrovò le parole. «Ma non credo di essere l'uomo adatto» aggiunse però poco dopo.

Bianca rimase delusa. «Perché dite questo?»

Mentre metteva insieme le parole per spiegarlo, Ian trovò la risposta razionale al suo rifiuto, pronunciato d'istinto . «Ho già fatto un errore grave come diplomatico e mi sono reso conto di non essere abbastanza bravo nel reggere a lungo giochi di alleanze con chi non riesco a stimare. Non potrei essere utile nel destreggiarmi tra i tanti lupi qui a corte e sono stanco di essere sempre sulla corda. Perdonatemi, mia signora, ma in questo momento desidero solo vivere da padre di famiglia e dimenticare veleni, segreti e strategie».

«Il Falco del Re è già stanco di volare? Sarebbe una gran perdita».

«Sarò sempre pronto a servirvi: voi, vostro marito, i vostri figli e Sua Maestà re Filippo, a cui devo così tanto. Chiamatemi e io verrò, ve lo giuro su ciò che ho di più sacro. Ma vi prego: non costringetemi a stare nella gabbia con i lupi».

«Siete rimasto così ferito da quanto accaduto in Linguadoca» osservò Bianca con rammarico.

«Ho vissuto in costante tensione per un tempo infinito, ho scoperto i miei limiti e non voglio più sfidarli» rispose Ian e in quella frase riassunse le vicissitudini attraversate in quegli ultimi anni, le angosce, le paure, le sofferenze.

"Mai più" aveva appena promesso a Daniel: mai più segreti, sotterfugi e intrighi, mai più pericoli dietro ogni conversazione, mai più guardarsi le spalle da nemici dichiarati o subdoli.

«Vi supplico, lasciatemi riposare insieme alla mia famiglia» concluse, chinando la testa.

«Come posso dirvi di no, se me lo chiedete così, con il cuore in mano?» sospirò la principessa dopo un lungo silenzio.

Sembrava sola e fragile e per un istante Ian sentì l'istinto di rimangiarsi la parola e mettersi a disposizione di quella giovane tanto determinata eppure così in bilico in mezzo agli intrighi di corte. Lo fermò la conoscenza della Storia, che gli diceva che Bianca di Castiglia avrebbe saputo affrontare eroicamente e con successo tutte le sfide che gli anni le avrebbero messo davanti. Sarebbe stata una grande regina, anche senza il suo aiuto, perché gli anni e le esperienze l'avrebbero temprata.

«Peccato» concluse la principessa, con rassegnazione. «Vi avrei tenuto al mio fianco molto volentieri, perché mi ispirate sicurezza. Ricordate però ciò che mi avete appena giurato: verrete a difendermi, se vi chiamerò».

«In qualsiasi momento» confermò Ian.

«E se doveste cambiare idea sulla mia proposta, tornate da me».

«Vi giuro anche questo, signora».

Bianca di Castiglia si girò per ritornare dalle sue dame. «Buonanotte, signor conte. È stato un piacere conoscervi di persona».

Ian fece un nuovo e più profondo inchino, mentre ricambiava il saluto.

***

L'ufficiale del re lo lasciò solo appena rimesso piede nel cortile in cui si erano incontrati. Ian riprese la strada verso l'uscita e aggirò di nuovo il banchetto, per andare direttamente a raggiungere Isabeau in camera.

Era troppo stanco per unirsi agli altri feudatari e la prospettiva di potersi sdraiare a letto accanto alla moglie, finalmente lontani da tutto e tutti, lo rese disposto a sopportare anche gli inevitabili rimbrotti di Sancerre, che il giorno successivo gli avrebbe senz'altro rinfacciato di essere sparito senza dire una parola agli amici.

Isabeau dormiva già e Ian la trovò rannicchiata tra le lenzuola, con i riccioli biondi sparsi sul cuscino e sulle spalle nude, bella come un angelo di porcellana.

La stanza era ampia e fresca nonostante le imposte chiuse, illuminata da una lampada a olio sul tavolino intagliato. Da fuori arrivava solo una lievissima eco delle conversazioni ancora in atto nel cortile.

Badando bene a non fare rumore e a non svegliare la moglie, Ian si spogliò, spense la lampada e s'infilò nel letto, distendendo ogni singolo muscolo stanco. Rimase supino a guardare il buio per un po', riflettendo.

Era stata una lunga giornata e i pensieri faticavano ad abbandonarlo del tutto. Ian ripensò a Gant e a Roquemar e più che mai si disse che Daniel aveva ragione, quando pretendeva da lui che non si mettesse più in pericolo. Doveva solo tener duro finché la questione con gli occitani non fosse conclusa e badare a ogni dettaglio perché quella faccenda non causasse altri guai nella sua vita già così complicata.

Con un po' di fortuna, lo stato di allerta sarebbe cessato una volta abbandonata la corte per ritornare a casa, visto che Ian non aveva alcuna intenzione di lasciarsi invischiare di nuovo in una situazione politica di qualche genere.

In effetti, ne aveva avuto abbastanza e si convinse ancora di più di aver dato la risposta giusta alla principessa Bianca. Era ora che il Falco del Re si ritirasse nel suo nido per lasciare spazio solo a Jean Marc de Ponthieu e alla sua famiglia.

Isabeau si rigirò nel letto. «Sei tornato» mormorò, semiaddormentata, e appoggiò il capo sul petto del marito mentre si stringeva a lui.

Ian la prese tra le braccia e la baciò delicatamente. «Sono tornato» le sussurrò. «E da adesso non me ne andrò più via».

Lei gli si strinse addosso, cingendolo con un braccio come se volesse assicurarsi che mantenesse la sua promessa di non allontanarsi.

«Che c'è?» le domandò Ian, vedendo che adesso la moglie aveva gli occhi completamente aperti e le labbra atteggiate a un leggero broncio.

«Stasera ho avuto una discussione, mentre tu non c'eri» annunciò Isabeau. «Con tuo fratello e il tuo amico De Bar».

Ian si scostò quel minimo necessario per guardare la ragazza in faccia. «Che cosa mai è successo?»

«Si sono presi gioco di me, bonariamente s'intende, ma mi hanno indispettita anche senza volerlo».

«Devo sgridarli entrambi? Che ti hanno detto?»

Isabeau esitò qualche istante, poi riprese. «Il cantore stasera aveva intonato un canto molto bello: parlava di un cavaliere innamorato di una dama proveniente dal regno delle fate, al di là delle nebbie del mare».

«Ahi...» commentò Ian, immaginandosi già qualcosa per analogia. Quella storia d'amore inventata somigliava tanto a qualcosa che lo toccava molto da vicino.

«Per me era una vicenda poetica, appassionante... e ho fatto l'errore di dirlo ad alta voce» continuò Isabeau. «Ma il tuo amico Henri ha immediatamente bollato lei come una strega.

Il conte Guillaume invece ha invece liquidato me come una sognatrice di favole e lui come superstizioso. Ha detto che certi racconti soprannaturali non hanno il benché minimo fondamento e che le persone dotate di raziocinio dovrebbero badare alle cose serie invece che fantasticare dietro ai racconti dei cantori».

Tacque con una nota sarcastica e indispettita nelle ultime parole.

Ian le accarezzò i capelli per quietarla. «E tu che hai risposto?»

«Ho rammentato a tutti e due che non ci sono solo la stregoneria e le favole, che certi miracoli accadono anche perché è il buon Dio a volerli».

Ian sorrise e strinse a sé la sua sposa, con riconoscenza. «È una bella risposta».

«Già ma detta da una donna non viene comunque presa sul serio». Isabeau sospirò. «Meno male che c'era il conte di Grandpré a darmi man forte. Per galanteria, suppongo, ma almeno lui ha preso le mie difese».

Ian colse il rimprovero nascosto dietro quella frase. «La prossima volta ci sarò io a darti man forte e non solo per galanteria. Lo sai che io credo a certe favole e ne ho tutti i motivi».

Isabeau non parlò per un bel pezzo. Ian rispettò il suo silenzio.

«La nostra non è una favola, né una stregoneria» affermò alla fine la ragazza, ma c'era sempre una nota di timore nelle sue parole. A distanza di quasi due anni da quando aveva scoperto la verità su suo marito, quell'eco non si era ancora dissipata del tutto.

«Niente fate, niente streghe. Solo un miracolo» sussurrò Ian, stringendo forte Isabeau tra le braccia. «Che altro se non un miracolo potrebbe aver benedetto il nostro matrimonio con un dono tanto prezioso come Marc?»

Isabeau annuì e lentamente si rilassò tra le braccia del marito, poi si sollevò sui gomiti e si protese in avanti per baciarlo sulle labbra. «Ne avremo altri, sai? Io ne sono convinta».

Ian sorrise commosso. «Lo so. Anche io ne sono certo».

Capitolo 16

Il sabato mattina successivo il campanello suonò presto a casa di Daniel. Il giovane stava facendo colazione in compagnia di Skip, poiché Jodie doveva ancora finire il turno di notte in ospedale, quando udì suonare alla porta: erano solo le otto e un quarto.

Non poteva essere Martin, considerò Daniel, poiché il fratello dormiglione gli aveva promesso che si sarebbe fatto vedere solo a metà mattina, per tenere d'occhio il computer mentre Jodie dormiva e Daniel ripartiva per il medioevo.

Chi è che viene a rompere a quest'ora, di sabato? si domandò Daniel, finendo di masticare la sua fetta biscottata ricoperta di burro e marmellata di albicocche. Fortunatamente si era già vestito e perciò poté alzarsi da tavola per andare alla porta, seguito dall'onnipresente Skip, curioso come lui di sapere chi fosse venuto a disturbare tanto presto.

Quando Daniel aprì, si trovò davanti due uomini in giacca e cravatta.

«Il signor Daniel Freeland?» domandò il primo e più anziano dei due, con tono serio e professionale.

«Sì» rispose Daniel, con più incertezza di quanto avrebbe voluto poiché in un attimo aveva capito chi fossero quei due uomini. Sembravano entrambi usciti da un telefilm: il più anziano con l'aria da mastino in cravatta fuori moda e il più giovane azzimato e quieto.

Come Daniel temeva, il suo interlocutore gli mostrò un distintivo della Polizia. «Ci scusi se la disturbiamo così presto di sabato mattina. Sono il sergente Mesker e questo è il mio collega il sergente Neils».

«È successo qualcosa?» si allarmò Daniel subito, pensando in un attimo a tutti i suoi cari.

L'uomo che si era identificato come Mesker scosse la testa per rassicurarlo e fece persino un sorriso, sempre degno di un mastino. «No, non si preoccupi. Vorremmo solo farle alcune domande, se ci concede qualche minuto».

Daniel sospirò di sollievo per la paura superata, ma allo stesso tempo sentì uno spiacevole presagio cominciare a ronzare nella sua testa. «Certamente» replicò, sforzandosi di restare calmo. «Volete entrare? Ho ancora del caffé caldo».

«Lei è molto gentile» accettò il poliziotto e seguì il giovane dentro casa insieme al collega, mentre Skip annusava entrambi con sospetto.

«Bel cane» disse il sergente Neils, accarezzando la testa del labrador.

Daniel annuì distrattamente e fece accomodare i due in salotto, conscio che negli stessi istanti i poliziotti stessero valutando con occhio esperto l'intera casa e quindi anche il suo inquilino.

«Come posso esservi utile?» domandò, mentre si dirigeva in cucina a recuperare due tazze dal mobiletto pensile sopra il lavandino per versarvi il caffé, rimasto nella brocca sul fornello.

«Lei conosce un ragazzo di nome Ty Hamilton?» domandò Mesker dal divano.

A Daniel per poco non sfuggì la tazza di mano. Riuscì a posarla sul pianale della cucina insieme all'altra e a riempirle di caffé senza fare danni, ma il presagio nella sua testa diventava a ogni istante più orribile.

«L'ho incontrato solo attraverso internet. Abbiamo giocato insieme a un videogioco di ruolo. Perché me lo chiedete? Che cosa ha fatto?»

«Per me senza zucchero» disse Neils, ancora chino ad accarezzare Skip.

Daniel si voltò a guardarlo, quasi disorientato. «Come?»

«Il caffé. Senza zucchero, grazie» gli disse il poliziotto, con un mezzo sorriso di scusa per aver interrotto il dialogo.

Daniel si rese conto di aver già messo la mano sulla zuccheriera, meccanicamente. «Oh, sì. Certo» si riprese. Tornò nel salotto portando le due tazze e porse la prima al più giovane, che lasciò Skip per raggiungere il collega sul divano.

Daniel tese l'altra a Mesker insieme alla zuccheriera, poi si sedette sulla poltrona lì di fronte mentre i due poliziotti bevevano. «Stavate dicendo di Ty Hamilton» continuò, nervoso, e si appoggiò con i gomiti sulle ginocchia, raccogliendo le mani l'una nell'altra. «Che cosa ha fatto?»

«Niente, per ora, almeno a quanto ne sappiamo» replicò Mesker. «È sparito da una settimana e i colleghi canadesi ci hanno chiesto una mano per ritrovarlo. Siamo qui per chiederle se lei di recente ne ha avuto notizia».

Il cuore di Daniel mancò un palpito. «Come, sparito?»

«È scomparso da casa senza lasciare tracce e senza portare nulla con sé. Niente soldi, vestiti, documenti, cellulare. Con oggi sono passati ormai sette giorni» spiegò il poliziotto. «Non ha lasciato messaggi, non ha telefonato a casa e non si è fatto vivo nemmeno con i soliti amici. Nella sua stanza è rimasto solo...»

Ti prego, non lo dire! Non lo dire! si augurò Daniel disperatamente, stringendosi le mani così forte da farsi male.

«...il computer acceso» continuò il poliziotto. «Con un videogioco in funzione. Un videogioco di ruolo, come diceva lei poco fa. Si chiama...»

«*Hyperversum*» lo aiutò il collega più giovane.

«Sì, esatto. Quel nome lì».

Oh, Signore...! Daniel si trattenne a stento dal chiudere gli occhi. *Ma come è possibile?!*

«È lo stesso gioco a cui partecipa anche lei, giusto?» stava continuando Mesker. «I colleghi canadesi ci hanno detto di aver trovato il suo nome nella partita quando hanno riacceso il computer, per questo siamo venuti qui da lei oggi».

«Riacceso?Avevate detto che il computer era rimasto acceso! Chi l'ha spento?» domandò Daniel d'istinto.

«La madre del ragazzo, quando è tornata a casa la sera» rispose il poliziotto, un po' perplesso da tanta curiosità su quel dettaglio. «Solo dopo si è resa conto che il figlio era sparito. Ha sporto denuncia la sera stessa, ma sa com'è, il ragazzo è maggiorenne e il procedimento d'indagine non poteva partire prima di lasciar trascorrere i giorni previsti dalla legge».

Daniel ascoltò ogni parola, muto e rigido come una statua, mentre col pensiero correva dietro a tutte le ipotesi, sperando di trovare un dettaglio che smentisse ciò che purtroppo aveva già capito.

Una settimana.

Giusto una settimana prima aveva fatto la sua ultima partita con *Hyperversum*: non poteva essere una coincidenza. Eppure, anche l'altra spiegazione era ugualmente inverosimile...

Daniel però sapeva che si sarebbe rivelata vera, contro tutte le spiegazioni razionali. Lo sapeva d'istinto.

«Lei conosceva bene il ragazzo?» domandò in quel momento Neils, vedendolo tacere.

Daniel si riscosse e fece un gesto vago, affranto. «Solo quel poco che mi ha raccontato lui stesso durante la partita. Avevo capito che era canadese dall'accento e che aveva finito le scuole superiori, così almeno diceva. Non so nemmeno che aspetto abbia perché nel gioco usava un *avatar*».

«Un personaggio virtuale» si premurò di spiegare Neils al suo collega più anziano.

«Non sapevo nemmeno se Ty Hamilton fosse il suo vero nome» continuò Daniel. «Nel gioco quasi sempre si usano nomi di fantasia, sapete».

«A proposito di nomi. Nella partita c'era anche il nome di un altro giocatore: Ian Maayrkas. È l'ex-padrone di questa casa, se non sbaglio» intervenne Mesker. «Sa dirci dove possiamo trovarlo?»

Daniel fu assalito da un terrore profondo, che nascose per puro miracolo. «È un mio caro amico ed è un archeologo sempre in giro per il mondo, per questo ha lasciato la casa a me e alla mia compagna. Al momento non ho proprio idea di dove sia, ma dovrebbe rientrare presto e stare almeno qualche giorno».

«Sa dirci quando?»

«Mi aveva detto una settimana» mentì Daniel, sperando con tutto il cuore di evitare che i poliziotti si mettessero a cercare Ian per il mondo, con conseguenze catastrofiche. «Forse però riesco a sentirlo prima al telefono. Non credo però che ne sappia più di quanto ne sappia io. Non gioca mai senza di me e anche lui conosce Ty Hamilton solo attraverso il gioco».

Mesker annuì come se si aspettasse già di indagare su una pista totalmente inutile. «Potrebbe dirgli comunque di chiamarci, quando ne ha la possibilità?» disse, porgendo a Daniel un biglietto da visita. «Torneremo tra una settimana per incontrarlo».

Daniel prese il biglietto e se lo tenne tra le mani. «D'accordo».

«Ancora qualche domanda, se non le dispiace» proseguì Neils, alternandosi al collega. «Che impressione le ha fatto il ragazzo quando l'ha conosciuto? Voglio dire, come parlava, cosa diceva? Le sembrava ansioso, spaventato per qualcosa, depresso...»

«No, non direi... parlava normale. Da ragazzo della sua età» replicò Daniel, sforzandosi di ricordare.

«Non aveva il tono di chi vuol fare un gesto estremo, giusto?» chiarì Mesker. «Non sembrava nemmeno uno che si faceva. Erba, alcool o altre porcherie del genere».

«No, non credo. Ma come faccio a capire una cosa del genere?» protestò Daniel, con i pensieri ormai rivolti completamente altrove.

A *Hyperversum* e al suo diabolico potere di far scomparire la gente.

«L'ho incontrato solo in un gioco di ruolo e in quei momenti non era certamente fatto o incline a manie suicide!» proseguì il giovane.

Il poliziotto sfoderò un'espressione sapiente. «Certe cose si intuiscono comunque, anche tra le righe. Meglio per noi e per lui, se non dava l'impressione di essere fuori di testa. Aumentano le probabilità che si sia allontanato da casa per motivi più allegri di un suicidio».

«Mi aveva accennato di voler trovare lavoro in un posto più caldo e divertente di quello in cui viveva. Saint Gilles, se non ricordo male» ricordò Daniel e i poliziotti annuirono entrambi.

«Sì, a quanto pare lo ripeteva spesso e proprio per questo motivo litigava con la madre. I rapporti tra i due non erano proprio ottimi» disse Neils. «In Canada stanno battendo anche questa pista e, visto che qui da noi in Arizona fa decisamente più caldo che nel Quebec, stavamo ipotizzando che il ragazzo forse aveva deciso di farsi un giro dalle nostre parti. Magari per incontrare lei di persona».

«È una spiegazione plausibile» disse Daniel, ben sapendo che la spiegazione più probabile era invece del tutto impossibile da credere. «Magari si fa vivo da queste parti. Nel caso, vi avvertirò subito».

«Certo è strano che sia partito senza prendere con sé assolutamente niente, ma comunque…» Neils lasciò a metà la frase, come se in ogni caso non avesse nulla da aggiungere.

Anche il collega sembrava aver terminato le domande insieme al caffé.

«Be', noi togliamo il disturbo» decise, posando sul tavolino la tazza vuota e si alzò in piedi, imitato da tutti. «Lei è stato molto gentile, signor Freeland».

«Mi dispiace di non esservi stato utile» replicò Daniel, sincero.

Accompagnò i due di nuovo alla porta e sulla soglia fu raggiunto da un'idea. «Scusate: non avete per caso una foto del ragazzo? Non saprei come fare a riconoscerlo, se lui non si presenta direttamente. Magari lo incrocio per strada e non so nemmeno che è lui».

«Ah, già, dimenticavo che non vi siete mai visti» rispose Mesker e si frugò nel taschino. Ne estrasse una foto, che porse a Daniel. «È quello con la maglietta rossa».

Daniel appuntò la sua attenzione sul ragazzo ritratto insieme a un gruppo di coetanei, sullo sfondo di un campeggio.

Nella foto si vedeva l'angolo di una tenda e il lembo di un sacco a pelo, insieme ad abeti dai tronchi possenti.

Ty Hamilton era nel mezzo del gruppo, con jeans larghi e sbiaditi, scarpe da trekking e una maglietta rosso fiammante, le cui maniche arrotolare lasciavano vedere il tatuaggio tribale che gli circondava l'avambraccio destro. Aveva un secondo disegno tatuato anche sull'omero sinistro, ma la sua posa non consentiva di riconoscerne la figura.

Daniel guardò il volto del ragazzo ed ebbe in un sol colpo la conferma a tutti i suoi peggiori sospetti: aveva già visto quel volto impertinente dagli occhi azzurri e la zazzera bionda.

Lo sguardo gli era addirittura quasi familiare e il giovane ricordò in un lampo il ragazzo che aveva inseguito a Parigi.

Ancora prima, ricordò lo stesso ragazzo a Châtel-Argent e,

peggio ancora, quella che credeva essere solo una giovane sentinella imbranata nell'accampamento francese a Pienne.

Come hai fatto, dannato incosciente? pensò Daniel, rivolto con rabbia e angoscia a quel volto impresso nella fotografia. *Come sei riuscito a passare di là?*

«Grazie» disse poi ad alta voce, restituendo la foto ai due poliziotti.

«Si figuri» gli sorrise Mesker, poi si incamminò per il vialetto seguito dal collega. Entrambi rimontarono in macchina, tallonati dallo scondizolante Skip.

Fino a quando l'auto non sparì oltre l'angolo della via, Daniel rimase fermo sotto la veranda, in una sorta di paralizzato stato d'angoscia. Poi però si lanciò su per la scala che portava al piano superiore, saltando i gradini due alla volta. Corse alla scrivania, accese il computer, avviò *Hyperversum*.

Maledicendosi mille volte per non aver fatto prima ciò che stava per fare adesso, riprese la solita partita e aprì il menu che visualizzava le statistiche dei giocatori. Imprecò quando vide il nome di Ty Hamilton comparire nel gioco quasi tutte le volte in cui la partita era stata ripresa dopo il suo inizio. Daniel fece un rapido conto mentale e ricordò di aver sempre avuto il canadese a due passi da lui: a Pienne, a Châtel-Argent, a Parigi...

Il ragazzo si era sempre collegato al gioco pochi minuti dopo la connessione di Daniel, come personaggio giocante, mentre il personaggio di Ian rimaneva una comparsa sullo sfondo. L'unica volta in cui Ian aveva attivato il suo personaggio per venire nel mondo moderno, Ty Hamilton non c'era.

Allo stesso modo, il ragazzo era sempre uscito dal gioco prima che Daniel facesse altrettanto.

Aspettava che entrassi in partita prima di farlo anche lui. Mi spiava attraverso il gioco, capì Daniel, con rabbia, osservando gli orari in cui il ragazzo si era connesso. *Altro che spia occitana! Quel maledetto incosciente pensava di fare il turista nel medioevo!*

La cosa gli sembrava una follia, ma dovette ammettere che poteva invece essere più che plausibile dal punto di vista di un ragazzo esaltato per i giochi di ruolo. D'altra parte, avendo la possibilità di squagliarsela in qualsiasi istante come per magia, la tentazione di esplorare il mondo dei cavalieri poteva essere davvero forte.

Daniel guardò la data dell'ultima connessione e, come temeva, vide che Ty Hamilton era in gioco quando la partita aveva rischiato di bloccarsi per colpa di Skip e poi era stata spostata dal server internet al computer di casa.

Gli ho chiuso la connessione mentre era di là, pensò Daniel disperato e ricordò anche di aver iniziato a cambiare la data della partita prima di lasciare *Hyperversum* incustodito per quella dannata telefonata di Sal Ricardo.

Ho abbassato la guardia. Sono stato troppo sicuro di me, si rimproverò ancora.

Adesso a causa del cambio di impostazioni e del fatto che il tempo scorreva in modo diverso da un lato all'altro di *Hyperversum*, il ragazzo poteva essere finito dovunque.

Come faccio a sapere dove si è fermata la sua partita? si domandò Daniel e in mente gli venne una sola possibile risposta. *Devo trovare il modo di vedere il suo computer.*

Rimase a fissare lo schermo con rabbia impotente per molti minuti, mentre una dopo l'altra si faceva mille domande.

Perché Ty Hamilton aveva potuto passare di là esattamente come lui? Come aveva fatto a uscire sempre dal gioco senza il suo aiuto? Nemmeno Ian aveva il potere di chiamare la mela virtuale per uscire.

Carl White però poteva farlo, rammentò Daniel, rimproverandosi di non averci pensato prima. *Anche lui si era collegato alla mia partita da un computer diverso e poteva chiamare l'icona dell'uscita. Se ne sarebbe andato da solo, se la mia connessione interrotta non lo avesse intrappolato.*

Anche Carl, anni prima, al momento della prima partita di *Hyperversum*, era stato bloccato nel medioevo quando il computer di Daniel si era fermato per il *black-out* e non aveva più potuto uscire da solo finché Daniel non aveva ripristinato la connessione.

La storia si ripete, pensò Daniel amaramente. *Che cosa dico a Ian, adesso?* si domandò poi.

Una cosa era certa: doveva avvertire Ian dell'accaduto e

spiegargli che in giro per il medioevo c'era un ragazzo inesperto che conosceva il loro segreto.

Che catastrofe.

Daniel era affranto. Avrebbe voluto correre da Ian e raccontargli subito quanto era successo, chiedere a lui cosa potevano fare, ma si rendeva anche conto di non poter riaprire la partita senza prima accertarsi dei dati presenti sul computer di Ty Hamilton, col rischio di compromettere qualche parametro importante.

Inoltre non avrebbe avuto alcun senso mettersi a cercare un ragazzo disperso potenzialmente in un altro momento della Storia. Sarebbe bastato uno scarto di ore e avrebbero cercato invano, senza incrociarlo mai, anche se si fossero trovati nello stesso luogo.

Sempre ammesso che Ty Hamilton fosse ancora vivo.

Non c'era scelta. Daniel strinse i pugni sul tavolo. Per il momento doveva fare da solo e doveva capire dove si era bloccato il computer di quel ragazzo.

Rimise a forza le mani sulla tastiera e cercò su internet l'elenco telefonico generale del Canada.

Quanti Hamilton ci saranno a Saint Gilles nel Quebec? si domandò, mentre il motore di ricerca gli restituiva la prima schermata di risultati.

Capitolo 17

Rue des Lazares era una strada tranquilla di case ordinate, ciascuna con il suo piccolo giardino ben curato e il vialetto di ghiaia davanti al garage. Sarebbe sembrata una normalissima strada residenziale di un piccolo paese degli Stati Uniti, se i tetti molto più spioventi non avessero ricordato ai passanti che a Saint Gilles nel Quebec la neve cadeva in abbondanza ogni anno. Anche la temperatura era fresca per essere tarda primavera, o almeno lo era per gli standard di Daniel, abituato al clima decisamente più caldo dell'Arizona.

Il giovane pagò il tassista e attese di vederlo allontanarsi prima di incamminarsi verso la casa contrassegnata con il numero diciotto, a due piani, bianca e pastello ma col tetto nero come tutte le case confinanti.

Suonò il campanello e attese. Dopo qualche minuto venne ad aprirgli una donna sulla cinquantina d'anni, snella, in jeans, con i capelli biondi raccolti in un elegante chignon. Aveva un bel viso, ma stanco e segnato da occhiaie profonde,

«La signora Hamilton? Buongiorno, sono Daniel Freeland, ci siamo sentiti al telefono sabato mattina» si presentò Daniel e non fece uso del suo francese approssimato, poiché aveva già scoperto dalla precedente conversazione che fortunatamente la sua interlocutrice parlava di preferenza l'inglese, anche se con il particolare accento del Canada.

La donna annuì e spalancò la porta. «Ti aspettavo. Diamoci del tu, va bene? Sei poco più grande di mio figlio e mi fai sentire una vecchia decrepita se mi dai del lei. Chiamami Carol».

«Volentieri, grazie». Daniel seguì la donna in casa. Lei lo fece accomodare nel salotto, su un divano chiaro che non doveva avere più di un paio d'anni, come il resto dell'arredamento. Tutta la casa era in ordine e moderna come la sua padrona. Carol Hamilton doveva essere una donna che amava stare al passo con i tempi e curare se stessa e l'ambiente in cui viveva.

«Vuoi bere qualcosa? Sarà stato lungo il volo fino a qui» disse Carol Hamilton, armeggiando con l'angolo del bar vicino al televisore.

«Sono a posto così, grazie. Ho preso un caffé in aereo e poi ho mangiato durante il tragitto in treno fino a qui».

«È andato bene il viaggio?»

«Sì. Tutto bene» rispose Daniel, prima di porre la domanda di cui conosceva già la risposta. «Ancora nessuna notizia di Ty?»

«Nessuna». La donna andò a sedersi sulla poltrona accanto al divano, tenendo in mano un bicchiere con due dita di liquido ambrato. «Sto impazzendo per questa cosa. Non ci dormo più la notte. Da una settimana vago per ogni luogo che conosco per cercare mio figlio. La polizia può ripetere quanto vuole che Ty è maggiorenne e che, visti i nostri rapporti un po' burrascosi, potrebbe benissimo essersi reso irreperibile apposta. Mio figlio non si sarebbe mai allontanato così, senza dire niente. Non l'ha mai fatto prima e non aveva alcuna ragione di farlo adesso!»

Certo che no, se solo non fosse stato inghiottito da un videogioco che l'ha catapultato nel medioevo, pensò Daniel. «Mi dispiace» disse invece. «Speravo di fare un giro a vuoto e trovare buone notizie al mio arrivo».

«Sei gentile a preoccuparti così per Ty» sorrise la Hamilton stancamente. «Ti sei addirittura scomodato per venire fino a qui, eppure voi due non vi conoscevate di persona, dico bene?»

«In effetti ci siamo incontrati solo attraverso il gioco on-line, ma comunque ero già a Montreal per lavoro» disse Daniel, glissando sul fatto che, per avere il pretesto di volare in Canada senza destare sospetti, il lunedì mattina in Laboratorio aveva dovuto offrirsi volontario per un noiosissimo meeting con i colleghi di Montreal, evitato accuratamente da tutti gli altri. Aveva contato i minuti per tutto il tempo del viaggio e della riunione, prima di poter raggiungere la sua meta il giorno successivo e da lì poi ritornare a casa, a missione compiuta.

«Mi ha fatto impressione sapere che Ty è scomparso nel nulla» continuò. «Mi sono spaventato quando la polizia è venuta a informarmi e da allora non faccio che pensare a come posso rendermi utile».

Fece una pausa e azzardò: «Avete guardato se ha lasciato qualche indizio del computer?»

La donna fece un gesto vago. «Hanno dato un'occhiata quelli della polizia, ma ci hanno messo sì e no venti minuti. Hanno guardato la posta elettronica, i siti che Ty visitava, cose così. Naturalmente non hanno trovato niente fuori dal normale».

«Hanno controllato anche tutti i dati della partita di *Hyperversum*?» buttò lì Daniel, con nervosismo crescente.

Carol Hamilton sospirò stizzita. «Quel dannato gioco! Negli ultimi tempi Ty si era accanito: passava ore e ore chiuso nella sua stanza al computer. Era sempre in attesa di cominciare una partita con qualcuno, mangiava quasi in piedi pur di correre al più presto davanti al monitor».

Ad aspettare che io mi collegassi, pensò Daniel, *ecco come mi teneva d'occhio*.

Carol Hamilton aveva le lacrime agli occhi. «Ho cominciato a detestare quel gioco, eppure, vuoi sapere una cosa ridicola? Da quando Ty è sparito ho riacceso il computer così come l'aveva lasciato, gioco e tutto il resto. Sento il ronzio di quella macchina e mi illudo che mio figlio sia di là, nella sua stanza a giocare, e non chissà dove».

«Non c'è proprio niente di ridicolo, anzi trovo che sia una buona idea, specie se ti fa stare meglio». Daniel trattenne a stento un moto di sollievo mentre diceva quelle parole, perché una della sue preoccupazioni principali era proprio quella di convincere la madre del ragazzo scomparso a riavviare il computer e a mantenerlo acceso finché lui non fosse riuscito a rintracciare il disperso nel medioevo. Se *Hyperversum* non era in funzione, non c'era modo per Daniel di far ritornare a casa Ty, nemmeno se fosse riuscito a ritrovarlo vivo.

«Lascia sempre il computer acceso» continuò il giovane per rafforzare la convinzione della donna. «Sono sicuro che prima o poi Ty tornerà a casa per giocare».

«Grazie». La Hamilton annuì pensierosa, mentre finiva il suo bicchiere. «Tu hai figli?» domandò poi.

«Io e la mia compagna stiamo per sposarci e aspettiamo un figlio tra sei mesi».

«Congratulazioni, allora. Vi auguro che vostro figlio non vi faccia mai passare un simile spavento».

Daniel rabbrividì al solo pensiero. «Mi auguro proprio di no».

La donna si alzò per andare a riporre il bicchiere e nel contempo si fermò a guardare una fotografia in una cornice sul mobile.

«È Ty?» domandò Daniel, riconoscendo da lontano una figura bionda nella foto.

Carol gli porse la cornice. «In vacanza al mare, due anni fa. Eravamo in Messico e lui ne è rimasto così entusiasta da decidere che un giorno si trasferirà là. A far cosa proprio non so, visto che non ha ancora la minima idea di un mestiere».

Daniel osservò la foto in cui si vedevano madre e figlio, sorridenti e abbronzati, in costume da bagno.

Il suo sguardo si fermò in modo particolare sul secondo tatuaggio di Ty, sulla spalla sinistra: una croce con cinque teschi, uno nel mezzo e gli altri alle estremità. Era il simbolo di un famoso gruppo hard rock degli anni novanta, ancora molto in voga tra i giovanissimi.

L'attenzione di Daniel fu tuttavia catturata dagli occhi del ragazzo: occhi che il giovane aveva già visto e che gli davano un senso di familiarità.

«Senti, visto che sono qui» azzardò, mentre si alzava per riporre la foto sul mobile e Carol Hamilton sprofondava di nuovo nella sua poltrona, «credi che io possa dare un'occhiata alla partita a cui stava giocando Ty? Magari trovo il *nickname* di qualche altro giocatore che conosco e posso chiedere anche a lui se ha notizie».

«Puoi fare ciò che vuoi. È il minimo che ti possa concedere, visto che ti sei preso la briga di venire fin qua» rispose la donna. «Qualsiasi aiuto è il benvenuto, tanto ho capito che la polizia ha preso questa faccenda sottogamba. Se non ci sono morti ammazzati e laghi di sangue, quelli non si impegnano. "Il ragazzo è maggiorenne" continuano a dirmi, fanno qualche ricerca qua e là e intanto sperano che torni a casa da solo, perché non sanno che pesci pigliare».

Non potrebbero nemmeno volendo... e come fanno a immaginare anche solo lontanamente il guaio in cui ti sei cacciato? pensò Daniel, rivolto a Ty Hamilton nella foto, mentre l'appoggiava sul mobile.

«Se almeno suo padre si facesse vivo!» stava continuando Carol Hamilton, con rabbia crescente. «Ma naturalmente è irrintracciabile come suo solito. Sempre in giro in qualche angolo sperduto del pianeta, il signor conte di Ponthieu, mai che sia d'aiuto quando serve».

Daniel sentì una scarica elettrica lungo tutta la spina dorsale. Si voltò a guardare la donna, sentendo di essere sbiancato. «Scusa... cos'hai detto?»

Lei fece un gesto ampio, troppo stanca e preoccupata per notare il colorito del suo interlocutore. «Ty non te l'ha raccontato? Strano, di solito è la sua storia preferita, quando inizia a parlare di medioevo e cavalieri. Suo padre gliel'ha messa in testa da bambino, così come immagino l'abbia raccontata a tutte le sue conquiste femminili, me inclusa».

Tacque un istante e iniziò a spiegare: «Siamo stati insieme per qualche anno e non ci siamo mai sposati, per questo Ty porta il mio cognome. Suo padre François, da affascinante canaglia qual è, è sempre stato in giro per il mondo e ci ha mollati del tutto per essere più libero di continuare la sua carriera di fotoreporter d'assalto. L'ultima volta che l'abbiamo sentito tre mesi fa era in Afghanistan: un posto comodo, tanto per cambiare, e ovviamente tagliato fuori da qualsiasi comunicazione normale. Io sono qui a vivere quest'incubo e lui non sa nemmeno che suo figlio è scomparso!»

Si ricompose, cacciò indietro le lacrime. «Per farla breve: François si è sempre gloriato di essere l'ultimo discendente di una famiglia nobile francese. Fuggita in Canada ai tempi della Rivoluzione, dice lui, per scampare alla ghigliottina. Ah, François è un istrione quando racconta, non lo nego, e Ty l'ha sempre ascoltato entusiasta. Vera o no che sia, la storia completa dice che gli antenati della famiglia erano conti francesi già nel medioevo; feudatari importanti, ma un ramo cadetto della famiglia principale, questo François ci teneva a precisarlo, forse perché così la sua favola diventa un po' più credibile».

Daniel sentì il bisogno prepotente di tornare a sedersi sul divano. «Feudatari del medioevo...» ripeté da là, con un filo di voce.

«Già e Ty si è esaltato all'idea. Credo che la sua passione per i cavalieri e i giochi di ruolo arrivi da lì. A quanto so, mio figlio ha anche fatto ricerche su internet sul casato a cui suo padre dice di appartenere e si è costruito un suo idolo personale su uno dei cosiddetti antenati. Non chiedermi quale, perché l'ho scordato».

«Ma il casato sarebbe...»

«Quello dei Ponthieu. François di cognome fa Ponthieu e anche Ty ha un nome francese in realtà, perché all'anagrafe è stato registrato come Thierry. Se suo padre lo avesse riconosciuto legalmente, si chiamerebbe Thierry Ponthieu. Anzi, Thierry *de* Ponthieu, se vogliamo sottolineare il titolo nobiliare».

Daniel era annichilito sul divano.

Quella favola, come la chiamava Carol Hamilton, gli aveva spalancato gli occhi. Ora tutto si incastrava alla perfezione, tutti i tasselli tornavano al loro posto: l'entusiasmo di Ty per il Falco d'argento, il suo desiderio di giocare a tutti i costi con chi usava Jean Marc de Ponthieu come personaggio nelle partite, il motivo per cui *Hyperversum* con lui aveva funzionato immediatamente...

Daniel guardò di nuovo la foto e capì anche perché gli occhi azzurri del ragazzo gli fossero così familiari. Tutto il resto della sua fisionomia era completamente diverso, ma gli occhi... gli occhi erano quelli di Ian. E del piccolo Marc de Ponthieu.

Come abbiamo fatto a non pensare che potesse accadere? si chiese Daniel, sconvolto.

Eppure avrebbe dovuto essere logico per tutti: nel momento stesso in cui Ian aveva generato un figlio nel medioevo, aveva anche dato origine a una discendenza che poteva essere ininterrotta. Fino al ventunesimo secolo.

Non è una favola, è la verità: Ty Hamilton è l'ultimo di-

scendente di Ian. Daniel si ripeté quell'idea ancora e ancora, attonito. *E adesso si è perso nel medioevo.*

Ebbe quasi le vertigini al solo pensarci.

Carol Hamilton si alzò. «Vieni, ti faccio vedere il computer di Ty, se ti interessa ancora».

«Sì... grazie». Daniel la imitò meccanicamente.

Salirono le scale fino al piano superiore, a una camera da letto da adolescente, che con tutta probabilità era l'unica stanza in disordine di tutta la casa. Era grande e luminosa, con abiti ammucchiati sul letto e su una sedia, riviste di musica e videogiochi dappertutto, CD dentro scatole impilate e poster alle pareti di campioni sportivi e di musicisti hard rock. Tra questi, il poster più grande era dedicato al gruppo preferito di Ty e accoglieva i nuovi arrivati nella stanza con una frase minacciosa e quasi profetica: *welcome to the jungle*[12].

Sulla scrivania, sotto il poster, troneggiava un computer modernissimo, acceso e ronzante. Accanto al monitor stavano il mouse, i guanti in fibra ottica e il visore 3D, insieme a un telefono, matite, penne e fogli sparsi, con qualche appunto disordinato qua e là.

Carol Hamilton indicò a Daniel la sedia imbottita. «Vuoi dare un'occhiata alla partita?»

«Fai tu, se non ti dispiace» si schermì Daniel. «Non vorrei che la polizia avesse qualcosa da protestare per il fatto che un estraneo ha toccato il computer».

«Molto sensato» ammise la donna e si sedette alla scrivania. «Dimmi cosa devo fare».

Daniel la guidò nei menu di *Hyperversum* a caccia di improbabili notizie archiviate nelle librerie del gioco.

«Mi dispiace, non ho visto niente di utile» sospirò Daniel alla fine, dopo una decina di minuti di schermate aperte e chiuse in successione.

In realtà, aveva potuto vedere le uniche due informazioni che gli serviva sapere: il perfetto funzionamento della connessione internet ripristinata e le coordinate spazio-tempo in cui

[12] Benvenuto nella giungla.

la partita di Ty Hamilton era andata in blocco: *"15 novembre 1216, Châ~?, Occitania, Francia"*.

Ci mancava solo questa, pensò Daniel, sconsolato. L'indicazione del luogo era corrotta, probabilmente a causa dell'interruzione del collegamento tra il suo computer e il server. La data e la regione erano gli stessi con cui la partita era ricominciata in automatico mentre lui era al telefono con Sal Ricardo, prima di spostare la partita dal server on-line sul computer privato.

Tutto questo pasticcio per una telefonata, si disse il giovane, con rabbia. *E per colpa della mia leggerezza*, aggiunse, pensando a quando aveva cambiato il luogo della partita almeno tre volte per pura curiosità, prima di chiudere ogni connessione col server e spostare tutto nel suo computer privato.

Ty Hamilton si era perso prima o durante quel cambio di dati? Era finito a Roquemar o in un qualsiasi luogo dell'Occitania il cui nome iniziava con "Châ…"?

In Francia ci saranno migliaia di città che si chiamano Châtel o Châteu-qualcosa, si disse Daniel.

In ogni caso, di tutte le ambientazioni in cui il ragazzo poteva perdersi, gli era capitata proprio la peggiore, in Occitania, un luogo devastato da anni da una guerra feroce, in cui si bruciavano gli eretici sui roghi come se niente fosse.

Daniel non volle nemmeno immaginarsi cosa potesse accadere a un ragazzo solo, del tutto sprovveduto, probabilmente incosciente e per di più con qualche disegno "pagano" tatuato addosso.

Benvenuto davvero nella giungla, pensò con amarezza.

Lo sguardo gli cadde sui fogli con gli appunti, sui quali aveva distrattamente appoggiato la mano nel protendersi verso il monitor e guardare meglio le schermate del gioco. Ebbe un brivido, quando si accorse che quegli appunti riportavano nomi e date. In cima all'elenco c'era una frase illuminante: *"discendenza maschile del ramo cadetto Ponthieu"*. Il primo nome in lista era Jean Marc de Ponthieu, accompagnato dall'anno 1184.

Daniel dovette respirare e calmarsi, prima di realizzare che quella data non poteva in alcun modo essere una data di morte, ma bensì la data di nascita del fratello di Guillaume de Ponthieu. Subito a seguire, infatti, c'erano altri nomi e date di nascita, in parte noti anche a Daniel:

Marc 1215
Michel 1217
Gael 1242
Thierry 1244
Henri 1247
Etienne 1250...

La lista era lunga, mescolava figli e nipoti senza badare alla linea di discendenza e arrivava fino al 1500, poi probabilmente proseguiva nei fogli sottostanti. Daniel, però, ritornò all'inizio a fissare una data che non gli risultava corretta: *Michel 1217*.

No, Michel nascerà solo nel 1218, si disse Daniel, ma allo stesso tempo fu assalito dal presentimento che non ci fosse mai limite alle brutte notizie e se quella data era vera...

Perché non va mai niente per il verso giusto? protestò il giovane in silenzio, stringendosi le tempie con una mano mentre cercava di controllare la frustrazione.

«Niente da fare, eh?» sospirò Carol Hamilton, mestamente. «Peccato. Ci avevo sperato».

«Non è ancora finita» la consolò Daniel e provò a convincere anche se stesso mentre lo diceva. «Cercherò ugualmente in giro e chiederò ai giocatori di ruolo abituali di aiutarmi».

In particolare lo chiederò a uno che ha preso il suo ruolo molto sul serio, pensò in segreto, prima di concludere: «Qualcuno può avere notizie, può aver incrociato Ty in un'altra partita o in qualsiasi altro posto. Sono sicuro che qualche notizia salterà fuori».

Carol Hamilton si alzò dalla scrivania. «Me lo auguro» disse, stanca, e Daniel condivise il suo pensiero con tutto il cuore. «Senti, questi sono tutti miei recapiti» proseguì, porgendo alla donna un foglio su cui aveva annotato i numeri di telefono, cellulare, e-mail. «Per qualsiasi cosa, non farti scrupoli e chiamami. Io mi farò vivo appena avrò fatto qualche ricerca in giro».

«Grazie» sorrise Carol Hamilton.

«Non c'è di che» replicò Daniel. «Se c'è qualsiasi cosa che io possa fare per riportare Ty a casa, giuro che la farò».

***

Per tutto il viaggio di ritorno, Daniel rimase a guardare il panorama fuori dal finestrino, meditando.

Le distese di alberi maestosi che scivolavano velocissimi al lato del treno, furono sostituite da lentissime nuvole di zucchero filato sotto le ali dell'aereo, ma Daniel quasi non vide né le une né le altre. A malapena si accorse della hostess che gli serviva la cena e cominciò a mangiare un boccone alla volta in modo quasi meccanico, sempre assorto, sempre con la testa altrove.

Pensava a cosa doveva fare, a come organizzarsi per le ricerche, a cosa dire a Ian non appena lo avesse rivisto.

Doveva dargli notizie una più sconvolgente dell'altra: Ty Hamilton si era perso nel medioevo chissà dove; Ty Hamilton era un suo discendente…

Il guaio più grosso era la mancanza di un'indicazione precisa per il luogo da cui iniziare le ricerche: in questo modo sfumava anche la possibilità di usare *Hyperversum* come scorciatoia rapida per "teletrasportarsi" insieme a Ian nel posto giusto al momento giusto, sempre ammesso che Ian riuscisse a rendersi irreperibile per il tempo necessario alla missione di salvataggio.

Senza sapere dove cercare esattamente, l'impresa diventava quasi impossibile per due soli uomini. Servivano rinforzi, ma purtroppo Daniel non sapeva proprio dove andarli a trovare se non nel medioevo stesso e questo metteva automaticamente fuori discussione qualsiasi speranza di sfruttare il gioco come mezzo di trasporto.

La cosa che spaventava Daniel di più era il nome "Occitania" trovato nei parametri della partita di Ty: un dannatissimo posto dove fare ricerche, stretto tra Montfort e Gant da un lato e Almeric de Roquemar e i ribelli occitani dall'altro.

Non sarà facile… no, non sarà facile per niente, pensava Daniel con rabbia, masticando la sua fetta di arrosto di tacchino, disposta con ordine tra le verdure e i crackers sul vassoio preconfezionato.

Sarebbe stato rischioso, sarebbe stato necessario destreggiarsi tra gente con cui né lui né Ian avevano certo ottimi rapporti e con cui probabilmente nemmeno i possibili alleati volevano avere a che fare.

Chi lo spiega adesso al conte di Ponthieu? si domandò Daniel e quell'idea gli fece perdere del tutto l'appetito già scarso.

Capitolo 18

Il tempo trascorreva in modo inverosimile ed esasperante. Daniel ormai era davanti allo schermo da ore, a studiare da lontano la sagoma di Châtel-Argent, il cielo grigio di novembre e la strada di terra battuta che portava al castello, percorsa dal rado via-vai delle giornate d'inverno medievali.

Daniel ormai aveva visto passare di tutto: boscaioli, cacciatori, contadini, mercanti, due frati col bordone e la bisaccia da viaggio.

Di Ian nessuna traccia.

Daniel controllò per l'ennesima volta data e ora della partita:

15 novembre 1216, ore 14:30.

I dati erano corretti, tutto era corretto. Eppure Ian non c'era. Il gioco rimaneva ostinatamente gioco.

Dove diavolo sei finito?! pensò Daniel, furioso, rivolto all'amico assente.

Ormai aveva provato ogni opzione: aveva atteso immobile per quasi tre ore, poi dopo le undici del mattino, ora medievale, aveva spostato l'orario avanti di cinque minuti alla volta sperando di intercettare Ian, nel caso fosse così in ritardo. Non aveva ottenuto nulla. Aveva tentato di ritornare indietro con l'orologio cinque minuti alla volta, per verificare se non si fosse perso qualcosa lungo la linea temporale, e aveva scoperto che *Hyperversum* non glielo consentiva.

Giustamente, almeno dal punto di vista del gioco, il sistema non permetteva a un giocatore di ritornare a un punto precedente della stessa partita e modificare le sue azioni o scelte, barando.

Daniel maledisse in un sol colpo i programmatori e l'intera

casa produttrice del software, per la loro meticolosità, infine si tolse il visore dagli occhi, esasperato.

«Niente da fare» sbottò. «Ian non c'è. Chissà dove si è cacciato, proprio oggi!»

Dalla poltrona lì accanto Martin lo guardò preoccupato. Jodie era seduta sul bracciolo, in silenzio.

«Avevamo previsto che potesse accadere, che una volta Ian potesse mancare all'appuntamento per qualche ragione» continuò Daniel, più che altro meditando a voce alta. «In un caso del genere, l'appuntamento doveva slittare alla settimana successiva e poi al mese successivo, ma io non posso permettermelo! Non stavolta, accidenti! Quel ragazzo si è perso nel medioevo in questa data precisa. Se lascio trascorrere una settimana o un mese, non lo ritrovo più o lo ritrovo morto stecchito!»

Picchiò un pugno sul tavolo e rimase a riflettere per un po' in silenzio. «Devo trovare Ian, anche a costo di setacciare tutta la Francia» concluse, ma sapeva bene che, senza indicazioni precise, sarebbe stato più o meno come trovare un ago in un pagliaio di oltre duecentomila miglia quadrate.

«Sei sicuro che non ci sia un problema nella partita?» obiettò Martin. «Voglio dire: si era bloccata di colpo, potrebbe aver riportato un danno. Potrebbe non funzionare più, come quando...»

«No». Daniel tagliò la frase, secco. «Il gioco funziona. Manca Ian, tutto qui. Devo solo capire dov'è».

Martin non aggiunse altro, sentendo la voce del fratello vibrare e non solo di rabbia. Guardò Skip, accucciato ai suoi piedi, e il cane gli scodinzolò allegramente, del tutto ignaro dei rimproveri infiniti che gli sarebbero piovuti addosso, se solo fosse risultato colpevole dell'interruzione del gioco.

Daniel aveva paura, ormai. La sentiva crescere a ogni istante, insieme alle ipotesi più terribili. Sapeva che Martin poteva avere ragione, così come sapeva che Ian forse mancava all'appuntamento per qualche motivo serio.

Forse gli era successo qualcosa di veramente grave, perché se Michel de Ponthieu doveva nascere il 25 luglio 1217, allora il 15 novembre 1216 era già stato concepito e quindi Ian aveva adempiuto a ciò che era scritto sul libro miniato.

Daniel gettò un'occhiata al tomo rilegato a mano che giaceva sulla scrivania, sopra una pila di altri libri. Non aveva più polvere sopra la copertina perché l'avevano aperto in tre, lui, Martin e Jodie, tutti e tre cercando la conferma a ciò che Ty Hamilton aveva segnato nei suoi appunti.

L'avevano trovata, anche se non sapevano leggere il latino.

C'era una macchia vicino all'anno di nascita di Michel de Ponthieu, una dannatissima macchia della vecchia pergamena, riprodotta anche nella stampa digitale e del tutto simile a una cifra dei numeri romani. E così a uno sguardo frettoloso, allo sguardo sconvolto di Ian alcuni anni prima, la data di luglio 1217 era sembrata luglio 1218. Da allora nessuno aveva più ricontrollato. Daniel non trovava pace a quell'idea.

Ian si era già buttato in combattimenti azzardati in passato, sicuro di non poter rischiare più di tanto finché Michel non fosse stato concepito. Poteva averlo fatto di nuovo, senza sapere che il tempo delle sicurezze era ormai scaduto.

La tentazione di prendere il libro miniato, aprirlo e cercare nonostante le difficoltà linguistiche la conferma a dubbi e sospetti era quasi insopportabile, ma Daniel decise di resistere a tutti i costi. Ian stava bene, solo non era al suo castello, si convinse a forza. Si trattava di scoprire dove si fosse cacciato.

«Il libro non può darci una mano?» domandò Martin in quel momento, evidentemente seguendo in silenzio le stesse considerazioni del fratello maggiore. «Potrebbe esserci qualche notizia utile per capire dove sta Ian adesso».

«No, è impossibile» disse Daniel, deciso a non lasciarsi tentare. «È una cronistoria del casato, per ogni personaggio ci sono solo le cose più importanti come nascita, morte, sacramenti, matrimoni, gesta eroiche... Non c'è il diario giornaliero di tutto quello che hanno fatto».

Martin non insisté più, forse perché la parola "morte" in quel contesto faceva paura a lui quanto a tutti gli altri presenti nella stanza. «Ok, tanto non si riesce a leggere niente in questi geroglifici gotici» disse il ragazzo a mo' di giustificazione per rinunciare.

«E se cercassimo nell'atlante storico?» propose Jodie. «Forse nel novembre 1216 è successo qualcosa di importante, che ci può dare qualche indizio. Ad esempio» continuò, guardando Daniel, «metti che ci sia stato un affare di stato a corte: Ian potrebbe essere là a presenziare».

«Giusto» convenne Daniel, rianimandosi a quell'idea che gli allontanava dalla testa le ipotesi peggiori. «Prendi l'atlante. Io intanto faccio una ricerca su internet».

Si misero all'opera subito. Jodie corse a prendere l'atlante dallo scaffale e tornò a sedere sulla poltrona con Martin, aprendo il libro sulle ginocchia. Daniel si voltò di nuovo verso il monitor e avviò il motore di ricerca su internet.

Passò una buona mezz'ora di silenzio, prima che Jodie dicesse «Le Noir» e Daniel facesse eco quasi contemporaneamente con «La Magna Charta».

Si guardarono in quattro, compresi Martin e Skip, che nel frattempo si era quasi appisolato.

«Cosa hai trovato tu?» domandò per prima Jodie a Daniel.

Lui riportò gli occhi sullo schermo per riassumere le informazioni che aveva individuato nella rete. «A ottobre 1216 gli inglesi mettono sul trono Enrico III bambino, il 12 novembre 1216 un tale William Marshall, reggente d'Inghilterra, fa firmare una seconda Magna Charta a nome del nuovo re e intanto inizia a radunare un esercito per cacciare Luigi di Francia dal paese».

«Esatto» concordò Jodie, seguendo con lo sguardo le righe che trovava sull'atlante. «Qui si aggiunge che la notizia viene portata a re Filippo Augusto a Le Noir, mentre tutta la corte era in viaggio verso sud».

«E dove diavolo sta questo posto?» domandò Daniel, perplesso.

Jodie consultò l'atlante ancora un po'. «Sul confine col Cher, più a sud».

«Ne so quanto prima» brontolò Daniel.

«Male, perché uno dei luoghi più famosi del dipartimento del Cher sono le colline di Sancerre».

«Ho capito». Daniel tornò a girarsi verso il computer e riprese la partita di *Hyperversum*.

«Dite che tutto questo ha a che fare con Ian?» domandò Martin.

«Filippo Augusto ha convocato tutti i suoi feudatari a consiglio quando è ricominciata la ribellione di Beaucaire, vuoi che non abbia fatto altrettanto adesso che i baroni inglesi si stanno ribellando contro suo figlio?» rispose Daniel, mentre reimpostava i parametri del gioco. «Per giunta Ian ha avuto una parte importante nella questione inglese e se ci aggiungi che la corte in questo momento è vicinissima ai feudi dei Sancerre...»

Martin si alzò in piedi per andare a guardare il monitor da vicino. «Allora vuoi spostare il gioco a Le Noir?»

«Ci provo, mal che vada aspetto per niente». Rispose Daniel, indossando il visore.

«Ma se Ian fosse là, come farai a raggiungerlo? Non puoi comparire nel bel mezzo della corte come un fantasma».

«Lo so, che credi? Adesso intanto guardo com'è questo posto. Poi cercherò di capire il da farsi».

«Sii prudente» si raccomandò Jodie.

«Potrei provare a venire anch'io» propose invece Martin. «Questa volta vi servirà una mano».

«No» si oppose Daniel. «Questa volta sarà pericoloso, non ti voglio laggiù a rischiare di farti male».

«Ehi, guarda che sono maggiorenne ormai» si risentì il fratello.

«E non hai mai imparato a tenere in mano una spada o un arco. Come pensi di difenderti in caso di guai? Con la tua mazza da baseball?»

Martin mugugnò, ma non aggiunse altro.

«Daniel. *Mi raccomando*» insisté Jodie.

Daniel allungò una mano verso di lei, prima di indossare i guanti, e sentì che Jodie gliel'afferrava forte.

***

La presenza del re di Francia nella città di Le Noir era segnalata dalle bandiere azzurre con i gigli d'oro, che sventolavano sulle torri più alte della fortezza scura, dominante l'agglomerato urbano.

Insieme alle bandiere azzurre sventolavano quelle blu con barra bianca del padrone del feudo e Daniel riconobbe subito il blasone di Guillaume de Sancerre, il fratello maggiore di Etienne.

Forse non va sempre tutto storto, pensò, con un cauto sollievo.

Con la luce grigia di quel pomeriggio d'inverno, i blocchi di pietra del castello assumevano sfumature scure e quasi nere, il che faceva capire l'origine del nome della città. Le torri erano alte, robuste e tetre e dalla conformazione spartana si capiva che il maniero era più una fortezza militare che una residenza del feudatario. Le mura merlate infatti erano poderose e disseminate di tettoie dalle quali le guardie controllavano tutte le direzioni, tenendosi al riparo da sole e pioggia.

Per le strade cittadine ferveva il movimento quotidiano, anzi forse ce n'era addirittura più del solito. Era giorno di mercato e la gente andava e veniva indaffarata, curiosando e contrattando tra le bancarelle. Nella piazza che Daniel si trovò davanti erano disposti molti banchi, per le mercanzie più disparate, e anche alcuni carretti sui quali erano caricati ortaggi, frutti secchi o freschi, che i contadini avevano appena portato dalla campagna.

Sullo sfondo, oltre le case dai tetti di paglia, si stagliavano montagne imponenti, avvolte da nubi basse che promettevano pioggia imminente.

Daniel si guardò intorno per un po', sulle spine. Restava in disparte, in un vicolo semideserto, ma il tempo passava e gli faceva capire che non poteva rimanere lì fermo in eterno, poiché così facendo le probabilità di incrociare Ian erano minime, sempre ammesso che l'amico si trovasse davvero in quel luogo.

Devo muovermi verso il castello, si disse il giovane, pur sapendo che in quel modo i rischi aumentavano. Se infatti avesse incrociato Ian proprio davanti alle guardie o in un qualsiasi luogo affollato, avrebbe rischiato di materializzarsi dal nulla in presenza di chissà quanti testimoni, il che poteva solo scatenare una catastrofe di proporzioni inimmaginabili.

Purtroppo, però, non ho scelta, pensò ancora Daniel. Fece un bel respiro e avanzò virtualmente in mezzo al traffico cittadino medievale, conscio del silenzio teso di Jodie e Martin alle sue spalle, nel mondo moderno.

Nel gioco stava per cominciare a piovere e il giovane colse l'occasione per far alzare il cappuccio del mantello sulla testa del suo personaggio, coprendo il viso con l'ombra.

S'incamminò per le strade spedito, cercando la via più breve per raggiungere la cinta di mura che racchiudeva l'alta corte e il castello vero e proprio, separandolo dal resto della città. Si fermò quando vide il portone fortificato, aperto ma sorvegliato dalle guardie armate.

Da lì non l'avrebbero lasciato passare senza chiedergli di farsi riconoscere. Se si fosse trattato di una semplice partita o del medioevo vero Daniel non avrebbe avuto difficoltà nell'andare a parlare direttamente con i soldati, ma in quel momento di bilico tra un secolo e l'altro, tra gioco e Storia, il rischio era davvero elevatissimo. Se si fosse annunciato chiedendo di parlare con il signore del castello, i soldati lo avrebbero trattenuto in un luogo ben visibile e sorvegliabile, finché qualcuno non fosse arrivato per riconoscerlo, e Daniel non poteva certo permettersi di trovarsi faccia a faccia con Ian in quel modo.

Come faccio, adesso? si chiese frustrato.

Decise di giocare d'astuzia per provare a battere *Hyperversum* sul suo stesso terreno. Fermò il gioco, aprì la scheda del suo personaggio e aggiunse un sacchetto di monete, pergamena, penna e calamaio al suo equipaggiamento, prendendoli dal deposito virtuale delle sue conquiste ottenute dopo centinaia di partite.

«Che cosa fai?» sentì Martin domandare, ma non gli rispose e tornò invece in partita.

Fece girare il suo personaggio sui tacchi ed entrò nella prima taverna trovata vicino alla porta dell'alta corte.

Dentro il locale, il gioco aveva simulato un ambiente grezzo, fumoso e semideserto. L'ora del pranzo era ormai trascorsa e ai tavoli erano rimasti solo pochi avventori sfaccendati a ripararsi dall'umidità e dal freddo dell'esterno. Nel grande camino gli spiedi erano vuoti e la cuoca stava portando via il pentolone nel quale aveva cucinato la zuppa. L'oste riponeva le brocche lavate e raccoglieva dai tavoli le coppe rimaste vuote. I garzoni pulivano i tavoli con gli stracci e il pavimento con le ramazze, prima di spargere altra paglia fresca sulla terra battuta.

Daniel si sedette a un tavolo vicino al camino di cui non sentiva il calore e ordinò una coppa di vino che comunque solo il suo personaggio virtuale avrebbe potuto bere.

Attese di essere servito, poi estrasse il necessario per scrivere e, mentre i presenti lo sbirciavano curiosi, mise poche parole sulla pergamena:

"Ti aspetto fuori dal castello. Trova tu un luogo adatto."

Rimase a meditare sulla pergamena, chiedendosi se la sua idea poteva funzionare o se invece stava soltanto lanciando una sfida al gioco che poi avrebbe risposto a modo suo, facendolo girare a vuoto in una delle innumerevoli partite senza risultato. Non si potevano portare oggetti da un lato all'altro di *Hyperversum*, Daniel lo sapeva, bene, ma quella pergamena in teoria faceva parte del gioco stesso, veniva da una delle sue librerie: sarebbe anche servita allo scopo come se fosse stata una pergamena vera?

Daniel non aveva altra scelta che provare. Firmò il foglio, lo piegò per bene e chiamò il garzone più giovane, che si era sistemato in un angolo vicino al camino a strofinare le pentole con la cenere per sgrassarle prima di andarle a sciacquare fuori. «Ti do una moneta d'argento, se vai dalle guardie per me, portando questo messaggio, e chiedi se il conte Jean Marc de Ponthieu è presente al castello» gli disse, appoggiando la mano in modo eloquente sul sacchetto che portava in cintura accanto alla spada e facendone tintinnare le monete.

Il ragazzino s'illuminò con un sorriso sul volto sporco di cenere. «Il Falco d'argento? Sì, signore, è al castello. L'ho visto andare e venire alcune volte in questi giorni. Non passa inosservato un cavaliere alto e famoso come lui».

Daniel esitò a provare sollievo: era una fortuna insperata o *Hyperversum* si stava prendendo gioco di lui?

Gettò l'occhio fuori dalla porta aperta della taverna, dalla quale si scorgeva l'ingresso all'alta corte. Il passaggio dei feudatari più nobili non doveva essere frequente in quella città, quindi l'arrivo della corte del re era sicuramente diventato il centro delle chiacchiere del paese. Un ragazzino che lavorava alla locanda, poi, non aveva altro da fare nei minuti liberi che guardare il via-vai delle persone famose da quel castello nel quale probabilmente non era mai entrato. Dall'altro lato, però, quello stesso ragazzino aveva le movenze elastiche dei personaggi 3D e il suo tono era inconfondibilmente artificiale. Stava dicendo il vero o era solo un dialogo costruito ad arte per la partita?

Che ho da perdere? si disse Daniel per convincersi. «Benissimo, allora la moneta è tua se vai dalle guardie a consegnare questo messaggio per il Falco» disse al suo interlocutore virtuale e consegnò denaro e pergamena al ragazzino.

Il garzone corse via. Daniel ripose il necessario per scrivere, pagò il vino con un'altra moneta senza aspettare di ricevere il resto, si avvolse nel mantello e uscì sotto la pioggia che aveva iniziato a scendere ma bagnava solo gli abiti virtuali del suo personaggio.

Fuori la gente si affrettava ad abbandonare il mercato e a mettersi al riparo dalla pioggia.

I mercanti chiudevano rapidi le loro merci nei sacchi e nei bauli, le donne correvano sotto le tettoie riparandosi il capo con gli scialli o con le ceste in cui trasportavano le cose appena acquistate. Muli e buoi con i carretti acceleravano il passo, incitati dai loro padroni.

La luce del pomeriggio calava rapidamente riempiendo i vicoli di ombre pesanti, la terra battuta delle strade si impregnava d'acqua e restituiva fango.

In mezzo a quel traffico frenetico, Daniel si spostò dalla taverna per raggiungere un vicolo lì accanto, ignorando la gente che vi passava correndo e sempre tenendo d'occhio il garzone a cui aveva affidato messaggio e moneta. Il ragazzino aveva puntato dritto verso le guardie e si era fermato a parlare con loro, dopo aver salutato. I soldati confabularono qualche istante l'uno con l'altro e alzarono anche lo sguardo a osservare la taverna indicata dal garzone durante il suo discorso. Poi la scena venne coperta da un carro di passaggio.

Daniel si spostò invano per vedere al di là, ma dovette attendere che il carro proseguisse oltre. Quando finalmente riebbe la visuale completa vide che il garzone non c'era più e che le guardie stavano facendo passare un gruppo di uomini a cavallo, avvolti dai mantelli pesanti con i cappucci alzati sulla testa.

Dov'è finito? si domandò Daniel, cercando il ragazzino e temendo che la sua lettera fosse stata gettata o respinta al mittente per qualche motivo. Poi fece appena in tempo a rendersi conto che la porta e le mura del castello di Le Noir erano più realistiche di quanto gli fossero sembrate prima, le sentinelle si erano spostate e anche i passanti sembravano di aspetto e di numero diverso. Tutto era leggermente cambiato intorno a lui ed era talmente accurato da non poter più essere una semplice ricostruzione grafica.

Un attimo dopo Daniel si ritrovò il mantello completamente fradicio addosso.

Rimase come congelato per un istante, mentre la sorpresa, l'umidità, il freddo e l'odore bagnato dell'ambiente lo assalivano tutti insieme, poi un urlo di donna gli fece capire di essersi materializzato dal nulla nel bel mezzo del vicolo trafficato.

Si voltò di scatto per trovarsi davanti una donna di mezz'età, imbacuccata nel suo scialle di lana e con un cesto di verdure in braccio. La donna lo stava fissando come se avesse davanti il diavolo in persona e infatti la sua reazione fu del tutto adeguata al suo terrore: gridò aiuto, poi si fece il segno della Croce invocando tutti i santi conosciuti e nel contempo indietreggiava stringendosi al petto il cesto.

Altri passanti si erano voltati, colti di sorpresa dalle grida, e ora guardavano la scena con allarme.

«Signora, per favore calmatevi...» tentò di dire Daniel, ma la donna urlò di nuovo, poi gettò addosso al giovane incappucciato l'intero cesto con tutte le sue verdure e scappò come se fosse inseguita dai lupi.

Il clamore si sparse per tutto il vicolo. «Un ladro!» esclamò qualcuno, fortunatamente equivocando la scena, ma Daniel non ebbe di che rallegrarsene per molto perché alcuni uomini gli si stavano facendo incontro ed erano tutti ben piazzati e risoluti. Uno di loro aveva anche un bastone e Daniel, ovviamente, non aveva più un solo oggetto con cui difendersi, men che meno la sua spada.

Stramaledetto gioco, giuro che ti formatterò dal computer appena posso! pensò all'indirizzo di *Hyperversum*, poi però non tentò nemmeno di ragionare con quei paesani infuriati, abituati a consegnare i ladri allo staffile del boia. Si girò e cominciò a correre più forte che poté.

«IAN!» chiamò urlando, mentre ritornava nella strada su cui si affacciavano la taverna e l'ingresso all'alta corte di Le Noir. Con la coda dall'occhio fece in tempo a vedere che il clamore nel vicolo aveva già raggiunto e messo in allarme i soldati e gli uomini a cavallo. Uno di questi, più alto degli altri, alzò la testa di scatto sotto il cappuccio scuro e bagnato.

Pregando che fosse proprio l'amico a raggiungerlo per primo, Daniel si gettò a testa bassa nel movimento confuso del mercato che veniva smantellato. Udì chiaramente urla e nitriti alle sue spalle, mescolati alle proteste di chi veniva urtato durante la sua corsa, ma non si girò indietro nemmeno un secondo per paura di essere agguantato.

Ci manca solo che mi arrestino come ladro proprio a casa di Sancerre! pensò disperato, mentre scavalcava un banchetto, mandando all'aria tutto ciò che vi era rimasto sopra, tra le proteste indignate del mercante.

Individuò un altro vicolo e vi si gettò dentro, sperando di far perdere le proprie tracce agli inseguitori. Superò botteghe, tettoie e usci chiusi, poi voltò di nuovo alla prima strada, con i polmoni che bruciavano già per lo sforzo. Lo accolsero altri usci chiusi e viottoli laterali, insieme a steccati e recinzioni per gli orti, nessuno dei quali poteva essere un nascondiglio adeguato.

Daniel accelerò il passo ulteriormente per arrivare in fondo alla stradina. Gli si parò davanti un uomo a cavallo, sbucato dal fondo della strada.

«In quell'orto!» gli ordinò Ian dall'alto della sella, indicandogli uno steccato dietro il quale crescevano cespugli di aromi.

Daniel si gettò d'un balzo oltre la staccionata e atterrò sulla terra bagnata per rannicchiarsi sotto un cespuglio odoroso.

Ian spronò il cavallo per superare l'orto e Daniel lo sentì chiaramente esclamare: «Da quella parte!»

Immaginò che l'amico avesse indicato agli inseguitori uno qualsiasi del vicoli laterali per depistarli e mandarli a cercare un ladro fantasma in un'altra direzione. Chiuse gli occhi per un istante e riprese fiato con sollievo, nonostante fosse ormai bagnato fradicio e sporco di fango quasi dappertutto.

Dopo qualche minuto, sentì il cavallo sbuffare mentre tornava indietro. Guardò al di sopra del cespuglio per vedere Ian chino verso di lui con una faccia ancora scossa sotto il cappuccio bagnato.

«*Mais tu es fou*[13]*!*» esclamò l'amico e la cadenza francese si sentì distintamente anche quando passò all'inglese. «Cosa ti viene in mente di piombare qui in questo modo…»

Daniel si tirò su con una smorfia. «Non avevo scelta. All'appuntamento non c'eri e perciò ti sono venuto a cercare».

«Ti rendi conto di cosa poteva succedere? Per fortuna in questo vicolo non c'era nessuno!»

«Non doveva andare così» si difese Daniel, scavalcando la staccionata per tornare sulla strada. «Ti avevo scritto un messaggio e l'avevo consegnato a un garzone di taverna perché lo consegnasse alle guardie dell'alta corte. Poi tu sei arrivato all'improvviso…»

«Quale messaggio? Che garzone?» trasecolò Ian.

«Lascia perdere» sospirò Daniel. «Un'altra presa in giro di questo maledetto gioco. Ti dispiace se adesso andiamo al riparo dalla pioggia? Possibilmente vorrei anche allontanarmi da qui prima che qualcuno torni indietro per linciarmi».

Ian rinunciò a protestare oltre e scese di sella per accompagnare l'amico a piedi fino a una tettoia, qualche strada più in là. Adesso l'acquazzone era diventato perentorio, le case avevano le finestre sigillate e le strade erano del tutto deserte.

Si fermarono al riparo della tettoia e Ian rimase a guardare per un po' Daniel ripulirsi le mani e la faccia dal fango, con l'acqua piovana che cadeva a rivoli dal tetto. «Come mi hai trovato?» gli domandò.

Daniel strizzò anche il mantello grondante acqua sporca. «Ho tirato a indovinare dopo aver letto alcune informazioni su internet e sull'atlante storico».

---

[13] Ma tu sei matto!

«La devi smettere di leggere nella Storia il mio futuro. Non voglio più che tu lo faccia, siamo intesi?» protestò Ian, storcendo il naso.

Daniel lo assecondò, perché non aveva tempo né voglia di discutere i dettagli di quell'argomento, dopo quanto era accaduto.

«D'accordo, non lo faccio più, ma intanto ascolta. Abbiamo un problema grosso: Ty Hamilton».

Ian assunse un'espressione perplessa e Daniel dovette ricordarsi che per l'amico era passato oltre un anno da quando aveva sentito nominare il canadese e che con tutto quello a cui aveva dovuto pensare, probabilmente se n'era dimenticato.

Ian infatti impiegò qualche istante per capire di chi si stesse parlando. «Ti ha contattato di nuovo?» domandò.

«No, molto peggio. È qui, nel medioevo. Si è perso in Occitania».

Daniel si rammaricò di non aver potuto preparare il discorso meglio di così, ma non sapeva proprio come raccontare a Ian la catastrofe che si era abbattuta su entrambi senza preavviso. «Ricordi il ragazzo che mi spiava?» continuò. «Era lui. Mi ha seguito ogni volta che sono entrato in partita... e a un certo punto è rimasto bloccato di qua. A casa sua manca ormai da più di una settimana».

Dovette fare un bel respiro per raccontare a Ian il blocco momentaneo del gioco, verificatosi a causa di Skip mentre lui stava cercando informazioni nell'archivio storico di *Hyperversum*. Raccontò d'un fiato anche il colloquio con la polizia e il viaggio in Canada, poi si fermò attendendo la reazione dell'amico.

Ian era cinereo e per un lungo istante non parlò. «Ma come ha fatto a passare di qua?» chiese infine a bassa voce, sgomento. «Come ha potuto...?»

Daniel si preparò a rivelare il segreto più duro. «Il suo nome di battesimo all'anagrafe è Thierry e suo padre si chiama François de Ponthieu».

Non ebbe bisogno di aggiungere altro. Nel silenzio assoluto che seguì, Ian fece una a una le sue deduzioni e Daniel lo vide dall'espressione che cambiò sul suo viso.

«Quel ragazzo...» esordì alla fine Ian, ma gli rimase la frase in sospeso sulle labbra.

«È l'ultimo discendente del Falco d'argento» la completò Daniel. «I tuoi pronipoti abbandoneranno la Francia per il Canada durante la Rivoluzione Francese».

«Basta, non voglio sapere altro» Ian si ribellò d'istinto e si allontanò di qualche passo nel vicolo, ignorando la pioggia battente.

Daniel lo lasciò andare, rispettando il travaglio che in quel momento si stava sicuramente agitando nei pensieri dell'amico.

Ian si voltò indietro dopo qualche istante. «Dunque il passaggio funziona anche con i nostri discendenti?»

«Non lo so. Forse». Daniel ebbe un brivido al pensiero del figlio che lui e Jodie attendevano entro la fine dell'anno. «Forse è una questione di sangue, forse invece è solo una coincidenza. Quel ragazzo si è collegato alla mia partita come fece Carl White anni fa. Anche Carl poteva chiamare l'icona per uscire e poi è rimasto bloccato con noi quando la mia connessione si è interrotta. Forse con Ty Hamilton è capitata la stessa cosa. Di certo però mi ha cercato perché ha il mito del suo avo Jean Marc de Ponthieu».

Ian era attonito. «Lui discende da me... e quindi dai miei figli. Ma quale dei due?»

«Chi è adesso che vuole sapere il futuro?» lo redarguì Daniel e Ian alzò le mani in un gesto di scusa e di difesa. «Hai ragione. Non lo voglio sapere. Tutta questa assurdità è già abbastanza innaturale così com'è». Lentamente tornò sotto la tettoia, a testa bassa.

«Comunque sia, io non lo so e non ho indagato, perché sapevo che non avresti voluto» concluse Daniel. «Posso dirti che quel ragazzo ha i tuoi occhi, ma è biondo, quindi non ti somiglia e non somiglia nemmeno a Marc. Forse ha preso da Michel o dalla famiglia di Isabeau, oppure avrai un altro figlio maschio di cui ancora non immaginiamo l'esistenza, chi può saperlo? E poi chissà quante generazioni vi dividono, i tuoi geni si sono rimescolati centinaia di volte almeno prima di arrivare a lui».

Ian annuì in silenzio e continuò a guardare altrove, meditando.

«C'è ancora un'ultima cosa» continuò Daniel, cupo. «Riguarda tuo figlio Michel. Nascerà con un anno di anticipo rispetto a quanto credi. C'è una macchia sul codice miniato e tu hai letto male la data. L'anno è il 1217».

Ian si era voltato verso di lui a bocca aperta. Assimilò anche quella notizia, infine si passò le mani sul viso. «Signore, ti ringrazio» mormorò a mezza voce e nel suo tono si sentiva un evidente sollievo.

«Hai capito cosa ho detto?» insisté Daniel. «Vuol dire che non puoi più contare sul fatto di non poter morire. Il tuo futuro da adesso è di nuovo sconosciuto per tutti».

«Che cosa vuoi che m'importi?» lo sorprese l'amico ed era quasi scosso. «Isabeau sospetta di essere incinta, me l'ha comunicato la settimana scorsa e io credevo che avrebbe perso il bambino, perché sapevo che Michel non poteva nascere così presto».

Daniel tacque, colpito da quell'idea a cui non aveva pensato, e in silenzio capì fino in fondo il sentimento dell'amico. Non volle neanche pensare al dolore che avrebbe provato lui se a Jodie fosse capitata una tragedia simile.

«Grazie al cielo, mi sono sbagliato» continuò Ian. «Isabeau è così felice… potrà continuare ad esserlo».

«È qui con te?»

«Non proprio, è rimasta al castello di Séour, a due giorni da qui. Eravamo in visita da Etienne prima che io fossi convocato a corte. Donna è stata malata, abbiamo cercato di essere d'aiuto e Isabeau è rimasta da lei quando sono partito per Le Noir».

«Donna ammalata? Che cosa ha avuto?» si preoccupò subito Daniel.

«Un'infezione di qualche genere, non so dirti altro. La febbre è rimasta alta per giorni, Donna non mangiava più, dormiva quasi tutto il tempo ed Etienne era disperato. Isabeau ha insistito per venire, nonostante il viaggio lungo e l'inverno alle porte, perché conosce molti rimedi erboristici e perché la stessa Donna prima di sposarsi aveva iniziato a insegnarle alcune delle sue tecniche di medicina. Per fortuna si è risolto tutto. Ora Donna si è ripresa, ma anch'io ho avuto paura per lei».

Daniel rabbrividì in silenzio al pensiero di cosa potesse significare una malattia in quel mondo privo di ospedali, di farmaci e di diagnosi certe. Ian aveva dovuto sentirsi terribilmente impotente, conscio che Donna rischiava la vita forse per qualcosa che nel mondo moderno sarebbe stata curata con facilità.

«Adesso dovrò trovare il modo di riportare Isabeau a casa nel modo più confortevole possibile, visto il suo stato» considerò Ian dopo un po'.

«Be' almeno sai che non correrà rischi, anche se il viaggio dovesse essere scomodo» cercò di confortarlo Daniel, perché nella voce dell'amico sentiva ancora il riflesso della paura appena vissuta.

«È vero».

Rimasero in silenzio per un po', ciascuno meditando.

«Come ci muoviamo per Ty Hamilton?» domandò Daniel.

Ian camminò su e giù per qualche istante ancora. «Dobbiamo pensare a come iniziare le ricerche. L'Occitania non è lontanissima da qui, ma il meridione è ancora conteso tra Montfort e il conte Raimondo e percorso da rivolte e repressioni».

«Siamo abbastanza vicini?» si stupì Daniel.

«Ma dico, non hai guardato la carta geografica prima di arrivare? Siamo già oltre metà strada da Parigi all'Occitania. Da Le Noir al confine ci vorranno cinque o sei giorni a cavallo».

«Sei giorni?! Hai detto che eravamo vicini!»

«Se hai un'automobile a disposizione, possiamo farcela anche in giornata».

Daniel non ribatté, imbronciato.

«Comunque sia, io non me ne posso andare così, senza spiegazioni» proseguì Ian. «Sono stato chiamato a corte dalla principessa Bianca di Castiglia e lei si aspetta che io l'aiuti nella questione inglese».

«Per via di Enrico III e la seconda Magna Charta, eh?»

«Sì. L'intera corte è all'erta perché il rovesciamento di fronte è appena iniziato e molti baroni sono già passati dalla parte di William Marshall e del re bambino, contro Luigi».

«E Martewall?»

«Gli ho mandato una lettera appena saputa la notizia dell'incoronazione di Enrico e poi per dirgli anche che re Filippo sarebbe stato a Clermont, ma non ho ricevuto risposta da lui. Immagino che sia ancora dalla nostra parte, ma non gli converrà per molto. Tra poco i filofrancesi saranno isolati da tutti e perderanno il confronto armato. Spero che Martewall abbia il buon senso di cambiare parte prima che accada il peggio, anche se mi dispiacerà averlo di nuovo dall'altro lato della barricata».

«Ti dispiacerà?» Daniel era perplesso.

«Sono cambiate molte cose tra me e Geoffrey Martewall, da quando ci siamo conosciuti. Un giorno ti spiegherò i dettagli. Adesso dobbiamo capire come trovare il mio bis-bisnipote». Ian sospirò, guardò la pioggia e aggiunse, brontolando: «Sono appena diventato padre e mi ritrovo già bisavolo».

«Credi che potremo fare qualcosa direttamente?» domandò Daniel, ma come si aspettava, Ian scosse la testa. «Io sono diventato troppo riconoscibile per potermi muovere senza dare nell'occhio e comunque in due da soli non riusciremmo mai a fare ricerche sufficientemente accurate. L'Occitania è grande e noi non abbiamo un punto preciso da cui partire, a parte la zona intorno alla città di Roquemar, dove il gioco ha funzionato per qualche minuto. Manderò i miei uomini, ma dobbiamo farci aiutare da chi ha più esperienza di me in queste cose».

Daniel capì al volo dove l'amico volesse andare a parare. «Il conte di Ponthieu?»

Ian si gettò i capelli umidi indietro dal viso sotto il cappuccio, con un gesto nervoso. «Arriverà a corte domani da Auxi. Non so proprio come gli racconterò tutta questa faccenda».

Daniel non riuscì davvero a trovare nemmeno una parola per confortarlo.

Capitolo 19

Fu un dialogo difficile. Guillaume de Ponthieu era già abbastanza stanco per il viaggio e nervoso per le notizie che arrivavano da oltremanica e fece il terzo grado a Ian e a Daniel, per nulla felice di scoprire che un ennesimo abitante di quel paese lontano mai sentito nominare si fosse perso in Francia e per di più in una zona in mano a occitani e crociati.

Si trovavano a riunione nella stanza che Guillaume de Sancerre aveva messo a disposizione ai due fratelli Ponthieu per dormire ed essere sempre vicini al re in qualsiasi momento.

Le Noir era un maniero di medie dimensioni e non disponeva dello spazio necessario ad alloggiare l'intera corte tra le sue mura più interne, perciò i cavalieri meno nobili, con gli scudieri i soldati e i servi erano stati alloggiati negli edifici dell'alta corte o nelle locande della città, mentre solo i feudatari e i collaboratori più stretti del re erano al castello. Daniel, infatti, dalla sera precedente dormiva con i soldati di Châtel-Argent nella caserma dell'alta corte, insieme al barone di Chailly e a un entusiasta Beau, felicissimo di poter avere a portata di domande il suo predecessore al fianco del Falco d'argento. Il ragazzino era ulteriormente cresciuto, si era fatto più robusto, portava i capelli un po' più lunghi e aveva ormai cambiato la voce da bambino in quella da adulto. Per Daniel era affascinante osservarlo perché gli dava il senso concreto di quanto tempo fosse passato dall'ultima partita, che per lui aveva avuto luogo solo giorni prima.

La stanza che Ian avrebbe diviso con il conte suo fratello era nell'angolo a sud del torrione principale, abbastanza ampia e arredata da un grande camino, oltre ai letti e alle cassapanche. Il fuoco scoppiettava già e aiutava a mitigare l'aria proveniente insieme alla luce dalla finestra aperta. Fuori pioveva ancora.

Ponthieu aveva appena fatto in tempo a lavarsi e cambiarsi dopo il lungo viaggio, quando era stato raggiunto da Ian che l'aveva aggiornato sulla situazione della corte e nel frattempo gli aveva chiesto consiglio sulla questione spinosa della sparizione di Ty.

Com'era prevedibile, Ponthieu aveva voluto sapere ogni dettaglio e Daniel dovette perciò inventarsi e sostenere ogni particolare di una nave che non esisteva, partita dall'Inghilterra e approdata all'altezza di Bordeaux e dalla quale era scesa una fantomatica carovana commerciale diretta verso nord lungo la strada che tagliava per un breve tratto l'Occitania dalla parte di Roquemar. Per fortuna si era messo d'accordo con Ian la sera precedente e quindi nel suo racconto lui e Ty si erano aggregati con quei mercanti per non viaggiare da soli, ma del ragazzo si erano perse le tracce quando Ty aveva deciso, contro il parere di tutti, di prendere la Croce proprio in Occitania, convinto da uno dei tanti predicatori incontrati lungo la via.

«Ma è mai possibile che voi due siate sempre coinvolti nei problemi più assurdi nei momenti meno opportuni?» esclamò Ponthieu alla fine del racconto, con uno sguardo che avrebbe trapassato anche un'armatura, tanto era diretto e indagatore.

Daniel abbassò la testa, sentendosi sempre più un imputato. «Perdonatemi. Non avrei voluto disturbare né voi né vostro fratello, ma Thierry è parente di un caro amico e ho paura per lui. Ho provato a cercarlo da solo, ma poi, quando ho saputo che la corte del re era qui e che voi eravate presenti, ho sperato di ricevere aiuto...».

«I vostri amici sono uno più incosciente dell'altro. Non avete istruito quel giovane su come evitare guai durante il viaggio? Eppure voi avete conosciuto da vicino i crociati di Montfort, avreste dovuto dissuadere a tutti i costi il vostro protetto dal commettere una simile scempiaggine! Che cosa pensava di fare? Iniziare una seconda crociata degli Innocenti[14]?»

«Lui è davvero un maledetto incosciente» replicò Daniel e

[14] Nel 1212 una marcia di bambini e ragazzi adolescenti si avviò verso la Terrasanta, partendo da Francia e Germania e ispirata da predicatori e fanatici religiosi. Quasi tutti i partecipanti fecero una tragica fine, uccisi, catturati o venduti come schiavi, anche dagli stessi capitani che li avevano imbarcati sulle navi per il Medio Oriente.

non dovette simulare la rabbia che provava nei confronti del canadese. «Gli farò passare la voglia di andarsene in giro da solo, giuro».

«Se lo ritroviamo vivo» gli rammentò il conte. «La zona in cui ha avuto la bella idea di scomparire è tutt'altro che sicura. Non ci sono solo predicatori disarmati in giro».

«Mi dispiace». Daniel era sempre più sconsolato.

«Guillaume, ti prego, dobbiamo aiutare Daniel a ritrovare quel ragazzo» intervenne Ian, anche se si sentiva in colpa ad approfittare apposta di un momento in cui il conte non aveva ancora recuperato le forze dopo il lungo viaggio. «Non è un guerriero e si è lasciato prendere da un impulso religioso del tutto senza riflettere. Là fuori da solo si metterà nei guai».

«Lo so bene, non hai bisogno di ricordarmelo» rispose il conte, sospirando aspro. «I vostri conterranei sono sempre del tutto sprovveduti con le armi e non mi piace che ce ne sia uno in giro libero e senza controllo. Però sappi che sono stanco di coprire le vostre strane disavventure».

Ian percepì chiaramente di aver tirato la corda fino al limite, questa volta. Il conte stava diventando sospettoso e lui non poteva davvero permetterselo. «Giuro che non capiterà mai più» disse a voce bassa, dissimulando la paura per ciò che poteva accadere se solo Ponthieu avesse perso la fiducia in lui.

«L'avevi già promesso in passato» gli ricordò Ponthieu, e bastò quella frase per far capire al giovane che da quel momento in poi le sue mosse sarebbero state tenute d'occhio con il doppio dell'attenzione, gli errori perdonati con molta più fatica.

«Perdonami» disse Ian a testa bassa.

Daniel si mosse nervoso, spostando il peso da un piede all'altro.

Ponthieu rimase a meditare per un po', rivolto verso la finestra aperta, a guardare la pioggia che cadeva fitta. «Chiama Chailly» disse alla fine a Ian. «Digli di prendere due dei miei uomini insieme a quattro dei tuoi. Partiranno stasera stessa per la zona di Roquemar, ufficialmente per indagare a nome mio sulla situazione della crociata. Io farò mandare un messaggio ai nostri informatori nel nord dell'Occitania, perché si mettano subito all'opera. Se troveranno quel giovane, lo fermeranno e lo consegneranno a Chailly, che ce lo riporterà qui. Se ci chiederanno il motivo di un tale dispiegamento di forze, diremo che quel giovane è portatore di informazioni importanti e segrete, poi ci inventeremo qualcosa».

Si voltò a guardare Daniel. «Spero che il vostro protetto sia credibile come emissario, almeno nell'aspetto, altrimenti anche la nostra credibilità sarà messa in ridicolo».

«Un po' mi somiglia, sarà credibile senz'altro» rispose Daniel, per poi rendersi conto di quanto suonasse stupida quella frase e, per di più, pericolosa.

Ian infatti lo incenerì con un'occhiataccia e Daniel capì che faceva molto meglio a stare zitto da quel momento in poi.

«Vado immediatamente a parlare con *monsieur* Thibault» si affrettò a intervenire Ian. «Grazie per il tuo aiuto».

Il conte gli rispose con un cenno burbero e lasciò che i due si congedassero senza ulteriori discorsi. Appena fuori dalla stanza Ian e Daniel dovettero riprendere fiato un attimo, con la netta sensazione di essere appena scampati alla scure del boia.

«Niente cose strane da adesso in poi, niente sparizioni improvvise, niente di niente» ammonì Ian, ancora scosso. «Se Guillaume comincia a sospettare di me è la fine».

«Resto qui buono buono per tutto il tempo che sarà necessario» rispose l'altro, con gli stessi brividi lungo la schiena. «Mi sono dato malato al Laboratorio, non ho necessità di rientrare e non lo farò finché non avrò ritrovato Ty Hamilton. Poi, se non l'hanno ammazzato gli occitani o i crociati, giuro che lo ammazzo io con le mie stesse mani».

«E io ti aiuto» sospirò Ian.

***

Passarono giorni. La corte del re era in piena agitazione per le notizie che arrivavano sempre più allarmanti dall'Inghilterra, ma anche quelle che arrivavano dal meridione erano altrettanto serie. La rivolta di Beaucaire aveva seminato scintille nella paglia ed erano sempre più numerose le città meridionali che mordevano il freno per sottrarsi al dominio di Montfort e del suo esercito crociato.

Filippo Augusto era furioso e Ian sapeva che la situazione era destinata soltanto a peggiorare, visto che gli avvenimenti storici su entrambi i fronti sarebbero stati ostili ai Francesi almeno per gli anni più prossimi.

Quasi tutti i feudatari riuscirono ad arrivare a corte nel giro di qualche giorno dall'arrivo di Daniel o mandarono comunque i loro ambasciatori, specie quelli che si trovavano in posizioni strategiche lungo la costa atlantica dove stavano radunando navi e uomini per andare in appoggio al principe. Dai primi di novembre Luigi il Leone assediava la città di Hertford per strapparla all'esercito che il reggente William Marshall aveva schierato in nome del nuovo re Enrico, figlio del defunto Giovanni Senza Terra. Il fronte francese si muoveva compatto, benché Luigi fosse stato raggiunto dalla scomunica di Onorio III, asceso al soglio pontificio dopo Innocenzo III.

«Se Roma crede di potermi mettere il guinzaglio, si sbaglia di grosso!» aveva esclamato il re, furioso, durante un'udienza.

In tutto quel trambusto, la ricomparsa di Daniel passò quasi inosservata, così come non fece notizia il piccolo incidente accaduto fuori dalle mura del castello e rimasto impunito. Le guardie avevano cercato il fantomatico ladro per un po' e poi avevano dovuto rinunciare, senza ottenere risultato. In realtà, si era poi scoperto che il ladro non aveva rubato alcunché: aveva potuto solo spaventare una donna, a dire il vero piuttosto isterica, ed era fuggito spaventato dalla reazione degli altri abitanti del paese. La potenziale vittima del furto sosteneva ancora che si trattava di un diavolo col mantello e che doveva essere sparito in una nuvola di zolfo, ma non le veniva dato molto credito, specie perché era difficile credere a un diavolo comparso in pieno giorno e poi perché l'odore di zolfo non era stato percepito da nessuno.

«Buon per noi» aveva brontolato Ian all'indirizzo di Daniel, dopo aver udito quelle notizie. L'amico aveva assunto una faccia contrita e non aveva risposto.

Fu Beau a portare un giorno a Ian un messaggio appena arrivato dagli uomini in missione in Occitania. Era stato portato da un piccione viaggiatore e perciò conteneva poche righe, ma più che sufficienti.

«L'hanno trovato, è vivo» annunciò Ian, dopo aver congedato

Beau e raggiunto Daniel che aspettava in ansia, seduto tra i merli del castello sul cammino di ronda. C'era un pallido sole quel mattino e il freddo non dava fastidio, specie sotto uno spesso mantello di lana tenuto ben stretto intorno al corpo.

La notizia portata da Beau alleggerì Daniel di un gran peso.

«Per fortuna» sospirò. «Ci è andata bene al primo colpo».

«Aspetta a dirlo. L'hanno arrestato i crociati, nel contado di Roquemar. Adesso ce l'ha Gant in custodia, nel suo feudo di Morges, vicino a Bergerac».

«Il corvo?» esclamò Daniel, prendendo in prestito l'epiteto con cui Sancerre amava indicare il luogotenente crociato. «Siamo sicuri che quel ragazzo sia ancora intero?»

«Qui dice di sì» rispose Ian, alzando leggermente il messaggio tenuto ripiegato tra le dita. «In qualche modo ha fatto capire di essere un mio uomo e probabilmente è per questo che non l'hanno ammazzato».

«Avrà detto loro di chiamarsi Ponthieu» considerò Daniel. «Questo ci viene incontro. Ci aiuta a sostenere davanti a tutti la storia dell'emissario che il conte vuole far credere».

«Già» rispose Ian, laconico, ma non aggiunse altro, perso in chissà quali pensieri.

Daniel lo osservò stupito dalla sua reazione, ma poi fu raggiunto da un'idea. «Aspetta un attimo» disse di colpo. «Se i crociati si sono convinti che è uno dei tuoi, perché non ti hanno mandato a dire che l'hanno arrestato invece di portarselo dietro chissà dove?»

«È quello che mi sto chiedendo anch'io e la faccenda non mi piace per niente. Non mi fido di Gant, specie dopo quello che è capitato a Pienne. Tra noi due c'è ancora un conto in sospeso».

«Credi che possa servirsi di Ty Hamilton per giocarti qualche brutto tiro?»

«Non lo so, dipende da cosa sa il ragazzo o da cosa gli hanno fatto dire».

Daniel rabbrividì. «Dici che possono averlo torturato?»

«Non avranno osato, se si sono convinti subito che è un mio uomo, ma basta anche molto meno della tortura per fare pressione su un ragazzo spaventato».

«Qualche giorno in una segreta, ad esempio» disse Daniel, ricordando con disagio la sua esperienza nelle celle di Dunchester. «Che facciamo adesso?»

«Lo andiamo a riprendere, non abbiamo scelta. Gant sta facendo difficoltà a Chailly, ma dovrà rassegnarsi con me e io non voglio che questa cosa vada ancora per le lunghe» rispose Ian. «Le probabilità che quel ragazzo si lasci sfuggire qualcosa di compromettente, se non l'ha già fatto, aumentano col passare del tempo. Noi due riusciremo a tenerlo d'occhio meglio e, appena ne avremo l'occasione, tu lo riporterai a casa».

«Andiamo noi da Gant? Quello ti odia, l'hai detto tu».

«Ma non può farmi niente perché sono un feudatario di Francia. Lo stesso vale per me nei suoi confronti. Siamo in due campi alleati e c'è un equilibrio che né Filippo Augusto né Simon de Montfort hanno interesse a turbare. Io o Gant pagheremmo molto caro un eventuale attacco diretto nei confronti l'uno dell'altro, quindi Gant non oserà fare niente altro che accogliermi secondo le regole della cortesia».

«Se ne sei così sicuro…» disse Daniel dubbioso.

«Certo che no, questa è solo la teoria» ribatté Ian con un sorriso amaro. «Per questo partiremo da qui con la scorta e ci uniremo a Chailly e agli altri uomini che ha con sé, prima di andare da Gant, in casa sua. Almeno non saremo del tutto indifesi».

«Fantastico. Adesso sì che sono tranquillo» sospirò Daniel.

***

In quel primo pomeriggio Ian andò a chiedere congedo da Bianca di Castiglia. La trovò nella grande stanza affrescata che le era stata messa a disposizione, seduta su uno scranno coperto di pelliccia mentre dondolava nella culla il piccolo principe Roberto[15], nato a settembre. Una balia giocava davanti al camino acceso con un altro bambino di quasi tre anni, con gli occhi grandi e svegli.

Ian lo osservò da lontano con ammirazione ed emozione, sapendo che quel piccolo principe sarebbe diventato da lì a pochi anni Luigi IX, uno dei re più famosi e venerati del Medioevo.

[15] Roberto I d'Artois

«Dunque mi chiedete di allontanarvi da corte» esordì Bianca, dopo aver ricevuto i saluti e la richiesta del giovane. Aveva un volto stanco, dovuto probabilmente più alla preoccupazione per il marito lontano e impegnato in guerra che alle notti in bianco passate ad allattare il neonato.

«Non sarà per molto, mia signora, ve lo prometto» rispose Ian. «Sarò di ritorno prima possibile e, se nel frattempo dovesse accadere qualcosa a corte, ho dato disposizione perché un messaggero venga a rintracciarmi».

Bianca sorrise stancamente. «Mi fido di voi, se promettete di tornare presto. Avevate promesso di venire subito, se vi avessi chiamato, e siete stato di parola».

«Vorrei esservi di maggiore aiuto, se solo potessi, ma purtroppo ciò che accade in Inghilterra è al di fuori della mia portata».

«Mi avete aiutata molto, invece, specie a capire le implicazioni di tutto ciò che sta accadendo laggiù. Le vostre lezioni di storia e di strategia politica sono state illuminanti e a volte persino profetiche. Avete davvero l'occhio acuto di cui tutti sussurrano a corte».

«Mi date troppa importanza, non la merito» si schermì Ian, in imbarazzo come sempre quando le sue conoscenze di storico moderno venivano interpretate come esempi di acutezza o chiaroveggenza politica, ma la principessa aveva abbassato lo sguardo sul neonato che dormiva tranquillo e si era fatta triste. «Voi dunque credete che non ci sia più speranza per mio marito di vincere la guerra» disse, cupa.

«È ancora presto per dirlo» si affrettò a dissimulare Ian. «Ma temo purtroppo che gli Inglesi si lascino presto convincere uno a uno da Marshall a passare al fianco di re Enrico. D'altra parte, potendo scegliere tra un re bambino e facilmente manipolabile e un sire energico e forte come il nostro principe Luigi, capiranno presto che conviene loro optare per il re fantoccio. Con un bambino sul trono e un reggente uscito dalle loro fila, potranno fare ciò che vogliono per molti anni».

«Siete spietato nella vostra logica, ma avete ragione» sospirò Bianca e lanciò uno sguardo turbato anche al bambino che giocava ancora con la balia senza badare al colloquio in corso.

«Nessuno manipolerà i vostri figli» disse Ian, cogliendo il timore della futura regina, che sembrava quasi presagire gli avvenimenti futuri: la morte precoce di Luigi VIII e i lunghi anni di reggenza contro tutti e tutto, in attesa che il piccolo Luigi IX raggiungesse l'età per governare.

«Aspettate con fede il ritorno di vostro marito e non temete per il trono» insisté Ian. «Qualsiasi cosa dovesse succedere, ci sarà qualcuno di noi a difendere voi e i vostri figli da qualsiasi minaccia o tentativo di influenza esterna».

«Voi per primo, vero?» disse la principessa.

«Tutto il mio casato» la rincuorò Ian. «Mio fratello vi è fedele quanto e più di me e non vi abbandonerà. E ci sono altri feudatari devoti ai vostri figli: i Sancerre, *monsieur* de Bar, *monsieur* de Grandpré, i Courtenay e i Perche, solo per citarne alcuni».

«Molti dei quali amici vostri» sorrise di nuovo Bianca. «È una coincidenza o devo a voi anche la loro alleanza? So che parlate in mio favore con loro».

«Non lo farei, se non fossi convinto del vostro valore e loro non si lascerebbero persuadere da me, se dubitassero di voi. Sono feudatari spesso più esperti e importanti di me, non basterebbe la mia parola a farli decidere per un'alleanza che non ritengono giusta».

«Sarà, ma quando parlate con tanta sincerità mi sembra che siate capace di convincere chiunque» commentò la principessa.

«Non ho dovuto convincere il conte di Grandpré, ad esempio, di quanto possa essere saggio e acuto il parere femminile. Pensate che è cresciuto con nove sorelle maggiori» scherzò Ian e riuscì finalmente a far sorridere Bianca.

«E sia, dunque, portate a buon fine il vostro viaggio in Occitania; io farò tesoro dell'alleanza dei vostri amici fintanto che non ritornerete» disse la giovane. «Poi forse vi chiederò di riaccompagnarmi a Parigi. L'inverno è alle porte e io non desidero che i miei figli passino il santo Natale in questo maniero scomodo e freddo. Il re forse si sposterà verso la costa per essere più pronto a intervenire verso l'Inghilterra, ma io voglio ritornare al luogo che sento ormai come casa mia. Così anche voi potrete ritornare al vostro castello, proseguendo da Parigi, e portarvi vostra moglie. Anche lei ha bisogno di riposare a casa, visto che mi avete detto di essere in attesa di un secondo erede».

«Vi sono riconoscente, mia signora» disse Ian, felice per quella proposta che avrebbe consentito a lui e a Isabeau di tornare a casa da Marc, lontani finalmente dagli impegni di corte, nel loro nido riparato dai rigori dell'inverno.

«Tornate presto» gli disse Bianca, quando lo congedò.

«Farò più presto che potrò» promise Ian, inchinandosi.

***

Alla sera, Ian dovette combattere la sua ultima battaglia con Beau, per nulla disposto a farsi lasciare al castello mentre il suo signore andava in viaggio verso sud e l'Occitania.

«Ma se voi ve ne andate io non avrò niente da fare qui!» protestò il ragazzino delusissimo, non appena gli fu annunciata la notizia.

«Avrai più tempo per studiare, mi risulta che sei rimasto indietro con il latino e la grammatica» sentenziò Ian e Daniel lì presente non riuscì a trattenere un sorriso nel sentire il tono del professore che riaffiorava sotto la facciata del cavaliere.

«Ne so già abbastanza di latino e di grammatica» brontolò Beau, ostinato. «Mentre invece non si è mai visto un cavaliere che se ne va in giro lasciando a casa il suo scudiero. Tutti diranno che non siete soddisfatto di me».

Ian sapeva benissimo che l'usanza avrebbe preteso che lo scudiero seguisse il suo signore, ma non era disposto a portarsi dietro un ragazzino in un viaggio potenzialmente molto pericoloso e sicuramente molto scomodo, quindi non si lasciò smuovere dalle proteste. «Io sono soddisfatto di te, ma ho deciso che non verrai con me e questo è tutto» chiuse il discorso. «Sei minorenne e sotto la mia tutela e perciò farai ciò che ti dico io. Resterai qui al servizio di mio fratello e, mentre mi aspetti, studierai».

«Mi manca solo qualche mese prima di essere maggiorenne, ormai ho quindici anni, sono un uomo!» non si arrese Beau.

«Per me sarai uomo quando ne avrai diciotto» replicò Ian, secco, anche con più durezza di quanto avrebbe voluto. L'esperienza della crociata era già stata sufficiente e Ian non aveva alcuna intenzione di mettere di nuovo Beau nel bel mezzo di un possibile combattimento. «Vuoi davvero discutere con me?» minacciò in aggiunta, quando vide che il ragazzino stava per ribattere di nuovo.

Il tono fece capire a Beau che non era il caso di insistere oltre. «No, signore» mugugnò lo scudiero, del tutto infelice.

Ian si sentì in dovere di consolarlo almeno un po' per la delusione cocente. «Quando tornerò, ripartiremo per Châtel-Argent e là ci alleneremo insieme alla spada o andremo a caccia tutti i giorni» disse, sapendo che il ragazzo amava moltissimo entrambe le cose.

«Sì, signore» rispose Beau, ma non alzò nemmeno gli occhi da terra.

«Andiamo a dormire, allora» concluse Ian, con un mezzo sospiro. «Domani dovremo partire presto. Mi preparerai il cavallo all'alba, se vuoi aiutarmi per il viaggio».

Beau annuì e uscì dalla stanza a testa bassa, dopo aver salutato.

«È più ostinato di un mulo» si lamentò Ian, quando il ragazzo si fu allontanato. «E io mi sento in colpa tutte le volte che lo devo rimettere in riga».

«Vedrai che gli passa» lo rincuorò Daniel. «D'altra parte mi sembra fin troppo esuberante, quindi gli fa bene avere qualcuno che lo tiene a freno o si caccerà nei guai un giorno sì e l'altro pure».

«Possibile che non si renda conto che voglio solo tenerlo lontano dal pericolo?» aggiunse Ian, per nulla rabbonito. «Tutte le volte è una lotta per farglielo capire!»

«Mettila così: ti venera e perciò vorrebbe starti dietro a ogni passo. È un gran complimento da parte sua».

Ian non rispose e si limitò a guardare il fuoco nel camino, unica fonte di luce nella stanza oltre alla fievole lampada sul davanzale della finestra sigillata per la notte.

«Non sarà una passeggiata, eh?» riprese Daniel dopo un po', ora serio.

«Temo di no e mi dispiace soprattutto farti affrontare un viaggio così lungo e scomodo» rispose Ian.

«Ehi, per chi mi hai preso? Sono cavaliere anch'io, non lo dimenticare» protestò Daniel, punto sul vivo.

«Un cavaliere da laboratorio» gli rammentò Ian, ma senza sarcasmo. «Te ne accorgerai domani, dopo un'intera giornata a cavallo, di buon passo».

«Tu pensa per te».

«E tu pensa a metterti in salvo se ci dovesse essere da combattere, siamo intesi? Non sto parlando dei crociati, in teoria sono nostri alleati e quindi non hanno motivo o interesse ad attaccarci; mi riferisco a tutti gli altri: i paesi occitani sono ancora instabili e lungo la strada potremmo incrociare ribelli, briganti o sbandati di ogni genere».

Ecco, combattere era la prospettiva a cui Daniel cercava di pensare il meno possibile, ma lo dissimulò per ostentare un'aria sicura di sé. «Ho l'uscita di emergenza, se si mette male, non ti preoccupare per me» rispose.

Ian annuì, pensoso.

«E tu non farmi preoccupare per te» gli disse Daniel. «Altrimenti ti porto via con la forza e tu sai che ne sono capace».

«Non ce ne sarà bisogno» gli disse Ian, quieto. «Ormai ho imparato a badare a me stesso in questo posto».

Capitolo 20

Daniel dovette ammettere già al secondo giorno che il viaggio era molto più duro di quanto fosse in grado di sopportare. Strinse i denti più che poté e non fece un fiato per tutto il tragitto attraverso boschi, villaggi e colline, ma la seconda notte faticò a stendersi sul suo giaciglio, nella locanda in cui si fermarono per dormire dopo un'altra giornata a cavallo, tanto i muscoli gli facevano male.

Ian si accorse subito della sua difficoltà, ma non osò dire niente, men che meno in presenza dei due soldati che li accompagnavano nel viaggio, per non ferire l'amor proprio dell'amico.

Avevano lasciato Le Noir in un'alba carica di umidità e di foschia e si erano diretti verso sud, inizialmente lungo la strada carovaniera che portava a Limoges. Avrebbero aggirato la città da lontano, per poi proseguire ancora verso il meridione e raggiungere il castello di Morges, non lontano da Roquemar e a metà strada tra le città di Bergerac e Rocamadour, tra i feudi ancora inglesi, raccolti intorno a Bordeaux, e l'Occitania vera e propria, che si estendeva da lì al Mediterraneo.

Montfort aveva ricompensato Gant per i suoi servigi con la signoria su una parte del territorio sottratto a Raimondo di Tolosa e le terre a lui affidate intorno a Morges erano ricche e in un'ottima posizione strategica: all'inizio della pianura bagnata dalla Dordogna che conduceva all'oceano Atlantico e alle rotte commerciali con l'Inghilterra e i regni spagnoli. Erano terre confinanti con i feudi inglesi, poiché Gant era di famiglia per metà inglese e possedeva altri territori fuori dalla giurisdizione dei crociati o di Filippo Augusto. Ci sarebbero voluti quasi sei giorni di viaggio per raggiungere quelle terre da Le Noir, andando spediti e riposando ben poco.

Il primo tratto di strada fu anche il più difficile, specie

quando iniziarono le strade tortuose e scomode alle pendici dei monti del Limosino. Il cammino attraversava zone aspre e poco abitate e non c'era modo di riposare al coperto a metà giornata perché non si vedevano paesi o case lungo la strada: solo boschi, prati o declivi, perché i piccoli villaggi raccolti intorno alle locande distavano tra loro esattamente il tratto di strada che si poteva compiere in un giorno e quando comparivano i primi segni di civiltà, come gli orti o i campi e i frutteti, era ormai vicina l'ora del tramonto.

Per fortuna i viaggiatori erano stati almeno risparmiati dalle intemperie e avevano viaggiato col sole e un vento leggero, incapace di penetrare i mantelli, ma la marcia forzata era pesante da reggere per chi non passava la vita in sella a un cavallo e Ian lo sapeva per esperienza.

Non era la prima volta che lui e Daniel facevano lunghi viaggi in quel modo: erano stati entrambi in guerra con i francesi anni prima, ma quelle marce erano state diverse, erano più lente e con convogli al seguito, e comunque erano state affrontate dopo un periodo in cui avevano potuto ambientarsi entrambi alla vita del medioevo, cavalcate comprese.

Adesso invece, Daniel veniva da anni di vita sedentaria, a parte i suoi consueti allenamenti al poligono con l'arco: non era preparato a un viaggio simile, a differenza di Ian ormai temprato a tutto, e ne soffriva in modo evidente.

Ian rimase in silenzio sull'argomento per due giorni, ma la seconda sera non poté più trattenersi, quando vide Daniel spogliarsi per la notte e notò le zone livide sulle ginocchia dell'amico, là dove la biancheria di lino lasciava visibile la pelle che di giorno sfregava contro le brache e la sella.

«Ti verranno le piaghe, se non prendi qualche precauzione» esordì.

Daniel si voltò come se fosse stato colto in fallo. «Sto bene» mentì, mentre si buttava addosso una coperta per stare caldo.

«Non è vero» insisté Ian, approfittando del fatto che in quel momento nella stanza comune della locanda erano soli, mentre i soldati fuori rigovernavano i cavalli nella stalla.

Lo stanzone era grande e già semibuio, rischiarato solo da due lampade appese agli architravi di legno sbozzato che reggevano il tetto. L'unico calore era quello di un braciere di ferro, chiuso da un coperchio traforato per evitare che una scintilla vagante potesse appiccare un incendio nel sottotetto odoroso di paglia umida. Una finestrella minuscola e senza vetri, in alto là dove il tetto si divideva in due spioventi, inquadrava una porzione di cielo già viola per la notte imminente, ma sgombro e senza nubi.

«Senti, signor conte, che cosa dovrei fare?» sospirò Daniel stancamente, allungandosi con una smorfia sulla branda dal materasso di foglie secche, coperto da un semplice telo grezzo. «Non ti lascio andare da solo dal corvo: sono la tua assicurazione sulla vita contro tutti gli imprevisti della strada e sono anche l'uscita di emergenza per il nostro canadese scapestrato, quindi verrò con te anche ridotto a brandelli e non ti permetterò di rallentare il cammino per colpa mia».

Nonostante le parole leggere, il tono già da battaglia preannunciava una discussione inevitabile, se solo Ian avesse insistito ancora, e perciò questi decise di aggirare l'argomento ed evitare che Daniel si irritasse davvero: doveva già sentirsi abbastanza punto sul vivo dal fatto di non riuscire a reggere il passo dei compagni di viaggio.

«Usa questo» disse Ian. Estrasse da una bisaccia un vasetto di legno tappato accuratamente e lo porse a Daniel.

«Che roba è?» domandò questi, annusando l'unguento verde pallido che vi era contenuto dentro.

«Non chiedermi la composizione chimica, non ne ho idea, a parte la polvere di valeriana. So solo che fa miracoli per le piaghe, i lividi e le vesciche. Usalo stasera, poi di nuovo domattina prima di fasciarti le ginocchia. Vedrò se riesco a procurarti anche delle brache di cuoio da indossare sopra le tue, come protezione».

«Come quelle dei cow-boys? Posso averle con le frange e le borchie?» scherzò Daniel, ma con poca allegria, mentre si spalmava cautamente l'unguento sulla pelle indolenzita.

«Guarda che si portano proprio per evitare a chi non è abituato di farsi male a forza di stare ore sulla sella di un cavallo. Se la pelle si rompe e le ferite ti fanno infezione, poi ti verrà la febbre».

La prospettiva diede un brivido segreto a Daniel, che grugnì qualcosa a metà tra l'assenso e la smorfia di dolore e poi si medicò coscienziosamente come consigliava l'amico. Quando ebbe finito, lanciò il vasetto di unguento a Ian e si sdraiò di nuovo. «Speriamo che serva a qualcosa» sospirò. «Anche se avrei preferito una borsa del ghiaccio».

«Domani avrà già fatto effetto» cercò di rassicurarlo Ian.

Lungo le scale, fuori dalla porta, si udì all'improvviso un trameslio confuso.

Ian si voltò allarmato. Daniel fece appena in tempo ad alzare la testa dalla branda, che l'altro aveva già messo la mano sulla spada ed era balzato in piedi dallo sgabello su cui stava seduto. Daniel lo fissò sbalordito da tanta prontezza e soprattutto dall'istinto con cui l'amico aveva subito fatto ricorso alla spada, ma poi non ebbe il tempo di imitarlo perché la porta si aprì e uno dei due soldati che li accompagnavano nel viaggio cacciò dentro a viva forza una sagoma snella, imbacuccata in un mantello pesante.

«Mio signore, l'abbiamo trovato mentre cercava un luogo per dormire, nascosto al piano di sotto» annunciò l'uomo, spingendo avanti la sua preda verso Ian.

Se anche non avesse scorto gli occhi verdi e sbarrati, sotto il cappuccio scuro, Ian avrebbe comunque riconosciuto la voce di Beau nel gemito di paura che il ragazzino si lasciò sfuggire, quando fu messo davanti al suo signore.

«E tu che cosa ci fai qui?» esclamò Ian, ancora troppo sbalordito per arrabbiarsi. La collera arrivò subito dopo, quando il giovane considerò il fatto di essere stato disobbedito nonostante tutta l'autorità che aveva messo nel suo discorso prima di partire.

«Hai trasgredito ai miei ordini!» tuonò Ian e Daniel quasi si aspettò che l'amico rifilasse un sonoro scapaccione allo scudiero ribelle, ma l'altro si limitò a torreggiare su Beau, con le mani sui fianchi e lo sguardo inceneritore.

Il ragazzino si era affrettato a scoprirsi il capo davanti al suo signore, abbassandosi il cappuccio e togliendosi il berretto che portava sotto per stare più caldo. Ora lo teneva con entrambe le mani all'altezza del petto come se volesse nascondervisi dietro. «I-io... mi guardavano tutti quando siete partito senza di me... non so cosa mi ha preso... volevo solo esservi d'aiuto...» tentò di giustificarsi, per poi rabbrividire in modo evidente davanti all'espressione indignata del cavaliere. «Vi prego, signore, non rimandatemi a Le Noir! Il conte vostro fratello mi farà punire!» implorò.

«Mentre io invece sono quello buono che ti perdona tutto, vero?» lo zittì Ian. «Ti meriteresti che usassi davvero la verga con te!»

Con un tono così deciso e minaccioso, Daniel temette che Ian dicesse sul serio, come quando l'aveva sentito ordinare a Chailly la frusta per un criminale a Châtel-Argent.

Si tranquillizzò solo quando vide che Beau si stringeva sempre al suo berretto, ma non provava a difendersi, come se sapesse già che la minaccia non si sarebbe concretizzata.

Anche Ian se ne accorse. «Forse invece dovrei cacciarti dal mio servizio, visto che non sei capace di imparare la disciplina!»

«*Monsieur*, no, perdono! Perdono!» gemette Beau, ora col terrore stampato in faccia di aver esasperato il suo signore una volta per tutte e in modo irrimediabile.

«Fuori da qui, a dormire nella stalla con i muli, non ti meriti altro!» sentenziò Ian, indicando con un gesto ampio la porta da cui il ragazzo era appena entrato. «Domani niente colazione e poi vedremo cosa ne farò di te. Prova a squagliartela stanotte e allora davvero scordati di essere ancora il mio scudiero».

Il soldato portò fuori Beau per un braccio, impedendogli di supplicare oltre.

«Ma perché devo combattere anche con il mio scudiero per gli ordini più semplici?» protestò Ian, furioso, allargando le braccia, quando la porta si richiuse.

«Perché sei troppo buono, l'hai detto tu» ghignò Daniel, divertito dalla scena appena conclusa.

«E che cosa dovrei fare con lui, secondo te? Io non mi metto a picchiare i ragazzini disobbedienti».

«Puoi sempre mettere su una faccia più truce quando ti arrabbi, anche se devo dire che fai già abbastanza paura quando ti trasformi nel feudatario cattivo».

Molta paura, aggiunse in silenzio Daniel e mentalmente chiese scusa a Ian per averlo creduto anche solo per un attimo capace di impartire a Beau una punizione a vergate.

«Non mi prendere in giro» brontolò Ian, ignaro delle sue considerazioni.

«Non oserei mai, signor conte, sennò rischio anch'io di finire a dormire nella stalla con i muli».

Ian mugugnò contrariato, ma poi si risedette sullo sgabello per togliersi gli stivali e prepararsi finalmente a coricarsi. «Tu ridi, ma io sono preoccupato davvero.

Più andiamo avanti e più la strada sarà pericolosa, specie nelle terre occitane appena assoggettate da Montfort e i suoi».

«Puoi sempre rimandare Beau a casa».

«Ad affrontare Guillaume? Farebbe paura anche a me. E poi non mi piace che se ne vada in giro da solo. È già arrivato fin qui per conto suo e non avrebbe dovuto. Mandare uno degli uomini con lui è fuori discussione, ci servono entrambi come scorta almeno fino all'incontro stabilito con Chailly».

«Allora portiamolo con noi e teniamolo sott'occhio. Vedrai che dopo la fifa che gli hai messo addosso poco fa starà buono come un agnellino. E poi in quattro siamo più che sufficienti a proteggerlo, fino a quando non ci riuniremo a Chailly e agli uomini che ha con sé».

Ian ci meditò su in silenzio, ma non disse né sì né no, cercando la soluzione migliore.

«Però è stato bravo a seguirci senza mai farsi notare, a tenere la strada, a non perdersi e tutto il resto» osservò Daniel, con una certa ammirazione.

Ian ne convenne.

«Ah, in questo è bravissimo, non ci sono dubbi. Sa badare a se stesso ed è meglio di un animale selvatico. Tutto frutto di anni di esperienza: se ne andava in giro da solo per miglia già quando era un bambino, sua madre Brianna me l'ha raccontato più volte. Si muove bene di notte e di sicuro è in grado di procurarsi cibo e acqua là dove io morirei di fame».

«Be', allora è un bravo scudiero. Sa rendersi utile».

Ian sospirò. «Sì, ma vorrei tanto che mi prestasse più ascolto».

***

A metà del terzo giorno, quando ormai le montagne erano rimaste alle spalle e davanti agli zoccoli dei cavalli si estendeva la pianura, cominciò a piovere. Nonostante il gruppo ormai fosse arrivato a sud, il freddo si fece più intenso e una foschia densa accompagnava il cammino per molte ore, sia dopo l'alba sia subito prima del tramonto.

Già da quando avevano oltrepassato il confine con i territori ancora inglesi, Ian aveva raccomandato maggiore cautela, ma fortunatamente le sue erano state precauzioni del tutto inutili. La carovaniera che da Limoges portava verso Bordeaux e i porti sul golfo della Gironda era un po' più trafficata rispetto alla strada deserta dei giorni precedenti, ma anche così i viaggiatori provenienti da Le Noir incontrarono in tutto il tragitto appena tre carovane di mercanti e una delegazione di armati diretta verso la corte di re Filippo.

In quell'occasione, scorgendo un blasone amico a capo degli armati, Ian si fece riconoscere e poté così ricevere notizie fresche su cosa stava accadendo in Inghilterra: l'assedio proseguiva sotto la città di Hertford, ma il principe Luigi doveva affrontare defezioni sempre maggiori tra le fila degli alleati inglesi.

«Non si mette bene» brontolò Ian, appena fu di nuovo in marcia, accanto a Chailly e a Daniel. «La principessa Bianca sarà sempre più preoccupata».

Il cammino non fu più agevole di quello intrapreso nel Limosino, anzi con il sopraggiungere della pioggia si fece più scomodo poiché la temperatura si era abbassata anche durante il giorno e spesso non c'era modo di riposare all'asciutto fino al luogo di sosta raggiunto lungo la strada al calar della sera.

Ian non trovò di meglio che cercare di accelerare la marcia più possibile per accorciare il tempo passato all'aperto esposti alle intemperie, ma dopo un altro giorno e mezzo così, appena varcato il confine con l'Occitania, Daniel crollò sotto il peso della fatica.

Il gruppo arrancò fino alla fine della giornata, quando arrivarono alla locanda subito dopo il confine in cui avevano appuntamento con Chailly e gli uomini andati avanti giorni prima.

Qui, in attesa di incontrare il suo vassallo non ancora arrivato, Ian trovò una stanza piccola ma separata dallo stanzone comune, la pagò in anticipo per un paio di giorni e costrinse Daniel a mettersi a letto.

«Hai la febbre» constatò, serio, mettendogli una mano sulla fronte. «Tu ti fermi qui».

«Ma non se ne parla neanche!» protestò Daniel, tentando di rimettersi in piedi, ma le ginocchia non lo ressero e lo fecero ricadere seduto sulla branda. «Ho solo bisogno di riposo» mugugnò a mo' di difesa, guardando da sotto in su Ian che l'osservava con una faccia eloquente e le mani sui fianchi.

«È quello che dico anch'io» rispose l'amico. «Tu ti riposi e guarisci, io proseguo e poi torno a prenderti».

«Non ci vai da Gant da solo. La strada è pericolosa e il corvo pure».

«Mi difendi tu che non riesci a stare in piedi?»

Daniel abbassò la testa, infuriato con il suo stesso corpo che lo tradiva proprio in quel momento. Per fortuna i lividi sulle gambe non avevano formato piaghe, ma sentiva i muscoli di legno e le ossa peste. L'umidità, poi, sembrava essergli entrata fin dentro l'anima.

«Ho fatto una guerra, avrei dovuto essere allenato» brontolò Daniel, soprattutto con se stesso.

«È stato anni fa, era estate, le marce erano lente e tu eri più giovane» gli fece notare Ian, non senza ironia sulle ultime parole.

«Non prendermi in giro!» esclamò Daniel offeso, con la voglia di tirare dietro all'amico uno stivale, che però non riuscì a raccogliere da terra, tanto aveva la schiena rigida e dolorante. Anche la testa faceva così male come se un martello picchiasse da dentro contro le tempie.

«Ascoltami: è comunque meglio così» riprese Ian ed era più serio quando alzò la mano per prevenire le proteste dell'altro. «Lasciami finire. Il castello di Morges è a una mezza giornata da qui e noi domattina ci dividiamo, così Gant non saprà che sei con me. Mi guarderai le spalle e sarai davvero la mia assicurazione contro qualsiasi brutta sorpresa. Se qualcosa va storto, se non ritorno entro dopodomani, te ne vai difilato a cercare aiuto, d'accordo? Sarai più utile in questo modo piuttosto che nel venire con me a metterti in eventuali guai».

«Se ci fosse davvero una brutta sorpresa da qualche parte, potrei tirartene fuori in un modo molto più efficace di così» obiettò Daniel. «Se mi lasci qui, come vuoi che possa riuscirci?»

«Io non verrei via comunque in quel modo» replicò Ian, pazientemente. «Non potrei mai abbandonare i miei uomini o Beau per mettere in salvo solo me stesso. Contano su di me e io non li lascio, qualsiasi cosa accada. Piuttosto muoio con loro».

Daniel lo guardò a bocca aperta.

«E comunque tu devi pensare a riportare a casa quel ragazzo» continuò Ian, senza lasciargli il tempo di trovare le parole per replicare. «Avevo già deciso di tenerti lontano da Morges proprio per questo motivo. Appena ritornerò con Ty Hamilton, tu e lui andrete per la vostra strada e scomparirete lontano da occhi indiscreti, senza rifare tutto il viaggio di ritorno. Se però io non riuscissi a riportare qui il ragazzo, tu sarai comunque vivo e libero per fare un secondo tentativo».

Questa volta Daniel scattò. «Tu avevi già deciso! Senza nemmeno parlarne con me! Guarda, signor conte, che io non sono uno dei tuoi sottoposti e me ne frego se tu ti sei abituato a comandare: non puoi decidere per me».

Ian subì lo sfogo passivamente. «Quando ti sei calmato, mi dici esattamente quale punto della mia idea ti sembra così sbagliato? Se ci rifletti su anche solo un secondo, ti renderai conto che è il modo migliore di prendere tutte le precauzioni necessarie».

«Precauzioni per chi?»

«Per te e per Ty Hamilton, ad esempio. La porta di *Hyperversum* risponde solo a te: tu puoi riportare a casa quel ragazzo, io non posso nemmeno chiamare l'icona».

«Può chiamarla lui, basta che io ti dia i codici della mia partita, come abbiamo fatto la prima volta con Carl».

«E se invece la faccenda funziona in modo diverso dalla prima volta? Se il ragazzo non può più chiamare il gioco per qualche motivo? Vogliamo davvero rischiare di mettere a rischio l'unica via di uscita dal medioevo?»

Daniel squadrò l'amico con un'espressione furente, ma stavolta non replicò subito. «In questo modo però, sei solo tu quello che rischia» grugnì alla fine.

«E non è una cosa sensata, piuttosto che rischiare in due? *Hyperversum* non è affidabile al cento per cento, ci ha già giocato brutti tiri senza preavviso».

«Non mi hai consultato, prima di decidere la tua bella strategia» insisté Daniel, restio a cedere senza lottare fino in fondo.

«E questo è vero. Ti chiedo perdono: avrei dovuto farlo. Ne stiamo comunque parlando ora. Non ti ho piantato in asso mentre dormivi o qualcosa di simile».

«È colpa mia se ci ritroviamo in questa situazione. Voglio contribuire a risolverla».

«Lo stai già facendo e il resto del discorso è un'idiozia».

Daniel si massaggiò le tempie doloranti con una mano. «Oh, al diavolo. Domattina mi verranno in mente obiezioni migliori, accidenti a te».

Beau bussò alla porta, prima di entrare con una brocca e una coppa in mano. «Ho l'infuso di foglie e corteccia di salice per sir Daniel» annunciò usando l'inglese, come faceva sempre quando era solo con il suo signore e il cavaliere straniero. «La moglie dell'oste assicura che gli farà passare la febbre».

«Perfetto» disse Ian, soddisfatto, e indicò allo scudiero un tavolino accanto al letto, su cui appoggiare i recipienti di liquido caldo.

«Foglie e corteccia di salice… mi serve un'aspirina, invece di quella roba» mugugnò Daniel, per poi correggersi subito davanti all'espressione interrogativa di Beau, che non aveva afferrato la frase. «Dammi qua. Sentiamo com'è quell'intruglio».

«Sono la stessa cosa» gli disse nel frattempo Ian, calmo.

«Cosa?» Daniel alzò gli occhi su di lui, pronto ad aggrapparsi a qualsiasi pretesto pur di rimandare il momento in cui avrebbe dovuto appoggiare le labbra sulla coppa appena riempita dalla brocca.

«Quello che c'è lì dentro è quello di cui parli tu. Sono la stessa cosa. Da dove pensi che venga il componente principale per il farmaco?»

«Dalla pianta del salice?»

«Già».

Poco convinto, Daniel guardò di nuovo l'infuso e ne annusò il vapore caldo, ignorando Beau che continuava a non capire. Bevve di malavoglia l'intero contenuto della coppa, anche se dovette ammettere che non era disgustoso come temeva, anzi aveva uno strano sapore agrodolce, esotico ma per nulla sgradevole.

«Mi hanno detto che serve anche per combattere i dolori» aggiunse Beau, con zelo, specie quando vide Daniel ridistendersi sul letto come se il materasso fosse fatto di chiodi e non di foglie.

«Non è niente di grave. Un'indisposizione dovuta al freddo: passerà in un giorno o due di riposo» disse ancora Ian e Daniel gliene fu grato perché almeno a parole dissimulava davanti agli occhi del ragazzo la sua totale inadeguatezza fisica a quel viaggio massacrante. Se non altro, Beau almeno non si sarebbe chiesto che razza di cavaliere era diventato il suo predecessore al fianco del Falco d'argento.

Daniel rivolse uno sguardo in tralice a Ian per carpirne i pensieri e vide che aveva un'aria decisamente soddisfatta. Anche troppo, notò, subodorando qualcosa di ancora non detto: insieme a quella sua irritante cadenza francese sempre più marcata, Ian stava sviluppando un po' troppo l'abitudine alla sua autorità da cavaliere, e la cosa non gli piaceva per niente.

Non dovette attendere molto per avere conferma dei suoi sospetti.

«Beau, tu resterai qui con lui finché non si sarà ripreso del tutto» ordinò infatti Ian in tono solenne. «Mi raccomando: devi curarlo come faresti con me, sono stato chiaro?»

Lo scudiero rimase a occhi spalancati, senza sapere che rispondere subito.

Era chiaro che non si aspettava di essere lasciato indietro e che avrebbe preferito mille volte proseguire con il signore e i due soldati verso l'eccitante missione al castello di Morges, ma non poteva certo trasgredire una seconda volta gli ordini del suo tutore, con la minaccia di essere cacciato per sempre. Non poteva nemmeno ammettere al cospetto di Daniel di non voler rimanere alla locanda ad accudire un malato.

«Siamo intesi?» incalzò Ian, davanti al silenzio impreparato del ragazzo.

«Sì, signore...» rispose Beau, perché non poteva fare altrimenti.

«Benissimo. Allora assicurati già da adesso che abbia tutto ciò che gli è necessario. Io vado a dare disposizioni per la cena» concluse Ian e uscì dalla porta per tornare al piano di sotto, senza lasciare a nessuno dei suoi due protetti il tempo di obiettare alcunché sulle sue decisioni.

Ancora spiazzato per l'improvvisa novità, Beau si voltò verso Daniel.

Questi gli rivolse un'espressione amara e brontolò: «Non guardarmi così. Sono furioso con lui esattamente quanto te».

***

Ian era molto soddisfatto mentre scendeva le scale. In un sol colpo era riuscito a tenere lontani dai guai Daniel e Beau e la cosa lo faceva sentire meglio. Adesso poteva affrontare l'ultimo tratto di strada fino a Morges con maggiore sicurezza, sapendo di non dover pensare costantemente a come proteggere due persone care e soprattutto più sprovvedute di lui, nel caso ci fossero stati problemi lungo la strada o con Gant.

Al piano inferiore, nella grande sala principale della locanda, trovò i due soldati del suo seguito già seduti a un tavolaccio di legno, intenti a scaldarsi con un po' di vino, dopo la giornata passata a cavalcare al freddo e sotto la pioggia.

C'era molta gente agli altri tavoli perché il tramonto era ormai avanzato e non era più il caso di continuare la strada con il buio, qualsiasi fosse la direzione del cammino. La locanda era in mezzo alla pianura, lontana dai centri abitati veri e propri e attorniata solo da qualche casa di pastori, quindi invitava i viaggiatori sorpresi a metà strada dal buio a fermarsi per passare la notte al sicuro.

Lo stanzone centrale ospitava in quel momento almeno una ventina di uomini, di tutte le età, mercanti, pellegrini, cacciatori o semplici viandanti, seduti in gruppi a mangiare e bere, in attesa di potersi coricare nella camerata comune posta nel sottotetto. Davanti al grande camino due garzoni lavoravano alacremente per preparare la cena per tutti. Alla luce delle torce e delle lampade si dipanava ininterrotto un unico brusio fatto di voci, rumori di piatti, coltelli e ciotole di terracotta, scoppiettii di legna e sfrigolii di grasso sulle braci. L'aria era calda, nonostante le finestre ancora aperte e sapeva di cenere, di umidità, di carne allo spiedo e di zuppa di funghi.

Ian si sedette sulla panca accanto a uno dei suoi soldati, che lo accolse senza mostrargli pubblicamente il suo rispetto, come se fosse un semplice commilitone. Durante tutto il viaggio il gruppo partito da Le Noir aveva deciso di non rendere palese la presenza di un feudatario con gli uomini di scorta al seguito e perciò Ian portava abiti del tutto simili a quelli dei suoi accompagnatori e aveva preteso che nessuno lo salutasse con inchini o alzandosi in piedi o con qualsiasi altra forma particolare di rispetto, che facesse trapelare la sua vera condizione sociale. Portava gli speroni e una spada, ma niente poteva distinguerlo da un qualsiasi altro cavaliere in viaggio, a parte l'anello nobiliare con lo stemma del Falco, appeso al collo ben nascosto sotto gli abiti.

Finora nessuno lungo il cammino aveva fatto caso a lui più di tanto, a meno che non fosse stato lui stesso a farsi riconoscere. Al massimo qualcuno aveva lanciato un'occhiata incuriosita alla sua statura imponente, ma Ian non abbassava comunque mai la guardia, a maggior ragione da quando intorno a lui si udivano sempre più spesso gli accenti esotici dell'idioma occitano mescolati a quelli della *langue d'oil* del centro-nord, insieme a quelli anglosassoni.

Un garzone venne subito a portare altro vino e a raccogliere l'ordinazione per la cena. Ian scelse per sé pane, zuppa e carne arrosto e fece preparare altrettanto per Daniel e Beau, aggiungendo anche frutta secca, miele e formaggio per l'ammalato. Daniel era già abbastanza arrabbiato con lui e Ian sperò di blandirlo un po' facendogli mangiare qualcosa di buono.

Il garzone si era appena allontanato per tornare in cucina, quando il soldato accanto a Ian, seduto come lui in modo da fronteggiare la porta, richiamò sottovoce l'attenzione del suo signore per indicargli un uomo intabarrato sulla soglia.

«Finalmente» disse Ian, riconoscendo Thibault de Chailly.

Il barone controllò con un'occhiata l'intera sala e individuò subito i tre seduti al tavolo. Fece un cenno di saluto e andò da loro, togliendosi nel frattempo il mantello fradicio di pioggia. Dietro di lui comparvero ancora due uomini di Châtel-Argent, che però andarono a sedersi a un tavolo separato.

Ian apprezzò la prudenza del barone. «Dove sono gli altri?» domandò appena Chailly gli si sedette di fronte sull'altra panca.

«Rigovernano i cavalli e poi entreranno alla spicciolata, così nessuno dovrebbe accorgersi del nostro vero numero» rispose il bretone, mentre si sfregava le mani infreddolite. «*Monsieur* Daniel non è con voi?» domandò poi in cambio, guardandosi intorno.

«Temo che ci siamo giocati la sua compagnia per il resto del viaggio fino a Morges» disse Ian e spiegò al suo vassallo quanto accaduto nelle ultime ore.

Chailly non commentò, specie perché in quel momento tornò il garzone portando una prima parte dei cibi ordinati per la cena e ne approfittò anche per prendere l'ordinazione del nuovo arrivato.

«Ditemi di Gant e del prigioniero» continuò Ian, appena fu libero di parlare senza orecchie indiscrete intorno. Nel frattempo spezzò il pane e assaggiò la sua zuppa.

Chailly e gli altri uomini iniziarono a loro volta a sfamarsi con quello che c'era in tavola.

«Ho provato a reclamare la sua libertà» riprese Chailly, «Ma i crociati pretendono la vostra presenza fisica».

«Come se non sapessero che siete al mio servizio».

«Si tratta di concordare una somma di denaro per la libertà del ragazzo. Non so dirvi quanto, poiché non mi è stato comunicato».

«Non pretenderanno un riscatto per lui!» s'indignò Ian.

«No, signore. Un'ammenda. Il prigioniero è accusato di furto e aggressione oltre ad alcuni reati minori».

Ian spalancò gli occhi. «Furto e aggressione?» Di tutte le possibili ipotesi di reato quella era l'ultima a cui aveva pensato. Tutto poteva immaginarsi tranne che un amante dei videogiochi, del tutto inesperto di medioevo, avesse il coraggio o l'incoscienza di rubare qualcosa aggredendo qualcuno, men che meno i crociati. «E che cosa avrebbe rubato?»

«Denaro, signore, anche se a Morges non mi hanno spiegato i dettagli» continuò Chailly. «La refurtiva è comunque stata recuperata, poiché il ladro è stato colto sul fatto. È avvenuto tutto a poca distanza da Roquemar, nei territori appartenenti a Montfort e in giurisdizione a Gant, e durante il primo tentativo di arresto due soldati sono rimasti feriti. Quando poi è stato catturato, il prigioniero è riuscito a farsi riconoscere come un vostro uomo, non so con quali prove. Perciò i crociati lo hanno consegnato a *monsieur* de Gant, a Morges, per accertamenti».

Ian tacque, meditando. Qualcosa non tornava in quel discorso, a parte il fatto che lui non credeva che Ty Hamilton avesse provato davvero ad aggredire dei crociati.

«A cosa state pensando?» gli domandò Chailly, vedendolo tacere.

«A quello che pensate voi» indovinò Ian, dal tono del suo vassallo.

Chailly annuì. «Ci stanno tacendo qualcosa. Perché hanno aspettato che fossimo noi a cercare quel giovane e non vi hanno invece avvertito prima? Se hanno creduto subito che il prigioniero fosse un vostro uomo, avrebbero dovuto chiamarvi per dirimere la questione; se invece si sono convinti o l'hanno scoperto troppo tardi, avrebbero dovuto punire il malfattore con la fusta e il taglio della mano e lasciarlo andare giorni fa».

Ian ebbe un brivido al pensiero di cosa aveva rischiato Ty Hamilton con la sua bravata di fare il turista nel medioevo.

«Io temo che il barone di Gant voglia coinvolgervi in qualcosa, sfruttando il prigioniero» continuò Chailly, serio. «Forse crede di aver scoperto un segreto che può mettervi in difficoltà, non lo so, non ho idea di cosa potrebbe aver inventato quel giovane pur di salvarsi la pelle. Io credo però che non dovreste andare ad affrontare *monsieur* de Gant direttamente. Lasciate che torni io da lui. Datemi una vostra pergamena siglata e aspettatemi fuori da Morges. Condurrò io la trattativa per la liberazione del vostro uomo e verrò a riferirvi dopo ogni colloquio».

Anche i due soldati seduti a tavola si mostrarono d'accordo.

«No, ci metteremo troppo tempo e io voglio chiudere la questione subito» rispose Ian. «Il prigioniero può aver inventato qualsiasi cosa durante gli interrogatori, ma Gant non può avere niente contro di me, semplicemente perché non c'è niente di vero. La sua è una ripicca meschina nei miei confronti e quella che vuole può essere solo soddisfazione per quanto accaduto a Pienne. In questo caso soltanto un confronto diretto tra me e lui potrà sistemare la faccenda. Non ho intenzione di stare qui giorni per discutere dell'ammenda di un fantomatico furto, né voglio che si dica che ho paura di affrontare Gant».

In realtà, Ian aveva davvero paura, perché Ty Hamilton poteva aver rivelato molti segreti su di lui, uno peggiore dell'altro, a seconda di quanto era riuscito a capire seguendo Daniel dentro *Hyperversum*, ma questo non poteva certo spiegarlo a Chailly e ai suoi uomini.

Non c'era altro modo per limitare i danni che andare a discutere con Gant in persona e provare a rigirare a parole qualsiasi ammissione pericolosa Hamilton potesse aver fatto, sperando di riuscirci.

Lo confortava il fatto che il canadese non poteva avere nessuna prova concreta contro di lui, tantomeno riguardo le verità più assurde da credere, ma lo spaventava il rischio di doverlo abbandonare a una punizione corporale di qualche genere, se fosse stato costretto a bollarlo come un malfattore pur di salvare i suoi segreti.

In che razza di situazione mi ha messo, maledizione a lui! pensò con rabbia.

Allo stesso tempo non poteva fare a meno di ripetersi che quel ragazzo era un suo discendente. Sentiva uno strano legame nei suoi confronti: forse dipendeva dal fatto che erano entrambi piovuti nel medioevo dal mondo moderno, che Ian conosceva bene lo choc che quel ragazzo stava sicuramente provando in quel mondo ostile e violento.

Forse invece non era solo quello ma lo suggestionava il legame di sangue, anche se avo e discendente non si erano praticamente mai incontrati a parte quei pochi, concitati istanti a Pienne.

Ian ricordava ancora quando il ragazzo lo aveva implorato dicendogli: «*Io non c'entro niente!*». Ricordò anche il bagliore improvviso e rapidissimo, appena il ragazzo si era dileguato nella notte.

Ora sapeva che quella luce era stata causata dall'icona fosforescente dell'uscita da *Hyperversum*, non c'era altra spiegazione possibile, e si rimproverava per non averci pensato prima. Se solo avesse fatto più attenzione ai dettagli, avrebbe potuto risparmiare a tutti quelle angosce inutili.

Adesso comunque si trattava di venirne fuori interi, si disse subito dopo, cercando di non concedere altro spazio né alla paura né ai rimpianti. Doveva fare uso di tutta l'accortezza e l'ingegno per i quali il Falco d'argento era diventato tanto conosciuto e a volte persino temuto.

Aveva potuto tenere il dialogo con principi, re e uomini di potere, era riuscito a far credere loro *bluff* e alibi inventati sulla lama di un rasoio, in situazioni che avrebbero sgomentato chiunque. Si trattava solo di mantenere lo stesso sangue freddo e la stessa lucidità. Non sarebbe stato certo Adolphe de Gant a mettere in bilico la sua vita faticosamente costruita nel medioevo tra mille pericoli, qualsiasi cosa pensasse di aver scoperto su di lui.

Non sarà il corvo a mettere in difficoltà il falco, promise Ian a se stesso.

«Se siete proprio così convinto...» stava dicendo Chailly in quel momento e come al solito il suo silenzio subito dopo valeva quanto un intero discorso di disapprovazione.

Ian era grato al barone perché non esprimeva mai la sua contrarietà pubblicamente, ma si limitava a fargliela capire con i suoi silenzi, in attesa poi di esternarla a voce quando si fossero trovati da soli.

Era capitato spesso da quando Ian aveva assunto il controllo del feudo di Montmayeur e i vassalli erano andati a rendergli omaggio come nuovo signore, ancora prima della guerra finita a Bouvines.

D'altra parte, inizialmente la mentalità moderna di Ian lo aveva portato a comportamenti non facili da capire per un medievale; in seguito poi la difficoltà di gestire un feudo con tutte le sue implicazioni anche spiacevoli aveva messo di nuovo in contrasto Ian con l'uso comune.

Infine, la propensione di Ian ad affrontare le cose in prima persona, spesso contando sulla sicurezza di non poter rischiare più di tanto, aveva attirato i rimproveri di Chailly, messi comunque a tacere con sua buona pace dopo qualche ostinato confronto a parole in privato.

Stavolta però Ian non avrebbe dato modo al suo vassallo di discutere a tu per tu sulla questione di Ty Hamilton, di Gant e di Morges e chiuse immediatamente il discorso. «Sì, sono convinto che sia la soluzione migliore» disse quieto, ma con un tono abbastanza deciso da far capire che non c'era spazio per obiettare oltre.

Chailly incassò la risposta e si limitò a bere il vino dalla sua coppa. I semplici soldati seduti al tavolo si guardarono bene dall'intervenire nel dialogo tra i due cavalieri e continuarono a mangiare.

«Se posso permettermi, signore» aggiunse soltanto Chailly, dopo aver posato di nuovo la coppa sul tavolo, «forse avreste dovuto scegliere un emissario più esperto o più affidabile di questo».

«Sentirò la sua versione dei fatti, prima di condannarlo. In ogni caso, questo emissario non avrà più nessun incarico e sarà definitivamente congedato dal mio servizio» replicò Ian. *Poco ma sicuro*, pensò, arrabbiato.

Il garzone tornò a servire il resto della cena e questo diede modo a Ian di alzarsi da tavola per portare il cibo a Daniel e a Beau prima che si raffreddasse. Raccolse il vassoio che il garzone aveva deposto sul tavolo e si fece aiutare per portare su per le scale anche il vino e il pane.

Adesso lo aspettava un'altra discussione, pensava salendo i gradini, perché Daniel non si sarebbe rassegnato a non dire il resto del suo parere sulla vicenda, specie se l'infuso di salice aveva cominciato a fare il suo effetto e gli aveva attenuato il mal di testa e i dolori.

Oh, insomma, anche lui farà come dico. Decido io come portare avanti questa faccenda! si disse Ian, irritato dal doversi sempre difendere o giustificare per qualsiasi decisione.

Viveva nel medioevo da anni ormai, era cavaliere, feudatario e uomo di corte e di guerra: la sua esperienza doveva ben valere più di quella di un ricercatore da laboratorio.

Con questa risolutezza in testa affrontò la porta della stanza al piano di sopra.

Capitolo 21

Non era ancora sorta del tutto l'alba quando il gruppo capitanato da Ian e da Chailly lasciò la locanda per dirigesi verso il castello di Morges. Tre uomini accompagnavano il barone e Ian, gli altri cinque li avrebbero seguiti a breve distanza, per riunirsi a loro nel mezzo del bosco, lontano dagli sguardi indiscreti. Portavano con loro un cavallo in più, comprato dai locandieri, per farvi montare sopra il prigioniero liberato, quando fossero tornati indietro con lui.

Daniel li guardò allontanarsi lungo la strada, affacciato insieme a Beau alla finestra della stanza che dava sul retro della locanda, appena sopra la tettoia della stalla in cui erano custoditi i cavalli, i muli o gli animali da tiro dei padroni del locale o degli avventori di passaggio.

A poca distanza da lì iniziava il bosco e tra gli alberi fitti si poteva scorgere solo un breve tratto di strada, specie con la penombra ancora densa e il sole nascosto dietro l'orizzonte.

Il cielo almeno era roseo, là dove la luce lo lambiva: quel giorno non avrebbe piovuto, ma faceva comunque piuttosto freddo.

Daniel si ritirò dalla finestra, per tornare a stendere sul letto il corpo dolorante. La febbre era sparita grazie all'infuso di salice e al riposo e lui si sarebbe sentito disposto anche a rimontare in sella, ma Ian non aveva voluto sentire ragioni e si era imposto con autorità per lasciare l'amico e Beau in quella locanda, ad aspettare il suo ritorno.

Era stata una discussione piuttosto spiacevole e alla fine Daniel aveva ceduto per non arrivare a litigare davvero, benché non fosse affatto d'accordo con le decisioni dell'amico.

Sapeva che Ian aveva voluto approfittare dell'occasione anche per tenere Beau in un luogo sicuro, ma non poteva evitare di sentirsi irritato per il fatto di essere stato messo da parte, come un ragazzino e per badare a un ragazzino, come se anche lui fosse lo scudiero a cui il cavaliere esperto poteva dare ordini.

Sbirciò Beau e la faccia infelice con cui stava ancora guardando fuori dalla finestra e immaginò che il ragazzo stesse provando la sua stessa rabbia, irritato dal fatto di essere stato messo da parte per badare a un malato.

«Torneranno presto» disse Daniel ad alta voce per allentare, se possibile, i pensieri tetri.

Beau si voltò verso di lui. «Voi dite? Lo spero anch'io, ma la strada potrebbe essere difficile. Ieri sentivo l'oste raccontare ad alcuni clienti che ci sono state scorrerie di briganti qui intorno solo qualche giorno fa. Si può trovare di tutto per la strada, in un paese che è appena stato in guerra: disperati e ribelli».

«Sono in dieci, esperti e armati fino ai denti, non correranno troppi rischi» rispose Daniel, nel tentativo di crederci lui stesso e sentirsi un po' meno inquieto. «Il tuo signore ha promesso di ritornare entro dopodomani e lui mantiene ciò che dice».

Beau annuì, più convinto. «Ho visto il Falco combattere: ha sempre affrontato il pericolo con coraggio incredibile, nessuno può tenergli testa» disse e aveva lo sguardo tutto infervorato.

Speriamo che tenga davvero presente i rischi che corre, pensò Daniel, più amaro, ma cercò di non darlo a vedere.

«Avete bisogno di me adesso, sir?» lo distrasse Beau, con la voglia evidente di uscire da quella stanza, dove poteva solo aspettare e guardare dalla finestra.

«No, puoi andare dove vuoi» lo accontentò Daniel. «Ci rivediamo tra qualche ora, quando sarà il momento di mangiare».

Il ragazzo balzò su dal davanzale della finestra e arrivò alla porta in due passi. «Ci rivediamo più tardi. Buon riposo, signore» salutò prima di scomparire.

Daniel si allungò sul letto, si tirò fin sul naso la coperta ancora calda e rimase a fissare il soffitto che schiariva man mano che il sole emergeva dall'orizzonte. Poiché non poteva fare altro, il suo scopo adesso era quello di rimettersi in piedi il prima possibile e nel frattempo avrebbe pensato a cosa dire a Ian al suo ritorno.

Ne riparleremo, oh se ne riparleremo di questa faccenda! pensò arrabbiato.

Sì, aveva una gran voglia di chiarire le cose con l'amico una volte per tutte e si ripromise di farlo non appena se lo fosse ritrovato a portata di ramanzina e avesse avuto forze a sufficienza.

***

«Eccolo» annunciò Chailly, dopo l'intera mattina di viaggio, e indicò avanti a sé.

Il maniero di Morges sorgeva su un'altura dominante il bosco e la pianura, con le sue torri rotonde e i bastioni robusti, ben piantati nella roccia.

Sulle torri sventolavano gli stendardi bianchi e neri con la croce; la strada che saliva per l'altura scompariva all'interno di un barbacane spalancato e nero come una bocca, i cui denti erano formati dalle grate di ferro dei cancelli mentre la lingua era il ponte levatoio abbassato sul fossato.

Non era un castello molto grande, più che altro si trattava di una fortezza militare costruita per vegliare sull'agglomerato urbano, che iniziava già sul declivio e spariva in basso tra gli alberi del bosco, erti a limitare la visione dell'orizzonte.

Ian osservò il castello da lontano, senza fermare la marcia lenta a cui aveva tenuto il suo cavallo per tutta la mattina. Anche se ci sarebbe voluta ancora più di un'ora per arrivare a destinazione, non aveva intenzione di spronare la cavalcatura a un passo più veloce, con il preciso intento di risparmiarne le forze e mantenerla fresca in caso di emergenza. Una fuga non era molto efficace con cavalli già sfiniti da una lunga marcia e Ian non voleva lasciare nessuna precauzione al caso.

Per fortuna lungo la strada non avevano incontrato problemi di sorta, solo viandanti e contadini con i buoi aggiogati ai carri con cui trasportavano legna o altre merci. Nessun allarme era venuto a turbare la monotonia del viaggio, anche se gli abitanti dei dintorni osservavano con sospetto chiunque passasse per la strada, tenendolo d'occhio finché non scompariva dietro gli alberi o la prima curva, segno che quelle zone non dovevano poi essere così tranquille come sembravano.

I resti di un villaggio completamente raso al suolo da fuoco e razzie erano lì a testimoniare che la crociata non era passata senza lasciare conseguenze dietro di sé.

Da lontano Ian valutò il castello con occhio ormai esperto: un torrione centrale, due sole recinzioni, un solo accesso, almeno a giudicare dal fatto che l'altura sembrava percorribile da un solo lato e ricadeva invece sulla pianura con pareti di roccia scoscesa per il resto del suo perimetro.

Le finestre strette e la pietra consunta dei merli davano l'idea di una costruzione antica, probabilmente fredda e scomoda, sicuramente difficile da espugnare. Ian capì che un'evasione da quel luogo era poco ipotizzabile e si chiese anche che razza di luogo dovessero essere le sue segrete. Il suo bisnipote canadese e inesperto doveva aver ricevuto un battesimo davvero traumatico nel medioevo, rinchiuso in quelle celle chissà in quali condizioni.

Con un senso di disagio e di indignazione crescente, Ian si chiese cosa avrebbe trovato quando fosse arrivato a destinazione. Ty Hamilton era ancora vivo, ma potevano avergli fatto cose terribili anche senza arrivare a ucciderlo.

«Mando un soldato ad annunciare il vostro arrivo?» domandò Chailly.

«Sì. Può riferire a *monsieur* de Gant che sono venuto a prendere il prigioniero e a ripagare i danni che può aver fatto».

Il barone andò personalmente a portare l'ordine a uno dei soldati e l'uomo partì senza indugio, precedendo gli altri attraverso il bosco, ma non prima di aver esposto sulla briglia del cavallo il blasone bianco e azzurro del Falco d'argento.

Ian proseguì il cammino in silenzio, scortato dal resto degli uomini. Aveva mille pensieri cupi in testa, per quello che lo aspettava e per quello che era già accaduto quella mattina prima dell'alba. L'eco della discussione avuta con Daniel lo irritava ancora e lui non riusciva a capire perché l'amico non volesse ammettere che quella soluzione era davvero la migliore per tutti. Si costrinse a riportare la sua attenzione sul maniero di Morges per prepararsi all'incontro cruciale della giornata, ma non poté evitare che la sua irritazione si trasferisse su Gant, per tutti i fastidi che il crociato gli stava arrecando. Quella faccenda doveva finire subito, decise in silenzio. Gant avrebbe dovuto stare molto attento a non creargli altre difficoltà.

Ian si tolse il guanto dalla mano sinistra, levò l'anello nobiliare dalla catena d'oro appesa al collo e lo infilò al dito, là dove chiunque avrebbe potuto vederlo e comprenderne il significato. Raddrizzò le spalle e la fronte sotto il mantello e il cappuccio scuro.

Era un conte di Francia, il Falco del Re, e stava andando a pretendere di riavere un suo famiglio: per amore o per forza gliel'avrebbero ridato.

***

L'ingresso a Morges fu tutt'altro che difficile. Il gruppo proveniente da Le Noir attraversò il villaggio ai piedi del castello tranquillamente, tra la curiosità cauta ma per nulla maldisposta degli abitanti. Anche i soldati del castello, con le divise crociate bianche e nere, lasciarono passare i viaggiatori senza alcuna difficoltà, non chiesero loro nemmeno chi fossero o da dove venissero, poiché erano stati preavvertiti dal messaggero con il blasone che Ian ritrovò nel cortile interno del castello, quando scese da cavallo.

«Il barone di Gant vi aspetta» annunciò l'uomo, mentre alcuni servi venivano prontamente a prendere le briglie dei cavalli dei nobili ospiti.

«Bene» rispose Ian, laconico, e si abbassò il cappuccio dalla testa per guardare il portone chiodato aperto verso l'interno del torrione, alla fine della rampa che dalla terra battuta portava al piano rialzato.

Facendo cenno a Chailly perché lo seguisse con il messaggero, Ian s'incamminò per la rampa, preceduto da un servo che gli fece strada per poi lasciarlo alle cure dell'amministratore del castello, in attesa sulla soglia.

Gli altri uomini di Châtel-Argent e di Ponthieu rimasero nel cortile, scambiando sguardi prudenti con le guardie del castello.

All'interno, il maniero di Morges era meno spartano di quanto Ian avesse immaginato osservandolo da fuori. Vi erano arredi importanti, lampade di olio profumato e quindi costoso, mentre alle pareti della sala principale erano appesi arazzi molto belli e di fattura pregiata.

Gant aspettava seduto su uno scranno, davanti al grande camino acceso per contrastare l'aria umida in arrivo dalle finestre aperte; beveva vino da una coppa di metallo, con i piedi comodamente allungati sulla pelle d'orso stesa sul pavimento come protezione contro il freddo. Non portava i soliti abiti scuri, ma una tunica più curata e comoda, da feudatario in riposo, benché al fianco tenesse la spada.

Gant fece un secco cenno di saluto, quando il suo amministratore gli annunciò gli ospiti, e solo dopo si alzò in piedi, appoggiando la coppa sul tavolo lì vicino, intorno al quale erano disposti altri scranni pesanti e severi.

«*Monsieur* de Ponthieu, benvenuto. Non vi aspettavo così presto, davvero non avete perso tempo: in fin dei conti il vostro vassallo era venuto da me solo qualche giorno fa a ricevere le mie richieste. Spero che il viaggio non sia stato troppo scomodo». Non sorrideva, ma non sembrava nemmeno ostile. Almeno non più del solito.

«Non posso lamentarmi. Il tempo non è stato inclemente» replicò Ian, accettando cauto quell'accoglienza apparentemente neutra.

Gant si accorse del suo sospetto, perché disse sbrigativo: «Andiamo, rilassatevi. Ho passato troppi anni in guerra per avere voglia di combattere anche con voi adesso. Lasciamo il passato dove sta e così anche le nostre divergenze di opinioni».

«Non ruberò troppo tempo al vostro riposo, conquistato dopo tante battaglie» replicò Ian con uguale asciuttezza. «Abbiamo una questione da risolvere, sistemiamola nel modo più conveniente e poi io me ne ritornerò per la mia strada senza darvi ulteriore incomodo».

«Non rimanete per la notte?» si stupì Gant, ma non sembrava affatto dispiaciuto. «Avete pranzato, almeno?»

«Vorrei riprendere il cammino e fare un po' di strada prima del tramonto. Alloggeremo alla locanda oltre il bosco, come abbiamo fatto all'andata. Per quanto riguarda il pranzo, abbiamo consumato qualcosa in sella mentre venivamo qui».

«Avete davvero una gran fretta».

«Non avrei avuto nemmeno il tempo di venire, viste le notizie che arrivano a corte ogni giorno dall'Inghilterra, ma poiché avete insistito mi sono sentito in dovere di presentarmi a riprendere personalmente un mio uomo e riparare l'offesa che può avervi arrecato».

Gant annuì, pensoso. «Già, gli Inglesi» disse, come se la seconda questione non fosse il motivo principale di quell'incontro. «Ho sentito del loro voltafaccia nei confronti del principe Luigi. Le notizie qui arrivano in fretta, visto che i feudi inglesi sono al confine del contado di Morges e i mercanti si spostano di frequente in queste zone, specie lungo la strada carovaniera qui vicina, che va verso Bordeaux e la costa».

«Voi inoltre avete parenti oltremanica, dico bene?» osservò Ian. «La vostra famiglia ha possedimenti anche in Inghilterra».

«Sì, ma niente di strategico o di importante» minimizzò Gant. «E comunque la mia è una famiglia normanna poco radicata sul territorio. Io non ho voce né peso nelle decisioni dei baroni a Londra».

Fece una pausa, poi indicò il tavolo e riprese: «Veniamo a noi. Accomodatevi intanto, io farò portare da bere per voi e i vostri uomini».

«Grazie» dovette accettare Ian per non mostrarsi scortese, mentre l'amministratore del castello usciva per portare gli ordini del padrone ai servi, e si sentì a disagio nell'accettare quell'ospitalità.

Prima di partire aveva detto a Daniel che Gant non avrebbe potuto comportarsi in modo ostile nei suoi confronti, visti i legami politici tra il suo signore Montfort e Filippo Augusto, ma era quasi sorpreso di vederlo comportarsi davvero così, secondo tutte le regole della cortesia, benché dettata dall'obbligo.

Si liberò del mantello, appendendolo allo schienale dello scranno più vicino, e si sedette vicino al tavolo, anche se non abbassò la guardia. Chailly e il soldato presero posto su altri seggi, a rispettosa distanza dai due feudatari.

«Sono stato sorpreso di ritrovare il vostro uomo a così grande distanza da voi, ancora in Occitania dopo oltre un anno. Ancor più sono rimasto stupefatto nel sapere che è stato colto in fallo mentre compiva un crimine» ricominciò Gant, arrivando infine al nocciolo della questione, e il tono si era fatto più aspro.

Ian impiegò qualche istante a capire che il crociato era convinto di parlare di Daniel e la sorpresa lo spiazzò. Subito dopo, ricordò che Daniel stesso aveva detto che Ty Hamilton gli somigliava, nella statura e nel colore dei capelli, se non in faccia.

Gant non aveva mai visto Daniel bene e da vicino: se l'era trovato davanti per pochi secondi su un campo di battaglia, tra decine di altri bersagli, e da allora in poi l'aveva visto forse una sola volta e da lontano, di sera. Quando il canadese aveva detto di far parte della famiglia del Falco d'argento, i crociati dovevano averlo scambiato per lo straniero che si vedeva così spesso accanto a Jean Marc de Ponthieu. Avevano creduto che Ty fosse Daniel, o che Daniel fosse Ty, non faceva alcuna differenza.

Il mio uomo di fiducia... No: la mia spia, si disse Ian, incredulo. Forse cominciava a capire perché Gant avesse trattato il prigioniero con tanta cautela.

Ian scambiò un'occhiata con Chailly, ma non lasciò trapelare nessun pensiero, per non scoprire le sue carte troppo presto, in attesa di vedere prima dove portasse quella conversazione. «Ditemi che cosa ha fatto» continuò, rivolto a Gant.

«A parte il non essersi registrato all'ingresso del borgo, ha rubato in una locanda e si è sottratto una prima volta alla cattura, ferendo due soldati e seminando scompiglio per le strade. È stato sorpreso poche ore dopo in un carro, in piena notte, con le mani dentro un sacco di denaro. Ditemi voi cosa se ne deve dedurre».

«Dove sono avvenuti i fatti?»

«Nel borgo di Lière, nel contado di Roquemar, e poi sulla vicina carovaniera. Il prigioniero mi è stato consegnato tre giorni dopo, qui a Morges».

«Che cosa ha detto a sua discolpa?»

«Ha negato ogni intenzione criminale, ovviamente, con una

gran faccia tosta, oserei dire, viste le prove a suo carico. Simulava anche un atteggiamento da innocente spaventato. Si è giustificato dicendo che stava cercando cibo e riparo perché aveva fame e freddo».

Cosa più che plausibile, pensò Ian, considerando la situazione in cui doveva essersi trovato il ragazzo: da solo, quasi completamente ignaro delle regole medievali, in un luogo gelido, sconosciuto e ostile, senza armi, oggetti o denaro con cui procurarsi cibo e alloggio. Era già molto che fosse ancora vivo. Certo, se non avesse coinvolto i crociati in quel pasticcio, sarebbe stato mille volte meglio.

«Non lo avete creduto, immagino» intuì Ian dal discorso di Gant.

«Voi l'avreste fatto, vista la situazione?»

«No» dovette ammettere Ian.

«All'inizio i miei uomini lo hanno giudicato un volgare criminale» proseguì Gant. «Poi però il prigioniero ha parlato di voi e si è fatto riconoscere. Ora dovreste spiegarmi cosa stava facendo in realtà in una zona ancora piena di ribelli: immagino che non stesse vagabondando a caso».

Ian si prese ancora un po' di tempo per riflettere. «Come ha fatto a convincervi della sua identità?»

«Si è presentato col nome piuttosto presuntuoso di Thierry de Ponthieu, ma con la sua faccia straniera e l'accento esotico non era molto convincente come membro della vostra famiglia. I miei uomini stavano per punirlo anche per tanta sfrontatezza, ma quel giovane ha dimostrato di essere a conoscenza di molti dettagli riguardo la vostra persona. Da lì è nato il sospetto che dicesse la verità. Il vostro intervento personale adesso fuga ogni residuo di dubbio».

«Dettagli? Non so immaginare cosa possa aver detto di così speciale, che non sia anche di dominio pubblico» replicò Ian con una calma simulata, che nascondeva la tensione crescente. Era il momento di scoprire se Hamilton aveva confessato qualcosa di compromettente. «Voi come avete verificato le sue parole?»

Si accorse che Gant lo stava studiando in ogni reazione e si costrinse a rimanere del tutto impassibile. Gli occhi neri del corvo però gli suscitavano sospetto e timore. C'era qualcosa di nascosto dietro quello sguardo, semplicemente il crociato non aveva ancora rivelato il suo scopo.

«Per me è stato più facile credergli, perché l'avevo intravisto sul campo di battaglia» rispose Gant. «Alcuni miei uomini, comunque, erano presenti insieme a me all'episodio raccontato come prova della sua identità: il breve combattimento sul fiume a Pienne. Dopo che quel giovane ha saputo descrivere anche come eravate vestito quella notte, i miei soldati hanno cominciato a pensare che dicesse la verità».

Ian ringraziò in silenzio e in un sol colpo i santi del cielo, lo spirito di osservazione di Ty Hamilton e la sua voglia di ficcare il naso dove non avrebbe dovuto. Questa volta almeno gli aveva dato l'opportunità di vedere cose che avevano convinto i crociati a risparmiargli la vita. Forse, era bastato solo questo durante l'interrogatorio a cui dovevano averlo sottoposto; forse il ragazzo non era stato costretto a rivelare altro, specie i segreti più pericolosi.

Un servo arrivò in quel momento a portare da bere per gli ospiti. Ian accettò la coppa di metallo e così fece Chailly, ma non prima di aver atteso che il servo versasse il vino dalla stessa brocca anche per il suo padrone.

Imitando Gant, anche Ian bevve un sorso, ma più per tenere a bada la tensione che per vera sete. «Sono costernato per tutta questa spiacevole faccenda e per i fastidi che vi ha arrecato» disse alla fine. «Avreste potuto comunque avvertirmi subito. Sarei venuto prima a riprendermi il prigioniero».

«Non mi avete ancora detto cosa stava facendo dalle parti di Roquemar» indagò Gant.

«Avrebbe dovuto tenermi informato sulla situazione delle zone ribelli, come aveva già fatto a Pienne» rispose Ian, sotto lo sguardo penetrante del crociato. «Non avrei mai immaginato che tradisse la mia fiducia per compiere un crimine. Se la sua colpevolezza verrà provata, mi incaricherò personalmente della sua punizione».

Ian mise nella risposta tutta la sua risolutezza, deciso a non lasciare spazio a qualsiasi altra ipotesi alternativa riguardo il giudizio e l'eventuale condanna del canadese. La reputazione di quel ragazzo poteva anche compromettersi con un'accusa di furto o aggressione, ma Ian non avrebbe mai permesso che lo punissero sul serio secondo le leggi medievali e tantomeno che fossero i crociati a farlo.

«Trovo difficile credere davvero che un vostro uomo si sia trovato costretto a rubare per sfamarsi» insinuò Gant e Ian dovette ammettere in segreto che il crociato non aveva affatto torto, specie dopo quello che gli era stato raccontato da Ty e da Ian stesso. Non c'era modo di giustificare il fatto che un uomo, anzi una spia del Falco d'argento, fosse davvero tanto in difficoltà come aveva tentato di far credere. Inoltre aveva ferito due soldati, si era intrufolato in un carro e aveva violato almeno una legge medievale di cui tutti erano a conoscenza.

Tranne quelli che arrivano dal ventunesimo secolo, pensò Ian, sentendo rinnovarsi il profondo disagio che ancora provava all'idea di cosa fosse capitato a lui per non essersi registrato all'ingresso della prima cittadina medievale in cui aveva messo piede, anni prima.

«È un bravo attore, specie nella parte dell'ingenuo, ma non so proprio come interpretare i suoi gesti in modo diverso da un puro atto criminale. Se aveva altri scopi inconfessati, non saprei immaginarli» aggiunse Gant.

«Nemmeno io» rispose Ian.

Gant studiò il suo silenzio per un po', ma poi concluse: «Un uomo può sempre deviare dalla retta via, anche il migliore, specie se è giovane e impulsivo».

«Così parrebbe» disse Ian. «Ma ne sono molto deluso». Appoggiò sul tavolo la coppa ancora mezza piena di vino. «Adesso ditemi cosa posso fare per rimediare al danno e all'offesa che Thierry vi ha arrecato. Sono venuto per questo».

Gant lo osservò ancora per qualche istante. «Credo che mi spettino innanzitutto le vostre scuse» disse infine, freddamente.

Chailly si agitò sullo scranno, ma non si permise di intervenire.

Anche Ian si sentì punto sul vivo dalla richiesta di Gant e soprattutto dal modo in cui venne fatta, ma sapeva di non essere nella posizione di poter protestare. Non con un ragazzo incatenato in una segreta che dipendeva da lui per riavere la sua libertà e troppi segreti da difendere per fare il prezioso. «Sono venuto anche per questo» dovette dire. «Comunque siano andate le cose, ho già riconosciuto che il mio uomo vi ha mancato di rispetto con il suo comportamento, quindi non ho difficoltà a chiedervi scusa a nome mio e suo. Mi dispiace per questa incresciosa faccenda e vi assicuro che farò tutto ciò che è in mio potere perché non si verifichi una seconda volta».

Un'ombra di soddisfazione passò negli occhi di Gant, subito dissimulata. Il crociato fece un gesto improvvisamente conciliante. «Se mi assicurate anche che il malfattore sarà punito secondo giustizia per l'aggressione ai miei uomini, non pretenderò altro che l'ammenda prevista dalla legge per i casi di tentato furto: il prigioniero è a vostra disposizione anche subito».

Ian rimase disarmato dalla risposta. Non si aspettava che fosse così facile e non riusciva a credere che Gant avesse fatto tante difficoltà a Chailly solo per lasciare poi il prigioniero alla seconda richiesta, senza pretendere quasi niente in cambio. L'ammenda per un tentato furto era ben poca cosa per un feudatario importante e Ian avrebbe potuto pagarla subito, senza bisogno di procurarsi altro denaro oltre a quello che portava normalmente con sé.

Quindi mi ha voluto qui solo per il gusto di vedermi chiedere scusa? si chiese Ian, scrutando Gant, e non riusciva a credere a quell'ipotesi tanto assurda e meschina. Con la coda dell'occhio vide che Chailly era indignato quanto lui.

«Vi pagherò l'ammenda subito» disse infine Ian, accorgendosi che Gant stava di nuovo studiando il suo silenzio. «In quanto alla punizione per il malfattore, vi prometto che mi occuperò personalmente del giudizio secondo la legge».

«Quand'è così...» Gant si alzò dallo scranno e chiamò il suo amministratore, ancora in attesa fuori dalla porta, poi tornò a rivolgersi a Ian. «Potete seguirmi nelle segrete a riprendervi il vostro uomo».

Anche Ian e i suoi uomini si alzarono in piedi, imitando il padrone di casa, Chailly però si schiarì la gola, in modo apparentemente casuale.

Ian sapeva benissimo cosa significasse quell'ammonimento

silenzioso: lui per primo non aveva affatto voglia di scendere con le sue stesse gambe verso le segrete di Morges, dalle quali probabilmente non c'era alcun modo di uscire. «Se non vi dispiace, preferirei aspettare che me lo portiate nel cortile» rispose secco, arrabbiato per tutta quella faccenda. «Il viaggio è stato scomodo e mi aspetta ancora un lungo cammino prima del tramonto. Vorrei evitarmi almeno la fatica di scendere e risalire rampe di scale ripide».

Gant non fece una piega. Sembrava comunque desideroso di liberarsi dell'ospite almeno quanto Ian lo era di allontanarsi da lì prima possibile. «Come volete». Si girò di nuovo verso l'amministratore e ordinò: «Portate il prigioniero nel cortile».

L'amministratore sparì subito oltre la porta.

Ian raccolse il suo mantello, lo indossò e seguì Gant con Chailly e il suo soldato, di nuovo verso il cortile e l'aria aperta.

Fuori gli altri soldati di Châtel-Argent erano ancora in attesa, esattamente là dove Ian li aveva lasciati. Si mostrarono sollevati nel vedere il ritorno del loro signore, ma non davano segni diversi di inquietudine. Alcuni si sfregavano le mani per scaldarle nel freddo di quella giornata.

Gant guardò il cielo pallido e grigio. «Forse pioverà, ma non dovrebbe rallentarvi il viaggio di ritorno» commentò, con un tono forzatamente da conversazione.

«Lo spero». Ian annuì e non disse niente altro, sempre con la sensazione in corpo che fosse tutto troppo strano, che la soluzione della faccenda fosse stata troppo rapida e troppo meschina.

Scesero tutti la rampa che riportava al cortile e Chailly precedette Ian verso i soldati e i servi che tenevano i cavalli per le briglie. Ian sbirciò le sentinelle sulle mura, ma solo alcune di queste guardavano verso di lui, tutte le altre sorvegliavano l'esterno del castello con i normali giri di ronda.

Mentre Gant spiegava ai suoi uomini cosa stava per accadere, Ian si allontanò per tornare dai suoi. «Che ne pensate?» domandò a Chailly sottovoce.

«Andiamocene il prima possibile» rispose il cavaliere bretone, laconico e irritato.

«Sono d'accordo. Questo posto non mi piace e il suo padrone ancora meno» disse Ian, ma si chiese anche se, alla fine dei conti, le sue personali paure riguardo gli scopi di Gant non fossero solo frutto di una vita costantemente passata sul chi vive a proteggere segreti.

Trascorsero alcuni minuti di attesa nervosa, poi Chailly indicò a Ian qualcosa nella direzione del torrione.

Ian si voltò per vedere un ufficiale, senza dubbio il conestabile di Morges, e due soldati armati spingere un prigioniero fuori da una porta chiodata situata nel piano terra: una sagoma alta ma snella, tenuta saldamente a bada con una sorta di cavezza stretta intorno al collo, con un nodo dietro la nuca.

Per qualche attimo Ian dimenticò completamente Gant, Morges e tutto il resto che gli stava intorno per guardare solo quello che doveva essere il suo discendente. Aveva il cuore improvvisamente accelerato, una folla di sentimenti diversi in testa.

Come si aspettava, il prigioniero era un ragazzo di vent'anni o poco più, lacero, sporco e smagrito dopo quasi due settimane nelle carceri dei crociati. Sembrava davvero il ragazzo che si era trovato tra le mani per qualche istante a Pienne, ma col buio, non era riuscito a osservarlo bene come ora che si stava avvicinando a lui nella piena luce del sole. Il ragazzo aveva una corporatura molto simile a quella di Daniel e i capelli biondi, tagliati corti più o meno alla stessa maniera. Gli occhi azzurri però erano davvero così familiari come se Ian li avesse sempre visti: erano gli occhi di sua madre... e i suoi.

Il ragazzo non aveva le mani legate perché la cavezza gli strozzava a sufficienza il respiro per costringerlo a camminare davanti ai soldati senza opporre la minima resistenza. Forse non avrebbe avuto comunque la forza di ribellarsi, tanto sembrava provato. Manteneva un silenzio coraggioso, ma aveva negli occhi l'espressione di un animale condotto al macello.

Ian immaginò che i carcerieri non gli avessero detto perché lo stessero trascinando fuori dalle prigioni, quindi il ragazzo si stava probabilmente immaginando le ipotesi peggiori.

Si fece avanti verso di lui e i soldati, deciso a chiarire la situazione. «Lasciatelo. Non fuggirà, ve l'assicuro».

Gant approvò con un cenno le sue parole e i soldati mollarono la presa sulla cavezza. Il ragazzo tossì quando poté riprendere fiato e si massaggiò il collo con una mano, nel frattempo però non staccava gli occhi sbarrati da Ian, fermo davanti a lui.

Questi fu certo di essere stato riconosciuto e stava per lanciare al ragazzo un ammonimento di qualche genere, perché non dicesse cose sconvenienti, ma fu proprio il prigioniero a parlare per primo. «...mio signore...» salutò, con voce semi strozzata e un accento leggermente esotico nel suo francese.

Ian apprezzò la sua prontezza di spirito, nonostante l'emozione violenta che gli vedeva dipinta sul viso. «Avvicinati» gli disse, semplicemente, cercando di controllare la sua.

Appena gli tolsero la corda dal collo, il ragazzo avanzò verso il cavaliere e si fermò di nuovo, incerto, ancora sul chi vive.

Ian lo valutò da capo a piedi. Gli abiti erano strappati in alcuni punti ed erano sporchi di fango e di polvere. La camicia e la casacca mostravano anche macchie di sangue, mentre il ragazzo aveva il viso contuso e un labbro rotto. Dovevano averlo picchiato, forse durante l'interrogatorio, ma fortunatamente sembrava che non gli avessero inflitto torture peggiori.

«Fammi vedere le mani» disse Ian.

Il ragazzo obbedì in silenzio e Ian gli prese i polsi, apparentemente per controllare le condizioni delle ferite lasciate da quelle che potevano essere state corde o catene sulla pelle livida e tumefatta. In realtà gli sollevò la manica destra quel tanto che bastava perché solo lui vedesse il tatuaggio tribale sull'avambraccio, vicino al gomito, accanto ad altri lividi. Quella era la prova definitiva, ora era certo di avere davanti Ty Hamilton.

«L'hanno visto anche i crociati?» domandò, a voce bassa per non farsi sentire dagli altri uomini che osservavano la scena.

«No, signore» rispose il ragazzo, flebile. «Non sono stato costretto a togliermi i vestiti».

«Ti hanno fatto altro male?»

«Hanno usato soltanto le mani».

Ian sbirciò i presenti, prima di lasciar andare il ragazzo e rivolgersi a lui in tono più alto e severo. «Sono venuto a riportarti a casa perché tu sia giudicato per ciò che hai fatto» annunciò. «Ti affiderò a sir Daniel Freeland, e lui e io insieme decideremo cosa ne sarà di te, secondo la legge».

Una miriade di emozioni passò sul volto del ragazzo, prima tra tutte il sollievo. «È stato sir Daniel... a dirvi che ero qui?»

«Sì» confermò Ian, con un'occhiata torva. «E la cosa mi ha molto contrariato».

Ty Hamilton abbassò la fronte. «Mi dispiace».

«Ti discolperai più avanti, se avrai le ragioni per farlo» tagliò corto Ian. «Adesso seguimi e non tentare altri colpi di testa».

«Sì, signore» mormorò il ragazzo.

Ian fece cenno ai suoi soldati di prendere in consegna il prigioniero, poi chiamò Chailly. «Occupatevi del pagamento dell'ammenda» gli disse, consegnandogli la sua borsa con il denaro.

«Sistemerò tutto in un attimo» replicò il barone e andò dal conestabile di Morges a liquidare la faccenda.

Ian si rivolse a Gant, cercando di imporsi tutta la sua diplomazia. «*Monsieur*, io vi ringrazio per l'ospitalità e la collaborazione. Vi assicuro che non vi darò più altro disturbo».

«Ne sono certo» rispose Gant, freddo. «Fate buon viaggio».

Ian fece un inchino formale di saluto e rimontò in sella.

Nessuno lo fermò mentre varcava il ponte levatoio con il suo seguito, sulla strada del ritorno.

Capitolo 22

Beau svegliò Daniel di soprassalto, scuotendolo letteralmente per la camicia afferrata a due mani insieme alla coperta del letto. «Signore!» lo chiamò più volte, concitatamente. «Sir! Svegliatevi!»

Daniel dovette guardarsi intorno un istante prima di orizzontarsi: doveva essersi addormentato subito dopo aver consumato il pranzo e l'ennesima coppa di quel maledetto infuso di salice che faceva passare febbre e dolori ma al prezzo di rendere la testa pesante. Fuori dalla finestra il sole era ancora ben alto nel cielo, notò, non doveva essere trascorso da molto il mezzogiorno e Ian poteva al massimo essere appena arrivato a Morges, quindi Beau non era venuto a svegliarlo perché il signore era tornato dalla sua missione.

«Che cosa succede?» domandò, prendendo infine coscienza del tono allarmato del ragazzino. Un brutto presentimento lo assalì subito.

«Al piano di sotto, signore! Sono arrivati dei cavalieri occitani!» spiegò Beau. «Io conosco uno di loro, l'ho già visto! Era a Pienne e poi a Parigi!»

«Roquemar?» Il nome balenò nella mente di Daniel, spazzando via ogni residuo di sonno dai suoi pensieri. Il giovane si sollevò sui gomiti di scatto, ignorando le proteste della schiena indolenzita. «Ne sei certo?»

«Venite a vedere voi stesso!»

Daniel scese dal letto più in fretta che poté, si infilò brache e stivali, poi seguì lo scudiero fuori dalla porta. Beau scese alcuni gradini cautamente e si acquattò in un punto in cui si poteva già sbirciare la sala grande, dove alcuni avventori erano ancora intenti a mangiare.

Daniel si accucciò dietro il ragazzo e guardò giù. Vide subito tre uomini armati seduti sulle panche, apparentemente per mangiare e bere qualcosa in tranquillità. Ne riconobbe uno, quello che stava parlando con il garzone mentre si faceva versare da bere. Era senza dubbio Almeric de Roquemar.

Cosa ci fa qui? si domandò Daniel con ansia. D'accordo, si trovavano in Occitania, la sua terra, e neanche lontano dalla sua città omonima, ma anche con tutta la buona volontà era difficile credere che il cavaliere fosse arrivato proprio in quella locanda per caso, con tutti i posti che dovevano esserci in migliaia di miglia quadrate di territorio.

Daniel osservò attentamente l'occitano e vide che stava facendo molte domande al garzone: non poteva udire le sue parole da quella distanza, ma era chiaro che il cavaliere non stava domandando informazioni sul menu del giorno. Il garzone infatti fece una lunga spiegazione e infine indicò la porta della locanda.

Roquemar ebbe un sogghigno compiaciuto, domandò ancora qualcosa e il garzone annuì e rispose. Mentre lo faceva, alzò una mano al di sopra della testa, nel gesto inconfondibile di chi vuole mimare una statura molto alta.

Un brivido spontaneo scosse Daniel lungo tutta la schiena. Gli occitani erano sulle tracce di Ian.

Anche Beau l'aveva capito e si voltò subito. «Sir!» sussurrò.

Daniel lo tirò indietro dalle scale in fretta, quando vide il garzone indicare il piano di sopra, alla fine della sua spiegazione. Attese qualche secondo, con il ragazzo ben stretto tra le mani, prima di osare sbirciare di nuovo verso il basso. Gli occitani erano ancora lì, seduti al tavolo. Un altro garzone aveva portato loro il cibo e i tre uomini non sembravano aver intenzione di alzarsi subito. Parlavano tra loro con facce soddisfatte e uno accennò alla porta. Roquemar annuì, ma poi indicò il piano di sopra con il coltello con cui stava tagliando il cibo.

«Vieni via!» ordinò Daniel a Beau, rialzandosi in piedi, e si portò dietro lo scudiero, di nuovo dentro la stanza. «Prima ti hanno visto?» domandò, mentre si chiudeva la porta alle spalle.

«No, sir, ne sono certo. Stavano parlando con l'oste quando sono entrato e non mi hanno visto passare» rispose Beau.

Daniel si guardò intorno, cercando di riflettere molto in

fretta. Avevano al massimo una decina di minuti, poi gli occitani sarebbero saliti da loro, ne era sicuro. Dal piano di sopra c'era una sola scala che conduceva all'uscita e i tre contavano senz'altro sul fatto di poterla tenere d'occhio mentre mangiavano, senza immaginare di essere già stati avvistati.

Cosa vogliono da noi e come hanno saputo che eravamo a Morges? si domandò Daniel, ma non seppe davvero darsi risposta e comunque non aveva il tempo di rimuginarci sopra. «Raccogli le cose, ce ne andiamo» ordinò a Beau, andando a finire di indossare i suoi vestiti.

«Credete che abbiano cattive intenzioni?» domandò il ragazzino, con ansia.

«Non lo so, ma preferisco scoprirlo in un luogo che abbia più vie di fuga rispetto a questo, visto che loro sono in tre, grandi, grossi e armati». Daniel allacciò la spada in cintura, mise momentaneamente a tracolla la faretra con arco e frecce e appallottolò il mantello, poi andò a guardare fuori dalla finestra. La tettoia della stalla era solo poco più in basso, non sarebbe stato un problema scendere da lì, nemmeno se il tetto era bagnato, poi scivolare fino all'orlo e arrivare a terra. In quel momento non c'era nessuno lungo la strada né da quella parte del cortile, perciò con un po' di fortuna avrebbero potuto passare inosservati e persino recuperare i loro cavalli nella stalla.

Daniel lanciò fuori il mantello, poi scavalcò il davanzale e si lasciò cadere sulla tettoia. L'urto, anche se leggero, gli ravvivò il dolore in tutti i muscoli, ma il giovane strinse i denti e non si lasciò fermare. Si accucciò su un ginocchio per puntellarsi e non scivolare lungo lo spiovente e si voltò indietro. «Andiamo!» esortò sottovoce, rivolto a Beau, ancora affacciato alla finestra. Il ragazzino gli lanciò il fagotto contenente tutto il loro bagaglio e scese a sua volta, agile.

Giunsero fino all'orlo della tettoia senza difficoltà, poi si lasciarono cadere a terra. Daniel si rialzò con una smorfia di dolore, mentre al suo cenno Beau correva a prendere i cavalli all'interno della stalla.

Daniel allacciò la faretra medievale al suo posto, in cintura, per indossare il mantello e liberarsi le mani dagli ingombri inutili, poi andò a sbirciare oltre l'angolo della locanda.

Quello che vide lo sgomentò: fermi ad attendere con i loro cavalli c'erano nove uomini armati di spade e balestre. Aspettavano il loro capo, non vi era dubbio, aspettavano Roquemar e i compagni che aveva con sé, infatti tenevano per le briglie tre cavalli sellati ma senza cavaliere e si stavano dissetando e rifocillando in piedi in attesa di ripartire.

In tutto erano più numerosi di Ian e della sua scorta. Peggio ancora, non sembravano in giro per un viaggio di piacere o un'innocua battuta di caccia, viste le armi e le cotte di maglia che indossavano sotto le casacche pesanti.

Daniel tornò di corsa alla stalla ed entrò, trovando Beau intento a sellare freneticamente i cavalli. «Ascoltami» gli disse, mentre l'aiutava a finire il lavoro e a legare anche il fagotto sulla sella. «Tu sei bravo a seguire le piste senza farti notare, sei più veloce e non sei dolorante quanto me. Voglio che tu vada incontro al tuo signore più in fretta che puoi e lo avverti degli occitani. Sono in dodici, tutti armati e stanno cercando lui. Non so perché, ma lo scoprirò. Quel che è certo è che non hanno le facce amichevoli».

«Che volete fare?» domandò Beau, spaventato.

«Cerco di fermarli o di sviarli, se riesco. Provo a guadagnane tempo, mentre tu vai avanti».

«Voi... da solo?!»

«Non metterti a discutere anche con me. So quello che faccio e non mi metterò in pericolo. Non più di tanto, almeno».

Alla peggio, mi resta Hyperversum, pensò Daniel in aggiunta, sperando che fosse anche vero e che il gioco non gli facesse uno dei suoi soliti tiri mancini, di solito nei momenti meno opportuni.

«Obbedisci e niente bravate» insisté poi, davanti allo sguardo sgomento di Beau. «Ne va della salvezza di tutti, quindi fa' ciò che ti dico. Io cercherò di raggiungervi, ma se non dovessi riuscirci subito dirai al tuo signore che lo incrocerò in uno dei posti in cui abbiamo fatto sosta da Le Noir fino a qui. Lui sa come».

«Sì, signore». Beau aveva mille domande e timori stampati in faccia ma non osò contestare nemmeno una parola di quegli ordini.

«Allora vai. Presto» esortò Daniel, con i cavalli ormai pronti.

Condussero i due animali fuori dalla stalla e Beau montò subito in sella.

«Via! In fretta!» gli ripeté Daniel con un gesto ampio del braccio.

Beau fece girare il cavallo su se stesso, per controllarlo, poi lo spronò e sparì nel bosco, evitando accuratamente la strada. Fortunatamente la terra intorno alla stalla era stata calpestata talmente tante volte da non lasciar individuare impronte fresche in mezzo alle mille altre, nel fango.

Anche Daniel andò verso il bosco, ma si tirò dietro il cavallo a piedi e si fermò appena fu certo di non essere più visibile dalla locanda in mezzo alla vegetazione. Rimase in attesa, a osservare. Incordò l'arco per precauzione.

Passò un buon quarto d'ora e vide un uomo affacciarsi dalla finestra da cui era appena sceso con Beau. L'uomo aveva la spada già sguainata, guardò giù, in ogni direzione, poi sparì di nuovo.

Ogni dubbio sulle intenzioni degli occitani svanì. Daniel infilò l'arco a tracolla, montò in sella e si allontanò tra gli alberi, ma non abbastanza da perdere di vista la locanda o la strada, cercando di pensare e di tenere sotto controllo la situazione allo stesso tempo. Aveva detto a Beau che voleva fermare o intralciare gli occitani, ma in realtà non aveva ancora minimamente pensato a come fare.

Doveva prendere tempo, ma come? L'unica cosa che sapeva era che gli occitani si sarebbero presto rimessi in strada, specie dopo aver scoperto che chiunque fosse alloggiato nella stanza della locanda pagata dal Falco d'argento era sparito, chissà quando e forse proprio perché li aveva visti. Affrontarli faccia a faccia era fuori discussione, farsi inseguire in una direzione diversa non avrebbe portato che a una cattura certa e comunque gli occitani erano abbastanza da dividersi per dare la caccia a lui e contemporaneamente proseguire per intercettare Ian.

No, doveva batterli sul tempo e mettere più ostacoli possibile sul loro cammino, non c'era altro modo.

Daniel si strinse con la mano un ginocchio, già dolorante per lo sfregamento contro le parti più dure della sella, ma poi spronò il cavallo nel bosco, là dove anche Beau era sparito.

Qualsiasi cosa potesse fare, doveva studiarla durante il galoppo, non aveva scelta, ma Daniel si rese anche ben conto subito di non poter proseguire in mezzo alla vegetazione come aveva fatto Beau prima di lui. Non era capace quanto il ragazzo di orientarsi e rischiava di perdere la direzione giusta e trovarsi chissà dove.

Doveva ritornare sulla strada, tanto più per capire come ostacolare gli occitani proprio su quella stessa via.

Percorse perciò il tratto più lungo che poté in mezzo agli alberi e poi, quando fu certo di non essere più visibile dalla locanda, piegò a sinistra e ritornò sulla strada battuta. Lì accelerò il galoppo per guadagnare vantaggio. Poté farlo perché non aveva tronchi o cespugli o buche pericolose a sbarragli il cammino.

Pensò a ogni possibile piano d'azione mentre correva. Un tronco gettato in mezzo alla strada fu la prima idea che gli balenò in mente, ma non poteva certo riuscire a fare una cosa simile da solo, in pochi minuti e con una spada come unico attrezzo utile. Il fuoco era fuori discussione: non aveva niente per accenderlo. Una buca nascosta sotto un tappeto di foglie, una frana, una corda tesa da un lato all'altro della strada… Daniel passò in rassegna gli espedienti più fantasiosi che gli vennero in mente e li scartò tutti uno dopo l'altro, perché inutili, irrealizzabili o semplicemente stupidi.

Da solo non poteva fare quasi niente, era questa la verità. Al massimo poteva aspettare Roquemar e i suoi nel bel mezzo della strada e intrattenerli a chiacchiere, il che voleva dire farsi catturare o ammazzare nel giro dei primi cinque minuti.

Aveva ancora un'ultima scelta, quella che più lo ripugnava: appostarsi da qualche parte e cercare di uccidere quanti più occitani riusciva con il suo arco.

Non sono un assassino! si ribellò Daniel a quel pensiero. Non sapeva nemmeno cosa volessero esattamente Roquemar e i suoi e non avrebbe fatto una strage indiscriminata. Poteva tenerli impegnati senza uccidere nessuno, ma non avrebbe resistito per molto, da solo contro dodici uomini.

Un bluff, è l'unica possibilità che ho, pensò Daniel, col respiro mozzo per la cavalcata e la tensione. *Devo escogitare un bluff che li spaventi abbastanza da rallentare il passo o farli desistere.*

Facile a dirsi. Era Ian quello bravo a inventare, Daniel si sentiva del tutto inadeguato all'impresa, specie avendo solo qualche minuto di vantaggio sul nemico.

Andiamo, Daniel, pensa! Pensa, dannazione! si esortò da solo in silenzio e spronò con più furia il cavallo, ignorando il dolore crescente alle gambe.

Un sibilo improvviso tagliò l'aria, arrivando dal bosco a sinistra. Il cavallo nitrì selvaggiamente e sgroppò, incontrollabile. Daniel si trovò proiettato in aria e precipitò a terra con un grido strozzato. Cadde su una spalla e udì uno schiocco secco. L'urto fu tale che la vista gli si annebbiò per un istante.

Daniel riuscì a fatica a rialzare la testa per scorgere il suo cavallo fuggire via e sparire tra gli alberi con un dardo di balestra piantato nel fianco. Con troppa angoscia addosso per poter pensare, rotolò sulla spalla illesa e si rimise in piedi, cercando di districarsi nel viluppo del mantello e aiutandosi anche con le mani. Si tuffò nella vegetazione appena in tempo per sentire un secondo dardo passargli accanto e piantarsi nel tronco di un pino, provenendo dal lato opposto della strada.

Daniel si rifugiò dietro l'albero, tossendo per respirare, con la mano stretta sulla spalla destra dolorante.

Bastardo, chi sei?! pensò e sbirciò oltre il tronco per cercare di individuare l'aggressore, ma dall'altro lato del bosco poté vedere solo cespugli, rovi e alberi fitti.

Qualcuno aveva avuto la sua stessa idea e si era appostato nella vegetazione ad aspettare al varco chi passava. Daniel guardò tutto intorno: ogni cespuglio, ogni fruscio, gli sembrò un nemico. Quanti erano? Si nascondevano solo dall'altro lato del bosco oppure erano anche lì?

Il cavallo intanto era fuggito e lui era rimasto a piedi.

Cosa faccio adesso? si chiese Daniel, nel chiudere e riaprire la mano destra per verificarne la sensibilità. La spalla pulsava per il dolore, ma non sembrava rotta, forse aveva ricevuto solo una contusione senza gravi conseguenze.

Si tolse l'arco da tracolla. Grazie al mantello che l'aveva avviluppato era riuscito a non perdere le frecce dalla faretra, ma scoprì invece che l'arco si era incrinato nella caduta ed era ormai inutilizzabile.

Daniel imprecò in silenzio con tutte le parole che conosceva. Non avrebbe più potuto tentare alcunché per fermare gli occitani che andavano incontro a Ian, né fatto in tempo a correre dall'amico per essergli d'aiuto o avvertirlo.

Pensò a Beau. Che ne era stato di lui? Il ragazzino doveva essere passato da lì una mezz'ora prima: era stato preso a bersaglio anche lui oppure aveva evitato la strada per tutto il tragitto ed era passato inosservato rimanendo nel bosco?

Un fruscio lo fece sobbalzare. Daniel puntò lo sguardo davanti a sé tra gli alberi e solo dopo qualche istante si accorse con sollievo che il rumore era solo quello della pioggia che cominciava a ticchettare sui rami e tra gli aghi dei pini. O almeno così sembrava.

Certo la sua situazione era critica, capì Daniel. Poteva ancor impugnare la spada, ma sapeva di non poter fare granché con quell'arma; non era un combattente esperto e se in quel bosco si nascondevano anche solo due o tre nemici sarebbe stato spacciato in un confronto diretto.

Sbirciò di nuovo la vegetazione oltre la strada, immobile e silenziosa. Il nemico, chiunque fosse, sembrava non muoversi.

Aspettava. Chi? Cosa?

Daniel si guardò la mano. Poteva chiamare l'icona di *Hyperversum* adesso e sparire da lì prima di essere scovato, ma poi come avrebbe fatto a ritrovare Ian? Non sapeva dove raggiungerlo, senza avere un punto di riferimento preciso lungo quella strada, e se anche l'avesse avuto non poteva apparirgli davanti come un fantasma mentre era insieme ai suoi uomini. Non poteva nemmeno aspettare di trovare un'occasione in cui fosse solo: per quel momento poteva già essere troppo tardi.

No, usando *Hyperversum* si sarebbe salvato soltanto lui, ma non avrebbe aiutato Ian.

Non posso andarmene così, decise.

Doveva fare un tentativo. Mise via l'arco rotto per sguainare la spada. Si alzò cautamente, rimanendo dietro l'albero, poi provò a spostarsi dietro un primo cespuglio, un tronco, infine dietro un altro cespuglio. Gli andò bene per una decina di passi, poi un nuovo sibilo lo costrinse a gettarsi di nuovo precipitosamente a terra dietro un pino. La freccia si perse nella vegetazione, ma nessun altro movimento venne a turbare il bosco, né dall'una né dall'altra parte della strada.

Sei da solo! pensò Daniel con rabbia. *Sei un dannatissimo cecchino!*

Pensò a come muoversi, ma era pressoché impotente senza un'arma da lancio. Non poteva prendere di mira il nemico e non poteva nemmeno spostarsi troppo da dove si trovava, fintanto che il tiratore sconosciuto fosse rimasto ben appostato. Il bosco offriva meno ripari, ora che la vegetazione si diradava con l'arrivo dell'inverno, e una sagoma in movimento era facilmente individuabile tra i tronchi.

Nel frattempo i minuti passavano.

Perché non mi lasci andar via? Che cosa vuoi da me? pensò Daniel, impotente, sempre più disperato a ogni instante trascorso nella forzata immobilità. Si augurò almeno che il tiratore misterioso facesse parte di una di quelle bande di briganti di cui parlava l'oste alla locanda. Se non altro, oltre a lui anche gli occitani ne sarebbero rimasti vittime e forse quello li avrebbe rallentati o fermati del tutto.

Mentre Daniel formulava quel pensiero, sulla strada udì il rumore di un gruppo numeroso al galoppo. Si sporse leggermente per veder passare Roquemar e i suoi diretti verso Morges.

Nessuna freccia turbò il loro cammino.

***

Cominciò a cadere una pioggia leggera e discontinua. Andava e veniva, a tratti, ma non era mai sufficiente a penetrare i mantelli.

Il gruppo dei francesi procedeva più possibile spedito da quando aveva abbandonato l'agglomerato urbano di Morges, anche se Ian aveva fatto rallentare il passo appena si era accorto dei problemi di Ty nel rimanere in sella.

Il ragazzo aveva fatto fatica anche a montare sul cavallo, ma Ian l'aveva giudicata una difficoltà dovuta allo sfinimento per poi accorgersi subito dopo che il canadese non doveva mai essere salito su un cavallo in vita sua.

Ian aveva quindi dato ordine ai suoi uomini di rallentare il passo, prima che anche tutti gli altri si accorgessero dell'inesperienza del ragazzo, e voltandosi indietro aveva colto l'occhiata riconoscente che Ty gli rivolse appena poté riprendere fiato dagli scossoni del cavallo.

Proseguirono per oltre due ore, in silenzio teso, seguendo la strada che si inoltrava nel bosco e guardandosi le spalle. Nessuno venne a intralciare il loro cammino.

Ian cominciava a sentirsi alleggerito.

Avanti così avrebbero raggiunto di nuovo la locanda da cui erano partiti, anche se in piena notte. Non era prudente viaggiare col buio, ma fermarsi a dormire all'aperto in attesa dell'alba lo era ancora meno e Ian voleva a tutti costi finire quella tappa del viaggio, e tornare prima possibile in terre più tranquille.

Se tutto andava bene, da quella notte potevano davvero tirare un sospiro di sollievo e chiudere la brutta avventura. Persino l'indignazione provocata dal comportamento di Gant sbiadiva in confronto a quel pensiero.

Ian guardò indietro, di nuovo verso il ragazzo appena liberato. Gli avevano dato una coperta a mo' di mantello per ripararsi dal freddo, ma Ty aveva mantenuto il capo scoperto e adesso offriva la fronte alla pioggia, a occhi chiusi, come se la sentisse per la prima volta.

Ian non fece fatica a capire il suo sentimento, dopo essere stato in catene per due settimane. Ty stava mormorando qualcosa a fior di labbra e Ian rallentò il cavallo per lasciarsi raggiungere e ascoltare. Sentì che il ragazzo stava canticchiando una canzone che anche lui conosceva, dedicata alla pioggia di novembre, un successo degli anni Novanta di un famoso gruppo hard rock. Il gruppo preferito del canadese, almeno così diceva Daniel.

Ian non ebbe il cuore di far notare al ragazzo che, mentre lui si trovava in prigione, novembre era ormai finito. «Ti prenderai un malanno, se non ti ripari da questa umidità» gli disse invece.

Ty si riscosse, accorgendosi solo in quel momento di essere stato affiancato dal suo liberatore. Sorrise per la prima volta. «Non importa. È bello così, dopo tanti giorni al chiuso e al buio».

«Poteva finire molto peggio. Spero che quanto è successo ti abbia insegnato a essere più prudente» continuò Ian, ora con un tono severo.

Il ragazzo abbassò la testa e il suo sorriso scomparve. «Poteva finire davvero male» ammise. «Sono ancora vivo e quasi non ci credo».

Tacque e rabbrividì. Ian capì che stava ricordando qualcosa di particolarmente orribile, vissuto durante la prigionia. «Sei sicuro di stare bene? Davvero non ti hanno fatto niente?» indagò, preoccupato.

Ty scosse la testa e cercò di riprendere un contegno più controllato. «Mi hanno malmenato quando mi hanno preso e anche tutte le volte che mi hanno rifatto le stesse domande, ma questo è davvero tutto» rispose, tastandosi cautamente il volto contuso. «C'è chi è stato trattato molto peggio di me in quelle prigioni. Era nella cella accanto e io l'ho sentito urlare... non voglio nemmeno immaginare cosa gli hanno fatto».

Aveva abbassato la voce istintivamente e Ian non osò interromperlo, intuendo che il ragazzo avesse bisogno di sfogarsi liberamente.

«Anche a lui facevano domande, in francese o in una lingua strana: sulla guerra, su non so quali rivolte. Lui rispondeva con coraggio e quelli ricominciavano da capo, sempre peggio... Alla fine l'hanno piegato. L'ho sentito piangere».

Un occitano, intuì Ian dalla descrizione e si sentì di nuovo indignato. *Gant non abbandona davvero mai un attimo il suo ruolo da inquisitore.*

«Almeno poi lo hanno lasciato andare» lo sorprese però Ty. «Era in condizioni terribili quando l'ho visto passare davanti alla mia cella, ma almeno era ancora vivo».

«Lo hanno liberato?» Ian era stupito.

«Sì, ho sentito quando glielo annunciavano. È stato un po'

di tempo fa... qualche giorno forse?» S'interruppe di nuovo e guardò Ian con un'espressione smarrita. «Quanto tempo è passato?» domandò.

«Da quando Daniel è venuto a dirmi che eri scomparso, tredici giorni» dovette rispondergli Ian.

Ty rimase a bocca aperta.

Ian cercò di distrarlo da quella notizia. «Adesso vuoi raccontami cosa è successo? Dall'inizio. Voglio ogni singolo dettaglio».

Il ragazzo assunse subito un'espressione stranamente ansiosa. «Che cosa vi ha detto di me, sir Daniel?» domandò quasi sottovoce.

Ian inarcò un sopracciglio nel sentir nominare Daniel in quel modo. Sbirciò intorno a sé per vedere chi altri stesse ascoltando la conversazione in corso, ma notò che il gruppo si era leggermente sfilacciato durante la marcia. I suoi uomini, Chailly compreso, in parte li precedevano e in parte li seguivano e tutti sembravano abbastanza lontani da non udire quelle parole così basse. Ty non se n'era accorto? Non c'era bisogno di continuare la commedia in quel momento, ma forse la prudenza non era mai troppa.

Ian decise di stare al gioco, tanto per istruire Ty su cosa avrebbe dovuto dire davanti a tutti gli altri. «Eravate insieme, in viaggio con una carovana commerciale da Bordeaux, fino a quando un predicatore errante non ti ha convinto a prendere la Croce. Per questo, per raggiungere i crociati, hai abbandonato il gruppo e Daniel non è più riuscito a ritrovarti. È venuto da me a chiedere aiuto».

«Ecco... sono stato uno sciocco, lo ammetto. Sono partito senza riflettere e mi sono trovato nei guai subito, perché non sapevo dove dormire o cosa mangiare». Un leggero rossore aveva colorito le guance pallide di Ty, mentre il ragazzo faceva quella confessione. «Non avrei dovuto dare ascolto a quel predicatore e mi dispiace avervi fatto scomodare per me, *monsieur*. Ancora di più mi dispiace di aver usato il vostro nome nel tentativo di salvarmi. Vi chiedo scusa, ma non ho trovato un'idea migliore».

Ian sbatté le palpebre, per un attimo senza parole. Quel ragazzo stava tentando davvero di inventare su due piedi la continuazione della storia concepita per coprire la sua comparsa nel medioevo? Stava cercando di raccontarla *a lui*?

«Daniel mi ha detto che ti fai chiamare Ty anche se il tuo nome è Thierry» gli rispose, misurando le parole per sondare il terreno. «Mi ha detto anche che hai voluto venire fin qui perché ti interessi di storia».

«Oh, no, *monsieur*, non sono davvero uno storico» si difese subito il ragazzo. «So leggere e scrivere, ma niente di più. Sono venuto solo per vedere… posti nuovi, ecco, per conoscere il mondo prima di imparare un mestiere. Tutto qui. Non avrei mai immaginato che mi sarei fatto mettere nei guai da un predicatore».

Bastò quella risposta e Ian ebbe la certezza: Ty Hamilton non aveva minimamente capito di parlare con un giocatore suo pari.

Com'è possibile? si chiese, incredulo, poi fu raggiunto da un altro pensiero: *Questo ragazzo non mi ha mai visto giocare. L'unica volta che sono stato in partita, quando sono tornato nel mondo moderno, lui non si era connesso.*

Daniel era certo di questo, aveva controllato: Ty si era ricollegato al gioco solo quando Daniel era uscito e rientrato da solo, la notte della battaglia sul fiume a Pienne, e da lì in poi, tutte le volte successive. E quelle partite avevano una cosa in comune: l'unico giocatore attivo era Daniel Freeland.

Mi ha visto sempre e solo nel medioevo, pensò ancora Ian, mentre l'intera vicenda prendeva via via una forma più precisa nella sua testa.

Ty aveva sempre seguito Daniel attraverso *Hyperversum* ma non era mai comparso a tiro dei loro sguardi, altrimenti se ne sarebbero accorti subito. Quindi Ty aveva visto il Falco d'argento solo da una certa distanza e non era mai stato abbastanza vicino da udire i saluti che "sir Daniel" e "Jean Marc de Ponthieu" si scambiavano a ogni incontro, dopo che Daniel aveva preso ogni precauzione per non far notare il suo arrivo. Per quanto ne sapeva Ty, anche il Falco d'argento poteva essere all'oscuro come tutti gli altri del modo in cui l'amico arrivava agli appuntamenti.

Riguardo la partenza, poi, Daniel aveva accertato che Ty se n'era sempre andato dal medioevo da solo e in anticipo, quindi non aveva mai visto Daniel accomiatarsi e sparire.

Ian guardò il ragazzo con occhi nuovi, perché si rese conto che aveva capito solo metà della verità. Non sapeva di rivolgersi a un uomo moderno, a un giocatore come lui.

È convinto di parlare solo con il Falco d'argento, l'avo medievale su cui ha tanto fantasticato.

La rivelazione fu una doccia fredda. Ian si passò la mano sul viso, rabbrividendo in segreto per lo scampato pericolo. Il canadese non aveva rivelato niente di compromettente su di lui, semplicemente perché non aveva capito niente e non perché fosse stato bravo a dissimulare o a sostenere l'interrogatorio dei crociati.

«*Monsieur*? Ho detto qualcosa che vi ha impensierito?»

Ian riportò la sua attenzione agitata su Ty, per accorgersi che il ragazzo lo stava osservando con ansia malcelata, vedendolo tacere immerso nei suoi pensieri.

Riconobbe subito il sentimento dietro quell'espressione: era la paura di aver detto qualcosa che poteva far cadere l'intero castello di menzogne costruito per giustificare la propria presenza là dove non sarebbe stata plausibile. Ian sapeva bene cosa si provava nel raccontare alibi inventati ad arte sperando che reggessero all'esame, solo era più bravo di quel ragazzo nel dissimulare la tensione.

«No, non c'è niente che non va» rispose, cercando di sfoderare l'espressione più neutra possibile. «Pensavo a Daniel. Sarà felice di rivederti sano e salvo, dopo questa brutta avventura».

Ty s'illuminò. «Mi affidate a lui?»

«Non prima di aver accertato cosa è successo nel contado di Roquemar e, nel caso, averti fatto scontare la condanna prevista dalla legge» lo frenò subito Ian, deciso a non far dimenticare troppo presto al ragazzo i guai che aveva creato e quelli che aveva evitato solo per un puro caso.

E anche l'umiliazione a cui mi ha costretto davanti a Gant, si ritrovò a pensare, anche se il ragazzo non poteva certo sapere quel dettaglio.

Come si aspettava, Ty ritornò subito a un contegno contrito e quasi preoccupato. «Non volevo fare niente di male» rispose, con voce già più incerta.

«Questo lo stabilirò io, dopo aver confrontato la tua versione dei fatti con quella che mi è stata raccontata dal barone di Gant».

«Che… cosa vi ha detto?»

«No, stavolta dimmi prima tu che cosa devo sapere».

Il ragazzo deglutì a quel tono severo. «Ho rubato del cibo» confessò. «Prima in una casa a Roquemar e poi ho tentato in una locanda in un borgo vicino. Lì mi hanno quasi arrestato. Quando ho visto i crociati entrare, ho cercato di allontanarmi, ma loro si sono insospettiti. Mi hanno chiesto se mi fossi registrato all'ingresso del borgo, ma io non l'avevo fatto…»

Ian non disse niente.

«L'avevo dimenticato» si giustificò Ty davanti al suo silenzio e Ian evitò di fargli notare che come bugia non valeva molto, visto che tutti i medievali sapevano bene a cosa potevano andare incontro per una dimenticanza del genere e quindi si assicuravano di non incorrere mai in un simile fallo, a meno che non avessero qualcosa da nascondere alle autorità.

«Volevano arrestarmi, ma io sono riuscito a scappare» continuò ancora Ty, con un brivido nella voce. «Non so nemmeno come ho fatto, so solo che ho combinato un gran casino alla locanda… cioè ho causato un gran trambusto» si corresse al volo. «Ho fatto lo sgambetto a uno, credo anche di aver rovesciato una pentola addosso a qualcun altro. Fatto sta che ho infilato la porta e sono corso fuori. Fortunatamente c'era gente in giro e così mi hanno perso di vista. Ho passato tutto il pomeriggio sul chi vive, cercando un modo per uscire dal borgo perché immaginavo che mi stessero ancora cercando. Però le porte nelle mura erano sorvegliate dai crociati e non potevo oltrepassarle a piedi, perciò ho deciso di aspettare il buio e di infilarmi nel primo convoglio in uscita dal borgo…»

Che ingenuo, nessun convoglio viaggia con il buio in un paese del medioevo, obiettò Ian tra sé e sé, *a meno che non abbia una missione da compiere o qualcosa da nascondere*.

«Ho aspettato nascosto vicino alle mura per un sacco di tempo, però più si faceva scuro e meno gente passava dalle porte. Di carri poi, neanche l'ombra» stava continuando Ty, confermando in pieno il ragionamento silenzioso del suo interlocutore. «Poi però, quando ormai le strade erano deserte e il buio quasi totale, ho visto arrivare tre carri insieme» aggiunse subito dopo a sorpresa. «Quando si sono fermati per salutare i crociati alla porta, sono riuscito a infilarmi nell'ultimo dei tre e così sono uscito dal borgo».

Come mai i carri non hanno subito il solito controllo all'uscita di un borgo, per giunta in una zona in cui è appena stata sedata una rivolta? si domandò Ian, con la fronte corrugata.

«Credevo di aver avuto una botta di fortuna, di essere stato bravo...» Ty sospirò e concluse: «e invece sono caduto dalla padella nella brace. Me ne sono accorto quando ho visto le uniformi con la Croce dentro il carro insieme al resto della merce».

Ecco perché quei carri viaggiavano di notte e non hanno subito i controlli in uscita, capì Ian nello stesso tempo in cui esclamava: «Sei salito su un carro crociato!»

Ty intuì il rimprovero successivo e tentò di prevenirlo, giustificandosi. «Io non lo sapevo, giuro! Non c'erano simboli sul convoglio e gli uomini non portavano divise, come potevo immaginare?!»

Il suo tono concitato attirò anche l'attenzione di Chailly. Il barone aguzzò le orecchie ma rimase a debita distanza.

«Quando ho capito, era ormai troppo tardi per scendere senza farmi notare, perché alcuni uomini a cavallo si erano aggiunti in coda. È stato così che mi hanno trovato» continuò Ty, con foga.

Ian però stava facendo altre considerazioni inquiete. Perché Gant aveva omesso quel dettaglio? Aveva detto che il ragazzo era stato sorpreso a rubare su un carro: un furto era un reato grave già di per sé, ma un furto commesso ai danni dei crociati diventava mille volte più serio...

Qualcosa non torna, si disse Ian, rabbuiato. «Bada, non mentirmi» ammonì poi rivolto a Ty, mettendo nel tono un certo carico di minaccia per scoprire se il ragazzo cambiava versione con la paura. «Non è così che hanno raccontato la storia a me. Su quel carro sei salito per rubare. Mi risulta che ti abbiano trovato con le mani dentro un sacco di denaro».

«Non è vero!» gemette Ty, ora spaventatissimo. «Ero salito sul carro solo per scappare dal borgo! I crociati invece mi hanno trovato, interrogato, picchiato e alla fine legato là dentro per portarmi qui!»

«Osi dire che il barone di Gant mi ha mentito?»

Ty deglutì, messo sempre più in difficoltà. «Sul carro il denaro c'era, signore» ammise. «Io però l'ho visto soltanto più tardi. Stavo cercando di liberarmi dalle corde, facevo il diavolo a quattro, ma sono riuscito solo a farmi male e a rovesciarmi addosso uno dei sacchi». Mostrò a Ian i polsi feriti in profondità dalle corde. «Così ho visto le monete e i gioielli, ma di sicuro io non avevo in mente di rubarli. Volevo solo scappare via il più lontano possibile».

«Quali gioielli?»

«Fibbie, collane, roba d'oro. Il carro era pieno a metà, ma non so da dove venisse tutta quella roba. I crociati erano inferociti quando hanno trovato il sacco rovesciato». Rabbrividì.

Ian capì che l'episodio era stato la causa di un altro brutale pestaggio, ma cercò comunque di mantenere un'aria severa. «E mi dici che un convoglio così carico di oggetti preziosi è partito di notte, senza insegne e senza croci, con te dentro» riassunse, per tentare di fare chiarezza.

«Sì, signore. Lo giuro su ciò che volete».

Ian aveva la fronte corrugata.

Non poteva escludere che Ty avesse cercato di impadronirsi di un po' di denaro per sopravvivere, ma era abbastanza sicuro che non avrebbe mai tentato un furto in un convoglio di crociati, se solo si fosse accorto di chi stava andando a sfidare.

Quindi se anche il ragazzo mentiva riguardo a come era finito sul carro, era però probabilmente sincero quando diceva che i crociati di quel convoglio non avevano segni distintivi addosso.

Però, ammettendo che il ragazzo dicesse il vero almeno in parte, rimaneva una domanda: perché Gant aveva raccontato una versione così diversa? Perché aveva omesso il dettaglio del carro crociato, quando avrebbe potuto sfruttarlo far pesare molto di più sul Falco d'argento la liberazione del colpevole?

«Quando ti hanno trovato nel carro, hai detto loro che eri un mio uomo?» domandò Ian, cercando di chiarirsi le idee e separare la verità dalle possibili menzogne.

«Sì» ammise Ty con vergogna. «Ho tentato di tutto per impressionarli e convincerli a lasciarmi andare, ma li ho solo indispettiti di più».

«Perché dici questo?»

«Perché quando vi ho nominato sono diventati molto più cattivi». La voce di Ty ebbe un nuovo brivido nel ricordare quel dettaglio. «Hanno provato a farmi cambiare versione, ma io ho riferito di quella notte in Linguadoca... quella che mi ha raccontato sir Daniel, che era con voi. I crociati conoscevano l'episodio e quindi si sono convinti che anch'io fossi un vostro uomo. Per un momento ho creduto che volessero ammazzarmi... invece mi hanno ributtato sul carro, legato come un salame».

Perché? continuava chiedersi Ian, sempre più perplesso da quella storia sbilenca, ed era così assorto sulla questione da lasciar correre le espressioni un po' troppo moderne del ragazzo e anche tutte le domande che avrebbe dovuto fargli in qualità di Falco d'argento sulla sua presenza a Pienne, la sera della battaglia sul fiume.

Ty, dal canto suo, sembrava sperare con tutto il cuore di poter evitare l'argomento, probabilmente confidando nel fatto che il Falco non l'avesse riconosciuto quella notte al buio o che "sir Daniel" avesse già raccontato qualche scusa valida per giustificare anche quell'episodio.

Ian si voltò indietro a cercare con gli occhi il barone di Chailly. Il bretone si avvicinò, interpretando al volo la richiesta del suo signore, e Ian lo mise al corrente dei dettagli essenziali di quella conversazione.

Chailly rimase in silenzio per un po', meditando come Ian su quella strana faccenda. «Com'erano le monete insieme ai gioielli?» domandò alla fine.

Ty scosse la testa. «Non le ho viste bene. Fuori era l'alba e c'era solo la poca luce che filtrava attraverso la copertura del carro. Al mattino poi, quando hanno scoperto il sacco rovesciato, i crociati hanno subito messo via tutto al sicuro, oltre a darmi un'altra ripassata, quei bastardi». Il ragazzo s'interruppe per fare un respiro profondo e cacciare giù l'indignazione, poi rispose alla domanda. «Sembravano monete di due tipi diversi: su alcune era inciso un cavaliere, una mezzaluna e forse anche una stella; sulle altre c'erano delle righe verticali. Quelle a righe erano anche un po' più grandi».

«Monete di Tolosa e di Aragona» dedusse Chailly.

Ian fu d'accordo col suo vassallo. Il cavaliere con la stella e la mezzaluna era il sigillo di Raimondo di Tolosa, mentre alcune monete aragonesi portavano lo stemma a righe di re Pietro. Le aveva viste lui stesso a Pienne, quando aveva consegnato a Gant l'oro sottratto agli occitani, al fiume.

«Bottino di guerra» disse ancora Chailly, seguendo probabilmente le stesse associazioni di idee del suo signore. «I crociati ne hanno raccolto parecchio, durante tutta la campagna militare, e non hanno ancora finito, con tutte le repressioni ancora in corso».

«Sì, ma il bottino di guerra viene spartito sul posto, alla luce del sole» obiettò Ian. «Una parte va alla Chiesa, una parte è divisa tra i condottieri presenti e i loro uomini e quello che resta va a Montfort, a Tolosa. In un modo o nell'altro viaggia sotto le insegne della Croce e poi il territorio tutto intorno a Roquemar è sotto il controllo dei crociati: perché gli uomini del convoglio avrebbero dovuto nascondere le divise per viaggiare?»

«Quindi il ragazzo mente?» concluse Chailly.

«No!» protestò Ty, con rabbia e paura.

«Forse, ma non ne sono convinto» disse Ian, pensoso. Qualcosa gli sfuggiva ancora e non riusciva a capire cosa; un dettaglio che poteva dare un senso a tutto il mosaico, facendone combaciare i pezzi apparentemente sparsi.

«Gant ha detto che il ragazzo è stato colto in flagrante mentre rubava e non ha menzionato il fatto che il carro fosse dei suoi uomini» rifletté alla fine Ian ad alta voce, cercando di riprendere la storia da capo e vagliarla di nuovo da tutti i punti di vista.

«Che motivo aveva di dire il falso, sapendo che il ragazzo veniva via con noi e poteva riferire una versione diversa?» osservò Chailly.

«Io dico la verità e lui mente!» si difese Ty. «Avrà pensato che comunque non mi avreste creduto».

No, neanche quello era possibile, pensava però Ian. Gant era convinto che Ty fosse l'uomo di fiducia del Falco d'argento, la sua spia in terra straniera, non poteva pensare che il suo racconto sarebbe stato bollato tanto facilmente come falso. Da quel punto di vista aveva ragione Chailly: Gant non aveva motivo di mentire.

Eppure allo stesso tempo Ian non poteva nemmeno credere che Ty avesse inventato una storia così lontana dal vero. D'accordo, era stato bravo nel far credere ai crociati di essere più di quello che era, ma in questo caso anche lui poteva essere smentito subito e da uomini ben più autorevoli, come ad esempio un luogotenente crociato. Non poteva pensare che il Falco d'argento avrebbe dato più credito a lui che al barone di Gant.

Dov'è la verità in questa faccenda? si domandò Ian.

In quel momento, i soldati che aprivano il gruppo lanciarono un richiamo d'allarme. Ian spostò lo sguardo avanti, con già tutti i sensi tesi. «Che succede?»

«Un uomo a cavallo ci viene incontro, signore!» gli rispose un soldato e indicò una sagoma sulla strada davanti a loro.

Imitando Chailly, tutti i francesi portarono le mani alle armi, spade, archi o balestre. Ty si aggrappò alla sella, spaventato.

Ian aguzzò la vista e individuò subito il cavallo e il suo cavaliere. L'animale procedeva stanco, a fatica, sembrava azzoppato. Il suo padrone si erse sulla sella quanto poté, quando vide il gruppo armato davanti a lui, e alzò un braccio con un gesto concitato di saluto.

«Ma è Beau!» esclamò Ian, spalancando gli occhi.

Capitolo 23

Nel momento stesso in cui vide il suo scudiero arrivare da solo, arrancando trafelato su un cavallo zoppo, Ian ebbe la certezza che tutte le sue precauzioni non erano servite a niente, che qualcosa era andato storto e che una catastrofe di qualche genere incombeva su tutti loro.

Spronò subito il palafreno verso Beau e Chailly gli tenne dietro, lasciando tutti gli altri uomini a fare quadrato in mezzo alla strada, armi alla mano, pronti a tutto.

Ian chiamò il ragazzino. «Dov'è Daniel?» gli chiese, prima ancora di informarsi su cosa era accaduto.

Beau fermò il cavallo accanto a quello del suo signore, mentre anche Chailly sopraggiungeva e gli si fermava dall'altro lato. «Gli occitani! Arrivano!» esclamò senza fiato. «Sono dietro di me! Mi dispiace, pensavo che fosse una buona idea venire attraverso il bosco, ma il cavallo si è azzoppato in una buca e ho perso tutto il mio vantaggio. Tra poco saranno qui!»

«Gli occitani?» ripeté Ian.

«Quel cavaliere, Roquemar, è lui che li guida. Sono in dodici e armati fino ai denti. Stanno cercando voi!»

«Dov'è Daniel? Perché non è con te?»

«È stato lui a dirmi di correre ad avvertirvi, mentre cercava di frenare gli occitani o di fermarli. Io però ho sentito nitrire molti cavalli alle mie spalle, e credo che siano loro. Sir Daniel non ce l'ha fatta!»

Ian alzò gli occhi verso la strada di terra battuta alle spalle dello scudiero: si perdeva in mezzo ai boschi subito dopo una curva e tutto intorno non vi erano che piante altissime e intricate, colline scoscese e avallamenti altrettanto aspri. L'ultimo luogo abitato, l'avevano lasciato a Morges, alle loro spalle, molto tempo prima.

«Signore, siamo in mezzo al niente» disse subito Chailly, valutando con urgenza tutte le direzioni. «E loro sono più di noi, se vengono con intenzioni ostili».

Ma Ian in quel momento stava pensando solo a Daniel, chiedendosi col cuore in gola dove fosse finito, cosa gli fosse accaduto. L'idea che fosse rimasto da solo, ad affrontare un intero drappello di potenziali nemici, lo atterriva.

«Signore!» insisté Chailly.

Ian dovette scuotersi. Guardò indietro, verso gli uomini ancora fermi in attesa di ordini, e poi di nuovo davanti a sé. «Non abbiamo modo di evitarli».

«Nemmeno se ci nascondiamo nel bosco?» propose Beau.

Ian scosse la testa, con gli occhi sempre fissi avanti a sé. «È troppo tardi».

Anche Chailly si voltò. Sulla curva della strada erano comparse alcune sagome nere, che si muovevano veloci. Passò qualche istante e le sagome assunsero l'inconfondibile forma di uomini a cavallo: i primi due ne precedevano alcuni altri, in formazione serrata, tutti avvolti in ampi mantelli da viaggio, ma senza alcun bagaglio o carro che ne potesse rallentare la marcia. Non erano mercanti o pellegrini, lo si vedeva, erano armati che puntavano dritti verso una meta precisa.

«Chiamate gli uomini, proseguiamo il cammino e andiamo loro incontro» ordinò Ian a Chailly. «Sono più di noi, ma non in rapporto proibitivo. Se dovessimo arrivare alle armi, nemmeno loro se la caverebbero a buon mercato, quindi io credo che converrà a tutti parlamentare».

«Possono avere dei rinforzi in mezzo alla vegetazione» osservò il barone.

«E allora, a maggior ragione, non avremmo posto in cui poterci nascondere. Li affronteremo sulla via. Proteggete Beau e l'altro ragazzo».

«Come volete, signore».

Mentre Chailly tornava indietro a portare gli ordini agli uomini, tirandosi dietro Beau e il suo cavallo zoppo, Ian rimase a guardare gli armati andargli incontro. Si abbassò il cappuccio del mantello e si scoprì il capo. La pioggia si era esaurita in silenzio sommesso, ma Ian voleva soprattutto farsi riconoscere subito. L'avrebbero individuato ugualmente dalla statura, ma lui voleva segnalare al nemico e ai suoi uomini di non avere né paura né intenzione di fuggire o di nascondersi. Il Falco d'argento aspettava in campo aperto qualsiasi minaccia.

Nel petto però il cuore stava battendo più veloce, mentre la tensione saliva.

Il drappello ancora sconosciuto rallentò il passo quando scorse i francesi lungo la via. Ian vide il capogruppo alzare un braccio nell'ordine inequivocabile di frenare la corsa al galoppo e contemporaneamente avvertì Chailly avvicinarsi con il resto degli uomini, compatti alle sue spalle.

Senza dir niente, Ian spronò leggermente il palafreno per fargli riprendere il cammino. Tenne le redini con la destra, mentre con la sinistra scostava il mantello quel tanto che bastava per liberare la spada allacciata in cintura, poi passò di nuovo le redini di mano per essere pronto a impugnare l'arma in qualsiasi momento.

I due gruppi si andarono incontro a passo lento, guardingo. Ian riconobbe ben presto il volto di Roquemar, sotto il cappuccio del primo uomo davanti a tutti.

Maledetto, se hai fatto del male a Daniel, ti ammazzerò con le mie stesse mani! promise in silenzio, tuttavia fece segno ai suoi di spostarsi il più possibile di lato, come per non intralciare l'altro drappello e lasciarlo libero di proseguire per la sua strada.

Sapeva che gli occitani non avrebbero tirato dritto ignorandoli ed ebbe ragione. Gli altri uomini non si spostarono per passare più agevolmente sul lato di strada lasciato sgombro, ma si allargarono invece per occupare tutta la carreggiata e sbarrare il passaggio.

I soldati di Ian si allargarono perciò di nuovo, a un cenno di Chailly, per formare un fronte deciso alle spalle del loro signore e non ostacolarsi durante un potenziale, imminente attacco.

Francesi e occitani si fermarono gli uni di fronte agli altri, poiché nessuno dei due gruppi aveva spazio per proseguire oltre. Tutto intorno a loro c'erano solo foglie e rami gocciolanti, odore di terra bagnata e un silenzio assoluto, come se gli alberi imponenti stessero trattenendo il fiato.

Ian si staccò dai suoi uomini, seguito da Chailly. Roquemar fece altrettanto e si fermò di fronte ai due cavalieri francesi.

Fu lui il primo a parlare. «*Monsieur* de Ponthieu, vi aspettavo» annunciò con un mezzo sorriso soddisfatto. «Mi fa piacere che abbiate deciso di non rendere questo incontro più difficile».

Ian scrutò gli occitani uno a uno, prima di replicare. Erano in dodici, come aveva detto Beau, e non avevano prigionieri con loro. «Dov'è sir Daniel? Avreste dovuto trovarlo sulla vostra strada».

Roquemar sembrò sorpreso dalla domanda e per qualche istante spostò a sua volta l'attenzione sui compagni del suo interlocutore. «Avrei giurato di vederlo alle vostre spalle, ma mi accorgo di aver scambiato una persona per un'altra» rispose, riferendosi senza dubbio a Ty, rimasto più lontano, poi riportò lo sguardo su Ian. «Non so niente del vostro amico. Se doveva essere sulla strada, noi non l'abbiamo incontrato».

Sembrava sincero, ma Ian non riuscì a fidarsi. Se Daniel non era stato preso o ucciso dagli occitani, allora dov'era? Gli sembrava assai poco plausibile che l'amico fosse scappato chissà dove, anche se ne aveva senza dubbio una comoda possibilità grazie a *Hyperversum*. Conoscendo Daniel, sarebbe stato molto più probabile che tentasse qualsiasi cosa pur di mettersi in mezzo in quel confronto che non si prospettava affatto amichevole.

Allora dov'è? si domandò Ian. Aveva trovato altri pericoli lungo la strada, senza che nessuno degli occitani se ne accorgesse? La cosa era ancora meno credibile della sua fuga.

«Se non è con voi, allora devo andare a cercarlo» riprese Ian, sbrigativo, con l'inquietudine che montava a ogni istante. «Ditemi cosa volete da me e salutiamoci, *monsieur*. Ho molta fretta e tanta strada da fare. Vorrei rimettermi in marcia il prima possibile e l'assenza del mio compagno d'armi è già un contrattempo abbastanza fastidioso».

«Non ci vorrà molto, se vi mostrate accomodante» replicò Roquemar e alzò il dito a indicare qualcosa alle spalle di Ian. «Basterà che ci lasciate lui e voi potrete proseguire anche subito».

Ian si voltò per scoprire che l'occitano stava indicando Ty.

«Lui?» domandò esterrefatto.

Ty era diventato bianco come un lenzuolo, nel vedersi indicare da lontano.

«La vostra spia mi serve. Voi ne avete tante, potete fare a meno di una per un po'» proseguì Roquemar. «Vi avrà già riferito quello che vi serviva sapere, adesso farà il resoconto a me. Quando non avrò più bisogno di lui, ve lo rimanderò tutto intero e senza un graffio, ve l'assicuro».

«Quel ragazzo non è una mia spia» disse Ian, ma capì subito di non essere affatto convincente.

«Come no? Vi state senza dubbio sobbarcando la fatica di un viaggio di una decina di giorni, tra andata e ritorno, solo per venire a Morges a reclamare la libertà per uno sconosciuto» gli rammentò infatti Roquemar, sarcastico.

Tecnicamente è proprio così, pensò Ian, ma sapeva anche di non poterlo dire, perché non aveva prove per dimostrarlo. «Ciò che io faccio del mio tempo e delle mie energie non vi riguarda» rispose invece. «E scordatevi che io vi consegni uno qualsiasi dei miei uomini. Se avete qualcosa da chiedere al mio famiglio, fatelo qui adesso e poi lasciateci il passo».

La risposta scontentò gli occitani, che tuttavia non si mostrarono sorpresi. Sembrava che si aspettassero la resistenza dei francesi e infatti si tesero ancora di più, pronti a intervenire. Dietro a Ian, gli uomini di Ponthieu e di Montmayeur fecero altrettanto.

«Mi dispiace, non è una faccenda che si possa sbrigare con un colloquio così frettoloso» disse Roquemar e il sorriso era scomparso dalla sua faccia per lasciare il posto solo a una determinazione ferrea. «Da mesi sono sulle tracce di Gant e non mi lascerò scappare questa occasione».

«Che cosa c'entra il barone di Gant adesso?»

«Andiamo, Ponthieu, non fate l'ingenuo con me. Sapete quanto me cosa fa Gant con il bottino raccolto nelle sue scorrerie o non avreste mandato qualcuno a tenerlo d'occhio. Il vostro uomo là dietro non è certo venuto ad ammirare le bellezze del meridione».

Ian ricordò in un lampo i sacchi d'oro e gioielli menzionati da Ty. «Non so nemmeno di che parlate» disse, per prendere tempo e cercare di capire. «Il bottino dei crociati viene spartito secondo regole rigide. Una parte va alla Chiesa, una parte ai condottieri...»

«Non prendetemi in giro!» Roquemar scattò, interrompendo la spiegazione con la quale Ian cercava soprattutto di chiarire quello strano enigma a se stesso. «Ciò che viene spartito è solo quello che resta dopo che Gant ha nascosto quanto più ha potuto. Quella carogna assolda fanatici, devasta le nostre città e mette al rogo la nostra gente innanzitutto per il suo tornaconto personale! E voi lo sospettate o lo sapete da quando gli avete consegnato l'oro a Pienne o non avreste fatto spiare Gant così a lungo».

La sorpresa tolse a Ian il fiato per qualche istante. «Che... prove avete per dimostrare quello che affermate?» domandò, quando poté mettere insieme le parole.

Roquemar fece un gesto nervoso. «Prove? Credete che sarei qui, se avessi prove da poter esibire a Roma o anche solo al vostro re e così far giustiziare Gant come merita? Ma so quello che racconta la gente delle nostre città, quando ha la fortuna di vivere abbastanza da poter assistere alle spartizioni, e i conti non tornano! Un forziere che ha bisogno di due uomini per essere rubato al suo legittimo proprietario viene portato in braccio da un solo soldato al cospetto di Montfort: perché improvvisamente pesa la metà?»

Perché i crociati di Gant viaggiavano senza insegne o simboli distintivi nella loro stessa terra? si domandò Ian in contemporanea. *Avevano qualcosa da nascondere a Montfort e ai suoi?*

«Ho già dovuto assistere impotente per troppo tempo, adesso voglio la vostra spia e tutte le informazioni che ha potuto raccogliere prima di essere arrestata» continuò Roquemar, minaccioso. «Io so che ha visto la refurtiva su un carro, so che cosa ha detto quando lo hanno interrogato. Per riferirmi queste informazioni un uomo si è trascinato fino a me pur avendo costole e un braccio spezzati dalle torture, quindi adesso non cercate di farmi credere che il vostro cosiddetto famiglio non sa niente di niente».

Un'altra tessera del mosaico andò al suo posto tra i pensieri agitati di Ian. Ty aveva detto che nelle segrete di Morges era stato torturato un occitano, nella cella accanto alla sua. Il ragazzo aveva potuto udire gli interrogatori brutali a cui l'uomo era stato sottoposto, quindi anche l'altro prigioniero aveva potuto fare altrettanto. Si erano persino intravisti quando l'occitano era stato rimesso in libertà, poi senza dubbio l'uomo era andato a riferire tutto a Roquemar.

Liberato dagli stessi crociati, notò Ian e il dettaglio lo inquietò ancora di più. *Perché l'hanno lasciato andare, se era un compagno di Roquemar? Si sono persuasi di aver sbagliato persona? Quell'uomo è stato così convincente anche se sottoposto a tortura?*

«Io non so quali pressioni avete fatto a Morges per farvi ridare il vostro uomo vivo» stava intanto continuando il cavaliere occitano e il suo discorso irato impediva a Ian di concentrarsi sul filo delle ipotesi. «Posso solo immaginare che sia stato persuasivo quando l'hanno arrestato, che sia più abile di quello che sembra dalla sua faccia o che comunque non abbia trovato nemmeno stavolta prove concrete che possano impensierire Gant».

«Vi dico che il ragazzo non sa niente di questa storia» ribadì Ian. «È stato arrestato solo per una serie di reati minori».

E i crociati lo hanno lasciato sul carro insieme al bottino, anche dopo aver saputo che era un mio uomo, quindi quella roba non era affatto compromettente, rifletté in contemporanea. *Oppure pensavano che Ty sapesse già tutto*, si disse però subito dopo.

In quel caso però, era pura follia che Gant avesse lasciato andare chi riteneva essere una spia del Falco d'argento. Oppure il crociato contava davvero e semplicemente sul fatto che Ty non avesse prove da esibire per una denuncia?

«E per dei "reati minori" Gant vi ha fatto scomodare fin qui? E voi lo avete anche assecondato, invece di mandare uno dei vostri ufficiali!» obiettò Roquemar, sempre più scuro in volto.

No, Gant non voleva consegnare Ty a Chailly perché voleva sentirmi chiedere scusa, pensò ancora Ian, ma non avrebbe mai rivelato all'occitano quel dettaglio. Si sentiva in difficoltà, piuttosto, perché quella dannata faccenda continuava a non combaciare da nessuna parte, nonostante tutti gli elementi nuovi portati da Roquemar. «Consideratelo un eccesso di zelo da parte mia» cercò di giustificarsi. «Quel ragazzo mi sta a cuore e quindi...»

«Non trattatemi da idiota con queste ridicole scuse. Inventate qualcosa di meglio se volete convincermi». Spazientito, Roquemar sguainò la spada e tutti i suoi uomini impugnarono le armi, innescando la reazione immediata dei francesi. Da ambo le parti comparvero le spade e le balestre, puntate contro il nemico.

«Fermatevi!» cercò di intervenire Ian, ma la rabbia di Roquemar era incontenibile e trascinava con sé quella dei suoi uomini.

«Badate: è grazie a voi se sono ancora vivo, ma questo non mi tratterrà dall'usare le cattive maniere, se mi costringete a farlo» minacciò il cavaliere occitano. «Voi non avete visto bruciare i vostri parenti, distruggere la vostra casa, massacrare i vostri compatrioti. Io sì e a farlo è stato quel figlio di cane che mi avrebbe impiccato sotto le mura di Pienne, quindi adesso sono disposto a tutto pur di mandarlo dal boia, se non posso ucciderlo con le mie stesse mani. Vedete di collaborare e potrete andarvene senza colpo ferire. Gant e i suoi complici pagheranno col sangue i loro crimini, ma nessuno dei vostri uomini avrà a soffrirne, ve l'assicuro».

Ian tacque, sempre più sulle spine, poiché per niente al mondo avrebbe potuto accettare la richiesta di Roquemar e lasciare Ty Hamilton nelle mani degli occitani, specie sapendo che la cosiddetta spia non aveva proprio un bel niente da raccontare. Eppure sembrava non esserci altra via d'uscita, se non combattere per andarsene da quel luogo con il ragazzo. Le perdite sarebbero state drammatiche da entrambe le parti.

Che cosa racconto a costoro, adesso? si domandò Ian, cercando febbrilmente un'altra argomentazione, ma il suo silenzio agitato finì per insospettire definitivamente Roquemar.

«Perché tacete? Devo capire che siete colpevole anche voi? Che vi siete accordato in qualche modo con Gant e i suoi assassini?» accusò il cavaliere occitano e un lampo d'intuizione passò nei suoi occhi neri. Avvicinò il cavallo, minaccioso. «Forse è questa l'unica spiegazione al vostro viaggio, al fatto che abbiate potuto riprendervi il vostro uomo vivo. Siete una volpe, potreste davvero averlo fatto: con le prove in mano avete ricattato Gant e preteso la vostra parte del bottino».

«Come osate?!» protestò Chailly indignato, ma Roquemar lo ignorò per fissare solo Ian, contro cui ora brandiva la spada.

«Non dite sciocchezze» reagì quest'ultimo, offeso, ma l'occitano insisté. «È così? Vi siete alleati? Può essere una versione plausibile dei fatti. Gant non perdona i suoi nemici, altrimenti».

«Chiedete immediatamente scusa per questa offesa, signore!» minacciò Chailly, ma Ian invece era rimasto ammutolito.

Una frase aveva fatto finalmente luce. L'intero mosaico degli eventi si era composto di colpo, netto, terribile, con una sola idea: *Gant non perdona i suoi nemici.*

Ian si sentì raggelare, perché individuò la mano di Gant dietro a tutto, dietro ogni tassello del mosaico, dietro ogni filo della trama. Si rivide a Pienne mentre giurava a Gant di non dargli tregua, nel caso avesse avuto qualcosa da nascondere.

A distanza di quasi un anno, Gant si era ritrovato in casa una spia di quel Falco del Re che lo odiava e insieme uno di quei ribelli che gli davano la caccia per smascherare i suoi traffici illeciti. Forse aveva creduto di essere braccato da entrambe le parti e aveva reagito di conseguenza, sapendo di fare ancora in tempo, perché fino a quel momento non erano state formulate accuse ufficiali contro di lui, il che voleva dire che i sospetti non erano trapelati e che, soprattutto, non c'erano prove.

Jean Marc de Ponthieu, Almeric de Roquemar, la spia del Falco… tre uomini scomodi e ostili di cui il crociato voleva sbarazzarsi prima che fosse troppo tardi per metterli a tacere.

Non era difficile.

Bastava attirarli insieme nello stesso posto, possibilmente in un luogo deserto, in una regione impervia percorsa da scorribande di briganti o da tafferugli causati dagli eretici ribelli, e con qualche pretesto aizzarli uno contro l'altro.

Poi ucciderli tutti.

Ian estrasse la spada.

«È un agguato!» esclamò, guardando tutto intorno il bosco silenzioso, scuro, intricato, pieno di nascondigli. Quanto mancava prima dell'attacco? Minuti? Secondi? Era già troppo tardi per fuggire o mettersi al riparo?

Il cavallo scalpitò spaventato. Chailly trattenne il suo con pugno di ferro, brandì la spada pronto a tutto, eppure non aveva ancora compreso la verità. Nessuno l'aveva fatto. Gli armati rumoreggiarono ed erano sul punto di gettarsi gli uni contro gli altri, mentre la tensione saliva.

«Io non faccio imboscate: sono ancora disposto a lasciarvi andare senza combattere se dimostrerete la vostra buona fede e mi consegnerete adesso la vostra spia» affermò Roquemar, con la spada tenuta a braccio teso verso il capo dei suoi avversari, e quella era la sua ultima proposta, poi sarebbe stata guerra aperta.

«Non avete capito niente!» gli gridò contro Ian e fece un gesto esasperato per accomunare i presenti, occitani e francesi, in un unico gruppo. «*Noi tutti* siamo caduti in un agguato! Gant ci ha voluto qui per eliminarci!»

Chailly sobbalzò e cominciò a guardarsi finalmente intorno.

Roquemar rimase del tutto spiazzato. «Cosa dite?»

«Il vostro uomo vi ha tradito. Con le sue informazioni riferite ad arte vi ha attirato qui a morire!»

«Smettetela di prendere tempo, Ponthieu!»

Un sibilo secco, un nitrito e un'esclamazione strozzata troncarono il dialogo come un colpo di mannaia. Ian si voltò in tempo per vedere uno degli occitani accasciarsi sul cavallo con una freccia di balestra conficcata attraverso il collo.

«NO!» urlò, disperato, ma la reazione degli occitani era già scattata e si rivolse con ferocia contro i francesi, poiché la freccia assassina era arrivata proprio da quella parte.

Altre balestre lanciarono i loro proiettili, due francesi stramazzarono al suolo tra gli zoccoli dei loro stessi cavalli, le bestie s'impaurirono e cominciarono a scalpitare, ci furono urla e imprecazioni, Ty cadde di sella in mezzo al trambusto.

Un attimo dopo i due gruppi di armati si erano già confusi l'uno nell'altro tra clangori di spade, grida e nitriti.

Ian stesso dovette difendersi da Roquemar che tentò di approfittare dell'occasione per disarmarlo. Ian riuscì a impegnargli la lama e a contrastare con il movimento del braccio la rotazione intesa a portargli via la spada. Poi piantò gli speroni nei fianchi del suo palafreno e lo incitò a urtare il cavallo del suo aggressore per respingerlo. Roquemar dovette tirare le redini della sua cavalcatura spaventata per farla arretrare e riprenderne il controllo e non riuscì subito a ritentare un secondo assalto.

Ian cercò di rivolgersi a tutti quelli che combattevano davanti, dietro, accanto a lui, da ogni parte. «Fermatevi!» ordinò, ma era nel bel mezzo del tumulto e la sua voce si perse nel clamore generale, del tutto ignorata.

Una freccia lo mancò di poco, una seconda gli sfiorò il cavallo e solo a stento Ian riuscì a non farsi disarcionare. Tutto intorno però gli uomini morivano: un francese cadde con il fianco squarciato da un fendente di spada, due occitani furono sbalzati di sella da più dardi contemporaneamente e persino uno dei loro cavalli crollò al suolo agonizzante, con i polmoni perforati.

Col cuore in gola, Ian vide il massacro attuarsi inesorabile.

Le frecce continuavano a fischiare nell'aria e avevano traiettorie impossibili per le balestre degli uomini impegnati in combattimento. Ian guardò il bosco, silenzioso e apparentemente immobile, e come temeva vide almeno due frecce arrivare dalla direzione degli alberi. «Sono in mezzo alle piante!» urlò, ma solo Beau lo udì e si voltò indietro, spaventato. Gli altri, troppo impegnati dal combattimento, non poterono prestare attenzione al grido e continuarono a morire, a volte senza nemmeno capire come.

Anche Roquemar però si era finalmente reso conto dell'attacco a tradimento, proveniente da diverse direzioni. «Mettetevi al riparo!» tentò di ordinare ai suoi uomini, con un gesto ampio della spada, e le sue grida unite a quelle di Ian sortirono qualche effetto. I superstiti dei due gruppi ormai decimati cominciarono a capire la situazione, ma erano impotenti contro le frecce che arrivavano assassine dai punti più impensati, scoccate da nemici invisibili.

«Sparpagliatevi!» aggiunse Ian. «Insieme siete un bersaglio più facile!»

Individuò Beau e Ty in mezzo alla mischia, l'uno in sella al suo cavallo zoppo, l'altro a piedi come un pupazzo sballottato nel tumulto, mentre tentava di non farsi calpestare o colpire per sbaglio.

Cercò di dirigere il cavallo verso di loro, ma fu afferrato da Roquemar per un braccio.

«Giù!» gli gridò l'occitano. Lo strattonò indietro e ricevette in pieno petto la freccia destinata al Falco d'argento.

Ian lanciò un'esclamazione di orrore e di rabbia e si protese verso l'altro cavaliere per tenerlo in sella, quando lo vide crollare in avanti.

L'occitano alzò su di lui gli occhi sbarrati. Aveva perso la spada, conscio di dover morire. «...perdonatemi... non avevo... capito niente...» rantolò, con la bocca già piena di sangue, poi scivolò giù da cavallo.

Ian dovette lasciarlo andare, poiché era troppo pesante per poterlo trattenere con una sola mano libera. Si voltò verso il bosco e scorse alcune sagome muoversi tra gli alberi e nascondersi di nuovo nella penombra, irraggiungibili.

Quando videro il loro capo cadere, gli occitani superstiti abbandonarono la lotta per darsi alla fuga. Ian vide anche Ty mettersi a correre verso gli alberi più vicini e imprecò, poiché il ragazzo era da solo, disarmato e senza la più pallida idea di dove andare. «Tienigli dietro!» urlò a Beau, indicandogli col braccio la direzione del canadese.

Lo scudiero gli obbedì per quanto poté con la sua cavalcatura claudicante, nello stesso istante Thibault de Chailly fu abbattuto dalle frecce del nemico insieme al suo cavallo.

Ian urlò, disperato per la strage dei suoi uomini, e spronò il cavallo, cercando di raggiungere i superstiti. «Fuggite!» ruggì.

Un urto violentissimo lo centrò di lato e gli mozzò il respiro. Subito dopo esplose il dolore, lancinante, inumano, come se muscoli e ossa venissero perforati da un artiglio incandescente.

Ian perse di colpo l'equilibrio, l'orientamento, la facoltà stessa di pensare. Si sentì cadere di sella con una traiettoria di cui non seppe rendersi nemmeno conto e ricadde di peso sulla terra dura e bagnata della strada. Sbatté la testa e la spalla. Qualcosa si spezzò con uno schianto secco e sembrò lacerare ulteriormente la carne già martoriata

Ian non trovò nemmeno il fiato per urlare.

Davanti ai suoi occhi e nei suoi pensieri si fece tutto buio.

Capitolo 24

Quanto tempo trascorse? Secondi? Minuti? Ian non seppe calcolarlo. Passata la prima ondata accecante di dolore, si ritrovò a bocconi sulla strada bagnata, con la mano destra allungata in avanti e ancora stretta intorno alla spada e il braccio sinistro piegato sotto il corpo. Almeno così sospettava, poiché tutta la parte sinistra del torace dava un dolore così atroce da togliere il respiro e il braccio sembrava incapace di muoversi. Ian ne avvertiva più che altro la sagoma, schiacciata tra il petto e la terra della strada, ma non trovò la forza di fare nemmeno un gesto per risollevarsi. La testa pulsava in modo lancinante, doveva aver sbattuto su qualcosa di duro, una pietra oppure semplicemente la terra. I pensieri navigavano confusi tra buio e dolore.

Paralizzato in quella posizione prona, Ian udì il compiersi del massacro fino alla fine, sentì uomini gridare, lottare, correre, cadere, senza capire la direzione dei rumori, o meglio sentendoli arrivare da ogni parte tutto intorno.

Infine ci fu silenzio per qualche istante, un silenzio gelido, freddo, che odorava di sangue e di fango. Ian sentì l'umidità arrivargli alla pelle con due sensazioni distinte: gelida là dove il corpo toccava la superficie intrisa d'acqua della strada, calda sulla schiena a partire dalla spalla sinistra, nell'epicentro del dolore.

Il sangue usciva copioso dalla ferita capì il giovane, poi però udì passi e voci avvicinarsi in fretta. Qualcuno gridò: «Inseguiteli! Non ne deve sfuggire nemmeno uno!»

Alcuni uomini risposero da più parti, avevano voci con diversi accenti regionali, ma indubbiamente francesi. Subito dopo si udirono passi di corsa e persino il galoppo di qualche cavallo. Gli aggressori si allontanavano per dare la caccia ai superstiti, ma qualcuno era rimasto sul terreno del massacro e Ian ne udì i passi calmi e le parole.

«Dov'è il capo occitano?»

«Non lo vedo. Eppure sono sicuro di averlo colpito. L'ho visto cadere».

«Aspetta. Eccolo là».

Quanti erano? Ian sentì almeno due voci distinte, ma i passi sembravano quelli di più uomini. Tre? Quattro?

Di sicuro comunque erano rimasti lì per accertarsi di aver ucciso davvero tutti. Ian strinse lentamente la mano sulla spada e cominciò ad avvicinarla al corpo, lentamente, per non farsi scoprire. Provò anche a far leva sul braccio sinistro, ma i muscoli non volevano obbedirgli. Solo al terzo tentativo percepì il pugno sinistro chiudersi sotto il peso del torace. Cercò di spingervi sopra per risollevarsi almeno un po', ma il dolore che gli attraversò la schiena gli riempì gli occhi di lacrime.

Era inchiodato a terra, nelle mani dei suoi carnefici, capì con terrore.

Non voglio morire così! pensò, con il cuore che gli mozzava il respiro, tanto era violento il battito. Aprì gli occhi, ma vide solo la sua stessa ombra, cadaveri e i primi cespugli del bosco proprio a poca distanza. Potevano essere un nascondiglio, la salvezza, ma erano irraggiungibili se doveva strisciare fin là. I nemici erano fuori dal suo campo visivo, sentiva le voci provenire dalle sue spalle.

«È morto, il bastardo, finalmente».

«Sicuro che non respiri più?»

«Con una freccia piantata in corpo a quel modo, vorrei vedere! Comunque sia, tanto per essere certi...»

Un sibilo leggero nell'aria, il rumore vischioso di una lama che tranciava carne e ossa e si conficcava nel terreno.

Ian rabbrividì fin nel profondo del suo essere. Tese tutti i muscoli, nonostante il dolore, con il panico addosso, ma si mosse di neanche una spanna. Il corpo sembrava di piombo e lo teneva lì, inerme, nel fango.

«Ecco, adesso è morto di sicuro. Che vada all'inferno con la sua anima di eretico».

Qualcuno sghignazzò oscenamente.

Un altro rumore, questa volta accompagnato da un gorgoglio di agonia.

«Che succede là?»

«Ce n'era uno vivo».

Una terza voce, più lontana. Erano almeno tre gli assassini che si aggiravano in mezzo ai cadaveri.

Ian ritentò di spostare il proprio peso sul braccio sinistro. Ora sentiva la mano muoversi meglio e riuscì persino a sganciare la fibbia che gli teneva il mantello fradicio allacciato al corpo. Contrasse la gamba destra per poter fare leva. Ci riuscì poco alla volta, sia perché non doveva fare gesti bruschi per farsi notare prima del tempo, sia perché comunque non ce la faceva a muoversi più in fretta, nonostante desiderasse con tutte le sue forze di potersi almeno alzare per difendersi.

Invocò il cielo con tutte le parole che conosceva.

Almeno fammi alzare! supplicò. *Non farmi morire qui per terra come un animale da macello!*

Il panico cresceva, era una frenesia che gli contorceva lo stomaco e gli entrava nei muscoli intorpiditi.

«Manca la schifosa spia. Che fine ha fatto? Da giorni ho voglia di staccargli dal collo quella sua finta faccia da innocente».

«Non lo vedo qui in giro. Ma se anche è fuggito non arriverà lontano, vedrai. E comunque io resto della mia idea: quel tizio non era così furbo come pensava il barone durante gli interrogatori a Morges. Era terrorizzato davvero, te lo dico io».

«Be' meglio morto che vivo».

Una pausa di silenzio, mentre i passi risuonavano ovattati e calmi sulla terra bagnata.

«Ecco il Falco. Laggiù».

Ian sentì il gelo nelle vene.

«Che fine ingloriosa per il signor conte! Tante eroiche imprese per finire ammazzato dai cosiddetti ribelli occitani lungo la strada. Chissà se re Filippo vorrà vendicare la triste perdita?»

La voce si avvicinava rapida da dietro.

«Se così fosse, meglio per noi. Finalmente ci darebbe una mano a finire questa guerra».

Ian vide comparire l'ombra del suo carnefice sul terreno davanti a lui. Il sole basso l'allungava a dismisura, o almeno così sembrava al suo sguardo spaventato: sembrava un gigante armato di spada.

Trattenne il respiro, ma sapeva che non sarebbe servito a niente fingere di essere morto. Adesso tutto il corpo era teso come una corda d'arco; muscoli e nervi facevano male.

«Tanto per essere certi...» ripeté l'assassino, con sarcasmo, e Ian poté vedere l'ombra del braccio armato alzarsi per portare la spada alta sulla testa come una mannaia.

Il colpo calò sibilando.

Ian rotolò sul fianco sinistro con uno scatto atroce, che gli strappò un grido, e contemporaneamente vibrò un fendente alla cieca con la sua spada. La lama incontrò il braccio teso dell'assassino sbilanciato in avanti sulla sua vittima, gli tranciò la carne fino all'osso e forse gli ruppe il gomito, ma solo dopo Ian prese coscienza del rumore secco. Seguendo soltanto l'istinto, alzò il piede e centrò il ginocchio dell'aggressore con tutta la forza che poté trovare, piegandoglielo in un angolo innaturale.

L'uomo crollò a terra urlando.

Ian rotolò di nuovo fino a potersi mettere sulle ginocchia. Fortunatamente aveva potuto lasciare il mantello incollato alla strada bagnata e, aiutandosi coi gomiti e con le mani, scivolando e strisciando, riuscì ad alzarsi in piedi, ignorando il dolore o forse reso folle da esso, come un animale ferito, disposto a tutto pur di salvarsi la vita. Non ragionava, sopravviveva con la spada stretta convulsamente nella mano.

Un secondo uomo lo aggredì di lato, ma Ian riuscì a deviare la sua spada tesa con la sua e si scostò di lato. Nell'impeto dell'attacco il nemico gli si era avvicinato, Ian ruotò a metà su se stesso per dare maggior slancio al braccio destro e colpì senza mirare. Centrò l'uomo in pieno volto, in parte con l'elsa e in parte con la lama della spada. Una pioggia di sangue schizzò nell'aria, Ian disimpegnò la spada e la piantò nel costato del suo nemico.

L'assassino cadde tra gli altri cadaveri.

Stremato dal dolore, confuso, barcollante, Ian si voltò per trovarsi di fronte il terzo nemico, accorso da poco lontano, ma stavolta non ebbe la forza di risollevare la spada abbastanza in fretta.

L'altro invece aveva già la sua ben alta sopra la testa, per colpire a morte.

Un sibilo e un urlo.

L'assassino vacillò con una freccia di balestra piantata nella coscia. Abbassò gli occhi d'istinto per guardare la ferita, perse la posizione d'attacco; quando risollevò gli occhi, Ian gli si era già gettato addosso alla cieca, con un grido disperato.

Finirono giù, uno sull'altro, ma Ian aveva entrambe le mani serrate sull'impugnatura della spada che aveva affondato nel petto dell'aggressore. L'uomo gli morì sotto, con uno spasimo brevissimo.

Ian si appoggiò sulla spada piantata nel nemico e nella terra per fare leva e rimettersi in piedi, ma una volta dritto sulle gambe mantenne a stento l'equilibrio.

Girandosi, trovò Ty Hamilton in ginocchio in mezzo ai cadaveri stesi al limitare del bosco, con le mani serrate sulla balestra che doveva aver trovato e raccolto dal suolo.

Ian non poté prestargli attenzione in quel momento. L'uomo che aveva buttato giù per primo stava cercando di rialzarsi, forse per attaccare, più probabilmente per tentare la fuga, viste le sue condizioni già critiche.

Ian estrasse la spada dal cadavere steso a terra e si diresse furioso verso quello che avrebbe potuto essere il suo carnefice. «...tanto per essere certi...» ringhiò con il poco fiato che gli rimaneva, mentre alzava la spada. Poi calò la lama tra il collo e la spalla del nemico, che già gridava di terrore.

Rimase il silenzio.

Il suono del suo stesso respiro affannato guidò Ian verso pensieri più razionali, poco alla volta. La lucidità si fece strada tra il panico, la furia e il dolore e lo fece voltare a guardare i tre cadaveri che aveva appena lasciato sul terreno. Poi alzò lo sguardo su Ty.

Il ragazzo era cinereo e lo fissava con gli occhi sbarrati.

Doveva essere uno spettacolo terrificante, si rese conto Ian: sporco, sfinito, bagnato di sangue e di fango, in mezzo a corpi morti, con in mano la spada ancora grondante di rosso. Un bruto medievale, abituato alle armi e alla morte, come tutti quelli che gli giacevano intorno. Lui stesso avvertiva un vago senso di raccapriccio, ma forse era troppo stordito per provarlo davvero, oppure sentiva... cosa? Sollievo per essere ancora vivo? Dolore per i suoi uomini massacrati? Rabbia e rivalsa nei confronti dei loro assassini?

Ebbe la tentazione di ringraziare il cielo per aver ricevuto la forza di salvarsi la vita, non lo fece quando ricordò di aver appena ucciso tre uomini per quel motivo. Si vergognò per aver avuto un pensiero tanto blasfemo e il raccapriccio stavolta si fece più vivo tra gli altri sentimenti.

Ty non fu capace di dirgli niente; gettò via la balestra come se fosse incandescente, poi corse a vomitare dietro un albero.

Ian avrebbe voluto andare a confortarlo, ma poi per dirgli cosa? Vacillò sotto il peso del dolore, adesso insopportabile, e si accasciò su un fianco, senza un gemito, le ultime forze ormai prosciugate. Perse la spada, ma non riuscì a raccoglierla. Si rannicchiò sul fianco illeso ad ascoltare il cuore che rallentava e le gocce rade della pioggia prossima a ricominciare.

Passò parecchio prima che Ty tornasse da lui e lo toccasse, cautamente, per tentare di riscuoterlo. «*Monsieur?*» chiamò, con voce tremula.

Ian lo udì, ma non gli rispose, non aprì nemmeno gli occhi. Era troppo assorbito dalla sofferenza che irradiava dalla spalla sinistra lungo il braccio e il fianco. La testa pulsava ancora come colpita da un martello.

Ty dovette crederlo svenuto, perché imprecò sottovoce e cercò di scuoterlo con più angoscia. «Andiamo, amico, non morirmi qui adesso!» protestò con terrore, abbandonando il francese e ogni tentativo di dialogo da personaggio medievale.

La sua foga causò dolore a Ian, che si lasciò sfuggire un lamento.

Ty lo lasciò subito, appena lo vide riaprire gli occhi. «Meno male, siete vivo, signor conte! Credevo foste morto per lo sforzo!» esclamò, tornando al francese.

Basta con questa commedia! avrebbe voluto dirgli Ian, troppo sofferente per continuare a recitare la parte del "signor conte" con il ragazzo. «...dov'è Beau?» domandò invece, risollevandosi a fatica sul gomito.

«Chi?»

«Il... mio scudiero... dov'è? L'avevo mandato a proteggerti».

Ty lo guardò rimettersi seduto, senza sapere se sorreggerlo e aiutarlo o evitare di toccarlo per non fargli male. «Non so dove sia. Appena ho raggiunto il bosco mi sono nascosto in un cespuglio e non mi ha visto nessuno perché sono tutti passati oltre».

Dove sarà finito? pensò Ian con una fitta di timore per Beau, rimasto probabilmente solo e braccato dai nemici, come tutti i superstiti dell'agguato. «...dobbiamo andarcene da qui, prima che i complici di quei tre tornino indietro» decise, ma il dolore gli strappò una smorfia appena tentò di alzarsi. Si portò la mano alla spalla ferita, ma non riuscì a raggiungere il punto preciso poiché era in una posizione tale, tra la scapola e l'articolazione del braccio, da rendere ogni movimento una tortura atroce. Sentì solo il bagnato appiccicoso del sangue sui vestiti e tra le dita, ormai aveva la manica completamente inzuppata. «È una freccia?» domandò a Ty, facendogli segno di controllare.

Il ragazzo dovette deglutire prima di avere il coraggio di dare un'occhiata. Lo fece più in fretta che poté ed era di nuovo verdognolo in faccia quando tornò a rivolgersi a Ian. «Sì, signore. Si vede l'asta spezzata, attraverso il buco nei vestiti».

Ian strinse i denti più che poté. «Toglimela di dosso» ansò. «Non arriverò molto lontano altrimenti...»

«Come?!» Ty era sempre più verde.

«Tirala via da lì!» esclamò Ian, con rabbia. «Io non ci riesco da solo!»

Il ragazzo si fece indietro, spaventato. «I-io... è meglio non toccarla, signore! La ferita si allargherà, se estraggo la freccia!»

Ian intuì fin troppo bene che il ragazzo non sapeva affatto se le cose stavano effettivamente così: ripeteva una frase classica da fumetto o da film di cappa e spada, pur di trovare un qualsiasi modo per evitare quel compito spaventoso.

Si arrabbiò con lui per la sua incapacità e allo stesso tempo provò pena. Cosa poteva pretendere da un ragazzo moderno, piombato all'improvviso in un mondo così sanguinoso? Lui stesso, Daniel e tutti gli altri erano stati altrettanto spaventati quando erano finiti lì per la prima volta. Almeno, doveva dare atto a Ty di essere intervenuto per aiutarlo durante il combattimento, nonostante il suo terrore. Quel poco che aveva fatto gli aveva comunque salvato la vita.

«Lascia stare, allora...» sospirò Ian infine. Cercò intorno a sé la sua spada, la trovò e la raccolse. «Trova almeno qualcosa per fare delle bende» disse a Ty, indicando vagamente il paesaggio intorno a loro.

Il ragazzo cercò per qualche minuto tra i cadaveri di uomini e cavalli, come se stesse camminando in un campo minato, però poi tornò con un mantello miracolosamente quasi asciutto.

Chissà di chi era? Di un occitano o di uno dei suoi uomini? si domandò Ian con dolore, ma poi porse a Ty il suo pugnale da cavaliere e gli mostrò come doveva fare a tagliare delle strisce dalle zone più pulite della stoffa. Si fece aiutare a posizionarle sotto i vestiti, intorno all'asta spezzata e piantata nella carne, in modo da poter arginare al meglio la perdita di sangue, anche se sapeva che sarebbe servito a ben poco, se non riusciva a trovare qualcuno che lo curasse. Il resto del mantello, se lo gettò addosso per tentare di difendersi dal freddo che si stava impadronendo di lui.

«Adesso aiutami ad alzarmi» concluse, quando il lavoro fu terminato ed ebbe riposto il suo pugnale in cintura.

Ty lo sorresse col timore di appoggiare le mani in un punto dolente.

Una volta in piedi, Ian si guardò intorno. I tre sicari appena uccisi dovevano senz'altro avere dei cavalli nascosti da qualche parte lì intorno, ma lui non aveva né la forza né il tempo per cercarli, per di più con il rischio di imbattersi negli altri assassini di ritorno dalla loro missione di morte. Per ora l'unica speranza era il bosco: trovarvi una via di fuga inosservata e sperare che i nemici non riuscissero a rintracciarlo prima che lui potesse trovare un luogo civile in cui chiedere aiuto insieme a Ty. A piedi sarebbero stati molto più silenziosi che a cavallo e poi il tramonto era ormai iniziato e il buio sarebbe diventato fitto molto presto. Non agevolava la fuga, ma avrebbe allo stesso modo ostacolato anche le ricerche degli assassini.

In realtà quella era una corsa a tre, considerò Ian, amaro.

Chi sarebbe arrivato per primo? Lui in un luogo sicuro, gli assassini a finire l'opera o l'emorragia a mettere fine alla sua vita anche senza una spada? Di certo, tra le tre parti in gara lui si sentiva il più svantaggiato, forse perché le gambe gli sembravano già così pesanti e i polmoni tanto svogliati nel respirare.

Cercò di scacciare quel pensiero dalla testa e si rivolse a Ty. «Trovati un altro mantello, stanotte farà freddo. E già che ci sei prenditi anche una spada». Mentre lo diceva, si passò la mano sulla testa dolorante e fu sollevato nel non trovare sangue sulle dita. Almeno non aveva ferite alla testa.

«Ma io non...» tentò di obiettare Ty.

«Tu prendila e basta» lo zittì Ian, che non aveva fiato da sprecare per discutere. «Se trovi anche una balestra e una borraccia piena d'acqua o di vino, tanto meglio».

Ty tornò a testa bassa a cercare tra i corpi stesi a terra.

Quando tornò, aveva tutto ciò che Ian gli aveva chiesto, tranne un cinturone dove infilare la spada.

«Mi spieghi come pensi di portarla?» gli fece notare Ian stancamente. Si sentiva in colpa per essere stato tanto brusco con il ragazzo, poco prima, e così cercò di smorzare il tono più che poté.

Per la terza volta, Ty tornò a procurarsi il necessario in mezzo ai morti.

Ian bevve un sorso dalla borraccia. Fortunatamente conteneva vino e quel liquido aspro e forte aiutò Ian a darsi energia, snebbiare i pensieri e anestetizzare un po' il dolore.

Forse, con un po' di fortuna potremmo incontrare qualcuno dei nostri superstiti, pensò il giovane, guardandosi intorno mentre la pioggia cominciava a scendere dal cielo grigioviola. *Ammesso che ce ne siano*, aggiunse però subito dopo. Allo stesso tempo ricordò Daniel e Beau e per entrambi provò angoscia.

Dove saranno finiti? Saranno ancora vivi?

Non aveva modo di accertarsene, poteva solo pregare e sperare per entrambi. Daniel aveva *Hyperversum*; Beau la sua esperienza da ladruncolo vagabondo. Potevano farcela entrambi, potevano salvarsi.

Se non io, almeno loro, invocò Ian in silenzio. *E anche*

questo ragazzo innocente, aggiunse nel vedere Ty tornare da lui con la faccia smorta e tirata, sotto il cappuccio che si era alzato sulla testa per ripararsi dalla pioggia.

Voci e rumori nel bosco lo raggiunsero come uno sparo, facendolo girare con un sobbalzo.

Non c'era più tempo da perdere.

«Andiamo via» disse a Ty.

***

Non ce la faceva più a correre. Daniel dovette fermarsi e riprendere fiato con il corpo indolenzito e le tempie che pulsavano insistentemente. Si guardò intorno nel bosco deserto, attese con tutti i sensi all'erta, ma non udì una voce o un rumore sospetto; la strada si vedeva sempre al di là degli alberi ed era vuota.

Dovette convincersi di essere solo. Chiunque fosse, il misterioso tiratore che aveva bloccato la sua corsa verso Ian si era dileguato subito dopo il passaggio degli occitani e non l'aveva più preso di mira.

Daniel aveva atteso per molto tempo, nascosto tra gli alberi, prima di azzardarsi a muoversi di nuovo, poi si era spostato cautamente di tronco in tronco. Non era accaduto niente. Presa baldanza, aveva tentato spostamenti più lunghi, sempre rimanendo al riparo delle piante, ma alla fine aveva dovuto convincersi che nessuno lo teneva più sotto tiro. O era riuscito a far perdere le proprie tracce oppure il misterioso aggressore aveva abbandonato il campo, chissà perché.

A quel punto Daniel aveva cominciato a correre, tenendosi parallelo alla strada per non perdere la direzione, con la spada in mano e mille timori in testa, uno più angosciante dell'altro.

Aveva proseguito finché ne aveva avuto la forza, sotto la pioggia che andava e veniva, ma le pause in cui aveva dovuto rallentare il passo si erano fatte ben presto sempre più frequenti e più lunghe, fino a quando non aveva dovuto ammettere con se stesso di non avere più la forza di ricominciare a correre.

La pioggia era cessata, ma la luce del pomeriggio si era fatta grigia, segno che il tempo stava trascorrendo inesorabile. Guardando il cielo attraverso i rami spogli o sempreverdi, Daniel dovette cominciare a considerare l'idea di passare la notte all'aperto, in quel luogo del tutto isolato, senza un riparo e senza avere nulla con cui accendere un fuoco.

Era una brutta prospettiva, ma era comunque niente a confronto col timore di non poter raggiungere Ian, di non poterlo rivedere più.

Chissà cosa gli era successo. Forse era stato aggredito dagli occitani, forse era ferito. Forse era morto.

No, Beau può averlo raggiunto in tempo, può averlo messo in guardia, cercò di rassicurarsi Daniel, ma si sentiva impazzire all'idea di essere del tutto impotente, isolato e senza notizie.

Se hanno abbandonato la strada principale, che cosa faccio? Come li ritrovo? si domandò, disperato.

Non aveva alcuna competenza per seguire tracce o piste, a meno che non fossero così macroscopiche da poter essere individuate anche da un bambino; non aveva alcun appoggio a cui rivolgersi per ricevere aiuto nei dintorni. In quel luogo l'unico alleato di un feudatario francese come Ian era in teoria Adolphe de Gant e non era certo una cosa rassicurante.

Sulla strada risuonò il passo di un cavallo.

Daniel sobbalzò e si appostò dietro un albero per guardare la strada. Vide arrivare un cavallo a trotto breve e nervoso, era bardato ma senza cavaliere, come se l'avesse perso per strada.

Colmo d'angoscia, senza più pensare a chi poteva vederlo o attaccarlo, Daniel corse fuori dagli alberi per intercettare l'animale in mezzo alla strada. Ci riuscì a fatica perché il cavallo era spaventato ed eccitato, sudato e schiumante come se avesse percorso un lunghissimo tratto al galoppo prima di rallentare.

Daniel però aveva bisogno di lui per potersi muovere in quella landa desolata e lottò per ammansirlo, rischiando almeno un paio di volte di rimanere ferito dai suoi zoccoli. Quando riuscì ad avvolgersi saldamente le redini intorno al polso e ad accarezzare il muso dell'animale, stava ansando anche lui per la fatica. «Sta' buono, andiamo, aiutami. Non ce la faccio più nemmeno io» gli sussurrò.

Il cavallo sbuffò, ma si lasciò quietare dalle carezze e non tentò più di ribellarsi.

Daniel poté finalmente osservarne i finimenti e provò una stretta al cuore. Era un cavallo francese, uno di quelli che aveva visto sellare agli uomini di scorta a Ian, e sulla sella aveva macchie di un rosso scuro e inconfondibile.

Daniel si morse le labbra. Ora aveva la certezza che l'incontro con gli occitani era finito nel sangue.

Raccolse la spada che aveva dovuto lasciar cadere per trattenere il cavallo con entrambe le mani, la ringuainò e montò in sella. Fece girare il cavallo su se stesso per lanciarlo al galoppo nella direzione da cui era venuto.

Molto presto arrivò il buio e ricominciò a piovere piano. Il tramonto in autunno inoltrato durava poco e ben presto gli alberi e i cespugli ai due lati della strada si confusero in un'unica macchia nera e minacciosa. Ai cinguettii degli uccelli diurni si sostituirono i richiami lugubri di quelli notturni.

Daniel era sfinito e così il suo cavallo. Il mantello lo aveva riparato in parte dalla pioggia, ma il freddo era grande, mentre un bruciore insopportabile al ginocchio annunciava una ferita, senza dubbio causata dallo sfregamento con la sella. Daniel però andava avanti, andava sempre avanti. Finché nella penombra ormai fitta non vide il primo cadavere steso a terra.

Si lasciò sfuggire un'esclamazione di sgomento prima di rendersi conto che era un'imprudenza enorme, ma la strage davanti a lui doveva essersi compiuta ormai da molto tempo e tutto intorno non era rimasta anima viva. Superstiti e assassini sembrava che se ne fossero già andati. Ora, in quella distesa di morti che era la strada, solo un'ombra si muoveva e non era umana.

«Vattene via, schifosa bestiaccia!» urlò Daniel, spronando il cavallo dritto in quella direzione.

Il lupo si lasciò spaventare e fuggì dileguandosi nel bosco.

Daniel si trovò in mezzo ai cadaveri irrigiditi sulla strada. Erano più di una decina, trafitti da frecce o da spade, mescolati insieme come accadeva sempre quando a seminare morte era una battaglia senza quartiere. Erano sparsi in un raggio molto ampio, alcuni addirittura erano caduti al limitare del bosco. Forse avevano cercato la fuga ma non erano riusciti a salvarsi, fermati inesorabilmente dalle frecce.

Daniel scese di sella con le gambe che tremavano e la disperazione a schiacciargli il petto. La penombra fitta non gli impedì di riconoscere alcuni soldati di Ian in mezzo a uomini sconosciuti che dovevano essere gli occitani.

Spostando lo sguardo smarrito in messo alla carneficina, il giovane individuò Almeric de Roquemar, perché ne riconobbe la figura e persino il pugnale infilato in cintura. Il cavaliere occitano era riverso sul dorso con gli occhi chiusi. Una freccia nel petto e un colpo di spada attraverso la gola. La testa era quasi staccata di netto.

Il terrore s'impadronì di Daniel, che si gettò a cercare tra gli altri cadaveri. Li rivoltò tutti, uno a uno, ogni volta con la paura di riconoscere il volto che cercava e ogni volta col sollievo di scoprire che non si trattava di Ian. Fece il giro del massacro, e non trovò né l'amico, né Beau, né Ty. Ma restava ancora il bosco da perlustrare, si disse mentre si chinava sugli ultimi due cadaveri. Là in mezzo potevano essercene altri.

Sobbalzò quando scostò il mantello dall'ultimo caduto, semischiacciato dal suo stesso cavallo: l'uomo aveva la pelle ancora tiepida. Daniel riconobbe Thibault de Chailly. Freneticamente, gli scoprì il capo dal cappuccio scuro, gli pose la mano sulla fronte, poi sulla carotide.

È ancora vivo! pensò, avvertendo il battito del cuore. «*Monsieur!*» chiamò più volte, ma non ricevette risposta.

Si alzò e si guardò intorno. Doveva spostare la carcassa del palafreno morto, ma non ce l'avrebbe mai fatta da solo. Fortunatamente aveva un cavallo vivo su cui fare affidamento.

Frugò in giro, recuperò le corde corte ma robuste con cui i soldati legavano sempre il loro bagaglio da viaggio alle selle e le annodò insieme per ricavarne una sufficientemente lunga per i suoi scopi. Fece un cappio e lo legò alle zampe posteriori del cavallo morto, poi andò dalla sua cavalcatura e assicurò l'altra estremità della corda alla sella. «Coraggio. Tira!» esortò sottovoce, guidando l'animale per le briglie. Il cavallo obbedì docile e in un paio di minuti Chailly fu libero dal peso che lo schiacciava.

Daniel corse di nuovo da lui. Il cavaliere bretone aveva una freccia piantata nel fianco destro e una lacerazione al braccio dallo stesso lato. Apparentemente le ferite non sembravano in posizioni vitali, ma le condizioni in cui versava l'uomo facevano credere l'esatto contrario. Forse la caduta sotto il peso del cavallo gli aveva provocato qualche lesione aggiuntiva, Daniel comunque non sapeva da che parte cominciare per curarlo.

Devo portarlo da qualcuno, capì, lacerato in due tra il desiderio di proseguire la sua ricerca di Ian e la consapevolezza di non poter lasciare un uomo lì a morire.

Per qualche attimo, Daniel fu invaso da mille dubbi e paure.

E se Chailly moriva ugualmente nonostante le cure? Per salvare un uomo già condannato lui avrebbe forse perso ogni speranza di aiutare Ian.

Ian però poteva essere chissà dove, mentre quel cavaliere era lì, tra le sue braccia in quel momento. Non poteva abbandonarlo in balia del freddo, della notte e dei lupi.

Eppure, Daniel non aveva la più pallida idea di chi potesse aiutarlo a curare le ferite di Chailly. Il primo luogo che gli venne in mente era la locanda da cui era partito quel primo pomeriggio, ma allo stesso tempo fu colto da un pensiero: perché non aveva trovato nessuno lungo la strada?

Dal massacro che aveva intorno non era possibile arguire chi fosse uscito vincitore dal combattimento, ma i vincitori o i superstiti avrebbero dovuto tornare nella direzione da cui erano venuti o almeno verso il luogo civile più vicino per ricevere cure o trovare rifugio per la notte. Perché invece sulla strada non c'era nessuno?

Avevano timore di ritornare là? si domandò. Poteva capire Ian e i suoi uomini: forse Beau li aveva avvertiti che gli occitani erano passati dalla stessa locanda e quindi potevano aver ritenuto più prudente evitare di ripassare dallo stesso luogo. Ma gli altri?

Qualcosa non torna, si disse Daniel, anche se non riusciva ancora a spiegarsi cosa. Anche lui però provò all'improvviso il timore di ritornare indietro, come se potesse esserci qualcuno ad aspettarlo a destinazione. Qualcuno ostile.

Gli venne in mente il cecchino misterioso lungo la strada,

che gli aveva colpito il cavallo e poi si era dileguato dopo averlo tenuto sotto tiro per il tempo necessario a far passare gli occitani indisturbati.

Perché ha mirato al cavallo e non a me?

Non se l'era mai chiesto prima, eppure adesso capiva che un buon tiratore, appostato con cura dietro gli alberi, difficilmente avrebbe sbagliato mira in modo così clamoroso, anche se il bersaglio era in movimento. L'avrebbe almeno ferito, se non ucciso. Eppure aveva colpito solo il cavallo e nemmeno in modo mortale.

Per non lasciare un cadavere o due in mezzo alla strada e dover trovare il modo di sbarazzarsene? sospettò Daniel. Certo in quel modo il cavallo era fuggito da solo e il cavaliere era stato costretto a rimanere ben rintanato nel bosco, ma subito dopo Daniel si chiese perché il cecchino avrebbe dovuto avere tante accortezze, se stava dalla parte di Roquemar e dei suoi uomini che stavano andando a dare la caccia a Ian e che non si sarebbero certo impensieriti nel trovare un nemico ucciso da uno di loro lungo la strada.

Se il cecchino era uno di loro...

Daniel guardò i cadaveri intorno a sé, adesso con un orribile presentimento. Da solo, in mezzo al buio e al niente, e con Chailly ferito tra le braccia, ebbe all'improvviso la sensazione di non avere alcun posto sicuro in cui tornare per avere cure e rifugio.

Capitolo 25

Vi era una quiete sinistra nel bosco umido e scuro. Ian e Ty l'affrontarono con la determinazione data dal non avere altra scelta. Si erano lasciati presto la strage alle spalle, prima che altri rumori e voci allarmanti li raggiungessero, e si erano inoltrati tra gli alberi fitti, scegliendo appositamente i percorsi più nascosti dai cespugli, quelli dove con più fatica gli inseguitori avrebbero potuto riconoscere le loro tracce. La pioggia li aveva aiutati per un po' e, anche se aveva inumidito presto i loro mantelli, aveva almeno lavato via le tracce di sangue che Ian era conscio di lasciare sulle foglie dei cespugli quando, passandovi attraverso, vi strofinava contro la spalla ferita.

Il cammino era un incubo per Ian, che aveva dovuto abbandonare già nei primi minuti l'idea di correre. Ogni passo, ogni minimo movimento sembrava tirare, contrarre o anche solo sfiorare la spalla martoriata ed era come se la punta di ferro della freccia si scavasse la strada sempre un po' di più verso il cuore o l'anima. Il vino non dava sollievo se non per il breve istante che indugiava sulla lingua e Ian aveva deciso perciò di risparmiarlo per la notte, quando il freddo sarebbe stato più intenso e le forze ridotte al minimo.

La sola prospettiva della notte lo spaventava col timore di non riuscire a rivedere l'alba: a ogni goccia di sangue le forze diminuivano, il freddo nelle ossa aumentava e il cammino si faceva più difficile. Quanto avrebbe potuto proseguire ancora? Ian aveva smesso di chiederselo e avanzava a testa bassa, un passo dopo l'altro, costringendosi a spostare il piede un po' più in là, sempre un po' più in là. La mente ormai non pensava ad altro che al prossimo tratto di strada, al prossimo cespuglio da superare.

«Signore?»

La voce di Ty ruppe il silenzio per la prima volta dopo tanto tempo.

Ian si voltò, quasi ricordandosi in quel momento di non essere solo. «Cosa?»

«Dove stiamo andando?» il ragazzo camminava stretto nel suo mantello umido, con la balestra a tracolla e la spada allacciata al fianco, sporgente sotto il lembo del tessuto. Sembrava un giovane scudiero, così vestito, ma aveva il viso esausto e pallido.

Ian si fermò alla sua domanda, rendendosi conto in quel momento di non saper rispondere. Quando avevano iniziato il cammino aveva scelto la direzione in cui aveva visto sparire Beau, poco prima di essere ferito, ma poi aveva proseguito per inerzia. Eppure c'era una ragione per cui proprio quel lato del bosco gli era sembrato l'idea migliore, in quel momento però l'aveva dimenticata ed era troppo sfinito per rimettere insieme i pensieri.

«Il più lontano possibile dai nostri inseguitori» rispose come prima cosa, con la voce rotta dalla mancanza di fiato, e in effetti, ora che ci pensava, quella direzione era l'unica in cui, durante l'attacco non aveva visto provenire frecce. «Lungo la strada ci individuerebbero subito e credo che la locanda qui vicino sarà il primo posto dove verranno a cercarci, se capiscono che non siamo in mezzo a quei cadaveri che ci siamo lasciati alle spalle».

I pensieri stavano ritrovando il loro filo logico, man mano che le parole formavano le frasi. Sì, era quello un altro dei motivi che lo avevano spinto a decidere la direzione da tenere. Non menzionò il fatto di non voler tornare verso Morges e Gant, ma dubitava che Ty avrebbe mai fatto una proposta simile, anche se probabilmente non si era reso conto di come stavano le cose in realtà.

Il buio ormai era quasi totale, solo alzando gli occhi verso l'alto si scorgeva un lembo di cielo ancora viola, ma le nubi promettevano poca luce mentre velavano e scoprivano a tratti la luna piccola e fredda e le stelle tremanti. Non sarebbe stato facile proseguire in mezzo alla vegetazione.

Eppure dobbiamo, pensò Ian, senza sapere dove avrebbe trovato la forza per farlo. «Se proseguiamo verso ovest, prima o poi dovremmo incrociare la carovaniera che proviene da Bordeaux» disse e finalmente ricordò il vero motivo per cui aveva scelto quella direzione. «È una strada più trafficata di quella che va a Morges, se riusciamo a sopravvivere e arrivare là all'alba, potremmo trovare qualcuno che ci dia aiuto. Qualche carovana di mercanti, forse».

Ty guardò per un attimo il cielo. «Signore, ecco... se è questa la vostra intenzione, non stiamo più andando verso ovest da un po', forse una mezz'ora».

Ian controllò i dintorni, smarrito. «Ne sei sicuro?» Improvvisamente gli alberi gli sembrarono tutti uguali e quasi fece fatica a ricordare la direzione da cui era appena venuto, forse perché sentiva il corpo così pesante e la testa così confusa. Ricordò però che Daniel aveva visto una foto di Ty in tenuta da *trekking*, in campeggio. Forse il ragazzo sapeva davvero come orientarsi in mezzo ai boschi.

Ty infatti annuì alla domanda, con aria competente. «Sì, se non ho sbagliato a tener conto dei nostri passi».

Ian cercò di fare un respiro profondo, anche se il movimento fu una nuova stilettata alla spalla. Se quello che diceva Ty era vero, forse avevano sprecato tempo prezioso per vagare in una direzione sbagliata, magari proprio in bocca al nemico. Ian dovette ammettere di avere un disperato bisogno di aiuto in quel momento in cui ogni pensiero gli sembrava tanto difficile. In silenzio pregò di non essersi perso senza speranza. «Sai ritrovare l'ovest? Io temo di non farcela nelle condizioni in cui sono» domandò, passandosi la mano sulla fronte imperlata di pioggia e di sudore freddo.

«Io immagino di sì...». Il ragazzo era conscio che la sua decisione poteva significare la vita di entrambi, lo si vedeva dalla serietà con cui controllava gli alberi e il cielo. «Da questa parte». Indicò alla propria destra.

«D'accordo». Ian fece per muoversi, ma un improvviso capogiro lo costrinse ad appoggiare la mano al primo albero. Chiuse gli occhi e aspettò, aggrappandosi al tronco finché l'orrenda sensazione di fluttuare in un vortice nero non si quietò, ma le gambe erano ancora meno salde di prima e gli fecero temere di non potersi staccare da quella pianta mai più.

Non riuscirò mai a camminare per tutta la notte, pensò lucidamente.

Si sentì afferrare il braccio con delicata fermezza. Ty glielo staccò da tronco e se lo passò intorno alle spalle. «Ce la fate così?» La sua voce era molto preoccupata, anche se il ragazzo cercava di dissimulare l'ansia mentre sorreggeva il ferito.

Ian fu grato di quell'aiuto, anche se non avrebbe voluto sentirsi tanto debole e impedito. «Non potrò usare la spada, in caso di bisogno improvviso» obiettò.

«Intanto camminiamo» decise Ty. «Forse non ci sarà bisogno della spada proprio per niente».

Ian ne dubitava, ma non volle distruggere subito la speranza del suo accompagnatore. Purtroppo, se i nemici erano sulle loro tracce, l'avrebbero scoperto fin troppo presto.

Proseguirono in silenzio, nel bosco nero che sgocciolava dopo la fine della pioggia. Non udirono nulla per molto tempo, a parte il rumore dei loro passi sui rovi e i sassi e i richiami degli uccelli notturni, simili a fantasmi tra i rami sulle loro teste. Poi, d'un tratto, giunse alle loro orecchie un ululato lontano.

Ty si tese con timore evidente. Ian fu scosso da un brivido. *I lupi no!* invocò mentalmente, conscio tuttavia di odorare di sangue fresco. I lupi lo avevano già fiutato? Il loro olfatto arrivava così lontano? Quanto tempo ci avrebbero messo per raggiungerlo? Se ci fossero riusciti, la sua fine e quella di Ty sarebbe stata se possibile ancora peggiore di quella per mano degli sgherri di Gant.

«Dobbiamo metterci sottovento!» sussurrò Ty e si inumidì tra le labbra la punta di un dito per cercare di capire la direzione dell'aria, ma il bosco sembrava congelato in un'immobilità totale, come se nemmeno un alito sfiorasse gli aghi dei pini e le ultime foglie degli alberi. Il ragazzo abbassò la mano, frustrato e si guardò intorno, frugando invano con gli occhi nella vegetazione nera. L'ululato si ripeté, forse alla stessa distanza di prima, forse più vicino. Tra gli alberi un uccello spiccò il volo in un frullo d'ali, ma la vegetazione più in basso sembrava ancora immobile.

«Acceleriamo il passo, non abbiamo altra scelta» disse Ian. «Forse non ce la fanno a prenderci».

Forse invece sono già qui, pensò quando udì un fruscio nei cespugli a pochi passi da lui. D'istinto spinse Ty di lato per sguainare la spada. Fu un movimento molto più goffo del solito, se ne rese conto, ma fu comunque abbastanza rapido da precedere il comparire dell'ombra snella tra le foglie. Ty invece stava ancora cercando di liberarsi il fianco dal mantello per trovare l'impugnatura della sua spada.

«*Monsieur* Jean!»

Ian trasalì alla voce inaspettata di Beau.

Il ragazzino gli corse incontro. Era sporco di fango e bagnato nonostante il mantello, ma non sembrava sofferente o sanguinante. «Grazie al cielo, siete vivo!» esclamò.

Ian stava pensando la stessa frase, ma non riuscì a esprimerla. Pieno di sollievo per aver ritrovato almeno uno di quelli per cui temeva, strinse a sé Beau con il braccio illeso, badando bene a tener lontana da lui la lama della spada. Lo strinse forte.

Il ragazzino non si aspettava una simile reazione di affetto e per il primo istante rimase immobile, poi però la commozione lo sopraffece e anche lui ricambiò l'abbraccio, allentando finalmente la tensione e la paura che doveva aver vissuto in quelle ultime ore. «Siete ferito!» esclamò poi, con orrore, quando percepì il sangue sugli abiti del suo signore.

«Come ci hai trovato?» domandò invece Ian, staccandosi da lui per guardarlo in faccia per quanto possibile, vista la scarsissima luce lunare.

«Fate molto rumore, vi si sente da lontano» dovette rispondere Beau, accennando anche a Ty. «Ho seminato i nemici, lasciandoli correre dietro il mio cavallo» spiegò poi con foga, ma mantenendo la voce più bassa possibile. «Non sapevo che fare, volevo tornare indietro, ma erano dappertutto. Ho girato qui intorno, evitandoli finché non hanno smesso di cercare. Non so se si sono resi conto che li ho beffati. Forse non ricordano nemmeno la presenza di uno piccolo come me. Non ho più trovato traccia di voi né degli altri... alla fine ho pensato di andare a cercare aiuto sulla strada per Bordeaux».

«Sei stato molto bravo» approvò Ian.

Beau fece un sorriso tirato, vista la situazione critica, ma fiero per il complimento.

«Adesso proseguiamo» esortò Ian.

«Verso la strada carovaniera?»

«Sì, anche noi abbiamo avuto la tua stessa idea. Forse, se raggiungiamo la strada, riusciremo a metterci in salvo dagli sgherri di Gant».

Beau aveva gli occhi dilatati e lo si vedeva anche al buio. «Davvero sono i crociati quelli che ci stanno dando la caccia?»

Ian sentì su di sé anche lo sguardo attonito di Ty. «Sì, ne sono sicuro ormai, li ho sentiti parlare tra di loro quando hanno cercato di uccidermi».

«Ma perché?! Non abbiamo fatto niente contro la religione!»

«La religione non c'entra niente in questa storia, Beau, anzi. Gant e i suoi assassini non sono degni di chiamarsi crociati. Sono solo miserabili briganti che si proteggono dietro il vessillo con la Croce per arricchirsi di nascosto con ciò che rubano a chi mandano sul rogo».

Ty trasalì. «L'oro nel carro?» chiese. Cominciava a capire.

«Sì».

Il ragazzo dovette respirare a fondo, prima di porre la domanda successiva. «Quindi questa strage… è colpa mia?»

Ian gli pose la mano sulla spalla in risposta al suo sguardo inorridito. «Le ragioni di questo attacco a tradimento arrivano da molto più lontano» cercò di rassicurarlo. «Tra me e il barone di Gant c'è un'inimicizia nata prima che tu arrivassi».

«Ma se non fosse stato per me, non sareste mai venuto fino a qui per…»

«Basta così per adesso» l'interruppe Ian, ma senza alcuna asprezza. Non voleva che il ragazzo si facesse assalire dai sensi di colpa per cose di cui poteva immaginare solo la metà. Non in quel momento, almeno, in cui avevano bisogno tutti di nervi saldi per poter uscire vivi dalla situazione critica in cui si trovavano. «Abbiamo molta strada da fare e io non ho fiato a sufficienza per parlare».

Ty annuì, ma tenne gli occhi bassi quando Ian si fece sorreggere di nuovo da lui per poter proseguire. Lasciò a Beau la direzione del cammino e non parlò più, ma stringeva in modo diverso il braccio del ferito, con più forza e premura allo stesso tempo.

Ian lo sbirciò in silenzio, intuendone i pensieri segreti. Probabilmente si accusava di aver quasi causato la morte del suo avo: Daniel gli aveva detto quanto il ragazzo si fosse costruito una sorta di mito personale intorno al Falco d'argento, da cui discendeva la sua famiglia.

Chissà, forse Ty si chiedeva anche se il suo intervento aveva causato qualche modifica irrimediabile nel corso della Storia... la stessa domanda che anche Ian si era fatto tante volte durante la sua permanenza nel medioevo.

E se il Falco moriva davvero... L'ipotesi era tutt'altro che remota.

«Andrà tutto bene» sussurrò Ian, forse più a se stesso che al ragazzo che lo sorreggeva. «Dobbiamo solo arrivare a quella maledetta strada».

Dietro di loro si udì di nuovo l'ululato dei lupi, questa volta davvero vicino.

«Più in fretta!» esortò Beau, voltandosi indietro.

«Come se fosse facile» gli rammentò Ian, con una smorfia triste.

Lo scudiero si morse le labbra, con preoccupazione crescente.

Proseguirono al buio, quasi a tentoni nel bosco, sul terreno sempre più accidentato, fatto di avvallamenti improvvisi e buche di fango nascoste sotto strati di foglie e di sterpi. Fortunatamente Beau sfoggiava la sua consueta esperienza nel muoversi al buio come una vera volpe e si accorgeva quasi sempre in anticipo degli ostacoli posti lungo il percorso. Qualche volta, invece, ci finiva sopra per primo, imprecando. La stanchezza cominciava a farsi sentire anche su di lui e gli occhi non riuscivano sempre ad anticipare i piedi; almeno però il ragazzino riusciva ad avvertire i due compagni prima che inciampassero loro stessi nell'ostacolo ed evitava così che Ian subisse cadute o strattoni pericolosi viste le sue condizioni.

L'orecchio dei fuggitivi era costantemente rivolto alle spalle, là dove si era udito per l'ultima volta l'ululato dei lupi, ora silenziosi.

Era un brutto segno quel silenzio: se i lupi tacevano o erano in caccia e quindi molto vicini, oppure erano stati spaventati da qualcosa di più grosso e pericoloso di loro.

«Di qua!» sussurrò d'un tratto Beau, piegando a sinistra dopo alcuni cespugli.

Ian non aveva più fiato per poter chiedere il motivo di quella deviazione, ma fatti pochi passi lo intuì, sentendo il rumore di acqua spumeggiante tra i sassi.

Il bosco si aprì all'improvviso per lasciar apparire un torrente vivace sotto la luce della luna. Era stretto e tortuoso, disseminato di rocce affioranti, piccoli dislivelli e cumuli di ciottoli. Non poteva essere fondo più delle ginocchia di un uomo e le sue acque formavano mulinelli di spuma frizzante.

«Così possiamo depistare i lupi» disse Beau, raggiante.

«Tanto ormai siamo già bagnati...» ansò Ian, rassegnato a quell'ennesimo disagio. Addosso aveva ormai talmente freddo da credere che non si sarebbe scaldato mai più e anche il sangue che gli usciva dalla ferita sembrava ghiacciato lungo la schiena, mentre il braccio sinistro era come anestetizzato. Lo muoveva ancora, ma sembrava il braccio di un altro; se gliel'avessero staccato, Ian sospettava che non se ne sarebbe nemmeno accorto. Nessun dolore comunque poteva essere superiore a quello che continuava a masticargli le carni all'altezza della spalla.

Beau diede l'esempio per primo, si tolse gli stivali e mise i piedi in acqua. Sembrò congelarsi all'istante, mentre incassava la testa tra le spalle e rabbrividiva violentemente, ma poi si voltò indietro. «Non è fonda, venite!» Percorse un bel tratto seguendo la corrente, con l'acqua a metà coscia, poi risalì all'asciutto e andò ad acquattarsi dietro alcuni cespugli.

«Avrei preferito che dicesse: non è fredda» gemette Ty sottovoce quando lo imitò.

Ian attraversò il torrente per ultimo e da solo, poiché sarebbe stato difficoltoso farsi sorreggere su quel fondo scivoloso e accidentato, per giunta con una corrente così insidiosa: meglio avere entrambe le mani libere per potersi sorreggere alle rocce. L'acqua gelida gli intirizzì completamente le gambe in pochi istanti e solo dando fondo a tutta la sua forza di volontà il giovane arrivò a gettare gli stivali sulla riva opposta. Poi però si lasciò cadere sulla sponda, ormai stremato.

Beau e Ty furono da lui in un batter d'occhio e lo trascinarono un po' più lontano dall'acqua, al riparo tra i cespugli.

«Riuscite a proseguire?» si preoccupò subito Beau, ma Ian non gli rispose neppure, troppo impegnato a trovare la forza per continuare a respirare. Sentì che lo scudiero si chinava su di lui per tastare la ferita attraverso gli abiti lacerati. Non gli causò dolore, o forse sì e semplicemente lui non riusciva più a provarne altro oltre a quello che lo torturava già.

«È una freccia. Non possiamo provare a toglierla con questo buio, non riesco nemmeno a vedere com'è posizionata» sussurrò Beau a Ty. La voce tradiva un'angoscia profonda.

«Che cosa possiamo fare?» domandò Ty.

Ian li spaventò entrambi, risollevandosi sul gomito sano.

«... andiamo avanti... non c'è altro da fare».

«Non potete continuare. Se non vi fermate a riposare, vi ucciderete» obiettò Beau.

«... vogliamo aspettare che ci raggiungano gli uomini di Gant o i lupi?» Ian si sedette e, lottando contro le vertigini, si infilò a fatica uno stivale. Dove diavolo era finito l'altro? Ian si guardò intorno, ma fu Beau a portarglielo e ad aiutarlo a infilarlo.

«Mio signore» insisté lo scudiero.

«Aiutami ad alzarmi» tagliò corto Ian.

Il cammino ricominciò, lento e faticoso, nel freddo e nel buio. Ian proseguì con la forza della sua testardaggine forse per un paio d'ore, sul terreno ora in leggera salita, poi però crollò in ginocchio. Ty non riuscì a sorreggerlo, ma attutì la sua caduta, accompagnandola, e lo sostenne seduto sui talloni, inginocchiandosi al suo fianco. Beau, che era andato avanti di qualche passo, tornò indietro correndo.

Ian ignorò le domande preoccupate di entrambi per concentrarsi solo su se stesso, sulle condizioni del suo corpo. Era sfinito oltre l'immaginabile, come se gli avessero tolto i muscoli per sostituirli con sacchi di sabbia bagnata e fredda. Sospettò di non riuscire ad alzarsi più questa volta, di non farcela a continuare il cammino.

Capì anche che non poteva tenere accanto a sé quei due ragazzi, legandoli al suo stesso destino. Loro il fiato per camminare e mettersi in salvo ce l'avevano ancora.

Ian fece un respiro profondo e rialzò la testa. «Io devo fermarmi qui...» annunciò. «Voi proseguite senza di me».

«Io non vi abbandono!» si oppose Beau.

«No» fece eco Ty, ma Ian interruppe entrambi. «... vogliamo morire qui in tre? Se continuate a camminare, voi riuscirete ad arrivare alla strada. Se ci fermiamo, prima o poi ci raggiungeranno».

«Io non vi lascio!» insisté Beau, ora con voce quasi stridula.

«... non farmi sprecare l'ultimo fiato che ho, Beau! Il mio è un ordine».

Ty si alzò in piedi, ma afferrò Ian per il braccio. «Aiutami» disse a Beau. «Tiriamolo su».

«Volete darmi ascolto...?» cercò di protestare Ian, ma Ty scosse la testa. «Potete farcela, alzatevi. Cerchiamo un rifugio e poi ci fermiamo tutti per un po'».

Ian aveva da ridire, ma Ty non lo lasciò parlare. «Io non ce la faccio a proseguire senza un po' di riposo» mentì e si vedeva che cercava di nascondere la disperazione sotto una finta maschera di risolutezza. «Ci fermiamo tutti da qualche parte, poi ripartiamo».

Ian si arrese alla sua ostinazione, capendo che il ragazzo lo faceva per lui, perché non voleva lasciarlo, esattamente come Beau. Lo scudiero infatti stava guardando il ragazzo più grande con un misto di riconoscenza e ammirazione, dopo averlo sentito opporsi alle decisioni del Falco.

«... voi due siete implacabili» sospirò Ian, ma era toccato dalla premura di entrambi. Serrò i denti più che poté e si alzò, aiutato e sorretto a Beau e da Ty insieme.

Non avrebbe mai creduto di riuscirci, per come si sentiva. Adesso però aveva anche il cuore pesante oltre al corpo.

La prossima volta temeva di crollare svenuto e allora come avrebbe fatto a convincere i ragazzi ad andarsene finché erano in tempo? Gli sarebbero rimasti accanto come due cuccioli, ne era sicuro, e in quel modo li avrebbero trovati i cacciatori, uomini o animali che fossero. Così sarebbero morti tutti.

Come faccio a salvarli? si chiese Ian, disperato. Intanto però andavano avanti, un passo dopo l'altro, con una lentezza esasperante, mentre il terreno continuava a salire.

«Guardate!» esclamò Beau d'un tratto e indicò qualcosa tra le cime degli alberi.

I rami spogli lasciavano intravedere una costruzione in muratura. sembrava una torre o meglio ciò che ne rimaneva, perché il muro nero era sbrecciato e attraverso le finestre aperte si vedeva il cielo. Il tetto doveva essere crollato da un pezzo.

«Possiamo rifugiarci là per un po'» propose Beau, speranzoso.

Ian annuì, stanco. «Andiamo a vedere».

Il rudere erto sulla sommità della salita, dopo un ultimo tratto di sassi e sterpaglie, doveva essere una vecchia torre di guardia o forse di segnalazione, una volta circondata anche da un piccolo muro difensivo.

Tra i cespugli altissimi sbucavano ancora tratti di muratura con le feritoie per gli arcieri e qualche accenno di merli in pietra. Dal cortile non si aveva una gran visuale tutto intorno, coperta in buona parte dal bosco fitto, ma la torre una volta poteva essere stata alta e forse faceva da ponte per le segnalazioni tra altre eventuali torri del circondario, anche se adesso erano invisibili nel buio.

Il portone divelto giaceva in pezzi sotto l'arco principale delle mura esterne, come un rozzo ponte levatoio abbassato su un fossato fatto di soli ciottoli. Dentro la cinta muraria sorgevano alcune piccole costruzioni, forse una stalla e una baracca-magazzino, ormai distrutte dalle intemperie e probabilmente anche dalla mano dell'uomo. Si sentiva ancora a tratti l'odore di cenere, segno che il fuoco doveva aver avuto la sua parte nella distruzione di quel luogo.

La torre con i suoi due piani rimanenti era rotonda e completamente in abbandono, con la parte superiore crollata a metà in modo diagonale. Sembrava un enorme dente cariato spuntato dalla terra, il piano terreno però era ancora abbastanza solido ed era difeso da un portone spalancato, non troppo precario sui cardini.

«Là dentro, che ne dite?» sussurrò Beau.

L'interno era spoglio, grande quanto una stanza di medie dimensioni e sapeva di polvere e cenere, ma almeno era asciutto e riceveva la luce della luna dal portone aperto. Una scala a chiocciola portava ai piani superiori. Qualche ciuffo d'erba stopposa e ostinata era cresciuto tra le congiunzioni del pavimento in pietra, ma per il resto non vi era traccia di vita.

«Neanche topi, per fortuna» confermò Beau, in tono esperto.

Ian si lasciò cadere seduto sul pavimento, appoggiando la spalla illesa al muro con un gemito.

Ty rimase in piedi a guardarsi intorno, sfregandosi le mani e le spalle intirizzite. «Non possiamo accendere un fuoco qui dentro, vero?» domandò sconsolato, fissando da lontano il focolare costruito nel muro della torre e ora occupato da detriti e polvere.

«Ho perso la mia bisaccia con la pietra focaia» rispose Beau. «E poi comunque rischieremmo di farci notare dai nemici».

«Lo immaginavo». Ty sospirò, si sedette accanto a Ian e strinse le ginocchia al petto. Beau si accucciò di fronte a entrambi, altrettanto esausto.

Ian lasciò i due ragazzi nel silenzio per un po', fintanto che non ebbe recuperato abbastanza fiato, poi però riprese l'argomento lasciato in sospeso. «Sentite, voi due… stavolta mi obbedirete senza discutere».

«Io non vi abbandono» disse subito Beau, pronto a dare battaglia.

Ian picchiò il pugno a terra, ora furente. «Sta' zitto!»

Lo scudiero sobbalzò, spaventato.

«Tu ora riprendi il cammino e vai verso la strada» disse Ian, ansando per la rabbia e lo sforzo. «Tutti e due andrete verso la strada… Se volete essermi davvero d'aiuto, andrete a cercare qualcuno che possa venirmi a prendere… altrimenti nessuno ci troverà mai qui e voi mi guarderete morire perché non potete curarmi».

«Ma se nel frattempo arrivano…»

«I lupi? Resteranno fuori da quella porta». Ian indicò il portone di legno sconnesso, a cui però era fissato un chiavistello apparentemente ancora utilizzabile. «Se invece saranno gli sgherri di Gant ad arrivare per primi, morirò sotto le loro spade, perché tanto tu non potresti difendermi da solo».

Beau tacque a quel discorso spietato, poi spostò lo sguardo su Ty, cercando appoggio.

«Lui non sa usare una spada, perciò è inutile che lo guardi» disse Ian, aspro, per troncare sul nascere qualsiasi altra obiezione.

Possibile che quei due ragazzi non volessero dargli ascolto? Perché si ostinavano a non volersi salvare la vita?

«Il conte ha ragione» disse Ty inaspettatamente, dopo un breve silenzio.

Beau lo guardò a bocca aperta, ma Ty lo prevenne. «Noi non possiamo fare più di così, qui. Dobbiamo cercare aiuto a qualsiasi costo».

Ian annuì. Finalmente qualcuno cominciava a ragionare. «Beau, tu sei bravo a orientarti di notte e anche a passare inosservato... se davvero vuoi renderti utile, devi fare come ti dico».

Alzò il braccio sinistro a fatica, con l'altra mano si sfilò l'anello nobiliare e lo porse allo scudiero che piangeva e non voleva accettarlo. Sulle guance di Beau scendevano lacrime grosse e pesanti, ancora da bambino.

«Con questo vi farete riconoscere da chiunque e troverete protezione» continuò Ian, senza abbassare la mano con cui porgeva l'anello. Fu Ty a prenderlo e a metterlo tra le dita di Beau in silenzio.

«Andate via. Se il Signore lo vorrà, ci rivedremo» esortò Ian, piano, per smuovere il ragazzino che non accennava a spostarsi.

Beau dovette arrendersi. «Tornerò, lo giuro! Voi aspettatemi!» singhiozzò prima di alzarsi in piedi.

Ian gli sorrise per quanto poté. «Sei un bravo scudiero e io sono molto soddisfatto di te».

Anche Ty si alzò in piedi e scambiò con Ian un lungo sguardo. Occhi azzurri e uguali che si fissavano nella semioscurità.

«Siate prudenti» si raccomandò Ian.

Ty condusse Beau fuori dalla torre e si chiuse la porta alle spalle.

Ian rimase da solo, nell'oscurità silenziosa. Anche con la porta chiusa, la luce della luna filtrava un po' ugualmente, il giovane se ne rese conto dopo che gli occhi si furono abituati. Nel portone di legno vi erano alcune fessure, dovute all'incuria o al fuoco, grandi abbastanza da far passare il pur scarso chiarore dell'esterno.

Quel portone non doveva offrire una grande resistenza nell'eventualità di un attacco umano o animale, rifletté Ian e si disse anche che avrebbe dovuto alzarsi per andare almeno a tirare il chiavistello, in modo da non farsi cogliere di sorpresa nel caso fosse svenuto o si fosse addormentato. In quel momento, però, non trovò la forza di alzarsi per fare quei pochi passi.

Un minuto ancora di riposo, solo un minuto, pensò e appoggiò la testa alla pietra del muro.

Stava male, aveva freddo e aveva paura, era questa la situazione. Non aveva voluto mostrarla davanti ai due ragazzi per riuscire a convincerli ad andare via e mettersi in salvo, ma aveva una paura folle di morire lì, in quel luogo spoglio, completamente solo. Si portò la mano alla spalla e strinse forte, ma il dolore non si attenuò nemmeno per un istante.

Il pensiero gli volò a Isabeau, a Marc e a Michel non ancora nato. Pregò per sé e per loro, per poterli rivedere, mentre tutto intorno, in quella torre abbandonata, c'era solo silenzio.

Sobbalzò quando qualcuno aprì il portone senza preavviso.

Non capì se si era addormentato per minuti, ore o istanti, e si spaventò per essere stato colto di sorpresa. Fece per prendere la spada d'istinto, ma l'ombra snella che vide in contrasto con il riquadro più chiaro dell'ingresso chiuse la porta alle proprie spalle, piano come per non disturbare, e poi tirò anche il chiavistello per sicurezza.

Ian riconobbe Ty, quando il ragazzo andò a sederglisi accanto.

«Ho cambiato il piano. Il vostro scudiero va a cercare aiuto, mentre io resto qui a difendervi» annunciò il canadese con un tono che voleva mascherare la paura. «So di essere un totale incapace con le armi, ma qualcosa inventerò, se ce ne dovesse essere bisogno» proseguì a sua difesa. «Spero che non vogliate cacciarmi con le cattive maniere, perché non vi farebbe bene, nelle condizioni in cui siete, e il vostro scudiero ormai è già lontano e io non saprei come raggiungerlo».

Ian era stato spiazzato così tanto da non sapere nemmeno come protestare. «Come... lo hai convinto?» domandò attonito.

Ty si strinse nelle spalle. «Sono più vecchio di lui, mi ha dato ascolto. E poi si trattava di proteggervi, quindi nessuna obiezione».

Ian si abbandonò contro il muro, rassegnato. «Perché io sono l'unico che non riesce a farsi obbedire senza discutere...?» brontolò a mezza voce.

Era in balia di un miscuglio di sentimenti che nemmeno lui sapeva come definire: era furente con Ty perché non si era messo in salvo insieme a Beau, temeva per la sua vita e allo stesso tempo era profondamente grato per non essere più solo, dopo quel breve periodo passato a soffrire nel buio. Provò sollievo e poi di nuovo rabbia, perché Ty si era sentito in dovere di rimanere nel pericolo insieme a un uomo di cui aveva letto soltanto sui libri, ritenendosi assurdamente responsabile per lui. Almeno, aveva convinto il più giovane del gruppo ad allontanarsi prima che fosse troppo tardi.

Ian avrebbe voluto rimproverare Ty e invece non gli disse neppure una parola né gli fece altre domande, perché sotto sotto sapeva che lui si sarebbe comportato allo stesso modo se fosse stato al suo posto. Forse per questo interpretava così bene i suoi pensieri.

Siamo così simili? si chiese in silenzio. Probabilmente, invece, si stava facendo suggestionare dalla consapevolezza del legame di discendenza che lo legava a Ty.

«Il vostro scudiero è un ragazzo sveglio, si metterà in salvo» gli disse Ty in quel momento. «Poi tornerà con i rinforzi a togliere dai guai anche noi due».

Ian fece finta di credere anche all'ultima parte del discorso. «Se le cose si mettono male, tu mi lasci qui e te ne vai di corsa: promettimelo» pretese, sapendo che non sarebbe servito a niente.

«Promesso» mentì Ty, senza nemmeno sforzarsi di essere convincente.

Ian non chiese altro.

***

Cominciò l'attesa, eterna, snervante, silenziosa. Nessuno dei due rifugiati nella torre parlò per lungo tempo, ascoltando con tutti i sensi tesi ogni rumore proveniente dall'esterno, ogni possibile segnale d'allarme.

Si passarono la borraccia del vino bevendo in silenzio per un po', poi Ian si accorse che l'alcool non lo aiutava minimamente a sostenere il dolore e quindi lasciò il rimanente a Ty perché si scaldasse. Il ragazzo vuotò la borraccia un sorso alla volta e alla fine l'abbandonò sul pavimento. Si era tolto di dosso anche la balestra con la sua faretra di frecce e aveva cercato di accomodare la spada per accoccolarsi sotto il mantello.

Ian era appoggiato con la spalla destra al muro, in silenzio sofferente.

Udirono gli uccelli tra gli alberi e qualche animale di piccola taglia sgusciare sull'acciottolato fuori dal portone chiuso: niente di allarmante, eppure Ty sobbalzava a ogni rumore. Ian ormai era oltre la soglia della sofferenza e percepiva ogni cosa come in un sogno che non riusciva a turbarlo.

All'ennesimo fruscio, all'ennesimo spavento, Ty si passò la mano nei capelli e soffocò una risatina amara.

Il gesto e il rumore riportarono Ian alla lucidità. «... che cosa c'è?» domandò, ma non per curiosità, solo per mantenersi a galla sul torpore che lo invadeva, con una conversazione qualsiasi.

Ty appoggiò la testa all'indietro contro il muro, lasciando vagare lo sguardo sul soffitto nero e sconnesso. «Due anni fa mi sono perso nei boschi del mio paese insieme a due amici, in piena estate. Abbiamo passato la notte credendo di essere finiti chissà dove, in mezzo agli orsi o ai lupi, con tre bisacce piene di coperte, cibo e acqua da bere, per poi scoprire alla mattina che eravamo a meno di un'ora da un villaggio. Dopo quel fatto ho preso lezioni serie di orientamento».

Ian si immaginò tre ragazzi con zaino, sacco a pelo, viveri e scarponi da *trekking,* mentre vagavano persi in qualche bosco del Canada, a due passi da un campeggio o da una cittadina. Subito dopo pensò a Ty che si iscriveva a un corso di *orienteering* o qualcosa del genere.

Ty rideva ancora, tradendo la tensione. «L'ho sempre ricordata come un'avventura pericolosa e terrificante, la peggiore della mia vita». Scosse la testa. «Che idiota».

Ian dovette ammettere che le peripezie nel bosco canadese sbiadivano alquanto a confronto con la situazione drammatica di quel momento. «Questa storia non doveva finire così...» mormorò.

Ty annuì, allungando le braccia sulle ginocchia piegate. «E adesso voglio fare la guardia del corpo. Ho fame, sete, freddo e una fifa stramaledetta» sospirò e poi si corresse: «Ho molta paura».

Ian cercò di aggiustarsi contro il muro, con tutto il corpo dolorante. «Anch'io ho paura. Non hai niente di cui vergognarti».

«Rimango sempre un idiota, non so nemmeno da che parte si impugna una spada» rispose Ty ed era molto amaro. «Vi ho messo nei guai e non so nemmeno come tirarvene fuori. Mi dispiace. Mi dispiace un sacco».

«Ti sei comportato con coraggio nella situazione in cui eri a Morges» lo contraddisse Ian. «Hai avuto la prontezza di spirito per salvarti la vita e la forza di sopportare gli interrogatori senza mai cambiare versione. Nel momento del pericolo non sei scappato, ma hai tentato di combattere. Sei stato bravo. Se fossi un tuo parente, sarei fiero di te».

Pronunciò l'ultima frase con consapevolezza, sapendo quanto avrebbe colpito il ragazzo. Sperò che gli facesse anche bene, che gli desse coraggio quando sembrava non essercene più per nessuno dei due.

Ty si strinse di nuovo le ginocchia al petto. «Grazie» mormorò, pieno di riconoscenza.

L'attesa continuò, nel silenzio.

Capitolo 26

Ian sognò Isabeau e Marc, o forse il suo non era un vero sogno ma soltanto l'agitarsi confuso dei suoi pensieri e dei suoi timori nel dormiveglia. Non soffriva più, ma era conscio di non essere guarito: stava morendo e il languore freddo che lo avvolgeva poteva essere solo l'avvicinarsi della fine.

Aveva compiuto il suo destino. La Storia non aveva più bisogno di lui e quindi poteva scomparire dalla scena. Altri lo avevano già preceduto: Roquemar, Chailly, forse Daniel...

Il pensiero dell'amico si aggiunse a quello dei suoi cari che non avrebbe più rivisto.

Ian avrebbe voluto piangere, se solo ne avesse avuta la forza. Dov'era finito Daniel? Se era morto davvero allora nemmeno per Ty c'era più scampo, perché niente l'avrebbe potuto riportare nel mondo moderno.

Ian gemette, accusandosi. Perché non si era fatto dare da Daniel i codici della partita quando poteva farlo? Adesso avrebbe potuto comunicarli a Ty e avrebbe consentito al ragazzo di salvarsi, se era ancora in grado di chiamare l'icona dell'uscita da *Hyperversum*. Invece sarebbero morti tutti. Daniel, Ty, lui stesso... e la colpa era solo sua, perché solo per lui gli altri due giocatori si erano ritrovati in quella partita mortale.

Perdonatemi, invocò Ian col pensiero, sentendo il corpo vuoto, freddo e inerte. Solo il cuore faceva male e sanguinava: per gli amici, per la sua famiglia, per Isabeau.

Ian si sentì sopraffare dalla disperazione.

Isabeau...

Si rese conto che più della morte lo spaventava la consapevolezza di non rivederla più.

Poi qualcosa lo toccò all'improvviso e il dolore tornò di colpo, violento, feroce. Ian emise un'esclamazione strozzata e si contrasse sul fianco, tremando. Riaprì gli occhi annebbiati. Era ancora nella torre diroccata, rannicchiato come un bambino sul pavimento spoglio. Era vivo. Da fuori arrivava la luce del giorno pieno.

«Signor conte!»

La voce di Ty penetrò finalmente fino alla sua coscienza e Ian ne colse il tono spaventato, anche se il ragazzo sussurrava.

«Fuori ci sono degli uomini armati! Almeno una decina!»

Ian capì al volo la situazione: eccoli, gli sgherri di Gant. Alla fine erano riusciti a scovare il loro nascondiglio.

Provò a risollevarsi sul gomito, ma era come tentare di spostare un corpo di pietra. «... ne sei certo?» ansò, mentre Ty lo aiutava a sorreggersi.

«Li ho visti dalle finestre al piano di sopra» spiegò il ragazzo. «Ho fatto la guardia stanotte... per un po' almeno. Con l'alba li ho visti arrivare. Stanno cercando dappertutto con le armi in pugno».

«... allora ci troveranno presto». Ian non aveva dubbi. Adesso sapeva chi era arrivato primo nella gara che metteva in palio la sua vita.

Guardò Ty. «C'è un posto in cui puoi nasconderti?»

Il ragazzo scosse la testa in silenzio.

«Mi dispiace» mormorò Ian.

Ty non abbassò gli occhi dai suoi.

Dopo aver sfoderato la spada, Ian la puntò a terra e la usò come sostegno per rialzarsi. Impiegò molto tempo, dovette fermarsi qualche istante in ginocchio per raccogliere forze ulteriori, infine riuscì a mettersi dritto sulle gambe. Vacillò per la debolezza e le vertigini, ma almeno sarebbe morto in piedi, da cavaliere, con la spada in pugno. Il sonno e il riposo forse gli avrebbero concesso qualche scintilla di energia per ingaggiare l'ultima battaglia.

Ian si voltò ad affrontare la porta e attese.

Ty lo raggiunse dopo essere riuscito a caricare una freccia sulla balestra tenuta con sé. Un colpo solo perché poi non avrebbe avuto il tempo di ricaricare. In cintura non portava più la spada, notò Ian, ma tanto il ragazzo non avrebbe saputo come usarla.

Era commovente nel suo tentativo di rendersi utile e allo stesso tempo era ammirevole, anche più di un cavaliere addestrato alla guerra. Aspettava il nemico, pur sapendo di essere pressoché inerme. «Fa molto male?» chiese soltanto a Ian, accennando alla ferita ricevuta in combattimento, e la voce tradì la paura tenuta a bada a stento.

«Sì. Ma durerà poco. Hanno fretta di finire il lavoro» gli rispose Ian, come amara consolazione.

Un'ombra si profilò tra le fessure della porta sconnessa, in controluce con il sole del mattino. Un uomo. Saggiò la serratura, si accorse del chiavistello tirato dall'interno. «Ehi! Venite qui!» chiamò i compagni, con un misto di trionfo e urgenza.

Ian passò momentaneamente la spada nella mano sinistra per farsi il segno della Croce. «Signore, pietà e perdono per i miei peccati» sussurrò.

Gli uomini fuori diventarono due. La porta venne scossa da un urto violento e traballò.

«È inutile che ti nascondi qui dietro, bastardo! Ci hai fatto cercare tutta la notte ma adesso stiamo venendo a prenderti!» minacciò qualcuno con sarcasmo.

Un altro scossone fece gemere la porta, tra le esclamazioni di incitamento di voci più lontane.

Ian alzò la spada, anche se gli sembrava pesante come un'incudine.

Inaspettatamente Ty si decise ad avanzare verso la porta, balestra in mano.

«Dove vai?!» lo ammonì Ian sottovoce, ma il ragazzo lo ignorò. Puntò la balestra verso la porta, più precisamente pose la punta della freccia nel bel mezzo della fessura più larga e tirò.

Si udirono un'imprecazione e un tonfo violento. L'uomo ferito era ricaduto all'indietro, addosso al suo compagno facendolo cadere.

«Ecco, adesso si sono arrabbiati» disse Ty, con respiro accelerato per la tensione, e ignorando le urla e le minacce feroci provenienti da fuori la porta, si lanciò su per la scala della torre.

Ian lo guardò senza capire cosa volesse fare, ma dovette riportare presto la sua attenzione sull'ingresso. I nemici, ora furenti, avevano spostato il ferito dalla soglia e si accanivano in più d'uno contro la porta, minacciando la morte più atroce a chi avessero trovato all'interno della torre.

Fu questione di qualche attimo e le intimidazioni si trasformarono in nuove grida di sorpresa e di rabbia. Ci fu un rumore di metallo spaccato e di pietra smossa, poi qualcosa precipitò dall'alto. Roba grossa, pesante: sembrava una piccola frana e Ian capì che erano blocchi di pietra. Ty doveva aver trovato il modo di buttare giù dal piano superiore un pezzo del muro già diroccato della torre.

Il ragazzo infatti ricomparve dalle scale dopo solo qualche istante e aveva le mani e gli abiti sporchi di polvere, il volto sudato. Stringeva la sua spada spezzata a metà, con la quale doveva aver fatto leva per sbilanciare il muro. Oppure l'aveva usata per scalpellare via la malta dalle fessure dei blocchi di pietra, magari durante le ore di guardia, chissà.

«Questo gli è piaciuto ancora meno della balestra, eh?» ansò il ragazzo, ma lo sguardo che scambiò con Ian era spaventatissimo. «Mi dispiace, ne ho messi fuori combattimento al massimo due. Speravo di far meglio».

«Hai fatto un buon lavoro» si complimentò Ian con sincerità.

Al terzo assalto, la porta cedette di schianto e rovinò all'interno della torre. Un uomo entrò, spada in pugno, ma si trovò davanti Ian già pronto a colpire. Il giovane calò la sua spada come una mannaia e centrò il nemico alla spalla. La lama proseguì sul petto, aprendo uno squarcio terribile. L'uomo urlò e vacillò in avanti. Con un ruggito che liberava tutta la rabbia e il dolore dovuto allo sforzo, Ian gli piantò la spada nel ventre.

Il nemico cadde a terra, ma fu sostituito da altri due ancora più agguerriti. Ian vide le loro lame avvicinarsi e contemporaneamente percepì i suoi movimenti farsi sempre più lenti e goffi.

Le sue energie erano già al limite. Era questione di istanti, solo pochi istanti, poi sarebbe tutto finito.

Allontanò da sé la prima spada con un colpo maldestro della propria, evitò la seconda che cercava di sorprenderlo al fianco, ma ci riuscì per un soffio appena. La punta dell'arma del nemico gli lacerò la tunica e fortunatamente non arrivò a ferire.

Ty cercò di rendersi utile e di disturbare uno dei due nemici, ma dovette indietreggiare rapidamente quando l'uomo gli mulinò contro la spada. La lama gli sfiorò i capelli.

«Sta' indietro!» gli urlò Ian, allargando d'istinto il braccio sinistro per tenere al riparo il ragazzo dietro di sé.

Il movimento gli diede un dolore straziante lungo tutto la schiena. La vista si annebbiò per un attimo, Ian barcollò preso dalle vertigini.

Un nemico si fece sotto e gli colpì la spada con tale violenza da abbassargli il braccio verso terra, poi tentò di affondare il colpo di punta. Ian si scansò in tempo per non farsi trafiggere, ma poi perse l'equilibrio e cadde su un ginocchio. Aprì il braccio destro davanti a sé mentre si sbilanciava e la sua spada tagliò solo l'aria, ma costrinse i due aggressori a balzare indietro per non venire colpiti e così mandò a vuoto ogni loro tentativo di assalto.

I nemici ripresero subito la posizione di combattimento e avanzarono verso il cavaliere in ginocchio, un passo alla volta, come lupi pronti a balzare sulla preda.

Ian tenne la spada puntata contro a entrambi a braccio teso, ma ansava ormai senza più fiato. Il braccio sinistro era contratto sul petto, inutilizzabile.

I due sogghignarono nel vedere la punta dell'arma tremare in modo evidente per lo sforzo.

«Adesso sei spacciato» disse uno dei due.

«Me l'hanno già detto altri, prima di te» rantolò Ian. «... sono già tutti all'inferno ad aspettarti».

Un'inutile ostentazione di coraggio, la sua, perché sentiva di non potersi più difendere, di non avere la forza di rialzarsi in piedi. La spada era sempre più pesante nella mano, la stanza davanti ai suoi occhi cominciava ad essere instabile.

Ian deglutì invano, con la bocca completamente asciutta. Sbatté le palpebre per riuscire a focalizzare i nemici pronti ad attaccarlo.

Ty andò ad affiancarglisi, brandendo con coraggio il moncone della sua spada.

Fuori dalla torre si udì un clamore improvviso: urla, imprecazioni, nitriti, poi grida di dolore.

I due sgherri si voltarono indietro. «Che succede?»

Ian approfittò del momento e si buttò a spada tesa. Il movimento gli riuscì solo a metà, spezzato dal dolore, ma fu sufficiente ad arrivare a ferire il nemico più vicino, lacerandogli la gamba. L'uomo ruggì di dolore, provò a replicare il colpo benché fosse sbilanciato, ma Ian si lasciò cadere di lato inaspettatamente e lo evitò, lasciandolo scheggiare la pietra del pavimento.

Fuori le urla continuavano, sembrava in corso una battaglia accanita.

Per la prima volta i due nemici sembrarono incerti sul da farsi. Uno dei due indietreggiò verso la porta per guardare fuori, mentre l'altro si stringeva con la mano la gamba ferita e teneva sotto controllo Ian e Ty. Entrambi gli sgherri erano molto nervosi per i rumori sempre più allarmanti all'esterno della torre.

«Che diavolo stanno facendo là fuori?» domandò l'uomo ferito, ma si voltò indietro una volta di troppo. Ian aveva potuto raccogliersi su un ginocchio, riuscì ad agguantare l'uomo già barcollante e lo tirò giù con la forza della disperazione.

Ty si avvicinò quel tanto che bastava per sferrare un calcio violento nelle costole all'uomo, costringendolo a mollare la sua spada. Ian gli si gettò sopra come poté. Il secondo sgherro tentò di intervenire, ma Ty gli lanciò la propria spada. Lo mancò solo perché l'uomo ebbe la prontezza di riflessi sufficiente a mettersi fuori traiettoria. Ty imprecò in modo assai poco medievale, disperato, indietreggiando disarmato.

Il nemico però non lo prese di mira: aveva colto qualcosa con lo sguardo, appena fuori dalla porta, e si affrettò a uscire brandendo la spada. Passò un istante e si udì un grido di agonia, in contemporanea con quello che emise l'altro uomo sotto il pugnale che Ian gli aveva piantato nel petto, prendendolo dalla cintura.

Il giovane si staccò dal cadavere, ma riuscì a trascinarsi solo per qualche spanna, poi crollò definitivamente, senza forze, senza fiato.

Era finita. Non poteva più combattere e nemmeno la disperazione poteva dargli altra spinta per rialzarsi. Sentì che stava per svenire.

Confusamente vide Ty raccogliere la spada che lui aveva perso durante la colluttazione. Nel riquadro luminosissimo della porta comparve un'altra ombra nera, un altro uomo armato di spada.

«... non farlo!» invocò Ian.

Ty alzò la sua arma e si gettò in avanti con un grido. L'ombra nera parò l'assalto senza nessuna difficoltà, come si sostiene l'impeto di un bambino che vuole giocare alla guerra. Ruotò il polso, impegnò la spada di Ty e gliela strappò via di mano. L'arma rimbalzò sul pavimento, prima di scivolare ai piedi delle scale.

Ian lanciò un'esclamazione disperata, quando Ty si ritrovò la lama dell'avversario sotto la gola.

L'ombra nera non affondò il colpo, forse distratta dal grido di Ian. Minacciò Ty per un istante, poi con la punta della spada gli fece cenno inequivocabile di farsi da parte. Quando lo ebbe allontanato di un paio di passi, abbassò l'arma lungo il fianco e oltrepassò la soglia, avanzando all'interno della torre.

Dietro all'uomo comparvero altri tre armati a prendere il controllo del luogo.

«*Throw the corpses out of here*[16]» ordinò l'uomo.

Occorsero alcuni istanti perché Ian si rendesse veramente conto di quelle parole e riconoscesse la voce e l'uomo che dava gli ordini.

Mentre i compagni liberavano la stanza dai cadaveri, quest'ultimo ripose la spada e si rivolse direttamente al cavaliere a terra. «*Holy Heaven, Hawk, you always fly in the right middle of the storm*[17]» sospirò, chinandosi su di lui.

Ian si abbandonò sul pavimento, ringraziando il cielo mille volte. «... non sai quanto sono felice... di vederti» mormorò, passando all'inglese.

Geoffrey Martewall scrutò tutto l'ambiente con uno sguardo

[16] «Buttate i cadaveri fuori da qui».

[17] «Santo cielo, Falco, tu voli sempre nel bel mezzo della tempesta».

e si soffermò a valutare Ty da lontano, poi tornò ad occuparsi di Ian e allungò la mano per controllare la ferita alla spalla di cui si era appena accorto. «Da quanto tempo hai piantato addosso questo affare?» domandò, cupo, nel vedere l'asta spezzata della freccia spuntare dalla carne.

Ian quasi non lo ricordava più. «... cosa ci fai qui?» domandò, invece di rispondere.

«Cosa ci faccio io? Cosa ci fai tu, qui!» Martewall scosse la testa, irritato. «Mi hai chiamato quando mi hai scritto che re Filippo sarebbe stato a Clermont e io sono qui per riferirgli della guerra per conto di Fitz-Walter. Credevi che avrei attraversato tutta la Francia a cavallo? Sono sbarcato vicino a Bordeaux e ho risalito il fiume fino a Bergerac per poi prendere la carovaniera che va verso nord-est. Il tuo scudiero mi ha trovato lungo la strada, all'alba di stamattina».

Beau apparve nella torre come evocato dalle parole del barone inglese. «*Monsieur* Jean, sono qui!» esclamò disperato, correndo a inginocchiarsi accanto a Ian. «Come state?!»

«È ancora vivo, anche se non so per quanto» gli disse Martewall. «Pare che vada a nozze ogni volta che si mette in pericolo. Forse stavolta hanno trovato il modo di ammazzarlo davvero».

Ian non badò troppo a quel discorso aspro, perché aveva percepito la sincera preoccupazione dell'inglese dietro le parole apparentemente spietate. «... adesso che siete qui... cercherò di continuare a non morire» ribatté con il poco fiato che gli restava. Ora che il combattimento era finito, avvertiva solo il dolore e il freddo, tanto freddo. Sentì che un gorgo nero stava risucchiando i suoi pensieri uno a uno.

Beau si accorse della sua sofferenza e cercò di sorreggerlo con premura, sollevandogli almeno la testa da terra. Anche Ty prese coraggio e si avvicinò di qualche passo, fermandosi però immediatamente non appena Martewall spostò su di lui lo sguardo grigio ghiaccio.

«Mi spiegherai, spero, chi sono quelli che volevano la tua vita, stavolta» riprese l'inglese rivolto a Ian. «Beau mi ha raccontato una storia di cui ho capito solo la metà».

In mezzo al gorgo nero che ormai gli occupava la mente, Ian

fu assalito da un pensiero, nel momento stesso in cui si accorse che da fuori non provenivano più né grida né rumori di battaglia. «... devi catturarli vivi!» esclamò, aggrappandosi al braccio del barone. «... me ne serve almeno uno come testimone!»

Martewall fece una smorfia di disappunto. «Troppo tardi. Temo di esserci andato con la mano pesante e anche i miei uomini non hanno guardato tanto per il sottile».

Ian lasciò la presa con un gemito. Poi svenne.

***

Lo svegliò dall'incoscienza un dolore forte, incandescente, alla spalla. Ian avrebbe voluto urlare, ma trovò solo il fiato per guaire, mentre tutto il corpo si contraeva violentemente.

«Tenetelo fermo» sentì una voce ordinare, cupa. «Altrimenti farò più danno che utile».

Qualcuno fece pressione sulle gambe di Ian, immobilizzandole. Altre mani cercarono di girarlo per accomodarlo meglio bocconi, poiché si era rannicchiato istintivamente sul fianco. Ian avvertì il freddo della pietra sulla guancia e sul petto e l'odore di terra e polvere nelle narici, mischiato però a un odore diverso, più pungente e metallico. Emise un gemito e le mani sconosciute sulle spalle lo lasciarono andare immediatamente.

Capì di essere stato spogliato almeno fino alla cintola, perché la pelle appoggiava direttamente sulla pietra nuda. Avrebbe voluto ribellarsi, come sempre quando rischiava di esporre agli sguardi la schiena sfregiata dalla frusta, ma non aveva nemmeno la forza di muovere un dito.

«Ti ho detto di tenerlo fermo» sbottò la voce di prima. «Così non bloccheresti nemmeno un gattino! Sieditici sopra, se pensi di non avere forza abbastanza».

Ian riuscì a riaprire gli occhi e alzare leggermente lo sguardo per mettere a fuoco il volto esangue di Ty a poca distanza da lui. Il ragazzo teneva le mani a mezz'aria come se non sapesse cosa farsene; le dita erano sporche di sangue e Ian capì che era sangue suo. Lentamente riconobbe anche l'odore pungente che riempiva l'aria: sangue, fumo e materia carbonizzata.

«*Monsieur* Jean!» esclamò la voce di Beau da poco lontano e Ian capì che le mani che gli tenevano ferme le gambe appartenevano al suo scudiero.

«Si è svegliato del tutto, adesso diventa più difficile» constatò Geoffrey Martewall e anche la sua voce proveniva da fuori il campo visivo di Ian.

In sottofondo si udiva distintamente il rumore lieve di legna che bruciava.

«Come stai?» domandò Martewall ed era poco più un'ombra che incombeva sulla pietra.

«... dimmelo tu...» replicò fievole Ian. «...io mi sento malissimo».

«Hai perso sangue come un vitello macellato, quindi ci vorrà un po' per rimetterti in piedi, ma ho estratto la freccia e per fortuna non è arrivata in punti vitali» lo informò l'inglese. «Il sangue si era coagulato intorno all'asta e ha bloccato per un po' l'emorragia o a quest'ora saresti già morto. Ringrazia il cielo per questo miracolo e anche per il fatto che la punta è rimasta incastrata sotto l'osso e non l'ha rotto».

Ian richiuse gli occhi, sfinito. «Ringrazio il cielo tutti i giorni per tante cose... aggiungerò anche queste alla lista...»

«Adesso però devo cauterizzare, se vogliamo sperare di evitare l'infezione e fermare del tutto il sangue» continuò Martewall e Ian percepì che si stava muovendo per fare qualcosa. Sentì un rumore di metallo sulla pietra e quello di braci smosse e rabbrividì in ogni singolo muscolo perché s'immaginò la scena vista altre volte sui campi di battaglia: la lama incandescente di un pugnale premuta su una ferita per arrestare la fuoriuscita di sangue.

Martewall aveva già ripreso a impartire i suoi ordini. «Mettigli questo tra i denti» disse a Ty, porgendogli il pezzo di un ramo ancora verde.

Il ragazzo scambiò un'occhiata sconvolta con Ian.

«... aspetta!» gemette quest'ultimo, ma fu subito redarguito da Martewall. «Vuoi morire dissanguato? O preferisci aspettare l'infezione?»

Ian non rispose. Dovette raccogliere tutto il suo coraggio, ma poi fece un cenno stremato con la testa a Ty, che si era bloccato appena l'aveva sentito lamentarsi. Il ragazzo gli porse il pezzo di ramo, con le mani che tremavano, e l'aiutò a stringerlo tra i denti.

«Tenetelo ben stretto» ordinò Martewall ai due ragazzi che lo assistevano e, tanto per sottolineare il concetto, aggiunse anche il suo peso, con la mano libera premuta sul dorso del ferito.

Fu mille volte peggio di quanto Ian avesse mai temuto. Il giovane credette di svenire di nuovo, ma purtroppo per lui era ancora sufficientemente forte da rimanere lucido e sopportare il supplizio.

Tremava, quando Martewall finì la sua opera, e aveva gli occhi serrati pieni di lacrime. Il respiro era ridotto a un singhiozzo convulso.

«Potete lasciarlo» disse Martewall ai suoi aiutanti e Ian sentì la pressione delle loro mani sparire. Gli tolsero anche il ramo dalla bocca, ma per lui non vi era altro che il dolore lancinante alla spalla.

«Non sanguina più» lo aggiornò l'inglese mentre controllava con dita esperte il suo lavoro. «Ti resterà una cicatrice profonda. Non che faccia una gran differenza qui dietro, con tutte quelle che ci sono già» concluse cupamente.

Ian riuscì solo a dargli una risposta inarticolata e poi non reagì più nemmeno quando gli applicarono un unguento sulla ferita e iniziarono a bendarlo. Era un lavoro complicato, perché il punto dolente stava in una posizione che obbligava a far passare le bende intorno al torace e al di sopra della spalla, quindi il corpo non poteva rimanere steso bocconi.

Ian si lasciò rigirare senza opporre la benché minima resistenza, senza più fiato nemmeno per gemere. Adesso era assalito da vertigini sempre più violente e i pensieri cominciavano a confondersi. Il freddo arrivò a gelargli le ossa.

«Sta per svenire di nuovo. Dategli questo, se riesce a mandarlo giù» ordinò ancora Martewall.

Ian socchiuse gli occhi e riuscì a malapena a riconoscere Beau che gli teneva la testa sollevata mentre gli avvicinava una borraccia alle labbra. «Coraggio, signore, è vino» lo esortò il ragazzo, preoccupatissimo.

Le prime gocce sembrarono acido sulla lingua, Ian si sentì chiudere la gola e rifiutò di bere. Stava troppo male per rimanere cosciente: era mille volte meglio lasciarsi andare in quel buio che gli rubava sempre più i pensieri e pregare di non risvegliarsi finché non fosse tutto finito.

Capì che Martewall aveva tolto la borraccia a Beau quando lo sentì dire: «È inutile. Lascialo stare, prima che gli vada di traverso e si strozzi».

Un'ultima voce arrivò a scuotere Ian sull'orlo dell'incoscienza: «Geoffrey, guarda chi c'è qui» esclamò qualcuno da poco lontano e Ian riuscì a riaprire gli occhi in tempo per vedere un cavaliere bruno comparire in controluce, oltre Martewall accucciato lì accanto. Il cavaliere portava con sé Daniel, tenendolo saldamente per un braccio.

Ian ebbe un tuffo al cuore, di pura gioia.

Daniel invece si era irrigidito di colpo nel vedere Martewall e anche l'inglese trasalì nel riconoscerlo. «Per tutti i santi! Ma costui non doveva essere morto?!» esclamò, esterrefatto.

La gioia venne sostituita subito da una nuova fitta d'ansia. Ian colse l'occhiata disperata di Daniel, ma ormai aveva esaurito anche le ultime forze e riuscì a stento a mormorare alcune parole sconnesse: «… mi dispiace… stavolta non…»

Non posso aiutarti, avrebbe voluto dire, ma svenne prima di terminare la frase.

Capitolo 27

Daniel rimase accucciato per un bel po' di tempo sul pavimento della torre diroccata, a osservare in silenzio Martewall che si prendeva cura dei feriti.

Aveva freddo, fame ed era esausto, ma si era ben guardato dal dirlo e, d'altra parte, c'erano cose più urgenti a cui pensare.

Martewall aveva terminato di medicare Chailly, dopo averlo fatto stendere sul pavimento a poca distanza da Ian: gli aveva ricucito le ferite e steccato il braccio destro, rotto a causa della caduta da cavallo. Nel complesso Chailly stava meglio e non aveva perso troppo sangue, un po' perché Daniel era riuscito a fasciarlo quando l'aveva trovato e un po' perché le ferite non avevano toccato vasi sanguigni importanti. Ora era crollato in un sonno profondo per la debolezza, ma il suo respiro era regolare e il colorito un po' meno pallido, grazie anche al calore generato dal fuoco acceso dagli inglesi nel focolare della torre.

Martewall era tornato in silenzio a occuparsi di Ian, che non accennava a riprendere i sensi.

Daniel lo osservava dal suo cantuccio in disparte. Martewall era cambiato da quando l'aveva visto l'ultima volta. Portava sempre abiti neri, colore del suo casato, ma la camicia bianca ricamata nello scollo della tunica, il mantello pregiato e l'anello nobiliare alla mano sinistra rivelavano adesso il suo rango di feudatario. I capelli gli erano ricresciuti fin sotto le orecchie e alcune ciocche sfuggivano ribelli sulle tempie e la fronte abbronzata. Solo la cicatrice sul sopracciglio era rimasta la stessa, a indurirgli lo sguardo già freddo. Daniel spostò lo sguardo su Beau, inginocchiato accanto al barone per assistere Ian, e poi lo alzò verso l'altro lato della stanza.

Sir Kerwick, e cioè il cavaliere che lo aveva agguantato e condotto da Martewall appena lo aveva visto arrivare esausto in prossimità della torre, stava ancora in piedi appoggiato col dorso al muro e con le braccia incrociate. Lo fissava da quando l'aveva portato fin lì, con un'espressione a metà tra lo sbalordito e lo sguardo in cagnesco.

Daniel ricambiò l'occhiata per un po', ma poi rivolse la sua attenzione sulla figura bionda e snella in piedi accanto a Kerwick, ferma a fissare il lavoro di Martewall: Ty Hamilton, l'origine di tutti quei guai.

Il ragazzo si sentì osservato, alzò gli occhi verso Daniel e subito li distolse, a disagio, tornando a guardare Ian steso a terra.

Daniel non aveva ancora avuto modo di rivolgere una sola parola al ragazzo, perché Martewall aveva ordinato di lasciar perdere le chiacchiere inutili finché i feriti non fossero stato medicati. E così l'inglese aveva lavorato pressoché in silenzio, impartendo solo gli ordini necessari, fino a quel momento.

Sembrava esperto in quello che faceva, notò Daniel. Certo però l'espressione con cui scrutava Ian mentre gli sentiva la fronte e gli controllava le bende era tutt'altro che allegra.

Daniel avrebbe voluto chiedere come stava l'amico, ma allo stesso tempo sapeva di doversi innanzitutto preparare a fornire spiegazioni molto spinose e ciò che Ty poteva aver detto o fatto prima del suo arrivo era un punto cruciale della questione.

Si strofinò un po' le mani sulle braccia conserte, per scaldarsi e nel frattempo svegliare la mente dalla stanchezza e meditare sul da farsi. Gli bruciava anche la ferita al ginocchio; forse il sangue si era coagulato sulla stoffa dei pantaloni.

La temperatura più mite della torre stava rinfrancando un po' anche lui, dopo la notte tremenda passata a vagare per il bosco, e Daniel si concesse ancora qualche istante per meditare sul fatto di essere venuto fuori tutto intero da quell'avventura, quando ormai non ci sperava più.

Sul terreno del massacro, la sera prima, era riuscito a rianimare Chailly con il vino trovato in una borraccia, poi l'aveva aiutato a togliersi la freccia di dosso e l'aveva medicato alla meglio, arrestando almeno la perdita di sangue.

Il barone ragionava lucidamente, nonostante la sofferenza, e tra le tante direzioni possibili, aveva consigliato a Daniel di piegare verso ovest e la carovaniera che proveniva da Bordeaux. Così Daniel aveva caricato il ferito sul cavallo e, tirandosi dietro l'animale, aveva iniziato a camminare nel buio, con l'angoscia di smarrirsi chissà dove e perdere contemporaneamente ogni possibilità di salvare il cavaliere bretone e di ritrovare Ian.

Lo confortava il fatto che Chailly considerasse quella direzione come la più probabile tra tutte quelle che anche Ian poteva scegliere, se era ancora vivo e voleva salvarsi; lo spaventava il fatto che senza il barone non era in grado di orientarsi al buio in mezzo a piante tutte uguali tra loro, mentre Chailly rimaneva cosciente solo a tratti e solo grazie al vino.

Metà della notte era trascorsa così, in una marcia infinita, tra buche di fango e avvallamenti improvvisi, ululati di lupi e strilli di uccelli invisibili tra i rami.

Quando Chailly era svenuto definitivamente e non c'era stata più alcuna possibilità di rianimarlo, Daniel aveva tentato di proseguire da solo, orientandosi con quelle poche nozioni imparate per sentito dire, poi fortunatamente era arrivata l'alba a dargli il modo di capire da che parte fosse l'ovest.

Il cavallo aveva fatto il resto: d'un tratto aveva cominciato a tirare in una direzione precisa e non era più stato possibile fargli cambiare idea. Daniel aveva dovuto assecondarlo finché l'animale non aveva trovato un torrente a cui dissetarsi. Dopo la sosta per bere, il cammino era ricominciato al di là del ruscello, finché non si erano uditi i primi clamori del combattimento.

Così, con il cuore in gola per il timore che potesse esserci Ian coinvolto in quello scontro il cui rumore arrivava così lontano, Daniel aveva trovato la torre diroccata e aveva potuto assistere di nascosto alle fasi finali della battaglia.

Non sapendo chi fossero le parti coinvolte e non avendo modo di difendere se stesso e Chailly da tutti quegli armati, non aveva osato farsi avanti e perciò aveva lasciato il barone ferito al sicuro nel folto del bosco per andare ad assistere più da vicino alla battaglia. L'aveva osservata dall'alto di un albero, finché non aveva visto Beau sbucare al fianco dei vincitori che allineavano i morti sul terreno.

A quel punto, aveva intuito parte della situazione e, corso a riprendere Chailly, aveva poi raggiunto lo spiazzo circondato dai ruderi delle vecchie mura.

Come primo uomo si era trovato davanti sir Kerwick.

Tra tutti i possibili rinforzi, proprio Martewall e i suoi ci dovevano capitare, pensò Daniel per l'ennesima volta, stanco e preoccupato, e tornò a fissare il volto immobile di Ian, con i pensieri di nuovo concentrati sulla tragicità della situazione presente.

Ian sembrava stare molto male. Era bianco come la cera, con le labbra esangui e la pelle lucida di sudore freddo. Martewall l'aveva fatto girare su un fianco, per non pesare sulla spalla ferita, e l'aveva avvolto in un mantello, ma Ian sembrava non migliorare affatto con il calore e le cure. Era immobile e respirava piano, lentamente.

Daniel lo guardava pieno di preoccupazione e allo stesso tempo temeva anche per sé e per Ty, per i danni che potevano fare senza la protezione e il consiglio di Ian.

Senza l'amico, Daniel aveva paura di commettere un passo falso dietro l'altro nel rispondere alle domande che gli inglesi gli avrebbero fatto senza dubbio molto presto. C'erano mille versioni possibili della stessa storia, un intero castello di menzogne raccontate in combinazioni diverse a diverse persone: quale tra tutte era la più adatta per gli inglesi? Quale gli avrebbe evitato una qualsiasi catastrofe diplomatica a cui non aveva pensato o anche solo gli avrebbe salvato la testa dalle ire di Martewall? Quale non avrebbe avuto conseguenze drammatiche sulla vita che Ian si era faticosamente costruito nel medioevo?

Daniel spostò lo sguardo accusatore sull'ignaro Ty Hamilton, elemento scatenante di tutto quel dannato pasticcio. Di una cosa era certo: indipendentemente da qualsiasi catastrofe sarebbe capitata poi, avrebbe prima strangolato quell'incosciente, tanto per fargli passare del tutto la voglia di fare il turista nel medioevo.

Ty non si accorse della sua occhiata di fuoco; aveva la faccia esausta e sembrava sul punto di crollare da un attimo all'altro, mentre si reggeva in piedi con le spalle al muro e le braccia strette al petto. Accanto a lui, sir Kerwick se ne accorse e gli disse qualcosa a bassa voce, accennando fuori con il pollice.

Ty annuì, sollevato, e sgattaiolò fuori senza disturbare Martewall o Beau.

Daniel colse l'occasione al volo. Si alzò e, senza badare all'occhiataccia di Kerwick, uscì superando un soldato venuto apparentemente a portare informazioni ai suoi superiori. Kerwick dovette fermarsi a parlare con il soldato e Daniel si allontanò prima che il cavaliere potesse richiamarlo.

Fuori, sotto il sole freddo di quel mezzogiorno d'autunno, gli inglesi avevano definitivamente preso possesso del luogo, accendendo un falò per scaldarsi e mettendo sentinelle lungo il perimetro del muro distrutto, per tenere d'occhio la situazione e il bosco da ogni lato. In tutto erano una dozzina e non avevano avuto caduti durante il combattimento, a giudicare almeno dal fatto che i cadaveri insanguinati erano allineati con ben poca compassione nel lato più lontano dello spiazzo. Alcuni feriti si stavano facendo medicare dai commilitoni, altri tre uomini tenevano d'occhio i cavalli. Non avevano carri con loro, probabilmente per viaggiare più leggeri e spediti.

Dopo aver cercato un po' con gli occhi, Daniel individuò Ty in compagnia di un paio di soldati. Il ragazzo voltava le spalle alla torre e si stava dissetando con la borraccia che i soldati gli avevano offerto.

Daniel si preparò alla resa dei conti.

Un soldato lo notò arrivare a grandi passi arrabbiati e diede di gomito al suo compagno. Questi annuì mentre riceveva indietro da Ty la borraccia e gli sguardi dei due furono colti alla fine anche dal ragazzo, che si voltò indietro.

Il canadese fece un'espressione da animale in trappola quando si accorse, troppo tardi, di Daniel ormai già a distanza ravvicinata.

«Ty Hamilton, eh?» lo apostrofò questi, agguantandolo per lo scollo della tunica, per non farlo scappare.

I soldati si allontanarono prontamente, lasciando i due a vedersela faccia a faccia da soli.

«Daniel Freeland… giusto?» balbettò Ty, spaventato.

«Per te sono *sir* Daniel Freeland, razza di incosciente!

Guarda cosa è successo per colpa tua!» Daniel avrebbe anche continuato con più rabbia e con la voglia di assestare un sonoro ceffone al ragazzo, ma nel vederlo così da vicino si accorse del suo viso già contuso, del labbro spaccato e delle macchie di sangue sui suoi vestiti laceri. Ty aveva anche i polsi feriti da corde o forse catene. Di sicuro la sua avventura nel medioevo non era stata una passeggiata fino a quel momento.

Qualcosa nella sua faccia spaventata ricordò a Daniel com'era stato lui stesso, anni prima, in quel mondo medievale, e il giovane si sentì incapace di infierire su Ty, anche se la sua rabbia era tutt'altro che placata. «Incosciente» accusò a voce più bassa, per non farsi sentire da nessun altro intorno. «Potevamo morire tutti per la tua bravata!»

«Mi dispiace...» Ty aveva gli occhi dilatati per la paura, ma anche per il senso di colpa. «Io non avrei mai voluto... io non credevo!» S'interruppe, incapace di trovare altre parole, poi abbassò la testa. «Mi dispiace tanto» ripeté in un sussurro.

Daniel lo lasciò andare, bruscamente come lo aveva afferrato. Fece un respiro profondo, cercando di calmarsi, e si mise le mani sui fianchi per non avere di nuovo la tentazione di usarle. Spostò per qualche attimo lo sguardo verso la torre dove Ian era ricoverato in quelle condizioni terribili. «Adesso siamo in un bel guaio» sbottò, pieno di angoscia.

Ty si lasciò cadere seduto su un cumulo di sassi lì accanto. «Credi che morirà?» domandò alla fine, dando voce alla paura più profonda e inespressa di Daniel.

«Non lo dire nemmeno!» scattò questi, infuriato. «Lui non muore, capito?!» Mentre lo esclamava, fu folgorato da un pensiero e si chinò su Ty, col cuore che traboccava di rabbia e paura. «Allora tu non sai già quando morirà!» gli disse a bruciapelo.

Ty scosse la testa, sconvolto da quella frase quasi fosse un'eresia. «Nessuno lo sa, nelle fonti storiche non c'è scritto, perché i documenti dell'epoca sono rovinati o persi. Ci sono pochissime informazioni su di lui. Nessuno sa nemmeno dove sia la sua tomba, al contrario di molte altre della sua famiglia».

Daniel chiuse gli occhi per qualche istante, alleggerito o forse pieno di nuova paura. In quel momento avrebbe preferito che Ty gli dicesse che il Falco d'argento sarebbe morto di vecchiaia a cent'anni, nel suo letto, lontano da battaglie e ferite mortali e magari attorniato da un esercito di nipoti.

Ty si stava passando le mani sul viso. «Se dovesse morire adesso, non so cosa farei. Forse ho addirittura cambiato il suo destino… sta rischiando la vita ed è tutta colpa mia».

Daniel sentì la disperazione sincera nella voce del ragazzo, ma non trovò niente da dirgli, perché condivideva in pieno quel pensiero.

Sì, è proprio colpa tua! ripeté in silenzio, anche se non lo disse ad alta voce.

Ty intuì comunque la sua accusa dal silenzio. «Non volevo che succedesse. È il mio avo, lo sai?» sussurrò.

«Sì, lo so. Me l'ha detto tua madre» rispose Daniel, brusco.

Il ragazzo rialzò gli occhi. «A casa mi stanno cercando? Mia madre sarà fuori di testa per la mia sparizione… già non fa altro che brontolarmi dietro».

«Fa bene, direi, e, sì, è preoccupatissima perché non capisce dove sei finito. La polizia ti sta cercando in lungo e in largo, fino in Arizona, a casa mia».

«Nessuno ha capito cos'è successo, vero?»

«E come credi che possano immaginarsi una cosa del genere? Buon per te che di là e di qua ci siamo io e il tuo bis-bisavolo a salvarti la pelle e riportarti a casa».

«A casa…» Ty lo stava guardando con gli occhi dilatati. «Davvero tu puoi? Io non ci riesco più da giorni».

Daniel cercò di corazzarsi di fronte a quell'aria sperduta che sapeva di avere avuto anche lui, anni prima, nella stessa situazione. Non voleva provare compassione per Ty, non adesso dopo che aveva causato tanti guai uno peggiore dell'altro e messo a rischio la vita di Ian. «Certo che posso» rispose, burbero. «Sono qui per questo. Tu riesci ancora a chiamare l'icona?»

«No. Ci ho provato in tutti i modi, ma niente da fare. Poi non ho più avuto modo di provare».

Daniel meditò in silenzio. Sapeva che Carol Hamilton aveva tenuto spento per un po' il computer di suo figlio e questo spiegava perché Ty non riusciva più a chiamare l'icona per l'uscita dal gioco. Adesso, se il computer era davvero rimasto acceso come Carol aveva promesso, il gioco avrebbe dovuto funzionare di nuovo, probabilmente immettendo nella partita i codici giusti, quelli che Daniel aveva nel suo sistema. Altrimenti, toccava tornare nel mondo moderno, chiamare Carol Hamilton e chiederle di riaccendere il computer di Ty; poi rientrare in gioco e fare tutto il resto. Una faccenda lunga e complicata, a cui non ci si poteva certo dedicare in quel momento, sotto il naso di Martewall e dei suoi uomini.

Esisteva anche un'altra alternativa e cioè che il gioco non funzionasse più proprio per niente con Ty, ma a questa Daniel preferì non pensare. «Con me funzionerà» rispose, un po' rispondendo all'ansia di Ty e un po' rassicurando se stesso.

Il ragazzo lo stava ancora guardando fisso, con mille domande negli occhi e l'incertezza su quale porre per prima. «Perché si è interrotto tutto all'improvviso?» chiese alla fine. «Quando la partita è ricominciata a Roquemar, ho aspettato un sacco di vederti comparire, ma non è successo niente... alla fine mi sono ritrovato solo e bloccato di qua».

«Un problema sulla linea internet» borbottò Daniel, sorvolando sul fatto che il blocco del gioco era in realtà colpa sua. «Il tuo computer ha ricevuto dati corrotti dal server. Può capitare quando giochi on-line».

«Quindi rischiamo anche adesso?» La voce di Ty tradì una nuova angoscia.

«No. A casa mia il computer è sorvegliato e c'è anche il *backup* continuo di tutti i dati. In questo modo io non corro rischi».

Almeno spero, concluse Daniel col pensiero, ma non lo disse ad alta voce.

Ty lo fissava con un misto di meraviglia e timore, come se l'altro giocatore fosse padrone di una sorta di magia miracolosa. «Ma perché *Hyperversum* funziona così?»

Bella domanda, pensò Daniel. «Non lo so».

«Come "non lo sai"?! Ci deve essere una spiegazione, un motivo logico!»

«Senti, io sono un ricercatore di fisica: se ci fosse una qualche spiegazione scientifica a questa faccenda l'avrei trovata, ti pare? Credi che non l'abbia cercata?»

«Ma nel mondo ci sono milioni di giocatori e non viaggiano tutti nel tempo! Perché noi sì?»

Daniel allargò le braccia esasperato. «Non hai mai visto una puntata de *Ai confini della realtà*? Ecco a noi sta capitando una cosa del genere, va bene?» Si rese conto che il suo gesto aveva attirato l'attenzione e si costrinse ad assumere un contegno più misurato. «E poi potevi farti venire tutti questi dubbi prima di metterti a saltare di qua e di là nel tempo dietro a me» concluse, aspro.

Ty incassò il colpo senza quasi difendersi. «È che sembrava troppo bello per essere vero...» provò a dire. «Ok, la prima volta è stato uno choc» ammise poi sotto lo sguardo accusatore di Daniel. «Sono scappato dal campo di battaglia al volo grazie all'icona dell'uscita di emergenza e non so nemmeno se mi hanno visto sparire. Poi a casa ci ho messo ore per trovare il coraggio di ritentare una seconda volta».

E mentre lui si decideva, Ian provava a fare il viaggio inverso, ecco perché in quella breve sessione di gioco questo ragazzo non c'era, si disse Daniel, confrontando il racconto di Ty con le informazioni trovate registrate in *Hyperversum*.

«Le volte successive però ho preso confidenza» stava continuando il canadese. «Era troppo eccitante e potevo andarmene quando volevo... credevo che non ci fosse niente di male».

Daniel scosse la testa, sospirando di stizza, e Ty provò a giustificarsi. «Ma scusa, anche tu vai avanti e indietro da qui, no? Da quanto?»

«Da un po', tra alti e bassi». Daniel non aveva più voglia di parlare di quella faccenda assurda, perché gli ricordava quanto fosse pericoloso il suo stesso comportamento, quanto fosse azzardato il fatto di muoversi nella Storia affidandosi a un mistero senza spiegazioni. «Ho dovuto abituarmi all'idea e a non fare danni con comportamenti sconsiderati. E avere qualcuno per cui tornare. Questo non è un posto per giocare di ruolo: si rischia la pelle a stare qui e se lo fai devi avere buoni motivi».

Ty annuì piano, di nuovo a testa bassa per quel rimprovero. «Vero» ammise con un sospiro. «Una volta stavo per finire quasi ammazzato addirittura dal tuo amico in persona».

Daniel spalancò gli occhi. «Quando?»

«A Pienne sul fiume. Avevo seguito i soldati francesi di nascosto. Sono stato proprio un idiota».

E Ian non me l'ha detto? si arrabbiò Daniel in silenzio. *Quel disgraziato non deve mettersi a tenere segreti anche con me, accidenti a lui!*

Ty non parlava più. Stavolta si era preso un bello spavento con le sue bravate da pendolare del tempo, lo si vedeva lontano un miglio, e adesso probabilmente rifletteva su tutti i rischi corsi e anche sulle possibili conseguenze della sua avventatezza.

Daniel si aspettava che a quel punto il ragazzo lo supplicasse di riportarlo indietro subito e si era già preparato a sostenere la discussione e a spiegargli che non avrebbero potuto scomparire dal medioevo senza tutte le adeguate precauzioni. *E poi io non me ne vado senza sapere se Ian guarirà*, aggiunse col pensiero, già pronto a ingaggiare battaglia a parole.

Ty invece alzò lo sguardo verso la porta buia della torre. «Come lo hai conosciuto?» domandò e si riferiva ovviamente a Ian, come se adesso non avesse altro nei pensieri.

Daniel storse il naso. «Storia troppo lunga. Ne parleremo un'altra volta».

Il ragazzo rimase in silenzio ancora. «Durante le mie ricerche su internet ho immaginato tante cose su di lui, ma non avrei mai creduto… che fosse così».

«Zitto» ammonì Daniel. Un soldato passò a poca distanza in quel momento e il giovane lo tenne d'occhio finché non fu abbastanza lontano da non poter più udire la conversazione. «Bada a quello che dici, da queste parti» proseguì, duro.

Ty riportò subito lo sguardo su di lui. «Non ti devi preoccupare: sono stato bravo e nessuno sospetta la verità su di me o su di te» si affrettò a rispondere. «Nemmeno il Falco d'argento».

Daniel lo guardò, esterrefatto. «Davvero?» fu l'unica cosa che riuscì a dire.

Il ragazzo annuì. «Sono riuscito a farmi raccontare da lui la storia che hai inventato per spiegare la mia comparsa qui e l'ho proseguita aggiungendo qualche dettaglio. Il Falco mi ha creduto e anche tutti gli altri, te lo giuro, non hai niente da temere. Il tuo segreto è salvo».

Se la situazione non fosse stata tanto grave, Daniel si sarebbe messo a ridere. Quel ragazzo era convinto di aver ingannato Ian con una menzogna sul suo arrivo nel medioevo!

Non ha capito proprio niente, si disse in silenzio, incredulo.

La cosa comunque eliminava parecchi potenziali problemi dalle spiegazioni da dare in futuro a molta gente, Martewall per primo. Adesso Daniel si sentiva almeno un po' più sicuro di poter reggere la commedia, visto che il ragazzo non aveva rivelato in giro informazioni strane. «Sei stato bravo davvero, allora» commentò con ironia, non colta da Ty.

Il ragazzo aveva riabbassato la testa. «No, non sono stato bravo un accidente. Ho combinato un casino e adesso non posso più rimediare».

Daniel non disse nulla e meditava sulle implicazioni che quella novità inaspettata portava con sé. Capiva come il ragazzo potesse essere caduto nell'inganno e aver creduto che il Falco d'argento fosse un vero uomo del medioevo e non un moderno come loro; capiva anche perché Ian non avesse voluto rivelargli la verità. Questo però, se gli semplificava le cose da un lato, lo metteva anche nella condizione di non poter usare *Hyperversum* liberamente davanti a Ty, per portare Ian da un medico vero, per farlo curare da chi aveva gli strumenti adatti.

Ian non vorrebbe comunque che lo facessi, sospettò Daniel in silenzio. Aveva visto quanto l'amico fosse spaventato dall'idea di ritornare nel ventunesimo secolo e sapeva che si sarebbe inquietato ancora di più nel ritrovarsi in un ospedale. Gli avrebbe ricordato troppo i giorni tragici di anni prima, quando credeva di aver perso per sempre la possibilità di ricongiungersi a Isabeau.

Se fosse questione di vita o di morte, si convincerebbe, volente o nolente, accidenti a lui, pensò ancora Daniel con rabbia, ma allo stesso tempo sapeva che ci sarebbero stati molti altri problemi da risolvere, oltre all'ostinazione di Ian. Ad esempio, come spiegare agli eventuali medici del pronto soccorso una ferita da freccia sulla schiena del paziente ed evitare che la polizia venisse a ficcare il naso.

Ho le mani legate, maledizione, pensò Daniel, mordendosi le labbra.

«Credevo che i cavalieri così fossero solo nei romanzi e nel cinema» riprese Ty d'un tratto.

«Così come?» Daniel era perplesso.

«Così... cavalieri». Ty guardava in terra, perso dietro il filo dei suoi pensieri e, probabilmente, dei ricordi. «Ieri, quando stavano per dargli il colpo di grazia, si è rialzato, con una freccia piantata in corpo, ed è riuscito a uccidere tre nemici in pochi minuti. Ha salvato se stesso e me, da solo, senza paura, velocissimo. Una macchina da guerra. L'ultimo nemico è morto prima ancora di poter chiedere pietà».

Daniel taceva, impressionato. *Questo è Ian?* si domandò, con una stretta improvvisa in fondo al cuore.

«Poi ha marciato fino a questa torre pur di portare in salvo me e il suo scudiero. Nelle sue condizioni io sarei crollato steso e invece lui andava avanti, sempre avanti. Questa mattina, quando credeva di dover morire, l'ho visto farsi il segno della Croce, con la spada già sguainata. Ha chiesto perdono per i suoi peccati e poi ha combattuto con le unghie e coi denti. Io ero terrorizzato e lui era una tigre: ne ha uccisi due di quei figli di...»

«Basta così. Ho già capito che sei un suo fan». Daniel si ribellò a quel ritratto che non era più Ian, l'amico, il fratello, ma solo il Falco d'argento, il cavaliere, il feudatario, il guerriero.

«Scusa. Dimenticavo che tu lo conosci meglio di me» sospirò Ty, stanco.

Daniel non replicò, perché invece gli sembrava di conoscere molto meno di quanto pensasse l'uomo emerso dal racconto del canadese.

Ty lo distrasse, accennando all'improvviso alla torre. «Non ho ancora capito chi è quel tizio, ma mi fa una paura maledetta».

Daniel si voltò per veder arrivare Geoffrey Martewall, dritto verso di loro. Il barone si stava asciugando le mani in una pezzuola ed era seguito a breve distanza da Kerwick. Beau doveva essere rimasto nella torre accanto a Ian e Chailly.

«Anche a me quello fa paura» mugugnò Daniel, preparandosi alla conversazione più spinosa. C'erano parecchie cose da chiarire e non aveva ancora pensato a come mettere insieme le parole.

Ty si alzò in piedi d'istinto, all'arrivo degli inglesi. Kerwick si fermò a gambe larghe davanti ai due stranieri, con una mano infilata nel cinturone e l'altra appoggiata sull'elsa della spada. Martewall squadrò Daniel e Ty da capo a piedi e parlò per primo. «Adesso voglio delle spiegazioni». La voce era fredda come al solito, il tono per nulla amichevole.

Daniel fece un respiro stanco. «Ma perché vieni sempre a chiederle a me?»

«Perché il tuo amico non è mai disponibile per fornirmele di persona» replicò Martewall, secco, accennando col capo alla torre lasciata alle sue spalle.

«Come sta?» domandò Daniel, con una fitta d'ansia.

«Male» fu la risposta senza mezzi termini. «Se gli viene la febbre, potrebbe non sopravvivere e se in aggiunta si sviluppa la cancrena, potrebbe perdere il braccio, prima di morire ugualmente. Ha fatto troppi sforzi e ha perso troppo sangue senza farsi medicare: se voleva dare una mano ai suoi assassini, c'è riuscito bene».

Ty si lasciò sfuggire un gemito disperato.

«Possiamo fare qualcosa per lui?» domandò Daniel, lottando contro il brivido di orrore che gli si agitava dentro.

«Pregare. Al resto è meglio che pensi io» sentenziò Martewall e sembrava quasi un'accusa rivolta ai due che gli stavano davanti. «Il suo luogotenente, invece, ha buone probabilità di farcela, purché non venga la febbre anche a lui».

Daniel non gli rispose per le rime, perché si sentiva già abbastanza in colpa per non essere stato al fianco di Ian al momento del pericolo. «Sei bravo a medicare la gente» osservò piuttosto.

«Una vita passata a combattere in torneo o in guerra ti insegna parecchie cose» tagliò corto il barone e poi tacque, in evidente attesa che fosse Daniel a continuare il discorso.

Questi capì che non c'era modo di tergiversare. «Da dove vuoi che cominci?» sospirò, rassegnato.

«L'assedio di Dunchester potrebbe essere un buon inizio» intervenne Kerwick per la prima volta, ma Martewall invece scosse la testa. «Più tardi» disse. «Prima voglio sapere chi sta tentando di uccidere il Falco».

Daniel fu colpito dal fatto che il barone chiamava Ian per soprannome, ma molto di più rimase impressionato dal suo tono feroce. Martewall sembrava desideroso di vendetta e per un attimo anche Daniel si sentì sulla sua stessa lunghezza d'onda. «Non lo so» dovette rispondergli tuttavia. «Posso solo fare ipotesi, perché io non c'ero quando è avvenuto il massacro».

Martewall spostò lo sguardo freddo su Ty. «Allora lo sa lui?»

«Posso dirvi ciò che il Falco ha detto a me» rispose Ty, a disagio. «Lui sostiene che gli assassini sono stati mandati dal barone di Gant. Quello del castello di Morges».

«Lo immaginavo» ringhiò Daniel a bassa voce. «Quel maledetto bastardo!»

«Spiegami» ordinò Martewall.

Daniel mise insieme la parte che conosceva della storia, raccontando ciò che il conte di Ponthieu voleva che si dicesse a proposito di Ty e della successiva spedizione per andare a liberare il ragazzo dal castello di Morges. Disse di come era stato costretto a separarsi da Ian a causa della febbre e di cosa era accaduto poi alla locanda e lungo la strada, compreso l'agguato del misterioso tiratore in mezzo al bosco.

Ty intervenne a portare la sua parte di informazioni: la cattura nel contado di Roquemar, la liberazione dalle prigioni di Morges, l'incontro con gli occitani e il successivo agguato; poi la fuga nel bosco e l'arrivo alla torre diroccata.

Fu bravo a raccontare, aveva un ottimo intuito ed era sveglio. Doveva essere un buon giocatore di ruolo, dovette ammettere Daniel, tenendolo d'occhio per tutto il tempo con sguardo vigile: sapeva adattare le sue frasi agli spunti che l'altro giocatore gli aveva lanciato per primo e glissava sugli elementi potenzialmente pericolosi, facendoli sembrare di minore importanza.

È così che deve essersi salvato dagli interrogatori di Gant e dei suoi aguzzini, si disse Daniel. *Certo ha avuto fegato a sostenere la sua versione dei fatti senza mai cadere in contraddizione, mentre era incatenato nelle segrete di Morges.*

Forse, doveva ammettere che il ragazzo aveva anche qualche buona qualità e non solo la predisposizione a mettersi nei guai.

Martewall e Kerwick ascoltarono in silenzio tutto il racconto, lanciando di tanto in tanto un'occhiata ai cadaveri degli assassini stesi a terra nel piazzale pieno di sterpaglie.

«Se il Falco accusa questo Gant, io gli credo» disse infine Martewall, cupo. «I fatti però possono dare adito a molte interpretazioni».

«Come sarebbe?!» protestò Daniel. «Tutto quadra alla perfezione!»

«Ma non ci sono prove» lo contraddisse l'inglese. «La vostra testimonianza da sola non vale: siete uomini di fiducia del Falco, potreste dire qualsiasi cosa a suo vantaggio. La verità è che gli assassini non hanno segni distintivi addosso e nelle tasche hanno solo monete occitane».

«O aragonesi» aggiunse Kerwick. «I nostri uomini li hanno perquisiti tutti».

«Gant li ha pagati con l'oro rubato nei suoi saccheggi» disse Daniel.

«Probabile,» convenne Martewall «ma si potrebbe sostenere con altrettanta facilità che gli assassini sono occitani ribelli o briganti e che i loro caduti in mezzo ai francesi sulla strada sono stati uccisi dai francesi stessi durante il combattimento. Non c'è niente che leghi gli aggressori al barone di Gant. Il Falco mi aveva chiesto di catturarne almeno uno vivo, ma io ormai li avevo già fatti uccidere tutti. Se ce n'erano altri, a quest'ora sono scappati chissà dove».

«Quindi quel maledetto bastardo se la caverà senza nemmeno un'accusa?» Daniel non voleva crederci. «Ha quasi ammazzato... Jean» si corresse al volo prima di pronunciare il nome al modo sbagliato. «L'ha quasi ammazzato e la passerà liscia?!»

«Può darsi» disse Martewall. «Io non conterei troppo su un processo contro di lui. Senza prove, difficilmente avrete una sentenza di colpevolezza. Oltretutto questo Gant è un crociato ed è vassallo di Montfort. Se avete solo la vostra parola contro la sua, vi potrebbero chiedere di affrontare il Giudizio di Dio».

Daniel tacque.

Un combattimento all'ultimo sangue contro un cavaliere esperto come Gant per distinguere l'innocente dal colpevole era fuori discussione e ancora di più lo era un'ordalia del tipo mettere la mano nell'acqua bollente o nel fuoco per dimostrare di dire il vero nel caso la pelle non risultasse scottata. Non si poteva decidere innocenza o colpevolezza in quel modo barbaro e del tutto irrazionale.

«Il Falco è in condizioni troppo gravi per pensare che possa sostenere una simile prova, anche se dovesse riprendersi tra qualche giorno» stava intanto dicendo Kerwick. «E voi due, con tutto il rispetto, non mi sembrate in grado di affrontare alcunché al posto suo, nemmeno se fosse la semplice Croce di Carlo Magno».

Se la cosa non fosse stata tragicamente vera, Daniel avrebbe risposto male al cavaliere sassone, invece tacque, rimuginando.

«Cos'è la Croce di Carlo Magno?» domandò invece Ty.

«È straniero come me, non conosce tutti i vostri usi» spiegò subito Daniel, in risposta all'occhiata perplessa dei due inglesi.

«Si tratta di tenere le braccia allargate come in croce per la durata di una messa. Chi ci riesce, sta dicendo la verità» chiarì Kerwick.

Daniel parò immediatamente la sparata che Ty stava per fare, annunciata dalla sua espressione risoluta. «Voglio un processo di uomini, voglio inchiodare con le prove quel bastardo, davanti agli occhi di tutti. Niente scorciatoie» sentenziò nel momento stesso in cui il ragazzo diceva: «Be', una cosa del genere...»

Ty richiuse la bocca e non parlò più.

«Allora dovremo metterci in caccia di informazioni» disse Martewall a Daniel, ignorando volutamente l'intervento del ragazzo. «Prima però dobbiamo riportare a casa il Falco vivo, perché senza di lui si può fare ben poco».

Daniel si gettò i capelli indietro dalla fronte, con un gesto di stizza e stanchezza. «Dobbiamo riportarlo a Le Noir. Il conte di Ponthieu è là dai Sancerre, con tutta la corte del re».

Martewall si accigliò. «Speravo che re Filippo avesse percorso più strada verso sud e Clermont. Sarebbe stato più vicino a qui».

«È stato fermato lungo il cammino dalle notizie di ciò che sta accadendo in Inghilterra».

«Allora potrebbe anche aver rinunciato a Clermont, aver cambiato direzione ed essere ripartito per il nord». Martewall meditò qualche istante e poi guardò Kerwick. «Dobbiamo accertarci di dove sia, per portargli i messaggi di Fitz-Walter».

«Potrebbe essere tornato verso Bourges» ipotizzò l'altro inglese.

«Forse. Oppure si sta dirigendo verso il primo porto utile sulla costa».

«Posso precederti e andare a chiedere informazioni più avanti».

«Prendi tre uomini e lasciami gli altri. Mi servono per scortare il Falco dai Sancerre. Non mi fido di quello che posso trovare per strada dopo tutta questa faccenda. Io andrò a Le Noir, se non incrocerò la corte prima o non tu mi manderai messaggi in proposito. Spero di trovare prima possibile un luogo al riparo dai nemici del Falco».

«D'accordo. Vado a preavvertire gli uomini».

Kerwick si allontanò momentaneamente e Daniel non poté fare a meno di notare il nuovo tono di confidenza tra il cavaliere e il suo feudatario; non si parlavano con tanta familiarità quando li aveva visti insieme a Dunchester.

Martewall si accorse della sua espressione incuriosita. «È diventato mio cognato» spiegò. «Ha sposato mia sorella Leowynn l'anno scorso».

«Ah, congratulazioni...» replicò Daniel abbozzando un sorriso e nel frattempo ringraziò Ian in silenzio perché l'aveva convinto a non giustificare la sua scomparsa da Dunchester con un fantomatico flirt con la castellana e la successiva fuga per evitare di incrociarne il fratello geloso. Gli mancava giusto di ritrovarsi preso in mezzo tra il fratello e il neo-marito della ragazza: allora sì avrebbe messo il collo sul ceppo del boia o più probabilmente in un cappio appeso al primo albero dei dintorni.

«Il ragazzo non ce la fa più» gli fece notare Martewall, indicando Ty.

In effetti il canadese era pallido come un cencio e cominciava a rabbrividire, forse non solo per il vento freddo che si stava alzando a folate.

«Vai a cercare qualcosa da metterti addosso e anche qualcosa da mangiare, prima di finire lungo disteso per terra» gli consigliò Daniel e lo spinse di qualche passo verso il falò dei soldati, approfittando anche del fatto che Kerwick stava tornando da Martewall a comunicargli qualcosa.

«Non sono così debole come credi» protestò Ty sottovoce e aveva un tono arrabbiato, oltre che stanco. «Anche prima: mi hai zittito, ma io sono disposto davvero a sostenere una prova per il Falco, per aiutarlo contro quel bastardo che lo vuole morto. Lui mi ha salvato la vita!»

«E tu credi di poter sostenere la Croce di Carlo Magno! Ma lo sai quanto dura una messa? Se fosse così facile, credi che sarebbe una prova da ordalia?»

Ty fece per replicare, ma Daniel gli puntò sotto il naso l'indice ammonitore.

«Basta scemenze. Il fegato ce l'hai, posso anche crederti, poi però mi racconti cosa pensi di fare quando ti chiederanno di metterti a torso nudo per affrontare la prova e scopriranno che hai tatuato addosso una decorazione pagana e una specie di croce satanica con tanto di teschi. Come gliele spieghi, eh? Qui di recente va molto di moda accendere roghi per streghe ed eretici, lo sai?»

L'obiezione fece ingoiare a Ty il resto delle sue proteste.

Il ragazzo abbassò la testa, poi si liberò della mano di Daniel. «Vado a cercare da mangiare» mugugnò, cupo, e si allontanò senza più una parola.

Daniel sospirò. Condivideva in pieno la rabbia del ragazzo, ma proprio non potevano permettersi colpi di testa, quindi dovevano mantenere nervi saldi ed evitare di fare sciocchezze.

Di colpo si sentì sfinito. La notte insonne, l'angoscia e la lunga marcia si stavano facendo sentire sulle spalle e nelle ossa.

Forse dovrei cercare qualcosa da mangiare anch'io o almeno riposarmi un po', si disse Daniel e per l'ennesima volta guardò la torre dov'era ricoverato Ian.

«Dove pensi di andare?» lo apostrofò da lontano la voce di Martewall. «Non abbiamo ancora finito con le spiegazioni».

Daniel lasciò cadere le spalle esauste, prima di voltarsi verso il barone e Kerwick, che gli faceva cenno di ritornare verso di loro.

Qui le spiegazioni non finiscono mai... si disse sconsolato, preparandosi alla parte peggiore del dialogo.

Capitolo 28

Cominciò il viaggio di ritorno, sotto un sole pallido, con il cielo spazzato da un vento freddo e dispettoso, capace di infilarsi nei mantelli e sotto i cappucci cambiando direzione a suo piacimento.

Martewall aveva assunto la guida del gruppo con autorità indiscussa e, dopo aver mandato avanti Kerwick con tre uomini, aveva organizzato la marcia, mostrando tutta la sua esperienza militare. Nel bosco intorno alla torre erano stati ritrovati alcuni cavalli appartenuti senza dubbio agli sgherri venuti ad uccidere Ian: gli animali, come i padroni, non avevano addosso alcun segno distintivo che potesse ricollegarli al mandante dell'agguato, ma erano senz'altro utili per trasportare i feriti e gli appiedati, oltre a qualche bagaglio.

Così, tenendo Ian ben protetto in mezzo al gruppo, gli inglesi si erano rimessi in marcia, sotto il vessillo del Leone di Dunchester, ostentato sulla punta di un'asta ricavata da un ramo, tanto per rendere noto a chiunque avesse intenzioni ostili con chi avrebbe avuto a che fare.

Tutti gli scampati all'agguato erano stati coperti con mantelli, in modo da confonderli in mezzo agli inglesi. Thibault de Chailly aveva ripreso i sensi e riusciva reggersi in sella da solo, nonostante le ferite. Ian, svenuto, era stato letteralmente legato sul cavallo, con le braccia intorno al collo dell'animale. In quella posizione accasciata si dissimulava meglio la sua altezza, il ferito si notava meno che se fosse stato trasportato su una barella e la fuga sarebbe stata più rapida in caso di necessità.

Dall'uno e dall'altro lato di Ian cavalcavano Daniel e Martewall, con Beau in coda.

Il cammino era esasperatamente lento, molto più del viaggio di andata, per non aggravare le condizioni dei feriti, ed era silenzioso, sia perché tutti tenevano i sensi all'erta per individuare qualsiasi minaccia nell'ambiente circostante, sia perché gli inglesi adesso nutrivano una certa antipatia per Daniel.

Le spiegazioni che il giovane aveva dovuto dare a Martewall e a Kerwick avevano fatto presto il giro di tutto il gruppo di armati e da allora gli sguardi puntati su di lui si erano fatti piuttosto freddi.

Daniel faceva finta di ignorarli, accontentandosi almeno di non essere finito vittima di una qualche forma di giustizia sommaria. Non aveva avuto tempo né modo né idee per raccontare una storia diversa da quella che Ian aveva inventato per Sancerre e per i francesi e così aveva dovuto buttarsi e sperare che la gravità del momento e la presenza fisica di Ian e Chailly lo aiutassero a venir fuori intero da quel dialogo spinoso.

Contro tutte le sue paure, invece, Martewall non aveva accolto troppo male la rivelazione che il redivivo Daniel era stato una spia tra i feudatari inglesi all'epoca dell'assedio e della battaglia di Dunchester. Dopo un primo attimo di tensione, non aveva fatto commenti e si era limitato ad aggrottare la fronte, rivolgendo lo sguardo verso la torre, come se così facendo potesse scrutare Ian negli occhi.

Non era sembrato nemmeno tanto sorpreso. Seccato, piuttosto, forse per essere stato beffato da un ennesimo gioco di maschere, ma se anche era così non lo aveva espresso a parole né a gesti e la sua acquiescenza inaspettata riguardo tutta la questione aveva tenuto a bada gli altri inglesi, che però da allora guardavano Daniel con ostilità palese.

In compenso, Ty non aveva ricevuto nemmeno la metà di quegli sguardi ostili, nonostante fosse a sua volta ufficialmente identificato come un altro agente dei Ponthieu.

A quanto pareva, le spie che indagavano in casa degli altri non erano considerate dai soldati inglesi con la stessa severità di quelle che ficcavano il naso nei feudi oltremanica, pensava Daniel, rassegnato a subire le occhiatacce di tutti.

Kerwick almeno era diventato meno ostile prima di partire, da quando Martewall gli aveva ricordato la parte avuta da Daniel nel difendere Leowynn da re Giovanni Senza Terra, a Dunchester.

Il pomeriggio era andato avanti così fino al tramonto. Il gruppo aveva disceso il pendio oltre la torre diroccata, inoltrandosi nel bosco fino a raggiungere la carovaniera proveniente da Bordeaux e si era incamminato verso nord.

Non c'erano stati incontri pericolosi lungo la strada, solo una carovana di mercanti e una di pellegrini, entrambe dirette in senso opposto e che avevano lasciato rispettosamente il passo al feudatario inglese con la sua scorta, non appena avevano scorto il vessillo del Leone e le armi che i soldati impugnavano all'istante ogni volta che all'orizzonte si profilava qualcuno.

Quando la luce ormai cominciava a calare, Martewall aveva fatto fermare tutti presso una fattoria visibile dalla strada, poiché non c'era alcun altro luogo abitato nei dintorni.

Era una casa modesta, fatta di legno, pietra e malta, con molto più spazio per gli animali al piano terra e nelle baracche intorno che per gli uomini, ma aveva almeno il vantaggio di essere circondata da campi arati o lasciati a prato e consentiva perciò una visione molto ampia del circondario, senza che alberi o cespugli potessero offrire nascondiglio a eventuali aggressori in arrivo.

Il contadino si era spaventato a morte nel veder arrivare nella sua aia tutti quegli armati con le facce truci e i modi nervosi, ma Martewall lo aveva tranquillizzato assicurando con la sua parola che si sarebbero fermati solo per la notte, che avrebbero chiesto cibo e alloggio e pagato per il disturbo.

L'uomo, con il cappello in mano e grato più per il fatto di non dover temere violenze da quegli sconosciuti che per le monete d'argento consegnategli dal barone, mise subito a disposizione il suo fienile, perché tutti gli uomini stanchi potessero riposare al caldo.

Tutta la famiglia del contadino si adoperò per procurare cibo, acqua e un po' di vino per i viaggiatori. Nell'aia venne acceso un falò abbastanza grande per scaldare la dozzina di uomini appena scesi da cavallo.

Ian e Chailly vennero ricoverati nel fienile, il primo sempre svenuto e trasportato a braccia e il secondo zoppicante e sorretto da Beau e Ty.

All'interno della costruzione, alta e fatta di tronchi appena sbozzati, vi era una temperatura accettabile e soprattutto vi era spazio a sufficienza al piano terra e al piano rialzato per consentire a tutti gli uomini di trovare un luogo in cui coricarsi.

Nella paglia vennero subito preparati giacigli di coperte per i due feriti, a rispettosa distanza l'uno dall'altro, e Ian vi venne adagiato girato sul fianco illeso.

Martewall controllò le sue condizioni e non si sbilanciò su una prognosi. «Lasciamolo in pace» disse semplicemente e uscì per andare a sedersi davanti al falò, a riposare e mangiare qualcosa.

Quella notte gli inglesi fecero i turni di guardia e sorvegliarono il fienile come se fosse una fortezza in pieno assedio.

Daniel venne esentato dal compito e non seppe dire se quella di Martewall era stata una premura nei suoi confronti, viste le sue condizioni di sfinimento, o un modo per tenerlo lontano dagli altri inglesi, specie durante le lunghe ore solitarie di guardia notturna. Comunque fosse, Daniel si medicò il ginocchio sanguinante, poi si stese a poca distanza da Ian, deciso a vegliarlo per tutta la notte anche se l'amico sembrava al di là di qualsiasi necessità, tanto era immobile e quieto.

Buoni propositi del tutto ingenui i suoi, perché invece era crollato addormentato nella paglia appena dopo Beau e Ty, rimproverandosi poi il giorno seguente per non essere riuscito nel suo intento.

Al mattino, Ian era ancora in un torpore profondo, nella stessa esatta posizione in cui l'avevano lasciato, e Martewall aveva la faccia scura.

Daniel lo vide uscire dal fienile spalancato e andare a parlare con il contadino nel mezzo del cortile illuminato dal sole, dove si erano già riuniti tutti gli altri inglesi per scaldarsi al falò appena riacceso e mangiare qualcosa per colazione. Anche Chailly era sveglio, ma aveva potuto soltanto risollevarsi un po' sul braccio sano e da lontano scambiò un'occhiata preoccupata con Daniel dopo aver guardato Ian.

Martewall e il contadino fecero un colloquio lungo e articolato e il barone sembrò fare alcune richieste precise. Poi il contadino fu congedato e Martewall tornò indietro.

«Che c'è?» gli domandò Daniel, quando se lo vide passare accanto. Chailly si fece attento.

«Problemi» rispose laconico Martewall, senza fermarsi. Andò a sedersi sulla paglia accanto a Ian e cominciò a sciogliergli le bende.

«Che tipo di problemi?» s'informò Daniel sempre più preoccupato, ma in quel momento Ian socchiuse gli occhi, stordito.

Daniel ebbe un moto di sollievo, Martewall invece si accigliò ancora di più. «Che tempismo. Sempre nel momento meno opportuno» brontolò, continuando il suo lavoro.

Daniel corse ad accosciarsi davanti a Ian, per fare in modo che l'amico lo vedesse senza dover alzare troppo gli occhi. «Bentornato tra noi. Come ti senti?» gli sorrise.

L'altro sembrò doversi concentrare a fondo per capire chi gli stesse parlando e cosa gli avesse chiesto. «...male...» sillabò alla fine, fievole.

Aveva gli occhi lucidi di febbre, lo sguardo confuso, notò Daniel con ansia e alzò la testa a cercare risposte e rassicurazioni da Martewall, ma inorridì quando notò la spalla appena liberata dalle bende che il barone aveva gettato da parte.

La ferita era gonfia, livida e bagnata di un liquido appiccicoso che non era sangue; la pelle era tesa e arrossata in un'ampia zona tutto intorno.

«Oh, Signore!» invocò Daniel sottovoce.

Martewall si chinò su Ian. «*Hawk*[18], ascoltami. La ferita si è infettata. Devo riaprire, spurgare e ricucire di nuovo, altrimenti diventerà una faccenda molto seria, mi capisci?»

Ian fece cenno di sì con la testa, di nuovo a occhi chiusi, stremato.

«Allora stringi i denti. Cercherò di fare più in fretta che posso» concluse Martewall.

Ian emise un sospiro e non gli rispose più. Rimase inerte sul giaciglio.

Il contadino arrivò in quel momento con un bacile di ferro colmo di braci e pezze pulite per farne delle nuove bende.

[18] Falco

Beau era dietro di lui e portava un secchio d'acqua col quale bagnò una coperta che stese poi a terra appena sulla soglia del fienile e ben lontano dalla paglia. Il contadino appoggiò il bacile sulla stoffa bagnata per evitare che qualche scintilla, cadendo fuori, appiccasse il fuoco.

Martewall si alzò da dov'era e raggiunse il bacile, poi tolse il pugnale dalla cintura e lo immerse nelle braci fino al manico. Mentre attendeva che la lama si arroventasse, cominciò ad arrotolarsi le maniche.

«Ma è proprio necessario?» gemette Daniel, sentendo lo stomaco rivoltarsi alla sola idea. Guardò anche Chailly con aria implorante, ma il barone taceva, serio, e non gli diede alcun conforto.

«Credi che mi diverta?» rispose l'inglese. «Mi serve anche il vino per disinfettare la ferita e l'acqua per lavarmi le mani» disse poi, rivolto al contadino.

L'uomo fece cenno a Beau di seguirlo.

Daniel resistette finché i due non tornarono con il secchio d'acqua di nuovo pieno e un secondo bacile, di terracotta stavolta, da cui proveniva l'odore caldo di vino rosso mescolato ad acqua tiepida. Martewall annuì soddisfatto, si lavò le mani con l'acqua e anche con un goccio di vino, poi tolse il pugnale dalle braci.

Quando vide la lama fumante, Daniel dovette uscire dal fienile quasi di corsa. Si sentì un vigliacco, ma varcò la porta col cuore in gola, poi un gemito strozzato di dolore lo cacciò ancora più lontano. Via da lì, a grandi passi, nel bel mezzo dell'aia, pur di non sentire più Ian lamentarsi sotto il coltello di Martewall.

Si fermò a riprendere fiato, sconvolto. *Questa follia deve finire*, pensò, passandosi le mani nei capelli. *Deve finire subito*.

I soldati inglesi sparsi nel cortile, in parte a sorvegliare la zona e in parte a riposare, lo stavano sbirciando da lontano, attirati dalla sua agitazione evidente. Daniel sentì addosso anche lo sguardo allarmato di Ty, ma gli voltò le spalle con decisione. Proseguì deciso, in mezzo ai campi coltivati, da solo e isolato da tutti.

Rimase là per un bel pezzo, finché non fu sicuro che il supplizio nel fienile era finito.

***

Al tramonto quella sera, Daniel andò da Ian quando tutti gli altri erano riuniti fuori intorno al fuoco per la cena. Chailly dormiva di un sonno profondo. Daniel avanzò piano nel fienile, fino a raggiungere il giaciglio dell'amico e gli si sedette accanto.

Ian adesso era disteso bocconi, con gli occhi chiusi e il volto sempre pallidissimo. Era stato coperto premurosamente con un panno, lasciando liberi solo la spalla sinistra ferita e il braccio piegato in avanti sulla paglia, con la mano poco sopra la testa. La ferita non era fasciata, ma coperta da tamponi di stoffa, macchiati di sangue fresco.

C'erano altre ferite vecchie su quel corpo steso, la cicatrice sul bicipite, i segni profondi sulla schiena… e altri ancora resi invisibili dalla coperta e dalla posizione in cui Ian giaceva.

Erano il tributo pagato alla sua vita medievale, pensava Daniel e si sentiva sempre più pieno di rabbia.

Ci aveva meditato sopra tutto il giorno, sentendosi impotente, e alla fine aveva preso la sua decisione. Basta fare gli eroi: il Falco d'argento non avrebbe ucciso Ian Maayrkas.

Allungò la mano per stringere quella del ferito, rovente di febbre. «Mi senti?» domandò in un sussurro, per non farsi udire da nessun altro. «Ian, ascoltami».

L'amico socchiuse gli occhi al terzo richiamo. Non fece altro, né un gesto né ricambiò la stretta; rimase immobile a guardare.

Daniel si chinò su di lui e abbassò la voce ancora di più. «Ti porto via da qui» annunciò. «Ti porto a casa, in un ospedale, e ti faccio curare, poi ritorniamo da questa parte».

Non sapeva come avrebbe giustificato la cosa né nel medioevo né nel ventunesimo secolo, ma in quel momento d'angoscia non gli importava. Ian sarebbe morto, se qualcuno non lo curava; a tutto il resto poteva esserci rimedio.

«Ce ne andiamo stanotte, quando tutti dormono. Spiegherò la faccenda a Ty e poi, quando starai meglio, vedremo come aggiustare le altre cose».

Un lampo di lucidità passò negli occhi del ferito. Daniel si sentì stringere la mano.

«... no...» mormorò Ian e la sua voce si udiva appena.

«Morirai, se non ti fai vedere da un medico vero!» insisté Daniel. «Sii ragionevole! Non puoi rimanere qui e affidarti a queste cure primitive. Devi venire via finché siamo ancora in tempo per fare qualcosa!»

Nello sguardo di Ian c'era il puro, assoluto terrore. «...no!» ripeté il giovane in un singulto. «...ti prego...»

Daniel si sentì disarmare da quella supplica disperata. Ian temeva che lui lo portasse via contro la sua volontà, come aveva già fatto la prima volta. Avrebbe potuto riuscirci in qualsiasi momento e Ian non sarebbe stato in grado di ribellarsi, per questo era tanto allarmato.

A Daniel si strinse il cuore quando capì che l'amico era così spaventato da lui e dal suo potere di riaprire la porta di *Hyperversum*. Capì anche che Ian era disposto a morire pur di non rovinare quella vita che si era faticosamente costruito nel medioevo, che il Falco d'argento era diventato più importante di Ian Maayrkas.

Abbassò la testa. «D'accordo» si arrese. «Farò come vuoi, giuro. Adesso calmati».

Il sospiro di sollievo che Ian emise gli fece male dentro.

In quel momento Beau comparve sulla soglia del fienile, scortato da Ty. Lo scudiero aveva una coppa del consueto infuso di salice in una mano, Daniel lo riconobbe dall'odore, e nell'altra una ciotola piena di una pasta molle simile a pane ammuffito e poi tritato con l'aggiunta di qualche liquido.

«Per la febbre e la ferita» spiegò Beau, cercando di mostrare sicurezza.

Daniel si rassegnò a lasciargli spazio accanto a Ian.

«*Monsieur* Jean?» chiamò Beau piano, chinandosi sul ferito. «Dovete bere un po' di questo. Vi farà bene per il dolore e la febbre».

«Aspetta, ci penso io» disse Daniel e aiutò Beau a risollevare Ian quel tanto che bastava per permettere all'amico di bere l'infuso di salice. Poi lo riadagiarono sul giaciglio con cautela.

Ian li lasciò fare, docile.

Daniel si allontanò di qualche passo, quando Beau rimosse il tampone di bende insanguinate per prepararne uno con la pasta presa dalla ciotola. Il ragazzino lo applicò sulla ferita con scrupolo, come doveva essergli stato ordinato da Martewall, poi prese la mano di Ian in una delle sue e gli pose sulla fronte l'altra. Nel frattempo sussurrava qualcosa a fior di labbra.

«Questo lo aiuterà a guarire» disse, quando si accorse dello sguardo interrogativo di Daniel.

Questi sperò in una buona notizia. «Ne sei sicuro?» domandò, accennando alla strana sostanza appena usata dal ragazzino.

«Sì, signore» annuì Beau con zelo commovente, ma la voce era più tremula di quanto volesse far sentire. «È una formula che anche mia madre mi ha insegnato quando si applicano i cataplasmi. Se la si ripete dieci volte in nome delle piaghe di Nostro Signore, le ferite guariscono».

Daniel si morse le labbra prima di lasciarsi sfuggire tutta la sua frustrazione con qualche risposta fuori luogo. Passandosi le mani sul viso andò a raggiungere Ty, rimasto in piedi poco lontano.

Un incantesimo! Pensavano di curare Ian con una specie di formula magica a metà tra il sacro e il pagano! E quell'incosciente non voleva farsi portare da un vero medico.

Daniel sentì la voglia di urlare.

«È la loro penicillina» gli sussurrò Ty.

Daniel si voltò a guardare il volto tirato del ragazzo.

«La muffa sul pane. È così che i medievali ricavano una specie di penicillina: facendo cataplasmi con il pane ammuffito, l'ho letto su un libro» spiegò Ty sottovoce e accennò a Beau che aveva ripreso la sua nenia. «La preghiera è solo coreografia, anche se loro ovviamente pensano che sia la parte più importante».

«E questo dovrebbe tranquillizzarmi?» sbottò Daniel.

Ty dovette fare un mesto diniego. «Almeno però la penicillina è un rimedio contro le infezioni».

Daniel non gli rispose nemmeno e uscì dal fienile per smaltire la rabbia come al solito, nei campi deserti.

***

La notte passò silenziosa e cupa come la precedente.

Daniel si rigirò nella paglia per ore, tentando invano di dormire, arrabbiato, frustrato, preoccupato.

Riusciva ad addormentarsi solo per brevi periodi: riapriva gli occhi ogni volta che gli sembrava udire Ian sospirare o lamentarsi, si alzava per controllare e trovava sempre l'amico immobile sul suo giaciglio. In un paio di occasioni si scoprì a controllare se respirava ancora; allora si rimproverava per la sua paura e tornava a dormire, per poi ritrovarsi lì dopo poco a rifare gli stessi controlli.

Alla mattina, quando finalmente era crollato in un sonno profondo ed esausto, venne svegliato da Beau.

«Signore? Sir Martewall sta dando l'ordine di ripartire» disse lo scudiero, mentre Daniel riapriva gli occhi a fatica, più stanco di quando si era coricato.

Daniel buttò subito l'occhio intorno a sé: il fienile era quasi vuoto; Chailly non era più nel suo giaciglio, segno che aveva potuto alzarsi per uscire. Martewall invece era là, chino su Ian.

Daniel balzò in piedi, quando si rese conto che il barone stava parlando col ferito. «Come sta?» domandò per prima cosa, piantando in asso Beau per avvicinarsi ai due cavalieri.

«Chiedilo a lui» rispose Martewall, indicando Ian. «Quello che ti posso dire io è che la febbre è un po' scesa e la ferita ha un aspetto migliore».

Daniel spostò lo sguardo su Ian e vide che l'amico sembrava vigile, benché debolissimo, coricato sul fianco illeso. Martewall gli aveva cambiato il cataplasma e stavolta aveva di nuovo fasciato la spalla.

«... credo di poter stare su un cavallo» sospirò Ian, prevenendo le domande.

«Io dico che faresti bene a riposare ancora un giorno o due» si oppose Daniel. «Non hai una bella cera. No, proprio per niente».

Ian si limitò a fare un cenno di diniego guardando poi Martewall, come se avesse già esaurito le forze per parlare. «...portatemi a casa» mormorò soltanto.

«Come vuoi» accondiscese Martewall e chiamò Beau. «Fagli

mangiare qualcosa, poi aiutalo a coprirsi per bene. Io vado a far preparare il cavallo» gli disse quando lo ebbe accanto.

Beau partì all'istante per andare a recuperare il cibo e i vestiti. Martewall si alzò in piedi, ma Daniel gli si parò davanti. «Come fai a essere sicuro che il viaggio non lo ucciderà? Non vedi in che condizioni è?»

«Più restiamo fermi qui e più i suoi nemici possono avere tempo per organizzarsi. Io non mi fido a sostare troppo a lungo nello stesso posto» ribatté il barone. «Forse non hanno ancora capito che lui è con me o non sanno dove siamo finiti, ma le notizie volano, anche con tutte le precauzioni prese fino a ora. Oltretutto noi siamo in pochi e con due feriti e due ragazzi da difendere. Se ci mettiamo in viaggio ora forse rischiamo una vita, se restiamo fermi qui le rischiamo tutte».

Il ragionamento spietato aveva la sua terribile logica e Daniel non seppe come ribattere subito. Martewall comunque non gliene diede il tempo e si allontanò per andare a dare gli ordini necessari ai suoi uomini.

Daniel andò a buttarsi seduto accanto a Ian. «Tu sei più testardo di un mulo!» lo accusò, furente, approfittando del fatto che nel fienile non c'era più nessuno ad ascoltarli. «Perché non dai retta a me, invece che a tutti questi pazzi scatenati usciti da un gioco di ruolo medievale? Vuoi continuare a soffrire come un cane?!»

Ian taceva, ma con un'aria indifesa che fece passare all'amico la voglia di strapazzarlo oltre.

Daniel sbuffò, guardando altrove. «Accidenti a te. Quando fai l'eroe a tutti i costi mi viene voglia di lasciarti nei tuoi guai a cavartela da solo».

E poi non lo faccio mai, si disse in silenzio. Quando guardò di nuovo Ian vide che lo stesso pensiero era passato anche negli occhi dell'amico, ma con sincera riconoscenza.

***

Il cammino proseguì per quattro giorni prima di arrivare in vista della città di Limoges. Il tempo fu clemente, la pioggia si rifece viva solo durante la notte per risparmiare i viaggiatori durante il giorno, anche se li costringeva a cavalcare sulle strade rese fangose e piene di buche. La temperatura era fredda, ma non impossibile da sopportare sotto i mantelli di lana pesante.

La strada era comunque difficile, specie per i feriti, che arrivavano a sera al limite delle loro forze già scarse e piegate dal dolore. Martewall però non faceva sconti, non permetteva più di tre soste durante le ore di luce, per poter arrivare nel successivo luogo abitato prima del calar del tramonto, in modo da poter essere al riparo dalle temperature più fredde e soprattutto dalle insidie che potevano essere in agguato lungo la strada.

Daniel si era rassegnato a non protestare, anche se teneva l'occhio sempre vigile puntato su Ian, mentre col pensiero malediceva l'inglese per la sua inflessibilità.

Questo almeno fino al secondo giorno di cammino, quando aveva visto Ian vacillare sulla sella, dopo ore di marcia, e aveva temuto che crollasse al suolo svenuto. Si era proteso in avanti d'istinto, spronando il cavallo per portarlo a fianco di quello dell'amico, ma poi quando aveva allungato la mano per tentare di arrestare la caduta, aveva scoperto che non ce n'era bisogno. Martewall aveva già afferrato Ian dall'altro lato, per il braccio sano, e l'aveva trattenuto in sella saldamente.

Come svegliandosi da un momento di torpore, Ian aveva rialzato la testa e continuato il cammino tenendo le briglie del cavallo, anche se portava il braccio sinistro appeso al collo.

Daniel aveva scambiato un'occhiata con Martewall e solo allora si era reso conto che l'inglese era sempre al fianco di Ian proprio per evenienze come quella. Lo aveva considerato con meno rancore da quel momento, accomunato a lui dalla preoccupazione per la salute di Ian.

La strada sembrava non finire mai, forse perché i nervi erano sempre tesi a cogliere qualsiasi elemento ostile nel panorama. Eppure non vi furono brutte sorprese durante il tragitto. La carovaniera era davvero trafficata e percorsa da uomini e convogli, ma quegli incontri casuali non si trasformarono mai in momenti di pericolo. Se i nemici stavano tenendo d'occhio gli inglesi e i loro protetti, non osarono mai farsi avanti apertamente.

Nonostante la fatica del viaggio, le condizioni di Ian sembravano comunque stabili. Anche se Martewall non si sbilanciava mai nelle sue previsioni, la febbre non era più salita come il primo giorno e non vi era stato bisogno di altri interventi cruenti sulla ferita. Il problema era che Ian riusciva a mandare giù solo scarsissime quantità di cibo e dormiva per quasi tutto il tempo che non si reggeva sulla sella del suo cavallo; per il resto del giorno arrancava in silenzio assente, ostinato ma a testa bassa e in equilibrio precario.

«Mangia come un pulcino e quindi ha anche la stessa forza, altro che falco» aveva brontolato Martewall una sera a cena, dopo che Ian era crollato come sempre in un sonno molto simile allo stato d'incoscienza, ma a parte quello, sembrava che il pane ammuffito e l'infuso di salice facessero un po' di effetto. Almeno, tenevano a bada il dolore e l'infezione.

A Limoges, i viaggiatori trovarono una brutta notizia: re Filippo non era mai sceso più a sud di Le Noir con la sua corte. Sir Kerwick aveva lasciato un messaggio per il cognato Martewall al primo posto di guardia della città, annunciando di proseguire verso nord.

Al gruppo stanco non era quindi restato altro che programmare la seconda parte del cammino lungo la stessa strada, verso i territori dei Sancerre. Almeno però a Limoges i viaggiatori avevano potuto trovare ricovero per una notte presso un grande monastero, dove un monaco erborista si era preso subito cura dei feriti, con grande sollievo di Daniel.

Non che avesse fatto granché, perché a quanto pareva le cure di Martewall erano state non solo le uniche possibili ma anche le più adatte e l'erborista si era perciò limitato a effettuare in prima persona il consueto cambio delle bende, oltre a preparare un infuso di salice misto ad altre erbe adatte a far scendere la febbre.

Così Daniel aveva dovuto rimangiarsi parte del suo scetticismo nei confronti di Martewall; l'inglese, da parte sua, aveva evitato signorilmente ogni commento in proposito.

Dopo un altro giorno di viaggio da Limoges, il gruppo varcò i confini dei feudi dei Sancerre e solo allora Martewall sembrò rilassarsi un po'.

Ormai mancava circa un giorno e mezzo di cammino a quell'andatura lenta per raggiungere Le Noir e vedere i familiari stendardi bianchi e blu sulle torri di guardia di più di un agglomerato urbano infondeva un certo senso di sicurezza.

Anche Daniel cominciò a sentirsi più fiducioso, specie perché Ian teneva la testa più sollevata durante il cammino e pareva aver recuperato anche un po' più di equilibrio sulla sella del suo cavallo.

Era quasi il tramonto di quella sera quando i viaggiatori videro sulla strada un secondo gruppo di figure incappucciate e a cavallo, numerose almeno quanto loro e senza alcun carro al seguito. Martewall alzò subito la mano a ordinare ai suoi uomini la massima allerta.

Mentre la tensione saliva e le mani correvano alle spade, l'altro gruppo non diede segno di voler lasciare spazio sulla strada, anzi accelerò leggermente l'andatura e puntò dritto verso il vessillo del Leone.

Beau e Ty si avvicinarono a Ian d'istinto, Daniel si preparò al peggio, ma poi con un tuffo al cuore notò le due figure che guidavano il gruppo: la prima, più robusta e armata di spada e cotta di maglia, aveva alzato la mano in un gesto di pace e saluto; la seconda era senza dubbio una donna giovane, con i lunghi capelli biondi che le sfuggivano dal cappuccio scuro.

Anche Martewall se ne accorse e frenò gli uomini, con sollievo, rallentando il passo per prepararsi all'incontro.

Daniel invece spronò il cavallo avanti lungo la strada, per intercettare la donna che a sua volta aveva accelerato il passo, con la stessa fretta. «Siamo qui!» esclamò.

«Dov'è?» chiese Isabeau de Montmayeur per prima cosa, quando ebbe Daniel a portata di voce. Era pallida oltre ogni dire e quasi non ascoltò il giovane che le diceva: «calmatevi, *madame*, la situazione non sembra più così grave».

Isabeau aveva già spostato lo sguardo sul gruppo degli inglesi rimasti indietro. Individuò il marito senza bisogno di spiegazioni, incitò il cavallo e corse avanti.

Daniel rimase ad aspettare Guillaume de Ponthieu, a capo di una decina di suoi soldati. «Signore, non sapete quanto sono felice di vedervi» gli disse, salutandolo con riconoscenza.

«È vivo?» domandò il conte. Aveva il volto tirato e lo sguardo molto serio.

«Sì, è vivo» rispose Daniel e a quella frase si sentì cadere improvvisamente sulle spalle tutta la fatica e la tensione del viaggio. «Non so come ha fatto, ma è riuscito a sopravvivere fino a qui».

Ponthieu non aggiunse altro, ma alzò gli occhi verso il gruppo capitanato da Martewall. Rispose al saluto che Thibault de Chailly gli rivolse da lontano e allo stesso tempo individuò Ian.

Daniel vide che l'uomo stava valutando con occhio esperto le condizioni del suo fratello adottivo. «Vi hanno spiegato cos'è successo?» domandò allora al conte. «A Le Noir si è saputa la notizia?»

Ponthieu riportò gli occhi cupi su di lui. «Non siamo partiti da Le Noir ma da Séour. La corte del re adesso è là, perché si sta spostando verso nord e Parigi. La notizia è stata portata dal barone di Gant in persona».

Daniel rimase a bocca aperta. «Cosa?!»

«È venuto a corte a denunciare il fatto grave accaduto nelle sue terre: il Falco d'argento attaccato dai ribelli occitani lungo la strada di ritorno da Morges, la sua scorta sterminata, mio fratello disperso e forse ucciso nei boschi».

«I ribelli occitani?!» si ribellò Daniel. «Ma se è stato Gant a...»

Ponthieu alzò una mano per ingiungere il silenzio. «Durante il cammino da Séour a Le Noir abbiamo incrociato sir Kerwick».

Daniel si quietò all'istante. «Allora, sapete» concluse.

Il conte annuì. «Ne parleremo in privato. Ora non è il momento».

«D'accordo».

Ponthieu tornò a guardare Ian da lontano. «Andiamo da lui» decise poi.

Daniel aspettò che il conte lo superasse, poi fece girare il cavallo per tornare a raggiungere gli altri viaggiatori in arrivo dall'Occitania.

Martewall nel frattempo era sceso di sella per aiutare personalmente Ian a fare altrettanto. Anche Isabeau era balzata giù dal suo palafreno ed era corsa incontro al marito, chiamandolo.

Lo abbracciò forte, sconvolta e sollevata insieme.

A Ian vennero meno le gambe, forse per la debolezza, forse per la commozione. Si accasciò sulla moglie e lei si inginocchiò con lui, incurante del fango sulla strada, per aiutarlo a reggersi.

Ian affondò il volto sulla spalla di Isabeau, tra i capelli d'oro. «...credevo di morire senza rivederti...» disse e il suo era quasi un singhiozzo.

Lei lo tenne abbracciato come un bambino, come se con quel gesto potesse proteggere da ogni pericolo quel cavaliere, tanto più alto e robusto di lei eppure in quel momento così indebolito. «Sono qui. Va tutto bene» gli rispose con voce mantenuta salda a stento, mentre gli stringeva la nuca nella mano.

Martewall si chinò su tutti e due. «Lasciate che vi aiuti» disse a Isabeau.

Anche Daniel smontò da cavallo e si avvicinò per aiutare la ragazza a rialzarsi, mentre l'inglese sorreggeva Ian. «*Madame*, un viaggio a cavallo nelle vostre condizioni...» iniziò a dirle, preoccupato, ma negli occhi ancora dilatati della ragazza non c'era alcun timore per se stessa, solo l'ansia per la salute di Ian.

«Il seme del Falco è forte e i suoi germogli non appassiscono per così poco. Io dovevo venire incontro a mio marito» replicò Isabeau con fermezza.

«Non sono riuscito a convincerla a essere ragionevole» disse Ponthieu, raggiungendo il gruppo. «Sembrava un falco lei stessa per quanto ha combattuto pur di accompagnarmi nel viaggio» spiegò in aggiunta. Scambiò un lungo sguardo con Ian che svelò una forte emozione nel suo contegno, nonostante il ferreo autocontrollo. Anche senza parlare, i due uomini diventati fratelli condivisero un intero dialogo fatto di preoccupazione, sollievo e affetto reciproco.

Isabeau sollevò il mento, fiera per il commento del conte, e Daniel non seppe come rimproverarle la sua ostinazione, specie sapendo già in anticipo che Michel, appena concepito, sarebbe nato senza alcun problema dopo i nove mesi naturali. «Almeno cercate di non prendere troppo freddo» le consigliò comunque.

Lei annuì a quella premura e si aggiustò meglio il mantello scomposto, ma la sua attenzione era di nuovo esclusivamente rivolta a Ian e a Martewall che lo sorreggeva in piedi. Si accostò a entrambi e allungò la mano per stringere il polso del barone. «*Monsieur*, grazie. Non vi sarò mai abbastanza grata per aver soccorso mio marito».

Martewall chinò brevemente il capo, per segnalare quanto si sentisse onorato da quelle parole. «Lui avrebbe fatto lo stesso per me» rispose con semplicità.

«Vi siamo comunque debitori, sir Martewall» intervenne Ponthieu. «Saprò ricambiare la vostra amicizia e farne tesoro. Contate su di me per qualsiasi evenienza, ora e in futuro».

«Vi ringrazio, signor conte».

Ponthieu posò la mano sul braccio che Ian teneva appeso al collo, evitando con cautela anche solo di sfiorare la spalla ferita. «Ce la fai a continuare?» si preoccupò.

«...con voi anche fino in capo al mondo» replicò Ian, mentre Isabeau tornava a stringersi a lui.

La moglie gli prese il viso tra le mani. «Andiamo a casa».

Ian annuì, sfinito.

Lo aiutarono a rimettersi in sella e Isabeau gli si affiancò subito, con il suo palafreno.

Mentre i due gruppi si preparavano a riprendere la strada per Le Noir e i soldati formavano una barriera di sicurezza intorno ai loro feudatari, Ponthieu andò a parlare con Chailly e scambiò anche alcune parole con Beau.

Daniel invece seguì Martewall e lo fermò prima che si allontanasse troppo. «Ti sono debitore anch'io» gli disse, sincero. «Hai fatto una gran cosa».

«Ho fatto quello che ho potuto. Magari riparliamone quando saremo in un luogo comodo al caldo» minimizzò Martewall e ora si vedeva quanto anche lui fosse stanco. Il suo sguardo comunque non era più così freddo, né il tono era scostante.

Daniel fu l'ultimo a rimettersi in marcia, lasciando istintivamente andare avanti i cavalieri e i soldati a scortare Ian e Isabeau, e ricambiò di riflesso il sorriso commosso di Beau, quando lo scudiero lo superò per accodarsi al gruppo.

La sua testa vagava dietro pensieri cupi. Non gli piaceva

l'idea che Gant fosse andato di persona ad annunciare addirittura davanti al re quanto accaduto a Ian: aveva avuto troppo coraggio e dimostrava di non temere le conseguenze del suo piano criminale.

Quello si sente in una botte di ferro. Deve avere qualche asso nella manica, si disse Daniel cupamente, ma allo stesso tempo ripensò anche al discorso di Martewall riguardo la totale mancanza di prove contro Gant. L'idea che il crociato potesse cavarsela davvero senza alcuna conseguenza diventava sempre più verosimile.

Bastardo, questo lo vedremo! promise Daniel col pensiero.

Stava ancora seguendo il filo dei suoi pensieri agitati quando Ty lo affiancò in sella al cavallo che aveva imparato a guidare alla meglio in quei lunghi giorni di viaggio.

«Sembra che siamo riusciti a riportare il Falco dalla sua gente, nonostante tutto» gli disse il ragazzo, con una mesta soddisfazione.

Daniel rimase suo malgrado colpito dalla frase e guardò avanti verso Ian accanto a Isabeau, ma anche verso Ponthieu e Martewall.

La sua gente... si ripeté in silenzio e gli sembrò un concetto strano.

Certo, Ty parlava così perché non aveva idea di chi fosse davvero il Falco d'argento: non sapeva che in realtà Ian, Daniel e lui stesso facevano parte della stessa gente. Uomini moderni, giocatori di ruolo, gente del ventunesimo secolo.

Oppure no?

All'improvviso Daniel si sentì incerto riguardo a Ian, specie ricordando gli episodi degli ultimi giorni.

Lui e l'amico facevano davvero ancora parte della stessa gente?

Il dubbio lo mise automaticamente a disagio e non era la prima volta che accadeva. Daniel si sorprese a notare quanto Ian si fosse trasformato col tempo e a rifiutare di accettare la cosa.

Di malumore, diede una pacca sul fianco del cavallo di Ty, spronandolo ad accelerare il passo. «Prima di sentirci del tutto tranquilli vediamo di arrivare vivi in un posto sicuro» brontolò.

Colto di sorpresa dal moto del cavallo, Ty dovette aggrapparsi alla sella con tutte e due le mani per non cadere, lanciando nel frattempo un'esclamazione di spavento.

Daniel lo seguì poco dopo, con la faccia scura.

Capitolo 29

Quando Ian si risvegliò tra le coperte di un letto comodo, al castello di Le Noir, finalmente lucido e senza febbre, faticò persino a ricordare come vi fosse arrivato e da quanto tempo fosse lì.

Distese piano piano ogni singolo muscolo, cercando di ravvivare il meno possibile il dolore alla spalla fasciata e indugiò a guardare ciò che lo circondava, per accertarsi che il mondo avesse davvero smesso di girargli intorno e ondeggiare in modo disorientante ogni volta che lui sollevava la testa.

La stanza in cui si trovava il letto era semibuia e rischiarata appena da una tenue luce pomeridiana, in arrivo dalle fessure delle imposte accostate. Il caminetto acceso a poca distanza dal letto rendeva l'ambiente piacevolmente tiepido e profumato di resina e pino. Verso la porta vi era il resto del mobilio, una cassapanca, un tavolo con accanto il suo scranno e infine uno sgabello, un secchio e il catino per lavarsi, accompagnati da asciugamani e sapone.

Fu quest'ultimo gruppo di oggetti ad attirare l'attenzione di Ian insieme al suo desiderio.

Se solo ci fosse stata una vasca d'acqua in quella stanza, invece di un catino, Ian sarebbe sceso dal letto anche strisciando. Farsi un bagno, finalmente… ne sentiva una necessità assoluta, per potersi lavare via di dosso quegli ultimi giorni spaventosi e archiviarli tra i ricordi del passato.

Era un'esigenza psicologica, più che fisica, perché qualcuno aveva già provveduto durante il suo lungo periodo di semi incoscienza a ripulirlo dal fango, dal sangue e dal sudore e a togliergli gli abiti sporchi per lasciarlo nudo e pulito tra le lenzuola di lino fresche di bucato.

Era stata Isabeau, ricordò Ian, assaporando ancora la sensazione meravigliosa, dolce e infinitamente rassicurante creata dalla voce della moglie insieme al tepore dell'acqua e al profumo del sapone.

Intanto il torpore del sonno svaniva via via e la mente si faceva più lucida. Uno alla volta i ricordi riaffiorarono e si misero in fila.

Ian si passò la mano sulle bende strette intorno al torace e alla spalla, mentre riepilogava quanto era successo e cercava di riempire i vuoti lasciati dai giorni della febbre e del dolore.

Erano molti, quei buchi, e gli fecero aggrottare la fronte. Aveva lampi di volti, voci, odori e percezioni nella testa: Martewall, Beau, Daniel, odore di carne bruciata, di cavalli e di infusi vegetali, l'immagine di una strada infinita, dritta o tortuosa, tra alberi o prati, ma sempre accompagnata dal freddo, dalla sofferenza e dalla fatica.

No, era inutile tentare di far chiarezza: il viaggio di ritorno da Morges era per buona parte confuso in una nebbia di sensazioni distorte.

Almeno da un certo punto in poi.

Tutto quello che aveva preceduto quella fuga disperata era invece molto nitido nella memoria, compresi la morte di Roquemar e i tre sgherri venuti a dare il colpo di grazia ai feriti rimasti sul terreno.

Il torpore era ormai scomparso del tutto dalla testa per lasciare spazio a un nuovo sentimento: la rabbia.

Ian serrò d'istinto la mano sulle bende, anche se il gesto gli procurò una fitta di dolore. Adesso davanti agli occhi aveva soltanto il volto ipocrita di Adolphe da Gant, quando si erano salutati nel cortile del castello di Morges.

«*Non vi darò più altro disturbo*» aveva detto al crociato, in quell'occasione.

«*Ne sono certo*» gli aveva risposto Gant, tranquillamente.

Ian sentì la collera agguantarlo alla gola come un artiglio di ferro, al pensiero che, mentre lo salutava così, Gant aveva già organizzato tutto per condannarlo a morte lungo la strada. Prima però si era anche tolto la soddisfazione di fargli chiedere scusa.

Bastardo, non immagini neanche il "disturbo" che ti

darò adesso, visto che non sei riuscito ad ammazzarmi! promise col pensiero.

La porta si aprì, discreta, per lasciar entrare qualcuno senza fare rumore.

Ian abbandonò all'istante i suoi pensieri arrabbiati, quando riconobbe in controluce Isabeau, venuta a portare sul tavolo abiti puliti e una coppa con qualcosa da bere per il ferito. Sembrava sfiorare appena il pavimento, tanto era silenziosa e aggraziata nei suoi movimenti.

«Ti amo» le disse Ian, prima ancora che lei si accorgesse di essere osservata da lontano.

Isabeau si voltò subito. «Allora sei sveglio». Fece un sorriso pallido e si mosse verso la finestra per far entrare luce e aria fresca.

Ian dovette socchiudere gli occhi per abituarsi alla nuova luminosità, ma quando li riaprì trovò Isabeau già china su di lui per baciarlo.

«Come stai?» gli domandò la fanciulla, con premura.

«Adesso che sei qui, meglio. Guarirò in un lampo». Ian glissò sull'improvviso capogiro che gli fece ballare la stanza davanti agli occhi quando si alzò sul gomito sano. Per fortuna la sensazione scomparve molto prima del solito e non mandò a vuoto i suoi sforzi per nasconderla.

Isabeau comunque si era già risollevata per andare a finire di sistemare le cose sul tavolo. «Pungi» fece notare al marito. «Dovresti farti la barba».

Ian si passò la mano sulle guance. In effetti non aveva più avuto modo di radersi da un pezzo e sentì chiaramente di averne un gran bisogno.

«Adesso intanto cerco di scendere da questo letto» sospirò e poi gli sovvenne una domanda: «Da quant'è che sono sdraiato qui?»

«Due giorni. Non hai fatto quasi altro che dormire, con la febbre che andava e veniva». Isabeau gli voltava le spalle, mentre preparava gli abiti e la biancheria da fargli indossare. Adesso la sua voce era più bassa e incerta.

Ian colse all'improvviso tutte le emozioni nascoste sotto il sorriso tirato della moglie e sentì nel suo silenzio il riflesso di tante parole non dette. Attese, con le labbra serrate dal senso di colpa.

Ci volle un po', mentre Isabeau finiva di sistemare e risistemare le cose sul tavolo. Stava prendendo tempo e lo si notava dai suoi gesti nervosi. «Mi hai fatto spaventare e preoccupare a morte» disse alla fine e aveva gli occhi lucidi quando si voltò a guardare il marito da lontano.

«Mi dispiace» mormorò Ian, e allo stesso tempo immaginò quanto fossero stati angoscianti quegli ultimi giorni anche per lei.

«Avevi promesso: mi dicevi di essere tornato per proteggermi da ogni altro dolore».

«Mi dispiace» ripeté Ian, abbassando per un attimo la testa, e la sua voce si spegneva man mano che si aggiungeva peso sul cuore.

Isabeau mantenne il suo autocontrollo in modo ammirevole, mandando giù le lacrime a forza. «È la terza volta che ti tengo tra le braccia temendo per la tua vita».

Ian avrebbe voluto correre a stringere la moglie, se solo le forze gli avessero consentito un movimento tanto solerte. «Basta, non voglio che ti tormenti ancora. Non ci pensare più adesso. È tutto passato…»

«Non deve accadere mai più» gli ingiunse la ragazza, interrompendolo. Sembrava forte e risoluta nel tono e allo stesso tempo supplicava il giovane con lo sguardo.

Ian annuì, contrito. «Te lo giuro».

Si scambiarono uno sguardo a distanza in cui lentamente si esaurì quel dialogo doloroso, senza bisogno di altre parole poiché marito e moglie condividevano gli stessi sentimenti di preoccupazione reciproca.

Isabeau tornò a preparare gli abiti per il marito. «Te la senti di ricevere visite?» riprese con un tono che voleva essere più leggero per cercare di nascondere del tutto ogni segno dell'inquietudine precedente. «Sono in tanti a voler vedere come stai, primo tra tutti…»

«Vieni qui» la chiamò Ian.

Isabeau si voltò di nuovo.

«Ti prego, vieni qui». In quel momento Ian se ne infischiava di chiunque volesse vederlo o parlargli. Aveva solo bisogno di tenere la moglie tra le braccia e rassicurare lei e se stesso in un unico gesto, dopo tante sofferenze; voleva proteggerla e farsi perdonare. Alzò il braccio verso di lei e fu un richiamo a cui Isabeau non seppe resistere. Rimasero abbracciati a lungo, mentre il calore che si scambiavano attenuava gli incubi e le paure più profonde e faceva bene al cuore.

Mai più, pensò Ian, con la guancia appoggiata sui capelli della moglie e il suo profumo di fiori d'arancio nelle narici. *Mai più angosce di questo genere.*

Ricordò di aver promesso qualcosa di simile anche a Daniel e di non essere stato capace di mantenere la sua parola nemmeno con lui. Non sarebbe più capitato. Non avrebbe più fatto soffrire coloro che amava. A qualsiasi costo.

Si udì bussare alla porta.

«Troppo tardi. Ti avevo detto che c'era gente impaziente di vederti» disse Isabeau, staccandosi dal marito. «Adesso dovrai ricevere le visite così come sei».

Chissà perché, Ian non fu stupito di veder comparire Etienne de Sancerre appena pochi istanti dopo aver udito bussare e senza che nessuno avesse dato il permesso di entrare.

«Mi hanno detto che sta meglio» esordì il francese, senza nemmeno salutare il ferito. Parlava a Isabeau come continuando un dialogo precedente, ma allo stesso tempo guardava solo Ian per sincerarsi della sua salute. Aveva ancora addosso il mantello da viaggio, quasi fosse appena smontato di sella.

Cosa probabilmente vera, pensò Ian.

«A mezzogiorno, dopo essere venuta a vedere come stavi, ho detto a tuo fratello e a *monsieur* Daniel che eri senza febbre» chiarì Isabeau a Ian. «Poco fa ho lasciato *monsieur* de Sancerre in compagnia di entrambi per salire in questa camera, immagino che siano stati loro a informarlo sulla tua salute».

Sancerre spostò la sua attenzione su Ian, avanzò per la stanza e andò ad chinarsi con entrambi i pugni serrati e puntati sul letto, per scrutare il ferito da vicino. «Si può sapere perché tu ci provi gusto a metterti nei guai?» accusò. «Possibile che almeno una volta all'anno qualcuno debba tentare di ucciderti?»

«Etienne, per cortesia» protestò Ian, al quale l'improvviso inarcarsi del materasso aveva causato una fitta di dolore alla spalla bendata.

L'altro cavaliere si drizzò, ma solo per togliersi il mantello, ripiegarlo sul braccio ed essere più libero di sedersi sull'angolo in fondo al letto. «Ti metti sempre contro la gente peggiore» brontolò. «Ma quel maledetto corvo non ha idea di che vespaio si è tirato addosso con quello che ha fatto».

«Al suo arrivo, *monsieur* de Sancerre ha incontrato per primo il tuo scudiero nel cortile» sospirò Isabeau, in risposta allo sguardo allarmato di Ian, e così il giovane capì che grazie alla lingua lunga di Beau non c'era più modo di tenere la faccenda circoscritta a Ponthieu e ai pochi coinvolti fino ad allora.

«Per il momento, non c'è proprio alcun vespaio. Non voglio che i particolari di questa storia diventino di dominio pubblico finché non avrò parlato con mio fratello e deciso come agire» ammonì, severo, rivolto a Sancerre.

«Non sarò certo io ad andare a raccontare in giro i segreti, lo sai» gli rispose l'amico. «Però non biasimarmi se alla prima occasione mi verrà voglia di staccare la testa a quel dannato Gant. Così, a titolo personale. Solo perché mi sta antipatico».

«Ho provveduto io stessa a istruire Beau su come deve comportarsi in futuro riguardo a questa faccenda» disse Isabeau, per mitigare almeno un po' il disappunto che Ian non riusciva a nascondere.

Nel frattempo andò a portare al marito la coppa piena di infuso caldo perché ne bevesse qualche sorso.

«Non vuoi nemmeno che informi i due Henri?» chiese Sancerre subito dopo. «Li ho lasciati a Séour in ansia per la tua salute. Avrebbero il diritto di sapere che il tuo quasi assassino mangia alla loro stessa tavola, davanti al re».

«Etienne, *ti prego*. Ho detto che nessuno deve sapere niente, per adesso. Informerò personalmente Henri de Grandpré e Henri de Bar al momento giusto».

«Il corvo sta dicendo che sono stati gli occitani a tentare di ammazzarti».

«Lascia che dica, finché può. Quando mi sarò chiarito le idee, capirò cosa fare con lui».

«Io non lascerei passare troppo tempo prima di vendicare l'offesa».

Ian piantò addosso all'amico uno sguardo esasperato. «Insomma. Chi è la parte lesa tra noi due?»

Isabeau gli prese dalle mani la coppa mezza vuota e la riportò sul tavolo.

Sancerre sbuffò, rassegnato ma scontento. «Come preferisci. Vuol dire che nel frattempo mi limiterò a parlarne con il tuo amico e il nostro inglese».

Ian dovette fare buon viso a cattivo gioco e cercò almeno di consolarsi pensando che Daniel e Martewall avrebbero contribuito a tarpare le ali al sanguigno Sancerre: Daniel perché troppo pacifico per pensare a una vendetta a fil di spada; Martewall perché troppo scontroso per dare corda a Sancerre e partire a testa bassa senza riflettere.

«Basta che non trapelino notizie fuori da qui» si raccomandò tuttavia Ian, per sottolineare bene il concetto, visto che non poteva tenere del tutto a bada l'amico.

«Ho capito» brontolò Sancerre.

Ian fece scendere i piedi dal letto per provare ad alzarsi. Si fermò al pensiero di essere completamente nudo, a parte le bende intorno alla spalla e al torace, e guardò Sancerre. «Vorrei vestirmi» gli disse per fargli notare la sua presenza inopportuna.

«E fallo, chi te lo impedisce?» lo liquidò l'altro cavaliere con un gesto ampio della mano. «Siete già al secondo figlio, quindi non dirmi che tua moglie si scandalizza ancora a vederti senza niente addosso».

«*Monsieur*, siete un impertinente» lo rimproverò Isabeau, con le guance arrossate.

«E mia moglie è fin troppo educata nel dirti cosa sei» aggiunse Ian, seccato, ma allo stesso tempo ritenne più prudente non alzarsi in piedi subito, prima perché temeva di barcollare preda delle vertigini e poi perché non voleva mostrare la schiena a Sancerre.

Isabeau interpretò al volo il suo disagio e andò a portargli i vestiti: la biancheria, le calze, le brache e la camicia.

Sancerre dovette spostarsi per lasciare spazio alla dama e

andò a sedersi sullo scranno vicino al tavolo. Ian si vestì da seduto, facendosi aiutare dalla moglie, e solo quando l'ebbe rassicurata con lo sguardo per farle capire che se la sentiva di alzarsi da solo, si mise in piedi, cauto.

Il mondo tutto intorno fu clemente con lui e vorticò solo per qualche secondo, nemmeno con troppa violenza, poi si fermò.

Ian respirò a fondo, dopo essersi accertato di saper mantenere l'equilibrio, e andò a infilarsi le scarpe di cuoio morbido, senza lacci né stringhe, che trovò ai piedi del letto. Ci riuscì senza chinarsi e ne fu contento, perché anche solo nella posizione eretta in cui stava sentiva la spalla ricucita tirare in modo piuttosto doloroso.

Isabeau gli portò la tunica di lana da indossare sopra la camicia.

«Come intendi muoverti adesso, nei confronti di Gant?» incalzò Sancerre, affatto disposto a lasciar cadere l'argomento che più gli stava a cuore.

«Non lo so ancora» rispose Ian con onestà, mentre Isabeau lo aiutava a infilare il braccio dolorante nella manica.

Più ricordava il passato e più si sentiva lacerato in due: da un lato provava il desiderio bruciante di andare da Gant e fargliela pagare personalmente, proprio come suggeriva Sancerre; dall'altro era conscio di tutte le implicazioni politiche legate a un gesto del genere e capiva la necessità di trovare prove contro il crociato, di dimostrare pubblicamente i suoi crimini e fare in modo che fosse la giustizia a occuparsi di lui.

«Deve pagare col sangue ciò che ti ha fatto» insisté Sancerre.

Ian notò l'occhiata ansiosa rivoltagli da Isabeau, mentre la ragazza lo aiutava ad allacciare la tunica, e ne intuì una a una tutte le paure nascoste. «Non ho intenzione di farmi giustizia da solo» rispose, soprattutto a beneficio della moglie. «E voglio meditare bene su ogni passo che farò».

«Credo anch'io che sia una mossa da valutare con estrema cautela» intervenne Guillaume de Ponthieu dalla soglia della stanza. Era accompagnato da Daniel.

Ian scambiò subito lo sguardo con l'amico ed entrambi si rassicurarono sulle condizioni dell'altro.

«Visto che *monsieur* de Sancerre non scendeva, abbiamo pensato che tu fossi sveglio» spiegò Daniel e si notava quanto fosse sollevato nel vedere finalmente Ian in piedi e in condizioni discrete.

«Tu stai bene?» s'informò questi con emozione.

«Adesso sì».

«E *monsieur* Thibault?»

«Si è alzato dal letto già ieri. Ha un braccio al collo ma può muoversi senza troppa fatica».

Ian si sentì sollevato. «Grazie al cielo».

Ponthieu intanto era andato a fermarsi accanto a Sancerre che si era alzato dallo scranno per lasciarglielo a disposizione. «La questione è molto delicata e richiede un'analisi approfondita prima di qualsiasi altra cosa. Non possiamo permetterci mosse avventate, tanto più che a quanto sembra non abbiamo prove o testimoni della colpevolezza del barone di Gant» proseguì il conte, serio.

Sancerre fece per ribattere, ma venne interrotto dall'arrivo contemporaneo di Beau e Ty, il primo di corsa e il secondo con più timidezza.

«*Monsieur* Jean! Siete sveglio!» esclamò Beau e andò da Ian come un cucciolo in festa.

Il giovane gli sorrise e gli scompigliò i capelli già ribelli, con un gesto d'affetto. «Buongiorno, Beau. Sto meglio, come vedi, ed è anche merito tuo. Anzi, non sarei vivo senza di te. Sei stato bravissimo e io ti sono riconoscente».

Lo scudiero aveva gli occhi brillanti per la gioia e le lacrime. «È stato sir Martewall a salvarvi, io non ho fatto granché» minimizzò.

«Tu sei riuscito a trovarlo» lo corresse Ian e poi alzò lo sguardo anche verso Ty. «Devo la vita a molti. Avete tutti fatto tanto per me».

Il canadese riuscì a rivolgergli un pallido sorriso, anche se offuscato dai sensi di colpa.

Beau intanto si era frugato nella tasca per recuperare un piccolo oggetto e lo tese a Ian. «Non mi è servito e l'ho conservato con cura in tutti questi giorni per ridarvelo quando foste guarito».

Ian riconobbe il suo anello nobiliare con lo stemma del Falco e lo riprese in mano, emozionato.

«Aspetta» gli disse Isabeau. Andò a prelevare qualcosa dalla cassapanca e tornò con la catenella d'oro in cui infilare l'anello di Ian. «Ci penso io, non farti male» aggiunse, allacciandogli la catena al collo in punta di piedi.

Ian accarezzò l'anello con la mano aperta sullo sterno prima di rimetterlo nello scollo della camicia. Adesso si sentiva di nuovo completo. «Grazie» disse alla moglie, ma anche a Beau.

«Vorrei parlare con te prima di andare a cena, se te la senti di scendere per mangiare» intervenne Ponthieu con un'occhiata che voleva far capire a Ian quanto la stanza fosse troppo affollata in quel momento. «Ho già discusso la faccenda con sir Martewall e *monsieur* Daniel. Adesso mi manca la tua parte dei fatti».

Ian annuì. «Geoffrey è ancora qui?» domandò e allo stesso tempo si accorse dell'occhiata curiosa di Daniel nel sentir nominare l'inglese a quel modo.

«Si sta riposando giù davanti al camino» gli rispose l'amico. «Ha detto di averti visto anche troppo in questi giorni e quindi si è risparmiato le scale».

«Sir Martewall partirà domani per Séour e la corte» aggiunse Ponthieu.

«Gli parlerò a cena. Non ho ancora avuto modo di ringraziarlo per quello che ha fatto». Ian aveva appena finito la frase quando si sentì vacillare. Il capogiro stavolta si era fatto vivo con più perentorietà, a ricordargli il tanto sangue perso e i lunghi giorni di febbre.

«Adesso è bene che tu ti sieda, hai già fatto anche troppi sforzi per essere uno che si è appena alzato dal letto dopo aver superato un'infezione seria» ammonì Isabeau e lanciò a tutti intorno a sé un'occhiata eloquente, dalla quale però rimase escluso il conte di Ponthieu. «Signori, capirete che adesso dobbiamo lasciarlo riposare».

Beau e Ty si affrettarono a ritornare verso la soglia e anche Sancerre dovette fare un inchino alla dama per dimostrarle obbedienza, visto lo sguardo truce di lei. «Riprenderemo il discorso a cena» rispose rivolto a Ian, che gli annuì.

Daniel indugiò solo il tempo necessario per spostare lo scranno vicino al caminetto e metterlo a disposizione dell'amico perché si sedesse.

«Trova una scusa per tornare tra circa un'ora» gli sussurrò Ian, mentre si accomodava.

«A dopo» confermò Daniel e sfuggì rapido all'occhiataccia di Isabeau, venuta ad assicurarsi che Ian stesse comodo prima di lasciarlo da solo con il conte di Ponthieu. La ragazza uscì per ultima, chiudendosi la porta alle spalle.

Ian si appoggiò allo schienale dello scranno con un sospiro di fatica. Il capogiro si quietò, ma rimase in agguato.

Ponthieu intanto aveva fatto qualche passo per andare apparentemente a osservare il panorama fuori dalla finestra fintanto che non rimase solo con il fratello adottivo. «Quello che è accaduto è molto grave» esordì poi, voltandosi.

Ian si passò la mano sulla fronte, stanco e amareggiato. «Abbiamo perso otto uomini a causa mia, non me lo perdonerò mai».

«Tu non hai colpe» lo consolò Ponthieu. «Non hai fatto nulla di azzardato e non potevi sospettare cosa sarebbe accaduto».

Ian si ripeté quelle frasi, sapendo che erano vere, eppure non riuscì a sentirsi alleggerito, specie pensando a quei poveri uomini rimasti insepolti lungo la strada. «Senza volerlo ho scoperchiato il vaso di Pandora dei segreti di Gant. Non avrei mai immaginato che l'arrivo di Thierry avrebbe scatenato una simile tragedia».

«La responsabilità è mia e di quel ragazzo. Io ho voluto dargli il ruolo di nostro emissario, per coprire la verità sulle sue origini; lui ha usato il tuo nome per salvarsi la vita» gli rammentò Ponthieu. «Le due cose insieme hanno reso verosimile la menzogna e Gant deve essersi sentito minacciato, perché aveva qualcosa da nascondere».

«E anche perché a Pienne io gli avevo giurato di non fargli passare liscia alcuna trasgressione».

«Anche questo ha di sicuro contribuito al resto».

Ian tacque per un po', meditando sull'incastro dei diversi fattori all'origine del sanguinoso agguato nel bosco: la sua inimicizia verso Gant, le dicerie sulle famigerate spie dei

Ponthieu, l'arrivo di Ty nel bel mezzo della crociata, la caccia serrata di Roquemar all'assassino della sua gente.

Gant si era sicuramente sentito minacciato e non aveva idea che proprio con il suo tentativo di sbarazzarsi dei suoi nemici aveva fatto scoprire all'odiato Falco d'argento i crimini di cui nessuno alla corte di re Filippo sospettava l'esistenza.

Si è tirato la zappa sui piedi da solo. Adesso gliela farò pagare davvero, pensava Ian con rabbia crescente.

Ponthieu dovette leggergli quel proposito negli occhi perché disse: «Prima ricostruiamo tutto l'accaduto, dettaglio per dettaglio. Raccontami ciò che ancora non so. Anche se ho parlato con Chailly, *monsieur* Daniel, Beau e il ragazzo straniero, voglio sapere cosa hanno visto gli occhi del Falco».

Ian si concentrò qualche secondo, per mettere insieme la storia dall'inizio, poi iniziò a raccontare. Fu un discorso lungo e articolato. Ponthieu intervenne a inserire i dettagli ricevuti dagli altri sopravissuti all'agguato, comprese le versioni di Daniel e Beau di quanto accaduto alla locanda dopo l'arrivo degli occitani di Roquemar. Alla fine, i due uomini si trovarono a meditare in silenzio su tutta la faccenda.

«Il tiratore nascosto tra gli alberi non poteva essere che un uomo di Gant» considerò Ian. «Era lì ad assicurarsi che tutte le vittime designate si presentassero all'appuntamento senza sospetti. Per questo teneva d'occhio gli occitani e ha fatto in modo che Daniel non si mettesse in mezzo al loro cammino. L'ha tenuto a bada fintanto che non gli ha fatto comodo e poi ha raggiunto i suoi compari».

«In effetti non gli conveniva perdere tempo e correre rischi a dare la caccia a *monsieur* Daniel» convenne Ponthieu. «Deve essere rimasto sorpreso nel vederlo arrivare, poiché probabilmente non si immaginava che vi foste divisi, e ha trovato il modo di renderlo inoffensivo. A lavoro finito, se n'è andato. A quel punto il fatto che un tuo uomo rimanesse vivo non faceva più nessuna differenza, tanto più che si poteva far credere a tutti che anche il tiratore fosse un ribelle agli ordini di Roquemar».

«In compenso il tiratore non ha visto Beau perché lui non ha preso la strada, ma ha galoppato finché ha potuto nascosto dall'altra parte del bosco».

«Il tuo scudiero ha fatto la differenza» osservò Ponthieu. «Senza di lui, il piano di Gant avrebbe funzionato e tu non saresti qui a raccontarlo».

«E io lo volevo lasciare a casa» ammise Ian. «Una volta tanto, devo ringraziare il fatto che sia così testardo e disobbediente».

Ponthieu si era appoggiato col dorso al davanzale della finestra, incrociando le braccia sul petto, con aria pensosa. «Tutta questa storia può essere tranquillamente giustificata come un agguato dei ribelli ai tuoi danni, te ne rendi conto? Gant è stato molto astuto e ha pensato a tutto. Persino i suoi uomini sono stati mandati a ucciderti senza alcun segno distintivo addosso, anzi con in tasca dell'oro riconoscibile come occitano. Non mi meraviglierei se Gant avesse scelto solo mercenari senza patria né famiglia, perché non fossero rintracciabili nemmeno da morti».

«Non ho dubbi che l'abbia fatto» rispose Ian, cupo. «Così come sono convinto che l'occitano liberato dalle segrete di Morges per attirare Roquemar sul posto stabilito sia scomparso dalla circolazione, con le sue gambe o "aiutato" da qualche altro sgherro che gli avrà piantato un pugnale in corpo».

«Nessuno ha udito menzionare il nome di Gant durante l'agguato, di fatto nemmeno tu. E comunque la tua sola testimonianza non è sufficiente per un processo. Siamo completamente senza prove. A Gant è andata male, ma noi non possiamo accusarlo».

«Lo so». Ian abbassò la testa, frustrato, furente. Sapere che nonostante tutto Gant era intoccabile lo riempiva di sdegno e accendeva ancora di più la sua brama di rivalsa. A quel punto l'idea di Sancerre di andare a fargliela pagare col sangue, senza aspettare la macchina della giustizia, diventava sempre più seducente.

«Non possiamo nemmeno lasciar correre» continuò però Ponthieu e aveva una nota molto dura nella voce. «Ha sfidato la famiglia sbagliata e dovrà rendersene conto».

«Che vuoi fare?» domandò Ian, rianimato dalla determinazione avvertita nelle parole del conte.

«Denunciarlo al re per sospetta sottrazione indebita del bottino di guerra. Non riusciremo a farlo condannare, perché non abbiamo prove e Gant sicuramente avrà provveduto in questi giorni a prendere le sue precauzioni, ma per lo meno lo metteremo in cattiva luce a corte. Accenderemo il sospetto intorno a lui e allora gli renderemo la vita difficile. Forse, se lo mettiamo sulle spine a sufficienza, farà addirittura un passo falso».

Nel cuore di Ian si agitò un palpito di soddisfazione e vendetta. «È una buona idea. In questo modo possiamo rendere sospetto Gant anche agli occhi del suo signore Montfort. Vedremo se dopo continuerà a godere della stessa considerazione tra i crociati».

«Per aprire un'inchiesta su Gant mi serve il ragazzo straniero come potenziale testimone d'accusa. Credi che possa avere nervi saldi a sufficienza?»

La soddisfazione di Ian morì subito a quella proposta inaspettata. Assecondare l'idea di Ponthieu significava costringere Ty a rimanere nel medioevo fin dopo un'udienza del re e un'eventuale processo successivo.

«Daniel che cosa dice?» domandò Ian a voce più bassa.

«Si rimette alla tua decisione. In compenso, io ho chiesto direttamente al ragazzo e lui è prontissimo ad aiutarti, dopo quanto è successo».

Non avevo dubbi, pensò Ian, ma era preoccupato dalla piega presa dagli eventi. Aveva paura di tenere Ty nel medioevo ancora a lungo e temeva ancora di più di sottoporlo all'attenzione del re e dei suoi ufficiali giudiziari, per di più a confronto di un uomo pericoloso come Gant.

«Dubiti del suo coraggio?» gli domandò Ponthieu, vedendolo esitare. «Eppure si è comportato bene a Morges».

Ho paura che si lasci sfuggire qualche segreto di troppo, pensò Ian in aggiunta ai suoi timori, ma dovette rispondere solo con parte della verità. «No, non dubito di lui. È che non volevo esporlo ancora ad altri potenziali pericoli. Non so come può reagire Gant quando gli punteremo il dito contro. Preferivo non coinvolgere Thierry ulteriormente in questa faccenda».

«Non sei stato tu a coinvolgerlo. Lui stesso si è messo in questa situazione con il suo comportamento avventato».

Anche questo è vero, ammise Ian in silenzio e si limitò ad annuire. Non sarebbe stato facile trovare una scusa per far partire Daniel e Ty in fretta e furia, specie se il conte aveva già fatto le prime mosse per reagire all'agguato di Gant e Ty aveva dato la sua disponibilità.

Posso istruirlo su come comportarsi e proteggerlo fintanto che l'inchiesta non sarà avviata. Poi lo rimanderò a casa di corsa, al sicuro, si disse Ian, analizzando i suoi timori e i possibili rimedi.

Nonostante tutto, la prospettiva di poter inchiodare Gant al muro accusandolo davanti a tutti dei suoi crimini era davvero allettante e faceva sembrare più accettabili i potenziali rischi.

«Non voglio portare quel ragazzo a un processo, nemmeno io mi fido così tanto della sua saldezza di nervi» stava continuando Ponthieu, seguendo la sua stessa linea di pensiero. «Lo useremo come spauracchio contro Gant e poi lo faremo riportare in patria da *monsieur* Daniel. Ci vorrà tempo prima che le indagini trovino qualcosa che conduca a un eventuale processo e per allora speriamo che il tuo nemico abbia messo un piede in fallo. A quel punto, non ci sarà più bisogno di testimoni. Se invece le indagini non dovessero approdare a nulla, non avremo bisogno di testimoni comunque».

L'idea sembrava a Ian sempre più ragionevole, anche se per lui la "patria" di Ty Hamilton era in un luogo molto diverso da quello che Guillaume de Ponthieu poteva immaginarsi.

«Se sei d'accordo, dovremmo partire al più presto e rientrare a corte. Anche domani, se te la senti di rimontare a cavallo così presto» concluse il conte. «Gant è dal re e meno tempo lasciamo passare, meno gli diamo la possibilità di studiare qualche altra contromossa».

«Riuscirò a reggermi in sella, anche se dovrò convincere Isabeau» disse Ian, rammaricandosi mentalmente dell'inevitabile, difficile dialogo che avrebbe dovuto sostenere con la moglie. «Faremo il viaggio con Geoffrey Martewall, visto che anche lui partirà domani».

«Dovremo sdebitarci con lui per quanto ha fatto» considerò Ponthieu in aggiunta. «Gli dobbiamo la tua vita e si trova in una situazione per nulla facile in patria. È venuto a portare notizie molto preoccupanti dall'Inghilterra».

«I baroni stanno abbandonando sempre più il nostro principe Luigi?» domandò Ian, pur sapendo già la risposta.

«Sì. Adesso la loro fazione è spaccata in due. William Marshall ha molto ascendente su di loro e li sta convincendo a non privare Enrico III del suo trono a causa degli errori del padre Giovanni».

«E i baroni *disinteressatamente* corrono uno dopo l'altro in difesa del re bambino pronto a concedere loro tutti i privilegi che vogliono, contro le rivendicazioni del principe venuto dalla Francia».

«Del re venuto dalla Francia» sottolineò Ponthieu, con asprezza. «Il nostro principe non è stato incoronato, ma è stato ufficialmente riconosciuto re dai baroni a Londra, a primavera di questo stesso anno. Il loro voltafaccia adesso non ha scusanti».

«Geoffrey cosa vuole fare?»

«È un uomo d'onore e non intende rinnegare la sua parola data al nostro principe».

E così finirà probabilmente schiacciato dai suoi stessi compatrioti, quando cacceranno Luigi VIII dall'Inghilterra tra meno di un anno, pensò Ian, serrando le mani l'una nell'altra in grembo.

«È venuto a informare re Filippo della situazione e a portare le richieste di aiuto di sir Fitz-Walter che è ancora a capo dei baroni fedeli al principe» continuò ancora Ponthieu.

«Cercherò di aiutarlo come posso» decise Ian. «Si merita che io faccia di tutto per ricambiare la sua amicizia. Ne parlerò con la principessa Bianca».

Ponthieu approvò. «Io farò altrettanto con il re».

Quando qualcuno bussò discretamente alla porta, Ian seppe che l'ora concordata con Daniel era trascorsa. L'amico infatti comparve sulla porta appena udito il permesso di entrare. «Vi disturbo?» domandò, guardando anche Ponthieu.

Il conte si staccò dalla finestra. «No, abbiamo finito, per il momento. Venite pure, *monsieur*, anzi vi lascio soli. Anche voi avrete molte cose da dirvi e poche occasioni per farlo in privato».

«Grazie» disse Ian.

«Ci rivediamo a cena». Ponthieu salutò entrambi prima di uscire.

Ian guardò Daniel agguantare lo sgabello e venire a sedersi di fronte a lui, non prima però di aver aggiunto un pezzo di legna sul fuoco del caminetto per contrastare così l'aria fredda proveniente dalla finestra.

«È stata proprio una brutta avventura, eh?» disse Ian, quando vide l'amico finalmente comodo.

Daniel fece un mezzo sorriso, con i gomiti sulle ginocchia. «Vorrei dire che ormai ci ho fatto l'abitudine, ma non è vero per niente. Mi sono spaventato a morte e ho pensato tutte le cose peggiori fino a quando non ti ho trovato».

«Io ho fatto lo stesso» rispose Ian. Tacque a lungo prima di ammettere: «Questa volta credevo davvero di morire».

Daniel non replicò, cupo, e Ian sapeva che l'amico avrebbe voluto rimproverargli molte cose. Tuttavia non lo fece e il discorso affondò nel silenzio.

«Che ne pensi dell'idea di Guillaume?» riprese Ian dopo un po'.

Daniel fece un gesto vago. «Avrei voluto dirgli di no, ma il tuo bis-bisnipote invece non si è fatto pregare. Si è messo in testa le solite fisime riguardo il volerti aiutare, visto che è stato lui la causa di tutto, e non c'è stato verso di fargli cambiare idea. Si sente responsabile, ha voglia di fare l'eroe ed è ostinato come un mulo. Chissà mai da chi ha preso, in famiglia».

L'occhiata a cui Ian si sentì sottoposto era più che eloquente. Il giovane cercò di far finta di nulla. «Gli hai ricordato che a casa lo stanno aspettando?»

«Oh, sì. E stanno aspettando anche te. Ti faccio presente che ho due poliziotti sul collo, desiderosi di parlare almeno telefonicamente con il *signor Maayrkas* riguardo *Hyperversum* e la misteriosa scomparsa di un suo giocatore. Ho appuntamento con loro a una settimana dal nostro primo incontro».

«Hai idea di quanto sia passato da quando hai ricominciato la partita?»

«No. Ma non così tanto, questo è certo. C'è troppa disparità tra lo scorrere del tempo dentro e fuori dal gioco».

«Dovremmo riuscire a fare tutto entro la data stabilita» considerò Ian, ripensando all'idea prospettata da Ponthieu. Poiché non ci sarebbe stato bisogno di attendere un eventuale processo, la cosa poteva risolversi in qualche giorno al massimo di tempo medievale. Molto meno, invece, dall'altra parte di *Hyperversum.*

Daniel era d'accordo con lui. «E comunque, se Ty rientra a casa, non credo che la polizia avrà più necessità di parlare con qualcuno di noi due».

«Lo hai istruito su come mantenere il segreto, una volta tornato di là?»

«Ha capito lui per primo di non dover spifferare niente di questa storia. In ogni caso, sa che rimpiangerà mille volte Gant e i suoi sgherri, se mi metterà nei guai con qualche frase fuori luogo».

Ian annuì, meditando in silenzio, con la testa già proiettata verso le future mosse alla corte di re Filippo. Tutto sembrava predisposto bene e forse l'idea di Guillaume de Ponthieu poteva davvero dare i suoi frutti.

«Speravo mi dicessi che avresti convinto tu Ty a tornare a casa adesso. Invece vedo che sei d'accordo con Ponthieu».

L'osservazione cupa di Daniel colse Ian di sorpresa. Non era stata pronunciata con accusa, ma Ian sentì comunque l'istinto di difendersi. «Se Ty mi aiuta, posso mettere alle strette Gant. Non ci vorrà molto e lo proteggerò costantemente per tutto il tempo. Non correrà rischi e non potrà fare nemmeno dei guai, se lo teniamo d'occhio con scrupolo».

Daniel aveva la faccia di chi ha rinunciato in partenza a discutere. «Sono l'unico a pensarla diversamente e quindi devo rassegnarmi. Mi basta almeno aver provato che la via di uscita funziona».

«Avete ripristinato la partita anche per Ty?»

«Sì, nell'unico momento in cui siamo riusciti a rimanere soli in questi giorni. A quanto pare, adesso funziona tutto».

Ian si sentì ulteriormente alleggerito. Con la via di fuga aperta anche per Ty i rischi per la sua incolumità si riducevano ancora di più. Tuttavia, l'espressione amara di Daniel era difficile da ignorare.

«Solo quest'ultima cosa, poi vi rimanderò a casa, promesso» disse Ian per convincere l'amico. «È importante. Voglio mettere in croce quel maledetto che ha tentato di ammazzarci tutti. Non può passarla liscia». Sentì che la voce gli diventava aspra su quelle ultime parole, per la sete di rivalsa.

«Credi che non voglia anch'io fargliela pagare?» gli rispose Daniel e lo stava osservando con un'aria sempre più cupa. «È solo che ho paura. Paura che, per voler strafare, ci ritroviamo tutti nei guai fino al collo. È già capitato, a Pienne ad esempio».

«Questa volta non succederà».

«D'accordo. Mi fido» cedette Daniel, ma sembrava semplicemente essersi arreso piuttosto che tranquillizzato.

Ian sentiva di non essere approvato e la cosa gli dava uno spiacevole senso di disagio. Dall'altro lato però, riteneva di agire nel modo giusto. L'idea veniva da Guillaume in persona e non poteva essere avventata, perché il conte non azzardava mai alcunché ma valutava ogni rischio con estremo scrupolo.

Per Ian era un conforto e uno sprone, una garanzia in più di non azzardare passi avventati.

Possiamo farcela, se giochiamo bene le nostre carte, si disse il giovane, più convinto, e subito dopo pensò al confronto che lo attendeva con Gant. Una cupa frenesia cominciò ad agitarglisi dentro, accendendo la voglia di arrivare a corte al più presto e, una volta là, di affrontare Gant. Daniel in compenso, continuava a tacere e ad osservarlo con quegli occhi strani.

«Vuoi aggiungere qualcosa?» gli domandò Ian.

Daniel distolse gli occhi e alzò entrambe le mani. «No. Niente altro da dire». Si rimise in piedi. «Ho fame. Direi che è ora di andare a cena».

Ian fu soddisfatto di chiudere la questione senza ulteriori obiezioni. «Sono d'accordo. Lasciami il tempo di rendermi del tutto presentabile e poi vedrò di raggiungervi nel salone».

«Mettici il tempo che ti serve. Ti aspetto giù e se hai bisogno chiama». Daniel uscì senza più voltarsi indietro.

Ian notò il dettaglio per un istante, ma subito dopo era già di nuovo concentrato su cosa fare un volta arrivato a corte. Lasciò vagare lo sguardo sul fuoco nel caminetto, con i pensieri che si accordavano bene a quelle lingue infuocate e inquiete.

In testa continuava a ripetersi soprattutto la minaccia pronunciata dal conte Guillaume nei confronti di Gant: "*Ha sfidato la famiglia sbagliata e dovrà rendersene conto.*"

Ian provò una potente soddisfazione. *Ecco, i tuoi guai sono appena iniziati*, promise a Gant col pensiero.

Capitolo 30

Séour, dimora abituale di Etienne de Sancerre e di sua moglie Donna, era per molti versi un castello simile a Châtel-Argent, con la sua triplice cinta di mura, l'agglomerato urbano sviluppatosi all'interno dell'alta corte e un torrione svettante nel centro esatto della pianta della città. Anch'esso sorgeva in prossimità di un fiume placido, disegnato a curve nella pianura, ma in compenso aveva due ponti levatoi, uno in fila all'altro, poiché il fiume era stato tenuto come seconda difesa naturale davanti all'ingresso principale del castello e per un tratto correva parallelo al fossato, a cui donava l'acqua tramite una serie di canali. Alla città si accedeva perciò attraversando un doppio barbacane sorvegliato dai soldati in uniforme bianca e blu, all'ombra degli stendardi con gli stessi colori, affiancati da quelli azzurri e oro del re di Francia.

Vi si respirava un'aria più mediterranea rispetto al settentrionale Châtel-Argent, forse perché le colline in lontananza erano ricoperte di vigneti e mancava quel vento allegro, proveniente dalla costa atlantica, che così spesso giocava con gli stendardi del Falco in cima alle torri.

Daniel ammirò da lontano la costruzione apparsa all'orizzonte dopo due giorni di viaggio dal vicino Le Noir, di proprietà del fratello maggiore di Sancerre, Guillaume, e ne considerò con rispetto le proporzioni imponenti, man mano che vi si avvicinava e lo vedeva crescere, fino a occupare parte del cielo e gettare ombre sulla strada battuta.

Quel giorno il sole era alto e pallido, in un azzurro libero di nuvole ma decisamente invernale.

«Benvenuti nella mia casa» annunciò Sancerre con soddisfazione e allungò leggermente il passo del suo cavallo, guidando il gruppo verso il primo ponte levatoio.

Le sentinelle lo avvistarono subito, a capo della lunga carovana di viaggiatori armati, e lo salutarono con rispetto. La notizia del ritorno del signore rimbalzò da un posto di guardia all'altro e si diffuse tra la gente e nel castello. I servi si stavano senza dubbio già preparando ad accogliere il padrone e i suoi ospiti nel cortile del torrione.

Daniel guardò i compagni di viaggio accanto a sé. Ian, Isabeau e il conte di Ponthieu non erano affatto colpiti dal panorama di Séour, dal momento che vi erano stati già altre volte; Martewall non batteva ciglio, abituato anch'egli a frequentare fortezze imponenti come quelle inglesi; Ty in compenso guardava ogni cosa con curiosità avida e meraviglia. La sua precedente esperienza in un castello non era stata altrettanto rilassante e il ragazzo coglieva ora l'occasione per ammirare tutti quei dettagli che a Morges dovevano essere stati ampiamente messi in secondo piano dalla paura. Per giunta Séour ospitava in quel momento la corte del re e questo aggiungeva fascino a tutto il resto.

«Hai visto? Hanno costruito delle chiuse nell'acqua per fare gli allevamenti di pesci» fece notare Ty a Daniel quando, oltrepassato il primo ponte levatoio, ebbero un'ampia panoramica del fossato. Un'ampia sezione del canale artificiale, infatti, era stata isolata dal resto tramite quelle che sembravano paratie mobili di legno e proprio laggiù erano al lavoro alcuni uomini.

Questi ultimi si tolsero i berretti e salutarono con rispetto il gruppo di passaggio, mentre Sancerre ricambiava con un cenno della mano. Alcuni stavano ritirando le reti proprio in quel momento, per dividere il pescato nelle ceste con cui l'avrebbero portato al castello; altri facevano emergere da una seconda sezione del fossato le trappole in vimini contenenti le anguille; altri ancora tagliavano le canne e i giunchi da utilizzare probabilmente per gli ultimi lavori di manutenzione dei tetti, in vista dell'inverno.

«Ehi, cerca di non fare troppo il turista in gita» ammonì Daniel a bassa voce, mentre Ty gli additava altri particolari di quell'indaffarata scena di vita quotidiana medievale, dai carri di legna e di merci in arrivo dal contado fino alle lavandaie che si dirigevano al fiume per il bucato. «Da adesso in poi, il triplo della cautela, d'accordo? Siamo alla corte di Filippo Augusto, non dimenticarlo mai».

Ty riprese subito un contegno compito, quasi rigido. «Non mi scapperà neanche una parola sbagliata, giuro. So esattamente cosa posso dire e cosa no» si affrettò a rispondere.

«Sarà meglio perché, se fosse per me, ti avrei già riportato a casa di corsa» brontolò Daniel.

Ty fece scostare leggermente il cavallo, come se la frase di Daniel fosse una minaccia da cui tenersi ben lontani. «Il Falco mi vuole qui ancora per qualche giorno» obiettò.

«E credi che non lo sappia?» sbuffò Daniel. «Spero solo che questa faccenda si concluda al più presto».

La conversazione venne interrotta dall'avvicinarsi di Ian e subito si spostò su temi innocui. Daniel odiava fare ogni volta quella commedia nei confronti di Ian, come se l'amico non sapesse nulla di ciò che lui discuteva in privato con Ty, ma doveva reggere il gioco e continuare a recitare il suo ruolo, perché il canadese sapeva già abbastanza dettagli compromettenti anche senza venire a conoscenza del castello di menzogne costruito intorno al nome di Jean Marc de Ponthieu. Si arrese perciò a trattare Ian come un vero medievale e forse proprio quel pensiero lo irritò del tutto, come se non bastasse la cadenza francese a sottolineare quanto l'amico si stesse fondendo davvero al mondo in cui aveva scelto di vivere.

«Sono contento di rivedere Donna» esordì Ian, affiancando il cavallo a quello di Daniel. «Siamo stati molto in pensiero per la sua salute».

«Cerca di pensare innanzitutto alla tua, di salute» consigliò Daniel, osservando in modo significativo il colorito ancora pallidissimo dell'amico e la debolezza che gli incurvava le spalle, specie dopo ore di cammino.

Ian cercò subito di raddrizzarsi in una posa ostentatamente più vigorosa. «Sto bene, non ti preoccupare, e poi abbassa la voce o stasera mia moglie mi farà un'altra delle sue ramanzine riguardo il riposo e la convalescenza». Mentre lo diceva, sbirciò Isabeau che per tutta la durata del viaggio aveva mantenuto un'espressione di disappunto sul bel viso, a ricordare al marito quanto fosse contraria all'idea che lui si affaticasse così tanto e a così breve distanza dai giorni travagliati della febbre.

Ty si lasciò sfuggire un sorrisetto. «Allora la storia si ripete uguale in tutti i paesi. Mamma ha sempre fatto una testa così a mio padre ogni volta che lui ripartiva per uno dei suoi viaggi poco dopo essere ritornato da quello precedente».

Daniel lo ridusse subito al silenzio con un'occhiataccia.

Il gruppo intanto aveva attraversato anche il secondo ponte per entrare nel trafficato agglomerato di case e botteghe racchiuso nella piccola corte. Qui si fece strada tra la gente fermatasi a salutare con rispetto ma anche a osservare e a commentare con curiosità il passaggio dei nobili cavalieri.

Molti sguardi erano puntati su Ian, notò Daniel: a quanto pareva la notizia dell'agguato in Occitania ai danni del Falco aveva fatto molto presto il giro di tutta la città e adesso la gente osservava mormorando il cavaliere sfuggito alla morte, l'uomo di re Filippo che aveva ancora una volta beffato i suoi nemici scampando al loro agguato. Anche Ian era consapevole di quegli sguardi e Daniel lo notò da come l'amico si faceva sempre più marziale sulla sella del suo cavallo, man mano che procedeva verso il cuore del castello. Diventava sempre più cavaliere a ogni istante e nella sua figura sparivano i segni di debolezza per lasciare quelli del potere e dell'onore.

Eccolo di nuovo, il Falco del Re, pensò Daniel, con ammirazione e rammarico mescolati insieme.

In vista della seconda cinta di mura il gruppo venne accolto da tre cavalieri in sella ai loro palafreni. Daniel riconobbe subito nei primi due Henri de Bar e il più giovane Henri de Grandpré. Dietro di loro veniva, un po' in disparte, sir Kerwick.

«Jean! Etienne! Finalmente!» chiamò Grandpré e insieme all'altro Henri andò incontro agli amici, mettendosi poi a procedere al loro fianco. I suoi occhi erano solo per Ian. «Ci siamo preoccupati a morte quando abbiamo saputo la notizia».

«Il peggio è passato» rispose Ian, salutando entrambi gli amici. «Adesso sto bene».

I due cavalieri salutarono anche Ponthieu, Daniel e Chailly, poi videro Martewall, rimasto indietro, in disparte, rispetto a loro.

«Sir, è un piacere ritrovarvi» lo salutò De Bar, ricevendo da lontano un altrettanto compito gesto di saluto dall'inglese. «Non ci vedevamo dalla vostra ultima visita a corte, più di un anno fa».

«In quell'occasione tu non c'eri e non hai avuto modo di conoscere il barone Geoffrey Martewall» disse Ian a Grandpré. «Lascia che te lo presenti ora» aggiunse poi, facendo da intermediario tra i due cavalieri.

«*Monsieur*, è un vero piacere, tanto più perché vi dobbiamo la vita di Jean» replicò il giovane conte rivolto a Martewall. «Ho conosciuto vostro cognato qualche giorno fa e sapevo che sareste arrivato presto. Sono onorato di incontrarvi di persona».

Kerwick arrivò in quel momento e andò ad affiancarsi a Martewall, dopo aver salutato tutti con rispetto.

«L'onore è mio, signor conte. Anch'io ho avuto modo di sentire molte cose su di voi dal Falco» rispose Martewall a Grandpré con il suo francese aspro.

Sancerre intanto si era rivolto a De Bar. «Novità durante la mia assenza? Come sta mia moglie?»

«Bene. Ormai ha completamente recuperato le sue forze dopo la malattia» rispose l'amico. «Tuo fratello è andato ad annunciarle il tuo ritorno. A quanto so, era nel salone in compagnia di *madame* Brianna».

«Mia madre è qui?» s'illuminò Beau, avvicinandosi al trotto dopo aver sentito pronunciare l'ultimo nome.

«Deve essere arrivata con gli uomini che ho mandato a chiamare da Châtel-Argent dopo la vostra partenza con la scorta» spiegò Ponthieu a Ian. «Non erano ancora qui quando ti sono venuto incontro verso Le Noir».

Allegro, Beau si voltò indietro verso Martewall, in quel momento impegnato ad ascoltare ciò che Kerwick gli stava riferendo a bassa voce. «Avete sentito, sir? Mi avete chiesto di lei in questi giorni ed eccola qui! Sarete contento. Così potete salutarla di persona!»

Per un attimo, tutti coloro che capivano l'inglese guardarono Martewall con stupore, salvo poi essere subito congelati dall'occhiata truce che il barone scoccò nella loro direzione.

Daniel riportò subito lo sguardo sulla strada davanti a sé e non osò dir nulla, ma non poté trattenere un sorrisetto, esattamente come Ian. L'unico a non farsi troppo intimorire dall'aspetto minaccioso di Martewall fu Sancerre, che ghignò a mezza voce, dopo aver chiesto e ricevuto da Ian la traduzione della frase. «Giusto: il Leone inglese è in età da prole. A quanto pare, ha voglia di guardarsi intorno e forse non sta cercando nemmeno troppo lontano».

Nessuno aggiunse altro, ma persino Ponthieu si divertì in silenzio insieme agli altri, a quell'insinuazione maliziosa.

In compenso, Beau aveva aspettato Martewall per mettersi a procedere accanto a lui e a Kerwick con beata ingenuità, del tutto ignaro dei commenti dei cavalieri francesi. «Anche lei sarà felice di rivedervi, ne sono certo» riprese, tanto per rincarare la dose senza rendersene conto.

Sbirciando indietro Daniel vide Martewall mantenere un contegno fosco e silenzioso. Accanto a lui Kerwick aveva l'aria di chi si trova a distanza ravvicinata rispetto a un leone vero.

Intanto anche l'ultima cinta di mura era stata raggiunta e con essa il cancello aperto verso il cortile del torrione principale. I discorsi si fecero subito più seri e si concentrarono inevitabilmente su quanto accaduto in Occitania.

«La notizia è arrivata come un fulmine a corte» disse Grandpré a Ian, raccontando la scena già anticipata dal conte di Ponthieu, nelle conversazioni dei giorni precedenti. «Di recente però ci sono delle novità».

Daniel, Ian, Ponthieu e tutti quelli provenienti da Le Noir si fecero attenti.

«Non ho mai avuto in simpatia il barone di Gant, ma ho dovuto ricredermi almeno riguardo la sua efficienza» continuò Grandpré, mentre anche De Bar annuiva convinto. «Aveva detto di aver già iniziato le indagini prima di lasciare i suoi possedimenti per venire a corte e i suoi ufficiali hanno svolto un lavoro impeccabile. Sarai contento di saperlo, Jean: i colpevoli sono già stati trovati e incarcerati. Li aspetta il boia a due giorni da oggi».

Con un tuffo al cuore, Daniel vide Ian irrigidirsi terribilmente e sbiancare, se possibile, ancora più quanto non lo fosse già. Anche Ponthieu, e tutti gli altri in arrivo da Le Noir erano rimasti folgorati dalla notizia, anche se Ty e Beau vennero prontamente mantenuti in silenzio dal gesto secco che Martewall rivolse loro. Kerwick si sporse verso il cognato per sussurragli qualcosa, forse ciò che non aveva fatto in tempo a finire di dirgli prima. Martewall annuì, tetro.

Daniel era senza parole.

Impossibile! pensò, nello stesso istante in cui Ian domandava, fremendo: «Che cosa?»

«C'è molto più di quanto pensate dietro a tutta questa storia» continuò Grandpré, grave. «*Monsieur* de Gant ha scoperto che alcuni suoi ufficiali sottraevano indebitamente parte del bottino di guerra, in combutta con briganti occitani e con uno di quei cavalieri venuti qui a fare da ambasciatori mesi fa. I criminali hanno temuto di essere stati scoperti e denunciati dal tuo uomo, Jean, quando è stato arrestato dai crociati, e quindi hanno organizzato l'agguato lungo la strada. Grazie al cielo, gli è andata male».

Ian serrava le mani sulle redini con tale violenza da far innervosire il cavallo. «Che prove ha Gant di tutto questo?» domandò, controllando con mano nervosa l'animale che sbuffava.

«La confessione piena dei mandanti e dei sopravissuti alla battaglia» rispose compiaciuto De Bar e Grandpré aggiunse: «Gli ufficiali di Morges hanno arrestato e interrogato cinque uomini, tre francesi e due occitani. Hanno confessato tutti».

Posso solo immaginare come li hanno interrogati e convinti a confessare, pensò Daniel e la stessa idea passò negli occhi di tutti coloro a conoscenza dei retroscena veri della vicenda. Sancerre guardò Ian con una tale espressione furente e indignata da balzare subito all'occhio attento di Grandpré.

«Qualcosa non va?» domandò il giovane conte e anche De Bar aveva smesso la sua espressione soddisfatta per osservare interrogativamente ora l'uno ora l'altro cavaliere.

«Adesso *devi* dirglielo» ingiunse Sancerre a Ian.

«Signori, non qui e non ora» intervenne però Ponthieu, con autorità assoluta.

«Ne parleremo nella mia sala privata» decise Sancerre per tutti e incitò rabbioso il cavallo a procedere più spedito verso il torrione.

Nel silenzio teso che seguì, Grandpré e De Bar si scambiarono un'occhiata preoccupata, prima di guardare al di là di Daniel e Ian e notare la totale mancanza di sorpresa nell'espressione di Kerwick.

«Voi ci avete taciuto qualcosa» capì Grandpré.

«Non potevo parlarne, a maggior ragione quando ho scoperto che il barone di Gant era arrivato a corte prima di me» rispose il cavaliere inglese, grazie alla traduzione di Martewall.

«Perdonatemi. L'ho fatto solo per prudenza. Per non nuocere in alcun modo ai signori di Ponthieu».

Grandpré tornò a guardare Ian. «È così grave, allora».

«Dopo, Henri. Il tempo di arrivare in un luogo appartato, poi ti spiegherò tutto» disse Ian e aveva una tale nota di rabbia nella voce da far provare a Daniel un brivido involontario. Dopo quella frase, nessuno osò più fargli domande.

Nel cortile chiuso all'interno della terza e ultima cinta di mura, i servi erano già pronti a ricevere il padrone e a condurre il suo cavallo e quelli degli ospiti nelle stalle per accudirli.

Daniel fece in modo di scendere di sella accanto a Ian. «Che vuoi fare adesso?» gli domandò sottovoce.

«Non lo so. Non ho avuto tempo di pensarci, ti pare?» rispose Ian aspro.

Ty, accorso subito a fare una domanda probabilmente analoga, si rimangiò la frase e non osò aprire bocca.

«Gant ha anticipato le nostre mosse, avremmo dovuto prevedere anche questa eventualità» disse Ponthieu a tutti e tre. «Adesso lui ha in mano le prove a suo vantaggio, noi nemmeno una».

«Quel maledetto ha estorto con la tortura le confessioni che gli servivano!» ringhiò Ian.

«Senza dubbio. Ma sono confessioni valide per la legge, quindi non possiamo contestarle».

«Perciò devo rassegnarmi a vederlo impunito?! Anche quando manderà a morte cinque innocenti per il suo alibi?» Ian era furioso.

«Non ho detto questo» lo zittì Ponthieu, severo. «Solo ho bisogno di tempo per studiare il da farsi. Adesso calmati e tieni la testa e la lingua a posto. Il Falco del Re questo sa farlo molto bene, quando vuole».

Ian subì il rimprovero e distolse lo sguardo per un attimo. Respirò a fondo, poi rialzò la testa. «D'accordo. Perdonami».

La breve discussione sottovoce tra i due fratelli aveva catalizzato l'attenzione di tutti gli altri, anche se cercavano di mostrarsi impegnati in conversazioni diverse. Ponthieu lo notò chiaramente, ma fece finta di nulla. «Prudenza, adesso. Hai visite» disse a Ian e accennò con la testa a qualcosa dall'altro lato del cortile.

Anche Daniel si girò per vedere un ufficiale del re, con i gigli sulla divisa azzurra, sopraggiungere e fermarsi a rispettosa distanza dal gruppo. L'uomo non disse nulla a parte i saluti di rito, e rimase in attesa, guardando Ian come se si aspettasse che il giovane comprendesse un suo messaggio senza parole.

Daniel notò che Ian non era sorpreso.

«La principessa Bianca mi vuole parlare» disse infatti l'amico, rivolto a Ponthieu mentre ricambiava da lontano il saluto dell'ufficiale. «Cosa posso raccontarle?»

«Resta sul vago, non ti sbilanciare. Accampa scuse, se ti rivolge domande dirette» consigliò il conte. «Se possibile, cambia discorso in fretta. Lei comunque sa che prima di tutti dobbiamo informare il re su quanto accaduto, non oserà scavalcare il diritto del sovrano».

Ian annuì, cupo. «Ne approfitterò per parlare con lei della questione inglese. Avevo già intenzione di farlo».

«Bene» approvò Ponthieu. «Io nel frattempo chiarirò le cose con i tuoi compagni d'arme».

Ian si rivolse a Daniel e Ty. «Andate anche voi con gli altri. Ci rivedremo dopo».

«Come vuoi» acconsentì Daniel.

Ian si voltò a cercare Martewall con lo sguardo. «Geoffrey, vuoi seguirmi? Vorrei presentarti a una persona».

L'inglese seguì con lo sguardo il suo cenno e individuò l'ufficiale reale a poca distanza da lì, nel cortile. «Sono a tua disposizione».

«Scusateci» disse Ian a tutti gli altri. «Ci rivedremo dopo».

Daniel tenne Ty accanto a sé, mentre Ian si allontanava verso l'ufficiale del re, insieme a Martewall.

***

Ian fu grato di avere con sé solo l'inglese, che lo affiancava come un'ombra in silenzio assoluto, dietro all'ufficiale del re nel cortile del torrione, senza fare domande né commenti.

Aveva una tale rabbia in corpo da sentirsi soffocare e parlarne lo avrebbe fatto esplodere, ne era certo. Aveva bisogno di tempo per riflettere e per calmarsi, ma non era facile. No, affatto.

Sapere che Gant era stato così spregiudicato e abile da essersi probabilmente messo al riparo da qualsiasi accusa lo rendeva furioso oltre ogni dire. Quell'uomo aveva ucciso, massacrato, acceso roghi, rubato e torturato, per giunta giustificandosi al riparo di un simbolo tanto sacro come la Croce, e forse sarebbe rimasto impunito.

Non posso permetterlo, si ripeteva Ian, ma in quel momento non aveva idea la minima idea di quali contromosse fare.

Serrò la mano sull'impugnatura della spada che portava al fianco.

Calma, devo calmarmi. Devo ragionare.

L'ufficiale si voltò dopo aver girato l'angolo del torrione ed essere arrivato in vista del giardino riparato che vi era costruito dietro. «Attendetemi qui, signori, vi prego» disse, prima di allontanarsi per qualche minuto.

Ian rimase solo con Martewall, a cercare di calmarsi in vista dell'incontro con la principessa.

«Spiegami perché mi hai voluto qui» lo distrasse Martewall, aprendo bocca per la prima volta da quando si erano allontanati dagli altri.

La domanda costrinse Ian a lasciar perdere almeno per un po' la questione di Gant per concentrarsi sulla preoccupazione per le vicende inglesi.

Non poteva rivelare al barone di conoscere già per certa la sconfitta della fazione francese di Luigi VIII e di tutti i suoi alleati e tanto meno poteva consigliare a Martewall di abbandonare la barca finché era in tempo per farlo. Purtroppo però, la verità era che, mentre tutti i francesi avrebbero potuto tornare il patria e perciò mettersi in salvo dalle rappresaglie dei vincitori, non sarebbe stato così invece per chi aveva tutti i suoi possedimenti, famiglia e terre, in Inghilterra. In quel caso, chi rimaneva da sconfitto avrebbe sicuramente dovuto difendersi dalle angherie dei vincitori e forse ne sarebbe rimasto schiacciato.

«Sono molto preoccupato, per te e per noi» ammise Ian infine. «La guerra del nostro principe in Inghilterra non sta andando bene e io temo cosa potrebbe accadere se la sconfitta fosse definitiva».

«Prima ancora che questa storia cominciasse, se ricordi ti chiesi perché i baroni avrebbero dovuto accettare l'aiuto di un principe straniero. La risposta a cui arrivammo entrambi era che la lotta contro il nemico comune, re Giovanni, avrebbe unito le due fazioni». Martewall era molto controllato mentre faceva la sua considerazione. «Adesso quel nemico non c'è più e gli interessi sono cambiati sul piatto. I motivi per combattere insieme stanno venendo meno e le alleanze cambiano. Avevo già pensato a tutto questo. Era prevedibile».

«Ma tu non intendi cambiare campo» osservò Ian e non fece una vera domanda perché sapeva già la risposta, perché oltre ad averne avuto anticipazione dal conte di Ponthieu, la leggeva nel contegno inflessibile dell'amico.

«Il mio caso è diverso. Re Luigi mi ha dato modo di salvare ciò che rimaneva della mia famiglia, quindi i motivi politici per me sono secondari» rispose Martewall e Ian notò che chiamava "re" senza alcun disagio il principe francese riconosciuto tale nella cattedrale di Londra mesi prima, benché ancora senza incoronazione. «Io non abbandono chi mi ha aiutato tanto, specie quando si trova a sua volta in difficoltà».

«Lo immaginavo e a dire il vero non mi sarei aspettato niente di meno da te» dovette ammettere Ian.

Martewall accettò il complimento chinando brevemente la testa.

«Per questo vorrei fare tutto ciò che mi è possibile per te e per il mio principe» proseguì Ian. «Sua moglie, la principessa Bianca, è una donna eccezionale, energica e decisa come poche regine lo sono state. Ha armato personalmente uomini e navi per sostenere il marito in guerra e le sue origini castigliane le assicurano ancora oggi credito e appoggi politici al di là dei Pirenei. Facendovi incontrare oggi, spero di poter assicurare all'uno e all'altra un'alleanza solida e fidata su cui fare conto per qualsiasi evenienza».

«Mi avevano già riferito che negli ultimi mesi hai guadagnato la stima della principessa, quanto hai già fatto con il re e suo figlio» commentò Martewall e c'era una punta di ammirazione nella sua voce.

«È stata lei ad avvicinarmi per prima, io non ho molti meriti in tutto questo. Ho soltanto risposto a tutte le sue domande e dato pareri sulla situazione» si schermì Ian.

«Ciononostante, la principessa ha scelto bene perché anch'io so quanto vali. Posso solo ringraziarti per quello che stai facendo per me in questo momento, tanto difficile per entrambi anche se per questioni diverse».

«Voglio solo rendermi utile».

«Te ne sarò sempre riconoscente, qualsiasi cosa ci aspetti in futuro».

L'ufficiale del re tornò da loro appena qualche istante dopo. «Sua Altezza vi riceverà entrambi» annunciò e aprì il braccio con un gesto d'invito verso il giardino ornato di siepi.

Ian precedette Martewall nei vialetti alberati adorni ormai solo delle ultime foglie rossastre, là dove udiva provenire voci di bambini e di donne. Un bimbo piccolissimo sbucò da dietro un cespuglio proprio in quel momento e quasi gli finì addosso con un gridolino di sorpresa. Ian si chinò d'istinto per afferrarlo al volo e impedirgli di cadere all'indietro. «Attento!» si preoccupò, benché il movimento gli avesse causato uno strappo doloroso alla spalla ferita, poi subito dopo lasciò la presa e si ricompose. «Vostra Altezza, state attento a non farvi male» riprese con più deferenza.

Gli suonava quasi comico chiamare "altezza" quel bimbo di neanche tre anni, che gli arrivava oltre il ginocchio, ma gli pareva quasi di vedere su di lui già da ora il riflesso dell'aura immensa del personaggio consegnato alla Storia da migliaia di racconti, libri, monumenti e opere d'arte. Eppure in quel momento, Luigi IX il Santo aveva solo pochi mesi più di Marc.

Il principino guardò da sotto in su il cavaliere gigante trovato all'improvviso sulla sua strada e aveva i lacrimoni agli occhi per lo spavento. Non pianse solo perché riconobbe in lui una faccia nota e quindi si limitò a mordicchiarsi il pollice e ad additare una cosa tra le siepi.

Ian si voltò a guardare, ma fu Martewall a chinarsi per recuperare la palla di stoffa colorata finita sotto un agrifoglio spinoso. La tese a Ian che la restituì al futuro re.

«Luigi!» chiamò Bianca di Castiglia, apparendo in quel momento tra le siepi insieme alle balie, all'evidente inseguimento del piccolo indisciplinato. «Ti ho detto di non correre così!»

I cavalieri si inchinarono subito al cospetto della principessa di Francia. Il piccolo principe invece corse da lei in tutta fretta, rifugiandosi nel suo abbraccio di certo più tranquillizzante di quello di un cavaliere grande, grosso e molto meno morbido.

Bianca rimproverò sottovoce il figlio e lo consegnò alla balia, che si ritirò in disparte con un inchino, andando verso le altre dame di compagnia rimaste sullo sfondo insieme al neonato principe Roberto.

«*Monsieur* de Ponthieu, io dovrei essere adirata con voi» esordì la principessa, guardando Ian con occhi seri, mentre si stringeva addosso il mantello pesante e decorato d'oro, con il quale si riparava dal freddo.

Ian dovette rialzare la testa, colpito dal rimprovero. «Perché, mia signora?»

«Non avete mantenuto la promessa di tornare presto, anzi stavate per non tornare affatto». Bianca voleva sembrare dura, ma c'era una preoccupazione sincera dietro le sue parole.

«Perdonatemi» si scusò Ian, comunque grato per l'ansia che la principessa gli dimostrava.

«No, voi perdonatemi perché vi ho chiamato qui senza nemmeno farvi riposare dal viaggio e vedo che siete molto provato» sospirò Bianca. «Chiedete scusa anche a vostra moglie da parte mia. Immagino quanto debba essere preoccupata per la vostra salute».

«In questi giorni sto molto meglio» la rassicurò Ian, ma si sentì libero di passarsi la mano sulla spalla indolenzita. «Mia signora, lasciate piuttosto che vi presenti il barone Geoffrey Martewall di Dunchester, appena giunto dall'Inghilterra».

Martewall s'inchinò di nuovo, Bianca annuì e si rivolse direttamente a lui. «Sì, ho avuto modo di vedere a corte vostro cognato, sir Martewall. Grazie al cielo, venne a portarci notizie più confortanti di quelle del barone di Gant. Il Leone inglese che ha salvato il nostro Falco: sono felice di conoscervi e riconoscente per ciò che avete fatto».

«E io sono molto onorato di incontrarvi, Altezza Reale» rispose Martewall.

«Voi fate uno strano effetto sui vostri nemici o avversari» considerò Bianca tornando a guardare Ian. «Il barone di Dunchester qui presente vi è così amico da correre in vostro soccorso; il barone di Gant ha fatto di tutto per assicurare alla giustizia i vostri assassini. Il vostro valore vi conquista meriti al di là dei motivi di inimicizia».

Ian s'irrigidì nel sentir nominare Gant e dovette fare uso di tutto il suo sangue freddo per non tradire troppo l'odio che sentì agitarsi nel petto. Sperò di esserci riuscito, mentre rispondeva: «Mia signora, soltanto gli altri possono dirvi perché mi onorano del loro aiuto. Io cerco semplicemente di comportarmi meglio che posso».

Bianca l'osservò qualche istante con molta attenzione.

«Sarò presente all'incontro in cui racconterete ogni cosa al re mio suocero» considerò alla fine. «Adesso non desidero affaticarvi oltre e mi basta essermi sincerata di persona che godiate di buona salute dopo tante peripezie. Vi anticipo però che desidero parlare con voi al più presto di quanto sta accadendo in Inghilterra, ma so che lo avete già immaginato o non avreste portato a farmi conoscere il barone di Dunchester».

«Ci sono novità?» domandò subito Ian e anche Martewall si fece attento.

«Mio marito ha conquistato la città di Hertford il 6 Dicembre scorso» annunciò Bianca con fierezza e guardò Martewall.

L'inglese annuì. «Sapevo già dell'assedio, poiché era cominciato prima che io partissi per venire qui. Oggi mio cognato mi ha anticipato la notizia della resa del castello. È una grande vittoria. Hertford è una città strategica».

«Voi conoscete bene il luogo?» domandò ancora Bianca.

«Sì, Altezza, sono stato a Hertford parecchie volte in occasione dei tornei e anche quando ero scudiero. Conosco sir Godarvil, il signore della città».

«È un vostro amico?»

«No, abbiamo avuto solo conversazioni formali. Ma so che è un valoroso. Spero che sia sopravissuto all'assedio, anche se ha deciso di stare dall'altra parte del campo di battaglia».

«Mio marito ha concesso agli sconfitti di andarsene dal castello con i cavalli e le armi. Nessuno di quelli che si sono arresi ha subito alcuna ritorsione» disse Bianca, con orgoglio.

Martewall annuì, serio. «Non avevo dubbi sulla nobiltà d'animo di re Luigi».

«Parlatemi ancora del luogo» esortò la principessa.

«Hertford controlla parte del fiume Lea e poco più a nord c'è un altro punto strategico, il castello di Berkharmsted. Non è grande ma ha una rocca in grado di controllare contemporaneamente alcune vie di comunicazione importanti. Sarebbe un gran risultato riuscire a conquistare anche quella città».

«Mio marito sta proprio dirigendosi in quella direzione. A quanto pare, i suoi strateghi hanno avuto la vostra stessa idea, sir».

«Ne sono felice. Una simile conquista potrebbe rovesciare il fronte della guerra».

Purtroppo non accadrà, pensò Ian, mentre ascoltava il dialogo in silenzio.

Bianca continuava a meditare e allo stesso tempo a valutare Martewall con gli occhi. «So che voi e vostro cognato siete venuti a corte per portare le richieste di sir Fitz-Walter. Vostro cognato ha annunciato al re una richiesta di mille uomini, più le navi per trasportarli e il denaro necessario a mantenerli sul campo per le prime settimane».

«Sì. Purtroppo siamo in difficoltà, Altezza, e i caduti aumentano di giorno in giorno. La scomunica lanciata su tutti i baroni fedeli a re Luigi non aiuta a mantenere saldo il nostro fronte ed è causa di continue defezioni».

Ian provò una nuova fitta di apprensione nel ricordare quel dettaglio. Ancora prima di Luigi VIII, tutti i baroni inglesi ribelli erano stati raggiunti dalla scomunica, lanciata già dal defunto Papa Innocenzo III, e quindi la stessa condanna era ricaduta anche su Martewall.

Era una condanna grave per un uomo del medioevo: lo bandiva teoricamente dalla comunità dei cristiani, gli negava i sacramenti e persino una sepoltura cristiana e autorizzava di fatto tutti i suoi sottoposti, dai vassalli ai servitori, a rifiutarsi di obbedirgli e ad abbandonarlo in qualsiasi momento. Certo, spesso i vincoli di fedeltà a un feudatario, a un principe o a un re sopravvivevano nonostante la scomunica, ma in una situazione tanto travagliata come quella inglese, chi poteva dire di essere veramente al sicuro dal tradimento anche dei suoi alleati più fedeli?

«La stessa richiesta è arrivata anche da parte di mio marito» stava intanto dicendo Bianca. «In verità, credo che sarà accolta. I modi e i tempi verranno discussi direttamente con voi, che potete fornire un racconto esauriente di tutti i dettagli logistici».

Martewall ringraziò. «Questa è un'ottima notizia».

«Il fatto che voi mi siate stato presentato direttamente da *monsieur* de Ponthieu mi fa capire quanto siete fidato e leale alla causa» continuò Bianca a sorpresa.

«Della lealtà di sir Martewall sono disposto a garantire di persona» intervenne Ian.

Bianca approvò, soddisfatta. «Questo mi ispira a chiedervi un favore diretto, signor barone».

«Tutto ciò che mi è possibile, Altezza» rispose Martewall, gettando un'occhiata a Ian.

«Metterò a disposizione dal mio patrimonio personale denaro sufficiente per armare cinque navi aggiuntive con i relativi equipaggi da condurre in aiuto a mio marito, ma non posso chiedere a *monsieur* de Ponthieu di gestire la spedizione per me, visto quanto è uscito provato dalla brutta avventura nel meridione. Pensavo di chiederlo a voi, se siete disposto a ritardare il vostro rientro in Inghilterra per il tempo necessario e deviare verso i porti sulla baia della Senna. Laggiù ci sono armatori e comandanti fidati, che mi hanno già approntato altre volte il necessario e possono senz'altro fare alla bisogna, ma a me serve un uomo che conosca bene le coste inglesi».

Martewall era colpito. «Se lo desiderate, sono a vostra disposizione, mia signora».

«Avete un porto sicuro in Inghilterra in cui fare scalo?» domandò Bianca e aveva il tono esperto di chi non organizza spedizioni militari per la prima volta.

Martewall annuì senza sorpresa, come chi risponde a un superiore e non a una principessa apparentemente tanto delicata. «Dunchester e Glenhaven sono sotto la mia giurisdizione e saranno sempre approdi sicuri per le vostre navi, fintanto che io li governerò».

Bianca sorrise con compiacimento e guardò Ian. «Vedete, *monsieur*? Voi siete bravo a trovare per me gli uomini migliori e più affidabili, esattamente come vi avevo chiesto durante il nostro primo incontro. Nessuno di coloro che mi avete indicato mi ha mai delusa finora, a partire da *monsieur* de Grandpré che ha fatto le vostre veci come "osservatore" in vostra assenza. Devo quindi dedurre di aver scelto bene quando ho deciso di fidarmi degli occhi del Falco. Continuerò a farlo».

«Altezza, mi fate un complimento troppo grande e mi date una responsabilità immensa» cercò di minimizzare Ian.

«Ma ormai ve la siete meritata e temo che vi resterà cucita addosso insieme all'incarico» rispose Bianca con un sorrisetto astuto. «D'altra parte, se nel grande mare infido della politica una fragile donna come me non può affidarsi a un cavaliere forte, acuto e astuto come voi, a chi altri dovrebbe rivolgersi?»

Ian abbozzò un sorriso di riconoscenza per tanto onore e non seppe più cosa ribattere per trarsi d'impaccio. Senza volere ormai, era entrato fino al collo nella situazione che aveva tentato per mesi di evitare. *E chi lo spiega adesso a Isabeau e a Daniel?* si domandò, avvilito.

Ponthieu, in compenso, sarebbe stato contento, perché senza dubbio teneva al fatto che la famiglia rimanesse il più possibile vicina alle sfere del potere.

Bianca intanto si era voltata di nuovo verso Martewall e concluse: «Portate a termine questa missione per me, sir, e ve ne sarò grata. Confidate pure nel mio aiuto in qualsiasi momento di necessità».

L'inglese s'inchinò, ringraziandola.

Mettendo da parte tutte le altre considerazioni, Ian fu felice di assistere a quella scena, perché era proprio lo scopo per cui aveva portato Martewall dalla principessa di Francia. Adesso il futuro dell'inglese gli parve un po' meno fosco, anche sapendo come sarebbe finita la guerra civile oltremanica.

«Vi rivedrò al più presto entrambi» concluse Bianca, stringendosi soddisfatta nel suo mantello prezioso. «Discuteremo i dettagli quando vi sarete riposati dal viaggio».

Ian e Martewall salutarono con deferenza, prima di seguire l'ufficiale reale fuori dal giardino.

***

«Tu sei uno che sa parlare ai potenti, non c'è che dire» considerò Martewall, quando furono di nuovo soli e l'ufficiale del re li ebbe lasciati per tornare ai suoi doveri. «Avrei dovuto tenere a mente come hai gestito la tua trattativa con Salisbury, l'anno scorso a Dunchester, e perciò non essere così sorpreso. Invece sono sempre colpito di come sai tirare le fila delle conversazioni, anche quando taci».

«Adesso non cominciare anche tu a entusiasmarti per le mie presunte abilità politiche, come la principessa poco fa» brontolò Ian, tenendo lo sguardo sul selciato sotto i suoi piedi.

Non è colpa mia se so "prevedere" il futuro delle guerre medievali, pensò in aggiunta, anche se non poté dirlo. *Avrei dovuto stare zitto più spesso nelle questioni politiche,* si rimproverò con un sospiro segreto. Ormai però era tardi: le poche rivelazioni tirate fuori al momento del bisogno gli avevano fruttato una nomea di stratega difficile da cancellare, lo testimoniava il misto di ammirazione e diffidenza con cui di solito veniva pronunciato a corte il nome del "Falco del Re".

«Mi fai paura, altro che entusiasmo». Anche Martewall espresse lo stesso sentimento ambivalente, accennando una smorfia. «Tu metti insieme un paio di persone nello stesso luogo e dalla discussione che ne segue vengono fuori i risultati politici più clamorosi».

«Io non ho fatto niente stavolta».

«A parte arruolare me, il conte di Grandpré e chissà chi altri nelle fila dei fidatissimi della futura regina di Francia e forse anche d'Inghilterra? Hai ragione: non hai fatto proprio niente di speciale».

Ian sbirciò l'inglese. «Spero di non averti messo in una situazione sgradita».

Martewall scosse la testa. «Mi hai offerto un'alleata temibile e io te ne sono molto grato. Ora sono un po' meno in ansia per il futuro della mia gente».

«Lo scopo era proprio questo». Ian si sentì finalmente libero di sorridere e rialzò lo sguardo davanti a sé verso l'ingresso del torrione, ormai in vista.

Si bloccò di colpo, quando scorse due uomini in arrivo dalla direzione opposta e diretti verso le scuderie. Erano vestiti con mantelli pesanti e sembravano pronti per lasciare il castello, forse per tornare agli alloggi nell'alta corte in attesa della cena.

Il più vecchio dei due era Gant.

L'improvvisa tensione di Ian, mise sul chi vive Martewall.

«Chi sono quelli?» domandò il barone, portando subito la destra verso la cintura.

Ian si costrinse a togliere la mano dall'impugnatura della spada, quando si rese conto che l'inglese aveva reagito d'istinto allo stesso modo, pronto a tutto.

Dall'altra parte del cortile, anche Gant e il suo giovane scudiero si erano bloccati, con un atteggiamento ugualmente sorpreso e ostile.

«Niente spade, Geoffrey» dovette dire Ian, benché nel profondo dell'anima provasse un istinto ben diverso. «Quello a sinistra è Gant».

Martewall non arrivò a stringere la spada, ma infilò il pollice in cintura per tenere la mano non troppo lontana dall'arma. «Che vuoi fare?»

Ian non seppe che rispondere, ma riprese a camminare con calma forzata, rimproverandosi di aver fatto capire, specie a Gant, quanto fosse turbato da quella vista inaspettata.

Martewall lo seguì passo passo, senza dire più nulla.

Con i pensieri in totale subbuglio, Ian teneva d'occhio Gant e non sapeva se andare da lui o ignorarlo. Anche il crociato aveva ripreso la sua strada, forse variandone appena un po' la traiettoria, e se entrambi proseguivano il cammino a quel modo non si sarebbero incrociati, ma guardati soltanto da lontano. Ian vide che Gant stava reagendo esattamente come lui: camminava osservandolo e allo stesso tempo aveva istruito il suo scudiero con poche parole secche per farlo rimanere buono al suo fianco.

Rimuginando sul da farsi, Ian arrivò fin quasi alla rampa che portava all'ingresso del torrione, poi sentì all'improvviso su di sé gli sguardi delle sentinelle dai cammini di ronda e dei servi nel cortile e si bloccò di nuovo.

Serrò i pugni, poi decise.

«Precedimi dentro» disse a Martewall.

«*Hawk, be cautious*[19]» si raccomandò l'inglese, ma poi non provò a fermare l'altro cavaliere né a seguirlo.

Ian comunque non si voltò indietro e si diresse a passi decisi verso il suo nemico.

Anche Gant si era fermato appena l'aveva visto cambiare direzione. Tenne a bada lo scudiero con un gesto secco della mano e rimase a piè fermo nel cortile. «*Monsieur* de Ponthieu» salutò per primo. «Vi chiamano Falco, ma avete sette vite come i gatti. Davvero non speravamo di vedervi vivo, dopo quanto è accaduto. La notizia portata dagli inglesi ci ha sciolto un grave dubbio sul cuore».

Ian si fermò a una decina di passi di distanza. «Due parole da cavalieri, signor barone» invitò da là, con un fremito di rabbia nascosto a fatica.

Gant fu costretto a lasciare in disparte il suo scudiero per andare ad affrontare faccia a faccia l'altro feudatario, isolati da tutti in mezzo al cortile. Aveva un sorriso di convenienza stampato sulle labbra, in contrasto nettissimo con lo sguardo feroce negli occhi scuri.

Ian non riuscì a mantenere una facciata paragonabile a quella del suo nemico. Aveva i pugni serrati così forte da sentire il dolore fino alla spalla ferita. «Mi dispiace avervi fatto stare in pena per così tanto tempo» riprese. «Immagino che avreste preferito ricevere notizie migliori dai vostri uomini giorni fa, quando sono venuti sul luogo dell'agguato».

«Mi avreste risparmiato un viaggio qui e alcune notti insonni

---

[19] «Falco, sii cauto».

dovute all'incertezza sulla vostra sorte» ammise Gant, eppure continuava a non sbilanciarsi.

«Perdonatemi se non ho avuto l'accortezza di morire insieme a Roquemar, come avevate progettato» replicò Ian, senza mezzi termini.

L'attacco diretto colpì Gant. Lo si vide nei suoi occhi, eppure il crociato fece molto in fretta a recuperare la prontezza nel rispondere. «Abbiamo un eretico in meno e la cosa non dovrebbe dispiacere nemmeno a voi. Ha avuto la giusta fine per le sue trame diaboliche».

Ian sentì l'autocontrollo traballare pericolosamente. «Proprio voi parlate di trame diaboliche? Quanti morti avete sulla coscienza, voi che vi nascondete dietro la Croce per coprire i vostri crimini? Manderete a morire cinque uomini per sviare la giustizia dai vostri misfatti, ma ricordatevi: io so e non vi lascerò andare come se niente fosse. Potete aver ingannato gli altri e forse non riuscirò a fermarvi adesso, ma prima o poi commetterete un errore e io sarò lì ad attendervi insieme al boia».

Gant abbandonò ogni simulazione di neutralità per assumere un'espressione minacciosa. «E voi ricordatevi che posso trovare molti altri complici dei cinque che moriranno dopodomani. Posso trovarli dove e quando voglio, a seconda di ciò che mi costringerete a fare se continuate a ficcare il naso dove non dovreste. Potrei addirittura arrivare al vostro uomo e citarlo in giudizio».

Ian diventò cinereo a quella minaccia, che in realtà era un ricatto. «Non oserete mai!» sibilò, furioso.

Gant gli si accostò per parlargli a voce ancora più bassa. «No, *voi* non oserete mai. Non rischierete di mettere in pericolo altre vite e io lo so per certo, perché vi ho visto troppe volte intervenire per salvare chiunque dalle mani dei carnefici. Lo avete fatto con i prigionieri colpevoli di eresia, a maggior ragione lo farete per gli innocenti».

Ian rimase suo malgrado senza parole per ribattere.

Ganti ebbe uno sguardo di trionfo. «Ricordatelo sempre, questo, Ponthieu: badate a ciò che fate. Lasciate che la giustizia segua il corso che io le ho dato e rassegnatevi a chiudere la questione o avrete tante morti sulla coscienza da perderne il conto».

Un'idea balenò nella mente di Ian, netta, terribile ma lucida:

poteva estrarre la spada e regolare la faccenda in quel momento e in quel luogo. Di persona, così nessun altro innocente sarebbe rimasto coinvolto. Affrontare il suo nemico lì, in mezzo al cortile, e se possibile ucciderlo con le sue stesse mani.

Se la giustizia era stata abbindolata dal criminale in modo così abile, se chi sapeva la verità aveva le mani legate davanti al re e ai giudici, cos'altro rimaneva da fare?

L'istinto di mettere in pratica quell'idea fu per qualche istante così seducente da tentare Ian fino nel profondo. La mano si strinse quasi per volontà propria sulla spada.

«*Hawk*, presentami al tuo interlocutore. Non ho ancora avuto il piacere di conoscerlo».

La voce fredda di Martewall venne a spezzare il momento di tensione e a ricondurre l'istinto sotto la guida della ragione.

Ian dovette fare un passo indietro per riguadagnane il totale controllo e abbassò la mano dalla cintura, mentre Martewall gli si fermava accanto con apparente tranquillità. Gant fissò il nuovo arrivato con aria ostile, insospettito dall'accento anglosassone nel suo francese.

«Ti presento il barone Adolphe de Gant» dovette dire Ian a Martewall, anche se il modo con cui pronunciò il nome del crociato suonò alle sue stesse orecchie come un insulto. Terminò presentando l'inglese a Gant.

«Lo immaginavo» disse questi con un tono gelido, rivolto verso l'altro barone. «Quindi dobbiamo a voi se abbiamo ancora il piacere di rivedere *monsieur* de Ponthieu vivo. Ho udito anch'io il racconto del vostro avventuroso salvataggio, addirittura contro un'intera banda di malviventi».

Martewall puntò sul crociato gli occhi color acciaio. «Ho solo fatto ciò che ho potuto per aiutare un amico a cui devo molto. Sono pronto a rifarlo in qualsiasi momento, se ce ne fosse la necessità».

Si intesero benissimo senza bisogno di altre parole, Ian lo vide dallo sguardo ostile che i due cavalieri si scambiarono.

«Immagino che non ce ne sarà più bisogno in futuro» replicò Gant alla fine. «Il vostro amico eviterà sicuramente le situazioni pericolose, da ora in poi, perciò possiamo dormire tutti sonni più tranquilli».

«Se non ci sarà più motivo di allarme, ne sarò felice» disse Martewall, precedendo Ian nella risposta.

Restò un silenzio teso, mentre i tre si fissavano reciprocamente con ostilità.

Fu Gant ad abbandonare la scena per primo. «Ora, se volete scusarmi, ho alcuni impegni da rispettare prima di cena» annunciò, secco, e prese congedo, poi si allontanò seguito dallo scudiero.

Ian lo guardò sparire oltre il cortile. «Andiamo via» disse a Martewall, cupamente. L'inglese lo seguì senza dir nulla.

Camminarono muti fino alla porta del torrione, posta come d'abitudine nel piano sopraelevato, alla fine di una rampa di scale addossate al muro di cinta. Arrivato sulla soglia, Ian si fermò per un attimo. «Grazie» disse a Martewall e gli era sinceramente grato.

«Credevo volessi rimproverarmi. Mi sono intromesso in confronto che non mi riguardava» rispose l'inglese con la consueta asciuttezza.

«È stato meglio così» ammise Ian. «Mi hai dissuaso dal farmi giustizia da solo. Non ne ho il diritto e lo stavo dimenticando».

«Più che altro, volevo impedirti di arrivare a un duello ferito così come sei» lo corresse Martewall. «Tu sei abbastanza bravo con la spada, ma non talmente bravo da poterti misurare con un avversario esperto partendo già in svantaggio. Certe cose, devi lasciarle fare solo ai veterani come me o ti farai ammazzare, invece di ottenere giustizia».

Ian dovette accettare la critica e aggiungerla ai rimproveri che gli stava già rivolgendo la coscienza. Abbassò la testa, ancora più frustrato e furioso. «Raggiungiamo gli altri, adesso» mugugnò. «Ho bisogno di parlare con mio fratello».

Capitolo 31

Le dame accolsero Ian con affetto, quando il giovane andò da loro uscendo esausto dalla lunga discussone con Ponthieu, Daniel, Martewall e i compagni d'arme riguardo a quanto accaduto con Gant, prima e durante quel giorno. Erano stati discorsi agitati, a volte anche con toni accesi, e con i presenti variamente divisi tra due estremi: da un lato Sancerre e la sua voglia di sistemare la questione nel modo più diretto e vendicativo possibile; dall'altro Ponthieu e la sua severità politica, decisa a valutare ogni singola ripercussione strategica e a non fare alcuna mossa senza avere la certezza del risultato. In mezzo c'era Daniel, che guardava Ian con allarme o rimprovero ogni volta che qualcuno proponeva una soluzione violenta alla questione.

Comunque fosse, la prospettiva di aprire almeno un'inchiesta come progettato da Ponthieu appariva sempre più remota.

Alla fine Ian aveva abbandonato il campo, lasciando gli altri a discutere, se ne avevano ancora voglia. Lui era troppo stanco e troppo combattuto tra istinti e pensieri diversi per poter rimanere a esaminare con mente lucida, ancora e ancora, i fatti e le prospettive future.

Così se n'era andato, con il pretesto di voler raggiungere la moglie e salutare la castellana Donna, che non vedeva da tanto tempo. Uscire finalmente nel silenzio dei corridoi gli era sembrata una liberazione.

Con le forze già al limite, Ian decise di chiudere fuori dalla testa tutto quanto e provare a concedersi un po' di tregua, per quanto possibile. Non sapeva cosa avrebbe fatto, non sapeva cosa avrebbe voluto fare, a parte dare a Gant ciò che si meritava per i suoi crimini, ma la verità era che si sentiva intrappolato da infiniti vincoli. Non poteva agire per vie legali, col rischio di coinvolgere altri innocenti nella spirale di violenza e torture innescata da Gant; non poteva passare alle vie di fatto personalmente, perché la sua coscienza si ribellava ancora all'idea di farsi giustizia da solo e perché comunque il suo corpo provato lo metteva in svantaggio in un eventuale duello, come gli aveva sottolineato Martewall.

E intanto Gant avrebbe compiuto la sua messinscena con il sacrificio di altri cinque uomini, senza che nessuno potesse fermarlo.

Che cosa devo fare? si domandò Ian per la millesima volta senza riuscire a trovare risposta. La testa rifiutava di pensare ancora, la stanchezza era fredda e pesante sulle spalle e tra i pensieri. *Devo riposare. Almeno un'ora, almeno un attimo*, si disse Ian, passandosi la mano sul volto tirato.

Piano piano, attraversò il maniero per raggiungere il luogo dove sapeva avrebbe trovato le dame.

Donna lo salutò con gioia commossa, quando lo vide entrare nella grande stanza da letto padronale in cui si era ritirata per conversare con più tranquillità insieme a Isabeau e a Brianna. Le altre due dame avevano fatto sedere Donna su uno scranno imbottito davanti al caminetto acceso e le avevano sistemato con cura una coperta sulle gambe. Entrambe poi si erano accomodate sui sedili posti accanto al davanzale della finestra, munita di vetri in quella camera a differenza delle altre stanze del maniero.

Con uguale emozione, Ian era andato a stringere le mani che Donna tendeva verso di lui e le si era seduto accanto su uno sgabello, lasciando che la giovane si sincerasse della sua salute e facendo altrettanto con lei. Donna era ancora molto pallida, ma aveva recuperato un po' del suo vigore.

«Ti trovo bene» le disse Ian, contento almeno per quella buona notizia tra tanti pensieri cupi.

«Anch'io ti trovo bene. Ho avuto paura per quello che mi hanno raccontato» rispose Donna e strinse più forte le mani dell'amico. «Avrei voluto essere più vicina, per poterti prestare le mie cure».

«Meglio che tu ti sia impegnata soprattutto a guarire. Io,

come vedi, me la sono cavata ugualmente. Adesso stiamo bene tutti e due, grazie al cielo».

Ian vide negli occhi di Donna il suo stesso sentimento di sollievo, che né Isabeau né Brianna lì presenti potevano capire a fondo. Era un sentirsi sopravissuti e miracolati in un mondo in cui la medicina era così primitiva da essere a volte più dannosa che utile. Sapere di aver affrontato una situazione prima o poi inevitabile e per questo tanto temuta, la malattia e l'infezione, a cui la loro coscienza moderna aveva pensato più volte in segreto, ed esserne usciti vivi.

Adesso la paura si agitava ancora in fondo ai pensieri, ma era accompagnata dalla certezza di aver potuto superare i momenti più terribili, dalla speranza di farcela ancora in futuro. In qualche modo era stato un battesimo del fuoco che li aveva resi più coraggiosi, benché profondamente consapevoli della loro vulnerabilità.

«Presterai più ascolto a tua moglie da adesso in poi» ammonì Donna, ma con il sorriso. «Ha ragione quando dice che ti devi riguardare di più. Sarete nostri ospiti finché io non avrò deciso che sei abbastanza in salute da poter riprendere il viaggio verso casa».

«Sì, signor dottore» le sorrise Ian di rimando e ricevette in regalo anche l'espressione soddisfatta di Isabeau.

Ian si voltò verso Brianna. «Beau è già venuto a salutarvi? Guai a lui se non l'ha ancora fatto».

«È venuto, ve l'assicuro, anche se poi è scappato appena ha sentito aria di rimproveri» sospirò Brianna. «Vi ha disobbedito anche stavolta, seguendovi quando non avrebbe dovuto. Vi chiedo perdono per lui».

Ian scosse la testa. «No, io vi chiedo perdono perché a causa mia vostro figlio ha rischiato molto e allo stesso tempo oggi ringrazio la sua disobbedienza perché se non avessi avuto Beau al mio fianco, non sarei qui vivo a raccontare l'accaduto».

«Il tuo scudiero è venuto apposta a descrivere a sua madre come ha trovato sir Martewall e l'ha portato da te, ragione per cui il barone oggi è qui insieme a noi» disse Isabeau.

«Ed Etienne è venuto insieme a Beau a salutare me» aggiunse Donna in tono significativo e così Ian capì che le tre dame erano state perfettamente informate di tutti i dettagli della vicenda, nessuno escluso. Sospirò in segreto, ma non protestò perché si fidava di Donna e Brianna e sapeva che non avrebbero rivelato ad altri gli aspetti più delicati della questione.

Lo riassalì il pensiero di Gant, rompendo ogni tentativo di lasciarlo fuori dalla testa almeno per un po'. Ian guardò in terra e cercò di ricacciare via la rabbia e il senso di impotenza, almeno per qualche minuto ancora.

Le tre giovani intuirono il suo malessere dal silenzio improvviso e non fecero domande né commenti, lasciando affondare l'argomento nelle pieghe del discorso.

«Brianna sa come la penso io riguardo l'arrivo degli inglesi» riprese Donna e parlò a Ian ma guardava soprattutto l'altra giovane, in quel momento rivolta con lo sguardo fuori dalla finestra.

«E cioè?» indagò Ian, cogliendo il tono da conversazione frivola e sperando di farsi aiutare a distrarre di nuovo la mente.

«Il Leone di Dunchester è un bell'uomo» sorrise Donna con malizia. «L'ho visto dalle finestre del salone oggi, quando siete arrivati».

«È un valoroso e un amico fidato» aggiunse Isabeau, per dare corda all'amica.

Ian guardò Brianna, che però aveva un sorriso del tutto tranquillo.

«Ma è un barone, mentre io non sono niente e temo di essere diventata anche piuttosto selvatica» rispose la giovane, calma. «Sir Martewall è un erede di casato. Io forse sono persino più vecchia di lui e comunque ho già avuto un uomo senza matrimonio e ho un figlio illegittimo. Non sono adatta, non pensateci nemmeno, e anche sir Martewall lo sa benissimo, nonostante le vostre insinuazioni maliziose. È meglio che si cerchi una vergine giovane, nobile e rispettosa da cui avere i figli per la sua casa».

Donna scambiò un'occhiata con Ian per dirgli in segreto: "*Ci penso io a toglierle dalla testa queste idee da medioevo*".

«Credo che la cosa possa essere valutata solo dalle due parti coinvolte» si limitò a commentare Ian, ma sorrideva anche lui.

«Sono entrambi adulti e perfettamente in grado di sapere cosa è bene o no per loro».

«Vero, vero... però un bel cavaliere valoroso è una preda da non lasciar scappare con tanta facilità, quando capita» insisté Donna con disinvoltura provocatoria.

«Credevo i cacciatori fossimo noi cavalieri» obiettò Ian.

«Solo perché vi fate chiamare con nomi altisonanti come Falco o Leone? Povero illuso!» rise Donna.

***

La mezz'ora trascorsa in compagnia della moglie e delle amiche fu un intermezzo provvidenziale, vissuto da Ian con gratitudine perché gli permise di rilassare almeno brevemente l'animo agitato dai tanti pensieri. Lasciò le donne solo quando una serva venne a portare la cena alla padrona, ancora troppo provata per consumare i pasti nel grande salone centrale, molto più affollato del solito, vista la presenza a Séour della corte del re.

«Ti raggiungo tra poco» aveva promesso Isabeau, salutando il marito con un bacio e Ian si era perciò incamminato per andare verso la camera riservata loro da Sancerre, al piano ancora superiore del castello. Se possibile, voleva provare a stendersi un po' sul letto, prima di unirsi di nuovo agli altri cavalieri e affrontare una serata potenzialmente molto faticosa, perché esposto agli sguardi e alle domande di tutti, compreso il re in persona. Il tutto per giunta a probabile breve distanza da Gant.

Ci penserò dopo, si disse Ian, di nuovo cupo, ma per qualche attimo meditò sull'idea di cenare in camera esattamente come Donna, adducendo a scusa la stanchezza per il viaggio e le sue condizioni di salute ancora precarie.

Con sorpresa, trovò Ty ad aspettarlo, appoggiato al muro nell'angolo della porta, testa bassa, mani dietro la schiena.

Il ragazzo alzò gli occhi quando sentì i passi avvicinarsi e subito si staccò dalla parete per rimanere in attesa. Aveva un'espressione urgente negli occhi.

«Che cosa c'è?» gli domandò Ian, andandogli incontro.

«Quel maledetto assassino se la caverà davvero con niente, è così?» domandò Ty, con un fremito nella voce tenuta bassissima. «Il conte di Sancerre può infuriarsi quanto vuole, ma quel Gant resterà impunito, anzi si prenderà il merito di aver trovato gli assassini».

«Vieni dentro» disse Ian, rabbuiandosi ancora di più, e mise mano alla porta. «Non voglio parlarne qui».

Nella stanza il caminetto era già stato acceso e qualcuno aveva appoggiato sulla cassapanca i mantelli e il bagaglio leggero di Isabeau e del marito. Ian richiuse la porta, andò a sedersi sull'immancabile scranno e indicò a Ty l'altrettanto immancabile sgabello vicino al tavolo. Il ragazzo però lo ignorò per rimanere in piedi, nervoso.

«Non abbiamo prove» rispose Ian al suo sguardo, ripetendo per la millesima volta la frase chiave di tante discussioni, nonostante la rabbia si riaccendesse prepotente al solo pensiero. «Ho le mani legate».

«Farà ammazzare altre cinque persone per i crimini che lui ha commesso!» protestò Ty.

«Non posso impedirlo» rispose Ian ed era quella l'idea che lo faceva impazzire di più.

«Ma se lo accusiamo subito, se mettiamo in dubbio quello che dice…»

«Non facciamo in tempo ugualmente». Ian dovette interrompere Ty con quella verità brutale. «Non c'è modo di portare a Morges prima di dopodomani l'ordine di sospendere la condanna. Servono almeno cinque giorni di cavallo anche per il corriere più rapido. I piccioni viaggiatori possono portare messaggi solo volando verso la loro colombaia di origine e non credo che Gant ci presterà i suoi, ammesso che ne abbia con sé, non credi?»

Ty si mordeva le labbra in silenzio. «Allora li farà ammazzare davvero, quello schifoso figlio di… di un cane» commentò, correggendosi al volo all'ultimo momento.

Ian comunque aveva già completato mentalmente l'insulto nella sua versione più moderna e annuì con uguale indignazione. «Purtroppo sì» dovette ammettere.

«Non può finire così» disse Ty e a Ian facevano impressione

i suoi occhi accesi di collera, perché immaginava fossero del tutto identici ai suoi. «Non può cavarsela imbrogliando tutti! Quello ci voleva uccidere!»

«Ha costruito bene le sue prove, noi non ne abbiamo nemmeno una».

«Allora costruiamole anche noi!»

Ian rimase colpito dalla proposta. «Che stai dicendo?»

Ty fece qualche passo verso di lui. «È stato lui a barare per primo, quindi siamo autorizzati a barare anche noi. Qualsiasi cosa pur di mandarlo sotto processo!»

«Mi credi capace di usare i suoi stessi metodi?» rispose Ian, indignato.

«Certo che no! Ma possiamo inventare qualcosa di innocuo che sia compromettente allo stesso modo».

Per qualche attimo, occhi uguali si fissarono in silenzio per carpire vicendevolmente i pensieri nascosti dietro le iridi azzurre.

«Tu hai un'idea» intuì Ian.

Ty esitò stringendo e allentando i pugni, poi però si decise a parlare. «Ci ho pensato su, per questo sono qui» ammise e iniziò a spiegare: «Nel mio paese qualche volta si prendono i ladri truccando i soldi. Vengono segnati prima del furto, così poi si riconoscono i ladri quando tentano di spenderli».

Le monete medievali non sono come le banconote moderne, obiettò Ian in silenzio, ma lasciò continuare il ragazzo nel suo discorso.

«Noi possiamo dire che le monete sul carro erano segnate e chiedere che si indaghi per vedere se Gant le ha spartite davvero come il resto del bottino di guerra» concluse Ty.

«E chi avrebbe segnato le monete?»

«Io. Le avevo con me per ordine vostro e sono salito sul carro per buttarle in mezzo alle altre. I crociati hanno rimesso tutto nei sacchi senza accorgersene. Siccome nessun altro ha mai ricevuto quelle monete, questo vuol dire che Gant se le è tenute tutte».

«Gant ripeterà che sei un ladro e un criminale. Lui è un cavaliere crociato e un barone. Nessuno prenderà mai in considerazione la tua accusa contro di lui».

«Voi però potreste appoggiarmi. Se voi insistete, dovranno pur decidersi ad andare a cercare il denaro truccato da Gant!»

«Ma le monete segnate non esistono, perciò non le troveranno mai nemmeno da Gant e di conseguenza verranno a chiederci conto della tua accusa».

«Voi le farete esistere».

Ian tacque.

«Avete uomini fidati e spie, voi potete far arrivare delle monete diverse dalle altre nelle tasche di Gant, ne sono certo. Voi potete riuscirci» insisté Ty. «Se gli ufficiali troveranno una simile prova, dovranno per forza indagare a fondo su di lui, scopriranno pur qualcosa che lo inchioda!»

«Mi stai chiedendo di commettere un reato. Di rendere una falsa testimonianza e costruire prove ad arte per sostenerla» disse Ian, grave.

Ty si fece indietro a quel tono duro. Rimase muto per un po', poi distolse lo sguardo. «Io non sono un cavaliere, non lo sarò mai e non ragiono con il vostro stesso senso dell'onore, perdonatemi» mormorò, ma tornò a guardare Ian quando riprese: «Però credo che per fermare un criminale come quel Gant ogni mezzo sia lecito. Lui ha ammazzato e torturato: una menzogna per inchiodarlo a un processo è niente al confronto».

Questa volta fu Ian a tacere per qualche istante e a distogliere gli occhi, meditando su quella proposta disonesta eppure tanto allettante. Gant aveva torturato e avrebbe mandato dal boia cinque uomini per ottenere le sue prove fasulle, si meritava di essere incastrato anche in modo sleale.

Ian si sorprese a meditare già sui possibili dettagli, su come trovare monete occitane o aragonesi, come segnarle con qualche incisione riconoscibile solo a un occhio attento e a come farle poi arrivare al posto giusto.

«Se non riveliamo pubblicamente in anticipo qual è il segno particolare che dovrebbe distinguerle dalle altre, ma lo diciamo solo agli ufficiali del re, Gant non potrà farne di sue da spartire in fretta e usare come controprove» tenne duro Ty. «E le confessioni dei suoi testimoni non varranno più. Non c'è parola estorta con la forza che possa competere con una prova oggettiva, giusto?»

Ty era un bravo giocatore di ruolo, Ian dovette ammetterlo: aveva pensato a tutto, a ogni sfumatura del suo piano.

Ian però si riscosse quando capì che quella era l'ennesima tentazione di risolvere la cosa da solo, di sostituirsi alla giustizia anche se nascostamente, ingannandola per rivolgerla contro il suo nemico. C'erano già tante menzogne nella sua vita e quella sarebbe stata solo una bugia in più, ma con una differenza fondamentale: sarebbe stata usata non per difendere se stesso ma per causare danno a un altro uomo.

Non voglio passare questo limite, pensò Ian, ma una parte di lui protestò in sottofondo, ricordandogli contro quale farabutto si trattava di agire.

Ian si costrinse a ignorare quelle autogiustificazioni silenziose. Oltretutto, mettendo in pratica l'idea di Ty rischiava di esporlo ancora di più alla vendetta di Gant, perché lo stratagemma si reggeva su una testimonianza diretta del ragazzo.

Ty sottovalutava la minaccia di Gant di arrivare fino a lui o forse riteneva che i Ponthieu potessero proteggerlo da qualsiasi cosa. In realtà, se il ragazzo diventava un testimone chiave di un processo ufficiale, gli interrogatori sarebbero stati pressanti o addirittura violenti, la tensione emotiva sempre più alta, e i rischi sempre maggiori per lui e per lo stesso Ian. Una cosa che Ponthieu, con buon senso, voleva a tutti i costi evitare.

Furono soprattutto le ultime considerazioni a fermare Ian: per nessuna cosa al mondo voleva coinvolgere ancora il ragazzo in quella questione e non poteva permettere a una sua ammissione involontaria di mettere a rischio il delicato castello di carte coperte che era la vita del Falco d'argento nel medioevo o, peggio ancora, mettere in mezzo in qualche modo Daniel. Era ora di riportare Ty a casa, senza più rischi, senza più pericoli per nessuno, se possibile.

«No» decise Ian alla fine. «Io non mi comporterò come Gant, nemmeno potendo farlo senza spargimenti di sangue e non porterò falsi testimoni a un processo, tu meno di tutti gli altri».

«Ma, signore!»

«Basta così, ti prego. Sono stanco, adesso voglio riposare. L'argomento è chiuso».

Ty non voleva decidersi ad abbandonare il campo e restò a

pugni serrati in mezzo alla stanza. «Quegli uomini moriranno anche a causa mia» disse in un fremito di rabbia impotente.

«Ti prego» ripeté Ian, fermo. «Non ho detto di voler lasciar perdere. Non mi arrendo così facilmente. Ora però non voglio discuterne».

Qualcuno bussò con discrezione alla porta.

«Entrate» disse Ian, rassegnato a non poter riposare.

Sulla soglia comparve un servitore. «Signor conte, perdonate il disturbo» esordì l'uomo, ma si vedeva che era stranamente agitato. «Il barone di Chailly chiede la vostra presenza nel cortile».

«Che succede?» domandò Ian, perplesso.

«Sono arrivati dei cavalieri occitani per chiedere udienza al re, non so altro, *monsieur*».

Ian si tirò su dallo scranno, anche se la spalla ferita protestò a quel movimento brusco. «Occitani?»

«Li guida il barone di Lavaur».

L'ambasciatore in compagnia di Roquemar a Parigi, ricordò Ian in un lampo, così come ricordò di aver sentito quell'uomo chiamare Roquemar familiarmente per nome, come un amico.

Gli bastò quello per capire la visita a corte degli occitani e anche perché Chailly lo volesse nel cortile. La tempesta era in arrivo e Ian la presagì da lontano.

«Arrivo subito» disse al servo, per congedarlo. L'uomo s'inchinò e sparì oltre la porta.

«E tu vai a riposarti, visto che puoi» ordinò Ian a Ty prima di allontanarsi, ma per qualche strano motivo sapeva che non sarebbe stato ascoltato.

***

Thibault de Chailly era ai piedi della scala che congiungeva l'ingresso del torrione al cortile. Portava un mantello corto sulle spalle per ripararsi dal freddo, ma sotto si vedeva ugualmente il braccio steccato e tenuto al collo. Il barone alzò la testa quando udì i passi di Ian sui gradini e gli andò incontro, benché zoppicando ancora vistosamente. «Perdonatemi, se non sono venuto a informarvi di persona» disse al suo signore come prima cosa.

«Vi avrei rimproverato se aveste fatto tutte le scale solo per questo motivo, nelle vostre condizioni» rispose Ian, poi però indirizzò lo sguardo verso il cortile. «Com'è la faccenda?» domandò.

Chailly gli indicò un gruppo di cinque uomini, due dei quali cavalieri e scortati dagli altri tre, soldati con le divise dei Sancerre. I cavalieri portavano i colori di Tolosa sui mantelli e il primo dei due era senza dubbio il barone Benôit de Lavaur, ambasciatore del conte Raimondo.

«Hanno appena ricevuto il permesso di entrare» spiegò Chailly a Ian. «Immagino che saranno ricevuti dal padrone di casa prima di poter presentare la loro richiesta di udienza al re».

Ian corrugò la fronte al pensiero di un imminente colloquio privato e diretto tra Etienne de Sancerre e gli occitani, in un momento in cui l'amico era furioso per gli sviluppi della questione con Gant. Inoltre non sapeva che aspettarsi da Lavaur: non aveva idea di cosa gli avesse rivelato Roquemar e quindi non sapeva quali accuse l'ambasciatore volesse presentare a Filippo Augusto.

«Ho pensato che forse avreste voluto incontrare voi per primo gli occitani, magari in una situazione che non dia troppo nell'occhio, fingendo di passare di qua per caso» concluse Chailly, intuendo i pensieri del suo signore.

«Siete previdente come sempre» lo ringraziò Ian e scese gli ultimi gradini, verso il cortile e il gruppo di uomini in arrivo dalla direzione opposta. «Venite, dirigiamoci intanto verso il giardino».

Non ci fu bisogno di escogitare alcun pretesto per parlare con gli ospiti stranieri, perché fu lo stesso barone di Lavaur a fermarsi non appena scorse Ian da lontano. Fece un cenno ai soldati di scorta e chiese loro qualcosa, anche se non lo si udì da quella distanza, poi indicò Ian diretto verso il giardino. I soldati di Sancerre esitarono, nervosi per la richiesta, mentre di sicuro avevano l'ordine di scortare con la massima cautela gli occitani all'interno del castello.

Ian colse l'occasione al volo e cambiò direzione, andando

verso i soldati, come se avesse notato la loro difficoltà e volesse porvi rimedio. «Lasciate che l'ambasciatore Lavaur venga da me, se vuole parlarmi. Rispondo io per lui» annunciò, fermandosi a una decina di passi di distanza.

«Solo due parole in privato, *monsieur*» rispose l'ambasciatore con prontezza.

Al cenno di assenso di Ian, i soldati si convinsero a lasciar allontanare Lavaur, anche se continuarono a tenerlo d'occhio come mastini per tutta la durata del dialogo.

«Credo di sapere perché siete qui» disse Ian all'altro cavaliere, appena furono di fronte, a voce bassa perché nessun altro potesse udirli.

Lavaur lo scrutava con ostilità. «Voglio giustizia e se non potrò averla, voglio vendetta» annunciò senza mezzi termini. «Ho visto commettere un'ignominia di troppo per poter tacere ancora. Ora ditemi voi, Ponthieu, da che parte state».

«Non ho prove» replicò Ian con rammarico. «E comunque gli ufficiali crociati hanno già arrestato i colpevoli».

«Non vorrete dirmi che credete a quelle confessioni estorte a Morges!»

«Non ho prove per confutarle» ripeté Ian. «Non posso aiutarvi».

«Nemmeno lui?»

Ian si voltò per seguire lo sguardo di Lavaur, puntato sulle scale, e vide Ty sulla soglia del maniero, fermo a guardare giù. Si arrabbiò, ma non fu affatto stupito nel trovarlo a ficcare il naso dove non doveva, tanto per cambiare.

«Perché è lui, vero?» continuò Lavaur. «Almeric mi aveva parlato del vostro uomo di fiducia, descrivendomelo, anche se forse non è lo stesso che mi ricordavo da Parigi».

«Lui è quello catturato e imprigionato a Morges» ammise Ian, mentre con la coda dell'occhio coglieva il movimento di Ty in discesa lungo la scala. «Ma nemmeno lui può esservi di aiuto. È stato arrestato quasi subito e non ha niente in mano. Credetemi: se solo avessi un minimo appiglio per agire, lo avrei già fatto».

«Davvero?» Lavaur continuava a non fidarsi.

Ian sostenne i suoi occhi con decisione. «Avrei dovuto morire anch'io in mezzo alla strada come il vostro amico Roquemar. È una cosa che non si dimentica, né si perdona».

Ty raggiunse Chailly, a poca distanza da Ian. Il barone lo tenne da parte con un gesto perentorio del braccio sano.

Lavaur studiò il ragazzo e la sua espressione cupa, prima di ritornare a rivolgersi a Ian. «Io non mi fermerò comunque. Non posso e non voglio. Denuncerò Gant al vostro re e lo accuserò di omicidio e rapina».

«Non vi servirà a nulla. La corte non vi ascolterà questa volta, perché nemmeno voi avete prove, immagino. Inoltre siete uno straniero e, permettetemi, un nemico della fede. Gant è un crociato e ha testimoni a suo favore».

«Ne troverò anch'io. Allo stesso modo».

Ian si ritrasse con indignazione da quella promessa feroce. «Non posso approvare una cosa del genere».

«Non ho bisogno della vostra approvazione. Voi non potete fermarmi e io arriverò a un processo, costi quello che costi. Voi dovete solo decidere se appoggiarmi o stare contro di me: nel qual caso, saprò come comportarmi».

Eccola, la tempesta in arrivo, ed era molto peggio di quanto Ian si aspettasse, molto più pericolosa e con un raggio d'azione decisamente ampio. Lavaur era venuto a dichiarare la sua guerra personale contro Gant e Ian capì che non sarebbe riuscito a rimanerne fuori, che tutti i discorsi sulla prudenza e sul calcolo delle conseguenze, saltavano in quel preciso istante.

Non posso permettere che costui metta in pratica il suo progetto, pensò, ma non aveva tempo per trovare il modo di impedirlo.

Lavaur avrebbe scagliato davvero la prima pietra e trovato i suoi testimoni contro Gant, con le buone o le cattive maniere, perché negli occhi dell'occitano c'era una decisione difficile da equivocare.

Sarebbe arrivato a sottoporre altri uomini a tortura per i suoi scopi e forse non ci si poteva aspettare altro da chi da anni viveva in un paese in guerra e aveva visto bruciare e uccidere compatrioti e amici, senza distinzione di età o di sesso.

Ian riusciva a capirlo, ma la cosa gli suscitò orrore e paura. Orrore per la prospettiva del sangue che sarebbe stato sparso;

paura perché la spirale innescata da Lavaur era potenzialmente letale e avrebbe inghiottito in breve tempo molti altri. Ty per primo.

Per giunta, non era possibile prevedere in quel momento le contromosse di Gant, quando il crociato si fosse sentito messo alle strette, ma era fin troppo scontato che la sua ritorsione non si sarebbe limitata solo a Lavaur e ai suoi.

Ian sbirciò Ty, mentre cercava una soluzione.

Poteva far sparire almeno lui e Daniel prima che fosse tardi, ma con che scusante se non avevano niente da nascondere? Come poteva tenere Ty lontano dagli ufficiali giudiziari, se Lavaur o Gant lo tiravano in ballo in un'inchiesta? E se anche avesse giustificato il suo ritorno a casa in qualche modo, come poteva poi motivare il rifiuto a richiamarlo in Francia per testimoniare davanti alla corte del re?

Non posso permettermi un processo fuori controllo, pensò Ian, sempre più in fretta. *E non devo far arrivare Ty davanti a un giudice.*

Ma come? Uno spiraglio di uscita gli balzò davanti agli occhi mentre guardava il ragazzo per concentrare i pensieri.

La menzogna. Adesso era il male minore. Un modo per scaricare i fulmini della tempesta lontano non solo da Ty, ma anche da altri possibili innocenti. Un modo per evitare torture indiscriminate e confessioni pericolose.

Non avrebbe mai voluto farlo, ma se non c'era altra scelta...

«No, non vi appoggerò. Non al prezzo di torture e vite innocenti» disse Ian a Lavaur, con apparente decisione, mentre ancora pensava e ripensava alle vie d'uscita da quel ginepraio.

«Allora, avete scelto da che parte stare» sentenziò Lavaur.

Ian in parte finse e in parte era davvero spaventato dalle possibili conseguenze di quella minaccia e anche di ciò che stava per fare.

«Aspettate» disse, per trattenere l'ambasciatore dal prendere la sua decisione. Si concesse ancora un istante di tempo e poi gettò l'esca. «Io non sono contro di voi. Sarei stato pronto a darvi corda, ve l'assicuro, ma non ho ottenuto le prove che volevo. Purtroppo il mio stratagemma è fallito».

«Quale stratagemma?» domandò Lavaur.

Ian tacque, valutando un'ultima volta le opportunità. Da poco lontano Ty gli teneva gli occhi puntati addosso in silenzio, ignaro di essere il perno centrale delle considerazioni affannate del Falco d'argento.

Con un crescente senso di ripugnanza, Ian andò fino in fondo. *Non c'è altro modo*, si ripeté, prima di dire: «Volevo mescolare alla refurtiva nascosta da Gant alcune monete rese riconoscibili da qualche dettaglio, in modo da farle poi ritrovare nel corso di un'eventuale indagine contro il barone. Il mio uomo però non ha avuto occasione di mettere in atto la trappola quindi, come vi ho detto, non ho niente in mano. Per questo non posso aiutarvi».

«Mentre invece, se aveste avuto queste prove, sareste stato pronto a farlo».

«Sì. Senza alcun dubbio».

Seguì il silenzio, mentre i due cavalieri si fissavano negli occhi, ciascuno valutando tutte le conseguenze possibili di quel discorso buttato lì apparentemente come semplice giustificazione di un mancato accordo.

Ian vide uno a uno i pensieri passare negli occhi scuri di Lavaur, ipotesi dopo ipotesi, e arrivare a formare una risoluzione.

«Se vi dicessi che ho avuto anch'io la stessa idea e che sono riuscito a realizzarla, voi sareste stupito?» disse l'ambasciatore occitano, scandendo una parola dopo l'altra, senza mai distogliere gli occhi dal suo interlocutore.

Era esattamente la risposta che Ian si aspettava. «No. Sono pronto a lasciarvi tutto il merito e a farvi i complimenti quando Gant sarà arrestato» rispose, conscio di promettere molto più di quello tra le righe.

«Non so però se gli ufficiali di re Filippo saranno disposti a indagare un crociato solo sulla base della mia denuncia di straniero e nemico della fede» gli ricordò Lavaur.

«Sono abbastanza certo che lo faranno» disse Ian, sottolineando la frase. «Se avete prove oggettive e non confessioni estorte ad arte e se un conte di Francia è disposto ad appoggiarvi per questo».

«Non ci saranno altre confessioni di quel genere, se le prove basteranno allo scopo, avete la mia parola».

«Allora un conte di Francia insisterà perché gli ufficiali indaghino sulla base delle vostre prove, avete la mia parola».

Nel silenzio che seguì, si consolidò quella tacita alleanza basata sulla vendetta.

«Almeric aveva ragione sicuramente su una cosa: voi siete un uomo dai sentieri strani e imperscrutabili» disse Lavaur a conclusione di quel breve dialogo.

«La nostra conversazione non ha mai toccato questi argomenti» ammonì Ian.

«Certamente. Vi ho fermato solo per chiedervi come è morto Almeric, visto che voi eravate presente».

«Ha ricevuto in pieno petto una freccia destinata a me. Se sono ancora vivo, lo devo anche a lui».

L'ambasciatore annuì. «Ora forse vi capisco meglio. Avete il mio rispetto, signor conte. Siete un uomo che tiene in grande considerazione la vita e l'onore, al di là delle differenze di religione e dei torti subiti».

«Io invece avrei voluto far scoprire la verità in modo più pulito» rispose Ian, amaro.

«Quando l'assassino sarà consegnato alla giustizia, vi importerà meno il modo con cui vi è arrivato» affermò Lavaur. «Personalmente, io festeggerò senza remore, in onore di chi è morto a causa sua. Voi consolatevi pensando di aver risparmiato sofferenze a molti altri uomini». Fece un inchino per prendere congedo. «I miei saluti, *monsieur*. Avrete presto mie notizie».

Ian guardò l'ambasciatore ritornare dal suo compagno e dai soldati che aspettavano sulle spine, desiderosi di accompagnare gli ospiti sgraditi dal loro padrone. Aspettò di vedere tutto il gruppo salire la rampa per entrare nel torrione, poi tornò da Chailly e da Ty.

Il ragazzo stava ancora guardando nella direzione in cui era scomparso l'ambasciatore occitano che l'aveva a sua volta scrutato nel passargli accanto.

«Sarai contento» gli disse Ian, tetro. «Ho appena messo la tua arma in mano a qualcuno con molti meno scrupoli di me».

Ty lo guardò sorpreso, ma anche Chailly aveva un'espressione interrogativa sul viso. «Cosa intendete dire, signore?»

«Che avremo l'inchiesta a cui mio fratello non sapeva più come arrivare» rispose Ian. «E che siamo tutti sulla traiettoria di una frana impossibile da fermare, ormai. Auguriamoci che io riesca almeno a guidarla in modo da non farci travolgere tutti».

Capitolo 32

L'atmosfera di quell'udienza serale di Filippo Augusto era tetra, forse perché la sala privata di Sancerre nel castello di Séour era ormai rischiarata solo da torce e dal fuoco del camino, vista l'ora tarda; forse invece erano le espressioni di tutti i presenti a rendere opprimente la situazione. Daniel li osservava uno a uno dal suo posto più in disparte possibile: da un lato Ian e lui stesso; dall'altro Gant con due cavalieri del suo seguito; in mezzo Lavaur e il suo accompagnatore. Mancava Montfort, assente da corte per via della situazione sempre più esplosiva nei suoi domini conquistati in meridione, ma in compenso al suo posto c'era l'abate di Rabastens, sempre pronto ad appoggiare la causa dei crociati.

Martewall assisteva in silenzio dal fondo della sala, a braccia incrociate accanto alla porta.

Sullo scranno d'onore del padrone di casa sedeva il re, con la consueta espressione penetrante, tenendo Bianca di Castiglia su un altro scranno alla sua sinistra. Accanto a loro stava Etienne de Sancerre in qualità di signore del castello.

L'udienza era cominciata in sordina, quando la cena nel grande salone era ormai giunta alla fine e le dame si erano già ritirate per riposare. Nessuno aveva fatto troppo caso all'alzarsi da tavola prima di Sancerre poi, dopo un po' di tempo, del re, visto che ormai cibi e bevande non comparivano più sulla tavola da un pezzo e i servi erano indaffarati più che altro a raccogliere gli avanzi della cena.

Solo quando un soldato era venuto a chiamare Ian e Martewall, avevano cominciato a circolare le prime chiacchiere sussurrate. Tutti sapevano che l'ambasciatore Lavaur era arrivato a corte, anche se l'uomo non aveva più lasciato la stanza sorvegliata messagli a disposizione per riposare, e adesso l'assentarsi quasi contemporaneo di Gant, Ian e Martewall, del re e del padrone di casa non poteva più sembrare una coincidenza, a maggior ragione dopo che Gant quella sera non si era presentato a cena.

«Che succede?» aveva domandato Beau con sorpresa, vedendo alzarsi il suo signore al quale aveva servito la cena per tutta la sera, come si confaceva a un buon scudiero.

«Puoi andare a riposare, non ho più bisogno di te» gli aveva detto Ian e aveva contemporaneamente preso congedo da Ponthieu e dai compagni d'armi. Quella sera a tavola le conversazioni erano state laconiche e tese tra i cavalieri più vicini alla famiglia Ponthieu, proprio perché loro, a differenza degli altri feudatari, sapevano già quale accusa Lavaur fosse venuto a lanciare e si aspettavano che la cosa accadesse quella stessa sera.

Daniel sapeva che Ian li aveva preavvertiti, anche se poi non era sceso in troppi dettagli riguardo la sua conversazione con l'ambasciatore. Aveva parlato a lungo e in privato solo con Ponthieu, forse per preparare con lui le cose da dire quando fosse stato il momento.

«Quando ti faranno domande, racconta solo ciò che hai visto di persona» aveva infine consigliato Ian a Daniel. «Solo i fatti, niente altro. Niente deduzioni, niente sospetti e soprattutto niente accuse. Poi ti spiegherò».

Daniel aveva annuito, fidandosi, anche se si era chiesto nel frattempo perché Ty avesse un'aria così tesa sul viso.

«Vieni con me» aveva infine detto Ian a Daniel, quando era stato chiamato insieme a Martewall, e se l'era portato dietro fino alla sala in cui già da tempo Lavaur era a colloquio con il re. «Vi chiamerò se avrò bisogno di voi» aveva invece detto a Chailly, con un cenno d'intesa.

Quando varcarono la soglia della sala, chiamati come parte in causa nella contesa appena iniziata, i toni della discussione erano già accesi, la denuncia era stata presentata, suscitando l'indignazione di Gant e dei suoi compagni e lo scandalo dell'abate di Rabastens.

Daniel era rimasto sorpreso di vedere la principessa Bianca all'udienza, ma Ian invece non lo era sembrato altrettanto. Forse, visti i rapporti di fiducia con la futura regina di Francia, si aspettava che Bianca volesse sapere i dettagli di quella intricata vicenda che coinvolgeva il Falco del Re.

In compenso, Gant aveva rivolto a Daniel uno sguardo sbalordito e solo dopo un po' il giovane aveva capito il perché: il crociato si era finalmente accorto che il Falco aveva almeno due spie simili tra di loro, che Ty non era Daniel.

Sorpresa, pensò quest'ultimo, sostenendo gli occhi di Gant con uguale ostilità.

Intanto Filippo Augusto aveva accolto Ian con un'espressione cupa. «*Monsieur* Jean, vi si chiama in causa per la vostra recente disavventura» annunciò, dopo aver ricevuto il saluto deferente del giovane e di chi lo accompagnava. Bianca era seduta silenziosa, ma tesa e attentissima, al suo posto. Sancerre teneva le braccia saldamente incrociate sul petto come se volesse trattenersi dall'usare le mani in qualche modo.

«Ditemi che cosa ho fatto, sire, e sono pronto a risponderne» aveva replicato Ian, guardandosi intorno come per capire la situazione.

Gant gli aveva lanciato un'occhiata di fuoco, peraltro ricambiata.

«In realtà, voi siete coinvolto in qualità di vittima» riprese il re, dopo aver lasciato il tempo al suo cavaliere di valutare tutti i presenti. «*Monsieur* de Lavaur viene a dirmi che i vostri aggressori non erano briganti né ribelli ma avevano un mandante ben preciso: il barone di Gant qui presente».

Ian si voltò subito verso il crociato. In quel modo, notò Daniel, rese più sfuggente l'espressione del suo viso al re. L'astio tra i due cavalieri fu palpabile comunque, anche senza parole o gesti.

«Siete meno sorpreso di quanto immaginassi» notò Filippo Augusto.

«Non è la prima volta che sento questa accusa» ammise Ian, sotto lo sguardo sbalordito di Bianca di Castiglia e dell'abate e quello indignato dei crociati.

Re Filippo sospirò. «Perché vi ho lasciato riposare, invece di chiamarvi subito a riferire?» si rimproverò a mezza voce. «Perché non me l'avete detto prima?» indagò invece direttamente.

Perché non l'avete detto a me? chiese lo sguardo inequivocabile della principessa silenziosa.

«Perché io non accuso un uomo senza avere prove in mano» rispose Ian a fronte alta e a Daniel parve che la frase fosse rivolta anche a Lavaur quanto a Gant. «Perdonatemi sire, e anche voi mia signora, per aver taciuto e lasciatemi giustificare. Il cavaliere di Roquemar mi fermò durante il viaggio di ritorno verso la corte per accusare il barone di Gant di varie cose. L'ambasciatore Lavaur mi annunciò qui nel cortile di voler accusare il barone per l'assassinio del suo amico. Entrambi però avevano o hanno motivi di odio contro i crociati, per questo non ho voluto dare eco alle loro parole, specie davanti a voi, prima di indagare personalmente sulla faccenda».

«Una decisione saggia e prudente» dovette riconoscere il re. «Dunque non avete prove né sospetti?»

Daniel vide Gant fissare Ian come per trapassarlo con gli occhi, Ian però ignorò del tutto il crociato. Sancerre in compenso aveva la mascella serrata nello sforzo di mantenere il silenzio.

«Posso solo raccontarvi ciò che accadde» rispose Ian al re. «Ma i fatti possono avere molte interpretazioni e dare ragione e torto a entrambe le parti a seconda di come vengono spiegati».

Bianca parlò per la prima volta. «Per questo siete stato tanto evasivo oggi pomeriggio, mentre ne parlavate con me».

Ian s'inchinò a lei. «Vi chiedo di nuovo perdono, mia signora».

Bianca sembrò concederglielo, anche se poi spostò lo sguardo su Gant.

«Credo che sia ora di sentire anche il racconto diretto di cosa accadde sulla strada da Morges a qui» decise Filippo Augusto e guardò anche Daniel e Martewall, ma si rivolgeva soprattutto a Ian.

Questi ripeté ogni cosa per l'ennesima volta davanti ad ascoltatori più che attenti. Raccontò i fatti cercando di calcare poco l'accento sulla parte avuta da Ty e Daniel sapeva perché lo fece. Visto che le carte in tavola erano cambiate e che Lavaur si prendeva la responsabilità di accusare Gant direttamente, Ian sperava di lasciare Ty in disparte il più possibile.

Filippo Augusto s'incuriosì comunque riguardo al ragazzo catturato a Morges. «Il vostro uomo ha commesso un crimine, per meritare l'arresto?» domandò.

Ian lanciò un'occhiata a Gant. «È stato arrestato per aggressione e tentato furto, oltre che per non essersi registrato all'ingresso di due città. Sto verificando la sua versione dei fatti. Prima dell'agguato non ne ho avuto il tempo e dopo ancora meno».

«Adesso è qui con voi, non è vero?»

Daniel si tese, preparandosi al peggio.

«Sì, signore» dovette rispondere Ian. «So che avrei dovuto metterlo in catene, ma durante il viaggio mi ha salvato la vita. Ora sto valutando come procedere con lui».

«Credete abbia qualcosa da dire riguardo a questa faccenda?»

Ian misurava cauto ogni parola. «Non lo so. Dopo quanto è successo, nutro dubbi sulla sua affidabilità come informatore».

Filippo Augusto guardò Daniel. «Di voi invece mi fido, *monsieur*. Che cosa mi dite di tutto questo?»

«Ho vissuto solo parte della vicenda, purtroppo» rispose il giovane e si prestò a raccontare gli eventi a cui Ian non aveva potuto assistere. Rimase disgustato dalla faccia soddisfatta di Gant quando dovette dire che gli occitani si erano presentati alla locanda con le armi in pugno, ma nonostante la rabbia si attenne a ciò che gli aveva chiesto Ian e riferì solo una cronistoria neutra dei fatti, evitando con ogni cura di lanciare accuse, anche velate.

Alla fine, Filippo Augusto scrutò Martewall in fondo alla sala. «Voi che mi dite, sir?»

L'inglese aggiunse la sua parte del racconto, che da un certo punto in poi si sovrapponeva a quella di Daniel. «Gli armati uccisi dai miei uomini parlavano francese, questo posso affermarlo con certezza, ma in quanto a riconoscere i loro accenti regionali temo di non potervi aiutare» concluse. «Posso aggiungere che gli assassini non avevano segni distintivi addosso e avevano solo oro straniero nelle tasche».

«E questa è un'altra prova a mio favore» intervenne Gant con astio rivolto a Lavaur e al suo accompagnatore.

«Questo non prova niente» sbottò Sancerre, incapace di trattenersi oltre.

«Torniamo alle accuse» esortò re Filippo.

Lavaur riassunse tutto in poche, brevi frasi sferzanti. «Io affermo che Adolphe de Gant ha approfittato della sua posizione nell'esercito crociato per arricchirsi con le razzie compiute in Linguadoca e in Occitania, rubando parte del bottino di guerra. Lo accuso inoltre di aver tratto in agguato il cavaliere Almeric de Roquemar e di averlo ucciso a tradimento per impedirgli di denunciare pubblicamente i suoi traffici, cosa che non gli è riuscita con il conte Jean Marc de Ponthieu qui presente».

«È un'assurdità!» esclamò l'abate di Rabastens e innescò le proteste ancora più indignate dei crociati.

«Io sono innocente e questo è solo un modo per gettare su di me i crimini dei veri colpevoli. Quelli che davano la caccia al conte di Ponthieu già alla locanda» disse Gant.

«*Monsieur* de Ponthieu ha detto di non avere sospetti del vostro ipotetico traffico di bottino» obiettò re Filippo rivolto a Lavaur. «Perché avrebbe dovuto essere preso di mira? E perché il vostro defunto amico sarebbe stato sulle sue tracce con le armi in pugno?»

«Nel suo caso, temo che il signor conte sia stato reso bersaglio dalla sua fama e da quella della sua famiglia» spiegò Lavaur. «Anche noi eravamo convinti che avesse mandato in Occitania le sue spie per indagare sul barone di Gant e non semplicemente sulla situazione delle terre conquistate. Almeric de Roquemar credeva fermamente che *monsieur* de Ponthieu avesse in mano ulteriori prove contro il barone di Gant e voleva estorcergliele anche con le cattive maniere. Si sbagliava, purtroppo. Questa convinzione diffusa ha però fatto sì che il mandante degli assassini attirasse anche il famigerato Falco d'argento sul luogo dove avrebbe voluto sistemare i testimoni scomodi».

Ian guardò Gant. «Che cosa c'è di vero in tutto questo?» lo sfidò.

Daniel trattenne il fiato d'istinto.

«Niente» rispose Gant feroce. «E voi dovreste saperlo. Dovreste dare più fiducia a chi porta la Croce, piuttosto che alle accuse degli eretici, nemici miei e vostri, non fosse altro perché già cinque uomini hanno confessato il vostro tentato omicidio e le indagini non sono ancora terminate».

L'insulto provocò la reazione del compagno di Lavaur, subito quietato però da un cenno dell'ambasciatore.

Bastardo, pensò Daniel, cogliendo il ricatto nascosto nelle parole di Gant, ma allo stesso tempo notò che Ian appariva più calmo di lui e molto risoluto.

«Le confessioni rese durante la tortura hanno un margine di inaffidabilità, che tutti conosciamo» intervenne Lavaur prima di Ian.

«Le confessioni non sono state estorte con la tortura» lo contraddisse Gant. «I giudici possono confermarlo».

«Quindi gli accusati sono in perfetta salute?»

«Può darsi che i miei ufficiali abbiano dovuto piegare l'ostinazione di quei criminali in qualche modo, per indurli a non mentire davanti ai giudici» dovette ammettere Gant, in difficoltà.

«Può essere» concesse Lavaur. «Allora dirò che le confessioni *spontanee* rese davanti al giudice dopo giorni di tortura in carcere sono comunque inaffidabili. Io contesto le vostre indagini, contesto i risultati che avete ottenuto, accusandovi di aver estorto con la violenza le confessioni che più vi facevano comodo».

Guardò Ian e poi si girò verso il re. «Potete considerarmi un eretico, ma se anche nutrite dubbi sulle mie parole non potrete negare la validità delle prove che posso sottoporvi. Io non vi porto parole, ma fatti verificabili da chiunque».

La frase gelò l'intera sala, Sancerre compreso.

Daniel spalancò gli occhi, con un tuffo al cuore. Guardò Ian e vide che l'amico aveva il viso indurito in un'espressione determinata.

«Quali prove?» domandò Filippo Augusto, anche lui colpito.

Gant era rimasto senza parole.

«Posso riconoscere il denaro sottratto dall'ultima razzia perché è stato manipolato ad arte». Lavaur lasciò che la frase si depositasse nel silenzio della sala prima di proseguire. «Il cavaliere di Roquemar aveva teso una trappola e aveva fatto riempire un intero forziere di monete tolosane rovinate apposta in un punto preciso dello stemma. Posso chiamare a testimoniare gli uomini che hanno lavorato per limare via il dettaglio e anche coloro che hanno visto confiscare le monete dai crociati, sei giorni fa durante il tentativo di ribellione avvenuto nel contado della città di Cahors. Roquemar è morto prima di poter vedere gli esiti del suo stratagemma, ma ho potuto verificarli io. Ora so per certo che quelle monete non sono mai arrivate dal comandante Montfort o ne avrei avuta notizia dai miei informatori a Tolosa, mandati apposta laggiù a controllare. *Monsieur* de Montfort sta dando fondo alle sue casse per mantenere l'esercito, ma le monete rovinate non sono state rimesse in circolo, il che vuole semplicemente dire che Montfort non ne ha. Ora chiedo al barone di Gant di spiegarmi dove sono finite quelle monete. I crociati che hanno soppresso la ribellione facevano capo a lui».

Lavaur si voltò verso il crociato e concluse. «Naturalmente, posso offrire agli ufficiali reali un campione di quelle monete, a riprova delle mie parole».

Anche l'abate si voltò a guardare Gant. I cavalieri del suo seguito si scambiarono frasi concitate sottovoce. Il compagno di Lavaur adesso sogghignava soddisfatto.

Gant esitò forse qualche istante, prima di rispondere a Lavaur. «Non so di cosa state parlando. Questa è un'altra vostra invenzione per gettare fango su di me! Gli uomini che si sono macchiati di questo traffico in combutta con gli eretici hanno agito a mia insaputa e io stesso ne ho denunciato i crimini. Non posso rendere conto di ciò che hanno rubato e poi nascosto chissà dove».

«Ma quelli che voi ci avete indicato come colpevoli erano già indagati a quell'epoca, almeno secondo le mie informazioni, e perciò non potevano essere nella zona di Cahors a confiscare alcunché. Devo dedurre che tutti i vostri uomini sono ladri?»

«Non avete pensato di intensificare i controlli dopo quanto è accaduto?» incalzò Ian, indignato.

«Io non...» cercò di difendersi Gant, ma Lavaur lo interruppe di nuovo. «Se nei vostri forzieri dovesse esserci anche solo una di quelle monete, mai arrivate a Montfort o alla

Chiesa, come la giustificherete? Ci vuole un occhio molto attento per individuare il dettaglio limato».

Daniel vide Ian prepararsi a sferrare il colpo successivo. «Sire» disse, rivolgendosi a Filippo Augusto, prima che Gant potesse ribattere a Lavaur. «A questo punto, se davvero *monsieur* de Lavaur ha prove da fornire, anch'io vi chiedo formalmente di indagare su questa faccenda. Ho il diritto di sapere la verità su chi ha tentato di assassinarmi e ha ucciso otto dei miei uomini».

Colpito, pensò Daniel, con soddisfazione.

«È questo che aspettavate!» accusò Gant. «Gettare onta su di me con la complicità di questo eretico!»

I suoi uomini si unirono alle sue proteste e così fece l'abate di Rabastens.

«Io non sono complice di nessuno» rispose Ian, duro. «Casomai sono la vittima e adesso voglio giustizia».

Il re di Francia rivolse a tutti i presenti uno sguardo scurissimo, ma Ian non arretrò di un passo, Lavaur e il suo accompagnatore nemmeno.

«Se il bottino raccolto durante la repressione della rivolta è stato diviso secondo le regole o anche solo secondo una parvenza di regole, allora almeno alcune di quelle monete rovinate devono essere arrivate al comandante Montfort e anche finite nella parte di spettanza alla Chiesa di Roma» insisté l'ambasciatore. «Basterà fare una semplice indagine per verificare. Se ci sono, allora il barone di Gant ha fatto il suo dovere».

«Ma se invece nessuna di quelle monete verrà trovata nemmeno in casa dal barone di Gant, allora verrò a chiedere a voi personalmente una giustificazione per le vostre accuse» minacciò Filippo Augusto. «Guai a chi osa sprecare il tempo del re di Francia per nulla».

L'occitano sostenne l'accusa senza alcuna esitazione apparente. «Sono a vostra disposizione, perché non temo di essere smentito, nemmeno se il barone di Gant riuscisse a far scomparire tutto ciò che sta nei suoi forzieri. A quest'ora il denaro rovinato sarà già stato usato anche per altri scopi, il criminale non può aver tenuto conto di dove è finita ogni singola moneta».

Daniel pensò subito alle monete aragonesi e tolosane trovate nelle tasche degli aggressori di Ian. Gant li aveva pagati con il denaro sottratto dalle razzie, poteva davvero aver pagato altri suoi uomini con le monete segnate rifilategli da Lavaur e in quel caso il denaro era sicuramente in circolazione. Poteva essere rintracciato da ufficiali determinati a trovarlo. E se qualcuno degli sgherri di Gant veniva arrestato dagli uomini del re con il denaro incriminato in tasca, era abbastanza improbabile che resistesse agli interrogatori e non rivelasse i segreti del suo padrone, pur di discolparsi o almeno ottenere uno sconto della pena.

Forse riusciamo davvero a incastrarlo, pensò Daniel, anche se non osava ancora sperarci davvero.

«Non chiamatemi criminale! Badate a voi!» Gant stava minacciando Lavaur con furia.

«Maestà, io insisto» disse l'occitano, con calma terribile. «Chiedo che il barone di Gant sia messo sotto accusa per i fatti che vi ho appena descritto».

«E voi siete della stessa intenzione, immagino» disse Filippo Augusto a Ian.

Ian annuì. «Ammetto di farlo per me, per la rabbia che provo per chi ha tentato di uccidermi lungo la strada come un cane e anche per il rancore che porto al barone di Gant dopo i fatti di Pienne. Allo stesso tempo però, lo faccio anche per gli uomini morti a causa mia, per difendermi dall'agguato o semplicemente perché erano al mio fianco quando l'attacco è stato sferrato. Io chiedo che su questo si faccia chiarezza e giustizia, quindi dopo quanto affermato dall'ambasciatore Lavaur chiedo che il barone di Gant sia messo sotto accusa. Se si rivelerà innocente alla fine dell'inchiesta, avrà le mie scuse e la mia ammenda».

Filippo Augusto meditò sulle sue parole. «Prendo nota della vostra richiesta, ma non la riterrò una denuncia ufficiale quindi non vi darò seguito. Siete troppo maldisposto verso *monsieur* de Gant e giustamente desideroso di trovare chi ha tentato di uccidervi. Non siete obiettivo. Vi appigliereste a qualsiasi dettaglio pur di venire a capo di questa faccenda».

«Sire, mi mortificate» protestò Ian.

Re Filippo gli rivolse un'occhiata di rimprovero. «In coscienza potete dire di essere lucido a sufficienza per considerare senza pregiudizi ogni dettaglio?»

Ian dovette ammettere: «No».

«Avete già detto di non avere prove o testimoni riguardo a questa faccenda».

Daniel vide Ian serrare i pugni, prima di rispondere: «È così, infatti, almeno per ora».

«Allora non accetterò la vostra accusa contro il barone di Gant, ma solo la vostra richiesta di indagare su chi ha tentato di uccidervi, cosa che peraltro sto già facendo» decise il re. «Accetterò accuse quando avrete prove concrete».

Sancerre fece per intervenire, con un chiaro sguardo indignato.

«Solo prove o testimonianze. Se avessi voluto amicizia e solidarietà, avrei chiamato qui tutti gli amici delle varie parti coinvolte» lo prevenne il re. «Stiamo accusando un barone e un crociato, non si può prendere alla leggera questo fatto».

Sancerre dovette ingoiare la sua protesta e stare zitto. Daniel vide che la frase del re era anche diretta a lui ed eventualmente a Martewall.

La principessa Bianca prese la parola. «Sire, non si può nemmeno ignorare la denuncia di un cavaliere occitano».

«Di un eretico!» protestò l'abate di Rabastens.

Ancora una volta, Lavaur mise a tacere il suo compagno indignato.

«Di un uomo che viene da un paese non ancora pacificato». Bianca corresse l'abate con sicurezza. «Se mostriamo di non prendere nemmeno in considerazione le parole di chi viene da quella regione, come credete che reagiranno tutti i suoi compatrioti già pronti alla rivolta? Accuseranno il nostro re di essere ingiusto e troveranno il pretesto per scatenare nuove violenze. Abbiamo il dovere di verificare comunque le prove. Se si dimostreranno inesistenti, allora chi ha mentito dovrà pagare con la massima severità».

Gli sguardi tornarono su Filippo Augusto.

«Quello che dite è saggio come sempre, *madame*» disse il re.

«Sire, se date più ascolto alle parole di un eretico che alle proteste di innocenza di un crociato, la gente dirà che non ascoltate chi porta la Croce» ammonì invece l'abate di Rabastens. «Pensate a che effetto farà questa notizia a Roma».

«Credete forse che Sua Santità possa lanciare un'altra scomunica?» domandò Ian, tagliente.

Daniel ammirò la prontezza dell'amico perché sapeva bene quanto il re fosse irritabile sulla questione. Anche Bianca di Castiglia si era fatta più scura in viso, poiché di sicuro pensava alla scomunica già caduta sulla testa del marito.

«Roma farebbe bene a ringraziarmi se mostro la più totale imparzialità nel raccogliere le accuse di chi viene alla mia corte» disse Filippo Augusto, con una nota di minaccia nella voce. «Non è forse dovere di un re cristiano applicare la legge senza favoritismi o secondi fini, diversi dalla ricerca della verità?»

«Certamente, sire» si affrettò a dire l'abate. «Tuttavia...»

«Un uomo che viene da me con delle prove sarà sempre ascoltato, di qualunque credo o paese sia» tagliò corto re Filippo, spazientito.

L'abate dovette tacere.

«Sire, vi prego, lasciate che queste prove siano verificate» disse Ian.

Il re lo rimise al suo posto con un'occhiataccia, ma non gli rispose.

«Non abbiamo modo di capire altrimenti se l'accusa di *monsieur* de Lavaur sia fondata oppure no» ricordò a tutti Bianca.

«È giusto» sottolineò Sancerre.

«Maestà, non posso sopportare l'onta di essere messo sotto indagine come un criminale qualsiasi» intervenne invece Gant, ora furioso. «Io chiedo di lavare personalmente l'onta che mi viene fatta e che sia il Giudizio di Dio a decidere tra me e chi mi accusa».

«Ma io non accetterò di sottopormi a una simile prova» rispose Lavaur prontamente. «Non risolverete questa cosa nascondendovi di nuovo dietro la religione. Sono un eretico, non lo ricordate più signor barone? Secondo quanto sostenete voi crociati io sono già condannato all'inferno, quindi il Giudizio di Dio è già in partenza a mio sfavore».

«Questa è un'affermazione diabolica!» strillò l'abate facendosi il segno della Croce. «Costui mette in dubbio l'infallibilità della Giustizia Divina!»

«Al contrario, vi sto dando ragione, perché dico che perderei sicuramente» disse Lavaur, con sarcasmo. «Quella che metto in dubbio è la capacità umana di interpretare il risultato del giudizio infallibile. Io morirei per la mia eresia e le mie accuse verrebbero ignorate. No, venerabile abate: come dite voi, io brucerò all'inferno per i miei peccati alla fine della mia vita, ma non lascerò che questo assassino possa rimanere libero e continuare i suoi crimini solo perché non volete vagliare le mie prove contro di lui».

«Non insultate chi porta la Croce!»

«Basta» zittì tutti il re.

Nella sala si fece silenzio.

«Farò indagare riguardo l'accusa di furto, ma non accoglierò l'accusa di omicidio contro il barone di Gant» annunciò Filippo Augusto con una decisione irrevocabile nella voce. «Le prove, se ci sono, non hanno comunque niente a che fare con l'agguato lungo le strade di Morges. Il collegamento tra i due crimini è tutto da dimostrare».

«Uno è il movente dell'altro» obiettò Lavaur, scontento.

«Se è così, la verità verrà a galla anche da due indagini distinte, quella contro il barone e quella contro gli ignoti che hanno assalito il conte di Ponthieu».

«E ucciso il cavaliere Almeric de Roquemar» sottolineò l'ambasciatore occitano.

Filippo Augusto fece un cenno della testa per accettare anche quella puntualizzazione.

La principessa Bianca riprese la parola. «Sire, alla luce di quanto ho sentito oggi, io vi chiedo di conferire direttamente agli ufficiali reali la conduzione delle indagini sui fatti di Morges. I servigi resi negli anni alla vostra corona dalla famiglia Ponthieu e da *monsieur* Jean in particolare meritano che non rimanga nemmeno il più piccolo dubbio sui mandanti del suo tentato assassinio. Non mi sembra corretto che siano solo gli ufficiali di Morges a indagare su un crimine che potrebbe coinvolgerli».

«Né io né i miei uomini siamo coinvolti in alcun crimine!» esclamò Gant, ma Bianca non si lasciò intimorire dal suo sguardo acceso d'ira. «Allora non avete niente da temere» gli rispose. «Anzi, sarete voi per primo a trarne vantaggio, quando la vostra innocenza sarà dimostrata da ufficiali che non hanno niente a che fare con voi. Ogni possibile sospetto nei vostri confronti non avrà più ragione di esistere».

Bianca si voltò verso il re. «Sire, credo che anche questo sia un modo per dimostrare la vostra imparzialità».

Ha ragione Ian: questa donna sarà una gran regina, pensò Daniel, con ammirazione rivolta verso la principessa di Francia. Anche Ian rivolse a Bianca uno sguardo di gratitudine.

Filippo Augusto meditò sulla proposta e guardò i presenti uno a uno. «Qualcuno vuole obiettare alle argomentazioni di mia nuora?» Attese qualche istante nel silenzio e poi guardò Sancerre, l'unico che sembrava voler parlare. «Il vostro parere?»

«Mi unisco alla richiesta di Sua Altezza» disse Sancerre.

«Non avevo dubbi» chiuse il re e si rivolse a Martewall. «Anche voi siete coinvolto, sir. Avete qualcosa da dire?»

«Non ho avuto perdite nel combattimento, perciò non pretendo riparazione» replicò l'inglese. «Ma per i miei uomini e per i rischi che tutti abbiamo corso, anch'io chiedo che sia la corona di Francia a indagare sulla questione di Morges. Non posso puntare il dito contro nessuno, ma chiedo che la verità venga a galla senza ombra di dubbio».

«E così sarà» decise re Filippo, controvoglia. «Chiederò al conte di Montfort di collaborare alle indagini in Occitania e a Tolosa e dare supporto agli uomini che gli invierò. *Monsieur* de Gant, darò due dei miei ufficiali anche a voi, perché li portiate a Morges a verificare le casse del vostro castello e riaprire le indagini sul tentato assassinio del conte di Ponthieu. *Monsieur* de Lavaur, voi mostrerete le monete rovinate ai miei consiglieri e accompagnerete i miei ufficiali a Cahors a raccogliere le testimonianze di chi ha collaborato o semplicemente assistito al vostro stratagemma».

L'ambasciatore s'inchinò per significare che accettava l'ordine.

«Io protesto, sire, per questo trattamento» disse invece Gant a pugni serrati.

«Ma io non posso lasciare il benché minimo dubbio sull'imparzialità di queste indagini» rispose il re. «Vi consiglio nel frattempo di fermare le esecuzioni dei cinque accusati, in modo che quegli uomini possano rendere la loro testimonianza ancora una volta e direttamente ai miei ufficiali».

«Non sarà possibile, non si fa in tempo».

«Vi rinnovo il consiglio, trovate il mezzo. Cinque morti in più non fanno bene a un'inchiesta, specie se è così poco chiara».

Daniel trattenne a stento un gesto di esultanza. Guardò Ian e vide che anche lui aveva un lampo di soddisfazione negli occhi.

È fatta? si domandò Daniel, ma non riusciva a crederci.

Certo Gant era furente e fissava Lavaur e Ian come se volesse incenerirli. Era una promessa di vendetta e Daniel rabbrividì nel capirla anche senza parole. Ian in compenso sostenne lo sguardo con sfida aperta e nessun timore.

«Siete soddisfatto, *monsieur*?» domandò Filippo Augusto a Lavaur.

«Per il momento sì» rispose l'occitano, asciutto, anche per il compagno. «Lo sarò di più a condanna raggiunta».

«Prima voglio le vostre prove» ammonì il re.

«Le avrete, non dubitate».

«Sarà meglio per voi».

Lavaur s'inchinò prima di lasciare la sala insieme al suo accompagnatore, con il benestare del re. Gant fece lo stesso pochi istanti dopo, in silenzio furente, piantando in asso lo spaesato abate di Rabastens.

Filippo Augusto si alzò dallo scranno a segnalare che l'udienza era conclusa. Tutti s'inchinarono al suo cospetto, Bianca invece andò da Ian. «Vi prometto che faremo luce su quanto vi è accaduto» gli disse, determinata.

«Vi ringrazio, mia signora» rispose Ian.

«Nel frattempo, *monsieur* Jean, fareste bene a prendervi un lungo periodo di riposo» intervenne Filippo Augusto, severo. «Siete stanco e provato e direi che negli ultimi anni avete già vissuto avventure a sufficienza. Capisco che devo liberarvi dagli impegni politici e militari e lasciarvi al vostro feudo a godere le gioie della famiglia. Dimenticate le preoccupazioni di corte, almeno per un po'. Approfittatene per passare in tranquillità il santo Natale ormai prossimo».

«Farò come desiderate, anzi vi ringrazio» disse Ian, chinando di nuovo la testa.

«Potete partire già domani» disse il re ed era praticamente un ordine. «Vi rivedrò quando l'aria di corte sarà meno agitata per la vostra salute e per la mia pazienza. Quando vi sarete del tutto ristabilito, vi chiamerò».

«Sì, sire».

Bianca invece era rimasta delusa dalla decisione del re.

«Vi lascio in buone mani» la consolò Ian. «Sir Martewall porterà le vostre navi in Inghilterra e *monsieur* de Grandpré saprà consigliarvi anche meglio di me. Fidatevi del suo occhio attento».

«Vi ritengo comunque sempre al mio servizio» rispose la principessa, nascondendo la delusione sotto un'espressione più composta. «Mi aspetto il vostro parere ogni volta che ve lo chiederò».

«Contateci, mia signora».

Ian e Daniel rimasero soli quando Sancerre accompagnò il re e la principessa nelle loro stanze. L'abate si era dileguato a testa bassa e anche Martewall era uscito senza fare parola, con discrezione.

«Andiamo a dirlo a Guillaume» decise Ian e per la prima volta la sua espressione tradì quanto fosse stanco.

Daniel invece si sentiva prossimo all'esaltazione. «L'abbiamo incastrato!» esclamò, pur tenendo la voce bassa. «Quel bastardo verrà messo sotto accusa, finalmente!»

Ian gli fece cenno di seguirlo lungo le scale che riportavano al piano di sotto. «Sì, se Lavaur riesce a mantenere quello che ha promesso» disse lungo il cammino. «Adesso dipende tutto da lui, ma spero anche che Gant commetta finalmente qualche errore. Sarà spaventato, ora che gli abbiamo puntato il dito contro, e resta da vedere cosa farà Montfort quando verrà a sapere questa faccenda».

«Be', non potrà difenderlo se ci sono le prove che lo accusano. Omicidio o no, Gant sta truffando soprattutto lui portandogli via parte del bottino di guerra».

«Sì, immagino che Montfort non sarà felice di scoprirlo».

«Allora è fatta davvero!» esultò Daniel.

Ian non sorrise. «Prima aspetto di vedere le prove promesse da Lavaur».

Daniel non capiva perché l'amico fosse così cauto. «Le presenterà di sicuro, è venuto apposta fin qui per questo. Non può mica essersele inventate».

«Intanto abbiamo forse evitato l'esecuzione di cinque uomini» disse Ian, invece di rispondergli a tono.

Il suo sguardo sfuggente insospettì Daniel all'improvviso. «Ma le prove ci sono, vero?» insisté il giovane. «Lavaur ti avrà pur detto qualcosa di tutto questo quando vi siete incontrati oggi».

Ian si fermò, lungo la scala deserta. «Lavaur mi ha detto che avrebbe trovato dei testimoni. Alla stessa maniera di Gant, se necessario. Non si sarebbe fermato davanti a niente» confessò sottovoce. «Io l'ho convinto a cercare oggetti invece che uomini».

Daniel impiegò qualche istante prima di capire davvero. «Quindi la faccenda delle monete...» iniziò, ma poi non se la sentì di portare a termine la frase.

«Gliel'ho suggerita io. Ty l'aveva proposta a me, ma io non volevo metterla in pratica».

«E l'hai passata a Lavaur?! Gli hai suggerito di costruire false prove per le indagini?!»

«Lui voleva costruire falsi testimoni, io ho cercato di limitare i danni. Volevi che lasciassi arrivare lui o Gant a Ty? O che quei due torturassero altri cinque o sei uomini per la loro guerra personale?»

«Non è solo la loro guerra. In mezzo ci sei anche tu».

«Rispondimi, invece di rimproverarmi: tu avresti lasciato Ty o qualche altro uomo nelle loro mani?»

Daniel dovette distogliere gli occhi. «È comunque un reato» mugugnò.

«Non sarò io a commetterlo, ma Lavaur».

«È un cavillo. L'idea è tua».

«No, è stato Gant a cominciare a falsificare le indagini, adesso viene incastrato dal suo stesso gioco sleale. Che se la veda con Lavaur adesso, io non c'entro più niente e Ty nemmeno. Sono fuori dall'inchiesta e la mia accusa non è stata nemmeno presa in considerazione».

«La principessa Bianca ha messo il suo peso politico nella questione solo a causa tua, perché ti stima».

«Allora Gant avrebbe dovuto fare più attenzione a chi si metteva contro, come dice Guillaume. Devo rammaricarmi per il mio quasi assassino?»

Il tono feroce di Ian diede un brivido spiacevole a Daniel. «Il conte sa tutto?»

«No» ammise Ian. «Non voglio coinvolgerlo in questa schifosa faccenda più di quanto lo sia già. Lui sa solo che Lavaur mi ha detto di avere prove a carico di Gant. Insieme abbiamo deciso di tenere Ty il più defilato possibile, per evitare che emerga qualcosa di tutto il resto. Se Lavaur tira fuori le prove, non c'è motivo per rischiare di mandare Ty davanti agli ufficiali del re».

Ian fece una pausa e concluse: «E infine io voglio tenere te e lui più defilati possibile per evitare che trapeli qualcosa della verità su di noi. Credi che non mi faccia ribrezzo quello che sono stato costretto a fare? Il fatto è che sono intrappolato in un castello di vetro e il minimo scossone può mandarlo in pezzi; non posso permettermi nemmeno una parola sbagliata. Per questo voglio che tu porti a casa quel ragazzo il prima possibile, prima che qualcuno possa tirarlo in ballo davvero, e che tu lo tenga lontano da qui per il resto dei suoi giorni. Non voglio più aver paura per voi e per me».

C'era un'angoscia sincera nella voce di Ian e Daniel si sentì in colpa per averlo quasi aggredito a parole. Non doveva essere affatto facile vivere una vita come la sua, costantemente impegnata a guardarsi le spalle dai pericoli provenienti da due mondi distinti, quello medievale e quello moderno, temendo a ogni istante di mettere a rischio un'identità faticosamente costruita al prezzo di rischi, sangue e dolore.

L'ho messo io in questa situazione, si rimproverò Daniel, pensando a come Ty fosse diventato la causa scatenante di tutto quel dannato pasticcio solo per una sua disattenzione colpevole. «Scusami» disse infine. «In realtà io non avrei saputo fare di meglio».

«Sono stanco di mentire a tutti» disse Ian, piano, passandosi le mani sul volto pallido mentre si appoggiava col dorso al muro. «Ogni menzogna ne innesca altre mille, ogni passo che faccio è in un campo minato, ogni decisione può coinvolgere dieci altre persone. Voglio solo che questa storia finisca». Aveva una luce scura negli occhi quando concluse: «E visto che in un modo o nell'altro devo comunque mentire, se devo scegliere tra lasciare impunito Gant o farlo condannare, allora preferisco la seconda ipotesi».

C'era qualcosa di molto seducente nell'idea che Gant pagasse finalmente per i suoi crimini, nonostante tutte le sue manovre per sfuggire alla giustizia e Daniel ne avvertì il pericolo. Era il fascino dato dalla sensazione di essere scaltri, di avere in mano i mezzi per poter aggiustare le cose e il potere di usarli; il sentirsi bravi abbastanza da raddrizzare i torti in situazioni apparentemente senza uscita.

Anche questa volta abbiamo risolto un guaio con le parole, pensò Daniel, ma si chiese anche se non stesse diventando un'abitudine troppo comoda, se si stessero abituando così tanto a riuscire a risolvere le cose in quel modo da sottovalutarne ormai i rischi.

Quando faremo il passo più lungo della gamba? si domandò Daniel con disagio.

Ian aveva sul viso gli stessi pensieri agitati. «Questa è l'ultima volta» disse, come per rassicurare se stesso e l'amico. «Me ne vado da corte e non voglio più saperne di intrighi e di menzogne. Grazie al cielo, ho il benestare del re: me ne andrò a Châtel-Argent e resterò là con la mia famiglia in pace».

«E io porterò via Ty appena posso» sospirò Daniel. «Hai ragione tu: è meglio che ci svincoliamo da questa faccenda il prima possibile e ce ne andiamo da qui. Abbiamo già detto e fatto abbastanza».

Ian annuì, in silenzio.

Daniel gli posò la mano sul braccio, d'istinto, vedendolo così provato. «Andiamo, Falco d'argento. Hai salvato delle vite e fermato un criminale solo con le tue parole, puoi ritenerti soddisfatto».

«Immagino di sì» rispose Ian, ma fece un sorriso molto pallido.

Capitolo 33

Fu con un certo rammarico che Sancerre e la moglie Donna salutarono il gruppo in partenza per Châtel-Argent, il mezzogiorno successivo all'udienza di Filippo Augusto. C'era un bel sole alto nel cielo e la temperatura non troppo fredda invitava a partire, pur non avendo tutta la giornata a disposizione davanti. La strada che da Séour proseguiva verso nord era disseminata di piccoli centri urbani e case di contadini, perciò non sarebbe stato difficile trovare un luogo riparato in cui dormire prima del tramonto.

Insieme a Ian, Isabeau, Daniel e il loro seguito, era pronto a partire anche Guillaume de Ponthieu, con il suo scudiero e i suoi uomini, cavalieri e soldati. Avrebbe accompagnato il fratello per un tratto di strada e, prima di ritornare al proprio castello in Piccardia, si sarebbe fermato a Parigi a preparare il ritorno della corte, anch'essa in procinto di spostarsi vero nord entro qualche giorno.

Rimaneva invece Chailly, un po' per permettere al suo braccio rotto di guarire con più tranquillità e un po' per fare da collegamento tra la corte e i Ponthieu fintanto che il re non fosse arrivato a Parigi. Avrebbe tenuto controllata la situazione e l'evolversi delle indagini, insieme ad alcuni soldati che il conte Guillaume gli aveva lasciato in affido.

C'erano state altre partenze quella mattina: Lavaur e il suo accompagnatore avevano ripreso la strada per l'Occitania insieme agli ufficiali del re; Gant era ripartito con una compagnia simile verso Morges. Nell'uno e nell'altro caso, la partenza era avvenuta sotto gli sguardi sospettosi di tutta la corte, poiché la notizia di quanto accaduto durante l'udienza del re si era sparsa in fretta, insieme alle accuse lanciate e non ancora provate contro il luogotenente crociato.

Chi parteggiava per i crociati gridava allo scandalo, chi invece aveva interessi opposti aggiungeva pettegolezzi alla notizia e prospettava una scomunica per Gant, nel caso la sua colpevolezza fosse provata e denunciata a Roma.

Nessuno aveva dubbi che sarebbe stata la principessa Bianca in persona a portare la denuncia al cospetto del Papa, se necessario, poiché i rapporti tra la futura regina di Francia, Montfort e i suoi uomini non erano mai stati buoni, specie a causa delle diverse vedute in fatto di come Filippo Augusto dovesse impiegare il suo esercito nei vari fronti di battaglia, a nord e a sud.

«Il corvo avrà il suo bel daffare adesso a discolparsi» aveva sogghignato Sancerre, rivolto a Ian con una soddisfazione sfacciata negli occhi. «Voglio proprio vedere cosa avrà da dire quando Lavaur lo inchioderà».

Sempre se Lavaur riesce davvero a fabbricare le sue prove, si era detto Ian in silenzio e in segreto aveva passato buona parte della notte a chiedersi come avrebbe fatto il cavaliere occitano a mantenere ciò che aveva promesso a Filippo Augusto. Aveva fatto mille ipotesi, tutte supportate dalla certezza che, in una guerra spietata lunga ormai anni Lavaur non avrebbe fatto fatica a trovare mille complici per il suo piano, senza alcuno scrupolo verso i crociati.

L'espressione assolutamente sicura con cui l'ambasciatore l'aveva salutato quella mattina, passando nel cortile, lo aveva convinto che non aveva niente da temere: Lavaur sapeva quello che faceva ed era convinto di riuscire a mostrare ciò che voleva agli ufficiali del re di Francia.

È lui quello che rischia di più: se è così tranquillo, posso esserlo anch'io, si era ripetuto Ian mille volte, ma aveva cominciato a sentirsi più alleggerito solo quando gli era stato comunicato che Gant aveva dovuto mandare un messaggio a Morges, grazie all'ultimo piccione che curiosamente i suoi uomini non ricordavano di avere ancora con loro, per fermare le esecuzioni dei cinque accusati, almeno fino all'arrivo degli ufficiali reali, che avrebbero verificato le confessioni.

Filippo Augusto non li farà giustiziare tanto alla leggera. Grazie alla svolta portata da Lavaur, quegli uomini possono salvarsi, si disse Ian, più confortato. Alla luce di quel pensiero, anche il sotterfugio delle false prove diventava più accettabile alla coscienza.

Gant ha finito di assassinare gente, fu il pensiero che arrivò subito dopo e con quell'idea la coscienza si mise quasi del tutto a tacere.

Ricordando i roghi di Pienne, la donna decapitata davanti alla chiesa, Almeric de Roquemar e gli uomini assassinati lungo la strada, Ian provò poco a poco un potente senso di soddisfazione, ripetendosi che l'assassino presto avrebbe pagato per le sue colpe.

«Fate buon viaggio e mi raccomando: riguardati» disse Donna a Ian, quando lo salutò baciandolo sulle guance.

«Moglie, insomma» brontolò Sancerre, ma Donna come al solito non mostrò di prendere in considerazione le sue proteste gelose. «Via, ho salutato anche Isabeau allo stesso modo» disse con un sorriso e, tanto per sottolineare il concetto, baciò anche Daniel sulle guance prima di lasciarlo montare a cavallo.

«Giuro che ce ne andiamo subito, così non avrai più niente da ridire» promise Ian davanti alla faccia scontenta di Sancerre.

«Faccio finta di niente solo perché gli altri stanno arrivando adesso e non hanno assistito» replicò Sancerre con un'espressione truce e indicò con il pollice la direzione da cui erano comparsi Grandpré e De Bar.

Ian fu felice di salutare anche loro, prima di ritornare a casa e passare chissà quanto tempo senza rivederli. Con l'inverno alle porte i viaggi tra i feudi si sarebbero diradati fino a diventare rarissimi quando la neve sarebbe caduta abbondante tra gennaio e febbraio. Ian avrebbe probabilmente dovuto aspettare fino a primavera per rivedere gli amici, specie se nel frattempo si teneva lontano dalla corte, come consigliato caldamente da re Filippo.

«Vi verremo a trovare a Châtel-Argent» promise Grandpré, rivolgendosi anche a Isabeau con galanteria. «E tu preparati a ripagarmi per bene della fatica che mi avrai fatto fare fino ad allora» continuò, dedicando a Ian un'occhiata di finto rimprovero. «Mi hai lasciato un eredità pesante al servizio della principessa Bianca».

«Non l'avrei fatto se non fossi stato sicuro della tua capacità di farcela» sorrise Ian. «Te la caverai egregiamente e molto meglio di me».

«Sarà, ma non mi sembra di saperne quanto te, almeno sulla situazione inglese» disse Grandpré e per un attimo sul suo viso ormai adulto si riaffacciò l'espressione del ragazzo ancora in cerca di rassicurazioni dai cavalieri più grandi di lui.

«A te basta tenere il tuo occhio di falco, anzi, d'aquila, sui movimenti a corte» lo rassicurò Ian.

«Per la questione inglese puoi sempre chiedere a sir Martewall» aggiunse De Bar. «Visto che è stato arruolato con te da Jean...»

«Bella coppia» commentò Sancerre con un nuovo sogghigno. «Di' la verità, Jean: l'hai fatto apposta per farti richiamare al più presto a corte dal re, per sostituire questi due e i loro consigli».

«Assolutamente no. Sono felice di lasciare la corte» rispose Ian ed era sincero. «Ho bisogno di tregua e ho già avuto abbastanza traversie. Voglio solo vivere in pace al mio castello».

«E sarebbe una buona idea» approvò Ponthieu. «Sarei anch'io grato se mio fratello smettesse di andare a caccia di guai per fare una vita più tranquilla».

«Promesso» si affrettò a dire Ian, ma nel frattempo vide che la frase era diretta velatamente anche a Daniel e, di riflesso, a Ty, troppo lontano e mescolato in mezzo agli altri uomini del seguito per poter udire.

Anche Daniel mostrò di cogliere l'ammonimento nascosto e infatti ostentò un sorriso, mentre diceva: «Anch'io desidero un po' di pace, dopo tanti viaggi. Me ne ritornerò in patria e resterò con la mia famiglia per un po'. Non credo che mi rivedrete fino a primavera almeno».

«Buon viaggio, allora, ma fate attenzione quando attraverserete l'Inghilterra» si raccomandò Grandpré, convinto come tutti i compagni d'arme di Ian che la casa natale di Daniel si trovasse nelle isole oltre la Scozia.

«Eviterò le zone di guerra» lo rassicurò Daniel con disinvoltura, sotto lo sguardo complice di Ian e quello vigile di Ponthieu.

Il commiato da Séour non avvenne prima che Ian avesse rivolto un ultimo pensiero a Martewall, salutato quella mattina molto presto. L'inglese aveva preso la strada verso la costa, seguendo quanto richiestogli in gran segreto dalla principessa Bianca. Mentre Kerwick e parte dei soldati inglesi si sarebbero imbarcati subito per l'Inghilterra, per portare a sir Robert Fitz-Walter le decisioni di Filippo Augusto riguardo i rinforzi per i baroni ribelli, Martewall si sarebbe fermato alla baia della Senna insieme a ufficiali fidati di Bianca, per organizzare le cinque navi cariche di armati da aggiungere ai mezzi messi a disposizione dal re.

«Se Dio lo vorrà, ci rivedremo a primavera» aveva detto Martewall a Ian, nel salutarlo prima di partire.

«Non farti ammazzare. Qualsiasi cosa accada, bada a te» si era preoccupato Ian con sincerità. «Ti aspetto a Châtel-Argent».

«E io verrò, non fosse altro che per bere un po' di vino in compagnia più tranquilla, al posto della birra inglese inacidita dalla guerra» aveva risposto l'inglese, con un'aria cupa sul viso. Pensava alla sua terra, era evidente, e ai pericoli che correva, stretta tra i due eserciti che se ne contendevano il possesso.

«Verrai anche per salutare qualcuno» aveva insinuato Ian per distogliere almeno un po' il barone dai pensieri cupi.

In cambio aveva ricevuto un'occhiata leggermente risentita. «Tu prepara il vino».

Non mi ha smentito, però, pensò Ian al ricordo di quell'ultima conversazione e sorrise sbirciando Brianna, in quel momento in disparte con il figlio Beau.

Il pensiero della guerra che avrebbe atteso l'inglese per molti mesi ancora gli metteva comunque molta ansia.

Ci rivedremo, si ripeté Ian per convincersi, mentre attraversava l'arco di pietra dell'alta corte e guardò un'ultima volta indietro verso il castello. Da lontano, Donna alzò la mano per salutare gli amici che si allontanavano.

***

La strada fu agevole e senza imprevisti. Daniel cercò di godersela il più possibile e di rilassare i pensieri. Ci riuscì meglio man mano che Séour si allontanava alle sue spalle e con esso tutta la vicenda di Gant e di Morges.

Cominciava a sentire un senso di liberazione nell'abbandonare le mura del castello e la compagnia dei cavalieri di corte, per inoltrarsi nei boschi fitti lungo la strada per il nord. Entro alcuni giorni Châtel-Argent sarebbe stato all'orizzonte e con esso la strada per la normalità e il mondo moderno.

Daniel sbirciò Ian e Isabeau a cavallo alla testa del gruppo con Ponthieu accanto a loro, poi spostò lo sguardo su Ty, poco dietro di lui.

Per salvare le apparenze, avrebbe portato il ragazzo fino a Châtel-Argent e da lì avrebbe poi simulato una partenza verso le coste del nord per riportare Ty a casa sua una volta per tutte. Al sicuro.

È quasi finita, si ripeté per la millesima volta in silenzio.

Ty aveva invece altri pensieri in testa, perché si accostò a lui per dirgli sottovoce: «Vedrò il castello del Falco d'argento, finalmente. Non sono mai riuscito a entrarci prima».

«La casa degli antenati, eh?» commentò Daniel. «Buon per te che hai potuto ritornarci da vivo, visto tutto quello che è successo».

«È stata una brutta avventura, è vero» ammise Ty piano. «Ma anche se ho rischiato la vita, ho potuto conoscere il Falco e l'ho aiutato contro i suoi nemici».

Daniel rimase colpito dall'ammirazione che sentì nella voce del ragazzo. Guardò di nuovo Ian da lontano: il Falco d'argento, il cavaliere. *Lo stratega*, aggiunse in silenzio. *L'eroe di famiglia*, concluse, leggendo quelle parole nell'espressione di Ty.

«Gli hai dato una mano davvero» disse poi a bassa voce. «A parte quello che hai fatto durante la fuga da Morges, so che dobbiamo a te l'idea che permetterà a Lavaur di incastrare Gant».

Ty ebbe un guizzo d'orgoglio negli occhi. «Voleva fregarci, ma l'ho fregato io. È stata una grande idea, no? Che dici: qualche gene dell'astuzia di famiglia è arrivato fino a me?»

«A quanto pare...» Daniel non aggiunse altro, restando sul vago. Era restio a pensare a Ty collegato in linea diretta a Ian, ma non poteva ignorare la verità di quel legame di discendenza. In quel momento gli occhi azzurri di Ty erano identici a quelli del suo avo e brillavano di una luce baldanzosa dopo la vittoria.

«Lui non è così soddisfatto» fece notare Daniel. «E non dovremmo esserlo nemmeno noi. Abbiamo mentito alla giustizia: non c'è niente di cui essere fieri».

«L'ho messo io in pericolo e l'ho salvato, ho vendicato i morti e fermato l'esecuzione di cinque uomini. Io sono soddisfatto di questo» rispose Ty, fermo. «Sono venuto qui quando non avrei dovuto, stavo per cambiare la Storia e far morire il capostipite della mia famiglia. Ho solo cercato di rimediare ai danni. Lui è venuto a salvarmi rischiando la vita: meritava che lo aiutassi in qualsiasi modo, anche ingannando se necessario».

Be', messa così, la faccenda assume tutto un altro colore, dovette ammettere Daniel.

«E poi non si può mica fare un processo alle intenzioni» continuò Ty, sfoderando un sorriso da impunito. «Io posso anche aver avuto l'idea, ma non l'ho messa in pratica e nemmeno il Falco. La colpa è tutta dell'occitano».

«Che scaricabarile» commentò Daniel, con una smorfia.

***

Si fermarono al tramonto, in tempo per mangiare qualcosa prima del buio al villaggio di contadini trovato lungo la strada, vicino al fiume, circondato da frutteti e campi arati. Il bosco faceva da sfondo, come per riparare dal vento quel piccolo gregge di case di legno.

Tra gli edifici non vi era una vera e propria locanda, ma una fattoria del villaggio si prestava ad ospitare i viaggiatori di passaggio, visto che il proprietario ormai vecchio e senza eredi o famiglia non aveva più braccia a sufficienza per coltivare tutti i suoi campi e si guadagnava perciò da vivere facendosi pagare per l'alloggio. Metteva a disposizione il suo fienile e una camera nel sottotetto, insieme alla grande stanza comune in cui si poteva mangiare seduti a un tavolo di legno sbozzato, davanti al camino acceso.

Il padrone di casa accolse i viaggiatori di persona, accompagnato da un garzone poco più che ragazzo, e riservò l'unica stanza a Isabeau e Brianna, mentre gli uomini avrebbero dormito nel fienile su giacigli di paglia e coperte.

Ian andò personalmente ad assicurarsi che la camera per Isabeau avesse almeno un minimo di confort e controllò persino il rudimentale materasso fatto di foglie secche avvolte in un lenzuolo, prima di disporvi sopra con cura le coperte. Quando ebbe finito, si sedette qualche minuto sull'angolo del letto, ammirando Isabeau che si riordinava abiti e capelli prima di scendere a mangiare qualcosa davanti al caminetto e poi ritirarsi di nuovo per dormire.

«Mi mancherai stanotte» le disse, allungando la mano per prenderle tra le dita una ciocca dei riccioli biondi, così lunghi da scendere fin sotto la cintura.

«Puoi sempre venire a dormire qui al posto di Brianna» gli rispose la ragazza con un sorriso malizioso.

Ian fece una mezza smorfia. «Non posso, così sotto gli occhi di tutti. E poi sarei scortese nei confronti di Brianna. Non posso mica mandarla a dormire con gli uomini. No, è meglio che resti anch'io nel fienile con gli altri».

«Ma ti dispiace» indovinò Isabeau, ridendo.

«Stare fuori in un fienile con i cavalli e una masnada di uomini, piuttosto che qui, al caldo, da solo con te? Come puoi pensare una cosa simile?»

Isabeau si chinò sul marito per dargli un bacio sulle labbra. «Presto saremo a casa, comodi e finalmente soli. Solo un po' di pazienza».

***

La notte passò comunque in fretta, nonostante i timori di Ian, e non fu nemmeno troppo scomoda. Il fienile era tiepido, anche se fuori la temperatura si era abbassata di molto, e la paglia abbondante aveva adempiuto bene alla sua funzione di giaciglio. Ian non provò troppo dolore alla spalla, quando si svegliò il mattino successivo, dopo aver dormito senza mai cambiare posizione, per non pesare sulla ferita non ancora cicatrizzata.

Fuori il sole era limpido e prometteva di diventare abbastanza caldo man mano che saliva nel cielo. Il fiume mandava riflessi luccicanti, tra gli alberi oltre i campi.

Il villaggio era già in attività, anche se era solo l'alba. Dai tetti delle case senza comignoli uscivano i fumi dei caminetti, in volute pigre e grigie, come disegnate. Tra le case un contadino preparava già il suo carretto caricandovi gli strumenti per il lavoro. Un monello conduceva una capra con un rudimentale guinzaglio di corda. Le donne aprivano le finestre per fare entrare la luce.

Ian lasciò il fienile, affamato e desideroso di rivedere Isabeau quanto prima. Per questo recitò in fretta le preghiere mattutine d'usanza, insieme a tutti gli altri medievali, nell'aia della fattoria, e poi si diresse verso il grande edificio di legno e pietra per cercare la moglie e la colazione. Gli uomini intanto conducevano i cavalli già sellati fuori dalle tettoie per abbeverarli e prepararli a riprendere il viaggio; nel mentre ricevevano da Ponthieu le istruzioni per il cammino e attendevano di poter mangiare la loro razione di pane abbrustolito, formaggio dolce o salato, uova e frutta secca, aggiungendovi anche un po' di vino cotto. Poiché la fattoria-locanda non era grande, i cavalieri e le dame avrebbero mangiato per primi nella sala comune, tutti gli altri subito dopo fuori nel cortile.

All'interno, nella stanza usata come refettorio, un altro garzone del contadino, più vecchio e robusto del precedente, stava già preparando il pane sulle pietre calde del camino e aveva approntato coppe e scodelle per il vino e il cibo per tutti. In un pentolone bolliva una zuppa di verdure, almeno a giudicare dall'odore.

Beau aveva anticipato Ian nella stanza e si stava dando da fare insieme allo scudiero di Ponthieu per essere pronto a servire la colazione ai cavalieri e alle dame. Daniel e Ty in compenso stavano già mangiando qualcosa, vicino al tavolo, anche se non si erano ancora seduti.

«Avete mancato alle preghiere del mattino» rimproverò Ian sottovoce all'orecchio di Daniel, arrivandogli vicino.

«Per una volta che vuoi che faccia? E poi fuori faceva un freddo cane» rispose Daniel, facendo spallucce.

«Ecco il vostro cibo!» annunciò Beau a Ian, arrivando con ciotole piene, tenute in bilico abilmente nelle due mani.

Ian però vide Isabeau comparire lungo le scale in discesa dal piano di sopra e fece cenno allo scudiero di lasciare la roba sul tavolo, poi si diresse verso la moglie. Isabeau era stretta in una mantellina di pelliccia per ripararsi le spalle dal freddo, ed era pallida in viso, preda delle prime nausee mattutine dovute alla gravidanza. «Niente colazione per me» annunciò, con un sospiro. «Non riuscirei a mandare giù nemmeno un boccone».

Ian l'accolse tra le braccia alla fine delle scale, la strinse per scaldarla e la portò con sé verso il caminetto acceso, facendola sedere su una panca vicino al tavolo.

Daniel li raggiunse poco dopo, con una semplice fetta di pane in mano.

«Tutta lì la tua colazione? Hai la nausea anche tu?» domandò Ian all'amico.

Daniel si sedette. «Non ne posso più di lardo, uova e formaggio all'alba. Per giunta bevendoci dietro una coppa di vino! No, lascia perdere, oggi mi accontento del pane, nonostante quello che può dire il tuo scudiero».

Beau comparve proprio in quel momento, implacabile, con il vino per Ian. «Che fine ha fatto la vostra colazione?» domandò, guardando Daniel con stupore.

«L'ho lasciata a Thierry, che sta apprezzando molto più di me» gli rispose Daniel e indicò col pollice il ragazzo ora seduto sulla panca a mangiare senza più esitazioni. «Serviti anche tu, se vuoi. Io sono abituato a latte, frutta e biscotti» spiegò davanti alla faccia assolutamente perplessa di Beau.

«Niente vino per te, sei minorenne» ammonì Ian.

Il ragazzino non protestò solo perché vide entrare Guillaume de Ponthieu e i tre cavalieri del suo seguito, sfregandosi le mani per scaldarle, quindi corse a preparare il cibo e soprattutto il vino caldo anche per loro.

«Guarda che qui non è normale che un uomo adulto beva latte» fece presente Ian a Daniel, sottovoce. «Di solito è riservato ai bambini, ai malati e… a quelli non tutti sani di mente».

Daniel alzò gli occhi al cielo sospirando e non disse nulla.

Mentre i suoi uomini si sedevano per mangiare e venivano

serviti, il conte raggiunse Ian davanti al fuoco, salutò e si rivolse soprattutto a Isabeau. «*Madame*, come state? Non avete un bel colorito» si preoccupò.

«Potrebbe andare meglio, ma ormai è quasi passato» rispose la fanciulla con un sorriso pallido.

Lo scudiero servì al conte la sua colazione, disponendola a capotavola; Beau andò a raggiungere Ty seduto sull'angolo della panca, ad approfittare della colazione lasciata da Daniel, anche se le regole gli avrebbero imposto di aspettare che gli uomini più importanti di lui finissero di mangiare.

Brianna fece la sua comparsa dalle scale, portando un sacchetto di tela grezza. «Con un altro po' di questo andrà ancora meglio» sorrise, andando verso Isabeau.

«Buongiorno, madre» salutò Beau dalla panca con la bocca piena.

«Stai già mangiando tu?» si meravigliò Brianna. «Sei diventato cavaliere all'improvviso?»

Il ragazzino subì il rimprovero con una faccia da monello e si affrettò ad abbandonare la tavola per riprendere subito i suoi doveri di scudiero, tra i sorrisetti ironici dei cavalieri presenti. «Vado a occuparmi dei cavalli».

«Mi dispiace, non riesce proprio a imparare la disciplina» sospirò Brianna, quando Beau era già oltre la porta che dava fuori.

«È un bravo ragazzo comunque» la rassicurò Ian. «E poi stavolta è stato Daniel a dirgli che poteva mangiare qualcosa».

L'amico annuì. «Vero. Colpa mia» disse, mentre finiva il suo pane, poi si accorse che anche Ty si stava alzando da tavola. «E tu dove vai?» indagò, restio a perdere di vista il ragazzo.

«A prendere un po' d'aria» rispose Ty con una mezza smorfia di nausea e accennò vagamente ai resti della colazione sul tavolo.

«Così impari a bere una tazza di vino cotto invece del latte» lo rimproverò Daniel con sarcasmo.

Ty non si difese e seguì Beau fuori dall'edificio.

«Visto che ho ragione io a proposito della colazione?» disse Daniel a Ian.

Brianna intanto aveva messo nel palmo di Isabeau un pizzico di quelle che sembravano erbe essiccate e tritate, prelevandolo dal sacchetto di tela.

«Grazie» disse Isabeau, mettendosi in bocca lo strano miscuglio vegetale.

«Fiori e foglie del mio paese. Fanno miracoli per la nausea delle future madri, se se ne prende un pizzico due o tre volte tutte le mattine» spiegò Brianna a Daniel che osservava incuriosito. «Basta tenere la polvere per un po' sulla lingua e poi la si può inghiottire. Ma voi uomini non avete bisogno di assaggiare questi rimedi. Non avete mai nausee di questo genere». Sorrise comprensiva a Isabeau nell'aggiungere: «Almeno ha un buon sapore».

«È vero, sa di menta» buttò lì Ian per incoraggiare la moglie, ma se ne pentì quando Daniel gli chiese davanti a tutti, con un sogghigno: «E tu come fai a saperlo, visto che quella roba l'assaggia solo tua moglie?»

«Fatti gli affari tuoi» brontolò Ian, mentre Isabeau nascondeva la bocca e le guance rosse nel collo di pelliccia della mantella.

Anche Ponthieu sorrise divertito, ma si limitò ad allungare la mano verso il tavolo, prendere e mangiare qualche boccone della sua colazione in silenzio.

Per darsi un contegno, anche Ian si decise a mangiare e bere qualcosa.

Uno strillo, proveniente da fuori, fece sobbalzare tutti di colpo.

«*Monsieur* Jean!»

Ian rialzò la testa dalla coppa di vino appena sfiorata con le labbra e vide Beau comparire di corsa sulla porta. Il ragazzo aveva un'espressione spaventata.

«Che succede?» domandò Ian.

«Signore, Thierry si sente male!»

«Cosa?» Ian si alzò in piedi. Ponthieu e Daniel lo imitarono uno dopo l'altro. I cavalieri a tavola si fecero attenti.

«Vado a vedere» disse Ian agli altri.

Uscì dietro a Beau, seguito da Daniel. Arrivarono alla piccola stalla lì accanto, quella per gli animali degli ospiti più importanti, in cui era stato ricoverato tra gli altri il palafreno di

Ian, e trovarono Ty seduto a terra, col dorso appoggiato contro una colonna di legno e le mani contratte sullo stomaco. Aveva il volto bianco e imperlato di sudore.

«Che cosa ti senti?» si preoccupò Ian, inginocchiandosi accanto a lui immediatamente. Daniel fece altrettanto insieme a Beau e mise una mano sulla spalla del ragazzo.

Ty rialzò la testa piano, respirando a fatica. «...lo stomaco... brucia da morire...» gemette. «...e qualcosa mi stringe i polmoni...»

«Quando è cominciato?» domandò Daniel.

Ty sembrava far fatica a concentrarsi. «...poco fa... dopo mangiato...»

«Quel maledetto vino, ti avevo detto di fare attenzione» brontolò Daniel.

«Ne ho bevuto solo un sorso...» si difese il ragazzo.

Ian era preoccupato: non era normale che il vino, anche se più forte del previsto, facesse un effetto simile, specie se bevuto in una quantità minima. «Riportiamolo dentro» disse, ma in quel preciso istante Ty si piegò in due con un gemito convulso.

«Ehi!» esclamò Daniel, ora davvero allarmato.

Ian si sentiva sempre più inquieto. «Ha mangiato qualcosa che non va».

«Dovrebbe vomitare, se ci riesce» propose Beau. «Mia madre una volta mi fece stare meglio così, quando avevo mangiato troppe uova».

«Forse è una buona idea» disse Daniel, ma non sapeva da che parte cominciare. Ty aveva i denti serrati così forte da digrignarli, non c'era verso di aprirgli la bocca in alcun modo.

Daniel tentò parecchie volte, ma poi dovette rinunciare. «Non riesco!»

Nella stalla comparve Isabeau. «Jean!» chiamò.

Era pallida, incurante del freddo, sconvolta dal terrore. Corse dal marito e gli prese il viso tra le mani, come per scoprire se nei suoi occhi ci fosse qualche segno allarmante. «Il cibo è avvelenato!»

Ian impietrì. Daniel e Beau divennero bianchi come la cera. «Che cosa?»

Isabeau stringeva le mani sul marito. «I cavalieri si sono sentiti male uno dopo l'altro! Il conte dice che è veleno! Tu non hai mangiato niente, vero?!»

Beau era balzato in piedi. «Mia madre! Il cibo è rimasto sul tavolo...» esclamò e corse fuori.

«Non hai mangiato, vero?!» insisté Isabeau, scuotendo il marito.

«... e nemmeno bevuto...» rispose Ian in un soffio, ma sentì un brivido lungo la schiena al pensiero della coppa su cui aveva posato le labbra senza bere, forse solo per un secondo o due. Pensò allo stesso vino nella coppa del conte Guillaume e in quella che avrebbe dovuto bere Daniel, se solo non l'avesse passata a Ty. Il canadese però aveva mangiato dalla stessa razione di cibo da cui Daniel aveva preso il pane. Anche il conte aveva mangiato qualcosa.

Dov'era il veleno? Nel bicchiere? Nel piatto?

Chi altri ha bevuto o mangiato? si chiese Ian con sgomento. Guardò Daniel, condividendo con lui lo stesso terrore.

«Io sto bene... e anche Beau» disse Daniel, con la voce resa meno salda dallo spavento.

«Allora è nel vino» concluse Ian. Balzò in piedi. «Voi restate qui con lui!» ordinò, indicando Ty, poi corse di nuovo alla fattoria.

Si fece strada tra gli uomini che avevano iniziato a riunirsi vicino alla porta, man mano che l'agitazione veniva notata e l'allarme si diffondeva.

Dentro lo accolse una scena terribile. Due dei tre cavalieri di Ponthieu erano a terra, scossi da dolori atroci. Il terzo era ancora riverso sulla tavola, con sintomi appena meno violenti. La coppa del vino era rovesciata accanto alla sua mano e lasciava gocciolare il liquido rosso sul pavimento. Ponthieu e il suo scudiero erano chini sui moribondi, Beau e Brianna cercavano di rendersi utili per quanto possibile.

Ian corse dal conte. «Stai bene?!» domandò, sconvolto.

«È nel vino. Io non ne ho bevuto» gli confermò Ponthieu, con il volto tirato.

Ian ringraziò il cielo per quel piccolo miracolo, poi un altro pensiero lo assalì subito dopo.

Chi è stato?

Ian si guardò intorno. «Chi è stato?!» ripeté ad alta voce.

Beau tremava per l'orrore, poiché aveva portato personalmente da bere e da mangiare al suo signore, ai cavalieri e a Daniel. Sua madre stessa avrebbe mangiato e bevuto, se Brianna non avesse ritardato la colazione per preparare le erbe medicinali per Isabeau. Brianna strinse il figlio, sconvolta.

«Io... io non potevo immaginare! Lo giuro! Signore, ve lo giuro!» balbettò Beau più e più volte, con le lacrime agli occhi.

«Certo che non lo immaginavi» mormorò Ian e aveva già esplorato con gli occhi la grande stanza e le sue porte, accorgendosi che il garzone della fattoria non c'era più. «Dov'è finito?»

Anche Ponthieu rialzò la testa. «Chi?»

«Il garzone è scappato!» gli disse Ian.

Brianna stava guardando tutto intorno. «Non ce ne siamo accorti, con tutto quello che sta succedendo».

I soldati intanto erano entrati nell'edificio, armi in pugno, dopo aver capito che i loro signori erano in pericolo.

Ponthieu si alzò in piedi. «Setacciate tutto il villaggio!» tuonò. «Voglio quel garzone vivo! E trovatemi il padrone di questo posto!»

Alcuni uomini cominciarono subito a mettere a soqquadro la stanza in cerca di qualsiasi indizio utile, abbatterono le porte chiuse, guardarono ovunque; altri ancora propagarono l'ordine e le ricerche fuori.

Uno dei cavalieri a terra non si muoveva né si lamentava più, anche se continuava a respirare rantolando. Ian lo fissava, conscio che non si sarebbe salvato, perché non potevano fare nulla per lui. Gli altri due avrebbero fatto molto presto la stessa fine.

«Cercate un prete!» ordinò Ponthieu.

Una rabbia cieca invase Ian all'idea di quella strage ancora senza mandante, poi pensò a Ty.

«Dov'è tua moglie?» gli rammentò il conte. «Portala al sicuro! I nemici, chiunque siano, potrebbero provarci non solo col veleno».

Ian sguainò la spada e ritornò sui suoi passi, di corsa. Trovò la porta della stalla chiusa, la spinse ma incontrò resistenza, eppure la stalla aveva un chiavistello solo di fuori ed era aperto.

«Isabeau! Daniel!» chiamò Ian, strattonando l'uscio con furia e con mille pensieri orrendi nella testa.

La porta cedette subito sotto il suo impeto, si aprì verso l'interno e contemporaneamente si sentì un gemito di dolore. Ian varcò la soglia, spada in mano, per trovarsi davanti Isabeau con il pugnale di Daniel stretto tra le dita. Impiegò qualche istante per capire che era stata la moglie a tentare di tener chiusa la porta e si era preparata a ogni evenienza armandosi. Spingendo con forza l'uscio, l'aveva urtata, probabilmente facendole male.

«Non sapevo che fossi tu, finché non ho sentito la voce…» spiegò Isabeau in un soffio.

«Che succede? Perché vi siete chiusi dentro?» domandò Ian, d'impeto.

Poi vide la mela fosforescente.

Daniel era ancora in ginocchio a terra accanto a Ty e lo stringeva tra le braccia come un bambino. Cercava di calmare i suoi spasmi violenti di dolore, ma lo teneva anche in modo da non lasciargli libere le braccia. La mela virtuale, l'icona di *Hyperversum*, fluttuava pigra proprio davanti a entrambi, a portata di mano.

Ian sbatté la porta alle sue spalle e vi si appoggiò con la schiena come per barricarla; il braccio con la spada gli ricadde lungo il fianco, mentre il respiro si fermava per un attimo.

Daniel lo guardò da lontano. «L'ha chiamata lui» spiegò, affannato.

Anche Ty aveva alzato la testa verso Ian e adesso nei suoi occhi c'era il terrore, insieme alla sofferenza. «…io… non…» rantolò, disperato, forse cercando le parole per spiegare al Falco d'argento quella stregoneria inaspettata, ma uno spasimo ancora più lancinante gli spezzò la voce. Ty si accasciò sul petto di Daniel come un fantoccio.

Ian oltrepassò Isabeau, rispose la spada e corse dai due a terra, ma non si avvicinò del tutto per paura di toccare la mela, fluttuante e insidiosa davanti a lui.

Daniel gli rivolse uno sguardo con mille parole dentro e una richiesta.

«Non so come spiegarlo...» mormorò Ian in risposta.

«Morirà, se non lo porto da un medico» disse Daniel, costernato.

Isabeau intanto si era accostata al marito, ma teneva gli occhi fissi sulla mela, su quel prodigio di cui aveva solo sentito parlare. «Io... ho sognato una volta una cosa simile...» sussurrò. «Oppure l'ho vista davvero...?» Guardò Ian, con occhi grandi. «A Saint Michel... quella volta... anni fa».

Ian la prese per mano, ma non sapeva che dirle.

Ty soffriva, ormai sordo e cieco a qualsiasi cosa. Aveva le labbra esangui e ansava con la bava alla bocca. Si stringeva ancora le mani sullo stomaco, artigliandosi i vestiti.

«Lo porto via» decise Daniel, con gli occhi fissi su Ian. «Poi torno qui. Non passerà più di qualche minuto per voi. Giustificheremo la scomparsa di Ty in qualche modo».

Ian annuì, lentamente, senza parole. Non c'era altro da fare.

Daniel sollevò prima la mano di Ty e poi la sua per raggiungere la mela. La sfiorò. Ian e Isabeau lo videro vacillare ma riaprire subito gli occhi per continuare la procedura, con pochi, rapidi gesti ormai esperti.

Ian sentì Isabeau stringergli forte la mano quando sotto la mela fosforescente comparve il rettangolo luminoso con le scritte e il cursore.

CONTROLLO PARTITA
nome utente: daniel.freeland
codice utente:

Daniel scandì i codici, diede l'ordine al gioco.

Ian abbracciò Isabeau d'istinto per rassicurarla.

Un attimo dopo Daniel era sparito insieme a Ty, lasciando la stalla immersa nella penombra, con gli animali che scalpitavano agitati.

«Va tutto bene. Non c'è niente di cui aver paura, lo sai» sussurrò Ian alla moglie, sentendola irrigidirsi contro il suo petto. Subito dopo però, notò la sua stessa ombra e quella di Isabeau estendersi sul pavimento davanti a loro, incorniciate dal fascio di luce proiettato dalla porta aperta da qualcuno alle loro spalle.

Abbracciata convulsamente a lui, Isabeau aveva gli occhi fissi in quella direzione, oltre il suo braccio, trattenendo il fiato. Era scossa da un brivido, ma non per ciò che aveva potuto vedere quando Daniel era scomparso con Ty.

Ian si voltò verso la porta.

Sulla soglia c'era Guillaume de Ponthieu.

Capitolo 34

Quando sentì la sedia imbottita sotto di sé, Daniel per una volta non provò sollievo. Ty gli era sparito dalle braccia, come dissolvendosi, con una sensazione tanto innaturale da dare ancora i brividi.

Certo, era logico che una cosa simile accadesse, Daniel lo sapeva: la partita era chiusa e ciascuno era tornato nella propria casa; lui a Phoenix, Ty a Saint Gilles. Da solo.

«Ty! Mi senti?!» chiamò Daniel attraverso la cuffia del visore, ma lo fece più d'istinto che a seguito di un ragionamento lucido. La partita era stata chiusa nel momento del ritorno e la connessione tra i giocatori interrotta, Ty non poteva più udirlo attraverso il videogioco.

Daniel si strappò visore e guanti, mise a soqquadro la scrivania e trovò il cellulare e il foglio di carta che cercava, con sopra annotati il numero di casa degli Hamilton e quello personale di Carol. Compose in fretta le prime cifre. Mentre ascoltava gli squilli, udì Jodie chiamarlo dalle scale.

«Daniel, sei tu? Sei tornato?»

E dai rispondimi! pensò Daniel, invece di prestare attenzione a Jodie. Il telefono a casa degli Hamilton squillava a vuoto, possibile che in casa non ci fosse nessuno? Eppure lui ricordava di aver visto almeno due apparecchi, uno nel salotto e uno sulla scrivania di Ty, proprio accanto al computer. Lo squillo della chiamata non poteva passare inosservato, sia che provenisse dal piano di sopra sia che fosse al piano di sotto.

Jodie entrò nello studio, con il sollievo dipinto sul viso. «Daniel! Finalmente!» esclamò.

Skip la precedette scodinzolando e trotterellò fino al padrone, felicissimo di potergli masticare di nuovo i lacci delle scarpe.

Jodie si fece avanti per abbracciare il compagno, ma Daniel la bloccò con un gesto della mano e subito dopo scacciò Skip dalle sue scarpe. Trattenne il fiato col cuore in gola: dall'altra parte qualcuno aveva finalmente sollevato la cornetta del telefono.

«Pronto!» disse Daniel, aspettando con ansia di capire chi fosse al telefono. Da sotto la scrivania, Skip lo osservava spaventato per essere stato respinto con tanta malagrazia.

«Carol?» chiamò Daniel, non udendo alcuna voce.

Seguì un tonfo sordo, come se la cornetta o l'intero apparecchio fossero caduti sul pavimento. Daniel sentì solo un respiro affannoso interrotto da un gemito di dolore.

«Ty! Ty, sei tu?! Ascoltami! Devi chiamare aiuto!» esclamò Daniel, ma non ebbe nessuna risposta.

È da solo in casa! pensò disperato, rendendosi conto che quello poteva essere l'unico motivo per cui Carol Hamilton non aveva risposto al telefono di persona. Forse la donna era al lavoro, forse era a cercare suo figlio da qualche parte. Comunque fosse, Ty stava male e non c'era nessuno in casa che potesse aiutarlo. Il ragazzo non riusciva nemmeno a rispondere al telefono.

«Tieni duro! Chiamo qualcuno!» continuò Daniel, ma in risposta ricevette solo un gorgoglio inarticolato.

Daniel riagganciò, cercò di nuovo tra i fogli sparsi sulla scrivania e individuò il biglietto da visita. Fece un altro numero. «Trovami il telefono del Pronto Intervento di Saint Gilles nel Quebec!» ordinò nel frattempo a Jodie, indicandole il computer.

La ragazza si mise subito alla tastiera. Skip mugolava invano in cerca di attenzione da uno dei due padroni.

Il telefono squillava ancora a vuoto. Daniel aveva già ripetuto tutte le imprecazioni che conosceva, quando finalmente qualcuno rispose.

Una voce maschile, da mastino. «Parla Mesker».

«Mesker, mi ascolti! Sono Freeland!» quasi urlò Daniel nel microfono.

«Signor Freeland?» fece appena in tempo a ripetere il poliziotto.

«Mi ascolti! Ty Hamilton si è collegato di nuovo in partita con me adesso! È a casa da solo, sta male, gli è successo qualcosa! Chiami subito i suoi colleghi canadesi e li mandi là!» Daniel investì il microfono con un intero discorso concitato, senza nemmeno riprendere fiato. «Si sbrighi!»

«Ma lei è sicuro che...»

«QUEL RAGAZZO STA MALE, lo vuole capire?! Non so che sostanze si è fatto, ma ci lascerà la pelle se non lo aiutate!»

«D'accordo, adesso si calmi. Ci penso io. Lei non si allontani da casa».

Daniel sentì riagganciare il telefono dall'altra parte e per qualche istante rimase ad ascoltare il suono ritmico della linea interrotta. Aveva il respiro accelerato come dopo una lunga corsa, il cuore in gola.

Jodie gli mise la mano sulla spalla e strinse forte. «Ehi» gli disse piano, per scuoterlo. «Ho trovato il numero del Pronto Intervento di Saint Gilles».

Daniel prese fiato, per tentare di calmarsi. «Dettamelo» disse poi.

Non fu facile convincere la polizia canadese a correre a casa di Ty Hamilton a controllare: Daniel dovette ripetere e spiegare almeno tre volte il fatto di essere collegato al ragazzo da un gioco di ruolo su internet, di aver parlato con lui attraverso un visore 3D con cuffie e microfono. Lasciò il suo nome, cognome, indirizzo e numero di telefono, poi ancora una volta gli fu detto di stare calmo e aspettare.

L'ultima telefonata fu al cellulare di Carol Hamilton. Daniel si preparò a essere meno allarmante possibile, per non mandare in panico la donna quando lei gli rispose, ma fece appena in tempo a farle capire chi era.

«Aspetta un attimo, ho un'altra chiamata» gli disse Carol. La linea venne messa in attesa qualche secondo e poi la voce affannata della donna riprese: «È la polizia! Scusami, devo andare!» La telefonata s'interruppe subito dopo e Daniel seppe che non c'era più bisogno di dire alcunché alla donna.

Riagganciò, stanco, e rimase con i gomiti sulle ginocchia, il capo chino, il cellulare tra le dita. Ora poteva solo aspettare.

Guardò finalmente l'orologio per rendersi conto di che ore

fossero, di quanto tempo fosse passato rispetto alla partenza per il medioevo. Scoprì soltanto che erano le tre del pomeriggio, ma di quale giorno proprio non lo sapeva. Fuori dalle finestre la luce era intensa e dorata, ma non dava altre indicazioni.

Jodie andò a sedersi sui talloni davanti a lui, prendendogli le mani, stringendo forte, in ansia. «Ehi» ripeté sottovoce. «Mi dici cosa succede?»

Skip infilò il naso umido tra i due pretendendo la sua parte di attenzione e scodinzolò timidamente.

«Ty Hamilton è stato avvelenato» rispose Daniel. «L'ho riportato di qua sperando di salvarlo, ma non so nemmeno se i soccorsi o sua madre arriveranno in tempo».

«Avvelenato?» Jodie era impallidita. «Di proposito? Hanno tentato di ucciderlo?»

«Sì». Daniel non riuscì a guardare la compagna negli occhi né ad aggiungere qualche frase rassicurante.

Jodie rimase in silenzio qualche istante prima di chiedere a voce sempre più bassa: «Ian e Isabeau stanno bene?»

«Sì. Non hanno bevuto lo stesso vino, nemmeno il conte… e nemmeno io».

Era una rivelazione pesante, difficile da accettare, e infatti Jodie scattò come Daniel prevedeva.

«Tu non ci torni più là!» ingiunse la ragazza, sollevandosi sulle ginocchia per afferrare le braccia del compagno. «Basta rischiare la vita! Basta con questo dannato gioco!»

Skip forse temette di essere la causa di quella reazione violenta, perché si stese sul pavimento con le orecchie basse e occhi supplicanti, per scongiurare qualsiasi rimprovero.

Ignorando il cane, Daniel cercò di calmare Jodie, ricambiando la sua stretta. «Ho lasciato Ian nel bel mezzo dei guai, devo tornare ad aiutarlo appena posso».

«No, assolutamente no! Non vai a farti ammazzare!»

«Jodie, il peggio è passato, devo solo farmi vedere o Ian non saprà come giustificare la mia sparizione. Non correrò alcun pericolo, te lo giuro».

«Non ti lascio andare! No!»

Daniel scosse Jodie leggermente, per farla calmare. «Ho trascinato io Ty Hamilton nel gioco, se muore è colpa mia. Devo almeno evitare che anche anche Ian paghi per i miei errori».

Jodie era sull'orlo delle lacrime. «Io ho paura» gemette. «Se ti succede qualcosa...»

Daniel l'abbracciò forte. «Non mi succederà niente. Calmati. Ti giuro che sarò prudente e tornerò tutto intero».

Rimasero stretti l'uno all'altra finché non sentirono l'auto parcheggiare nel vialetto e la polizia suonare il campanello.

Skip scese per primo le scale e andò ad abbaiare davanti alla porta.

***

Il mastino Mesker e il suo assistente Neils si fecero raccontare nei dettagli almeno due volte la storia inventata su due piedi per giustificare la rocambolesca ricomparsa a casa di Ty Hamilton.

In salotto erano riuniti in cinque, con Jodie seduta sul bracciolo della poltrona accanto a Daniel, i due poliziotti sul divano e Skip sistemato ai piedi del sergente Neils, a farsi fare le coccole, visto che tutti gli altri lo ignoravano per parlare solo di cose serie.

Daniel non dovette nemmeno sforzarsi tanto per fingere di essere a casa dal lavoro per malattia, poiché era così pallido e tirato da sembrare febbricitante e forse una lieve febbre l'aveva davvero, a giudicare dai brividi che ancora gli scendevano lungo la schiena tesa. La stanchezza e l'ansia pesavano come macigni sulle spalle.

«...e all'improvviso ho visto comparire Ty in gioco» Daniel concluse così il suo discorso, dopo aver descritto come aveva iniziato la partita, a che ora e perché. «Però ho capito subito che qualcosa non andava perché il ragazzo parlava in modo strano. Mi sembrava un po' troppo immedesimato nella parte, come se pensasse davvero che il gioco fosse vero. Poi d'un tratto si è sentito male e non mi ha più risposto».

E adesso chissà come sta o se è ancora vivo, pensò in aggiunta, col cuore pesante nel petto.

Il sergente Mesker scambiò un'espressione saputa con il suo

collega più giovane. «Lo dicevo, io, che c'era di mezzo uno sballo di qualche genere. Chissà cosa si è fumato o bevuto quel ragazzo. Si è dato alla pazza gioia per qualche giorno e poi è tornato a casa a crollare».

«Forse è davvero così. Non so che dirvi». Daniel chiese mentalmente perdono a Ty per avergli gettato addosso sospetti di quel genere, ma non c'era proprio altro modo per camuffare tutta quella faccenda in modo plausibile e non far passare entrambi per pazzi furiosi. Di certo non si poteva raccontare in giro che, grazie a *Hyperversum*, se ne andavano tranquillamente a spasso nel tredicesimo secolo ogni volta che giocavano insieme alla stessa partita.

«Oh, ci scommetto metà stipendio che è così» sentenziò Mesker. «Buon per lui che lei ha avuto la prontezza di chiamare aiuto».

«Avete saputo qualcosa dal Canada?» domandò Daniel, con le mani strette l'una nell'altra.

«Per ora no, ma...» iniziò a dire il poliziotto, proprio nell'istante in cui squillava il cellulare del suo compagno.

Tacquero tutti e fecero attenzione, Skip compreso, mentre Neils rispondeva alla chiamata e ascoltava quanto gli veniva riferito, annuendo di tanto in tanto.

«I canadesi sono arrivati in tempo» annunciò il sergente, quando riattaccò. «Hanno trovato il ragazzo in coma, ma ancora vivo. È grave, ma hanno qualche speranza di salvarlo. L'hanno trasferito d'urgenza in ospedale».

Signore, Ti ringrazio! pensò Daniel e chiuse gli occhi per qualche istante. Jodie gli strinse la spalla con la mano.

«Che dicono riguardo le cause del malore?» si stava intanto informando Mesker.

«È presto per determinarle con certezza, ma è stata rilevata una sicura presenza di alcool, più sintomi da avvelenamento da sostanze ancora ignote».

«Avrei dovuto giocarmi davvero metà stipendio, sarebbe stato un guadagno facile» brontolò Mesker. «Se va bene, quel ragazzo si sarà sniffato detersivo o bevuto chissà quale mix di alcolici e farmaci. Se ne viene fuori vivo, farà bene a imparare la lezione». Scosse la testa e appoggiò le mani sulle ginocchia per alzarsi in piedi. Anche Neils si alzò, sempre tallonato dal cane in cerca delle ultime carezze.

«Quando mi direte come sta?» chiese Daniel, vedendo i due poliziotti in procinto di accomiatarsi.

«Se l'è presa a cuore, eh, per quel ragazzo?» Mesker fece un sogghigno. «Se Ty Hamilton non si è fritto il cervello con la sua bravata, dovrà ringraziarla per quello che ha fatto per lui e io farò in modo che non se lo dimentichi. La terremo informato, non si preoccupi».

«Grazie» disse Daniel, alzandosi in piedi per salutare i due poliziotti.

«Grazie a lei di tutto, signor Freeland. Credo che non verremo più a disturbarla» disse Mesker, stringendogli la mano.

Me lo auguro, pensò Daniel, ma invece ripeté: «Mi raccomando, fatemi sapere», e rimase a guardare dalla soglia di casa i due poliziotti allontanarsi per il vialetto.

***

Nemmeno mezz'ora dopo si ritrovò di nuovo davanti al monitor del computer, ad affrontare la partita ancora una volta.

Jodie era seduta in silenzio sull'altra sedia imbottita, tenendo abbracciato Skip un po' per coccolare il cane e un po' per controllare la tensione. «Sei sicuro di voler andare?» domandò soltanto, a bassa voce.

Daniel cercò di sciogliere i muscoli, prima di riprendere il visore in mano. Erano passate almeno quattro ore da quando era tornato e lui si sentiva esausto, ma non poteva fermarsi. «L'ho promesso a Ian e poi devo andare a vedere cos'è successo. Non mi perdonerei mai, se gli capitasse qualcosa e io non fossi là per aiutarlo a risolvere i guai».

Jodie non disse niente, ma nel suo silenzio c'era un discorso intero.

«Sarò prudente, te l'ho promesso» le disse Daniel per rassicurarla.

Lei annuì, cercando di mostrarsi più fiduciosa di quanto non fosse. «Martin dovrebbe arrivare tra poco» buttò lì. «Ha detto che portava le pizze».

«Tenetene una in caldo per me» le sorrise Daniel, ma era un sorriso tirato, prima di indossare il visore.

«D'accordo».

Daniel riavviò la partita. Impostò i parametri, lasciò che il gioco facesse scorrere le schermate rituali e mostrasse il contatore del tempo. Era passato appena un quarto d'ora da quando aveva lasciato il medioevo e nel visore ricomparve la piccola stalla dalla quale era partito. Vuota.

Daniel rimase per qualche istante rigido sulla sedia, con le mani immobili nei guanti in fibra ottica. Si aspettava di ritrovare Ian e Isabeau dove li aveva lasciati e invece non c'era nessuno ad attenderlo.

Com'è possibile? si domandò con un improvviso, pessimo presentimento.

«Qualcosa non va?» intuì Jodie dal suo silenzio teso.

«No, non credo» mentì Daniel, ma nel frattempo stava ispezionando la scena tutto intorno attraverso gli occhi del suo personaggio virtuale, in cerca di una qualsiasi presenza. Alla fine dovette convincersi: Ian e Isabeau non erano là. Erano spariti anche i due cavalli di Ian e del conte Guillaume, ricoverati separatamente dagli altri perché più pregiati.

«Dove sono finiti tutti?» si lasciò sfuggire Daniel ad alta voce, ora davvero preoccupato.

Mandò il suo personaggio verso la porta della stalla ma non osò aprirla, sentendo rumori e voci concitate provenire da fuori. Nell'aia della fattoria c'era gente, c'era confusione, segno che la situazione si era tutt'altro che calmata, ma lui non poteva rischiare di uscire e incrociare fortuitamente Ian sotto gli occhi di tutti. Che cosa sarebbe successo se si fosse materializzato nel bel mezzo dei soldati di Ponthieu, apparendo dal nulla?

Di fatto, però, in quel modo era relegato nella stalla vuota, impotente, impossibilitato a uscire fintanto che fuori c'era qualcuno che poteva vederlo comparire. E se Ian non arrivava in fretta, lui sarebbe rimasto bloccato al di qua del gioco.

Daniel fece muovere il suo personaggio su e giù per l'ambiente, aspettando nervoso. I minuti passarono ma non arrivò nessuno.

Ora Daniel aveva la certezza che fosse successo qualcosa in quel minimo lasso di tempo in cui aveva abbandonato il medioevo. *Ian dove diavolo sei finito?* pensò con paura. *Cos'è successo mentre non c'ero?*

Capitolo 35

Ponthieu era rimasto sulla soglia della stalla, con la mano ancora appoggiata alla porta, in silenzio, immobile. Aveva gli occhi dilatati e il volto pallidissimo, irrigidito in un'espressione di sorpresa.

Per un lungo attimo la scena si congelò.

Isabeau si era portata una mano alla bocca in un gesto muto di sgomento.

Ian era rimasto paralizzato, annichilito da quell'entrata improvvisa, dalla catastrofe inimmaginabile che stava per abbattersi su di lui. Aprì la bocca per parlare, non ne uscì un suono perché il giovane non sapeva cosa dire né cosa fare. La sua prontezza di spirito, il suo coraggio, la capacità stessa di mettere insieme una frase l'avevano abbandonato di colpo, lasciandolo nel panico più totale.

Fu Ponthieu a rompere quel silenzio terribile, ma prima lasciò che la porta si richiudesse lentamente alle sue spalle.

Ian e Isabeau indietreggiarono entrambi d'istinto.

Ponthieu fece qualche passo e si fermò a distanza dal punto in cui Daniel era stato solo un istante prima, con Ty tra le braccia. «È così che se ne va… tutte le volte» disse, una parola dopo l'altra, come se faticasse a tirar fuori la voce. La sua non era una domanda, ma una constatazione, precisa e terribile come una lama di coltello. «È così che ha portato via anche te in passato. Per questo non ti si trovava da nessuna parte».

Il suo tono si faceva più duro man mano che le parole uscivano dalle sue labbra. Gli occhi scuri erano animati da una luce spaventosa che non era più solo sorpresa o timore. L'uomo stava mettendo insieme i pezzi del mosaico uno alla volta, anche quelli persi nel passato più remoto, e capiva molte cose accadute alle sue spalle.

«Così è scappato anche dall'incendio di Dunchester» proseguì, di deduzione in deduzione. «Quindi non c'è alcuna nave...»

Ian vide la tempesta arrivare. «Guillaume... ascolta» osò, spaventato.

«Non c'è nemmeno un misterioso paese al di là del mare...»

«Non è come credi» provò a dire Ian, ma il conte non lo stava veramente ascoltando.

In quel momento l'uscio si aprì di nuovo, spalancato da due soldati.

«*Messieurs*!» invocò il primo dei due, cercando aiuto, consiglio o ordini, dal conte o da Ian. «Abbiamo trovato il padrone della fattoria! È stato ucciso nel letto e così anche il suo garzone più giovane!»

«FUORI DA QUI!» urlò Ponthieu, voltandosi con uno scatto da belva, che spaventò a morte i due e troncò il resto del loro discorso.

Gli uomini fecero un balzo indietro e anche Ian si sentì invadere dalla paura perché non aveva mai visto il conte tanto trasfigurato dalla collera.

«Che nessuno entri in questa stalla!» ordinò Ponthieu. «Farò impiccare chiunque oserà trasgredire il mio ordine! Adesso FUORI!»

I soldati fuggirono a gambe levate, senza tentare nemmeno un fiato, come se temessero di essere i primi a finire appesi a una forca solo per essersi fatti vedere.

«Guillaume» invocò di nuovo Ian e fece un passo avanti.

Ci fu un sibilo, una mossa tanto veloce che quasi sfuggì alla vista.

Ian si trovò alla gola la spada che Ponthieu gli puntava contro con il braccio teso. Si fermò di colpo, con le mani allargate, il mento sollevato dalla minaccia di quella lama. Il cuore sembrava pulsargli esattamente sotto la punta fredda che gli premeva contro la pelle.

Isabeau balzò indietro spaventata e si lasciò sfuggire un gemito di angoscia.

«Come *osi*, tu, infame, bugiardo, traditore?! Come osi rivolgermi la parola?» sibilò il conte, fissando Ian negli occhi con un'ira che non sembrava nemmeno più umana. «Sei entrato in casa mia tenendomi nascosta questa opera di stregoneria o del diavolo stesso! Con che *coraggio* pronunci ancora il mio nome?!»

«Ti prego... lasciami spiegare!»

«TACI! Con quale altra menzogna vorresti provare a spiegare quello che ho visto con i miei occhi? Che cosa vuoi inventare ancora per ingannarmi?»

«Non ho mai voluto ingannarti, lo giuro!» si difese Ian, pur sapendo come ogni sua parola sembrasse smentita dai fatti. «Non sapevo cosa dirti, come spiegarti...»

«Perché non c'è niente da spiegare! Eri mio fratello e alle mie spalle praticavi questo e forse altri diabolici sortilegi! O forse è solo il tuo degno compare ad avere il potere di esercitare la stregoneria?»

«No! La magia non c'entra...»

Ponthieu spinse avanti la lama fino a far sgorgare le prime gocce di sangue, strozzando la voce in gola a Ian. «Mi hai ingannato per anni. Negalo, infame, se osi» accusò e lo disse come se fosse una colpa molto più grave di qualsiasi pratica diabolica.

Ian deglutì a vuoto, impotente, disperato. Era chiaro che il conte non avrebbe ascoltato nessuna sua parola, troppo sconvolto da ciò a cui aveva appena assistito e troppo indignato dall'inganno intessuto alle sue spalle per così tanto. E allo stesso tempo Ponthieu aveva ragione perché non c'era altro modo per chiamare ciò che Ian gli aveva raccontato negli anni se non con il nome di menzogna.

«Mi dispiace» dovette dire Ian.

Lo sguardo di Ponthieu era così acceso di collera da essere insostenibile. «Lo sai qual è la punizione per chi tradisce gli uomini e Dio? Per chi tradisce il suo signore e suo fratello?»

«Io non ti ho tradito!»

«Ti ho accolto in casa mia quando non avevi niente e tu così mi ripaghi?! Ti ho dato il mio stesso nome perché credevo di potermi fidare. Ti ho mandato a giudicare chi porta la Santa Croce sul petto, mentre tu coprivi e assecondavi la stregoneria!»

Ogni accusa era un coltello nel cuore, che toglieva il fiato. Ian provò per la prima volta la vergogna più completa per ciò che aveva fatto, per le menzogne inventate negli anni. Vi era stato costretto, ma non per questo ora si sentiva meno spregevole.

Aveva ingannato suo fratello e non c'era atto più indegno di quello.

«Posso spiegarti, te lo giuro. Lasciami una sola possibilità» implorò il giovane a mezza voce, non sapendo come altro difendersi.

«Te ne ho già date tante e le hai sfruttate solo per mentirmi: non ne meriti altre» sentenziò Ponthieu con ferocia. «Adesso puoi solo pagare per la tua falsità e i tuoi peccati».

«No!» esclamò Isabeau, tentando di frapporsi tra i due uomini. Aveva ancora il pugnale in mano, ma non osò puntarlo contro l'uomo che era stato per anni il suo tutore e la sua unica famiglia.

«Isabeau, sta' indietro!» si spaventò Ian, vedendo la moglie così vicina alla spada del conte, ma lei non gli prestò ascolto. «Pietà, mio signore!» invocò invece, rivolta a Ponthieu. «Pietà per lui e per me! Non portate via il padre ai miei figli!»

Il feudatario spostò lo sguardo su di lei, quasi ricordandosi in quel momento della sua presenza, e la zittì con l'occhiata di fuoco che le rivolse. «Voi sapevate tutto e avete taciuto. Con lui. Contro di me». Era spaventoso mentre pronunciava quell'accusa.

Isabeau vacillò. «Io lo amo» mormorò a sua difesa, non trovando altre parole. La mano le scivolò sul ventre, come per proteggere il figlio che le cresceva in grembo. «È il mio sposo... perdonatelo! Fatelo per me!»

Ponthieu notò il gesto e strinse più forte la spada nella mano, fino a farsi sbiancare le nocche.

«Vi prego!» insisté Isabeau, vedendolo esitare, combattuto tra i sentimenti. «Anche voi lo amate quanto lui vi ama! Siete diventati fratelli...»

«Mio fratello è morto anni fa, tradendomi. Avrei dovuto rassegnarmi all'idea e non illudermi di ottenere lealtà altrove» l'interruppe Ponthieu, ritrovando la parola e la ferocia, dopo il silenzio momentaneo. Tornò a guardare Ian, mentre lo diceva, eppure non affondò la lama della sua spada. Nei suoi occhi si rincorrevano mille pensieri indecifrabili, in un unico tumulto.

«Mio signore…» supplicò Isabeau.

«Basta, donna!» la zittì il conte e in quel momento aveva già preso la sua decisione. Si rivolse a Ian. «Vattene, finché puoi farlo da vivo. Non voglio più rivederti».

«Guillaume, no, per l'amor del cielo…»

«Non invocare il cielo! Proprio tu!» Ponthieu si fece più vicino, quasi faccia a faccia con Ian, piegando il braccio che teneva la spada, ma senza abbassare la lama dalla carotide già sanguinante. Allungò la mano libera, prese l'anello che l'altro portava al collo, appeso alla catena, e lo strappò via con spregio.

Ian ebbe un gemito, come se gli fosse stata strappata una parte di sé. Gli mancò il fiato mentre capiva che quella era la fine del Falco d'argento. La fine di una vita che pure aveva tentato di difendere con ogni sua forza.

«Tu non sei più mio fratello, non sei più nulla per me» gli disse Ponthieu, ritornando a distanza, ora con la spada bassa nella mano destra e la sinistra serrata intorno all'anello. La voce era percorsa da un fremito di rabbia e di dolore. «Volevi una possibilità, ti do questa: tornatene là da dove sei venuto e vivrai. Fatti ritrovare nelle terre della mia famiglia e io ti consegnerò al boia personalmente. Lo stesso vale per il tuo amico, diglielo quando lo rivedrai».

Isabeau si aggrappò a Ian, in silenzio sgomento.

«Io non lascio mia moglie e i miei figli» si oppose questi, serrando i pugni.

«Allora portati via anche loro, nel tuo paese sconosciuto, ovunque esso sia» fu la risposta, durissima.

Ian era cinereo in volto. «Non posso farlo» mormorò e scambiò uno sguardo angosciato con Isabeau.

«Non mi riguarda». L'espressione di Ponthieu era un muro invalicabile.

«Non lasciarmi di nuovo!» implorò Isabeau, stringendosi al marito come se temesse di vederlo scomparire di nuovo in quel momento. «Portami con te!»

«Non posso» ripeté Ian. «Non c'è modo! Solo chi viene da quel luogo può tornarvi! Senza Daniel, nemmeno io posso tornare».

«Allora andremo da un'altra parte! Via da qui, io te e i bambini!»

Ian era disperato. Cacciato dalla famiglia, perdeva il diritto su qualsiasi cosa, dalla signoria su Montmayeur fino alla semplice proprietà del suo cavallo; da feudatario si trasformava in un uomo disonorato e senza alcun mezzo di sostentamento. «Senza il mio nome non ho più niente» dovette dire a Isabeau. «Non so dove andare, non posso mantenervi né darvi un futuro».

Non ci sarebbe riuscito nemmeno impegnandosi con tutte le sue forze, intuì dallo sguardo spietato di Ponthieu. Non in Francia, per lo meno. L'ostilità di un feudatario potente come il conte gli avrebbe reso la vita impossibile, gli avrebbe chiuso tutte le porte, perché non c'era dubbio che la corte si sarebbe schierata dalla parte di Ponthieu o comunque ci avrebbe pensato due volte prima di inimicarselo per dare asilo a chi era stato bandito da lui.

Ian deglutì con la bocca riarsa. Portare con sé Isabeau significava sradicarla da Châtel-Argent, dal castello che era sempre stato suo e che un giorno sarebbe appartenuto ai loro due figli. Significava farle rinunciare a tutto ciò che era l'eredità della sua famiglia per ritrovarsi in quattro raminghi e nullatenenti in un mondo spietato come il medioevo.

Di colpo, Ian capì che cosa voleva da lui il Destino già scritto: i suoi figli sarebbero diventati cavalieri di Châtel-Argent, lo sapeva, ma c'era ormai un solo modo perché ciò avvenisse. I suoi figli sarebbero diventati cavalieri senza di lui.

L'idea lo annientò. Se voleva dare un futuro ai suoi figli, doveva separarsi da loro.

«Non m'importa dove andremo o come vivremo!» urlò invece Isabeau e sembrava vicina a una crisi di panico. Quasi puntò il pugnale contro il marito pur di convincerlo. «Non mi lasciare da sola!»

Ian dovette stringerla per calmarla, anche se lui stesso aveva il cuore in gola. «Che ne sarà di Marc e del nostro secondo figlio, se venite con me?» le rammentò, con la morte dentro. «Vuoi che condanni anche loro a una vita da reietti? Vuoi che distrugga il loro futuro?»

Isabeau ingoiò le parole con le lacrime e tacque a lungo, mentre fissava Ian negli occhi, intuendo una a una le sue argomentazioni. Poi spostò lo sguardo sbarrato su Guillaume de Ponthieu. «Non potete farmi questo… a me… a Marc…»

Il conte la ignorò, implacabile. «Vattene» ripeté a Ian. «Prima che io cambi idea e ti uccida qui con le mie stesse mani».

Ian avrebbe preferito mille volte quella fine. «Non mi scacciare» implorò. «Farò ciò che vuoi…»

Ponthieu alzò di nuovo la spada, senza esitazione. La punta arrivò a meno di una spanna dal petto di Ian e dal viso di Isabeau ancora stretta al marito. La fanciulla alzò il pugnale per reazione disperata. «Non lo toccate!» minacciò.

«No!» esclamò Ian e alzò un braccio per impedire alle due persone che amava, alla sua famiglia, di puntarsi contro una lama.

Da fuori arrivarono le voci dei soldati di Ponthieu, in cerca del loro signore. Nessuno osava entrare nella stalla per timore della minaccia del conte, ma evidentemente la situazione stava peggiorando nella fattoria e gli uomini avevano un disperato bisogno di ordini.

«Entrate!» ordinò Ponthieu, aspro.

I soldati si bloccarono uno dopo l'altro nel trovarsi davanti una scena del tutto inaspettata: il conte con la spada brandita contro il fratello e la cognata armata di pugnale. Nessuno osò un fiato. Gli sguardi spaventati si spostarono alternativamente da Ian a Ponthieu a Isabeau.

«Toglietemelo da davanti agli occhi!» comandò il conte, indicando Ian. «Chiudetelo da qualche parte. Lo libereranno i contadini quando io me ne sarò andato».

Gli uomini esitarono, completamente spiazzati. Isabeau si guardò intorno, spaventata, ancora con il pugnale in mano contro la minaccia di tutti quegli uomini armati e solo Ian la costrinse ad abbassare l'arma. «Posso ancora esserti utile! Lascia almeno che ti aiuti a trovare chi ha tentato di ucciderci tutti!» esclamò rivolto al conte.

«Allora?!» tuonò Ponthieu, terribile, verso gli uomini.

Due soldati si decisero a obbedire, specie vedendo che Ian non tentava di ribellarsi, completamente inerme, e impediva anche a Isabeau di lottare. Separarono marito e moglie, con cautela, quasi scusandosi in silenzio con entrambi, ma l'espressione di Ponthieu era troppo minacciosa per poter essere ignorata.

Ian avrebbe voluto lasciare un bacio sulle labbra di Isabeau, ma non fece in tempo. Mentre la guardava cercò di ritrovare nei ricordi il suo sapore, il suo calore e il profumo dei suoi capelli, e imprimerseli nella memoria col terrore di sentirseli scivolare via.

Poi i soldati si frapposero tra lui e la moglie e lo afferrarono per portarlo fuori.

Isabeau rimase indietro rispetto a loro. Vacillò leggermente, eppure rivolse su Ponthieu gli occhi furenti e pieni di lacrime. «Non vi perdonerò mai per questo» promise. «Insegnerò ai miei figli a odiarvi perché avrete negato loro l'amore del padre».

A quella minaccia Ponthieu serrò la mascella in modo evidente e si fece ancora più pallido, ma poi non esitò nel rispondere. «Anche voi avete tradito la mia fiducia esattamente come lui. Niente di ciò che farete potrà mai ferirmi più di quanto abbiate già fatto».

Isabeau accusò il colpo in silenzio.

Ponthieu abbandonò la stalla per primo, senza più guardare né la ragazza né l'uomo che era stato suo fratello. «Portate fuori anche i cavalli!» ordinò ai soldati rimasti nell'aia.

Ian venne scortato verso una baracca piccola, di legno, adatta soprattutto alla legna e ai sacchi di granaglie. «Guillaume!» invocò, ma Ponthieu gli aveva voltato le spalle e non si girò più indietro, mentre ritornava a grandi passi verso l'edificio principale della fattoria.

Le ultime cose che Ian poté vedere furono l'espressione sgomenta di Beau, sbucato fuori dalla fattoria appena in tempo per vedere la scena, e le lacrime sul viso pallido di Isabeau.

I soldati gli aprirono davanti la porta della baracca e lo disarmarono. Erano turbati e non osarono mai guardarlo negli occhi, eppure lo sospinsero dentro, tanto era il timore suscitato in loro dalla collera di Ponthieu. Infine richiusero la porta.

Ian si ritrovò al buio quasi completo, immerso nell'odore di polvere e segatura, tra sacchi di tela, otri, ragnatele e cataste di legna. Si girò a premere i pugni serrati sull'uscio di legno ruvido di quella sua piccola prigione improvvisata, ma capì anche che sarebbe stato del tutto inutile chiamare o implorare ancora.

Il chiavistello venne tirato dall'esterno a sprangare la porta.

Capitolo 36

Passarono ore. Gli occhi si erano abituati alla luce scarsissima proveniente dalle fessure nelle pareti della baracca e poterono seguire il variare della luminosità esterna, dalla luce fredda del primo mattino, a quella più calda e intensa del mezzogiorno, fino alle sfumature più rosate del tardo pomeriggio.

Ian non era riuscito a sedersi un solo attimo, sentendosi sepolto vivo in quella prigione di legno, nella quale anche i rumori arrivavano distorti, specie quelli provenienti dall'altra parte dell'aia o addirittura da oltre la fattoria. Non aveva prestato attenzione al freddo, alla fame o alla sete, troppo impegnato a cogliere ogni voce, ogni suono di quella vita esterna da cui era inesorabilmente escluso. Passò le ore appoggiato ora all'una ora all'altra parete, ignorando la stanchezza e le proteste del corpo, per ascoltare i soldati perquisire tutto il villaggio in cerca dell'assassino. Udì nitriti, passi concitati di uomini e cavalli, voci dai toni alti, ma non poté arguire a cosa avessero portato le indagini. Si sforzò di cogliere anche una voce femminile tra tutte la altre, ma Isabeau non parlò mai o se lo fece era troppo lontana dalla baracca per essere udita.

Infine, poco a poco, le voci e i rumori tacquero, la luce calò e il mondo esterno sembrò diventare deserto.

Ian si sentì invadere da un orribile senso di abbandono, perché capì che Ponthieu aveva fatto riprendere il viaggio all'intera carovana.

Se n'erano andati tutti.

Lo avevano lasciato lì.

Fu a quel pensiero che le gambe gli cedettero. Ian scivolò seduto in terra, con la schiena contro una parete della baracca. Rimase così, immobile, con la testa appoggiata all'indietro, gli occhi aperti sul niente, incurante del bruciore alla spalla che premeva sul legno.

Era rimasto solo.

Ian continuò a ripetersi quel pensiero, incapace di credere che in una sola mattina, nel volgere di qualche ora, la sua vita fosse stata completamente sradicata e sconvolta.

Passò ancora un po' di tempo. La luce fuori era calata ancora di intensità, quando qualcuno venne ad aprire la porta.

Ian si rese conto dei discorsi sommessi oltre l'uscio di legno nell'istante in cui udì il chiavistello cigolare fuori dalla sua sede. Senza nemmeno alzarsi, rimase a guardare i tre contadini timorosi venuti ad aprirgli la porta della sua prigione. Erano due uomini di mezz'età e uno più giovane, tutti con i berretti in mano come si addiceva agli umili quando si trovavano al cospetto di un signore. Da un lato cercavano di darsi un contegno e dall'altro avevano le facce di chi ha appena liberato un lupo feroce dalla tagliola.

«Sono andati via tutti, signore» annunciò il più anziano dei tre e il buffo era che voleva rassicurare Ian, senza nemmeno immaginarsi che lui avrebbe dato qualsiasi cosa perché quella frase non fosse vera.

Ian non rispose. Si alzò in piedi e uscì dalla baracca, nel freddo di quel tardo pomeriggio quasi invernale. Fuori si era raccolta altra gente a guardare, ma in molti se ne andarono in fretta, appena videro comparire il cavaliere fuori dal luogo in cui chissà perché era stato rinchiuso dai suoi stessi compagni per tutto il giorno.

I contadini fecero largo a Ian lasciandolo passare. Il giovane si fermò appena fuori e guardò la fattoria ora deserta.

Non c'era più alcuna traccia di uomini o cavalli. Le porte e le finestre erano spalancate ma silenziose. Dal tetto non usciva più il fumo del caminetto. L'edificio era stato abbandonato completamente, ma in fondo al giardino, sotto alcuni alberi da frutto ora spogli, erano state scavate cinque sepolture fresche. Due erano sormontate da croci di legno fatte in fretta, con rami sbozzati; nelle altre invece erano conficcate tre spade.

«Nessuno dei tre cavalieri avvelenati ce l'ha fatta» disse il contadino più anziano, ma questo Ian l'aveva già capito da solo.

«Li hanno seppelliti accanto al povero vecchio Sebastien e il suo garzone, che il Signore li abbia in gloria tutti. Li hanno assassinati come animali. Non era mai accaduta una cosa simile nel nostro villaggio».

I tre contadini si fecero il segno della Croce.

Ian non li imitò e continuò a non dire nulla. S'incamminò invece verso la fattoria, anche se prima si fermò alla stalla in cui era stato ricoverato il suo cavallo, in cui tutto era successo. La trovò vuota come immaginava, spalancata e fredda. Si percepiva ancora l'odore degli animali che aveva impregnato il legno delle travi in tanti anni di uso della stalla, ma non c'era più alcun calore; la paglia a terra era calpestata e umida.

«Non hanno trovato l'assassino, nonostante le ricerche» continuò ancora l'uomo anziano, seguendo Ian per fermarsi con lui sulla soglia della stalla. «A quest'ora sarà molto lontano. Per questo sono ripartiti tutti. Il nostro capovillaggio invece è corso a Séour a informare il signor conte di Sancerre».

A piedi o a dorso di mulo, quell'uomo ci aveva probabilmente impiegato tutta la giornata per arrivare al castello, Ian ne era più che certo eppure accettò anche quella notizia in silenzio, mettendola sul cumulo delle altre. Qualcosa gli ribolliva dentro, un grumo di pensieri e sensazioni che ancora non aveva trovato la strada per uscire. Ian proseguì il cammino verso la fattoria con l'impressione che ogni singola corda del suo essere venisse tesa sempre più da artigli invisibili, istante dopo istante, fino a quando, prima o poi, si sarebbe spezzata.

Entrò nella fattoria e si fermò nel centro della stanza con il grande tavolo. Era ancora tutto lì: le ciotole di cibo, le coppe di vino, le brocche, i taglieri con il pane; le panche erano al loro posto e così i coltelli, gli otri e i cesti sulla madia. Il caminetto però era spento e popolato solo di cenere e mozziconi di legno bruciati a metà. Sul pavimento di terra battuta coperto di cannicci, si vedeva ancora la grande macchia del vino rosso sparso dall'unica coppa rovesciata sul tavolo.

Ian sentì nelle narici l'odore di quel vino cotto e addolcito col miele, il vino che avrebbe dovuto ucciderli tutti, lui, Isabeau, Daniel, Guillaume, Ty...

L'odore gli entrò dentro fino allo stomaco, al cuore e alle viscere, insieme al pensiero che solo poche ore prima in quella sala lui aveva tenuto tra le braccia sua moglie, aveva parlato con suo fratello. Aveva ancora una vita quella mattina. Adesso, a causa di quel vino, non gli era rimasto più niente, nemmeno il suo nome.

Quel pensiero fece esplodere tutto il resto.

Ian afferrò la tavola con entrambe le mani e la rovesciò insieme a tutto ciò che vi stava sopra. Urlò nel farlo, liberando la rabbia, il dolore, la frustrazione e l'angoscia.

Uno strappo violento gli percorse la spalla ferita, ma Ian non vi badò. Ribaltò le panche, afferrò uno sgabello e lo gettò contro la madia fracassando un otre. Si fermò solo quando non ebbe più niente a portata di mano e la spalla faceva male come se fosse stata appena incisa col coltello.

Nello stanzone rimase il silenzio.

Ian avvertì i passi, cauti alle sue spalle, solo quando cercò di calmare il respiro accelerato per lo sforzo.

Si girò solo a metà, abbastanza per scorgere Daniel emergere dalle ombre più fitte in fondo alla stanza. Il riquadro della porta in compenso era vuoto, perché i contadini dovevano essere scappati a gambe levate non appena avevano visto quel cavaliere grande e grosso devastare l'interno della fattoria.

Anche Daniel era scosso, lo si sentiva dalla voce. Doveva aver assistito almeno a parte della scena, dopo essersi materializzato grazie a *Hyperversum*. «Dove sei stato fino a ora? Non riuscivo più a trovarti. Ti sto cercando da ore» esordì ma poi la voce gli morì sulle labbra. «Che cosa è successo? Dove sono finiti gli altri?» domandò con timore.

Ian si allontanò di qualche passo, portandosi la mano alla spalla dolorante per sentire la stoffa dei vestiti farsi umida sotto le dita. Non rispose alla domanda dell'amico, perché sapeva che avrebbe potuto buttare fuori tutta la sua rabbia in un modo brutale che Daniel non meritava. Andò verso il camino a guardare le ceneri spente, con le labbra serrate e l'inferno nel cuore.

Daniel però era troppo inquieto per tacere, stava intuendo alcune cose da ciò che gli stava intorno e non si sarebbe accontentato del silenzio. Ian serrò la mano sulla ferita così forte da procurarsi altro dolore e strinse i denti, aspettando le domande a cui non avrebbe potuto sfuggire in eterno.

«Ian» insisté infatti Daniel. «Che cosa è successo?»

«Guillaume ti ha visto sparire con Ty». Ian avrebbe voluto che le sue parole non suonassero come un'accusa, ma gli era impossibile mascherare la disperazione che lo divorava dentro e, di fatto, era stata proprio la sparizione di Daniel a scatenare la tragedia. «Sono stato scacciato e ripudiato. Guillaume non vuole avere più nulla a che fare con me. Se ritorno nelle terre dei Ponthieu, mi farà giustiziare».

Come si aspettava, Daniel rimase muto, sconvolto, per molti istanti. Ian però non aveva parole per rendergli meno duro il colpo, né intenzione di farlo.

Si sentiva impazzire nel ripetere la verità terribile della sua condizione: esiliato, bandito per sempre dalla sua famiglia e dalla sua casa. Al solo pensiero avrebbe voluto ricominciare a urlare.

Daniel era rimasto così senza fiato da sembrare in difficoltà a continuare a parlare. «Ma Isabeau?» domandò in un soffio.

«Ho dovuto lasciarla tornare a casa. In alternativa, mi è stato detto che potevo portarla con me insieme a Marc, nel mio paese natale».

«Ma non si può...»

«Certo che non si può!» scattò Ian, con l'autocontrollo ormai pericolosamente in bilico. «E cosa dovevo fare allora? Tenerla con me a vagabondare da miserabili nel medioevo con due bambini piccoli? Togliere anche a lei e ai nostri figli la possibilità di vivere a Châtel-Argent? Guillaume mi ha negato tutto, come potrei mantenere una famiglia adesso?!»

Daniel era sempre più bianco in faccia. «Il conte non può farti questo...»

«Tu credi?» lo contraddisse Ian, piantandogli addosso uno sguardo feroce. «È il mio signore e il mio padrone. Mi ha creato lui, credi che non possa anche distruggermi?»

«Ma dopo tutti questi anni... siete diventati fratelli! Lui ti stima e ti ama, lo so, si vede! Non può aver deciso di cancellare tutto di colpo!»

«Nemmeno dopo aver scoperto che suo "fratello" gli ha

sempre mentito, coprendo le opere di stregoneria del suo amico?»

Daniel vacillò a quell'accusa, di nuovo muto. «Possiamo spiegargli...» tentò alla fine.

«Che cosa vuoi spiegargli?!» urlò Ian. «Io gli ho raccontato favole per anni! Lo vuoi capire sì o no che adesso mi odia per questo? Lo capisci che ho tradito la sua fiducia?!»

Daniel non parlò più e Ian d'altra parte non aveva intenzione di ascoltarlo. Si allontanò dal caminetto spento per sfogare la sua rabbia camminando per la stanza, ormai piena delle ombre fitte del tramonto. Sotto gli stivali sentì scricchiolare i cocci delle ciotole spaccate, con la punta del piede urtò una coppa di metallo e questa rotolò poco lontano, spargendo sul pavimento le ultime gocce del suo contenuto.

Ian rimase a guardare quelle tracce di liquido rosso, rimpiangendo quasi di non averne bevuto. Sarebbe stato mille volte meglio morire davvero piuttosto che così, sopravvivendo fisicamente alla morte del Falco d'argento. Ora non gli restava che guardare gli ultimi pezzi della sua vita allontanarsi da lui per sempre.

Aveva già creduto di vivere un momento simile ed era stata una tortura inumana per due anni e mezzo: non poteva sopportarla di nuovo, specie sapendo che tutto era irrimediabilmente compromesso, che non c'era alcuna speranza di tornare indietro. Che era colpa sua.

Aveva perso tutto ed era colpa sua, delle sue menzogne, della sua presunzione di poter controllare il gioco delle parti, tenendo nascosto ciò che gli faceva più comodo pur di proteggere se stesso. Aveva minato con le sue stesse mani le basi di quella vita che voleva a tutti i costi preservare e adesso era inchiodato alla sua condanna, senza più modo di fuggire, di inventare altro per risolvere la situazione. Questa volta nessuna favola avrebbe aggiustato tutto, le parole non sarebbero più bastate e le azioni erano del tutto inutili.

Il Falco d'argento era morto e non sarebbe resuscitato. Ian Maayrkas aveva terra bruciata intorno a sé.

Si fermò a considerare le conseguenze a catena di quanto era successo quel giorno. La notizia sarebbe presto arrivata agli amici, a corte, e allora tutti avrebbero dovuto scegliere da che parte stare: se provare compassione per l'uomo scacciato di casa da suo fratello o unirsi al conte di Ponthieu nell'indignazione e la condanna contro il traditore. Chissà come Ponthieu avrebbe giustificato la sua decisione a chi gliene avesse chiesto il motivo... Ian poteva solo augurarsi che qualsiasi cosa dicesse Guillaume non fosse così infamante da gettare per sempre il disonore sul fratello indegno ma soprattutto sui suoi figli.

I figli del traditore. A quella conseguenza Ian non aveva ancora pensato e l'idea fu una nuova coltellata nel petto.

Sarebbe davvero stato meglio morire, a quel punto. Sarebbe stato meglio per tutti.

Ian chiuse gli occhi un istante, desiderando di aver bevuto il veleno quando era ancora inconsapevole di tutto.

«Deve esserci una soluzione». Alle sue spalle, Daniel non si era ancora rassegnato, proprio non voleva capire la gravità della situazione. «Dobbiamo andare a parlare con il conte, lo faremo ragionare. Ci sarà un modo per convincerlo, magari tra qualche giorno, quando lo *choc* sarà passato».

«*Ça suffit*[20]» tentò di fermarlo Ian, in un ringhio di ammonimento.

«In fondo Isabeau ha capito, può farlo anche lui». Daniel era imperterrito. «Ponthieu non è un fanatico superstizioso, è abbstanza aperto di mente per non avere paura di ciò che non conosce. Se si toglie dalla testa la faccenda della stregoneria, dopo troveremo il modo di farti perdonare».

«E allora, va' tu a parlargli e fatti presentare il suo boia. La condanna vale anche per te: se ti fai rivedere, ti impiccheranno o magari con te faranno un'eccezione e ti metteranno al rogo».

Daniel fu quasi sul punto di indietreggiare, quando Ian gli si rivoltò contro, inferocito.

«Hai mai visto bruciare qualcuno?» continuò questi. «Lo sai che urla finché il fuoco non gli ha consumato le gambe? E intanto il fumo sale e puzza di agnello carbonizzato».

«Ho capito, adesso smettila» tentò di proteggersi Daniel,

[20] «Basta così».

con voce molto meno salda di prima. «Calmati» insisté, cercando di prolungare il silenzio momentaneo dell'amico.

Ian rinunciò a proseguire, perché a lui stesso le parole appena pronunciate facevano impressione. Nella testa si erano riaffacciati violentemente i ricordi di Pienne e della crociata: i roghi collettivi, le urla dei morenti, le colonne di fumo nero, la donna decapitata...

Gant.

Ian ebbe la sensazione che qualcosa gli azzannasse l'anima.

«Adesso andiamo via da qui» propose Daniel, con cautela. «Sei sconvolto e stanco, la spalla ti sanguina, ha macchiato i vestiti. Cerchiamo un posto al caldo dove puoi riprendere fiato, poi studieremo il da farsi. Io ti aiuterò in qualsiasi modo vorrai, troveremo un rimedio anche se adesso sembra impossibile».

«Non ci sono rimedi, ma ho ancora un'ultima cosa da fare». Ian arrivò a quella certezza nel momento stesso in cui iniziò a pronunciare la frase. «Ammazzare Gant con le mie stesse mani».

Daniel trattenne il fiato per un attimo. «Che stai dicendo?»

«Ha tentato di uccidermi una volta di troppo, ha voluto distruggermi e alla fine ci è riuscito. Adesso voglio la sua testa» disse Ian e a ogni parola sentiva crescere la brama di mettere in pratica il suo intento. «Quella schifosa carogna non godrà della sua vittoria su di me. Costi quello che costi, lui morirà insieme al Falco d'argento».

«Non puoi fare una cosa del genere. Non puoi andare ad ammazzare Gant, così».

«Perché? Non lo merita, forse? Chi pensi abbia organizzato tutto questo? Soltanto Gant poteva avere interesse nell'ucciderm!»

«Non hai nessuna prova, potrebbero esserci altre spiegazioni...»

«Me ne frego delle prove! È stato lui, io lo so, e la pagherà cara».

«Aspetta, ragiona. Re Filippo ha già avviato le indagini su Gant; quando la notizia di questo agguato gli arriverà, vedrai che non resterà con le mani in mano. È solo questione di tempo e tutti sapranno la verità. Gli ufficiali del re porteranno Gant al processo e faranno giustizia».

«Bastano le mie mani a fare giustizia! Non ho tempo né voglia per aspettare indagini e processi. Sono ancora un cavaliere, ho diritto di vita e di morte sui criminali e io ti dico che Gant non mi scapperà. Dovessi inseguirlo fino in capo al mondo, lo troverò e gli pianterò la mia spada nel cuore».

«Ma che cosa credi di risolvere così?! Fare il giustiziere non metterà a posto tutto il resto!»

«Piantala di fare il buonista da quattro soldi! Se solo io avessi avuto meno scrupoli, avrei ammazzato Gant prima e non saremmo mai arrivati a questo punto».

Daniel rimase in silenzio per qualche istante, chiaramente impressionato. «Non avrei mai creduto di sentirti dire cose simili un giorno» mormorò infine. «Non ti riconosco più».

Ian non gli rispose nemmeno e s'incamminò verso la porta. Al diavolo Daniel e le sue angosce: non aveva intenzione di ascoltarlo ancora e non aveva niente da dirgli. Che si convincesse da solo che non c'era altro da fare. In quanto al riconoscersi, l'unica certezza era che il Falco d'argento era stato distrutto quella mattina; chi fosse rimasto al suo posto, nemmeno Ian lo sapeva.

«Ian» chiamò Daniel invano, per farsi prestare attenzione, ma poi dovette andare dietro all'amico per continuare a parlargli. «Aspetta» tentò un'ultima volta, afferrandogli il braccio.

Ian si liberò con uno scatto violento e si girò, deciso a chiudere la discussione una volta per tutte. Possibile che Daniel non si rendesse conto di quanto lui stesse già male senza bisogno di rigirare il coltello nella piaga?

«Tornatene a casa» ordinò, sentendosi troppo vicino a usare anche le cattive maniere oltre alle cattive parole, pur di essere lasciato alla sua furia, l'unica cosa che ormai gli rimaneva. «Non ho bisogno di te per fare ciò che devo. Lasciami andare!»

Daniel si fermò sulla soglia, ritraendo la mano. Ian attese, pronto a troncare in modo anche peggiore quel dialogo inutile, ma l'amico non azzardò più una parola.

Per nulla soddisfatto, nonostante avesse ottenuto ciò che voleva, Ian tornò a rivolgersi verso l'esterno e vide che c'era ancora gente nell'aia, alcuni contadini raccolti a cercare di capire cose stesse succedendo.

Tra gli altri Ian riconobbe i tre che l'avevano liberato dalla prigionia nella baracca e vide anche che tutti fissavano lui e Daniel con timore e sospetto. Non era sfuggita loro la discussione aspra tra i due cavalieri e di sicuro il fatto di averli sentiti parlare in inglese per tutto il tempo aveva solo reso più inquietante la faccenda.

Ian s'infuriò ancora di più, al pensiero di dover sostenere tutti quegli sguardi, di dover avere a che fare con quella gente spaventata e insospettita da lui per poter ottenere il minimo aiuto che gli sarebbe servito anche solo per allontanarsi da lì. Non aveva più niente, nemmeno una spada, e in quelle condizioni persino fare giustizia diventava impossibile.

Un rumore concitato di zoccoli arrivò a rompere il silenzio, gli abitanti del villaggio si fecero da parte come piccioni spaventati per lasciare il passo a due cavalli al trotto, uno dei quali senza cavaliere ma con la sella carica di fagotti.

Ian, sbalordito, riconobbe Beau. Il ragazzino conduceva con sé il destriero del suo cavaliere, sul quale aveva caricato chissà cosa.

«*Monsieur* Jean, meno male siete ancora qui!» esclamò lo scudiero con sollievo. Balzò giù di sella e corse incontro ai due sulla soglia della fattoria. «Avevo paura di non trovarvi più. State bene?»

«Che cosa fai qui?» domandò Ian, eppure aveva già intuito gran parte dell'accaduto. «Perché sei tornato indietro?» proseguì desiderando con rabbia che i suoi sospetti non fossero veri. Aveva già adocchiato la spada appesa alla sella del destriero a pochi passi da lui, accanto all'inconfondibile sacco di tela imbottita usato come imballaggio per l'elmo.

«Vi ho portato il vostro usbergo, la cotta d'armi e tutto il resto!» annunciò Beau, fiero. «Non potevo pensare che foste qui da solo e senza niente e non m'importa quello che dice vostro fratello. Io voglio stare con voi. Ho preso le vostre cose e sono tornato indietro, in barba ai soldati. Sono il vostro scudiero e vi seguirò dappertutto, potete contare su di me!»

Daniel non fece in tempo a intervenire, quando Ian alzò la mano. Beau ricevette uno schiaffo in pieno viso.

«Sei un incosciente!» ruggì Ian. «Quando la smetterai di

comportarti da ladruncolo irresponsabile per diventare finalmente adulto? Perché non impari a obbedire?!»

Beau era rimasto sconvolto, con la mano premuta sulla guancia, gli occhi sbarrati. «I-io volevo solo esservi d'aiuto...» tentò di difendersi, con voce flebile.

«Non essere così duro con lui, ha agito a fin di bene. L'ha fatto per te» intervenne Daniel, in soccorso del ragazzo, ma sembrava scosso anche lui per quanto era appena accaduto. Aveva l'aria di chi ha a che fare con un estraneo pericoloso mentre si rivolgeva all'amico.

Ian non poteva credere di non riuscire a farsi capire da quei due. Possibile che non pensassero alle conseguenze? Ignorò Daniel per continuare a guardare solo Beau. «Hai messo te stesso e tua madre in mezzo a una strada, lo capisci o no?! Hai rubato al conte di Ponthieu per aiutare chi ha appena subito la sua condanna! Con questa tua bravata non hai più un futuro a Châtel-Argent e non ce l'ha nemmeno tua madre perché lei non accetterà mai di separarsi da te!» Serrò i pugni tanto da farsi male fino alla spalla già dolorante. «Dove andrete adesso? Dove vivrete? Di nuovo in una capanna di legno? Io non ho più niente da offrirvi!»

Beau si era fatto piccolo piccolo sotto quella sfuriata. Adesso aveva le labbra che tremavano. «Io non credevo... non avevo pensato...» balbettò, con gli occhi già umidi.

«È questo il problema! Tu non pensi mai ai rischi! Per te è tutto un gioco di abilità».

Beau non riuscì più trattenere le lacrime, anche se cercò di non singhiozzare e rimanere fermo davanti al suo signore in collera. «Mi dispiace» mormorò.

Ian si impose di evitare ulteriori rimproveri. «È tardi ormai. Adesso non c'è più niente da fare» chiuse, aspro, e piantò in asso il ragazzo e Daniel per andare dai cavalli.

Accarezzò il suo destriero, con il quale aveva condiviso tornei e giornate di guerra, e nel contempo cominciò a sentirsi in colpa. Sapeva che Beau aveva voluto aiutarlo, che aveva rischiato tanto solo per lui, e non meritava di essere trattato a quel modo.

Ian non aveva mai schiaffeggiato qualcuno in vita sua e gli

parve quasi impossibile di averlo fatto davvero, per giunta con un ragazzino come Beau. Eppure la rabbia era ancora lì, terribile perché mescolata alla disperazione: nasceva dal pensiero di essere stato la causa di altre due vite rovinate. Per un gesto sconsiderato fatto a suo favore adesso Beau e Brianna avrebbero subito la collera di Guillaume de Ponthieu.

In altre circostanze il conte non sarebbe stato così severo, Ian ne era più che certo, ma in questo caso invece Beau avrebbe pagato di riflesso le colpe del suo signore appena scacciato di casa. Avrebbe pagato l'indignazione che Ponthieu nutriva verso chi l'aveva tradito e Ian non aveva mai visto il conte tanto furioso come quella mattina.

Mentre ancora voltava le spalle alla fattoria, Ian udì Daniel cercare di consolare Beau.

«È sconvolto e dice cose che non pensa davvero. Cerca di capirlo: è fuori di sé».

Beau tirò su col naso un paio di volte, prima di aprire bocca. «Ma che cosa è successo?» domandò con un filo di voce. «Il conte non ci ha detto niente e neanche dama Isabeau. Lei piange di rabbia e non parla con nessuno. Non sembra nemmeno più lei».

«Non so cosa è successo» rispose Daniel e Ian sentì anche da lontano quanto fosse in difficoltà. «Non ero presente e nessuno mi ha spiegato».

«Ma Thierry dov'è? È morto anche lui?»

Ian si sentì un verme. Con tutto quello che era successo, non aveva nemmeno chiesto cosa ne fosse stato di Ty, se fosse ancora vivo o se anche lui avesse avuto la stessa sorte dei cavalieri avvelenati. Si voltò a scambiare un'occhiata con Daniel, mentre questi rispondeva: «Devi essere forte, Beau. Non lo rivedremo più».

Ian trattenne il fiato per un istante, ma poi notò il cenno di diniego che Daniel gli fece con la testa a significargli che quella frase non significava ciò che sembrava. Ian capì che Ty Hamilton era ancora vivo quando era tornato nel ventunesimo secolo.

Beau invece aveva subito spostato lo sguardo verso le cinque sepolture appena scavate una accanto all'altra.

«L'ho sepolto nel bosco, vicino al fiume, perché è stata l'ultima cosa che mi ha chiesto prima di morire. Per questo mi ero allontanato da qui» disse Daniel con prontezza, anche lui come Ian intuendo il ragionamento silenzioso del ragazzo. «Voleva riposare vicino all'acqua perché non potrà mai più prendere la nave che lo avrebbe riportato a casa».

Beau si sciolse in lacrime senza più ritegno. Daniel gli strinse le spalle con le mani.

Era diventato bravo anche lui a raccontare menzogne, notò Ian amaramente, si era trovato un alibi convincente nel momento stesso in cui aveva giustificato la sparizione di Ty.

Almeno il ragazzo era ancora vivo, si disse Ian o almeno così gli era parso di capire dallo sguardo di Daniel. Avrebbe approfondito la questione non appena si fossero trovati da soli, lontano dalle orecchie di Beau.

Il freddo gli piombò addosso di colpo, insieme alla stanchezza, alla fame e alla sete. Ormai si era fatto buio e la temperatura si era abbassata così tanto da condensare il fiato in nuvolette bianche. Persino gli abitanti del villaggio si stavano ritirando uno dopo l'altro nelle loro case, per mettere fine a quella giornata di violenza e di paura.

Anche Ian sentì di aver bisogno di tregua, ma capì pure che non l'avrebbe trovata. Non quella notte, in quel luogo. Prese le briglie dei due cavalli e tornò verso la fattoria.

Beau si ritrasse leggermente contro Daniel, intimorito, e Ian cercò di non fare gesti bruschi che potessero essere male interpretati, anche se non riuscì a rivolgere al suo scudiero alcuna parola di distensione. Tese le briglie del cavallo di Beau a Daniel, mentre teneva con l'altra mano quelle del suo destriero. «Non voglio dormire in questo posto maledetto» spiegò, sbrigativo.

«Dove andiamo?» chiese Daniel.

Ian guardò il cielo in cui era apparsa una luna bianca e fredda, sufficiente a illuminare la strada. «Verso Séour» rispose. «Ho bisogno di parlare a Etienne».

Capitolo 37

Il falò emanava un odore rassicurante di resina e fumo e irradiava calore tutto intorno, tra gli alberi e i cespugli. Non era ancora mezzogiorno, ma la giornata di sole facilitava il bivacco con una temperatura sopportabile e il fuoco faceva il resto, per scaldare i viandanti stanchi. I raggi di sole attraversavano senza difficoltà gli intrecci dei rami ormai quasi spogli per disegnare complicati arabeschi sul terreno ricoperto di foglie gialle e odoroso di umidità. Tra i tronchi, poco lontano, era visibile la strada che conduceva a Séour.

Daniel fu il primo ad avvistare Etienne de Sancerre in arrivo da quella direzione, accompagnato dal suo scudiero e da Beau, perché Ian era impegnato a rivestirsi dopo essersi preso cura alla meglio delle fasciature intorno alla spalla ferita. Non aveva voluto farsi aiutare. Dalla sera precedente era trincerato dietro un atteggiamento scostante pressoché impossibile da superare.

Daniel sospirò, sentendo le spalle rigide dopo la giornata precedente tanto travagliata e le poche ore di sonno spese in un capanno di cacciatori lungo la strada, poco fuori Séour. Appena il cielo aveva iniziato a schiarire, Ian aveva mandato Beau a portare un messaggio a Sancerre e da allora avevano atteso in quel luogo una qualsiasi risposta. Era trascorsa qualche ora così, con ben poche chiacchiere e il rumore del falò a fare da sfondo.

In segreto Daniel aveva sperato che Ian approfittasse dell'assenza di Beau e gli chiedesse di usare *Hyperversum* per spostarsi rapidamente sul territorio e cercare Gant. In quel caso sarebbe stata fortissima la tentazione di assecondarlo, riportarlo nel ventunesimo secolo e chiudergli la partita in faccia, in modo da tenerlo lontano da gesti estremi, almeno finché la brama di vendetta non gli fosse passata dalla testa.

Anche Daniel desiderava che Gant pagasse per tutto ciò che aveva fatto, ma l'idea di vedere Ian nei panni di un giustiziere medievale era troppo terribile da accettare. Se solo ne avesse avuto l'occasione, Daniel avrebbe impedito anche con la forza a Ian di portare a termine la sua idea, a costo di affrontare l'inevitabile litigio che ne sarebbe seguito.

Purtroppo però *Hyperversum* aveva la dannata abitudine di non lasciare mai oggetti ai giocatori che passavano da una parte all'altra e così Ian non aveva nemmeno preso in considerazione l'idea di usare il gioco per i suoi progetti. Anche se avesse raggiunto Gant in quel modo, come avrebbe poi potuto affrontare il suo nemico senza armi né cavallo né denaro per procurarsi entrambi in un qualsiasi luogo dei dintorni?

Stramaledetto gioco, mai una volta che mi faciliti le cose! aveva protestato Daniel in silenzio e se l'era ripetuto almeno mille volte in quel lungo periodo di silenzio, almeno fino a quando non aveva visto le tre figure a cavallo avvicinarsi. A quel punto aveva capito di non avere più speranza di evitare la spedizione punitiva contro Gant, perché non era più possibile scomparire inosservati grazie a *Hyperversum* e perché se c'era qualcuno che poteva ridurre Ian a più miti consigli quello non era certo Etienne de Sancerre.

«Arrivano» annunciò Daniel rassegnato e Ian rialzò la testa verso la direzione indicata dall'amico. Ebbe una fugace espressione di sollievo nel vedere Sancerre e per un attimo il suo sguardo sembrò meno scuro.

L'altro cadetto smontò da cavallo prima dei due scudieri. Era vestito da caccia, con abiti comodi e poco sgargianti. Mentre si avvicinava al falò si abbassò il cappuccio del mantello dal viso crucciato. «Ma io dico» esordì senza nemmeno salutare, «L'ultima volta che ho dovuto tentare di uscire da casa mia inosservato ero un ragazzino!»

«Grazie per essere venuto. Avresti avuto tutti i diritti di rifiutare» rispose Ian con riconoscenza sincera, anche se il suo tono era molto amaro.

Mentre gli scudieri legavano i cavalli e poi rimanevano in disparte, Sancerre andò a sedersi su un vecchio tronco caduto, posto dall'altra parte del falò. «Non dire idiozie» brontolò contro Ian. «Io non lascio gli amici in difficoltà. Adesso però mi spieghi che cosa sta succedendo. La corte è completamente in subbuglio».

«Posso immaginare». Ian abbassò gli occhi.

«No che non immagini» lo sorprese Sancerre. «Lavaur è stato assassinato lungo la strada per il meridione e con lui anche gli ufficiali reali che lo accompagnavano. Poco dopo è arrivata la notizia dell'agguato teso a te e a tuo fratello. Re Filippo è furioso».

«Lavaur... morto?» Daniel rimase a bocca aperta e vide che anche Ian era altrettanto colpito.

«E Gant?» domandò questi.

«È una buona domanda. Non è stato ancora rintracciato, ma io scommetto ciò che vuoi che prima di lui troveranno anche gli altri ufficiali del re assassinati. Gant si sarà dileguato chissà dove. Ha sentito il fuoco sulla coda ed è scappato, prima però ha pensato di eliminare i suoi nemici».

«Chi ha portato le notizie a corte?»

«Lo scudiero di Lavaur è venuto a denunciare il fatto intorno a mezzogiorno. Tuo fratello ha mandato uno dei suoi soldati nel primo pomeriggio; ha fatto richiamare anche *monsieur* de Chailly, che è ripartito di gran carriera. Poco dopo invece è arrivato il capo del villaggio in cui siete stati attaccati. Ha parlato con me e mi ha raccontato alcuni altri dettagli, compreso il fatto che sei stato imprigionato in una legnaia per tutto il giorno».

Ian aveva le mani strette l'una nell'altra. «Che cosa ha fatto riferire Guillaume riguardo a questo?»

Sancerre lo guardò torvo. «Niente e lo so per certo perché ero presente all'udienza del re. Nessuno sa, a parte me e forse Chailly. Con lui il soldato ha avuto una lunga conversazione in privato».

Daniel osservò Ian sostenere lo sguardo dell'altro cavaliere per un po', senza decidersi a riprendere la parola.

«Mi spieghi cos'è successo?» sbottò il poco paziente Sancerre, già irritato da quel silenzio. «Il tuo scudiero sostiene che hai avuto un contrasto insanabile con tuo fratello. È vero?»

«Sì».

«E si può sapere che hai fatto in meno di un giorno di strada da Séour per farlo infuriare tanto? Siete partiti da casa mia in amore e accordo. Nemmeno io sono mai riuscito a mandare in collera mio fratello maggiore in modo così grave e in così breve tempo!»

Ian tornò a guardare il fuoco. «Preferisco che sia Guillaume a spiegare, un giorno. Io ho già fatto abbastanza per rischiare di peggiorare le cose anche solo con una parola di troppo».

La risposta scontentò Sancerre, che si rivolse a Daniel con gli occhi.

«Io ne so quanto voi» lo prevenne quest'ultimo. «Nemmeno a me è stato spiegato qualcosa. Non c'ero quando è successo».

Sancerre si lasciò sfuggire un gesto di stizza.

«Oh, al diavolo voi Ponthieu e tutti i vostri segreti!» esclamò, di nuovo verso Ian. «Sono stanco di sotterfugi e di capire le cose a metà!»

«Mi dispiace» disse Ian senza rialzare la testa.

Sancerre tacque qualche istante, arrabbiato. Prese un ramo, lo spezzò in due e ne gettò la prima parte nel fuoco. «Il giorno in cui capirò questa faccenda, se riterrò di dovermi sentire offeso quanto tuo fratello, verrò a pretendere soddisfazione» minacciò poi, con l'altra metà del ramo puntata verso Ian. «Ma per il momento, poiché *monsieur* Guillaume non ti ha denunciato al re o ammazzato sul posto, posso solo pensare che non si tratti di una questione politica o di un crimine, ma di una cosa di famiglia che non mi riguarda».

«È una faccenda tra me e lui soltanto, questo te lo posso giurare sulla Bibbia» rispose Ian, cupo.

Sancerre inarcò un sopracciglio. «Hai sedotto tua cognata?»

«Come ti permetti?!» protestò Ian, drizzandosi con un'espressione offesa.

«Lei è una bella donna, tu sei un prode cavaliere… un cedimento alla passione sarebbe del tutto comprensibile» replicò Sancerre, per nulla intimorito. «Magari tuo fratello l'ha scoperto ieri per caso. Spiegherebbe anche perché tua moglie non è qui con te adesso».

«Etienne, adesso basta. Non osare insinuare ancora simili falsità!»

«È inutile che ti scaldi tanto. Ne verranno dette di peggiori, quando la notizia della rottura tra te e tuo fratello si spargerà e se nessuno di voi due si deciderà a spiegare cos'è successo davvero».

Ian tornò a distogliere lo sguardo. «Questo lo so».

«Quindi?»

«Quindi niente. Non ho nulla da dirti in proposito. Continua a pensare ciò che vuoi e se non vuoi aiutarmi, vattene pure».

Sancerre scambiò un'occhiata con Daniel. «È decisamente furioso. Raramente l'ho visto in questo stato».

«Io invece non l'avevo mai visto» ammise Daniel e sostenne senza alcun timore gli occhi furenti di Ian, sperando che l'amico capisse una volta per tutte quanto si fosse trasformato in un estraneo durante quella maledetta faccenda.

«È per questa storia con tuo fratello che non hai voluto presentarti di persona a Séour?» indagò ancora Sancerre.

«Se ci fossi stato soltanto tu, sarei venuto, ma non mi presento alla corte in questo modo, da solo e senza niente, dopo che Guillaume mi ha abbandonato qui» rispose Ian.

«Nemmeno sapendo che tuo fratello non ha voluto spargere la voce di questa faccenda? Nessuno sa ancora cosa è successo tra voi due».

«Lo so io e tanto basta. Credi che potrei fingere tranquillità davanti al re o alla principessa Bianca? Davanti a tutti gli altri cavalieri? Otterrei solo il doppio del biasimo quando la notizia si diffonderà e, credimi, è solo questione di tempo».

Sancerre ci meditò su per un po'. «Dimmi come posso aiutarti» disse infine.

«Sono costretto a chiederti le provviste e un po' di denaro indispensabili per viaggiare fino a Morges, poiché davvero non ho più niente, a parte ciò che vedi» spiegò Ian. «Però, dopo quanto mi hai detto poco fa, ti chiedo anche di farmi avere tutte le notizie che arriveranno a corte riguardo a Gant. Immagino che il re adesso lo stia facendo cercare».

«E come no! Una squadra di soldati è già sulla strada per Morges. Non è ancora una vera e propria caccia, ma lo sarà presto. Il tempo di scoprire, come penso, che gli ufficiali reali al suo seguito sono morti tutti mentre lui è sparito».

«Lo inseguirò anch'io, tu devi solo farmi avere tutte le informazioni che puoi, in modo da facilitarmi il compito».

«E quando lo avrai raggiunto?»

Daniel provò un stretta al cuore quando vide gli occhi di Ian incupirsi così tanto da sembrare di un altro colore.

«Ho intenzione di fare giustizia» rispose Ian a Sancerre.

«Adesso ci pensi!» esclamò Sancerre, battendo una mano aperta sul ginocchio. «Te l'avevo detto subito che era l'unica cosa da fare. Guarda cosa è successo nel frattempo, mentre tu tergiversavi! Quanti altri morti ci sono stati!»

«Non so che dire, se non che mi dispiace. Adesso però Gant non ucciderà più nessuno, te l'assicuro».

«Potrebbe sempre ammazzare te» intervenne Daniel, incapace di tacere oltre e con quella frase sferzante si attirò le occhiatacce di entrambi i cavalieri.

«Lui non è d'accordo col mio progetto» spiegò Ian a Sancerre, con un tono che fece venire a Daniel la voglia di allungargli un pugno sul naso.

«E perché mai?» si stupì il cavaliere francese, guardando Daniel. «Gant ha tentato due volte di assassinare Jean e la sua fuga adesso è una prova più che evidente della sua colpevolezza. Gli abbiamo messo paura con la prospettiva delle indagini e lui ha reagito in modo da tradirsi. È colpevole, nessuno può più negarlo e avere da ridire contro ciò che vogliamo fare».

Daniel riprese la parola con rabbia. «Quello che dico io è che lui» e indicò Ian a Sancerre «non può andare a farsi giustizia da solo, neanche se le prove a carico di Gant fossero venti volte tanto. Io capisco la sua rabbia, ma non ricaverà niente nel fare il giustiziere, al massimo si farà ammazzare».

«Questo è vero» ammise Sancerre a sorpresa. «Jean, non puoi fare da solo».

Ian reagì subito. «Sentite voi due: non mi servono le vostre ramanzine. Ho già preso la mia decisione e...»

«Hai bisogno di rinforzi. Gant avrà i suoi uomini a spalleggiarlo, quindi io ti proteggerò con i miei» concluse Sancerre, ignorandolo. «Ti aiuterò a dare la caccia al corvo, così le parti saranno equilibrate».

Daniel trasecolò. Ian lasciò cadere le sue rimostranze per

tacere, colpito dall'offerta. «Non posso accettare un aiuto del genere. Non voglio metterti nei guai, Etienne» disse infine. «Io non ho più niente da perdere, ma tu invece sì. Non rischiare i rimproveri di tuo fratello o del re per la mia vendetta personale».

«Non ho bisogno né del permesso di mio fratello né di quello del re per fare ciò che ritengo giusto» ribatté Sancerre, scuro in volto. «Siamo compagni d'arme, ci unisce un vincolo di amicizia e io non ti abbandono, perché tu faresti lo stesso per me. Inoltre è nel mio diritto dare la caccia a un criminale nelle mie terre. Finché sta nei miei confini sono tenuto a esercitare la giustizia nei suoi confronti».

«Gant a quest'ora potrebbe essere fuori dalle tue terre».

«Questo lo vedremo. Intanto andiamo a cercarlo».

Daniel avrebbe voluto intervenire a protestare di nuovo, per far ragionare quei due ormai decisi a fare a modo loro, ma la conversazione venne interrotta da nuovi arrivi. Beau e lo scudiero di Sancerre si alzarono dai sassi su cui si erano seduti, a sorvegliare da lontano la conversazione dei loro signori, per accogliere altri quattro uomini a cavallo, due scudieri e due cavalieri. Il primo di questi due, a capo scoperto, era Henri de Grandpré.

«Henri!» esclamò Ian e poteva riferirsi anche al secondo cavaliere poiché, quando si abbassò il cappuccio del mantello, quest'ultimo mise in mostra la capigliatura biondissima di Henri de Bar.

«Che cosa fate qui?» continuò Ian, sbalordito.

«Dovremmo domandarvelo noi, non credi?» Grandpré scese di sella con un'espressione accigliata sul viso. «A differenza del tuo scudiero, Etienne non è bravo a tenere nascosti i segreti né a passare inosservato» continuò poi, lasciando le briglie del cavallo al suo scudiero. «L'ho visto allontanarsi furtivo con Beau, che non avrebbe dovuto essere al castello. Ce n'era abbastanza per sospettare qualcosa».

Specie se a osservare la scena c'è un secondo occhio di falco, pensò Daniel, sapendo quanto anche Ian stimasse la capacità di osservazione e l'intuito del più giovane tra i suoi compagni d'arme.

Allo stesso tempo l'arrivo di Grandpré e De Bar gli portò una fievole speranza, poiché entrambi i cavalieri non erano affatto propensi alle imprese avventate né alle decisioni prese d'impulso.

Forse avrebbero potuto imbrigliare Ian e Sancerre quel tanto che bastava per farli ragionare con più freddezza.

Sancerre intanto aveva fatto una faccia a metà tra l'offeso e il colpevole ed era tornato a giocherellare con il moncone del suo ramo. De Bar si era fermato a braccia incrociate accanto all'altro Henri, in silenzio accusatore.

«Siamo entrambi indignati dal fatto che voi due abbiate voluto tenerci all'oscuro di qualsiasi cosa stiate pensando di fare» disse Grandpré anche a nome dell'altro cavaliere. «Come minimo ci dovete una spiegazione».

Sancerre non tentò nemmeno di imbastire una giustificazione, allargò senza cerimonie la mano verso Ian e aspettò in silenzio come gli altri, Daniel compreso.

Ian sostenne tutti gli sguardi per un po', tenendo le mani intrecciate l'una nell'altra. «Non volevo coinvolgervi» disse alla fine. «Anche a Etienne volevo chiedere il meno possibile. La verità è che non posso più essere un vostro compagno d'armi e quindi non ho alcun diritto per rivolgermi a voi per ciò che voglio fare».

I due Henri rimasero esterrefatti.

«Che vuol dire?» domandò De Bar per primo.

«Roba da cadetti, voi non potete capire» brontolò Sancerre. «Ha rotto i rapporti con suo fratello».

«Con *monsieur* Guillaume?» si stupì Grandpré. «E per quale motivo, di grazia?»

«Io ho una teoria in merito» provocò Sancerre, poi evitò di infierire quando vide lo sguardo indignato di Ian. «Ma se riuscite voi due a fargli dire come stanno davvero le cose...» si corresse quindi, con una certa aria seccata.

«È una questione di famiglia, vi prego di non chiedermi altro» disse Ian agli altri compagni. «Ma non vi nasconderò che mio fratello non vuole più avere a che fare con me, perciò non avrò nulla da obiettare se anche voi vorrete fare altrettanto per precauzione».

«*Monsieur* Guillaume non ci ha fatto riferire niente di tutto questo» obiettò De Bar.

«Forse non ha voluto diffondere la notizia in tutta la corte, specie in un momento tanto caotico, ma posso assicurarvi che le cose stanno come vi ho detto».

«Forse la sua decisione non è ancora irrevocabile» suggerì Daniel, ma Ian lo deluse subito. «Tu non hai visto com'era furioso. Ti assicuro che non è certo il dubbio il motivo del suo silenzio».

Probabilmente starà pensando alla giustificazione migliore per spiegare la cacciata di Ian e tenere insabbiato tutto il resto, dovette ammettere Daniel in silenzio avvilito.

I due Henri si erano scambiati un'occhiata pensosa, poi Grandpré si accomodò il mantello e si sedette al falò, sul tronco accanto a Sancerre. «È una cosa grave» disse. «Ma nemmeno io voglio pensare che sia irrimediabile. Posso parlare personalmente a *monsieur* Guillaume, se necessario».

Ian scosse la testa. «Non ti ascolterebbe. Ti prego, non peggiorare le cose».

«Ma tua moglie?»

«L'ho convinta a tornare a casa. Mio fratello ha avuto un contrasto con me, non con lei. Non avevo il diritto di negarle la vita sicura a cui è abituata. Abbiamo un figlio piccolo, un altro in arrivo, non posso portarli tutti con me alla ventura ora che non ho più niente».

C'era un dolore atroce dietro ogni parola con cui Ian parlava di Isabeau o di Marc e Daniel fu certo che anche gli altri compagni d'arme lo notarono senza fatica. Sancerre abbassò lo sguardo sul falò. De Bar e Grandpré studiavano Ian, ma gli occhi del più giovane erano molto più indagatori; l'altro cavaliere forse stava pensando di riflesso alla sua famiglia, poiché tra i quattro era l'unico ad avere come Ian moglie e un figlio piccolo.

«Noi tutti ti conosciamo e sappiamo che uomo sei. Io non crederò mai che tu abbia potuto commettere qualcosa di indegno» disse alla fine Grandpré.

«Sei buono con me» replicò Ian, amaro. «Ma Guillaume si è sentito tradito dal mio agire e io avrei dovuto spiegargli le cose con umiltà invece di avere la presunzione di controllare tutto da solo e fargli poi scoprire il mio errore nel peggiore dei modi».

«Perciò ti sei pentito».

«Sì, mille volte sì. Darei la vita per rimediare, se solo potessi».

Mentre Ian abbassava la testa, Daniel vide Grandpré scambiare un'occhiata con gli altri due compagni d'arme. Sancerre la sostenne a fronte alta, con un'aria sicura di chi ha già preso la sua decisione; De Bar rimase impenetrabile come sempre, ma fece un lieve cenno di assenso.

«Che farai ora?» domandò Grandpré di nuovo rivolto a Ian.

«L'unica cosa che posso ancora fare» fu la risposta cupa.

Sancerre chiarì subito: «Adesso andiamo a cercare il corvo e a fargli pagare il duplice agguato. Ormai non c'è dubbio che sia lui il mandante».

«No, infatti» ammise Grandpré. «Dal momento che sono morti o hanno rischiato di morire proprio i due che l'accusavano».

«Ha ucciso gli ufficiali del re, attentato alla vita di due feudatari di Francia. Niente può trattenerci dal dargli la caccia adesso. Non ci servono più indagini di alcun genere per passare ai fatti» riassunse Sancerre.

«Etienne, aspetta» intervenne Ian e Daniel gliene fu grato in segreto perché Sancerre stava di nuovo organizzando al plurale e con troppa sicurezza la ricerca di Gant.

«Quel maledetto ha fatto una strage nelle mie terre. Lo trascinerò personalmente dal boia, se sarà ancora vivo dopo che gli avrò messo le mani addosso» proseguì però Sancerre, ignorando del tutto il tentativo di obiezione.

«Gant è mio, non permetterò a nessuno di intromettersi tra me e lui» disse Ian e questa volta il suo tono fu così autoritario da mettere a tacere tutti i compagni, Sancerre compreso. «Voleva uccidere me e non si è fatto scrupolo di avvelenare tutti quelli che mi stavano intorno. Anche Guillaume avrebbe potuto bere quel veleno e così mia moglie che porta un figlio in grembo, Daniel, Brianna, Beau... Gant me la pagherà per questo. Fosse l'ultima cosa che faccio da cavaliere».

Daniel provò una fitta di rimorso nel sentirsi nominare dall'amico. Nel suo tentativo di far ragionare Ian aveva perso di vista il fatto che anche lui stesso aveva rischiato di morire per quel veleno e che Ty forse non ce l'avrebbe fatta nonostante la corsa disperata per salvarlo. Con la sua decisione Ian voleva vendicare anche loro due.

«È un tuo diritto avere soddisfazione da quell'assassino» stava intanto dicendo Grandpré. «Continuo comunque a ritenere offensivo il fatto che tu ci abbia voluto escludere dalla tua caccia. Anche noi abbiamo il diritto di reclamare giustizia dal barone di Gant, non fosse altro che per l'affetto che nutriamo nei tuoi confronti, in quelli di *monsieur* Guillaume e di dama Isabeau».

Ian non riuscì a nascondere di essere rimasto colpito dal rimprovero. «Ma vi ho spiegato che...»

«Ciò che può essere accaduto tra te e tuo fratello è un'altra questione» lo prevenne Grandpré. «La tua colpa ha forse a che fare con i crimini di Gant?»

«Certo che no...»

«E allora posso accettare che tu mi dica di non intromettermi in una questione di famiglia, ma non puoi chiedermi di non pretendere anch'io soddisfazione da un uomo che ha tentato di uccidere due volte un mio amico, di ingannare l'intera corte, me compreso, e che si è comportato come il più spregevole dei banditi, per giunta infangando il nome di chi porta la Croce sul petto».

Mentre faceva il suo discorso, il giovane Grandpré aveva assunto un'espressione così severa che anche Daniel ne rimase impressionato. Il giovane conte sembrò maturare di colpo e lasciò intravedere dietro il volto ventenne il feudatario che sarebbe diventato nel giro di pochi anni: un uomo di cui avere rispetto e soggezione. Persino Ian adesso esitava a riprendere la parola.

«Henri ha espresso anche il mio parere». Fu De Bar a proseguire il discorso dopo aver lasciato un breve silenzio e lo fece con la consueta, fredda calma. «Troviamo Gant, esponiamogli le accuse e sottoponiamolo a giudizio. Tu vuoi soddisfazione su di lui: allora sarà un Giudizio di Dio. Noi testimonieremo, tu avrai giustizia e l'otterrai con la tua stessa mano».

«Quel cane non potrà vincere. Il Cielo non glielo permetterà dopo tutto quello che ha fatto» aggiunse Sancerre.

«A me basta averlo a portata della mia spada» disse Ian, torvo.

«Anche voi siete con noi, immagino, *monsieur*» disse Grandpré, rivolto a Daniel. «Siete una parte lesa esattamente come il vostro signore, vorrete avere giustizia da chi ha quasi ucciso lui e voi».

«Vi seguirò» dovette dire Daniel, perché ormai non gli restava scelta e perché comunque non avrebbe mai abbandonato Ian. L'amico gli rivolse un grazie con lo sguardo, ma Daniel non ricambiò. Anche la speranza che Grandpré e De Bar riuscissero a distogliere Ian dai suoi propositi era miseramente svanita. Non gli restava che ammettere di essere l'unico a pensarla in modo diverso, l'unico a non accettare la spietata logica medievale della giustizia a fil di spada. Ian ormai sembrava distante anni luce da lui.

«Adesso dobbiamo rintracciare Gant» stava continuando Sancerre, molto soddisfatto nel passare dalle parole ai fatti. «Avrà di sicuro abbandonato la strada principale per rendersi irreperibile fino a destinazione».

«Io credo di sapere che direzione ha preso» sorprese tutti Grandpré. «Ci stavo pensando questa mattina e sarei andato a parlarne al re, se non mi avessi distratto tu, Etienne, facendomi deviare dai miei propositi per seguirti fino a qui».

Sancerre spalancò gli occhi come tutti gli altri. «Tu sai dov'è il corvo?»

«Mi sono convinto che non può tornare a Morges: è il primo posto dove lo cercheranno e lui avrebbe troppo poco vantaggio rispetto agli inseguitori per poter organizzare anche solo una difesa, senza contare che potrebbe subire le rappresaglie di Montfort, quando questi sarà informato dell'accaduto. Si troverebbe preso tra due fuochi».

«Ma non può nemmeno andare molto lontano da Morges» obiettò De Bar. «I possedimenti di Gant sono stati comunque conquistati tramite la guerra e si trovano tutti nel meridione».

Grandpré guardò soprattutto Ian, esortandolo con gli occhi.

«Andiamo: possibile che non vi venga in mente nessun altro luogo associato a Gant?»

Ian s'illuminò palesemente. «L'Inghilterra. La famiglia di Gant è per metà inglese!»

«E io scommetto che buona parte delle ricchezze rubate durante le razzie di guerra è già stata trasferita nei possedimenti inglesi, ovunque essi siano nell'isola» concluse Grandpré. «Gant non avrà tenuto tutto custodito a Morges, in una regione ancora percorsa da rivolte e per di più col rischio di farsi notare. Il piano doveva essere questo fin dall'inizio: raccogliere in Occitania quanto più possibile e goderselo poi lontano dalla guerra e da occhi indiscreti. Da questa parte della Manica Gant avrebbe insospettito qualcuno se si fosse mostrato all'improvviso tanto ricco».

«Mentre in Inghilterra è formalmente fuori dalla giurisdizione del nostro re» proseguì Ian, di deduzione in deduzione. «Se riesce a passare di là, può diventare intoccabile. Gli basterà stare dalla parte dei baroni ribelli».

Dei ribelli vincitori, pensò Daniel, ricordando come doveva finire la guerra inglese. Con Luigi VIII cacciato dall'Inghilterra ed Enrico III sul trono, Gant poteva davvero mettersi per sempre fuori dalla portata dei Francesi.

«La costa più vicina a qui è la baia della Senna, giusto?» s'informò De Bar.

«Sì. Anche il tratto di mare da superare poi è più breve rispetto a quello che faresti passando per le isole Normanne[21]. Inoltre d'autunno la strada verso la baia della Senna è sicuramente la più agevole» rispose Sancerre.

«Geoffrey Martewall è andato verso la costa per incarico della principessa Bianca, e vi si fermerà invece di imbarcarsi subito come suo cognato. Gant questo non lo sa. In pochissimi lo sanno, a corte» disse Ian.

«Dobbiamo trovare il modo di avvertirlo» considerò De Bar. «Sir Martewall è davanti a Gant di mezza giornata almeno, anche perché Gant almeno all'inizio avrà dovuto prendere verso sud per non insospettire nessuno».

[21] Nel Golfo di Saint Malo.

«Sir Martewall potrebbe sbarragli la strada o riuscire a capire verso quale porto si sta dirigendo. Sono convinto che per te, Jean, lo farebbe» aggiunse Grandpré.

«Si può inviare un messaggio verso la costa?» domandò Ian a Sancerre. «La contea di Perche è giusto lungo la strada».

L'altro cavaliere sfoderò un sogghigno compiaciuto. «E la mia colombaia è in comunicazione diretta con quella di *monsieur* Thomas, specie adesso che la corte del re è qui e le notizie dalla costa devono essere comunicate in fretta. Chiederò che a Perche si mettano all'opera per rintracciare sir Martewall o Gant. Lo chiederò al conte Thomas, visto che è qui. Vedrete che firmerà personalmente il messaggio da mandare ai suoi uomini per farli muovere».

«Con cautela, però. Se Gant li nota, potrebbe cambiare piano e direzione» obiettò Grandpré.

«Ma se i soldati di Thomas du Perche si fanno notare nei punti giusti, possono spingere Gant nella direzione che vogliamo noi, come i cani da caccia con la preda. Ad esempio verso la strada intrapresa da Sir Martewall».

«Allora è fatta!» esclamò Ian. «Se Gant è andato verso la costa possiamo prenderlo in trappola».

«Se è andato davvero da quella parte, forse dovremo sbrigarci per toglierlo dalle grinfie del Leone» commentò Sancerre. «Sono convinto anch'io che il nostro inglese sarà disposto ad aiutarti anzi, dalle idee che ci siamo scambiati in proposito durante questi giorni, sospetto che non userebbe la mano leggera se il corvo volesse tentare di sfuggirgli».

«Si parte subito, che ne dite?» propose Grandpré. «Giusto il tempo necessario per preparare l'equipaggiamento. Gant ha già troppo vantaggio su di noi».

«Non ho obiezioni» disse De Bar.

«Ne avrà mia moglie, ma io no di certo» chiuse Sancerre e si alzò in piedi, gettando nel falò il pezzo di ramo con cui aveva giocherellato per tutto il tempo. «Andiamo a prendere il corvo» disse soddisfatto e fece un cenno agli scudieri, rimasti in disparte fino ad allora, lontani da quella conversazione privata.

«Aspettate». Ian fermò tutti con il suo tono serio. Guardò gli amici uno a uno e poi semplicemente disse: «Grazie».

«Siamo amici e compagni d'arme» rispose per tutti Grandpré. Daniel fu l'unico a non sorridere alla fine di quella riunione.

Capitolo 38

Si misero in marcia quello stesso pomeriggio, dopo che Sancerre e gli altri due feudatari erano tornati a Séour per inviare i messaggi necessari verso la contea di Perche, raccogliere l'equipaggiamento adatto e chiedere al re il suo consenso alla spedizione verso le coste del nord-ovest. Grandpré espose a Filippo Augusto e alla principessa Bianca i suoi sospetti riguardo la direzione presa da Gant dopo il duplice agguato e propose quindi di incaricarsi personalmente di ampliare il fronte delle ricerche, dirigendosi verso la baia della Senna insieme ai suoi compagni d'arme, mentre gli ufficiali del re setacciavano le strade verso il meridione. Ottenne il permesso senza fatica, anzi la principessa si raccomandò con particolare forza che non fosse lasciato nulla di intentato per ritrovare chi a questo punto aveva troppi sospetti concentrati addosso per essere del tutto innocente.

Né Grandpré né gli altri due fecero parola dell'aggiungersi di Ian alla spedizione, per non innescare domande sulla condizione del giovane a cui nessuno avrebbe saputo rispondere e perdere così tempo prezioso ritardando la partenza.

«Ci penseremo al ritorno» aveva liquidato la faccenda Sancerre, nel raccontare a Ian l'udienza e ciò che era avvenuto a Séour, quando si ritrovarono poi riuniti tutti davanti allo stesso falò nel bosco intorno al quale avevano preso la decisione di dare la caccia a Gant. «Per allora tuo fratello forse avrà fatto il primo passo e non toccherà a noi sprecare fiato nelle spiegazioni».

Il cavaliere mise una mano sulla spalla di Ian, quando aggiunse: «Mia moglie in compenso è molto preoccupata per te e ci raccomanda di essere prudenti».

«Donna sa tutto?» domandò Ian, con una fitta al cuore.

Sancerre aveva taciuto un attimo per stringersi nelle spalle. «Non sono bravo a tenere segreti, specie con mia moglie. Almeno a lei ho dovuto dire la verità. Ma tu lo sai che è più affidabile di me. Non dirà nulla a nessuno».

Ian annuì e non era in ansia per se stesso, poiché aveva un'assoluta fiducia in Donna e nella sua capacità di mantenere il riserbo. Piuttosto era preoccupato per lei, perché forse sospettava la vera causa dell'improvvisa rottura tra Ponthieu e Ian e di riflesso poteva temere di vivere un giorno la stessa catastrofe, dal momento che era accomunata a Ian dallo stesso indicibile segreto.

Fa' che a lei non capiti mai quello che sta accadendo a me, pregò Ian in silenzio, mentre guardava l'ignaro Sancerre. Non voleva nemmeno immaginarsi cosa sarebbe potuto accadere nel caso che l'irruente cavaliere avesse scoperto un giorno che la sua sposa era arrivata in Francia "per magia".

Nel complesso, Grandpré, De Bar e Sancerre avevano messo insieme un gruppo di venti uomini, compresi gli scudieri. Avevano armi ed equipaggiamenti per tutti, compreso un cavallo in più, cotta di maglia, arco e frecce per Daniel. Il giovane aveva rifiutato un usbergo, anche se non aveva potuto dire di non averne mai indossato uno, nonostante fosse tecnicamente cavaliere. «Sono un arciere prima di tutto» aveva motivato la sua decisione.

Ian aveva colto nella sua voce il suo dissenso a quella spedizione armata, anche se non aveva voluto commentarlo. Aveva provato disagio sotto lo sguardo cupo che Daniel gli teneva piantato addosso, ma non si era sentito disposto a chiarire alcunché in privato con lui. Aveva preso la sua decisione il giorno prima, quando aveva perso una moglie, un fratello e una famiglia, e il dolore dentro era sempre così atroce da macerarlo. La rabbia era l'unica cosa che gli restava per non lasciarsi cadere nella disperazione.

Si misero in marcia anche se era quasi il tramonto e procedettero al galoppo finché poterono, per percorrere più strada possibile prima del calar del buio. Davanti a loro, nel cielo sempre più viola, si addensavano nuvole nere, foriere di pioggia, e nessuno parlò per tutto il tragitto.

Trovarono riparo per la notte in un fienile, abbastanza grande per accoglierli tutti mentre i cavalli restavano fuori, nell'aia della piccola fattoria. Come sempre, il padrone di casa si era spaventato a morte nel veder arrivare quel gruppo di armati sui cavalli schiumanti, ma si era poi tranquillizzato quando Sancerre si era fatto riconoscere, così aveva messo a disposizione del suo signore ciò che poteva per la cena dei suoi uomini.

«Qualche ora di riposo, poi ripartiremo con la luna alta. Dovrebbe essere sufficiente a illuminare la strada» disse Sancerre agli altri cavalieri appena smontati da cavallo. «Proseguiamo un'altra giornata con una sola sosta e saremo nel feudo dei Perche. Vado a dirlo agli uomini».

«Di fatto sarei io il capo di questa spedizione, visto che mi sono preso la briga di argomentarla davanti al re. Sua Maestà ha dato a me il suo assenso per partire» fece notare Grandpré e sfoderò subito un sorriso magnanimo davanti alla faccia contrariata di Sancerre. «Ma ti sarò molto grato se mi farai da luogotenente e andrai a informare gli uomini al posto mio, sempre se gli altri sono d'accordo con il tuo piano riguardo il viaggio».

«Io sono d'accordo, vai pure a informare gli uomini, Etienne» disse De Bar tranquillamente e non senza una certa ironia. Ian dal canto suo avrebbe viaggiato anche per tutta la notte senza fermarsi, se solo avesse potuto, e quindi approvava senza riserve l'idea di fare solo pause brevissime e interrompere il meno possibile l'inseguimento. Daniel non si pronunciava, il che equivaleva come un tacito assenso. Parlava poco dalla sera precedente e Ian cercava di non forzarlo, sapendo che la conversazione avrebbe inevitabilmente toccato argomenti di cui lui non voleva discutere.

Ian fu uno degli ultimi a ritirarsi per dormire, perché comunque non avrebbe trovato riposo, nonostante la stanchezza. Rimase seduto fuori dal fienile per un bel pezzo dopo che nella fattoria vi era il silenzio ormai quasi totale. Era accucciato sotto il suo mantello con le braccia intorno alle ginocchia piegate, a guardare il cielo decorato di nuvole e stelle e a chiedersi dove fosse Isabeau in quel momento, se anche lei stesse guardando la luna facendosi quelle domande.

Abbassò lo sguardo sull'aia quando notò Beau arrivare dalla

direzione dei cavalli riuniti sotto una tettoia. Lo scudiero doveva aver terminato di prendersi cura del destriero del suo signore e stava rientrando verso il fienile, sfregandosi le mani per scaldarle. Si vedevano le nuvolette bianche generate dal suo respiro quando soffiava sulle dita gelate.

Beau rallentò il passo, esitando, nel riconoscere Ian seduto fuori dal fienile. Non avevano più parlato insieme dalla sera precedente, a parte i momenti in cui Ian gli aveva dato le istruzioni per andare a Séour da Sancerre, e da allora il ragazzo aveva assolto i suoi doveri di scudiero per una volta senza bisogno di raccomandazioni, esortazioni e persino di parole. Teneva gli occhi bassi quando era vicino a Ian e faceva impressione per quanto era mogio. Sembrava che qualcosa gli si fosse spento nello sguardo, di solito così vivace.

Ian prese coscienza di quel fatto proprio quando vide Beau tornare verso il fienile e mostrare quasi timore nel dover passare accanto a lui per entrare. Il ragazzo gli era sempre stato accanto come un cucciolo impertinente, ora sembrava un cane bastonato dal padrone.

Ian si sentì in colpa, eppure non riusciva a trovare nemmeno una parola di incoraggiamento per rianimare quell'espressione triste. Continuava invece a pensare all'angoscia che doveva vivere Brianna in quel momento, allo sdegno di Ponthieu che avrebbe chiuso tutte le porte davanti al piccolo ribelle.

Beau intanto aveva dovuto arrivare fin quasi alla soglia del fienile, anche se il suo passo era sempre più esitante dopo aver notato che il suo signore gli aveva tenuto lo sguardo addosso per tutto il tempo. Si fermò a una certa distanza. «Avete ancora bisogno di me?» domandò a voce bassa.

Ian si sentì diviso in due tra la pena suscitata da quel tono infelice e l'angoscia per il futuro che Beau si era rovinato con le sue stesse mani. «No, vai pure a dormire e cerca di riposare. Sono stati due giorni difficili per tutti» riuscì a dire soltanto.

Beau sembrò esitare, forse attendendo qualche altra parola, ma poi non osò chiedere altro.

Senza dir niente, Ian lasciò che il ragazzo lo superasse a testa china per entrare nel fienile.

***

Il giorno successivo fu tormentato dal freddo, fattosi più intenso con l'apparire delle nuvole a coprire il sole. Cadde anche qualche scroscio di pioggia, ma non fermò la marcia rapida del gruppo di armati lanciato all'inseguimento. Poco dopo la brevissima sosta per il pranzo, venne avvistato lungo la strada un messaggero proveniente dalla direzione opposta.

Ian ebbe un palpito di eccitazione: l'uomo portava addosso i colori dei Perche e puntò dritto verso il gruppo in arrivo. «Cerco il signore di Séour!» annunciò ad alta voce, tirando le redini del suo cavallo a un centinaio di passi di distanza.

«L'avete trovato» rispose Sancerre e fece fermare il gruppo per andare a parlare col messaggero, seguito dagli altri cavalieri.

Il messaggero salutò tutti con un cenno rispettoso del capo. «*Messieurs*, vengo dal confine della contea. Il mio comandante mi manda a dirvi che per raggiungere ciò che state inseguendo dovete deviare verso nord e Chartres». Allargò il braccio a indicare la direzione.

Ian sentì il cuore accelerare. «Ne siete certi?» domandò per primo, mentre Daniel gli si fermava accanto in silenzio.

«Sì, *monsieur*» rispose il messaggero. «Da ieri pomeriggio tutte le rocche di Perche sono state messe in guardia a seguito del messaggio inviato dal nostro signore su richiesta di *monsieur* de Sancerre. Sappiamo per certo che gli uomini che cercate hanno varcato il nostro confine più a sud, diretti verso la costa. Hanno cambiato direzione verso Chartres quando sono stati quasi intercettati dai miei commilitoni. Saranno avanti a voi di quasi una giornata».

«Sono molte ore» disse Ian con disappunto e il timore di vedersi sfuggire davanti il suo nemico.

«Avete notizie degli inglesi?» domandò invece Sancerre e questa volta la risposta fu molto più confortante.

«Erano già arrivati oltre, sempre nella stessa direzione, ma a quest'ora anche loro saranno stati raggiunti dai miei compagni con la richiesta di tornare indietro».

«Allora andiamo anche noi incontro al Leone» decise Sancerre, riassumendo il pensiero dei compagni.

«Ringraziate il vostro comandante e soprattutto *monsieur* du Perche per l'aiuto» disse Grandpré al messaggero. «Questa faccenda si chiuderà fuori dalle sue terre, ma il conte ci ha comunque aiutato molto».

«Farò riferire anche a corte» rispose il messaggero, poi si congedò per ritornare da dove era venuto.

«Proseguiamo. La preda non è lontana» disse De Bar a conclusione di quel breve dialogo.

***

Cavalcarono senza sosta fino al buio, con Ian che faceva fatica a restare in gruppo con gli altri, tanta era la brama di accelerare il passo anche oltre le possibilità del cavallo per andare avanti e raggiungere Gant.

Quando avvistarono l'ennesima fattoria lungo la strada, nella sera ormai avanzata, trovarono anche una sagoma nera a cavallo, ferma ad attenderli e incurante delle raffiche di vento che annunciavano temporale per quella notte.

«*Please, stop and listen to me, my lords*[22]!» annunciò la sagoma ancora indistinta, alzando la mano aperta, e il gruppo in arrivo capì che si trattava di un soldato, notandone il mantello lungo e la spada appesa al fianco.

Ian andò incontro per primo a quell'uomo armato e gli si rivolse in inglese, come i suoi compagni d'arme non erano in grado di fare. «Vi manda sir Martewall» disse poiché aveva riconosciuto uno dei soldati venuti da Bordeaux al seguito del barone di Dunchester.

«Sì, milord» rispose l'uomo. «Vengo a dirvi che il mio signore vi aspetta a Veilleur».

Pronunciò l'ultimo nome a fatica, storpiandolo con la sua cadenza anglosassone, e Ian dovette girarsi a chiedere maggiori dettagli agli amici, oltre che per tradurre il breve scambio di battute.

«Veilleur è un villaggio minuscolo poco più avanti da qui»

[22] «Vi prego, fermatevi e ascoltatemi, miei signori!»

spiegò Sancerre. «Una volta vi era una torre difensiva, ma poi è stata distrutta da un incendio e mai più ricostruita. Adesso è solo una stazione di sosta per viaggiatori e corrieri. Segna il confine con i feudi della Normandia».

«È molto distante da qui?» domandò Ian.

«Qualche ora, credo».

Ian si voltò a ripetere la stessa domanda al soldato e ricevette una risposta analoga. «Quattro ore di buon passo, milord. Noi vi siamo arrivati prima del tramonto e abbiamo bloccato le vie d'accesso e di fuga. Il villaggio adesso è isolato».

«Isolato? Perché mai?» chiese Ian e sentì la tensione aumentare dentro, nello stomaco.

«Vi abbiamo intrappolato il barone di Gant con i suoi uomini» spiegò il soldato. «Erano arrivati poco prima di noi e quando ci hanno riconosciuti si sono asserragliati nei ruderi della rocca. Non eravamo ancora riusciti a stanarli, quando il mio signore mi ha mandato incontro a voi, e nemmeno si sono arresi alle intimidazioni dell'emissario della principessa Bianca».

«È un brutto affare» commentò Sancerre, rabbuiato, quando Ian ebbe tradotto le notizie a beneficio di tutti. «Non so quanti uomini ha il corvo con sé, probabilmente meno di noi e gli inglesi messi insieme, ma se stanno al riparo della rocca sarà davvero difficile avere ragione di loro».

«Però Gant non può permettersi di rimanere intrappolato a lungo in un assedio» obiettò Grandpré. «A quest'ora sa che tutti gli stanno dando la caccia e se resta fermo in un luogo per molto tempo rischia sempre più che i suoi assedianti aumentino fino a schiacciarlo. No, io credo che tenterà di forzare il blocco molto presto, in un modo o nell'altro».

«Allora sbrighiamoci ad arrivare a Veilleur» esortò Ian, con la frenesia che gli entrava nelle vene a contrastare la stanchezza. «Non voglio che quel bastardo mi scappi».

«Jean, dobbiamo fermarci qualche ora» lo contraddisse Grandpré. «I cavalli non ce la fanno e anche noi abbiamo bisogno di riposo. Inoltre sta per scoppiare il temporale e la luna presto non ci sarà più d'aiuto».

«*Monsieur* de Grandpré ha ragione» intervenne Daniel,

prima che Ian potesse ribattere. «E poi se arriviamo esausti non riusciremo a essere granché efficienti».

Ian tacque, chiaramente bramoso di proseguire. Adesso Gant era a sole quattro ore di distanza da lui, lungo quella stessa strada, ma se gli inseguitori sprecavano tempo a riposare, forse il crociato avrebbe aumentato il suo vantaggio, forse avrebbe trovato il modo per fuggire...

Daniel si accostò con decisione. «Martewall lo terrà dov'è, in attesa del tuo arrivo. O forse non ti fidi delle sue capacità?»

«Certo che mi fido, ma ha pochi uomini con sé, forse meno dei nemici, e un villaggio è grande da controllare» ribatté Ian.

In quel momento, però, un tuono si fece strada nella notte. Il vento soffiò perentorio a gonfiare mantelli e cappucci, poi iniziò a piovere. Ian guardò in su, verso il cielo ora completamente nero, e imprecò in silenzio. La pioggia gli sferzò il viso e aumentava di intensità a ogni istante, in pochi istanti coprì la strada di fango viscido.

«Andiamo al riparo» decise per tutti Sancerre. «Non si può continuare finché non smette. Rischiamo di azzoppare i cavalli».

Daniel tirò Ian per la manica perché l'amico proprio non si voleva smuovere. «Vieni. Niente colpi di testa» lo ammonì.

Ian, controvoglia, dovette seguire tutti gli altri verso la fattoria.

Passarono quasi tutta la notte al riparo nel fienile, perché il temporale impiegò tempo a sfogarsi e gli scrosci d'acqua erano tali da nascondere del tutto la strada già resa quasi invisibile dal buio totale.

Ian dormì solo perché alla fine la stanchezza ebbe il sopravvento anche su di lui e gli chiuse gli occhi; per tutto il resto del tempo, i suoi pensieri rimasero costantemente rivolti all'indomani e a ciò che lo aspettava a Veilleur. Si addormentò nella paglia con la mano serrata sulla spada e il nome di Isabeau nella testa.

***

Si svegliarono, prepararono e armarono con il buio ancora fitto, appena la pioggia finì. Questa volta indossarono gli usberghi completi e imbracciarono gli scudi, ma i cavalieri non indossarono le livree da battaglia con i loro colori araldici, per poter passare più inosservati in caso di battaglia non in campo aperto. Ian sfiorò appena con la mano la cotta d'armi con il falco d'argento, ripiegata in mezzo alle cose che Beau aveva preso con sé, poi però spostò oltre lo sguardo e si fece aiutare dallo scudiero ad allacciare la tunica scura sopra l'usbergo.

Con il cielo appena rosato sull'orlo, alle loro spalle, attraversarono un varco tra due colline per arrivare a Veilleur e notarono subito che i segni della pioggia notturna si affievolivano man mano che procedevano verso nord-ovest. Oltre le colline non aveva piovuto e la strada più secca e dura consentì al gruppo di accelerare il passo.

Avvistarono i resti della torre in rovina descritta da Sancerre con il cielo ormai chiaro. La torre era una costruzione piccola, nel bel mezzo di una distesa piatta di prati e di boschi. Era attorniata da altri edifici in muratura anneriti e privi ormai di tetti e finestre ma coperti di muschio. La torre doveva aver avuto anche una cinta muraria, ora ridotta a poche pietre non più alte del ginocchio di un uomo, poiché tutte le altre erano state usate per costruire le case dei dintorni, poco più di una decina, disposte a cerchio intorno a ciò che restava dell'antico edificio difensivo. Vi erano campi, frutteti e orti deserti intorno al villaggio. Dalle case però salivano anche due distinte colonne di fumo denso e non era quello dei comuni focolari.

«Al fuoco!» gridò qualcuno tra i soldati, additando il villaggio ormai davanti al galoppo dei loro cavalli.

Ian serrò i denti, intuendo il peggio. Non ascoltò nessuno, né esortazioni né ammonimenti: piantò gli speroni nei fianchi del cavallo e si lanciò in avanti più veloce che poté.

Il soldato inglese, rimasto durante tutta la notte con il gruppo in arrivo da Séour, gli si affiancò subito. «*Give way to the French Hawk*[23]*!*» urlò agli uomini armati apparsi tra le prime case di Veilleur dopo aver scorto il gruppo in arrivo.

Gli armati abbassarono subito le armi e si fecero da parte,

[23] «Date il passo al Falco francese!»

anzi lanciarono esclamazioni soddisfatte all'arrivo dei rinforzi. Il gruppo dei francesi sopraggiunse subito dietro Ian.

Il minuscolo villaggio di Veilleur sembrava in totale subbuglio, come all'arrivo di una calamità o di predoni razziatori. Vi erano grida, persone in fuga, madri con i bambini che si rintanavano in casa al passaggio degli uomini a cavallo. Pareva fosse in corso una piccola guerra in mezzo alle case, ma quando arrivò abbastanza vicino da poter vedere Ian si accorse invece che i soldati armati fino ai denti e gli uomini del villaggio erano freneticamente al lavoro intorno a una casa in fiamme. Un carro, ormai ridotto a una struttura sbilenca di tizzoni, sembrava essere stato trascinato via con la forza per liberare l'ingresso del piccolo edificio di legno e mattoni, lasciando solchi anneriti nella terra. La porta della casa era stata sfondata e proprio in quel momento ne venivano condotti fuori due bambini e una donna in lacrime per il fumo e lo spavento, mentre tutto intorno chi poteva gettava secchi d'acqua o cercava di spegnere il fuoco con le ramazze e palate di terra.

Ian individuò subito il cavaliere bruno che dirigeva le operazioni, mentre tentava allo stesso modo di rendersi utile. «Che cosa succede?!» urlò per sovrastare il clamore, quando fu abbastanza vicino all'altro uomo.

Kerwick si voltò a guardarlo, asciugandosi il sudore dalla fronte annerita dalla fuliggine. «Quei dannati bastardi hanno imprigionato due famiglie nelle case poco prima dell'alba, approfittando del buio, e hanno appiccato il fuoco» spiegò, indicando con una mano la colonna di fumo identica che saliva dall'altro lato del villaggio. «Hanno scelto i due punti più distanti possibile. Abbiamo dovuto dividerci per tentare di salvare qualcuno e loro ne hanno approfittato per forzare il blocco. Abbiamo avuto due caduti e anche un ufficiale della vostra principessa è morto sotto le loro frecce».

«Gant è scappato?!» esclamò Ian.

In quel momento arrivò un soldato a fare rapporto a Kerwick. «Signore, li abbiamo tirati fuori tutti. Nelle case in fiamme non c'è più nessuno».

«E allora lasciatele bruciare e montate a cavallo!» ordinò l'inglese. «Inseguiamo quei maledetti assassini!»

Il soldato corse a riferire gli ordini.

«Dov'è Geoffrey?» chiese Ian con sempre maggiore urgenza.

Kerwick gli indicò una delle strade in uscita dal villaggio. «Già all'inseguimento con l'altra metà degli uomini. Era furioso. Sicuro come la morte che non risparmierà nessuno di quei cani incendiari se riesce a mettere loro le mani addosso, anche se sono più numerosi».

Ian non ascoltò altro. Incitò il cavallo e si lanciò nella stessa direzione, senza più voltarsi indietro, senza nemmeno perdere tempo a infilarsi l'elmo o alzare il camaglio sulla testa, nonostante le proteste spaventate di Beau alle sue spalle. Nelle orecchie sentiva solo il fischio del vento e nel petto il martellare del cuore.

Gant era a poca distanza. Gant stava fuggendo.

Ma Gant era suo. Non avrebbe mai lasciato la sua vendetta nelle mani di Martewall. Doveva arrivare al crociato prima dell'inglese a qualsiasi costo.

L'odore del fumo lo seguì per un bel pezzo, portato dal vento, e gli risvegliò i ricordi peggiori. La furia crebbe al pensiero di quegli innocenti intrappolati nelle case date alle fiamme solo per fare da diversivo e la mente ritornò ad altri roghi, ad altre urla di terrore, ad altre colonne di fumo denso.

Schifosa carogna, hai finito di bruciare gente! giurò Ian col pensiero, mentre spronava il cavallo con maggiore forza.

I compagni d'arme lo raggiunsero in fretta, tenendogli dietro nel suo galoppo frenetico. Attraversarono i campi deserti e poi i prati e si inoltrarono tra gli alberi dei boschi circostanti.

Trovarono un torrente e un ponte di pietra, che scavalcava il naturale avallamento del terreno per permettere il passaggio a carri e viandanti. Intorno udirono grida e clangore di armi e capirono che era in corso un confronto sanguinoso. Ian trovò sulla sua strada due cadaveri con ferite di balestra e di spada e uno dei due portava i colori dei soldati inglesi.

Passò oltre e sguainò la spada, pronto a tutto. Riuscì ben presto a individuare gli uomini impegnati in combattimento, confusi nella vegetazione. Martewall era la furia che Ian ricordava, implacabile nella sua livrea nera con la spada scintillante nella mano. Aveva già lasciato un morto sul ponte e ora combatteva con un secondo avversario. I cavalli sbuffavano feroci, sentendosi intrappolati nello spazio ristretto del ponte, mentre i loro cavalieri si scambiavano colpi tremendi.

Altri uomini erano impegnati a combattere sullo spesso tappeto di foglie che invadeva il sottobosco. Il sibilare delle frecce si mescolava ai nitriti dei cavalli e al suono metallico delle spade. Un urlo di dolore accompagnò il cadere di un altro uomo agonizzante ai piedi di un tronco, mentre il cavallo fuggiva scalciando per il bosco.

Ian trattenne per un istante il destriero, per capire dalla posizione leggermente sopraelevata in cui si trovava come fossero disposte le forze in campo. Soprattutto, per individuare una figura ben precisa tra le altre.

Sul ponte Martewall combatteva in posizione troppo scoperta perché bloccato nel suo avanzare dall'uomo che gli teneva testa. Sulle rive del torrente due inglesi a piedi cercavano di tenere sotto tiro gli alberi con le balestre e difendere il loro signore. Avevano perso i cavalli, probabilmente uccisi dai nemici. La carcassa di uno degli animali era per metà affondata nell'acqua vorticosa del piccolo corso d'acqua. In mezzo agli alberi comparivano e sparivano figure impegnate in combattimento, ma anche balestrieri pronti a tirare.

Ian dovette proteggersi precipitosamente dietro lo scudo da una raffica che gli mancò di poco il cavallo. Il movimento gli provocò un forte dolore alla spalla. Poco dopo il giovane si trovò affiancato da Daniel e dagli altri cavalieri. I soldati che li accompagnavano formarono una linea dietro di loro e imbracciarono le balestre, Daniel aveva già teso il suo arco prendendo la mira.

I fischi delle loro frecce si unirono a quelle scoccate dai due inglesi sulla riva del torrente nello stesso istante in cui Martewall gettava giù di sella il suo nemico.

Ci furono altre grida. Alcuni uomini caddero cadaveri tra i tronchi. Il cavallo rimasto senza cavaliere si diede alla fuga.

Martewall si voltò indietro e si accorse finalmente dei rinforzi. «Da quella parte!» urlò a Ian, indicando con la spada un punto al di là del ponte.

Frecce nemiche gli piovvero addosso da traiettorie imprecisate. Martewall lanciò un'imprecazione, mentre il cavallo lo disarcionava morendogli sotto, e finì giù dal ponte, al di là del muretto bassissimo.

«Geoffrey!» chiamò Ian con spavento, ma per fortuna il torrente era profondo appena mezza gamba e Martewall aveva già potuto far riemergere la testa e poi rialzarsi in piedi facendo leva sulla spada, prima che i soccorsi potessero arrivare a tirarlo fuori dall'acqua perché non affogasse sotto il peso dell'usbergo. Il cavaliere inglese teneva una mano premuta sul fianco che aveva sbattuto contro lo spigolo del muro nella caduta, per fortuna però le frecce non l'avevano raggiunto nemmeno di striscio.

«Quant'è vero l'inferno, giuro che lo acceco, il bastardo che mi ha ammazzato il cavallo! E poi lo affogo in questo torrente!» ringhiò Martewall tossendo, mentre si scrollava di dosso l'acqua e il fango.

«Stai bene?» si preoccupò Ian, fermandoglisi accanto, in mezzo al torrente, con il suo destriero. «Dov'è Gant?» domandò subito dopo.

«Davanti a tutti, il vigliacco» rispose l'inglese. «Lascia indietro i suoi a coprirgli le spalle e intanto se la dà a gambe. Va' a prenderlo prima che ci sfugga!»

Ian non se lo fece ripetere due volte, diede di sprone e salì la riva opposta del torrente senza badare a chi lo seguiva. Sentì che i francesi attraversavano il corso d'acqua guadandolo oppure servendosi del ponte, udì anche Daniel chiamarlo per nome e Martewall reclamare a gran voce un'altra cavalcatura dai suoi uomini, ma non si voltò indietro.

Seguendo lui gli inseguitori si sparpagliarono per il bosco come lupi in caccia, per stanare le prede nel raggio più ampio possibile. Fin dall'inizio della spedizione gli ordini erano: arrestare chi si arrendeva, fermare gli altri a qualsiasi costo. Tutti sapevano però che Gant era destinato al Falco d'argento.

Ian venne aggredito di lato, da un uomo a cavallo sbucato da dietro un folto gruppo di sempreverdi. L'uomo lo speronò con il suo cavallo, nel tentativo di disarcionarlo, contemporaneamente brandiva una mazza. Ian riuscì a proteggersi sotto lo scudo, anche se l'urto violentissimo gli ravvivò il dolore alla spalla; sentì qualcosa di caldo cominciare a scivolargli lungo la schiena e bagnare la camicia sotto l'usbergo, ma allo stesso tempo riuscì ad allargare il braccio con violenza e a sospingere indietro l'arma del suo nemico.

Spronò il destriero per superare l'altro cavallo e a tagliargli poi la strada, impedendo così all'avversario di replicare subito il colpo, perché era sbilanciato dall'urto appena ricevuto e perché adesso tra la sua mazza e il bersaglio si frapponeva la testa del suo stesso cavallo.

Il destriero di Ian riuscì a compiere il giro e il giovane trovò la traiettoria libera per la sua spada. Affondò il colpo, ma anche il nemico fu bravo a deviare l'attacco con la spada corta che portava nell'altra mano e si disimpegnò senza subire danni.

Sancerre piombò tra i due, sostituendosi a Ian nel secondo attacco. «Laggiù!» urlò al compagno d'armi e gli indicò una direzione precisa con il braccio dello scudo, mentre con l'altra mano vibrava un colpo violento a contrastare la spada del nemico.

Ian, che aveva dovuto indietreggiare per lasciar spazio all'irruenza del francese, si voltò a guardare nella direzione indicatagli. Erano scoppiati altri duelli qua e là tra le piante: Ian riconobbe Grandpré alle prese con un uomo a cavallo armato di spada e De Bar incalzato da due a piedi, con ascia e bastoni, raccolti forse dal bosco. Più in là però vide un ufficiale con i gigli di Francia sulla livrea, impegnato a difendersi da un cavaliere armato di mazzafrusto.

Ian sentì una scarica elettrica lungo tutta la schiena, la collera invaderlo fino a fargli dimenticare il dolore alla spalla sanguinante. Fece girare violentemente il destriero, ma puntò la spada verso il cavaliere col mazzafrusto prima di spronare la cavalcatura in avanti. «GANT!» chiamò, con quanto fiato aveva in gola.

Capitolo 39

Il cavaliere col mazzafrusto si girò, attirato dal richiamo, mentre il suo avversario barcollava sfinito all'indietro. Per un istante rimase paralizzato con il braccio e il mazzafrusto a mezz'aria, come se avesse appena visto un fantasma scaturito da chissà dove. Il volto sotto il cappuccio del mantello era irrigidito in un'espressione di assoluta sorpresa.

Immobile, con la spada alta e puntata verso il suo nemico, Ian sostenne lo sguardo di Adolphe de Gant fino a quando non vide sparire in quegli occhi neri ogni traccia di sorpresa, sostituita dall'odio.

Il crociato lanciò un urlo di furore. Calò il mazzafrusto sull'ufficiale reale, a malapena riuscito a rimettersi in assetto da battaglia, e lo centrò in pieno alla spalla, con tale violenza da scagliare schizzi di sangue in ogni direzione nell'aria. L'ufficiale cadde di sella con un grido strozzato. Con il suo cavallo Gant speronò quello rimasto senza cavaliere e puntò dritto su Ian.

Ian incitò il suo destriero nello stesso istante e balzò in avanti a spada tesa, con il cuore che batteva tutt'uno con il rumore degli zoccoli sul terreno.

Si scontrarono nel pieno della loro rincorsa, eppure non riuscirono a farsi danno perché il mazzafrusto di Gant trovò lo scudo di Ian e la spada di quest'ultimo non arrivò a ferire, resa imprecisa dal contraccolpo appena subito. La rincorsa li portò oltre, nelle due direzioni opposte. Ian tirò le redini del destriero per farlo girare su se stesso e ripartì alla carica.

Anche il secondo scontro fu di nuovo a vuoto e generò solo le scintille dovute al percuotere delle armi sugli scudi. I due avversari però rimasero a lottare a distanza ravvicinata, mentre i cavalli giravano in tondo, inseguendosi con la stessa ferocia dei loro padroni.

Ian fu costretto quasi costantemente a rimanere al riparo del suo scudo per difendersi dalla micidiale sfera chiodata appesa alla fine della catena e ben presto sentì il dolore diventare lancinante alla spalla mai guarita. Ogni colpo ricevuto sullo scudo era un coltello piantato nella carne e nel polmone sinistro. Ian serrò i denti e dovette abbassare lo scudo per riposare il braccio e nel contempo contrattaccare.

La sua spada era un'arma più lunga del mazzafrusto di Gant, arrivava più lontano, e fu così rapida da riuscire a insinuarsi nello spazio non protetto dallo scudo nemico, nel momento in cui Gant alzava di nuovo il braccio per colpire. Centrò di taglio il nemico sul costato, ma non perforò gli anelli intrecciati della cotta di maglia sotto la protezione di cuoio rigido.

Fu comunque un colpo duro, degno di una mazza, e strappò un'imprecazione di dolore a Gant. Il crociato replicò con rabbia e a sua volta trovò Ian scoperto dallo scudo abbassato. La palla di ferro mancò la tempia del giovane di un soffio appena, e solo perché Ian si tirò indietro all'ultimo istante.

All'attacco successivo, il dolore alla spalla rese istintivo a Ian alzare la spada piuttosto che lo scudo a sua difesa, ma così facendo diede modo alla catena del mazzafrusto di avvinghiarsi alla lama come un serpente.

Gant ritirò immediatamente il braccio con violenza, Ian si sentì strappare la spada di mano, ma la trattenne con tutta la forza che poté. Con uno stridio metallico la lama si scheggiò ma non si ruppe e la catena scivolò via.

Ian si ritirò a distanza di sicurezza per riprendere fiato e così fece Gant.

«Che cosa ci vuole per ucciderti davvero, maledetto?!» esclamò il crociato, furente.

«Non uno come te» replicò Ian in un ringhio e puntò di nuovo la spada contro il suo nemico. «Io ti accuso, bastardo» annunciò a voce alta. «Ti accuso di aver tentato di uccidermi due volte a tradimento; di aver ucciso allo stesso modo i cavalieri Almeric de Roquemar, Benôit de Lavaur e gli uomini del loro e del mio seguito; di aver razziato, bruciato, ucciso e torturato solo per arricchirti con i tuoi delitti. Ti vedrò morto, schifoso assassino, perché ti avrò ammazzato con le mie mani».

«Avrò la tua testa!» urlò Gant di rimando e incitò il cavallo a una nuova carica.

Ian piantò gli speroni nei fianchi del destriero spingendolo a un balzo in avanti, ma questa volta deviò la traiettoria all'ultimo istante in modo da tenere il nemico sulla propria destra. La sua arma arrivò per prima al bersaglio, colpì sul lato non protetto dallo scudo, mentre Gant aveva ancora il braccio alzato per imprimere forza al mazzafrusto, e aprì uno squarcio rosso nel fianco del crociato, strappando via stoffa, cuoio e anelli di ferro bagnati di sangue.

Gant urlò di rabbia e di dolore, ma replicò il colpo e il suo mazzafrusto se mancò il nemico ferì però il suo destriero, piantandoglisi nell'anca con le punte acuminate.

Il cavallo nitrì e sgroppò, fuori controllo per il terrore, Ian venne sbalzato di sella e ricadde a terra di peso. Le foglie del sottobosco attutirono in parte la sua caduta, ma l'urto alla spalla gli strappò il respiro come una lama piantata attraverso la schiena.

Ian urlò di dolore senza poterselo impedire, poi rotolò di lato appena in tempo per non rimanere sotto gli zoccoli del cavallo di Gant quando ritornò indietro. Si rimise freneticamente in ginocchio, poi in piedi, scivolando sulle foglie marce. Non si era ancora drizzato in posizione eretta quando Gant gli fu addosso ancora.

Ian si chinò per scansare il maglio chiodato, poi compì un mezzo giro su se stesso, seguendo il movimento rapido del nemico, e allungò un fendente sulle cosce del suo cavallo.

L'animale stramazzò seduto sulle gambe posteriori, con un nitrito di dolore, e disarcionò il suo cavaliere. Scalciò terra, fango e foglie in ogni direzione, poi si rialzò e fuggì lasciandosi dietro una scia di sangue nel bosco.

Ian corse incontro a Gant, dandogli a malapena il tempo di risollevarsi dalla posizione supina in cui era caduto. Il crociato si riparò dietro lo scudo che Ian non riuscì a perforare. Resse l'assalto una, due, tre volte, poi replicò con tale ferocia da strappare schegge di ferro e legno dallo scudo del suo nemico insieme a pezzi interi del disegno del falco sulla superficie bianca e azzurra.

Ian dovette indietreggiare per reggere il contrattacco e barcollò perché le foglie sotto i suoi piedi erano viscide. Lo sforzo per mantenere l'equilibrio gli diede un nuovo lampo di sofferenza lungo la schiena.

Ian capì di perdere terreno nei confronti del nemico, mentre il sangue gli colava dalla ferita riaperta. Il braccio sotto lo scudo cominciava a intorpidirsi e le punte delle dita pizzicavano.

Il dolore però era niente in confronto alla furia che spingeva la sua spada. Aveva di fronte il suo nemico e niente altro importava, niente altro rimaneva. Con una vita distrutta alle spalle, gli restava solo il bersaglio davanti agli occhi, sui cui sfogare la sua disperazione.

Gant. La causa scatenante della sua rovina. Ian giurò a se stesso ancora una volta che non gli avrebbe fatto vedere il tramonto di quel giorno.

All'ennesimo assalto il mazzafrusto rimase incagliato nello scudo del Falco, ormai completamente sfregiato. Ian approfittò dell'occasione e scattò in avanti, proiettando il peso sul braccio sinistro per caricare come un ariete. Sbatté lo scudo su Gant, che dovette piegare il braccio destro per proteggersi il viso e comunque non poté attutire del tutto l'urto.

Il manico del suo stesso mazzafrusto gli finì in piena faccia con violenza, strappandogli un grugnito strozzato. Ian si sentì mancare il fiato per un attimo a causa del dolore alla spalla su cui aveva caricato il peso, eppure affondò la spada di punta con l'altra mano.

Gant chiuse in parte la traiettoria con il suo scudo e subì appena un graffio sulla coscia, poi però abbassò il pesante arnese di legno sulla gamba più avanzata del suo avversario. Lo scudo crociato colpì Ian a metà del femore con la sua parte inferiore fatta a spigolo.

Ian barcollò, sbilanciato, sentì la gamba cedere e finì sul ginocchio. Gant ritirò il braccio destro e strappò via al nemico lo scudo in cui era sempre conficcato il mazzafrusto. Ian rimase con la sola spada a sua difesa e il braccio sinistro contratto contro il petto.

Gant schiacciò sotto il piede lo scudo del falco per strapparne via il maglio chiodato e liberare la sua arma, poi avanzò verso Ian, ancora piegato sul ginocchio, in mezzo alle foglie. Ansando, si ripulì il viso dal sangue che gli scendeva dal naso e dall'angolo della bocca. «Adesso chiudiamo la questione una volta per tutte» minacciò e si aggiustò lo scudo sul braccio sinistro. Aveva il passo leggermente affaticato dalle ferite, eppure il cavaliere alzò il braccio destro per far roteare il mazzafrusto nell'aria.

Ian portò tutte e due le mani intorno all'impugnatura della spada e cercò di respirare più a fondo che poté, preparandosi allo scatto, tentando di ignorare il dolore alla spalla e alla gamba. Il femore o il ginocchio non erano rotti, lo dimostrava il fatto che potessero ancora reggere parte del peso del corpo, il muscolo però doleva in modo lancinante a causa della percossa. In aggiunta, la spalla sinistra sembrava masticata da zanne invisibili.

Ian serrò i denti per darsi la forza. Con gli occhi teneva sotto controllo ora la sfera mortale del mazzafrusto ora lo scudo bianco e nero con la croce, per capire da dove sarebbe arrivato l'assalto e da dove la finta. «Sei indegno di portare quella croce» accusò con rabbia. «E io te la strapperò di dosso, fosse l'ultima cosa che faccio».

Gant non gli rispose nemmeno, ma si spostò di qualche passo per trovare il punto più adatto all'attacco.

«Fermatevi!» esclamò una voce che voleva essere autoritaria benché stravolta dal dolore. L'ufficiale francese ferito era riuscito a risollevarsi, nonostante la spalla grondante sangue, perché Grandpré era corso a sorreggerlo non appena si era disimpegnato dal combattimento.

«Fermatevi!» ripeté l'ufficiale. «Barone di Gant, in nome di Sua Altezza la principessa Bianca io vi ordino di smettere questo duello! Siete in arresto con l'accusa di omicidio e di frode! Deponete le armi!»

«No!» esclamò Ian d'istinto, con il terrore di vedersi togliere di mano la sua preda, ma la sua voce venne coperta dall'identico rifiuto di Gant.

«Non ho finito con quest'uomo!» esclamò il crociato senza nemmeno voltarsi. «Quando lo avrò scannato, forse valuterò le vostre accuse e mi occuperò di voi!»

«Come osate ribellarvi a un ordine della corona?» reagì Grandpré e compì un passo avanti a spada sguainata. L'ufficiale cercò a sua volta di risollevare la sua arma e nel mentre si sorreggeva appoggiandosi a un tronco.

«Non vi intromettete!» gridò Ian furioso, balzando in avanti a lama tesa. Dimenticò la tattica, dimenticò la prudenza, con un solo pensiero frenetico in testa: non avrebbe permesso a nessuno di togliergli il corvo da davanti la spada.

Gant parò con lo scudo ancora una volta, ma dovette indietreggiare di parecchi passi, tanto era l'impeto rabbioso del suo nemico. Subì alcuni colpi provenienti da traiettorie sempre diverse e anche il suo scudo si sfregiò pesantemente, poi però Ian dovette rallentare il suo impeto a causa della fatica. Gant approfittò del momento e calò il mazzafrusto.

Ian balzò di lato, lasciando che la sfera chiodata andasse a sfiorare la terra, e contrattaccò da sinistra. «Resta dove sei, Henri!» urlò in contemporanea, poiché aveva visto con la coda dell'occhio il compagno di nuovo pronto a farsi sotto. «È mio il diritto di fare giustizia! Io invoco il Giudizio…»

Non terminò la frase perché la sua rabbia l'aveva reso avventato. Gant aveva previsto il suo attacco, lo schivò lasciando arrivare il nemico a distanza ravvicinata e poi colpì con il bordo dello scudo, tra il collo e l'orecchio.

La botta fu tale da accecare Ian per un istante. Il giovane finì a terra e, solo grazie a una reazione istintiva, riuscì a evitare il successivo colpo di mazzafrusto, che si piantò nella terra per sollevare una nuvola di foglie secche nel punto esatto in cui la sua testa era stata solo un istante prima.

«Tu vorresti invocare un Giudizio di Dio!» esclamò Gant, sprezzante, e calò un nuovo colpo, a vuoto solo perché Ian riuscì a scansarsi ancora. «Non ci sarà nessun giudizio perché io non ti accetto come giudice e tu comunque non vivrai abbastanza nemmeno per ascoltare la tua estrema unzione!»

Il suo mazzafrusto colpì di nuovo le foglie, ma Ian dovette rotolare più vicino al nemico per evitare il maglio chiodato e Gant ne approfittò per sferrare un calcio violento. Ian fu centrato al fianco e ricadde a terra, con il respiro spezzato.

«Basta così!» urlò Grandpré, accorrendo. «Io attesto le accuse e vi chiamo al giudizio terreno, Adolphe de Gant! Deponete le armi e arrendetevi o affrontatemi!»

La sua protesta venne messa a tacere dall'irrompere di uomini impegnati a combattere, dell'una e dell'altra parte. Sancerre incalzava come un cacciatore almeno due uomini armati e a cavallo. Altri arrivarono a piedi combattendosi con spade, asce, mazze e balestre. Le frecce ricominciarono a sibilare nell'aria, Grandpré dovette gettarsi al riparo, come pure l'ufficiale ferito, e poi difendere con la spada la sua stessa vita.

Nel momento di confusione, Ian alzò la spada e riuscì ancora una volta a impegnare la catena del mazzafrusto intorno alla lama, prima che il maglio gli arrivasse al viso. Torse il braccio con violenza e sbilanciò in avanti il suo nemico abbastanza da piantargli un calcio in pieno ventre. Gant barcollò e Ian ne approfittò per riuscire a risollevarsi, strappando contemporaneamente il mazzafrusto dal pugno allentato del suo nemico. L'arma rimbalzò contro un tronco e poi si perse nelle foglie.

Ian e Gant si trovarono faccia a faccia, di nuovo ansanti, giurandosi morte in silenzio, mentre tutto intorno infuriava la battaglia.

Gant estrasse lentamente la spada portata al fianco fino a quel momento e la roteò con il polso, mentre si spostava passo passo per trovare la migliore posizione di attacco. Continuava a sanguinare dal fianco e dal naso, ma aveva ancora il suo scudo, mentre Ian manteneva la sola spada nelle due mani serrate una sotto l'altra sull'impugnatura e il pomo. Come ogni cavaliere aveva un pugnale in cintura, ma il braccio sinistro era ormai privo di sensibilità e non sarebbe mai stato in grado di maneggiare l'arma in modo efficace.

Il giovane girò piano su se stesso per mantenere il crociato sempre davanti a sé. Il sangue gli scendeva lungo il collo da dietro l'orecchio e lungo la spalla a incollargli la camicia sulla schiena e Ian sentiva la sofferenza affaticargli sempre più il respiro, ma quello stesso dolore era anche olio gettato sul fuoco del suo odio, che lo rendeva pronto a dar fondo a tutte le sue energie.

Era in posizione sfavorevole, Ian lo sapeva fin troppo bene. Anche Gant sanguinava, ma le sue ferite non erano troppo profonde e soprattutto non lo avevano ancora indebolito quanto l'emorragia e l'infezione avevano fatto con il suo avversario nei giorni passati. Sembrava ben saldo sulle gambe, mentre Ian avvertiva sempre più l'usbergo come un peso sulle spalle anziché una protezione.

Di fatto, il suo nemico era meno provato di lui, pensò il giovane e ricordò l'ammonimento di Martewall riguardo l'affrontare un nemico esperto in condizioni di svantaggio. Ora più che mai sentiva la verità di quelle parole, dettate dall'esperienza, ed era conscio del rischio elevatissimo di poter morire sotto la spada del suo nemico.

Quante probabilità aveva a suo favore?

Ma in fondo che importava?

Adesso che il suo mondo era solo dolore e rabbia, aveva senso preoccuparsi di sopravvivere?

Ian smise di farsi domande. Il suo unico scopo era là, davanti a lui, difeso da una lama e uno scudo, e il giovane sentì di non temere il prezzo che avrebbe dovuto pagare per raggiungerlo con la sua spada: l'unica cosa importante era che il corvo non sopravvivesse al falco, tutto il resto non contava più.

Attaccò per primo, con un grido selvaggio, mirando al fianco non protetto dallo scudo. Gant alzò la sua spada per contrastarlo, Ian gliela impegnò, poi all'improvviso lasciò la presa sull'impugnatura con la destra per andare ad afferrare il bordo dello scudo del suo nemico.

Fu un gesto temerario e contro ogni tattica, che colse Gant del tutto di sorpresa. Ian allargò le braccia e aprì a viva forza la difesa del suo nemico. Era più alto di lui, sfruttò la sua altezza e lo colpì in pieno con una testata.

Gant barcollò con un grido di sorpresa, Ian gli strappò di mano lo scudo, approfittando della sua difficoltà, e gli sferrò un destro al mento.

Il crociato accusò il colpo. Riuscì comunque a reagire e a far cadere la spada dalla mano sinistra intorpidita di Ian per tentare poi di trafiggerlo, ma l'altro cavaliere gli rimase troppo vicino per consentirgli poi di usare la sua lama in modo efficace. Ian colpì con un altro pugno e poi un altro e un altro ancora, senza lasciare che il suo nemico potesse riprendere fiato. Il dolore alla spalla a ogni movimento era come un colpo di frusta che aizzava un animale feroce.

Ian colpì Gant con una gomitata al collo, poi gli piantò un ginocchio nel ventre. Il crociato si piegò in due, perse anche la spada e cadde in ginocchio. Ian lo gettò giù con un calcio, poi dovette fermarsi per non cadere a sua volta sotto il peso della fatica e delle ferite. «...adesso sì, chiudiamo la faccenda una volta per tutte» ansò.

Aveva il cuore impazzito nel petto, le orecchie assordate dal suono del suo stesso respiro, in testa un solo pensiero.

Con gli occhi cercò la propria spada tra le foglie sparse a terra. La vide a un paio di passi di distanza. Andò a raccoglierla mentre Gant a malapena riusciva a rannicchiarsi sulle ginocchia per tentare di risollevarsi, tossendo.

Ian tornò da lui, spada in mano, e gli si fermò di fronte, vicinissimo. «È meglio che preghi, già che sei in ginocchio» gli disse a bassa voce.

Gant rimase a capo chino sotto il suo mantello, aperto come le ali di un corvo sulla terra intorno a lui. Era riuscito ad alzarsi su un ginocchio, ma niente di più.

Ian prese la sua decisione e lo slancio con un grido. Sollevò la spada di scatto per brandirla alta sopra la testa con entrambe le mani.

La spalla ferita lo tradì senza preavviso, contraendogli i muscoli del braccio e del fianco sinistro in modo così doloroso da levargli il fiato a metà dello scatto. Ian non riuscì a completare la posizione d'attacco e si piegò invece sul fianco con un gemito strozzato.

In contemporanea Gant risollevò la testa e balzò in piedi, emergendo dal suo mantello. In mano stringeva saldamente un pugnale.

Ian spalancò gli occhi e trattenne il fiato nella stessa frazione di secondo in cui capì di essere perduto. La lama del pugnale balenò davanti al suo petto indifeso.

Ci fu un sibilo, poi un rumore secco.

Il pugnale cadde nelle foglie. Gant indietreggiò di un passo, poi crollò supino senza un gemito, con gli occhi sbarrati e una freccia piantata attraverso il torace.

Ian rimase a fissarlo per qualche istante, incredulo, senza fiato, poi si girò alla sua destra nel momento in cui Daniel, dalla sella del suo cavallo, abbassava l'arco lungo il fianco.

Per pochi attimi ancora intorno a loro si udì solo il clamore degli scontri ancora in atto.

«Mi dispiace, ma stava per ucciderti» disse infine Daniel, come a voler dare una giustificazione per ciò che aveva appena fatto. Aveva il respiro accelerato e il suo sguardo era ancora più cupo e amaro della sua voce.

Ian non gli rispose e tornò invece a guardare Gant immobile sul tappeto di foglie, ansando col cuore in gola.

Il duello era finito, il suo nemico era morto e non era stato lui a ucciderlo, anzi, senza l'intervento provvidenziale di Daniel ora sarebbe stato al posto di Gant, steso a terra in mezzo al sangue con un pugnale piantato nel petto.

L'idea gli diede un brivido violento dentro, che non si placò col sopraggiungere del tumulto confuso dei sentimenti risvegliati dalla morte del suo quasi assassino.

Ian si sentì venir meno le gambe quando anche la stanchezza e il dolore gli piombarono addosso tutti insieme. Scivolò in ginocchio e poi seduto sui talloni, lasciando cadere la spada accanto a sé, senza riuscire a staccare gli occhi dal cadavere di Gant.

Che cosa provava adesso? Nemmeno lui lo sapeva.

Di certo non era soddisfazione, no, affatto. Non si sentiva minimamente alleggerito né placato. La rabbia era come svanita all'improvviso, ma solo per fare più spazio al vuoto terribile lasciato dalla perdita di ogni cosa, anche del bersaglio del su odio; alla paura, umana e comprensibile ma ormai tardiva, della morte appena sfiorata sulla punta di un pugnale.

Si aggiunse un altro pensiero. Se fosse stato un Giudizio di Dio, come Ian aveva tentato di invocare pur di non farsi portar via la preda, lui sarebbe stato da solo davanti al suo nemico, senza che nessuno potesse intervenire in sua difesa. Sarebbe morto allora, perché Daniel non avrebbe potuto scoccare la sua freccia per salvarlo. Se fosse stato un Giudizio di Dio, Ian sarebbe morto da colpevole e Gant sarebbe rimasto in vita, da innocente scagionato da ogni accusa.

Il brivido, dentro, si fece più profondo.

Era quello un segno? Quel dolore improvviso lungo la schiena venuto a bloccare l'ultimo, mortale colpo di spada... era stato un ammonimento venuto dal cielo oppure la mano provvidenziale e invisibile che gli aveva impedito di calare la lama su un avversario in ginocchio?

Ian si sentì invadere da un orrore indicibile, quando capì di aver osato invocare il Giudizio di Dio e rischiato contemporaneamente di diventare un assassino. Di aver avuto la presunzione sacrilega di chiedere la protezione del cielo per la sua vendetta personale.

Il timore sacro prese il sopravvento su qualsiasi altro pensiero razionale o moderno, per lasciare solo un uomo spaventato e nudo di fronte a ciò che sentiva ora essere la sua colpa, indicata direttamente dalla mano divina, che forse aveva voluto rimproverarlo con severità, forse invece proteggerlo da se stesso con misericordia.

Che cosa sono diventato? si chiese Ian, portandosi la mano tremante alla spalla, epicentro del dolore.

Mai, mai avrebbe creduto un giorno di arrivare a infierire su un nemico prostrato a terra, eppure l'avrebbe fatto se non fosse stato fermato contro la sua volontà.

Assassino: c'era mancato poco, un soffio, perché lo diventasse davvero. L'accusa non gli usciva dalla testa insieme ai brividi di raccapriccio. Eppure aveva già ucciso in precedenza ma mai con odio, solo per necessità e difesa, almeno così credeva. D'un tratto però ebbe paura di ripercorrere con la mente tutti gli episodi in cui la sua spada aveva dovuto versare sangue.

«Ehi». La voce di Daniel riscosse Ian all'improvviso, facendolo sussultare.

Ian alzò lo sguardo per trovare l'amico chino su di lui, preoccupato. Daniel aveva infilato l'arco a tracolla ed era sceso di sella per andare da lui e mettergli la mano sul braccio. «Tutto bene?» gli domandò a bassa voce. «Coraggio. Adesso è finita».

Fu così che Ian si accorse del silenzio tutto intorno. Alzò gli occhi e vide Sancerre sorvegliare dall'alto del suo cavallo alcuni uomini riuniti in ginocchio, prigionieri, sotto la minaccia delle spade francesi. Grandpré aiutava l'ufficiale reale a camminare in quella stessa direzione. Nel resto del bosco rimanevano solo cadaveri.

«Vittoria!» annunciò Sancerre ad alta voce e sollevò la spada soddisfatto.

«Si è fatto beffe del Giudizio di Dio, ma la giustizia divina l'ha raggiunto ugualmente» sentenziò l'ufficiale della principessa Bianca, guardando Gant tra gli altri cadaveri. «La giustizia terrena si occuperà dei prigionieri colpevoli con la stessa severità».

Ian non riuscì a rispondere a nessuno dei due.

«Ce la fai ad alzarti?» domandò ancora Daniel e Ian percepì la sua apprensione crescente, dovuta probabilmente al fatto di non vederlo reagire a nulla. Ne percepì la preoccupazione sincera.

Si rese conto in quel momento che da giorni non si lasciava avvicinare tanto dall'amico, che la sua brama di rivalsa lo aveva reso sordo e cieco a tutto il resto e soprattutto alle proteste e agli ammonimenti più che fondati di chi gli era sempre stato leale e affezionato come un fratello.

Daniel aveva sempre avuto ragione quando chiamava vendetta ciò che Ian si ostinava a definire giustizia. Eppure alla fine proprio lui era stato costretto a uccidere Gant per salvare l'amico da morte certa.

Non avrebbe mai voluto... eppure l'ha fatto per me, pensò Ian e i rimproveri della coscienza diventarono ancora più feroci.

«Andiamo, ti aiuto» esortò Daniel, ignaro di quei suoi pensieri agitati e messo in ansia invece dal suo evidente stato di confusione. Cercò di tirare in piedi l'amico per il braccio sano, ma Ian lo fermò spostandogli la mano sul petto per afferrargli la cotta e lo trattenne vicino a sé.

«Avevi ragione tu» mormorò con dolore, in risposta al suo sguardo interrogativo. «Perdonami».

Daniel rimase sorpreso per un attimo, ma poi si rilassò e strinse più forte il braccio dell'amico, rimanendogli accucciato accanto. «Bentornato tra noi» rispose con sollievo.

Capitolo 40

La breve battaglia di quel giorno costò dodici morti complessivamente, tra cui tre soldati inglesi e uno degli ufficiali di Bianca di Castiglia. Ci furono sette feriti, oltre a Ian, al secondo ufficiale reale e a Sancerre, raggiunto a una gamba da un colpo di spada, che fortunatamente gli procurò solo uno sfregio doloroso ma poco profondo lungo il polpaccio.

«Mia moglie mi ucciderà comunque. Per metterla tranquilla le avevo promesso di tornare senza un graffio» brontolò il cavaliere nel controllare i danni, mentre lo scudiero lo aiutava a medicarsi. «Chi le spiega questa ferita, adesso?»

«Basta tenergliela nascosta finché non è guarita del tutto» rispose De Bar con un sorrisetto. «Non è profonda, non ti lascerà nemmeno la cicatrice».

Sancerre fece una smorfia. «Quindi dovrei evitare di farmi vedere nudo da mia moglie per i prossimi venti giorni almeno? Preferisco che lei mi stacchi la testa, piuttosto».

Daniel udì il dialogo, ma non riuscì a sorridere. Teneva quasi sempre gli occhi su Ian, seduto a una decina di passi di distanza con Beau che gli stringeva accuratamente le bende intorno alla spalla sanguinante. Fu contento di vedere che i due si parlavano di nuovo, anche se i loro toni erano così bassi da non far sentire a nessun altro ciò che dicevano. Beau comunque ebbe un pallido sorriso per la prima volta da giorni, mentre aiutava Ian a rivestirsi.

Si trovavano dentro ciò che rimaneva della rocca di Veilleur, il cui pianoterra, ancora utilizzabile, era adibito da tempo a luogo di sosta e di riposo per i corrieri e i viaggiatori di passaggio. In realtà, il luogo era composto da un unico stanzone, abbastanza grande da poter ospitare panche e tavoli grezzi di legno su cui mangiare e pagliericci per una decina di posti. In più, vi era un enorme caminetto in cui accendere il fuoco sia per cucinare sia per generare calore. Si vedeva comunque che il luogo non era molto frequentato perché il pavimento di pietra era coperto di polvere e foglie secche e anche i pagliericci erano umidi ed emanavano un penetrante odore di muffa. Alcuni soldati si stavano affaccendando a buttarli fuori dallo stanzone per sostituirli con paglia nuova, ottenuta dagli abitanti del villaggio. Nel frattempo lo scudiero di Grandpré aveva acceso il fuoco e chiuso alla meglio la porta che un tempo dava l'accesso ai piani superiori e che adesso lasciava entrare solo spifferi d'aria fredda dalle scale diroccate.

Fuori, oltre il cortile, nel piccolo cimitero del villaggio, erano state scavate le tombe per i caduti, Gant compreso. I prigionieri erano invece riuniti in gruppo davanti alla rocca, seduti a terra e legati, sotto la sorveglianza attenta dei francesi. Non era solo il timore di una fuga a mantenere tanto alta l'attenzione: gli abitanti di Veilleur si erano ripresi dallo spavento del brevissimo assedio al loro villaggio e più di una volta erano venuti a inveire con rabbia contro chi aveva quasi bruciato vive due intere famiglie. Senza la ferrea sorveglianza dei francesi, le cose potevano mettersi molto male per i crociati prigionieri, esposti alla furia della gente inferocita.

Kerwick venne a portare a Daniel un secchio d'acqua appena attinta dal pozzo, con un mestolo da cui bere. Daniel accettò con gratitudine e si dissetò prima di passare secchio e mestolo a Grandpré, seduto all'altra estremità della stessa panca.

Per decisione unanime, avrebbero passato il resto della giornata a riposare a Veilleur e vi avrebbero dormito, per poi riprendere le rispettive strade l'indomani. Martewall era fuori a organizzare una sistemazione per tutti, cavalli compresi, e attraverso le finestre aperte lo si vedeva dare ordini agli uomini. Anche se all'esterno faceva piuttosto freddo, il barone era rimasto nello stanzone affollato sempre e solo per periodi brevissimi, il primo dei quali necessario per cambiarsi gli abiti fradici e controllare che i lividi sul torace non nascondessero costole rotte dopo la caduta dal ponte.

Quando Martewall rientrò lo seguivano due uomini con le

braccia cariche di panieri di cibo da cuocere sul fuoco, ma il barone faceva strada soprattutto a un messaggero affaticato, con i colori dei Sancerre addosso, e gli indicò il cadetto, anche se il messaggero aveva già individuato il suo signore tra i molti uomini presenti.

Come tutti gli altri, Daniel si fece attentissimo quando il messaggero andò a scambiare alcune parole con Sancerre e gli consegnò una pergamena ripiegata. Il silenzio diventò totale, mentre il francese rompeva il sigillo e leggeva il contenuto del messaggio con occhi seri.

«Lasciateci soli. Uscite tutti tranne i cavalieri» annunciò poi Sancerre, spostando lo sguardo sui presenti. «Tu no» disse poi a Beau, che stava per lasciare lo stanzone insieme ai soldati e agli altri scudieri. «Non c'è niente qui che tu non sappia già».

Beau si sedette silenzioso sulla panca accanto a Ian.

«È un messaggio di mio fratello» spiegò infine Sancerre agli altri cavalieri, quando rimasero soli, alzando lievemente la pergamena di nuovo ripiegata nella mano. «La corte si sposta: Re Filippo ha lasciato Séour per continuare verso Parigi. Naturalmente, i suoi uomini non hanno trovato traccia di Gant nelle ricerche che continuano verso il meridione, ma hanno trovato i cadaveri degli ufficiali che erano con lui. Sono stati sgozzati come animali, forse durante il sonno e comunque prima di poter tentare una qualsiasi resistenza».

Daniel vide i cavalieri scambiarsi uno sguardo indignato. Ian intrecciò le mani, appoggiandosi con i gomiti sulle ginocchia. Martewall incrociò le braccia sul petto, mentre traduceva il discorso a beneficio di Kerwick.

«Non ci saranno più morti, da adesso in poi» disse Grandpré, cupo. «Gant ha finito di mietere vittime. Possiamo riferirlo al re».

Sancerre annuì, ma si vedeva che aveva ancora qualcosa da dire e che non gli piaceva affatto doverlo fare. «C'è dell'altro» proseguì infatti controvoglia. «Riguarda te, Jean». Aveva passato la pergamena all'ufficiale reale, seduto poco più in là a riposarsi della ferita ricevuta dal mazzafrusto di Gant. L'ufficiale aveva letto il contenuto, mostrandosi molto sorpreso sulle ultime righe.

Tutti gli sguardi si spostarono su Ian, interrogativi quelli di Kerwick e Martewall, cupi quelli degli altri. Beau si irrigidì sulla panca come un cucciolo sul chi vive. Ian non disse niente, ma strinse più forte le mani una nell'altra.

Daniel avrebbe dato qualsiasi cosa per non sentire ciò che temeva e che Sancerre purtroppo annunciò subito dopo.

«La notizia si è diffusa e tuo fratello ha confermato la sua decisione, anche se continua a non fornire spiegazioni» disse il francese a Ian ed era sinceramente addolorato. «Sua Maestà ti bandisce da corte in attesa di chiarimenti».

Martewall e Kerwick furono colti di sorpresa. Beau si lasciò sfuggire un gemito sommesso. Ian gli mise la mano sulla nuca per qualche istante, come gesto di conforto, ma poi ritornò con i gomiti sulle ginocchia a testa bassa e non disse niente.

«Che cosa significa?» domandò Kerwick alla fine, in cerca di spiegazioni dall'uno o dall'altro cavaliere. Martewall si era incupito troppo per tradurre la domanda, ma il significato della frase interrogativa fu chiara anche a chi non conosceva la lingua anglosassone. Nessuno osò però rispondere al posto di Ian.

«Ho avuto un contrasto grave con mio fratello qualche giorno fa e sono stato cacciato dalla famiglia» spiegò infine questi a Kerwick, direttamente in inglese e con voce atona. «Ora Guillaume ha reso ufficiale la sua decisione. Il resto è solo una logica conseguenza».

«Ma com'è possibile? Che cosa è successo?» domandò l'inglese, trasecolando, ma poi venne ammonito dal gesto silenzioso di Martewall, che alzò lievemente una mano a frenare la curiosità istintiva del cognato. Kerwick infatti ritirò subito la domanda. «Perdonatemi. Sono stato inopportuno» si scusò. «È che non riesco a credere che il vostro re non abbia avuto esitazioni nel prendere un provvedimento tanto grave nei vostri confronti solo sulla base di quanto deciso da vostro fratello, senza chiamarvi a giustificare l'accaduto».

«Mio fratello ha la totale fiducia del re da molto prima che io potessi meritarla» rispose Ian, mestamente. «Inoltre è il marito di sua cugina, è un feudatario maggiore ed è un uomo di assoluta lealtà nei confronti della corona. Io al confronto sono ben poco».

Specie perché il re sa che non sei il vero Jean de Ponthieu, aggiunse Daniel col pensiero, affranto. *Dovendo decidere da che parte stare, non ha avuto dubbi, anche se il conte non gli ha ancora spiegato l'accaduto.*

«*Monsieur* de Ponhtieu, è necessario che questa faccenda venga chiarita al più presto» intervenne l'ufficiale reale, con severità. «Sua Maestà re Filippo e Sua Altezza la principessa Bianca devono conoscere i dettagli di quanto è accaduto».

«Ma non li avranno da me» rispose Ian con fermezza, pur senza essere aspro. «Mio fratello ha il diritto di chiarire direttamente con Sua Maestà la sua decisione. Io posso solo rimettermi al giudizio di entrambi».

«Non intendete difendervi? Né fornire anche la vostra versione dei fatti?» si stupì l'ufficiale.

E come potrebbe? pensò Daniel, sempre più amareggiato. *Vai a spiegare Hyperversum al re di Francia... e fintanto che Ponthieu non ha fatto la prima mossa su questo argomento, noi non possiamo nemmeno sapere che risposte inventare per tentare una difesa.*

Ian infatti scosse la testa. «No. Lascio la cosa in mano a mio fratello. Mi giustificherò solo se mi sarà imposto. Ma non credo che sarà necessario».

Daniel guardò in terra. *Già, da bravo stratega qual è, il conte saprà senz'altro inventare qualcosa di assolutamente plausibile per mettere a tacere tutte le domande, dopodichè re Filippo non avrà più bisogno di chiedere a noi*, si disse ancora.

Chissà che storia avrebbe inventato Ponthieu, si domandava in aggiunta, ma di certo Ian avrebbe avuto una pessima parte nella vicenda poiché la menzogna doveva giustificare la sua cacciata dalla famiglia e quindi poteva solo raccontare qualche atto scorretto o disonesto.

Per giunta Ian mostrava di non volersi difendere dalle accuse e perciò era come se si riconoscesse colpevole davanti a tutti.

Che catastrofe, pensò Daniel, sbirciando per l'ennesima volta l'espressione ferita di Ian.

Martewall intanto scambiava qualche parola sottovoce con

Kerwick, probabilmente traducendo e commentando la conversazione.

«Dite alla principessa Bianca che mi dispiace immensamente di averla delusa» concluse Ian, sempre rivolto all'ufficiale reale. «Non ho altre parole, né per lei né per Sua Maestà il re».

L'ufficiale tacque a lungo con la pergamena in mano. «Riferirò» rispose poi cupamente.

«Questa storia non può finire così» si ribellò Sancerre d'istinto, rivolgendosi a Ian. «Tu e *monsieur* Guillaume dovete una spiegazione a noi tutti e io non mi riterrò soddisfatto finché non l'avrò avuta. Sei un mio compagno d'armi, ho il diritto di sapere perché ti si caccia dalla famiglia portandoti via tutto. Ho il diritto di valutare se questa condanna è giusta oppure no».

Ian non accennò ad alcuna risposta, scontentandolo.

«Il problema più immediato è un altro» intervenne Grandpré e anche lui guardava Ian. «Che cosa farai adesso? Dove andrai? Un cavaliere bandito dal re non ha vita facile, molte porte gli restano chiuse».

«Lo so bene» rispose Ian. «La verità è che adesso ho terra bruciata intorno a me, ma questo lo sapevo già da giorni. Non avevo dubbi che sarebbe accaduto, quando la notizia si fosse sparsa e la corte si fosse trovata a decidere se stare dalla mia parte o da quella di Guillaume».

«Non hai terra bruciata intorno» protestò Sancerre, ma De Bar gli mise una mano sulla spalla a zittire il suo discorso infuriato.

Grandpré riprese la parola. «So di parlare a nome di tutti e tre quando ti dico che nei miei feudi come in quelli di Henri e di Etienne avrai sempre ospitalità, in qualsiasi momento. Ma ti conosco anche abbastanza bene da sapere che tu non l'accetterai». Lasciò seguire un breve silenzio sospeso, probabilmente sperando di ricevere una smentita, ma Ian invece confermò le sue parole. «È vero» disse. «Non accetterò la vostra ospitalità perché non intendo mettervi in contrasto con Guillaume o, peggio ancora, con il re. Vi ringrazio per l'offerta e per l'amicizia che mi dimostrate, ma devo rifiutare».

«Che intendi fare allora?» domandò De Bar.

Ian alzò su di lui gli occhi, onesti eppure allo stesso tempo smarriti. «Non lo so, Henri. Proprio non lo so».

«Be' lo so io. Vedremo se ti consentirò di rifiutare la mia ospitalità!» scattò Sancerre, incapace di trattenersi oltre.

«Non puoi obbligarlo, Etienne. Non è un bambino» obiettò Grandpré.

«E quindi volete abbandonarlo ramingo per il mondo?!»

«Non dire idiozie. Nessuno di noi vorrebbe mai una cosa del genere» rimproverò De Bar.

«E allora facciamo qualcosa, per tutti i santi!» Sancerre allargò le braccia con un gesto secco. «Ad esempio andiamo da *monsieur* Guillaume e facciamolo ragionare!»

Daniel vide Ian smettere di prestare attenzione alla sfuriata di Sancerre e a tutti i botta e risposta che seguirono tra il cadetto e gli altri compagni d'arme per sussurrare qualcosa a Beau, mentre gli metteva una mano sulla spalla. Lo stava confortando in qualche modo, perché il ragazzino aveva una faccia davvero disperata.

Beau infatti annuì un paio di volte al suo signore e cercò anche di assumere un'espressione più coraggiosa. Ian gli fece un sorriso, anche se molto mesto, e gli batté la mano sulla spalla, poi si alzò in piedi.

Daniel non lo fermò quando lo vide uscire, mentre Sancerre e gli altri se ne accorsero con qualche istante di ritardo, impegnati com'erano a discutere di ogni possibile soluzione. Uno a uno tacquero per lasciare solo un silenzio amareggiato, che né Daniel né Kerwick né l'ufficiale del re osarono rompere per primi.

In compenso Martewall era già uscito dallo stanzone chissà quando, senza che nessuno se ne accorgesse.

***

Fuori, Ian trovò il barone inglese seduto su ciò che restava del muro di cinta della vecchia rocca, incurante del freddo intenso. Martewall guardava il bosco e il cielo, apparentemente senza fissare niente in particolare, e si voltò quando sentì l'altro cavaliere arrivare.

Non c'era nessun altro lì intorno a portata di voce, poiché i soldati e gli scudieri erano impegnati nei preparativi per la cena e la notte o ad accudire i cavalli o a sorvegliare i prigionieri. Persino le finestre della rocca erano abbastanza lontane da non far udire le voci di chi parlava.

Ian raggiunse Martewall ma senza avere una meta precisa e l'altro accettò il suo arrivo senza alcuna sorpresa. «Non sopporto i luoghi chiusi più di tanto, specie quando sono affollati» gli disse invece a mo' di spiegazione. «Preferisco l'aria aperta».

Ian annuì in silenzio a quell'inizio di conversazione fatto solo per rompere il ghiaccio. Si appoggiò al muretto prima con i fianchi e poi si lasciò scivolare seduto a terra, con la schiena contro la pietra e le ginocchia piegate, la testa appoggiata all'indietro a guardare le nuvole di passaggio.

Martewall gli si rivolse dopo un po'. «E così, il conte di Ponthieu non ha più bisogno del suo uomo e ha deciso di sbarazzarsene. Strano. Avrei giurato che tra voi due ci fosse un sentimento fraterno sincero, nonostante tutto».

Ian non spostò nemmeno lo sguardo dalle nuvole e non provò a difendersi. Sapeva che Martewall sospettava da sempre la verità sui suoi rapporti con Ponthieu e lui non aveva la forza né la volontà di mentire ancora. Non con il barone inglese. In quel momento sentiva di dover essere onesto fino in fondo almeno con lui. «Gli ho fatto un torto troppo grande» confessò, amaro. «Ora non so più come rimediare».

Martewall accolse la risposta senza battere ciglio. «Non voglio indagare oltre. In fondo è una questione tra voi due, che non mi riguarda».

Ian gliene fu grato ma rimase in silenzio.

Martewall lo guardò dall'alto, sempre serio. «Dimmi solo come ti devo chiamare».

Con un gesto stanco, Ian si scostò i capelli che il vento lieve gli faceva ricadere sul viso. «Per ironia della sorte il mio nome è davvero Jean Marc, anche se nel luogo da dove vengo io è pronunciato in modo diverso».

«Ian *Marcus*» disse Martewall, pronunciando il cognome alla meglio.

«Hai buona memoria».

«Thomas Bull ti chiama ancora così, quando non ti definisce "il *mangiarane*"».

Ian abbozzò un debole sorriso. «Il tuo capo delle guardie. Si è abituato all'incarico, quel vecchio boscaiolo burbero?»

«Oh, sì. Non ho mai avuto una guarnigione più efficiente della sua a Dunchester, né soldati più spaventati dal loro ufficiale superiore. Persino Hector alle volte pare aver paura a trattare con Thomas. In compenso, io posso lasciare il castello nelle loro mani senza alcun timore per la sua sicurezza».

Seguì di nuovo il silenzio per un po', mentre ciascuno dei due giovani seguiva il filo dei propri pensieri.

«Re Filippo sa la verità su di te?» domandò Martewall.

Ian sospirò. «Sì. È l'unico in tutta la corte. Per questo immagino che Guillaume non dovrà faticare per spiegare a lui la sua decisione. Insieme mi hanno creato e insieme mi distruggeranno. Sapranno farlo senza lasciar intuire a nessun altro la commedia».

«E sanno che tu terrai la bocca chiusa e non ti difenderai».

Ian si voltò a ricambiare lo sguardo dell'inglese. «Se sollevassi uno scandalo anche Isabeau e i nostri figli ne sarebbero coinvolti. Non parlerò perché è l'unico modo che ho per proteggerli. Mia moglie farà altrettanto».

Martewall indagò l'altro con gli occhi per molto tempo, meditando. «E così Jerome aveva ragione. Sono felice di sapere che almeno su questo non mi aveva mentito».

Ian non osò ribattere.

«E allo stesso tempo mi dispiace per te» continuò Martewall. «Non vorrei vederti in questa situazione, nonostante tutto».

«Ti ho mentito perché dovevo» rispose Ian. «Almeno a te ora posso chiedere perdono».

Martewall annuì lentamente, in silenzio.

Ian tornò a guardare il cielo e le nuvole, sentendosi stanco come mai in vita sua. Stanco e nudo. Man mano che le menzogne gli scivolavano via di dosso, si sentiva alleggerito e spogliato allo stesso tempo; era come se quei giorni gli stessero staccando via pezzi uno alla volta. Entro poco forse di lui non sarebbe rimasto più niente.

Che cosa doveva fare, adesso? Continuava a chiederselo eppure non trovava risposta. Non aveva più niente: né casa né famiglia, né obiettivi né vendetta. Non aveva più nemmeno un nome, perché quello con cui tutti lo conoscevano non gli apparteneva veramente.

Ovunque si voltasse a considerare la sua vita passata si sentiva schiacciato solo dal peso delle sue menzogne e della sua colpa e se rivolgeva lo sguardo al futuro gli appariva una distesa di nebbia vuota, senza prospettive né vie d'uscita.

Forse erano la stanchezza e la disperazione a rendere i suoi pensieri così confusi e difficili. Forse aveva solo bisogno di tregua per recuperare le forze. Ian però continuava a chiedersi se non sarebbe stato mille volte meglio morire insieme al Falco d'argento.

«Ascolta» lo distrasse Martewall, riprendendo la parola per primo. «Per quello che può valere, a Dunchester ci sarà sempre bisogno di cavalieri validi e fidati».

«Grazie, no». Ian interruppe l'offerta implicita in quella frase, anche se provò una riconoscenza sincera. «Non so dove andrò, ma non verrò in Inghilterra. Se non posso stare vicino alla mia famiglia, troverò un altro luogo dove finire i miei giorni, ma non da cavaliere. Se non posso essere il Falco d'argento, allora rinuncerò agli speroni e non sarò più niente altro».

Martewall accettò in silenzio la risposta.

«Piuttosto ti chiedo una grazia» proseguì Ian, tornando a cercare il suo sguardo.

«Ciò che vuoi».

«Ovunque io vada, non posso portare Beau con me e a Châtel-Argent lui non può più tornare. Si è ribellato a mio fratello, ha rubato per me il cavallo, l'usbergo e le armi. Ho paura che la collera di Guillaume si rivolga anche contro di lui dopo un fatto del genere. Se Beau rimane in Francia, sarà tacciato come ladro e uno scudiero con una reputazione del genere avrà una vita difficilissima».

«Porterò il ragazzo con me» rispose Martewall. «Non devi temere per lui. Lo terrò a Dunchester finché la guerra resterà lontana e gli darò un luogo sicuro in cui vivere. Anche sua madre sarà la benvenuta, se vorrà venire».

Ian riuscì a fare un debole sorriso. «Comportati bene con lei» si raccomandò, non senza malizia.

Martewall gli rivolse un'occhiataccia. «Io non ho indagato sulle tue faccende private, mi pare».

Ian annuì e si concesse una breve risata, anche se dentro nel cuore gli sembrava di non avere più niente a parte il dolore e il senso di vuoto. «È vero. Ma tu comportati bene lo stesso».

***

Quella sera, dopo una cena cupa e consumata con ben poche chiacchiere, Daniel uscì dalla rocca di Veilleur per raggiungere Ian all'aperto, sotto il cielo denso di stelle.

L'altro giovane aveva abbandonato la cena appena dopo essersi sfamato con un po' di pane e di carne, senza aver pronunciato parola, e da almeno una mezz'ora stava da solo nel piazzale antistante il vecchio edificio.

Daniel lo raggiunse, stringendosi sotto il mantello pesante. «Fa freddo qui» esordì, tanto per dire qualcosa.

Ian si voltò a guardarlo e anche alla scarsa luce di quella notte di luna si notò quanto fosse stanco il suo viso. «Adesso rientro anch'io. Cercherò di dormire e probabilmente ci riuscirò. Mi sento a pezzi».

«Come va la spalla?» si preoccupò Daniel.

Ian mosse il braccio cautamente. «Fa un po' meno male adesso. Spero di non doverla ricucire per l'ennesima volta in futuro».

«E tu cerca di stare più attento».

«D'accordo. Promesso». Ian sospirò e tacque a lungo.

I due amici non ebbero bisogno di altre parole per dirsi tutto ciò che sentivano dentro dopo le ultime, pesantissime giornate. Finalmente la distanza tra loro si era di nuovo annullata e non servivano discorsi a Daniel per far capire all'amico i suoi rimproveri, la sua preoccupazione e il suo affetto, né a Ian per esprimere i suoi sensi di colpa, la sua riconoscenza e le sue scuse. Erano fratelli e bastava un'occhiata per capirsi al volo.

A Daniel rimaneva una sola domanda. «Hai deciso cosa fare domani, quando sarà l'ora di partire?»

«Sì. Ho deciso» rispose Ian. «Ho bisogno di riflettere e non ci riuscirò mai finché resterò qui dove gli altri, specie Etienne, possono venire a cercarmi in qualsiasi momento. Hai visto quanto sono agitati per me. Devo rendermi irreperibile per un po'; devo stare da solo, lontano da questo posto».

Daniel intuì senza fatica ciò che restava sottinteso e rimase profondamente impressionato dal discorso, perché sapeva quanto quella scelta fosse contraria a tutto ciò che Ian aveva sempre sperato per la sua vita e il suo futuro. In condizioni peggiori, in bilico tra la vita e la morte, Ian aveva rifiutato di compiere quel passo; ora era lui per primo a chiedere l'aiuto dell'amico. Era il segno di quanto fosse rimasto ferito nel profondo dagli ultimi avvenimenti. Tanto ferito da non sembrare più nemmeno in grado di ricominciare a lottare.

«Per quanto resterai via?» gli domandò Daniel.

«Non lo so» ammise Ian, tristemente. «Fintanto che non avrò capito come rimediare ai miei errori, se mai ci fosse una possibilità di rimediare».

«Che dirai agli altri?» Daniel accennò alle finestre della rocca, illuminate da dentro.

«Qualcosa inventerò. Qualcosa devo inventare sempre. È la mia condanna». Ian si passò la mano sul viso e sembrò terribilmente indifeso.

Daniel gli strinse il braccio con la mano in un gesto di conforto, anche se si sentiva del tutto impotente. «Sei proprio sicuro di volerlo?»

Ian fece un respiro profondo, ma poi annuì, con gli occhi spenti e la voce incolore. «Portami via da qui».

Capitolo 41

Nel giorno del matrimonio di Daniel e Jodie su tutta Phoenix splendeva un sole caldo, in un cielo azzurro come non lo si vedeva da anni. Ian lo guardava dalle finestre del salotto, aggiustandosi prima i capelli accuratamente legati a coda dietro la nuca e poi il nodo della cravatta sulla camicia bianca. La giacca del suo abito da cerimonia era appesa allo schienale della poltrona lì accanto.

Finalmente era arrivato il fatidico sabato mattina, dopo due settimane sempre più frenetiche a causa dei preparativi della cerimonia e del ricevimento. Ian era felice di poter mettere la parola fine a quel *tour-de-force*, anche se era riconoscente per quel diversivo che gli aveva consentito di distrarre la mente e tenersi impegnato. Aiutare Daniel e Jodie a organizzare tutto era il minimo che potesse fare, visto che gli amici lo stavano ospitando con tutte le cure da quasi un mese nella sua casa di un tempo.

Ventinove giorni, per la precisione, puntualizzò Ian in silenzio, poiché gli veniva spontaneo contare uno a uno i giorni e a volte persino le ore da quando era ritornato nel mondo moderno e la partita di *Hyperversum* era stata chiusa.

Ventinove giorni da quando aveva dovuto abbandonare la sua vita ormai compromessa.

A quel ricordo Ian sentì come sempre il dolore prendere il sopravvento su qualsiasi altro pensiero. Quando accadeva, tutto diventava monocolore e nessun diversivo riusciva a dare sollievo. In quel momento, ad esempio, persino la bella giornata di sole aveva perso il suo fascino e la gioia per il matrimonio di Daniel e Jodie era sbiadita per lasciare solo il ricordo degli affetti perduti, rimasti di là, a ottocento anni di distanza.

Ian si staccò dalla finestra, con una mossa nervosa. «Ehi.

Non ti azzardare» ammonì rivolgendosi a Skip, tutto intento ad annusare con curiosità il bocciolo di rosa bianca infilato nell'occhiello della giacca appesa alla poltrona.

Il labrador scodinzolò con fare innocente, ma non sembrò poi così convinto di non poter assaggiare quel fiore profumato. Tanto per non rischiare guai, Ian si decise a indossare la giacca. Skip uggiolò frustrato, vedendo il bocciolo sollevarsi troppo fuori dalla sua portata. Era chiaramente indeciso se tentare o no un salto, ma Ian gli mise subito davanti al naso un dito ammonitore e il cane si affrettò a ricadere seduto sulle zampe posteriori.

«Non fare danni o te la vedrai con me» minacciò Ian e diede un'occhiata intorno per accertarsi che il bouquet da portare alla sposa fosse bene al sicuro sopra la tavola, lontano dai denti di Skip. Già che c'era, fece anche un rapido ripasso mentale delle cose da fare e si rassicurò al pensiero che fosse tutto a posto: ogni cosa preparata e ogni eventualità prevista. Mancava solo che lo sposo finisse di vestirsi.

Neanche a farlo apposta, proprio in quel momento dal piano di sopra arrivò la voce agitata di Daniel, attraverso la rampa di scale interne. «Perché non riesco a fare il nodo a questa dannata cravatta?!»

Ian si diresse verso le scale, ma le oltrepassò per entrare in cucina a versarsi un bicchiere d'acqua. Mise un po' di latte anche nella ciotola di Skip. «Fai un bel respiro e cerca di stare calmo, vedrai che il nodo ti viene» rispose ad alta voce. «Hai tempo, non ti agitare. Abbiamo ancora quasi un'ora prima di partire per andare in chiesa».

«Mi ci vorrà una vita, se vado avanti così!»

«Ti ho detto di stare calmo. Più ti agiti e meno riuscirai a fare quel nodo».

«La fai facile tu! Quando ti sei sposato avevi un esercito di servitori a vestirti!»

Ian non rispose, ma bevve qualche sorso in silenzio.

Era bastato poco, una frase, e di nuovo la mente era fuggita lontano. Nei ricordi ora rivedeva le torri d'argento ornate con gli stendardi del Falco, la sposa vestita di blu sotto il velo e la corona di rose bianche.

Ian dovette versarsi altra acqua nel bicchiere per mandare giù il nodo che gli era salito alla gola. Si tolse di nuovo la giacca perché adesso gli sembrava più scomoda di qualsiasi usbergo.

Dal piano di sopra proveniva il silenzio rammaricato di chi sa di aver toccato un tasto dolente senza riflettere.

Ian però non provava alcun risentimento nei confronti di Daniel. Era abituato a riflettere sul passato e a sostenere il dolore che lo assaliva ogni volta, mai attenuato dal trascorrere dei giorni. Non cercava di evitare l'argomento, al contrario; teneva il passato come perno centrale di tutti i suoi pensieri e da un mese non faceva altro che riflettere su quanto era accaduto, su ciò che aveva fatto e su ciò che avrebbe potuto fare.

Le cose avrebbero potuto andare diversamente? Quanti errori aveva commesso prima e dopo la catastrofe? Avrebbe potuto reagire in modo da evitarla? E soprattutto: aveva ancora una minima possibilità di rimediare?

Ian aveva in testa mille domande e altrettante risposte, costellate di "se" e di "ma".

Erano lontani ormai i giorni della rabbia cieca, quando era stato persino assalito dal rimorso di non aver preteso con la forza ciò che gli era stato negato. In fondo aveva lottato per costruirsi e difendere la vita del Falco d'argento, aveva superato pericoli e angosce a ogni passo e nessuno poteva negargli i frutti di ciò che si era conquistato.

In quei momenti Ian aveva riversato la sua rabbia su Gant, il suo nemico, ma si era anche rimproverato più di una volta di non aver saputo affrontare Guillaume de Ponthieu e la spada che il conte gli aveva puntato contro, invece di farsi prendere dal panico.

Avrebbe dovuto reagire. Con uguale durezza se necessario.

Poi però, a mente più lucida, si era chiesto dove avrebbe mai potuto trovare il coraggio di affrontare armi in mano l'uomo che amava come un fratello e fino a che punto sarebbe poi stato capace di spingersi.

Per giunta, cosa ne avrebbe ricavato, a parte il tormento della coscienza?

Un gesto estremo da parte sua contro Ponthieu avrebbe solo compromesso in modo irrimediabile la vita di Isabeau, di Marc e del nascituro Michel, a maggior ragione perchè Filippo Augusto era dalla parte del conte e la sua collera poteva essere molto più terribile, poteva arrivare a colpire anche gli innocenti.

No, il ricorso alla forza non avrebbe portato a nulla, solo a rimorsi più profondi, e Ian era ancora scosso da quanto accaduto con Gant.

Ma il vuoto doloroso nel cuore rimaneva, insieme al tormento costante di non sapere come agire. Ian si sentiva impotente eppure non voleva rassegnarsi, perché stava troppo male per pensare di poter andare a avanti a lungo in quel modo.

Il tempo non aiutava, anzi, un mese di lontananza aveva soltanto acuito lo strazio, nonostante Ian avesse il conforto premuroso e preoccupato degli amici. Daniel, Jodie e Martin si facevano in quattro per lui, ma a Ian sembrava comunque di essere nel bel mezzo di un mondo divenuto estraneo, anche se non aveva avuto alcuna difficoltà a riabituarsi ai gesti quotidiani dell'epoca moderna. Si sentiva perso nel vuoto, senza più nulla con cui riempire il cuore, i pensieri e le ore.

Nemmeno i luoghi familiari come la casa dei Freeland, la biblioteca e l'università lo facevano sentire meno sbandato. Ian era stato spesso anche in chiesa, a cercare conforto, ma ne era sempre uscito senza risposte e senza punti di riferimento come quando ne era entrato.

Di certo sapeva solo che si sarebbe consumato poco a poco se fosse rimasto lì, ed era terrorizzante il pensiero di andare incontro a una simile condanna, senza poterla evitare, senza poter fare altro che attendere impotente il trascorrere dei giorni.

Ian non riusciva a rassegnarsi a quella prospettiva: doveva trovare una via d'uscita, anche se non sapeva cosa tentare, se aveva le mani legate e le strade chiuse davanti a sé. Doveva trovare un modo qualsiasi, anche disperato, per ritornare indietro. Se avesse fallito avrebbe perso tutto, forse anche la vita, e d'altra parte non era vivere quello, lontano da Isabeau, da Marc e da tutti coloro che formavano il suo mondo, compreso l'uomo che per lui era ancora suo fratello.

Ma qual era la strada da percorrere? Esisteva o era solo un'illusione?

La paura di un esilio totale e infinito, senza rimedio né scampo, attanagliò Ian come sempre, riempiendogli il cuore di panico. Era fermo su quel bivio da settimane, diviso tra dolore e paura, con la certezza di non poter sopravvivere a quella tortura straziante e l'incapacità di trovare un modo per agire.

Alle volte aveva persino pensato di aprire il codice miniato sulla scrivania di Daniel e mettere fine a quello strazio, scoprendo tra quelle pagine cosa ne sarebbe stato di lui. Lo aveva sempre fermato il fatto che Ty Hamilton avesse detto di non avere notizie sulla morte del Falco d'argento o sul luogo in cui era stato sepolto.

Forse non le aveva mai trovate perché il Falco non aveva finito la sua vita nel medioevo, ma era ancora vivo nel ventunesimo secolo, dove avrebbe consumato il resto dei suoi giorni.

Era questa la conferma terribile che Ian temeva di leggere sul codice miniato, per ritrovarsi così con la certezza di aver davvero perso tutto per sempre. Perciò non apriva il volume e rimaneva inchiodato in quella situazione di stallo da settimane, mentre la nostalgia per Isabeau e Marc era un dolore sempre più fisico, che lo svegliava di notte con gli occhi gonfi di lacrime o lo assaliva a tradimento di giorno, come in quel preciso istante.

Il mugolare soddisfatto di Skip, che aveva finito il suo latte nella ciotola, riscosse Ian, riportandolo al momento presente e alle cose ancora da fare in quella lunga, bella giornata.

Il giovane fece un bel respiro. Avrebbe fatto il suo dovere di testimone alle nozze poi, dopo quel giorno, avrebbe dovuto decidere cosa fare, poiché non intendeva assolutamente rimanere ospite nella vita di Daniel e Jodie, anche dopo il matrimonio.

Con un supremo sforzo di volontà Ian si impose di seppellire i dubbi e le angosce in fondo all'anima per ritrovare da qualche parte un po' di serenità. Quel sabato niente doveva andare storto, nessuna malinconia doveva turbare la felicità degli sposi. Era la loro giornata e doveva essere assolutamente perfetta.

Ian raddrizzò le spalle e finse anche con se stesso di stare meglio. Sapeva recitare bene la parte, quando serviva: era riuscito persino a convincere i genitori di Daniel durante il terzo grado che gli avevano fatto non appena lo avevano rivisto di persona.

Almeno questo ritorno al presente mi ha dato modo di calmare John e Sylvia e di riallacciare i rapporti con loro, si disse Ian con una minima consolazione al suo dolore.

Si voltò quando avvertì Skip arrivare e lo vide leccarsi i baffi e puntare di nuovo la giacca e la rosa in boccio, adesso poste all'invitante altezza dello schienale della sedia.

«Insomma. Ti ho detto di no» brontolò Ian, ma fu solo il suono del campanello a distogliere momentaneamente Skip dall'oggetto delle sue mire, attirandolo verso la porta.

«Vado io» annunciò Ian alle scale, alzando la voce per sovrastare l'abbaiare eccitato del cane. Quando aprì la porta, si trovò davanti due uomini in giacca e cravatta. Il più anziano dei due aveva un'espressione stupita sulla faccia da mastino, il più giovane ricevette uno scodinzolante benvenuto da Skip.

«Buongiorno» disse Ian per primo e aveva già capito chi fossero i due sotto la veranda. «Posso esservi utile?»

«Sono il sergente Mesker» si presentò l'uomo più anziano, mostrando un distintivo della polizia. «Cercavo il signor Freeland».

«Lo immaginavo. Io sono Ian Maayrkas» rispose Ian, serio.

Il poliziotto guardava da sotto in su con occhi stupefatti il suo interlocutore così alto e dalle spalle decisamente ampie. «L'archeologo!» esclamò, prima di ricomporsi in un sogghigno. «Be', devo dire che mi aspettavo un topo da biblioteca con gli occhiali, gracile e trasandato e non un incrocio tra un *tight-end* e un damerino uscito dalle pagine di una rivista di moda. Senza offesa, naturalmente».

«Ci mancherebbe» replicò Ian in tono neutro. «E comunque giocavo da *quarterback* nella squadra di football della scuola superiore e anche in quella dell'università».

Mesker fece giusto in tempo a presentare il suo collega Neils, quando sulla soglia comparve Daniel in abito da sposo anche se senza giacca, indossando il gilet di seta ancora slacciato e tenendo la cravatta in mano. «Senti, se non mi aiuti con questo accidenti di nodo...» stava dicendo nell'accostarsi alla porta, ma s'interruppe di colpo quando riconobbe Mesker e Neils. «Buongiorno» salutò, esitante.

Nel vederlo i due poliziotti capirono finalmente la situazione.

«Di tutte le giornate in cui potevamo venire a disturbare, abbiamo scelto decisamente la peggiore!» esclamò Mesker. «No, non si preoccupi, signor Freeland, passavamo di qua e stavolta veniamo almeno a portarle buone notizie, visto che lei ci teneva tanto».

«Ty Hamilton» esclamò subito Daniel con un fremito nella voce e anche Ian sentì un palpito più intenso nel petto. «È da tre settimane che non sento sua madre. Il ragazzo era ancora in prognosi riservata...»

«È appena uscito dall'ospedale» annunciò Mesker, soddisfatto. «Si è fatto sei giorni di coma, venti di degenza, ci ha rimesso un pezzetto di fegato, ma adesso si è ripreso. Gli ci vorrà ancora più di un mese di convalescenza e per qualche anno dovrà stare attento a quello che mangia, però ha salvato le penne e questa è la cosa più importante».

«Grazie al cielo» sospirò Daniel e riassunse in quella frase anche il sollievo di Ian.

«È tornato a casa due giorni fa» continuò Mesker. «Certo non se la caverà con così poco. I colleghi canadesi aspettano che sia guarito del tutto e poi gli faranno fare qualche settimana di lavori socialmente utili, tanto per fargli capire di rigare dritto d'ora in poi. Sapete com'è: per il procurato allarme, abuso di alcool e sostanze stupefacenti e cose del genere. Si beccherà anche una bella multa, ma se l'è meritata».

«Quindi, è stata una faccenda... di droga?» domandò Daniel, misurando le parole una a una, e anche Ian si sentiva sulle spine allo stesso modo.

«Oh, lui ha provato a negare, ma mentre lo cercavano dappertutto i canadesi hanno beccato un paio dei suoi amici con gli spinelli in casa e anche qualche altra porcheria in pasticche». Mesker aveva sfoderato un'aria saputa. «La verità è che quei ragazzi devono aver organizzato una festicciola da qualche parte e si sono sballati con un mix di alcolici e chissà quali schifezze. Figuratevi che all'ospedale non le hanno nemmeno riconosciute tutte dalle analisi. Hamilton è andato fuori di testa più degli altri, è sparito da casa per un po' e così ha finito per far scoprire gli altarini di tutti. Lui e i suoi amici hanno cercato di discolparsi a vicenda facendo gli innocenti, ma è fin troppo ovvio che mentono tutti».

Daniel e Ian si scambiarono un'occhiata che non aveva bisogno di parole.

«Quindi la questione è definitivamente chiusa?» domandò infine Ian a nome di entrambi.

«A questo punto sì». Mesker si stava già incamminando per scendere i gradini della veranda, mentre il suo collega Neils faceva le ultime coccole a Skip. «Anzi, vi abbiamo fatto perdere anche troppo tempo per questa mattina. Signor Maayrkas, è stato un piacere. Signor Freeland, le mie felicitazioni e in bocca al lupo per il suo futuro coniugale».

«Crepi...» rispose Daniel a mezza voce, prima di salutare anche Neils.

Ian guardò i due poliziotti allontanarsi in macchina, poi si girò per rivolgersi all'amico, ma Daniel stava già salendo i gradini della scala a tre alla volta.

«Dove vai? Non ti serve aiuto per la cravatta?» gli domandò dietro Ian.

«Prima devo fare una cosa!» rispose l'altro dal piano di sopra e subito dopo Ian udì il ronzio inconfondibile del computer che si accendeva.

Quel rumore sottile gli diede un brivido involontario eppure profondo. Gli rammentava l'esistenza di una porta capace di aprirsi in qualsiasi istante verso la vita per la quale si struggeva da giorni e giorni.

Hyperversum era sempre là, aspettava e non avrebbe fatto trucchi. Poteva funzionare in qualsiasi momento. Bastava chiedere a Daniel di aprire la partita...

Ian arrivò ai piedi delle scale e salì appena un gradino, ma strinse forte il corrimano per controllare il fremito che aveva dentro. «Che cosa vuoi fare? Jodie ci uccide se arriviamo in ritardo!»

«Abbiamo quasi un'ora, l'hai detto tu. Devo controllare una cosa e poi arrivo».

Ian rimase in attesa al piano di sotto, con la voglia e la paura al tempo stesso di salire le scale e andare a fermarsi davanti al computer. Passarono alcuni minuti di silenzio quasi totale, poi il rumore meccanico della stampante andò a sovrapporsi a quello della ventola del computer. Infine tacquero entrambi.

Ian si scoprì a rabbrividire al cessare improvviso di quei suoni meccanici. La macchina che poteva aprirgli la porta verso il suo passato era di nuovo spenta.

Daniel riapparve dopo qualche minuto ancora e stava leggendo un foglio mentre scendeva le scale. «Con tutto quello che ho avuto da fare per il matrimonio, non ho più controllato la posta elettronica da almeno tre giorni» spiegò. «Però, dopo quello che mi ha detto Mesker, ero sicuro di trovare un'e-mail come questa».

Ian prese il foglio che l'amico gli porgeva. Era la stampa di un'e-mail ricevuta il giorno prima, a ora tarda.

From: Ty Hamilton <faucondargent@hyperversum.com>
To: Daniel Freeland
Subject: grazie

Posso ancora chiamarti sir Daniel?

Non so se sei ancora in gioco e non so nemmeno
se la polizia controlla le mie e-mail,
quindi non scenderò in dettagli su quanto è accaduto.
Tanto ti avranno raccontato di sicuro
quello che non sapevi già.

Posso aggiungere che mi hanno tagliuzzato
un po' il fegato per colpa della roba mandata giù
col vino, ma poteva andarmi molto peggio. Dovrò
mangiare schifezze scondite per un bel pezzo,
alcool non se ne parla, ma col tempo forse
potrò permettermi di nuovo un cheeseburger.
Ripeto, poteva andarmi peggio.
Sono ancora vivo e lo devo a te. Senza la tua

prontezza sarei morto in questa stanza. Grazie. Non potrò mai ripagarti per quanto hai fatto.

Volevo anche chiederti scusa perché ho paura di averti rovinato il gioco per sempre. So di aver combinato un casino durante la nostra partita e mi sento un cane. Non ricordo molto di quello che è successo da un certo punto in poi, sono crollato, ma ricordo la faccia sconvolta del Falco quando ha visto l'icona della mela. Non mi perdonerei mai se la tua amicizia con lui fosse andata persa per colpa mia. Se mai potrai spiegargli la mia uscita di scena, digli che lo ammiro come nessun altro. È un grande e non lo dico solo per i motivi familiari che sai. Non avevo mai conosciuto uno come lui. Spero solo che possa vivere finalmente sereno dopo tante grane. Se lo merita, perché ha dato l'anima per difendere tutti e perché non si arrende mai, nemmeno quando sembra tutto perduto.

Ho deciso di andarmene in qualche posto caldo appena potrò schiodarmi da qui. Chissà, forse in Messico, è tanto che lo dico. Chiudo con il Canada e non ne voglio più sapere. Mia madre non mi fa più respirare con la sua ansia e alcuni amici mi hanno già dato dell'infame, perché per colpa mia sono stati pizzicati dalla polizia. Il bello è che io non ho mai fatto nomi e per giunta nemmeno sapevo che quelli avessero della roba in casa. Non me ne avevano mai parlato e forse in fondo sono loro ad aver tradito me con questa faccenda. Non credevo che avessero a che fare con quelle schifezze. Quindi cambio aria appena possibile. Resterò anche lontano dai pc, perciò stai tranquillo, non verrò più a disturbare le tue partite. Mai più. Giuro. Ne ho avuto abbastanza.

Tu però continua a giocare, perché anche tu come il Falco sei un gran cavaliere, sir Daniel.

Non rinunciare, men che meno per colpa mia.
Mi dispiace non poter fare altro per rimediare i miei errori. Tornerei indietro e cancellerei gli sbagli, se potessi. Invece posso solo chiederti perdono e di nuovo perdono.

Devo chiudere. Mia madre mi stacca la testa, se mi becca davanti al pc adesso che sono appena tornato a casa dall'ospedale.
In bocca al lupo.

T.

Ian rimase a fissare il foglio per un po' in silenzio, leggendo e rileggendo quelle righe.

«Ha scritto per sottintesi, ma è fin troppo chiaro» commentò Daniel. «Ha paura di averti sconvolto con la sua "stregoneria". Se solo sapesse la verità, avrebbe mandato questa mail a te e non a me».

Ian continuò a tacere, anche quando piegò il foglio in quattro e lo infilò in tasca. Era stato di nuovo riassalito dalla marea dei ricordi e dei pensieri e capì di non essere affatto capace di dissimulare i suoi sentimenti agitati, quando si accorse che Daniel lo stava studiando con occhi seri. «Ti aiuto con la cravatta?» gli disse allora per sviare l'argomento.

«No, ci penso da solo. Vedrai che stavolta ce la faccio» rispose Daniel e aveva capito al volo di non dover indagare perché ritornò veloce su per le scale senza voltarsi indietro.

Grato di aver schivato le domande a cui per una volta non voleva rispondere, Ian tornò a recuperare la giacca lasciata in cucina.

In testa però continuava a ripetersi l'e-mail di Ty Hamilton.

***

Il tragitto in auto fu silenzioso.

Seduto al posto del passeggero, con in mano il bouquet da consegnare a Jodie davanti alla chiesa, Daniel sbirciava quasi costantemente Ian e lo sguardo serio che l'amico teneva fisso sulla strada mentre guidava. In realtà si vedeva lontano un miglio che i pensieri di Ian vagavano in tutt'altra direzione rispetto alla chiesa alla quale stava accompagnando lo sposo: quando fermava l'auto ai semafori rossi gli veniva d'istinto appoggiare il gomito sinistro alla base del finestrino e le dita della mano contro le labbra, in un gesto assorto. Gli occhi erano sempre puntati avanti, come se nell'auto non ci fosse anche un passeggero con cui dialogare.

Daniel si era abituato a vedere spesso l'amico in quello stato, da quando erano tornati entrambi dal medioevo. Studiava Ian da settimane, temendo il dolore che doveva covare dentro dopo quanto era successo in Francia. Si preoccupava ogni volta che doveva lasciarlo da solo per andare al lavoro, quando anche Jodie era fuori, Martin a lezione e Ian aveva quindi le ore vuote in cui fare i conti con i propri pensieri e la solitudine di una vita che ormai non gli apparteneva più. Si vedeva quanto fosse a disagio, anche se aveva subito ripreso le abitudini del ventunesimo secolo, come se non se ne fosse mai andato.

Nei primi giorni Daniel aveva temuto soprattutto per la salute di Ian. L'amico sembrava così sfinito che persino Jodie si era allarmata e con l'esperienza del medico di professione si era incaricata personalmente di stabilire un regime alimentare, di cure e di riposo che aiutasse Ian a guarire dalle ferite e a superare quel momento così difficile.

Poi i giorni erano passati, le ferite erano quasi guarite e un'ombra di sorriso aveva ricominciato ad affiorare di tanto in tanto sulle labbra di Ian.

Daniel però continuava a temere il buio fondo rimasto nello sguardo dell'amico, anche se Ian non faceva mai pesare il suo stato d'animo su chi gli stava accanto e non evitava di parlare del passato quando l'argomento si presentava. Sembrava riuscire a controllare il dolore, ma era solo apparenza: Daniel sapeva molto bene che in realtà l'amico soffriva profondamente e non osava immaginare quali potessero essere i suoi sentimenti nei momenti peggiori di buio e di solitudine.

Per fortuna i preparativi per il matrimonio avevano alla fine inghiottito tutti in un turbine frenetico di cose da fare e perciò negli ultimi giorni i momenti vuoti erano diventati rari, ora però si profilava il viaggio di nozze e tre intere settimane durante le quali la casa sarebbe rimasta vuota e silenziosa.

Daniel ci pensava già da parecchio e si sentiva sempre più in pena all'idea che Ian rimanesse da solo per così tanto tempo. Sapeva che l'amico lo avrebbe rimproverato, se solo gli avesse esposto le sue preoccupazioni, o forse lo avrebbe preso bonariamente in giro per rassicurarlo con quel suo sorriso che non illuminava mai gli occhi.

Era un'esperienza già vissuta, un film già visto anni prima, quando Ian aveva creduto di aver perso per sempre la possibilità di ritornare nel medioevo ed era andato avanti ugualmente, trovando chissà dove il coraggio per affrontare i giorni del buio. Solo che ora Daniel temeva che Ian non avesse la forza sufficiente per rialzarsi davvero dopo aver subito per la seconda volta un colpo così duro. Lo metteva in ansia persino il fatto che Ian avesse perso rapidamente quella cadenza francese che in passato l'aveva invece irritato tanto.

All'ennesimo semaforo rosso, ormai a poca distanza dalla chiesa, Daniel si decise ad affrontare l'argomento. «Ian, ascolta...» esordì, nel momento stesso in cui l'amico rompeva il silenzio per dire: «Senti, Daniel...»

S'interruppero contemporaneamente e si guardarono, sorpresi di aver parlato insieme.

Daniel cercò di nascondere la sua preoccupazione ancora per qualche minuto e buttare tutto sullo scherzo. «Se vuoi dirmi di ripensarci, è un po' troppo tardi».

«Ti porterei personalmente davanti all'altare a calci, se dovessi sentirti inventare qualche scusa per non andare in chiesa proprio adesso» lo minacciò Ian con una finta aria truce.

Daniel sorrise. «Ok, niente ripensamenti dell'ultima ora». Attese qualche istante e poi domandò. «Che cosa volevi dirmi?»

«So che stasera sarete sfiniti tutti e due, tu e Jodie, ma devi farmi un favore. Non posso aspettare che torni dal viaggio di nozze e da solo io sono impotente».

Daniel trattenne il fiato d'istinto. Il tono di Ian era quieto ma deciso, lo sguardo per la prima volta dopo tanto tempo non aveva ombre.

«Questa sera vuoi che io?» Daniel esitò nel porre la domanda, ma d'altra parte non ebbe nemmeno bisogno di completarla, perché Ian annuì subito. «Sì. Ci vorrà solo qualche minuto e poi ti lascerò libero di goderti l'inizio della tua nuova vita. Accompagnami di là, ti prego, non mi serve altro».

«Ma di là… dove, esattamente?»

«A Châtel-Argent».

Il semaforo diventò verde, Ian fece ripartire la macchina senza gesti bruschi. Era tranquillo come chi è finalmente arrivato a una decisione dopo un lungo tormento.

«Ma il conte ti ha minacciato!» Daniel ritrovò le parole dopo qualche istante. «Se ti fai ritrovare nelle sue terre, ti consegnerà al boia!»

«Voglio metterlo alla prova» rispose Ian, calmo. «Non credo che lo farà».

Non credeva affatto a ciò che diceva, capì Daniel: anche Ian sapeva bene che Guillaume de Ponthieu non era uomo da minacciare a vuoto, solo non aveva più paura delle conseguenze. Gli era così difficile, anzi impossibile, riadattarsi a vivere nel ventunesimo secolo, da accettare piuttosto la morte nel medioevo. Aveva scelto di fare un estremo tentativo, a qualsiasi prezzo.

«Non posso vivere di qua, non è più il mio posto» spiegò Ian, confermando in pieno le intuizioni dell'amico. «Devo tornare alla mia vita e rivoglio la mia famiglia. Lotterò per riaverla».

«Ma che vuoi fare?» domandò Daniel, sempre più agitato. «Sei da solo e il conte ha dalla sua decine di soldati».

«Non voglio combattere, voglio solo un'occasione per parlare con mio fratello. Voglio spiegargli e convincerlo, se riesco. Soprattutto voglio chiedergli perdono. Glielo devo e non mi sentirò in pace con me stesso finché non l'avrò fatto».

Daniel pensò d'istinto all'e-mail in cui Ty chiedeva perdono per gli errori commessi e ammirava il Falco perché non si arrendeva nemmeno quando sembrava tutto perduto. «E come pensi di riuscire a farti ascoltare?»

«Non lo so».

«Voglio dire, non basterà presentarsi davanti al ponte levatoio e suonare il campanello per chiedere: "scusate, posso parlare con il conte?"»

«Molto divertente».

Daniel tacque, vergognandosi per aver fatto dell'ironia su una cosa tanto seria.

«Non ho idea di come farò. Improvviserò, probabilmente» riprese Ian e non aveva risentimento nella voce, soltanto una profonda determinazione. «Non so nemmeno cosa dirò a Guillaume, se davvero riuscirò a parlargli. So però di volergli dare solo la mia totale sincerità. Basta menzogne, niente più sotterfugi. Gli offrirò ciò che sono, niente di più e niente di meno. Poi accetterò quello che sarà».

Il concetto molto ampio e vago di *"quello che sarà"* faceva a Daniel una gran paura, anche se il giovane si impose di non lasciarlo trapelare. Non troppo, almeno.

All'ultimo semaforo rosso prima della chiesa, Ian stava cercando il suo sguardo con una tale supplica negli occhi da rendere impossibile qualsiasi rifiuto.

«Allora mi aiuterai?» domandò l'amico a bassa voce.

Daniel dovette dire di sì. «Ma si farà a modo mio» si impose. «Al primo segnale di pericolo ti riporto di qua, stregoneria o non stregoneria, e tu non opporrai resistenza».

Ian accettò senza discutere una sola parola. «D'accordo. Vedrai che non ci vorrà molto per capire cosa mi aspetta». Sembrava enormemente alleggerito anche solo dalla prospettiva di poter di nuovo passare di là, nel medioevo.

Gli basta attraversare il confine, poi si vedrà, capì Daniel con un sospiro segreto, sapendo per giunta che una volta attraversata la porta del tempo, Ian poteva incontrare mille cause di forza maggiore a tenerlo lontano dalla sua portata.

Venne di nuovo verde. Una svolta della strada ed ecco la chiesa, prima che Daniel potesse pensare a come continuare il dialogo in corso con tutte le sue raccomandazioni riguardo la prudenza e il non correre rischi.

Sul sagrato erano già riuniti i parenti e gli amici. Il colonnello John Freeland aspettava impettito, con aria da militare anche nel vestito da cerimonia; Sylvia si era commossa solo a veder arrivare l'auto. Martin sfoggiava il sorriso da grandi occasioni e la faccia impertinente di chi vede il fratello maggiore stringersi il cosiddetto "cappio al collo" con le sue stesse mani.

Qualsiasi argomento, frase o discorso, sembrò svanire come cancellato dalla testa da un colpo di spugna. Daniel si sentì invadere improvvisamente da una tale confusione di sentimenti agitati da perdere del tutto la parola e sentirsi incollato al sedile, specie quando Ian fermò l'auto davanti a tutti per farlo scendere.

Doveva avere un'espressione trasparente perché Ian si lasciò sfuggire una breve risata. «E questo è niente in confronto a come ti sentirai quando vedrai la sposa» gli disse, appoggiandogli una mano sulla spalla con compassione fraterna.

Aveva ragione.

Quando Daniel vide Jodie arrivare, perfetta e radiosa, nel suo abito lungo e con il velo a ornarle il viso, dimenticò ogni altra cosa al mondo, che fosse nel ventunesimo o in qualsiasi altro secolo della Storia.

Capitolo 42

A Châtel-Argent era caduta la prima neve. Era il 10 gennaio 1217, poiché al momento di riaprire la partita Ian aveva voluto spostare la data in avanti e lasciar trascorrere un lasso di tempo abbastanza credibile sia per giustificare un viaggio da Veilleur a Châtel-Argent lungo le strade rese difficili dall'inizio dell'inverno sia per evitare di affrontare il giudizio di Guillaume de Ponthieu proprio nel periodo del Natale, quando il sentimento religioso si faceva più intenso.

Il bosco in cui Ian e Daniel si erano materializzati era deserto e reso ancora più silenzioso del solito dalla coltre di neve, alta appena una spanna ma sufficiente ad attutire qualsiasi rumore, oltre che a rendere il panorama di un candore quasi perfetto.

Ian aveva a malapena notato il freddo intenso, troppo assorbito dalle sensazioni che quel mondo ritrovato gli suscitava dentro. Il cielo era oggettivamente più terso di qualsiasi panorama moderno Ian avesse mai osservato e l'aria aveva un profumo differente tanto sembrava più leggera, ma nessun dettaglio del paesaggio gli suscitava una tale emozione come il profilo ardito delle torri chiare del castello, oltre gli alberi, sulla collina alla fine della strada che attraversava i campi.

Nel vedere la sua casa a così breve distanza davanti a lui, Ian sentiva il cuore pulsargli contro le costole, per la gioia e la paura mescolate insieme. D'istinto si strinse le braccia intorno al petto, sotto al mantello pesante e scuro.

Daniel era fermo accanto a lui in silenzio teso e con gli occhi ugualmente puntati verso la costruzione di pietra color argento.

Ian non parlò e non si mosse per un bel pezzo, totalmente assorbito dai suoi pensieri e dai suoi timori, chiedendosi cosa fare, ora che il momento di agire era arrivato.

Non si faceva illusioni: sarebbe stato pressoché impossibile farsi ammettere dentro il castello, perché i soldati del posto di guardia all'ingresso del borgo l'avrebbero arrestato quasi certamente a prima vista.

Ian era disarmato e comunque era conscio che opporre resistenza non sarebbe servito a nulla, perciò non aveva alcuna intenzione di farlo. Avrebbe lasciato i soldati fare il loro dovere. Avrebbe però almeno dimostrato a Guillaume di non essere fuggito, di essere disposto a dargli la vita pur di avere una seconda possibilità. Tutto il resto era nelle mani di Dio.

La semplicità di quell'ultima considerazione lo colpì e Ian rimase sorpreso dal fatto di non averci pensato prima.

Non c'era niente altro da fare: affrontare il conte di Ponthieu a viso aperto, con la sola arma della sincerità e senza nessun bisogno di pensare a piani strategici, giustificazioni o alibi. Aveva deciso di non mentire più all'uomo diventato suo fratello e quella era l'unica e logica conseguenza.

Si sarebbe presentato a Ponthieu senza difese e avrebbe scoperto se i suoi meriti valevano più delle sue menzogne e se potevano riguadagnargli il perdono e l'affetto di chi amava. In caso di responso negativo, avrebbe probabilmente visto la fine dei suoi giorni con un cappio al collo.

Era disposto ad accettare il rischio e il verdetto? In quel momento, con le torri di Châtel-Argent davanti agli occhi, Ian era convinto di sì.

«Che si fa adesso?» domandò Daniel, sfregandosi le mani gelate con fare nervoso.

Ian sbirciò l'amico, prima di riportare lo sguardo sul castello. Ora che aveva preso la sua decisione si sentiva molto calmo, ma non gli sarebbe stato altrettanto facile convincere Daniel ad accettare i suoi propositi. «Adesso io vado al castello» disse, misurando le parole. «Tu faresti bene a tornare a casa».

Com'era prevedibile, Daniel reagì subito. «Non se ne parla neanche. Io ti starò incollato addosso finché non sarò certo che tutto è andato bene».

Ian si preparò all'imminente battaglia verbale. «Adesso non puoi venire con me e ascoltami un attimo, prima di protestare» iniziò a spiegare, alzando subito una mano a bloccare con un gesto di scusa la replica già pronta dell'amico. «Perdonami, ma non voglio che ti vedano con me in questo momento. Vado a presentarmi a Guillaume, se è al castello e se riesco ad avvicinarlo, e non posso permettermi di sottolineare con la tua presenza la "stregoneria" che ha scatenato la sua collera».

«Guarda che lui non se l'è certo dimenticata, quindi puoi anche risparmiarti tante precauzioni» rispose Daniel, caustico, ma Ian non era disposto a cedere su quel punto. Che Daniel volesse o no, era una questione che intendeva affrontare da solo.

«Non voglio irritarlo più di quanto lo sarà già, va bene?» riprese con fermezza ma quieto. «Inoltre non ti voglio esporre a rischi e se ti lascio indietro, avrai sempre la possibilità di venire a cercarmi attraverso *Hyperversum*. Se invece vieni con me adesso, non potrai difendermi perché sei disarmato quanto me».

«Non potrò venirti a cercare, se ti ammazzano sul posto».

«E se sul posto ci uccidono tutti e due, migliorerà qualcosa?»

Daniel si morse le labbra ma dovette rinunciare a ribattere, sapendo che quelle argomentazioni avevano una loro logica e che la sua era una battaglia persa in partenza.

Lo aveva sempre saputo, eppure non aveva potuto rifiutarsi di accontentare Ian e aiutarlo a ritornare alla sua vita. Adesso poteva solo guardarlo andare incontro al suo destino, perché Ian non gli avrebbe permesso nessuna intromissione.

Daniel però pretendeva almeno di accertarsi di persona di quanto sarebbe accaduto. «Ti aspetto qui. È ammissibile come soluzione?» domandò, con la rabbia che si mescolava alla paura. «Ti conviene dire di sì, perché tanto non puoi mandarmi via. Solo io ho la chiave per entrare e uscire da questo posto».

Questa volta fu Ian a tacere, sapendo di andare incontro a una discussione senza fine se si fosse opposto. «Mi giuri che sarai prudente e te ne andrai al volo se si dovesse mettere male?» pretese almeno.

Daniel sostenne il suo sguardo. «Tu giuri di fare altrettanto?»

Seguì un lungo momento senza parole, poiché non era più necessario dire qualcosa per capirsi fino nell'anima.

I due giovani si scambiarono un abbraccio fraterno e pieno di preoccupazione reciproca. Poi Ian si incamminò da solo verso il castello.

***

Il suo ingresso in città non passò inosservato nemmeno per un istante, perché le sentinelle di guardia sulle mura avvistarono il giovane quando era ancora sulla strada, tra i campi coperti di neve.

Da lontano Ian osservò la scena già immaginata nei suoi pensieri. La prima sentinella lo additò alla seconda, ne chiamò una terza, se ne aggiunse una quarta, poi qualcuno corse via veloce, senza dubbio a portare la notizia agli ufficiali all'interno delle mura.

Ian non rallentò né accelerò il passo. Le sentinelle erano armate di archi e balestre, ma nessuna di loro fece il gesto di imbracciare l'arma. Rimasero a guardare in un silenzio carico di tensione e Ian non sollevò lo sguardo quando arrivò sotto le mura. Attraversò il ponte levatoio a fronte alta, con passo calmo, ma stringendosi addosso il mantello e non solo per il freddo.

Con piena coscienza di ciò che stava facendo, oltrepassò il posto di guardia senza andare a registrarsi e proseguì dritto per la strada che conduceva ai portoni fortificati della seconda e terza cinta di mura.

Come le sentinelle anche le guardie erano armate, ma non fecero gesti ostili contro di lui né tentarono di fermarlo. Lo lasciarono proseguire, con le facce spaventate di chi non sa cosa fare o come reagire davanti a una catastrofe piombata all'improvviso dal cielo.

Ian non disse loro nemmeno una parola e passò oltre.

Era a capo scoperto, ma anche solo la sua statura bastava a farlo notare a colpo d'occhio dagli abitanti di Châtel-Argent. Ian continuava a fingere di ignorare le reazioni di chi lo riconosceva, ma in realtà con la coda dell'occhio coglieva le facce prima sbalordite e poi sgomente di tutti. I bambini lo additavano alle madri, le donne bisbigliavano agitate, gli uomini gli facevano largo d'istinto e in molti si tolsero il berretto al suo passaggio. Nemmeno tra gli abitanti del borgo qualcuno fece una voce o un gesto ostile, al contrario: si propagò via via un silenzio carico d'angoscia tra tutti i presenti e in molti accompagnarono il cammino del giovane verso la seconda cinta di mura.

Ian capì che temevano le conseguenze a cui sarebbe andato incontro per essere tornato nonostante il divieto imposto dal conte di Ponthieu e anche lui sapeva che la reazione inevitabile dei soldati non si sarebbe fatta attendere ancora per molto. Mentre avanzava tra la gente silenziosa strinse forte il mantello con la mano sul petto e si sforzò di non distrarre lo sguardo per lasciarlo fisso davanti a sé, ma gli era sempre più difficile tenere a bada la paura e la tensione crescente, man mano che la seconda cinta di mura occupava l'orizzonte davanti ai suoi occhi fino a incombere sulle case con la sua ombra.

Sobbalzò quando una bambina gli si parò davanti all'improvviso e lo costrinse a fermarsi per non urtarla. Ian si chinò d'istinto per afferrare la piccola nel caso cadesse, ma lei invece gli era arrivata tanto vicina solo per guardarlo da sotto in su con occhi grandi per il timore. «Andate via, vi uccideranno se restate qui!» gli bisbigliò, prima che la madre venisse a prenderla per mano e portarla via.

Ian vide che lo stesso pensiero era nello sguardo di tutti i presenti e provò riconoscenza nei loro confronti, perché si preoccupavano per lui. Almeno gli abitanti di Châtel-Argent non lo consideravano un indegno e avrebbero preferito che fuggisse invece di andare incontro alla collera del conte di Ponthieu.

Allo stesso tempo però, Ian sapeva di non voler tornare sui suoi passi a nessun costo, perciò sollevò il mento, raddrizzò le spalle e continuò il suo cammino verso il castello.

Il momento di stasi era comunque finito. Ian arrivò appena in vista dell'ingresso all'alta corte e dovette fermarsi di nuovo. Questa volta un cavaliere armato gli andò incontro a cavallo e lo scortavano sei soldati a piedi, che andarono a sbarrare la strada in modo inequivocabile.

Ian si fermò sotto gli occhi della gente raccolta lì intorno e attese, con le mani abbandonate lungo i fianchi.

Thibault de Chailly frenò il suo cavallo con la mano libera. Portava ancora il braccio destro appeso al collo con una sciarpa scura, sotto il mantello che gli copriva in parte la cotta di maglia metallica. «Signor conte…» salutò e aveva un tono disperato nella voce.

Ian fu felice di rivedere il suo ex-vassallo ormai quasi guarito, tuttavia sapeva di non potersi concedere nemmeno un sorriso in quella circostanza così penosa. «Non merito più questo titolo, *monsieur* Thibault, lo sapete» replicò, cercando di mostrarsi calmo, ma incapace di nascondere del tutto l'amarezza. «Non c'è più bisogno che mi chiamiate così».

«Perché siete tornato?» domandò Chailly, scendendo da cavallo per andare incontro al giovane, con angoscia sincera. «Sapete che non posso farvi entrare. Per amor del cielo, andate via finché siete in tempo».

Ian non retrocesse di un passo. «Sono qui per rivedere mia moglie e mio figlio».

«Non posso farvi entrare» ripeté Chailly. «Signore, ascoltatemi: andate via».

Anche i soldati si mossero nervosi. Avevano la mano sulla spada, ma guardavano Ian con timore, spaventati dall'idea di dover davvero estrarre le armi.

«Guillaume è qui?» domandò Ian e alzò lo sguardo alle torri chiare, sulle quali però non sventolava alcuno stendardo, meno che mai quelli bianchi e azzurri con il Falco d'argento. «Non lo avete ancora avvertito» intuì poi dallo sguardo agitato di Chailly.

«Il conte ci ha dato ordini precisi, lo sapete anche voi» dovette dire il barone. «Vi aspetta il boia, se vi fate trovare nelle terre del vostro casato. Vi prego, signore, non costringetemi a un gesto che mi fa orrore. Nessuno di noi vuole farvi del male, ma questi uomini vivono qui e hanno famiglia. Devo pensare anche a loro e se vi ostinate a rimanere qui, dovrò fare in modo che vi arrestino».

Ian dovette annuire piano, sapendo bene che nessuno poteva pensare di trasgredire impunemente gli ordini del signore. Guillaume de Ponthieu non era mai stato un feudatario dispotico, ma Ian lo aveva visto così furioso contro di lui da non escludere anche la reazione più severa in una situazione spinosa come quella. Chailly e tutti i suoi soldati rischiavano molto per aiutarlo.

Ian dovette respirare a fondo, anche se aveva sempre saputo di non avere alcuna possibilità di arrivare davvero al castello con il suo tentativo disperato. Si sentiva stringere dentro all'idea che poco lontano da lui, in quelle torri, ci fossero Isabeau e Marc, così vicini eppure irraggiungibili. Avrebbe voluto volare, se solo avesse avuto le ali come l'animale di cui aveva portato il soprannome. Avrebbe lottato, se avesse potuto evitare vittime innocenti o rappresaglie e avesse avuto anche una sola possibilità di raggiungere il torrione sorvegliatissimo. Invece, come temeva, era del tutto impotente.

«Non potete nemmeno dire a mia moglie che sono qui?» domandò, ma senza speranza.

«Signore, vi prego» implorò Chailly, con sempre maggiore urgenza.

Anche i soldati stavano diventando sempre più nervosi. Alcuni si guardavano ogni tanto alle spalle, come se dovessero decidere da che parte potesse arrivare il vero pericolo, se dall'esterno o dal torrione. Qualcuno estrasse la spada, anche se con paura.

Ian dovette cedere. Respirò di nuovo, capì che non poteva continuare a creare scompiglio nel bel mezzo del borgo e non poteva esporre tutti quegli uomini alla collera di Ponthieu, sapendo quanto potesse essere inflessibile. Lasciò indugiare lo sguardo sulle torri che una volta erano state la sua casa, prima di rivolgersi di nuovo a Chailly. «*Monsieur* Thibault, prestatemi il vostro pugnale» chiese piano.

Chailly esitò, colto del tutto di sorpresa.

Ian rimase con la mano tesa verso di lui. «Non farò gesti ostili né contro di voi né contro me stesso, avete la mia parola. Come vedete, sono venuto senza armi e non ho alcuna intenzione di combattere ora. Prestatemi il vostro pugnale per qualche istante appena e poi ve lo restituirò. Nessuno si farà male».

Il barone esitò ancora a lungo, poi però si fidò dello sguardo del suo signore. Sotto gli occhi tesi di tutti i presenti, sfilò il pugnale dalla cintura e lo porse in avanti, avvicinandosi di qualche passo, come per essere pronto a intervenire a qualsiasi segnale allarmante, nonostante il braccio steccato.

Ian misurò ogni gesto per non provocare reazioni spaventate o inconsulte in quegli uomini armati che continuavano a guardarlo tesissimi. Si raccolse i capelli a coda nella mano sinistra, dopo aver preso il pugnale con la destra. Un gesto deciso e tagliò all'altezza della nuca.

«Signore!» esclamò Chailly, spalancando gli occhi, mentre la gente e i soldati mormoravano di sorpresa.

Ian riconsegnò il pugnale al barone e lasciò cadere a terra i capelli appena tagliati. Non li portava così corti da quando era uno studente minorenne e la sensazione sul collo lo fece sentire indifeso, tuttavia sostenne a fronte alta lo sguardo di tutti. «Vi prego, *monsieur* Thibault, portate almeno al conte le mie parole. Ditegli che lo supplico, ma non come fratello, come naufrago senza più patria, casa o famiglia. Io lo imploro di lasciarmi vedere mia moglie e mio figlio. Non pretendo niente, non gli chiedo niente altro. Che faccia di me l'ultimo dei suoi servi o ciò che desidera».

Chailly tacque, colpito.

«Andrò al monastero di Saint Michel a guadagnarmi da vivere, se mi sarà concesso» concluse Ian. «Aspetterò là. Una risposta oppure...» s'interruppe, evitando di finire la frase, ma guardò i soldati prima di riportare lo sguardo su Chailly. «Non fuggirò. So cosa ha ordinato Guillaume, ma io non me ne andrò da queste terre e non mi importa cosa mi aspetta. Mi troverete in qualsiasi momento».

«Riferirò ciò che mi avete detto» disse Chailly, lentamente.

Ian avrebbe voluto stringergli la mano, ma sapeva di non potersi concedere un gesto simile. «Dite anche a mia moglie e a mio figlio che li amo entrambi» concluse.

Lo scortarono fino al ponte levatoio ma nessuno lo fermò, quando ritornò sui suoi passi, sconfitto, e uscì dal castello verso i campi e i boschi.

***

Daniel aveva gli occhi spalancati quando lo vide arrivare da solo e a piedi com'era partito. «Che cosa hai fatto?!» esclamò allibito, ma non prima che il suo sguardo si fosse accertato che l'amico non avesse ferite o altri danni addosso.

«Un atto pubblico di penitenza» rispose Ian con voce stanca e si passò la mano d'istinto sulla nuca scoperta, scostando poi i ciuffi ribelli che gli ricadevano sulle orecchie. «Non so a quanto servirà. Ho improvvisato, ma non ho intenzione di arrendermi. Proseguirò fino a quando Guillaume non mi darà ascolto».

«Non ti hanno lasciato entrare, vero?»

«No. Non sono nemmeno arrivato all'alta corte. I soldati mi hanno fermato prima».

«Almeno il conte non ti ha fatto arrestare» disse Daniel e non trattenne un sospiro di sollievo, anche se non era affatto tranquillizzato.

«Fa ancora in tempo. Potrebbe mandare i suoi soldati a cercarmi» replicò Ian, amaro, voltando lo sguardo nella direzione di Châtel-Argent. «Ho incontrato solo Chailly e lui mi ha lasciato andare, nonostante gli ordini ricevuti in proposito. Spero che non debba subire conseguenze per la sua clemenza nei miei confronti».

«Che vuoi fare adesso?» domandò Daniel.

Ian riportò gli occhi su di lui. Era comunque deciso. «Vado a Saint Michel. Chiederò asilo là, se me lo concederanno, poi aspetterò».

«Non sarà una provocazione di troppo restare nelle terre dei Ponthieu quando ti è stato espressamente proibito? In questo modo sfidi l'autorità del conte».

«Ma è l'unico modo che ho per indurlo a incontrarmi. Voglio potergli chiedere perdono almeno una volta, voglio spiegargli. Non gli sto chiedendo altro».

«E se lui ti fa davvero arrestare dai suoi soldati?» Daniel era spaventatissimo dall'idea e non riusciva a rassicurarsi.

«Allora accetterò ciò che sarà» rispose Ian, quieto. «Non me ne vado più da qui. C'è la mia famiglia e io la rivoglio, anche a costo di morire. Isabeau e Marc sono la mia vita, senza di loro non ho più niente».

«Hai noi: io, Jodie, Martin, mamma e papà» protestò Daniel, ma lo sguardo dell'amico lo dissuase dal continuare.

«Ti prego. Non rendermi le cose ancora più difficili di quanto lo siano già» disse Ian.

Daniel distolse lo sguardo per qualche istante. «Va bene» sospirò poi. «Ti porto a Saint Michel».

«No» lo fermò Ian quando già aveva alzato la mano per invocare l'icona di *Hyperversum*. «Vado da solo e a piedi. Non è necessario che tu venga con me».

«Ma ci vuole almeno un giorno e mezzo persino a cavallo da qui al monastero!» esclamò Daniel, di nuovo a occhi sgranati.

«Ti ho già spiegato perché non puoi venire con me» spiegò Ian, cercando di essere accomodante, ma allo stesso tempo deciso a farsi ascoltare. «Avrò gli occhi di Guillaume puntati addosso da ora in poi e non voglio che niente di strano sfiori la mia vita. Per questo andrò al monastero come un qualsiasi uomo medievale farebbe nelle mie condizioni: a piedi e approfittando dell'aiuto di qualche viaggiatore di passaggio, se lo incontrerò».

Daniel non voleva rassegnarsi. «Ma fa freddo. E se nevica di nuovo?»

«Conosco la strada palmo a palmo e so dove trovare riparo. Non mi succederà niente, te l'assicuro».

Ian mise le mani sulle spalle dell'amico che non voleva convincersi. «Daniel, lasciami fare a modo mio. Questa è l'espiazione per le mie colpe e non ci sono sconti o scorciatoie».

«Io non ti capisco» brontolò Daniel, ma si vedeva che si sentiva già sconfitto in quella discussione.

Ian riuscì a sorridergli. «Non puoi, infatti. Sono cose da medioevo, voi moderni non le capite più».

L'espressione di Daniel tradì un'obiezione ovvia, ma Ian la prevenne subito. «Ti prego» disse. «È l'ultima possibilità che ho per riavere la mia famiglia e mio fratello. Devo dimostrare a Guillaume che ho la volontà di rimediare l'offesa che gli ho fatto».

Daniel si arrese, lasciando cadere le spalle sotto le mani dell'amico. «Io che devo fare nel frattempo?» domandò con voce stanca.

«Tu vai in viaggio di nozze, stai accanto a tua moglie e ci rivediamo tra sei o sette mesi».

«Sei o sette?! Ma sono un'eternità!» protestò Daniel, di nuovo allarmato.

«Tu puoi lasciar passare l'intervallo di tempo che vuoi, l'importante è che non torni di qua prima di quanto ti chiedo. Non so se Guillaume si convincerà mai ad ascoltarmi, ma di sicuro ci vorrà tempo. Fino ad allora, come ti ho detto, niente deve stuzzicare la sua collera. E poi noi due dobbiamo arrivare ad allineare di nuovo le nostre età, non ricordi? Non abbiamo ancora finito di farlo».

«Ma in sette mesi ti può capitare di tutto! Come faccio io a sapere se stai bene, se sei ancora a Saint Michel o chissà dove! Potrei non ritrovarti più!» Daniel evitò di esprimere il timore che nel frattempo Ian potesse finire davvero davanti al boia, ma l'amico intuì ugualmente la sua paura, anche perché la condivideva in segreto. «Fatti trovare a Châtel-Argent il giorno della nascita di Michel, la data la conosci» gli disse, deciso. «Quel giorno, se sarò ancora vivo e libero, io sarò là, dovessi anche aspettare fuori dai portoni come un mendicante. Se Dio lo vorrà, ci rivedremo».

Daniel abbracciò Ian forte, d'istinto, come si fa con un fratello che si teme di non poter rivedere più. «Accidenti a te, maledetto cavaliere ostinato! Ti odio quando ti comporti in questo modo! Vorrei riportarti a casa con la forza e farti ragionare a suon di sberle!»

«Se vuoi aiutarmi, prega per me e di' agli altri che li amo» rispose Ian con uguale commozione.

Ci volle molto tempo prima che riuscissero a sciogliersi da quell'abbraccio, poi però lasciarono ricadere le mani, come ubbidendo allo stesso pensiero e si staccarono quel tanto che bastava per guardarsi negli occhi.

Non c'era più niente da dire o da fare. I loro due destini si dividevano ancora una volta.

«Va' a casa adesso» esortò Ian sottovoce.

«Abbi cura di te» gli disse Daniel.

«Promesso».

Ci fu un breve bagliore. Ian rimase da solo nel bosco.

***

Servirono un paio di giorni per arrivare a Saint Michel sulla strada che si snodava tra i prati e i boschi innevati. Ian ebbe la fortuna di incontrare quasi subito un mercante straniero e suo figlio, in viaggio lungo la strada per Saint Michel con il loro convoglio di merci per i mercati delle città costiere, e ottenne cibo e un passaggio fino al monastero in cambio del suo aiuto nel guidare i cavalli e i muli quando la strada si faceva troppo fangosa o per far uscire il carro dalle buche in cui finiva di tanto in tanto con le ruote.

Non gli fecero domande lungo il cammino, poiché non dovevano aver mai visto il Falco d'argento o forse perché non avevano nemmeno udito la notizia di quanto accaduto all'ex-signore di quel feudo. Ian ne fu sollevato e per tutto il viaggio evitò per quanto possibile di farsi notare anche dagli altri viandanti o abitanti dei dintorni. Non lo fece per paura: semplicemente non voleva essere costretto a parlare della sua cacciata dalla famiglia e preferiva tenere per sé i pensieri cupi fintanto che era possibile.

Lungo il tragitto il piccolo convoglio oltrepassò anche la locanda in cui Ian aveva incrociato Martewall due anni prima e il giovane non poté fare a meno di voltarsi a guardare l'edificio di legno finché ci riuscì, perso dietro il filo dei ricordi.

E il passato gli tornò alla mente con ancora più prepotenza quando in mezzo alla distesa bianca e verde di neve e abeti vide delinearsi la sagoma così familiare del monastero di Saint Michel, con i suoi edifici bassi e curati, raccolti intorno al campanile della chiesa.

In un modo o nell'altro, pensava Ian, la sua vita medievale era passata da lì tante volte e in molti momenti importanti: in quel monastero aveva riconosciuto Isabeau, giurato fedeltà a Guillaume de Ponthieu, aveva rischiato di morire e perdere tutto sotto il coltello degli assassini mandati da Jerome Derangale, aveva riassunto l'identità di Jean Marc de Ponthieu dopo due anni e mezzo di esilio nel mondo moderno.

Adesso la sua vita ripartiva o finiva di nuovo lì. Ian tornava al monastero da naufrago senza nome, privo di qualsiasi mezzo di sopravvivenza a parte le sue mani nude, e lì avrebbe aspettato il suo destino.

O forse i soldati di Guillaume, si disse Ian, voltandosi indietro verso la strada appena percorsa. Eppure il viaggio era stato tranquillo, apparentemente del tutto ignorato dal signore del feudo che pure doveva esserne stato informato.

Mi stanno aspettando al monastero? si domandò Ian. *Oppure sanno che i monaci mi rifiuteranno asilo?*

Era un'ipotesi a cui aveva pensato con ansia alcune volte, chiedendosi che cosa avrebbe fatto se davvero gli fosse stato negato il rifugio su cui contava. Finora non aveva trovato risposta alle sue paure.

A poca distanza dal monastero, Ian si congedò dal mercante con mille ringraziamenti e lo lasciò andare avanti per poter arrivare da solo a parlare con il monaco foresterario. Aspettò che il convoglio del mercante fosse lasciato entrare nel monastero e infine s'incamminò imponendosi la calma. Il foresterario l'aveva già adocchiato mentre parlava con il mercante e da allora il suo sguardo era tornato sempre più spesso e sempre più ansioso verso quell'uomo tanto alto a piedi nella neve.

Quando Ian gli si fermò di fronte, non ebbe nemmeno bisogno di presentarsi al monaco. «Signor conte!» esclamò questi con gli occhi sgranati e subito fermò un novizio di passaggio per mandarlo di corsa a chiamare l'abate.

Com'era accaduto due anni prima, il monastero entrò presto in agitazione all'arrivo di un ospite tanto inatteso quanto straordinario. Monaci, novizi e conversi si affacciarono nel cortile per assistere almeno in parte a quanto stava accadendo. Si presentarono il vicario e il priore e precedettero solo di poco l'arrivo dell'abate. Ian attese scaldandosi alla meglio sotto il mantello pesante.

Quando arrivò, l'abate andò incontro al giovane a mani tese. «Signor conte!» esclamò preoccupato, Ian però abbassò la testa in segno di rispetto e sottomissione e non fece il gesto di tendere le mani per ricambiare da pari a pari la stretta. «Venerabile padre, sono venuto a chiedervi rifugio» annunciò.

L'abate gli si fermò di fronte e non lo toccò, rispettando la sua volontà di stare a distanza. «Che cosa dite, signore?»

Ian rialzò la testa per guardarlo negli occhi. «Voi sapete senz'altro la mia condizione attuale».

L'abate annuì, molto serio. «Sì. Ne ho avuta notizia, ma speravo che fosse un'esagerazione».

«Non voglio crearvi problemi, ma non so dove altro andare» proseguì Ian, umile. «Non ci sarà alcun pericolo per voi e questo monastero, ve lo giuro. Se dovessero venire i soldati di mio fratello non fuggirò né combatterò, non farò difficoltà e mi consegnerò a loro. Fino a quel momento, vi chiedo solo un posto in cui poter vivere».

«Questa è la casa di Dio, non sarebbe degna di questo nome se rifiutasse asilo a chi ne ha bisogno» rispose l'abate, senza alcuna esitazione. «Potete restare per tutto il tempo che volete».

Ian si sentì in parte sollevato dalle sue paure. Se non altro, almeno lì non gli veniva rifiutata a priori la possibilità di iniziare il cammino per riguadagnarsi la sua famiglia. «Grazie, padre. Ve ne sarò sempre riconoscente» disse, trattenendo a malapena un sospiro.

L'abate sorrise per rassicurarlo. «Vi farò preparare una stanza nel chiostro degli ospiti, là nessuno vi disturberà. Oppure, se volete rientrare nel clero come quando eravate ragazzo, avrete una cella come gli altri monaci. Dedicare la vita a Dio vi darebbe pace e vi metterebbe al sicuro da ogni altra minaccia. Forse è questa la strada che il Signore vuole indicarvi».

Ian scosse la testa. Non aveva detto a Daniel ciò che stava per dire all'abate, altrimenti l'amico avrebbe protestato fino a perdere la voce pur di dissuaderlo dal suo intento.

Ma Daniel davvero non poteva capire. Ian si sentiva in dovere di dare un segnale inequivocabile a quel mondo del medioevo che gli stava intorno, a Guillaume de Ponthieu prima di tutti gli altri. E sentiva il bisogno di placare i rimproveri della sua stessa coscienza con un atto di riparazione. Dopo giorni e giorni passati ad arrovellarsi tra angosce e rimorsi, era finalmente arrivato a capire che quella era l'unica via percorribile, la più dura e allo stesso tempo la più semplice. Gliel'aveva rivelata l'istinto nel momento in cui gli aveva fatto chiedere il pugnale a Thibault de Chailly.

«No, vi prego, mettetemi con i vostri servi» rispose Ian all'abate, senza alcuna incertezza. «Dormirò, mangerò e lavorerò con loro, non chiedo altro».

«Ma, signore!» esclamò l'abate.

«Non chiamatemi così, sono stato ripudiato e quindi non sono più Jean Marc de Ponthieu» l'interruppe Ian. «Ora sono di nuovo ciò che credevate anni fa, quando arrivai qui per la prima volta: un uomo senza niente, che ha solo queste mani per guadagnarsi da vivere. Fatemi lavorare per voi in cambio dell'asilo che mi date. Non merito privilegi e non indosserò un saio perché so di non averne la vocazione. Tantomeno lo indosserò per proteggermi dalla giustizia terrena. L'unica cosa che spero è farmi perdonare gli errori commessi; se così non fosse, accetterò tutte le conseguenze».

Il religioso non insisté più mentre scrutava gli occhi decisi e disperati del suo interlocutore. Raccolse le mani una nell'altra e annuì, comprensivo. «Come desideri, figliolo. Sono sicuro che il Signore apprezzerà la tua penitenza e ti offrirà il Suo aiuto per mettere pace nella tua vita».

«Lo supplicherò ogni giorno» rispose Ian, augurandosi di essere davvero pronto a sostenere la lunga lotta che lui stesso si era posto davanti. «Ora vi prego, padre, confessatemi perché ho commesso molti peccati».

Capitolo 43

Passò l'inverno. Passò la primavera. Arrivò l'estate. I campi intorno al monastero di Saint Michel avevano dato le loro messi e i frutteti preparavano i doni estivi. La campagna e il bosco erano un trionfo di verde e di colori. Il cielo azzurro e caldo era attraversato da nugoli di uccelli e dal suono calmo e rassicurante delle campane della chiesa, quando annunciavano il cambio dell'ora, la messa o gli uffici sacri. In quei momenti le figure indaffarate e vestite di scuro dei monaci sparivano dal paesaggio, abbandonavano i loro lavori per riunirsi in preghiera e lasciavano il monastero e i campi ai servi, ai braccianti e agli animali.

Il mondo si fermava poi quasi completamente durante le ore del pranzo e della pausa successiva. Allora anche i lavoratori nei campi abbandonavano gli attrezzi e le greggi per sedersi all'ombra, mangiare insieme e riposare magari dissetandosi con un po' di buon vino.

In quella quiete pressoché totale la chiesa rimaneva deserta per qualche ora e diventava un angolo isolato dal mondo, in attesa di popolarsi poi di nuovo per le preghiere del pomeriggio.

Era il momento che Ian preferiva per andare a fermarsi davanti al Crocifisso, anche se come tutti gli abitanti del monastero aveva pregato la mattina presto, prima di mangiare e dedicarsi al lavoro, e assistito alla messa solenne dell'ora sesta[24].

In quei giorni di bel tempo il sole si faceva strada attraverso le finestre strette poste in alto lungo le pareti laterali e proiettava sagome di luce sul pavimento della navata.

L'altare splendeva più di quando era illuminato dalle lam-

[24] Mezzogiorno

pade e l'effigie sulla croce di legno nero risaltava in contrasto con la pietra chiara.

Ian arrivava sempre appena finito di mangiare e dopo un breve riposo, trascorso davanti al fuoco quando era inverno o all'ombra quando faceva caldo; avanzava verso l'altare e si fermava a farsi il segno della croce, poi s'inginocchiava in silenzio per una mezz'ora.

Faceva così tutti i giorni. Ormai da oltre sei mesi. Era il suo momento di solitudine in un mondo che non conosceva intimità, visto che ogni singolo gesto, dalla colazione al sonno, si consumava in comunità, come un gregge ordinato di pecore, all'ombra del campanile.

Il monastero era una piccola isola abitata nel mezzo di un mare di vegetazione, in cui tutti vivevano a stretto contatto gli uni con gli altri: i monaci con i loro ritmi di preghiera e lavoro; i servi e i braccianti seguendo il tempo scandito dal tragitto del sole nel cielo e dalle necessità degli animali nelle stalle e nei recinti. Erano lontani i giorni dei castelli e dei cavalieri, i momenti trascorsi ad allenarsi, a correre a cavallo o a studiare manoscritti nel silenzio della torre più alta. Adesso Ian viveva nella grande famiglia dei servi del monastero, mangiando, lavorando e dormendo con loro nelle stanze comuni, completamente tagliato fuori dalla sua vita di prima.

Il mese di luglio era oltre la metà. Si avvicinava l'anniversario della gloriosa battaglia di Bouvines di tre anni prima, ma Ian non pensava a tutto ciò che aveva perso quando gli era stato tolto il diritto di restare nella famiglia Ponthieu. Pensava al futuro prossimo, a un'altra cosa che gli sarebbe stata tolta e che faceva altrettanto male. Mancava pochissimo ormai alla nascita di Michel e lui non sarebbe stato là ad assistervi. Forse non avrebbe mai avuto modo di vedere il suo secondo figlio, esiliato com'era da qualsiasi luogo della sua famiglia.

Quando Ian entrò in chiesa quel giorno, provava più del solito un dolore forte e fisico per la nostalgia di Isabeau e di Marc. Chissà quanto era cresciuto quel piccolo brigante. Chissà se gli mancava quel padre scomparso improvvisamente dalla sua vita.

Ian si segnò e si inginocchiò come sempre a testa china, gli occhi fissi al pavimento di pietra illuminato da sagome di sole, eppure quel giorno non riusciva a pregare perché i pensieri fuggivano in ogni direzione dietro all'una o all'altra persona a lui cara.

Gli amici erano andati a cercarlo e lo avevano trovato appena le strade sgombre di neve erano diventate più praticabili, poi però avevano rispettato il suo volere di essere lasciato solo, anche se Ian aveva dovuto insistere con particolare fermezza, specie con Etienne de Sancerre. Con Daniel Ian aveva un accordo preciso, e finora l'amico l'aveva rispettato.

Dopo mesi di isolamento, Ian si augurava che fossero tutti in pace e in salute, ma quel giorno i pensieri non facevano che sottolineare quanto fosse pesante l'esilio lontano da qualsiasi legame di affetto, dalla famiglia, dagli amici. E le notizie provenienti dal mondo fuori dalla comunità chiusa del monastero non facevano che peggiorare il suo dolore.

Il 20 maggio Luigi VIII era stato sconfitto a Lincoln dal fronte dei baroni inglesi votati a difendere a tutti i costi il trono di Enrico III. L'epilogo della guerra ormai si avvicinava e il fronte filo-francese era sempre più in difficoltà.

Ian da allora era in ansia per Martewall e per Beau e Brianna che per quanto sapeva erano tornati in Inghilterra con il barone, a vivere nel castello di Dunchester. Solo dopo settimane era venuto a sapere che Martewall non si era arreso alla fine della battaglia, ma anche che aveva lottato fino all'ultimo con tale coraggio da indurre gli inglesi di William Marshall a lasciarlo andare con l'onore delle armi. In cambio però, per salvare anche i suoi uomini, Martewall aveva dovuto giurare di non combattere più contro gli altri baroni e così aveva dovuto ritirarsi definitivamente dalla guerra, pur mantenendo intatto il suo onore e senza che nessuno potesse rimproverargli alcunché.

Ian era stato contento per quella notizia, specie sapendo che mancavano meno di due mesi alla sconfitta definitiva dei Francesi, sancita a settembre di quello stesso anno, con il trattato di Lambeth. Si chiedeva però se davvero il feudo di Dunchester, con tutti i suoi abitanti, fosse al sicuro dalle rappresaglie dell'una o dell'altra parte o se invece fosse esposto alle scorrerie di entrambi. In una guerra civile come quella inglese, con tanti rivolgimenti di fronte, non si poteva mai sapere cosa sarebbe capitato l'indomani.

Purtroppo nessuno aveva potuto offrirgli notizie rassicuranti, poiché nel monastero arrivavano solo di riflesso i fatti più salienti, portati dai viaggiatori di passaggio, e Ian non aveva alcun modo per mettersi in contatto diretto con chi era di là dalla Manica. Era isolato da tutti coloro che amava e, se anche era stata una sua scelta, non per questo il sacrificio era meno pesante da sopportare.

In chiesa faceva caldo e nell'aria immobile volavano solo alcune mosche. Ian ne scacciò una con un gesto nervoso della mano che poi si passò sul collo stanco per la posizione china mantenuta ormai da un po'.

Sotto le dita sentì i capelli cortissimi pungere. Non li aveva più lasciati ricrescere anzi li aveva tagliati ancora più corti, alla foggia dei penitenti. La cosa aveva fatto molta impressione agli amici, ma a quanto pareva non aveva minimamente colpito la persona a cui più di ogni altra Ian voleva parlare per chiedere perdono.

Nei primi giorni del suo esilio Ian aveva interpretato come un segno di speranza il fatto che Guillaume de Ponthieu non avesse davvero mandato i suoi soldati per consegnarlo al boia: forse la collera del conte si stava in qualche modo placando, lo dimostrava anche il fatto che, secondo i racconti degli amici, Ponthieu non aveva mai voluto spiegare ad alcuno i motivi della sua rottura con il fratello, a parte forse re Filippo.

Poi però i giorni erano diventati settimane e le settimane mesi di assoluto silenzio: nessun gesto ostile ma nemmeno alcuna parola di perdono. Il mistero perdurava a corte sul litigio tra i due fratelli Ponthieu. Ian era stato del tutto ignorato, giorno dopo giorno.

Le ginocchia cominciavano a protestare. Ian alzò gli occhi sul Crocifisso, cercando la forza di rimettersi in piedi e affrontare il resto della giornata. Eppure non era stanco più del solito, ormai aveva sviluppato l'allenamento anche a quella vita così dura e avrebbe terminato il suo lavoro senza difficoltà fino al tramonto.

Aveva imparato molte cose da quando viveva al monastero: a spaccare la legna nel modo più efficace, a riparare tetti e muri, a mungere vacche, a curare i frutteti. Quel mese aveva mietuto il grano e poi spigolato con gli altri servi del monastero, scalzi e seminudi nei campi poiché il caldo era grande. Aveva imparato anche a sopportare gli sguardi di chi vedeva per la prima volta le cicatrici lasciate dalla frusta sulla sua schiena.

La vita del bracciante era molto più dura di quella del cavaliere e in certi giorni era addirittura cruenta, poiché Ian si era rifiutato di partecipare una seconda volta alla macellazione del maiale, dopo aver visto la prima ed esserne uscito raccapricciato dalle strida del povero animale e dall'odore del sangue.

A parte quell'episodio, che risvegliava per analogia troppi ricordi spaventosi, aveva lavorato senza lamentarsi mai, mese dopo mese. Col tempo, gli altri avevano smesso di chiamarlo "il signor conte", dopo aver notato che intendeva sopperire con la buona volontà là dove non arrivava con l'esperienza, e lo tenevano un po' meno a distanza, ma di sicuro non avevano con lui la stessa confidenza che avevano tra loro.

A Ian andava bene ugualmente. Quella era la sua espiazione e lavorare senza perdersi in troppe chiacchiere lo lasciava libero di pensare, lo aiutava a fare chiarezza dentro se stesso, almeno fintanto che la fatica non rendeva i suoi gesti meccanici e privi di pensieri, specie nei primi mesi quando tutto sembrava così duro da essere insostenibile.

Eppure, giorno dopo giorno, si era abituato anche a quella vita. Adesso il corpo non gli faceva più così male alla sera, quando si stendeva per dormire. Era riuscito ad allenare anche quei muscoli di cui non sospettava nemmeno l'esistenza prima di averli sentiti protestare dolorosamente dopo la prima giornata nei campi.

No, la fatica che provava adesso non era più fisica o almeno non solo. Aveva analizzato e accettato i propri errori, era arrivato a una triste tregua con se stesso eppure non trovava pace. Sentiva di girare a vuoto, di procedere per inerzia senza più uno scopo, senza più prospettive. Aveva vissuto due vite distinte e forse non gliene rimaneva nemmeno una.

Stava perdendo la fiducia, se n'era reso conto già da un po' e anche se lottava con se stesso per non arrendersi, sentiva che qualcosa gli sfuggiva via comunque ogni giorno e il silenzio del suo esilio gli sembrava sempre più pesante da sopportare.

In modo del tutto ingenuo, si era illuso di poter placare Guillaume de Ponthieu, di dimostrargli con l'esempio di essere disposto a qualsiasi cosa purché gli venisse concessa un'ultima opportunità. Con questa convinzione aveva imparato a stringere i denti e ad andare avanti sempre e comunque. Nei momenti più neri lo avevano sorretto le lettere che Isabeau trovava modo di nascosto di fargli recapitare dai servi più fedeli e affezionati.

In quelle lunghe pergamene Isabeau gli rinnovava il suo amore, gli raccontava dei progressi di Marc, gli diceva che la gravidanza procedeva bene e infine che sentiva già il bambino muoversi nel suo grembo.

Ian riusciva a risponderle tramite lo stesso canale segreto e ogni volta ritrovava l'energia per qualche settimana, fino alla lettera successiva.

In quel modo erano passati i primi quattro mesi. Poi all'improvviso le lettere avevano smesso di arrivare al monastero perché nemmeno i servi di Châtel-Argent avevano più fatto la loro ricomparsa.

Ian aveva atteso giorni, poi settimane, infine più di due mesi fino a quel giorno, e aveva capito che il conte di Ponthieu doveva aver intercettato la corrispondenza segreta e trovato il modo di interromperla definitivamente. Non doveva essere stato difficile per lui, padrone del feudo e signore temuto di tutti i suoi abitanti.

Ian aveva cercato di proseguire comunque, caparbio, ma faceva fatica ogni giorno di più, con lo sconforto dentro e la consapevolezza che i suoi sforzi fino a quel momento non erano serviti a nulla.

Ponthieu non l'aveva perdonato e non intendeva farlo. Ian aveva sottovalutato la sua volontà ferrea o più probabilmente aveva sottovalutato la profondità dell'offesa che gli aveva arrecato.

Che cosa posso fare più di così? domandò il giovane in una muta domanda verso il Crocifisso, ma da qualche parte nella sua coscienza aveva fatto capolino ormai da giorni l'idea che niente di ciò che poteva fare sarebbe mai stato abbastanza per rimediare alle sue colpe.

Perdonami, Signore, mi stavo arrendendo, si corresse subito Ian, cacciando via dalla testa quell'idea insopportabile, e si rialzò, deciso a dimostrare coi fatti la sua volontà di resistere. Ormai doveva essere l'ora di riprendere il lavoro.

Avanzò verso l'altare, si segnò, poi posò un bacio sulle punte delle dita con cui andò a sfiorare i piedi del Crocifisso di legno nero.

Dammi ancora un po' di forza, pregò, con gli occhi rivolti all'effigie.

Si girò per uscire, ma si bloccò di colpo quando vide una sagoma di uomo stagliata nel riquadro di luce della porta aperta. L'ombra portava tunica e mantello; al suo fianco pendeva una spada.

Ian riconobbe Guillaume de Ponthieu.

S'irrigidì di colpo, con paura e sollievo insieme: sollievo perché il lungo periodo di agonia isolato da tutti coloro che gli erano cari era in qualche modo finito; paura perché capì che la resa dei conti era arrivata e forse anche l'ultima delle sue speranze sarebbe morta lì, quel giorno, in quel momento.

Non si avvicinò, non osò dire niente; aggirò l'altare per allontanarsi con rispetto da quel luogo sacro e rimase in attesa nel bel mezzo della navata.

Fu il conte ad andargli incontro di qualche passo, severo, in silenzio, con la mano appoggiata sull'elsa della spada. Si fermò di fronte a lui a qualche passo e lo squadrò da capo a piedi, valutandone il volto segnato dal sole, i capelli corti, gli abiti grezzi da lavoro. Aveva uno sguardo di brace negli occhi neri, la mascella serrata in una maschera di durezza.

Ian subì il suo esame senza distogliere gli occhi, in attesa.

«Mi hanno detto che vieni qui tutti i giorni» esordì infine Ponthieu e per un istante spostò lo sguardo sul Crocifisso alle spalle del giovane.

Ian sapeva che l'uomo l'aveva senz'altro visto baciare i piedi all'effigie, così come non aveva mai avuto dubbi sul fatto che tutto ciò che avveniva al monastero fosse riportato accuratamente al conte giorno per giorno. Dal tono aspro di quella frase intuì anche che, al contrario di quanto sperava, nessuna di quelle informazioni aveva mai deposto a suo favore. «Spero che niente di ciò che ti hanno riferito ti abbia irritato in qualche modo» rispose, amaro. «Se non è così, ti chiedo perdono. Meno che mai volevo offenderti ancora».

Il conte tacque, chiuso in impenetrabili pensieri.

Ian provò ad attendere ancora, ma quel silenzio era una tortura che non riusciva più a sopportare, non adesso quando le forze ormai erano poche e la fiducia in bilico. Doveva sapere, subito. Aveva bisogno di scoprire cosa ne sarebbe stato di lui.

«Sei venuto fino a qui e non hai proprio niente da dirmi?» domandò alla fine. «Come sta Isabeau?» aggiunse, visto che il conte non si decideva ad abbandonare il suo riserbo risentito.

«Sta bene, per quanto ne posso sapere» replicò Ponthieu. «Non mi rivolge la parola da quando ti ho cacciato, quindi mi devo fidare di ciò che dicono la nutrice e le serve. Comunque mi sembra in salute».

«Dovevi per forza impedirle di scrivermi, vero?» disse Ian, ma con più dolore che accusa. «Io per te non sono più nulla, quindi non devo essere nulla nemmeno per lei. Immagino che le vostre conversazioni non siano migliorate dopo questo fatto».

«Anche tuo figlio sta bene» tagliò corto Ponthieu. «Fa danni ogni giorno di più, ma ha coraggio e intelligenza. Diventerà un buon cavaliere».

Ian dovette incassare il colpo senza reagire, poiché sapeva che se Marc aveva ancora un futuro dipendeva soltanto dal buon cuore del conte, che non l'aveva scacciato dal castello come aveva fatto con il padre. «Devo ringraziarti allora, per tutto ciò che fai per lui, e immagino quanto ti costi» si costrinse a dire. «Anzi devo ringraziarti anche per avermi permesso di restare qui, nonostante tutto. A meno che tu non sia venuto oggi proprio per consegnarmi al boia, devo dirti grazie per avermi lasciato un posto dove vivere».

«Tu hai sempre un altro posto dove andare a vivere» ribatté Ponthieu, ma Ian non lo lasciò continuare. «No, non ce l'ho più. Avevo un'altra vita e vi ho rinunciato quando ho sposato Isabeau. Adesso là non mi aspetta più niente, potrei tornare ma vivrei a vuoto. Qui ho una famiglia, ho una moglie e dei figli: sono loro la mia vita adesso, senza di loro non ho più nulla».

«E accusi me per averteli tolti?» Ponthieu serrò la mano sulla spada. «Avresti dovuto sapere a cosa andavi incontro quando hai deciso di ingannarmi con le tue stregonerie!»

«Io non ho mai voluto ingannarti e quella che tu chiami "stregoneria" spaventa me per primo» ribatté Ian. «Vuoi una spiegazione logica per tutto questo? Non ce l'ho. Per me è un miracolo e non so altro».

«Non parlare di miracoli! Proprio tu!»

«E perché no, proprio io? Tu non sai quante volte ho chiesto a Dio una spiegazione per questo fenomeno e per le prove a cui mi ha sottoposto. Quante volte ho pregato e supplicato per un aiuto!» Ian allargò il braccio a indicare idealmente il Crocifisso che stava alle sue spalle e tutti gli altri altari davanti ai quali aveva pregato. «Non sono mai stato respinto da un luogo sacro, quindi sono andato avanti anche senza capire, accettando tutto per fede. Se Lui non mi condanna, perché osi farlo tu?»

Ponthieu non disse niente, ma si vedeva che stava meditando su quelle frasi. Lanciò di nuovo un'occhiata all'altare, poi però continuò a tacere.

Ian insisté: «Ho cercato di superare le prove meglio che ho potuto e di comportarmi più rettamente possibile. Questo nemmeno tu lo puoi negare».

«Rettamente, dici» replicò Ponthieu, offeso, Ian però prevenne il resto dell'accusa. «Ti ho mentito su di me, è vero, ma almeno per un momento prova ad accettare l'idea che l'ho fatto solo per paura» sfidò.

Nello sguardo del conte balenò la rabbia. «Non provare a ingannarmi di nuovo con le tue favole».

«Io non sto mentendo!» protestò Ian. «Perché non avrei dovuto avere paura per quello che mi stava accadendo? Mi sono ritrovato qui senza sapere come né perché e voi tutti per me eravate spaventosi quanto io devo sembrarlo a te adesso. Io però ero solo, senza niente con cui vivere e dovevo proteggere degli innocenti ancora più impauriti di me».

Ponthieu aveva un'espressione scettica e sempre più indignata, ma Ian sostenne senza timore il suo sguardo. «Non è sempre stato come hai visto» spiegò ancora. «Ci sono voluti mesi e poi anni prima che Daniel potesse controllare almeno in parte quel fenomeno che ci ha strappati dalla nostra terra e portati qui, nella tua. All'inizio non sapevamo cosa fare e avevamo lasciato tutti i nostri cari e i nostri beni in un luogo in cui non sapevamo più come tornare. La nave è l'unica menzogna che ti ho raccontato riguardo a questa faccenda, Guillaume, perché tutto il resto è vero».

«Quindi il tuo fantomatico paese esiste».

«Certo che esiste ed è lontano, oltre il mare Oceano, oltre le Colonne d'Ercole, come ti ho sempre detto. Si raggiungerebbe per nave, se solo qualcuno qui ne sospettasse l'esistenza. Noi però siamo arrivati in un modo che purtroppo non ti so spiegare».

«E tu hai pensato di tenermelo nascosto».

«Avrei dovuto dirtelo subito? Raccontarti che sono apparso qui come mago Merlino o il Santo Graal? Sarei ancora vivo adesso?»

Ponthieu non rispose.

Ian aveva i pugni serrati. «Prova a immaginare la paura di trovarsi all'improvviso in un luogo sconosciuto e in guerra. Sono stato accolto con la frusta, ho rischiato di morire, poi sei comparso tu e io, pur di tenere i miei cari al sicuro, ti ho lasciato fare di me ciò che hai voluto: il tuo segretario, il tuo segugio, il rimpiazzo comodo per nascondere a tutti il tradimento di tuo fratello».

«Mi accusi di averti usato? Io ti ho accolto nella mia famiglia credendoti onesto e in buona fede!»

«Perché non mi vuoi ascoltare? Ti sto dicendo che non ho avuto scelta! Credi che non avrei voluto liberarmi del peso di questo segreto? Sei diventato mio fratello e io non avrei mai voluto ingannarti. Ti ho sempre servito fedelmente, ti ho persino salvato la vita quasi tre anni fa, in questo stesso periodo».

Ian dovette fermarsi e riprendere fiato, anche perché si accorse di aver alzato il tono di voce. Riprese imponendosi di restare più calmo. «E ti ho mentito perché non sapevo come spiegarti la verità, perché avevo paura prima che tu ci facessi uccidere tutti, poi che Isabeau avesse orrore di me, poi ancora perché avevo paura di perdere tutto ciò a cui tenevo, compresi la stima e l'affetto che tu mi dimostravi».

«E alla fine hai perso ogni cosa ugualmente» concluse Ponthieu. «Ecco a cosa ti ha portato la tua menzogna».

«Ho perso te, perché Isabeau mi ama ancora e Daniel e gli altri hanno potuto tornare vivi a casa» replicò Ian, sostenendo il suo sguardo feroce.

Ponthieu non commentò.

Ian sentì di non aver superato nemmeno un mattone del muro che lo divideva dall'altro uomo. Distolse gli occhi per un attimo. «Ho sbagliato a fidarmi di un fenomeno che potevamo provocare senza saperlo controllare del tutto» ammise. «Avrei dovuto impedire a Daniel di tornare, ma non volevo perdere nemmeno lui. Ho preteso troppo e la cosa mi è sfuggita di mano».

Tornò a cercare gli occhi del conte. «E così ho perso tutto, sì, perché, anche se ora posso tornare indietro, non saprei più vivere nel luogo da cui provengo e perché non posso più vivere qui, se tu me lo neghi» concluse. «Mi hai tolto ogni cosa. La tua collera costa cara e io l'ho imparato: spero almeno che tu sia soddisfatto da ciò che vedi. Io posso solo consolarmi al pensiero di aver protetto chi potevo e sentirmi alleggerito perché non devo più raccontarti altre menzogne per difendermi».

Anche stavolta Ponthieu replicò solo con un ostile silenzio.

«Che cosa vuoi ancora da me, Guillaume?» domandò Ian, ormai esausto. «Hai preso il mio nome, la mia famiglia, il mio passato e il mio futuro. Potresti togliermi la vita quando vuoi. Cosa posso darti ancora per calmare la tua rabbia? Mi restano queste mani e le sto usando per lavorare una terra che ti appartiene». Allargò leggermente le braccia, mostrando i palmi irruviditi dal lavoro nei campi. «Vuoi la mia dignità? Posso darti anche quella».

Piegò entrambe le ginocchia a terra, davanti al conte, alzando il viso per continuare a guardare il suo interlocutore negli occhi. «Ti chiedo perdono, ma non ci spero e non lo merito. Ti chiedo pietà. Sarò il tuo servo, sarò ciò che vuoi, ma lasciami almeno vivere vicino alla mia famiglia».

Ponthieu lo guardò in silenzio, poi spostò di nuovo lo

sguardo verso il Crocifisso alle spalle del giovane. «Vattene» sentenziò alla fine. «Esci da qui».

«Guillaume...» tentò Ian ancora, ma il conte lo zittì con l'occhiata inesorabile che gli piantò addosso dall'alto. «Fuori da qui» ripeté a voce bassa ma terribile. «Sono venuto per pregare».

Ian rimase a fissarlo per qualche istante, con le labbra socchiuse in un'implorazione che non ebbe la forza di ripetere. Infine chinò la testa. Si alzò, lentamente, poi s'incamminò verso l'uscita.

Ponthieu non gli disse più nemmeno una parola.

***

Fuori Ian trovò il sole e un vento caldo, profumato di grano mietuto. Se ne accorse a malapena, tanto era stordito da quel confronto appena terminato nel peggiore dei modi.

Arrivò alla fine dei pochi gradini che separavano la chiesa dalla terra battuta e lì si fermò. Avrebbe dovuto tornare al lavoro, lo sapeva bene, poiché doveva essere trascorsa da un pezzo l'ora nona[25]; lo fermò l'inutilità di quel suo impegno.

A che serve? si domandò e per la prima volta non trovò nessuna risposta da darsi.

Si sedette sui gradini sotto il sole, mentre quel nodo, dentro nel petto, cominciava a strapparsi così violentemente da dargli i brividi. Appoggiò i gomiti sulle ginocchia e strinse le mani una nell'altra, tanto forte da piantarsi le unghie nella carne.

Era impotente, peggio ancora: aveva fallito.

Oltre sei mesi di sacrificio non erano bastati a espiare le sue colpe. Gli era stata chiusa la porta davanti ancora una volta e non aveva altre strade da percorrere, poiché il suo destino e quello dei suoi cari era comunque nelle mani di un uomo che lo rifiutava.

Ritenterò, terrò duro per tutto il tempo che sarà necessario, promise Ian al cielo e a se stesso, ma era difficile cre-

[25] Circa le tre del pomeriggio

dere di avere forza abbastanza, quando il cuore faceva così male, la fiducia era in pezzi e il futuro non lasciava intravedere una sola speranza, anche lontanissima.

Si sentì sperduto e inutile e la mente gli riportò all'improvviso il ricordo di quando la polizia e l'assistente sociale erano andati da lui, nel campo sportivo della scuola, a portargli la notizia della morte dei suoi genitori.

Si rivide mentre con le lacrime agli occhi cercava di preparare una valigia nella sua stanza, perché da minorenne non poteva più rimanere nella casa dove aveva sempre vissuto. Gli agenti al piano di sotto lo aspettavano per accompagnarlo a casa di Daniel.

Lo colpì l'analogia tra il suo passato e il suo presente: a sedici anni aveva dovuto scegliere se accettare di abitare con i Freeland o rimanere in una struttura di assistenza per i minori fino alla maggiore età; oltrepassati i trent'anni doveva scegliere se tornare da Daniel, a vivere nel mondo moderno, o rimanere nell'asilo protetto di quel monastero.

Fino a quando? Stavolta non poteva saperlo. Forse anche per sempre.

Per la seconda volta aveva perso la sua famiglia e la sua casa. Erano trascorsi anni, era diventato uomo, ma il senso di smarrimento non era cambiato. Seduto sotto il sole, sui gradini di quella chiesa, si sentì di nuovo il sedicenne spaventato, abbandonato e impotente di tanti anni prima.

Abbassò la testa. Questa volta però, la colpa di tutto era sua e degli errori commessi a cui non riusciva a trovare rimedio.

Sono stanco di lottare, ammise, ma rinnegò subito la frase "*e comunque non serve a niente*", balenatagli in mente subito dopo.

Non mi arrendo. Un minuto di tregua, Signore, e poi mi rialzerò, promise, benché sfinito.

Il minuto passò. Ne passarono molti. Passò più di un'ora.

Il sole si spostava lento nel cielo e le ombre si allungavano nel cortile, ma Ian le guardava senza vederle, a testa bassa, con gli occhi fissi a terra.

Qualcosa luccicò nell'aria e finì rimbalzando sui gradini, tra i suoi piedi.

Ian trasalì, colto di sorpresa, e guardò giù. Vide un oggetto piccolo, lucido, d'oro. Era un anello nobiliare da uomo.

L'anello del Falco d'argento.

Ian si voltò di scatto alla sua sinistra per trovare Guillaume de Ponthieu in piedi sui gradini della chiesa. Non l'aveva sentito arrivare.

Il conte lo scrutò dall'alto, tetro, col volto duro. «Non farmene pentire» minacciò.

Senza parole per rispondere, Ian raccolse l'anello e vide che la mano gli tremava. Non lo infilò al dito ma lo strinse nel pugno e lo circondò anche con l'altra mano. Portò entrambe al viso e vi premette contro le labbra, chiudendo gli occhi.

Il tremito adesso l'aveva afferrato anche dentro e Ian sentì le lacrime pungere come aghi contro le palpebre serrate. Non aveva più pensieri in testa: solo un tumulto confuso di sentimenti che lo stava sopraffacendo.

«Alzati». Ponthieu aveva disceso i gradini per incamminarsi sulla terra battuta. «Va' a raccogliere le tue cose, se ne hai. Voglio andarmene da qui. Se ci sarà luna, viaggeremo anche di notte».

Ian riaprì gli occhi a quell'ordine secco, che però sapeva di perdono ed era il regalo più grande che avrebbe mai potuto ricevere. «Grazie» mormorò, con un nodo in gola che gli impediva di dire qualsiasi altra parola.

Ponthieu si voltò indietro. «Non ti aspettare che io uccida il vitello grasso per il ritorno del figliol prodigo» ammonì. «L'avevo già fatto per un altro fratello che poi mi ha tradito, non ripeterò lo stesso errore».

La voce vibrò sulle ultime frasi e per la prima volta rivelò tra le righe stanchezza, dolore e angoscia.

Ian capì che quei mesi non erano stati lunghi solo per lui. «Io non sono Jean e non sono nemmeno il diavolo» disse piano.

Ponthieu tacque e distolse gli occhi, ma poi annuì lentamente.

«Mettimi alla prova. Morirò piuttosto che mancare ancora alla tua fiducia» proseguì Ian e quella frase gli venne dal più profondo dell'animo.

L'espressione dura abbandonò lentamente il volto di

Ponthieu per lasciare spazio solo alla fatica di una lotta difficile, arrivata al suo epilogo.

Il conte lasciò rilassare le spalle con un sospiro. «Andiamo a casa».

Nota

Questa volta è stato più difficile giocare con la Storia, avendo come sfondo un episodio tanto sanguinoso come la Crociata Albigese e dovendo districarmi tra innumerevoli fonti, a volte discordanti tra loro. Per i miei scopi, ho inventato le città di Pienne e Roquemar, così come i castelli di Morges, Le Noir e Séour. Gli episodi immaginati prendono soltanto spunto da fatti realmente avvenuti durante quegli anni feroci di guerra in Occitania, in luoghi come ad esempio Carcassonne e Tolosa, oltre alla tristemente famosa Béziers.

Pur avendo viaggiato con la fantasia, mi auguro di essere riuscita a rendere almeno l'idea dell'atmosfera che si respirava nel meridione della Francia agli inizi del XIII secolo. Volutamente ho solo sfiorato un argomento che ha fatto scrivere fiumi d'inchiostro dal Medioevo fino ai giorni nostri: le guerre di religione sono faccende delicate, buie e tristi e possono essere raccontate nel dettaglio solo da chi ha la competenza e l'autorevolezza per farlo.

Una nota a margine meritano invece le citazioni musicali all'interno di questa trama. Ty Hamilton, come me, è un appassionato di hard rock ed è un fan – immagino che molti lo abbiano già intuito – dei grandi Guns n' Roses.

Hyperversum però ha una sola colonna sonora: le canzoni dei miei amatissimi Bon Jovi.

Ringraziamenti

Il primo grazie va a mia madre, che mi ha incoraggiata per tutta la vita. So che anche adesso mi è accanto e mi piace pensare che conosca ogni riga di questo testo, anche se non ha potuto leggerlo. Mi auguro che sia all'altezza delle sue aspettative.

Grazie a mio padre e mio marito Lorenzo. Non avrò mai parole sufficienti per dire loro quanto li amo e quanto devo al loro aiuto e al loro sostegno.

Grazie a Simonetta, insostituibile prima lettrice di Hyperversum. Mi dà corda quando inseguo i personaggi di questo mio mondo immaginario e il suo entusiasmo ha sempre il potere di caricare le mie batterie quando sono in rosso.

Grazie alle amiche e agli amici, che ho la fortuna di avere vicini giorno dopo giorno, e come sempre grazie a tutti coloro che hanno lavorato e lavorano in background per fare arrivare Hyperversum sugli scaffali. Grazie Maria Chiara.

E infine, con enorme riconoscenza, grazie a tutti voi che tenete in mano questo libro.

Indice

da qui...

start
1214 d.C.

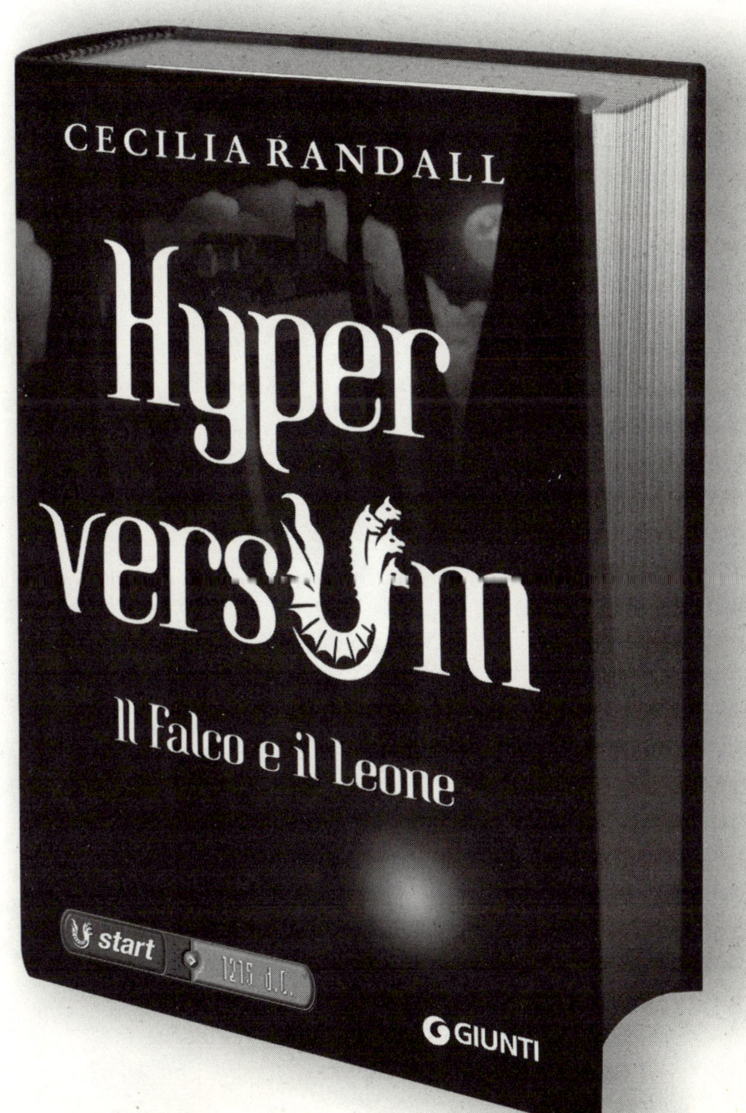
CECILIA RANDALL
Hyper versum
Il Falco e il Leone
start
1215 d.C.
GIUNTI